GABRIEL GARCÍA MÁRQUEZ

Cuentos 1947 - 1992

GABRIEL GARCÍA MÁRQUEZ

Cuentos 1947-1992

GRUPO EDITORIAL NORMA

*Barcelona Buenos Aires Caracas Guatemala México Panamá
Quito San José San Juan San Salvador Santafé de Bogotá Santiago*

Diseño de portada: Julio Vivas
Ilustración de portada: Carme Solé Vendrell
Impreso en Colombia por Quebecor Impreandes
Este libro se compuso en caracteres Monotype Ehrhardt

ISBN 958-04-5561-9
CC 22434

CONTENIDO

Este libro incluye los cuentos publicados por Gabriel García Márquez entre 1947 y 1992 y recopilados bajo los siguientes títulos:

OJOS DE PERRO AZUL (1947)
LOS FUNERALES DE LA MAMÁ GRANDE (1962)
LA INCREÍBLE Y TRISTE HISTORIA DE LA CÁNDIDA ERÉNDIRA Y DE SU ABUELA DESALMADA (1972)
DOCE CUENTOS PEREGRINOS (1992)

Ojos de perro azul

1947-1955

La tercera resignación

ALLÍ estaba otra vez ese ruido. Aquel ruido frío, cortante, vertical, que ya tanto conocía; pero que ahora se le presentaba agudo y doloroso, como si de un día a otro se hubiera desacostumbrado a él.

Le giraba dentro del cráneo vacío, sordo y punzante. Un panal se había levantado en las cuatro paredes de su calavera. Se agrandaba cada vez más en espirales sucesivos y le golpeaba por dentro haciendo vibrar su tallo de vértebras con una vibración destemplada, desentonada, con el ritmo seguro de su cuerpo. Algo se había desadaptado en su estructura material de hombre firme; algo que «las otras veces» había funcionado normalmente y que ahora le estaba martillando la cabeza por dentro con un golpe seco y duro, dado por unos huesos de mano descarnada, esquelética, y le hacía recordar todas las sensaciones amargas de la vida. Tuvo el impulso animal de cerrar los puños y apretarse la sien brotada de arterias azules, moradas, con la firme presión de su dolor desesperado. Hubiera querido localizar entre las palmas de sus dos manos sensitivas el ruido que le estaba taladrando el momento con su aguda punta de diamante. Un gesto de gato doméstico contrajo sus músculos cuando lo imaginó perseguido por los rincones atormentados de su cabeza caliente, desgarrada por la fiebre. Ya iba a alcanzarlo. No. El ruido tenía la piel resbaladiza, intangible casi. Pero él estaba dispuesto a alcanzarlo con su estrategia bien aprendida y apretarlo larga y definitivamente con toda la fuerza de su desesperación. No permitiría que penetrara otra vez por su oído; que saliera por su boca, por cada uno de sus poros o por sus ojos que se desorbitarían a su paso y se quedarían ciegos mirando la huida del ruido desde el fondo de su desgarrada oscuridad. No permitiría que le estrujara más sus cristales molidos, sus estrellas de hielo, contra las paredes interiores del cráneo. Así era el ruido aquel; interminable como el golpear de la cabeza de un niño contra un muro de concreto. Como todos los golpes duros dados contra las cosas firmes de la naturaleza. Pero ya no le atormentaría más si pudiera cercarlo, aislarlo. Ir cortando contra su propia sombra la figura variable. Y agarrarlo. Apretarlo, ahora sí definitivamente; arrojarlo con todas sus fuerzas contra el pavimento y pisotearlo con ferocidad hasta cuando ya no pudiera moverse verdaderamente, hasta cuando pudiera decir, jadeante, que había dado muerte al ruido que lo atormentaba, que lo enloquecía y que ahora estaba tirado en el suelo como cualquier cosa común, convertido en un muerto integral.

Pero le era imposible apretarse las sienes. Sus brazos se habían reducido y eran ahora los brazos de un enano; unos brazos pequeños, regordetes, adiposos. Trató de sacudir la cabeza. La sacudió. El ruido apareció entonces con mayor fuerza dentro del cráneo que se había endurecido, agrandado y que se sentía atraído con mayor fuerza por la gravedad. Estaba pesado y duro aquel ruido. Tan pesado y duro que de haberlo alcanzado y destruido habría tenido la impresión de estar deshojando una flor de plomo.

Había sentido ese ruido «las otras veces», con la misma insistencia. Lo había sentido, por ejemplo, el día en que murió por primera vez. Cuando –ante la vista de un cadáver– se dio cuenta de que era su propio cadáver. Lo miró y se palpó. Se sintió intangible, inespacial, inexistente. Él era verdaderamente un cadáver y estaba sintiendo ya, sobre su cuerpo joven y enfermizo, el tránsito de la muerte. La atmósfera se había endurecido en toda la casa como si hubiera sido rellena de cemento, y en medio de aquel bloque —en el que había dejado los objetos como cuando era una atmósfera de aire— estaba él, cuidadosamente colocado dentro del ataúd de un cemento duro pero transparente. Aquella vez, en su cabeza estaba también «ese ruido». Qué lejanas y que frías sentía las plantas de sus pies; allá en el otro extremo del ataúd, donde habían puesto una almohada, porque la caja le quedara aún demasiado grande y hubo que ajustarlo, adaptar el cuerpo muerto a su nuevo y último vestido. Lo cubrieron de blanco y alrededor de su mandíbula apretaron un pañuelo. Se sintió bello envuelto en su mortaja; mortalmente bello.

Estaba en su ataúd, listo a ser enterrado, y sin embargo, él sabía que no estaba muerto. Que si hubiera tratado de levantarse lo hubiera hecho con toda facilidad. Al menos «espiritualmente». Pero no valía la pena. Era mejor dejarse morir allí; morirse de «muerte», que era su enfermedad. Hacía tiempo que el médico había dicho a su madre, secamente:

—Señora, su niño tiene una enfermedad grave: está muerto. Sin embargo —prosiguió—, haremos todo lo posible por conservarle la vida más allá de su muerte. Lograremos que continúen sus funciones orgánicas por un complejo sistema de autonutrición. Sólo variarán las funciones motrices, los movimientos espontáneos. Sabremos de su vida por el crecimiento que continuará también normalmente. Es simplemente «una muerte viva». Una real y verdadera muerte...

Recordaba las palabras, pero confundidas. Tal vez no las oyó nunca y fue creación de su cerebro cuando subía la temperatura en las crisis de la fiebre tifoidea.

Cuando se sumergía en el delirio. Cuando leía la historia de los faraones embalsamados. Al subir la fiebre, él mismo se sentía protagonista de ella. Allí había empezado una especie de vacío en su vida. Desde entonces no podía distinguir, recordar cuáles acontecimientos eran parte de su delirio y cuáles de su vida real. Por tanto, ahora dudaba. Tal vez el médico nunca habló de esa extraña «muerte viva». Es ilógica, paradojal, sencillamente contradictoria. Y eso lo hacía sospechar ahora que, efectivamente, estaba muerto de verdad. Que hacía dieciocho años que lo estaba.

Desde entonces –en el tiempo de su muerte tenía siete años–, su madre le mandó hacer un ataúd pequeño, de madera verde; un ataúd para un niño, pero el médico ordenó que le hicieran una caja más grande, una caja para un adulto normal, pues aquélla, pequeña, podría atrofiar el crecimiento y llegaría a ser un muerto deforme o un vivo anormal. O la detención del crecimiento impediría darse cuenta de la mejoría. En vista de aquella advertencia, su madre le hizo construir un ataúd grande, para un cadáver adulto, y le colocó tres almohadas a los pies, con el fin de ajustarlo.

Pronto empezó a crecer dentro de la caja, de tal manera que cada año podían sacarle un poco de lana a la almohada extrema para darle margen al crecimiento. Había pasado así media vida. Dieciocho años. (Ahora tenía veinticinco.) Y había llegado a su estatura definitiva, normal. El carpintero y el médico se equivocaron en el cálculo e hicieron el ataúd medio metro más grande. Supusieron que él tendría la estatura de su padre, que era un gigante semibárbaro. Pero no fue así. Lo único que de él heredó fue la barba poblada. Una barba azul, espesa, que su madre acostumbraba arreglar para verlo decentemente dentro de su ataúd. Esa barba le molestaba terriblemente en los días de calor.

Pero había algo que le preocupaba más que «¡ese ruido!». Eran los ratones. Precisamente, cuando niño, nada había en el mundo que le preocupara más, que le produjera más terror, que los ratones. Y eran precisamente esos animales asquerosos los que habían acudido al olor de las bujías que ardían a sus pies. Ya habían roído sus ropas y sabía que muy pronto empezarían a roerlo a él, a comerse su cuerpo. Un día pudo verlos: eran cinco ratones lucios, resbaladizos, que subían a la caja por la pata de la mesa y lo estaban devorando. Cuando su madre lo advirtiera, no quedarían ya de él sino los escombros, los huesos duros y fríos. Lo que más horror le producía no era exactamente que se lo comieran los ratones. Al fin y al cabo podría seguir viviendo con su esqueleto. Lo que lo atormentaba era el terror innato que sentía hacia esos animalitos. Se le erizaba la piel con sólo pensar en esos seres velludos que recorrían todo su cuerpo, que penetraban por los pliegues de su piel y le rozaban los labios con sus patas heladas. Uno de ellos subió hasta sus párpados y trató de roer su córnea. Le vio grande, monstruoso, en su lucha desesperada por taladrarle la retina. Creyó entonces una nueva muerte y se entregó, todo entero, a la inminencia del vértigo.

Recordó que había llegado a mayor de edad. Tenía veinticinco años y eso significaba que no crecería ya más. Sus facciones se volverían firmes, serias. Pero cuando estuviera sano no podría hablar de su infancia. No la había tenido. La pasó muerto.

Su madre había tenido rigurosos cuidados durante el tiempo que duró la transición de la infancia a la pubertad. Se preocupó por la higiene perfecta del ataúd y de la habitación en general. Cambiaba frecuentemente las flores de los jarrones y abría las ventanas todos los días para que penetrara el aire fresco. Con qué satisfacción miró la cinta métrica en aquel tiempo, cuando, después de medirlo, ¡comprobaba que había crecido varios centímetros! Tenía la maternal satisfacción de verlo vivo. Cuidó, asimismo, de evitar la presencia de extraños en la casa. Al fin y al cabo era desagradable y misteriosa la existencia de un muerto por largos años en una habitación familiar. Fue una mujer abnegada. Pero muy pronto empezó a decaer su optimismo. En los últimos años, la vio mirar con tristeza la cinta métrica. Su niño no crecía ya más. En los meses pasados no progresó el crecimiento un milímetro siquiera. Su madre sabía que iba a ser difícil ahora encontrar la manera de advertir la presencia de la vida en su muerto querido. Tenía el temor de que una mañana amaneciera «realmente» muerto, y tal vez por eso aquel día él pudo observar que se acercaba a su caja, discretamente, y olfateaba su cuerpo. Había caído en una crisis de pesimismo. Últimamente descuidó las atenciones, y ya ni siquiera tenía la precaución de llevar la cinta métrica. Sabía que ya no crecería más.

Y él sabía que ahora estaba «realmente» muerto. Lo sabía por aquella apacible tranquilidad con que su organismo se dejaba llevar. Todo había cambiado intempestivamente. Los latidos imperceptibles, que solo él podía percibir, se habían desvanecido ahora de su pulso. Se sentía pesado, atraído por una fuerza reclamadora y potente hacia la primitiva sustancia de la tierra. La fuerza de gravedad parecía atraerlo ahora con un poder irrevocable. Estaba pesado como un cadáver positivo, innegable. Pero estaba más descansado así. Ni siquiera tenía que respirar para vivir su muerte.

Imaginariamente, sin tocarse, recorrió uno a uno cada uno de sus miembros. Allí, sobre una almohada dura, estaba su cabeza levemente vuelta hacia la izquierda. Imaginó su boca entreabierta por la delgada orilla de frío que le llenaba la garganta de granizo. Estaba tronchado como un árbol de veinticinco años. Quizá trató de cerrar la boca. El pañuelo que había apretado a su quijada estaba flojo. No pudo colocarse, componerse, tomar una «pose» siquiera para parecer un muerto decente. Ya los músculos, los miembros, no acudían como antes, puntuales al llamado de su sistema nervioso. Ya no era el de dieciocho años atrás, un niño normal que podía moverse a gusto. Sintió sus brazos caídos, tumbados para siempre, apretados contra las paredes acojinadas del ataúd. Su vientre duro, como una corteza de nogal. Y más allá las piernas íntegras, exactas, complementando su perfecta anatomía de adulto. Su cuerpo reposaba con pesadez, pero apaciblemente, sin malestar alguno, como si el mundo se hubiera detenido de repente, y nadie interrumpiera el silencio; como si todos los pulmones de la tierra hubieran dejado de respirar para no interrumpir la liviana quietud del aire. Se sentía feliz como un niño bocarriba sobre la hierba fresca y apretada, contemplando una nube alta que se aleja por el cielo de la tarde. Era feliz, aunque sabía que estaba muerto, que reposaba para siempre en la caja recubierta de seda artificial. Tenía una gran lucidez. No era como antes, después de su primera muerte, en que se sintió embotado, bruto. Las cuatro bujías que habían puesto en derredor suyo, y que eran renovadas cada tres meses, empezaban a agotarse nuevamente; precisamente cuando iban a ser indispensables. Sintió la vecindad de la frescura en las violetas húmedas que su madre había llevado aquella mañana. La sintió en las azucenas, en las rosas. Pero toda aquella terrible realidad no le causaba ninguna inquietud; al contrario, era feliz allí, solo con su soledad. ¿Sentiría miedo después?

Quién sabe. Era duro pensar en el momento en que el martillo golpeara los clavos sobre la madera verde y crujiera el ataúd bajo la esperanza segura de volver a ser árbol. Su cuerpo, atraído ahora con mayor fuerza por el imperativo de la tierra, quedaría ladeado en un fondo húmedo, arcilloso y blando, y allá arriba, sobre cuatro metros cúbicos, se irían apagando los últimos golpes de los sepultureros. No. Allí tampoco sentiría miedo. Eso sería la prolongación de su muerte, la prolongación más natural de su nuevo estado.

No quedaría ya ni un grado de calor en su cuerpo, su médula se habría enfriado para siempre, y unas estrellitas de hielo penetrarían hasta el tuétano de sus huesos. ¡Qué bien se acostumbraría a su nueva vida de muerto! Un día –sin embargo– sentirá que se derrumba su armadura sólida; y cuando trate de citar, de repasar cada uno de sus miembros, no los encontrará. Sentirá que no tiene forma exacta definida, y sabrá resignadamente que ha perdido su perfecta anatomía de veinticinco años y que se ha convertido en un puñado de polvo sin formas, sin definición geométrica.

En el polvillo bíblico de la muerte. Acaso sienta entonces una ligera nostalgia; nostalgia de no ser un cadáver formal, anatómico, sino un cadáver imaginario, abstracto, armado únicamente en el recuerdo borroso de sus parientes. Sabrá entonces que va a subir por los vasos capilares de un manzano y a despertarse mordido por el hambre de un niño en una mañana otoñal. Sabrá entonces –y eso sí le entristecía– que ha perdido su unidad: que ya no es –siquiera– un muerto ordinario, un cadáver común.

La última noche la había pasado feliz, en la solitaria compañía de su propio cadáver.

Pero al nuevo día, al penetrar los primeros rayos de sol tibio por la ventana abierta, sintió que su piel se había reblandecido. Observó un momento. Quieto, rígido. Dejó que el aire corriera sobre su cuerpo. No pudo dudarlo; allí esta el «olor». Durante la noche la cadaverina había empezado a hacer sus efectos. Su organismo había empezado a descomponerse, a pudrirse, como el cuerpo de todos los muertos. El «olor» era, indudablemente, un olor inconfundible a carne manida, que desaparecía y reaparecía después más penetrante. Su cuerpo se había descompuesto con el calor de la noche anterior. Sí. Se estaba pudriendo. Dentro de pocas horas vendría su madre a cambiar las flores y desde el umbral la azotaría el tufo de la carne descompuesta. Entonces sí lo llevarían a dormir su segunda muerte entre los otros muertos.

Pero de pronto el miedo le dio una puñalada por la espalda. ¡El miedo! ¡Qué palabra tan honda, tan significativa! Ahora tenía miedo, un miedo «físico», verdadero. ¿A qué se debía? Él lo comprendía perfectamente y se le estremecía la carne: probablemente no estaba muerto. Lo habían metido allí, en esa caja que ahora sentía perfectamente, blanda, acolchada, terriblemente cómoda; y el fantasma del miedo le abrió la ventana de la realidad: ¡Lo iban a enterrar vivo!

No podía estar muerto, porque se daba cuenta exacta de todo; de la vida que giraba en torno suyo, murmurante. Del olor tibio de los heliotropos que penetraba por la ventana abierta y se confundía con el otro «olor». Se daba perfecta cuenta del lento caer del agua en el estanque. Del grillo que se había quedado en el rincón y seguía cantando, creyendo que aún duraba la madrugada.

Todo le negaba su muerte. Todo menos el «olor». Pero, ¿cómo podía saber que ese olor era suyo? Tal vez su madre había olvidado el día anterior cambiar el agua de los jarrones, y los tallos estaban pudriéndose. O tal vez el ratón, que el gato había arrastrado hasta su pieza, se descompuso con el calor. No. El «olor» no podía ser de su cuerpo.

Hacía unos momentos estaba feliz con su muerte, porque creía estar muerto. Porque un muerto puede ser feliz con su situación irremediable. Pero un vivo no puede resignarse a ser enterrado vivo. Sin embargo, sus miembros no respondían a su llamada. No podía expresarse, y era eso lo que le causaba terror; el mayor terror de su vida y de su muerte. Lo enterrarían vivo. Podría sentir. Darse cuenta del momento en que clavaran la caja. Sentiría el vacío del cuerpo suspendido en hombros de los amigos, mientras su angustia y su desesperación se irían agrandando a cada paso de la procesión.

Inútilmente trataría de levantarse, de llamar con todas sus fuerzas desfallecidas, de golpear por dentro del ataúd oscuro y estrecho para que supieran que aún vivía, que iban a enterrarlo vivo. Sería inútil; allí tampoco responderían sus miembros al urgente y último llamado de su sistema nervioso.

Oyó ruidos en la pieza contigua. ¿Estaría dormido? ¿Habría sido una pesadilla toda esa vida de muerto? Pero el ruido de la vajilla no continuó. Se puso triste y quizá tuvo disgusto por ello. Hubiera querido que todas las vajillas de la tierra se quebraran de un solo golpe, allí a su lado, para despertar por una causa exterior, ya que su voluntad había fracasado.

Pero no. No era un sueño. Estaba seguro de que de haber sido un sueño no habría fallado el último intento de volver a la realidad. Él no despertaría ya más. Sentía la blandura del ataúd y el «olor» había vuelto ahora con mayor fuerza, con tanta fuerza, que ya no dudaba de que era su propio olor. Hubiera querido ver allí a sus parientes, antes que comenzara a deshacerse, y el espectáculo de la carne putrefacta les produjera asco. Los vecinos huirían espantados del féretro con un pañuelo en la boca. Escupirían. No. Eso no. Era mejor que lo enterraran. Era preferible salir de «eso» cuanto antes. Él mismo quería ahora deshacerse de su propio cadáver. Ahora sabía que estaba verdaderamente muerto, o al menos inapreciablemente vivo. Daba lo mismo. De todos modos persistía el «olor».

Resignado oiría las últimas oraciones, los últimos latinajos mal respondidos por los acólitos. El frío lleno de polvo y de huesos del cementerio penetrará hasta sus huesos y tal vez disipe un poco ese «olor». Tal vez –¡quién sabe!– la inminencia del momento le haga salir de ese letargo. Cuando se sienta nadando en su propio sudor, en un agua viscosa, espesa, como estuvo nadando antes de nacer en el útero de su madre. Tal vez entonces esté vivo.

Pero estará ya tan resignado a morir, que acaso muera de resignación.

[1947]

La otra costilla de la muerte

SIN SABER por qué, despertó sobresaltado. Un acre olor a violeta y a formaldehído venía, robusto y ancho, desde la otra habitación, a confundirse con el aroma de flores recién abiertas que mandaba el jardín amaneciente. Trató de serenarse, de recobrar ese ánimo que bruscamente había perdido en el sueño. Debía ser ya la madrugada, porque afuera, en el huerto, había empezado a cantar el chorro entre las legumbres y el cielo era azul por la ventana abierta. Repasó la sombría habitación, tratando de explicarse aquel despertar brusco, esperado. Tenía la impresión, la certidumbre *física* de que alguien había entrado mientras él dormía. Sin embargo, estaba solo, y la puerta, cerrada por dentro, no daba muestra alguna de violencia. Sobre el aire de la ventana despertaba un lucero. Quedó quieto un momento como tratando de aflojar la tensión nerviosa que lo había empujado hacia la superficie del sueño, y cerrando los ojos, bocarriba, empezó a buscar nuevamente el hilo roto de la serenidad. La sangre, arracimada, se le desgajó en la garganta, en tanto que más allá, en el pecho, se le desesperaba el corazón robustamente, marcando, marcando un ritmo acentuado y ligero como si viniera de una carrera desbocada. Repasó mentalmente los minutos anteriores. Tal vez tuvo un sueño extraño. Pudo ser una pesadilla. No. No había nada de particular, ningún motivo de sobresalto en «eso».

Iban en un tren —ahora puedo recordarlo— a través de un paisaje —ese sueño lo he tenido frecuentemente— de naturalezas muertas, sembrado de árboles artificiales, falsos, frutecidos de navajas, tijeras y otros diversos —ahora recuerdo que debo hacerme arreglar el cabello— instrumentos de barbería. Ese sueño lo había tenido frecuentemente, pero nunca le produjo ese sobresalto. Detrás de un árbol estaba su hermano, el otro, su gemelo, el que había sido enterrado aquella tarde, gesticulando —esto me ha sucedido alguna vez en la vida real— para que hiciera detener el tren. Convencido de la inutilidad de su mensaje, comenzó a correr detrás del vagón hasta cuando se derrumbó, jadeante, con la boca llena de espuma. Ciertamente era un sueño absurdo, irracional, pero que no motivaba en modo alguno ese despertar desasosegado. Cerró los ojos nuevamente con las sienes golpeadas aún por la corriente de sangre que le subía firme como un puño cerrado. El tren penetró a una geografía árida, estéril, aburrida, y un dolor que sintió en la pierna izquierda le hizo desviar la atención del paisaje. Observó que tenía —no debo seguir usando estos zapatos apretados— un tumor en el dedo central del pie. De manera natural, y como si estuviera acostumbrado a ello, sacó del bolsillo un destornillador con el que extrajo la cabeza del tumor. La depositó cuidadosamente en una cajita azul —¿se ven los colores en el sueño?— y por la cicatriz vio asomarse el extremo de un cordón grasiento y amarillo. Sin alterarse, como si hubiera esperado la presencia de ese cordón, tiró de él lentamente, con cuidadosa exactitud. Fue una cinta larga, larguísima, que surgía espontáneamente, sin molestias ni dolor. Un segundo después levantó la vista y vio que el vagón había sido desocupado, y que solo, en otro compartimiento del tren, estaba su hermano vestido de mujer frente a un espejo, tratando de extraerse el ojo izquierdo con unas tijeras.

En efecto, le disgustaba aquel sueño, pero no podía explicarse por qué le alteraba la circulación, si las veces anteriores, cuando las pesadillas eran horripilantes, había logrado mantener la serenidad. Sintió las manos frías. El olor a violetas y formaldehído persistía y se tornaba desagradable, casi agresivo. Con los ojos cerrados, tratando de quebrar el tono alzado de la respiración, intentó buscar un tema trivial para hundirse otra vez en el sueño que se había interrumpido minutos antes. Podía pensar, por ejemplo, que dentro de tres horas tengo que ir a la agencia funeraria a cancelar los gastos. En el rincón, un grillo trasnochado levantó su cascabel y llenó la habitación con su garganta aguda, cortante. La tensión nerviosa empezó a ceder lenta pero eficazmente, y advirtió, otra vez, la flojedad, la laxitud de los músculos; se sintió tumbado sobre la colcha blanda y espesa mientras el cuerpo, liviano, ingrávido, traspasado por una dulce sensación de beatitud y cansancio iba perdiendo conciencia de su propia estructura material, de esa sustancia terrena, pesada, que lo definía, que lo situaba en una zona inconfundible y exacta de la escala zoológica, y soportaba en su difícil arquitectura toda una suma de sistemas, de órganos definidos geométricamente que le elevaban a la arbitraria jerarquía de los animales racionales. Los párpados, dóciles ahora, caían sobre la córnea con la misma naturalidad con que los brazos y las piernas se confundían en un conjunto de miembros que, lentamente, fueron perdiendo independencia; como si todo el organismo se hubiera revuelto en un solo órgano grande, total, y él —el hombre— hubiera dejado sus raíces mortales para penetrar en otras raíces más hondas y firmes; en las raíces eternas de un sueño integral y definitivo. Oyó que afuera, del otro lado del mundo, el canto del grillo se iba debilitando hasta desaparecer de sus sentidos, que se habían vuelto hacia adentro, sumergiéndolo a él en una nueva y descomplicada noción de tiempo y espacio; borrando la presencia de ese mundo material, físico y doloroso, lleno de insectos y de acres olores de violetas y formaldehídos.

Apaciblemente, envuelto en el tibio clima de serenidad codiciada, sintió la liviandad de su muerte artificial y diaria. Se hundió en una amable geografía, en un mundo fácil, ideal; un mundo como diseñado por un niño, sin ecuaciones algebraicas, sin despedidas amorosas y sin fuerzas de gravedad.

No podía precisar cuánto tiempo estuvo así, entre esa noble superficie de sueños y realidades; pero sí recordaba que bruscamente, como si le hubiera sido cortada la garganta por una cuchillada, dio un salto en el lecho y sintió que su hermano gemelo, su hermano muerto, estaba sentado al borde de la cama.

Otra vez, como antes, el corazón fue un puño que le vino a la boca y lo empujó a saltar. La luz naciente, el grillo que seguía moliendo la soledad con su organillo destemplado, el aire fresco que subía del universo del jardín, todo contribuyó a hacerlo volver nuevamente al mundo real; pero esta vez podía comprender a qué se debía su sobresalto. Durante los breves minutos de somnolencia, y –ahora me doy cuenta– durante toda la noche, en que creyó tener un sueño apacible, sencillo, *sin pensamientos*, su memoria había estado fija en una sola imagen, constante, invariable; en una imagen *autónoma* que se imponía a su pensamiento a pesar de la voluntad y de la resistencia del pensamiento mismo. Sí. Casi sin que él lo advirtiera, «ese» pensamiento se había ido apoderando de él, llenándolo, habitándolo entero, convirtiéndose en un telón de fondo que permanecía fijo detrás de los otros pensamientos, constituyendo el soporte, la vértebra definitiva en el drama mental de su día y de su noche. La idea del cadáver de su hermano gemelo se le había clavado en todo el centro de la vida. Y ahora, cuando ya lo habían dejado allá, en su parcela de tierra, con los párpados estremecidos de lluvia, ahora *tenía miedo* de él.

Nunca creyó que el golpe sería tan fuerte. Por la ventana entreabierta volvió a entrar el olor confundido ya con otro olor a tierra

húmeda, a huesos sumergidos, y su olfato le salió al encuentro regocijado, con una tremenda alegría de hombre bestial. Habían pasado
ya muchas horas desde el momento en que lo *vio* retorcerse como
un perro mal herido debajo de las sábanas, aullando, mordiendo ese
grito último que le llenaba la garganta de sal; tratando de romper con
las uñas el dolor que se *le* trepaba por la espalda hasta las raíces del
tumor. No podía olvidar *sus* maseteros de animal agonizante, rebelde
ante la verdad que se *le* había parado enfrente, que se había amarrado
a *su* cuerpo con tenacidad, con una constancia imperturbable, definitivamente como la muerte misma. Él *lo* vio en los últimos momentos
de *su* agonía bárbara. Cuando *se* rompió las uñas contra las paredes,
rasguñando ese último pedazo de vida que se le iba por entre los
dedos, que *se le* desangraba, mientras la gangrena se *le metía* por el
costado como una mujer implacable. Después *lo* vio tumbarse sobre
el lecho revuelto, con un mínimo de cansancio resignado, sudoroso,
cuando los dientes llenos de espuma le tiraron al mundo una sonrisa
horrible, monstruosa, y la muerte empezó a correrle por los huesos
como un río de cenizas.

Fue entonces cuando pensé en el tumor que había dejado de
dolerle en el vientre. Lo imaginé redondo –ahora sintió él la misma
sensación–, hinchado como un sol interior, insoportable como un
insecto amarillo que alargaba sus filamentos viscosos hacia el fondo
de los intestinos. (Sintió que las vísceras se le desajustaron como
ante la inminencia de una necesidad fisiológica.) Tal vez yo tenga
alguna vez un tumor como el suyo. Al principio será una esfera
pequeña, pero creciente, que se irá ramificando, agrandándose
dentro de mi vientre como un feto. Probablemente lo sienta cuando
empiece a moverse, a desplazarse hacia adentro con una furia de
niño sonámbulo, transitando por mis intestinos, ciego –se llevó las
manos al estómago para contener el dolor agudo–, con las manos
ansiosas tendidas hacia la sombra, buscando la matriz tibia, el útero

hospitalario que no ha de encontrar nunca; en tanto que sus cien patas de animal fantástico se irán enredando en un largo y amarillo cordón umbilical. Sí. Quizá yo –el estómago–, como este hermano que acaba de morir, tenga un tumor en la raíz de las vísceras. El olor que había mandado el jardín regresaba ahora fuerte, repugnante, envuelto en una tufarada nauseabunda. El tiempo parecía haberse detenido al borde de la madrugada. Contra el cristal el lucero estaba cuajado, en tanto que la pieza vecina, en donde toda la noche anterior estuvo el cadáver, seguía empujando su fuerte mensaje de formaldehído. Era, ciertamente, un olor distinto al del jardín. Éste era un olor más angustioso, más específico que ese confundido olor de las flores desiguales. Un olor que siempre, después de conocido, relacionó con los cadáveres. Era el olor glacial y exuberante que le dejó el aldehído fórmico de los anfiteatros. Pensó en el laboratorio. Recordó las vísceras conservadas en alcohol absoluto; en las aves disecadas. A un conejo saturado de formol se le vuelve dura la carne, se deshidrata y pierde su dócil elasticidad hasta convertirse en un conejo perpetuo, eternizado. Formaldehído. ¿De dónde saldrá este olor? *La única manera de contener la podredumbre.* Si los hombres *tuviéramos* formol entre las venas *seríamos* como las piezas anatómicas sumergidas en alcohol absoluto.

Oyó, allá afuera, el golpeteo de la lluvia creciente que venía martillando los cristales de la ventana entreabierta. Un aire fresco, regocijado y nuevo entró cargado de humedad. El frío de las manos se intensificó, haciéndole sentir la presencia del formol en las arterias; como si la humedad del patio hubiese entrado hasta sus huesos. Humedad. «Allá» hay mucha humedad. Pensó con cierto disgusto en las noches de invierno en que la lluvia traspasará la hierba, y la humedad irá a dormir sobre el costado de su hermano, a circularle por el cuerpo como una corriente concreta. Le parecía que los muertos tuvieran necesidad de otro sistema circulatorio que los fuera precipitando hacia otra muerte irremediable y última. En ese momento deseaba que no lloviera más, que el verano fuera una estación eterna y dominante. Por lo que estaba pensando, le disgustaba la persistencia de ese tableteo húmedo sobre los cristales. Quería que la arcilla de los cementerios fuera seca, siempre seca, porque lo inquietaba pensar que pasados quince días, cuando la humedad empiece a correrle por el tuétano, ya no habrá otro hombre igual, exactamènte igual a él debajo de la tierra.

Sí. *Ellos* eran dos hermanos gemelos, exactos, que a primera vista nadie podía diferenciar. Antes, cuando estuvieron los dos viviendo sus vidas separadas no eran sino *dos hermanos gemelos*, simples y apartados como dos hombres diferentes. *Espiritualmente* no había ningún factor común entre ellos. Pero ahora, cuando la rigidez, la terrible realidad se le trepaba por la espalda como un animal invertebrado, algo se había disuelto en su atmósfera integral, algo que se pronunciaba como un vacío, como si a su costado se hubiera abierto un precipicio, o como si, bruscamente, le hubiera sido cercenada de un hachazo la mitad de su cuerpo; no de ese cuerpo exacto, anatómico, sometido a una perfecta definición geométrica; no de ese cuerpo físico que ahora sentía miedo, sino de otro cuerpo que venía más allá del suyo, que había estado con él hundido en la noche líquida del vientre materno y se remontaba con él por las ramas de una genealogía antigua; que estuvo con él en la sangre de sus cuatro pares de bisabuelos, y vino desde el atrás, desde el principio del mundo, sosteniendo con su peso, con su misteriosa presencia, todo el equilibrio universal. Podía ser que él estuviera con la sangre de Isaac y Rebeca, que fuera su otro hermano el que nació trabado en su calcañal y que vino dando tumbos de generación en generación, noche a noche, de beso en beso, de amor en amor, descendiendo por arterias y testículos hasta llegar como en un viaje nocturno, a la matriz de su madre reciente. El misterioso itinerario ancestral se le presentaba ahora doloroso y verdadero, ahora que había sido roto el equilibrio y la ecuación resuelta definitivamente. Sabía que algo faltaba a su armonía personal, a su integridad formal y cotidiana: *¡Jacob se había libertado irremediablemente de sus tobillos!*

Durante los días en que su hermano estuvo enfermo no tuvo esta sensación, porque el rostro demacrado, transfigurado por la fiebre y el dolor, con la barba crecida, se había diferenciado altamente del suyo.

Pero una vez que estuvo inmóvil, tendido sobre su muerte total, se llamó a un barbero para que «arreglara» el cadáver. Él estuvo presente, pegado contra el muro, cuando llegó el hombre vestido de blanco y armado con el limpio instrumental de su profesión... Con la precisión de un maestro cubrió de espuma la barba del muerto –la boca espumosa. Así lo vi antes de morir– y, lentamente, como quien va revelando un secreto tremendo, empezó a rasurarlo. Fue entonces cuando lo asaltó «esa» idea horrible. A medida que, al paso de la navaja, iba surgiendo el rostro pálido y terroso del hermano gemelo, él iba sintiendo que aquel cadáver no era *una* cosa extraña a él, sino que estaba fabricado de su misma sustancia terrena, que era su propia repetición... Sentía la extraña sensación de que sus parientes habían extraído del espejo la imagen suya, la que él veía reflejada en el cristal cuando se afeitaba. Ahora que esa imagen respondía a cada uno de sus movimientos había tomado independencia. Él la había visto afeitarse otras veces, todas las mañanas. Pero asistía a la dramática experiencia de que otro hombre estuviera quitándole la barba a la imagen de su espejo, prescindiendo de su propia presencia física. Tuvo la certeza, la seguridad de que si en aquel momento se hubiera acercado a un cristal lo habría encontrado en blanco, aunque la física no tuviera una explicación exacta para aquel fenómeno. ¡Era la conciencia del desdoblamiento! ¡Su doble era un cadáver! Desesperado, tratando de reaccionar, palpó el muro firme que le subió por el tacto como una corriente de seguridad. El barbero terminó su labor y con la punta de las tijeras cerró los párpados del cadáver. La noche le quedó temblando adentro, en la irrevocable soledad del cuerpo desgajado. Así eran exactos. Dos hermanos idénticos, inquietamente repetidos.

Fue entonces, al observar lo íntimamente ligadas que estaban esas dos naturalezas, cuando se le ocurrió que algo extraordinario, inesperado, iba a acontecer. Imaginó que la separación de los dos cuerpos en el espacio no era más que aparente cuando, en realidad, ambos tenían una naturaleza única, total. Tal vez cuando llegue hasta el muerto la descomposición orgánica, él, el vivo empiece a podrirse también dentro de su mundo animado.

Oyó que la lluvia empezó a gotear con mayor fuerza sobre los cristales y que el grillo reventó su cuerda de repente. Sus manos estaban ahora intensamente frías con una larga frialdad deshumanizada. El olor a formaldehído, acentuado, le hizo pensar en la posibilidad de traerse a la podredumbre que le estaba comunicando su hermano gemelo desde allá, desde su helado hueco de tierra. ¡Eso es absurdo! ¡Tal vez el fenómeno sea inverso: la influencia debía ejercerla él que permanecía con vida, con su energía, con su célula vital! Quizá –en este plano– tanto él como su hermano permanezcan intactos, sosteniendo un equilibrio entre la vida y la muerte para defenderse de la putrefacción. ¿Pero quién podía asegurarlo? ¿No era posible asimismo que el hermano sepultado continuara incorruptible en tanto que la podredumbre invadía al vivo con sus pulpos azules?

Pensó que la última hipótesis era la más probable y se resignó a esperar la llegada de su hora tremenda. La carne se le había puesto suave, adiposa, y creyó sentir que una sustancia azul lo cubría por entero. Olfateó hacia abajo la llegada de sus propios olores corporales, pero sólo el formol de la pieza vecina le agitó las membranas olfativas con un estremecimiento helado, inconfundible. Nada

le preocupó después. En su rincón el grillo trató de reiniciar la can-
tilena mientras una gota gruesa y exacta empezó a colarse por el
cielo raso en todo el centro de la habitación. La oyó caer sin sorpresa
porque sabía que en ese sitio la madera estaba envejecida, pero se
imaginó aquella gota formada por una agua fresca, buena y amiga,
que venía del cielo, de una vida mejor, más ancha y menos llena de
fenómenos idiotas, como el amor o como la digestión y la gemelidad.
Tal vez esa gota iba a llenar la habitación dentro de una hora o dentro
de mil años, y a disolver esa armadura mortal, esa sustancia vana que
tal vez –¿por qué no?– dentro de breves instantes no sería ya sino una
pastosa mezcla de albúmina y de suero. Ahora todo era igual. Entre
él y su tumba sólo se interponía su propia muerte. Resignado, oyó la
gota, gruesa, pesada, exacta, que golpeaba en el otro mundo, en el
mundo equivocado y absurdo de los animales racionales.

[1948]

Eva está dentro de su gato

DE PRONTO notó que se le había derrumbado su belleza, que llegó a dolerle físicamente como un tumor o como un cáncer. Todavía recordaba el peso de ese privilegio que llevó sobre su cuerpo durante la adolescencia y que ahora había dejado caer –quién sabe dónde– con un cansancio resignado, con un último gesto de animal decadente. Era imposible seguir soportando esa carga por más tiempo. Había que dejar en cualquier parte ese inútil adjetivo de su personalidad; ese pedazo de su propio nombre que a fuerza de acentuarse había llegado a sobrar. Sí; había que abandonar la belleza en cualquier parte; a la vuelta de una esquina, en un rincón suburbano. O dejarla olvidada en el ropero de un restaurante de segunda clase como un viejo abrigo inservible. Estaba cansada de ser el centro de todas las atenciones, de vivir asediada por los ojos largos de los hombres. En la noche, cuando clavaba en sus párpados los alfileres del insomnio, hubiera deseado ser mujer ordinaria, sin atractivos. Dentro de las cuatro paredes de su habitación, todo le era hostil. Desesperada, sentía prolongarse la vigilia por debajo de su piel, por su cabeza, empujando la fiebre hacia arriba, hacia la raíz de su cabello. Era como si sus arterias se hubieran poblado de unos insectos diminutos y calientes que con la cercanía de la madrugada, diariamente, se despertaran y recorrían con sus patas

movedizas, en una desgarradora aventura subcutánea, ese pedazo
de barro frutecido donde se había localizado su belleza anatómica.
En vano luchaba por ahuyentar aquellos animales terribles. No podía. Eran parte de su propio organismo. Habían estado allí, vivos,
desde mucho antes de su existencia física. Venían desde el corazón de
su padre, que los había alimentado dolorosamente en sus noches de
soledad desesperada. O tal vez habían desembocado a sus arterias
por el cordón que la llevó atada a su madre desde el principio del
mundo. Era indudable que esos insectos no habían nacido espontáneamente dentro de su cuerpo. Ella sabía que venían de atrás, que
todos los que llevaron su apellido tuvieron que soportarlos, que tuvieron que sufrirlos como ella cuando el insomnio se hacía invencible
hasta la madrugada. Eran esos insectos los mismos que pintaban ese
gesto amargo, esa tristeza inconsolable en el rostro de sus antepasados. Ella los había visto mirar desde su apagada existencia, desde su
retrato antiguo, víctimas de esa misma angustia. Todavía recordaba
el rostro inquietante de la bisabuela que, desde su lienzo envejecido,
pedía un minuto de descanso, un segundo de paz a esos insectos que
allá, en los canales de su sangre, seguían martirizándola y embelle-
ciéndola despiadadamente. No; esos insectos no eran suyos. Venían
transmitiéndose de generación en generación, sosteniendo con su
diminuta armadura todo el prestigio de una casta selecta, dolorosamente selecta. Esos insectos habían nacido en el vientre de la primera
madre que tuvo una hija bella. Pero era necesario, urgente, detener
esa herencia. Alguien tenía que renunciar a seguir transmitiendo
esa belleza artificial. De nada valía a las mujeres de su estirpe admi-
rarse de sí mismas al regresar del espejo, si durante las noches
esos animales hacían su labor lenta y eficaz, sin descanso, con una
constancia de siglos. Ya no era una belleza, era una enfermedad que
había que detener, que había que cortar en forma enérgica y radical.

Todavía recordaba las horas interminables en aquel lecho

sembrado de agujas calientes. Aquellas noches en que ella trataba de empujar el tiempo para que con la llegada del día esas bestias dejaran de doler. ¿De qué servía una belleza así? Noche a noche, hundida en su desesperación, pensaba que más le hubiera valido ser una mujer vulgar, o ser hombre; pero no tener esa virtud inútil, alimentada por insectos de remotos orígenes que le estaban precipitando la llegada irrevocable de la muerte. Tal vez sería feliz si tuviera el mismo desgarbo, esa misma fealdad desolada de su amiga checoslovaca que tenía nombre de perro. Más le hubiera valido ser fea, para tener un sueño apacible como el de cualquier cristiano.

Maldijo a sus antepasados. Ellos tenían la culpa de su vigilia. Ellos que habían transmitido esa belleza invariable, exacta, como si después de muertas las madres sacudieran y renovaran las cabezas para injertarlas en los troncos de las hijas. Era como si la misma cabeza, una cabeza sola, hubiera venido transmitiéndose, con unas mismas orejas, con igual nariz, con idéntica boca, con su pesada inteligencia, en todas las mujeres, quienes tenían que recibirla irremediablemente como un doloroso patrimonio de belleza. Era allí, en la transmisión de la cabeza, donde venía ese microbio eterno que al través de las generaciones se había acentuado, había tomado personalidad, fuerza, hasta convertirse en un ser invencible, en una enfermedad incurable que al llegar a ella, después de haber pasado por un complicado proceso de censuración, ya ni podía soportarse y era amarga y dolorosa... Exactamente como un tumor o como un cáncer.

En esas horas de desvelo era cuando se acordaba de las cosas desagradables a su fina sensibilidad. Recordaba esos objetos que constituían el universo sentimental donde se habían cultivado, como en un caldo químico, aquellos microbios desesperantes. En esas noches, con los redondos ojos abiertos y asombrados, soportaba el peso de la oscuridad que caía sobre sus sienes como un plomo derretido. En derredor suyo dormían todas las cosas. Y desde su rincón, ella trataba de repasar, para distraer su sueño, sus recuerdos infantiles.

Pero siempre esa recordación terminaba con un terror por lo desconocido. Siempre su pensamiento, después de vagar por los oscuros rincones de la casa, se encontraba frente a frente con el miedo. Entonces empezaba la lucha. La verdadera lucha contra tres enemigos inconmovibles. No podría —no, no podría jamás— sacudir el miedo de su cabeza. Tenía que soportarlo apretado a su garganta. Y todo por vivir en ese caserón antiguo, por dormir sola en aquel rincón, apartada del resto del mundo.

Siempre su pensamiento se iba por los húmedos pasadizos oscuros, sacudiendo de los retratos el polvo seco cubierto de telarañas. Ese polvo inquietante y tremendo que caía de arriba, desde ese sitio en que se estaban deshaciendo los huesos de sus antepasados. Invariablemente se acordaba del «niño». Allá lo imaginaba, sonámbulo, debajo de la hierba, en el patio, junto al naranjo, con un puñado de tierra mojada dentro de la boca. Le parecía verlo en su fondo arcilloso, cavando hacia arriba con las uñas, con los dientes, huyéndole al frío que le mordía la espalda; buscando la salida al patio por ese pequeño túnel donde lo habían metido con los caracoles. En el invierno lo oía llorar con su llanto chiquito, sucio de barro, traspasado por la lluvia. Lo imaginaba completo. Tal como lo habían dejado cinco años atrás, en aquel hueco lleno de agua. No podía pensar que se hubiera descompuesto. Al contrario, debía ser bellísimo navegando en esa agua espesa como en un viaje sin salida. O lo veía vivo, pero asustado, miedoso de sentirse solo, enterrado en un patio tan sombrío. Ella misma se había opuesto a que lo dejaran allí, debajo del naranjo, tan cercano a la casa. Le tenía miedo. Sabía que en las noches en que le persiguiera la vigilia él lo adivinaría. Regresaría por los anchos corredores a pedirle que lo acompañara, a pedirle que le defendiera de esos otros insectos que se estaban comiendo la raíz de sus violetas.

Volvería a que lo dejara dormir a su lado como cuando era vivo. Ella tenía miedo de sentirlo de nuevo a su lado después de haber saltado el muro de la muerte. Tenía miedo de robar esas manos que «el niño» traería siempre cerradas para calentar su pedacito de hielo. Ella quería, después de que lo vio convertido en cemento, como la estatua del miedo tumbada sobre el limo, quería que se lo llevaran lejos para no recordarlo en la noche. Y sin embargo, lo habían dejado allí, donde ahora estaba imperturbable, astroso, alimentando su sangre con el barro de las lombrices. Y ella tenía que resignarse a verlo regresar desde su fondo de tinieblas. Porque siempre, invariablemente, cuando se desvelaba, se ponía a pensar en el «niño», que debía estar llamándola desde su pedazo de tierra para que lo ayudara a fugarse de esa muerte absurda.

Pero ahora, en su nueva vida temporal, e inespacial, estaba más tranquila. Sabía que allá, fuera de su mundo, todo seguiría marchando con el mismo ritmo de antes; que su habitación debía de estar aún sumida en la madrugada, y que sus cosas, sus muebles, sus trece libros favoritos, permanecían en su puesto. Y que en su lecho, desocupado, apenas empezaba a desvanecerse el aroma corpóreo que ocupaba ahora su vacío de mujer entera. Pero, ¿cómo pudo suceder «eso»? ¿Cómo ella, después de ser una mujer bella, con la sangre poblada de insectos, perseguida por el miedo en la noche total, había dejado la pesadilla inmensa, insomne, para ingresar ahora a un mundo extraño, desconocido, en donde habían sido eliminadas todas las dimensiones? Recordó. Aquella noche –la de su tránsito– hacía más frío que de costumbre y ella estaba sola en la casa, martirizada por el insomnio. Nadie perturbaba el silencio, y el olor que subía del jardín era un olor a miedo. El sudor brotaba de su cuerpo como si la sangre de sus arterias se estuviera derramando con su carga de insectos. Deseaba que alguien pasara por la calle, alguien que gritara, que rompiera aquella atmósfera detenida. Que se moviera algo en la naturaleza, que volviera la tierra a girar alrededor del sol. Pero fue inútil. Ni siquiera despertarían esos hombres imbéciles que se habían quedado dormidos debajo de su oreja, dentro de la almohada. Ella también estaba inmóvil. Las paredes manaban un fuerte olor a pintura fresca, ese olor espeso, grande, que no se siente con el olfato sino con el estómago. Y sobre la mesa el reloj único, golpeando el silencio con su máquina mortal. «¡El tiempo..., oh, el tiempo...!», suspiró ella, recordando a la muerte. Y allá, en el patio, debajo del naranjo, seguía llorando «el niño» con su llanto chiquito desde el otro mundo.

Acudió a todas sus creencias. ¿Por qué no amanecía en aquel momento o se moría de una vez? Nunca creyó que la belleza fuera a costarle tantos sacrificios. En aquel momento –como de costumbre– seguía doliéndole por encima del miedo. Y por debajo del miedo seguían martirizándola esos implacables insectos. La muerte se le había apretado a la vida como una araña que la mordía rabiosamente, dispuesta a hacerla sucumbir. Pero estaba demorando el último instante. Sus manos, esas manos que los hombres apretaban imbécilmente, con manifiesta nerviosidad animal, estaban inmóviles, paralizadas por el miedo, por ese terror irracional que venía de adentro, sin ningún motivo, sólo por saberse abandonada en aquella casa antigua. Trató de reaccionar y no pudo. El miedo la había absorbido totalmente y continuaba allí, fijo, tenaz, casi corpóreo; como si fuera una persona invisible que se había propuesto no salir de su habitación. Y lo que más la intranquilizaba era que ese miedo no tuviera justificación alguna, que fuera un miedo único, sin razón, un miedo porque sí.

La saliva se había vuelto espesa en su lengua. Era mortificante entre sus dientes esa goma dura que se le pegaba al paladar y fluía sin que ella pudiera contenerla. Era un deseo distinto a la sed. Un deseo superior que estaba experimentando por primera vez en su vida. Por un momento se olvidó de su belleza, de su insomnio y de su miedo irracional. Se desconoció a sí misma. Por un instante creyó que habían salido los microbios de su cuerpo. Sentía que se habían venido pegados a su saliva. Sí; todo eso estaba muy bien. Bien que los insectos la hubieran despoblado y que ahora pudiera dormir, pero era necesario encontrar un medio para disolver aquella resina que le embotaba la lengua. Si pudiera llegar hasta la despensa y... ¿Pero en qué estaba pensando? Tuvo un golpe de sorpresa. Nunca había sentido «ese deseo». La urgencia de la acidez la había debilitado, volviendo inútil la disciplina que había seguido fielmente durante tantos años, desde el día en que sepultaron a «el niño». Era una tontería, pero sentía asco de comerse una naranja. Sabía que «el niño» había subido hasta los azahares y que las frutas del próximo otoño estarían hinchadas de su carne, refrescada con la tremenda frescura de su muerte. No. No podía comerlas. Sabía que debajo de cada naranjo, en todo el mundo, había un niño enterrado que endulzaba las frutas con la cal de sus huesos. Sin embargo, ahora tenía que comerse una naranja. Era el único remedio para esa goma que la estaba ahogando. Era una tontería pensar que «el niño» estaba dentro de una fruta. Aprovecharía ese momento en que la belleza había dejado de dolerle para llegar hasta la despensa. Pero... ¿no era raro aquello? Era la primera vez en su vida que sentía verdaderos deseos de comerse una naranja. Se puso alegre, alegre. Ah, ¡qué placer! Comerse una naranja. No sabía por qué, pero nunca tuvo un deseo más imperativo. Se levantaría, feliz de ser otra vez una mujer normal, cantando alegremente llegaría hasta la despensa; cantando alegremente, como una mujer nueva, recién nacida. Llegaría inclusive hasta el patio y...

Su recuerdo se tronchaba de pronto. Recordaba que había tratado de levantarse y que ya no estaba en su cama, que había desaparecido su cuerpo, que no estaban allí sus trece libros favoritos y que ella no era ya ella. Ahora estaba incorpórea, flotando, vagando sobre una nada absoluta, convertida en un punto amorfo, pequeñísimo, sin dirección. No podía precisar lo sucedido. Estaba confundida. Sólo tenía la sensación de que alguien la había empujado al vacío desde lo alto de un precipicio. Se sentía convertida en un ser abstracto, imaginario. Se sentía convertida en una mujer incorpórea; algo como si de pronto hubiera ingresado en ese alto y desconocido mundo de los espíritus puros.

Volvió a tener miedo. Pero era un miedo distinto al del momento anterior. Ya no era el miedo al llanto de «el niño». Era un terror por lo extraño, por lo misterioso y desconocido de su nuevo mundo. ¡Y pensar que todo eso había sucedido tan inocentemente, con tanta ingenuidad de su parte! ¿Qué iba a decir a su madre cuando al llegar a la casa se iba a enterar de lo acontecido? Empezó a pensar en la alarma que se produciría en los vecinos cuando abrieran la puerta de su habitación y descubrieran que el lecho estaba vacío, que las cerraduras no habían sido tocadas, que nadie había podido entrar o salir y que, sin embargo, ella no estaba allí. Imaginó el gesto desesperado de su madre buscándola por toda la habitación, haciendo conjeturas, preguntándose a sí misma «qué habría sido de esa niña». La escena se le presentaba clara. Acudirían los vecinos y empezarían a tejer comentarios —algunos maliciosos— sobre su desaparición. Cada cual pensaría según su propio y particular modo de pensar. Cada cual trataría de dar la explicación más lógica, la más aceptable al menos, en tanto que su madre correría por los pasadizos del caserón, desesperada, llamándola por su nombre.

Y ella estaría allí. Contemplaría el momento, detalle a detalle, desde un rincón, desde el techo, desde las hendiduras del muro, desde cualquier parte; desde el ángulo más propicio, escudada por su estado incorpóreo, en su inespacialidad. La intranquilizaba pensarlo. Ahora se daba cuenta de su error. No podría dar ninguna explicación, aclarar nada, consolar a nadie. Ningún ser vivo podría ser informado de su transformación. Ahora –quizá la única vez que los necesitaba– no tendría una boca, unos brazos, para que todos supieran que ella estaba allí, en su rincón, separada del mundo tridimensional por una distancia insalvable. En su nueva vida estaba aislada, totalmente impedida de captar sensaciones. Pero a cada momento algo vibraba en ella, un estremecimiento que la recorría, inundándola, la hacía saber de ese otro universo físico que se movía fuera de su mundo. No oía, no veía, pero *sabía* de ese sonido y de esa visión. Y allá, en la altura de su mundo superior, empezó a saber que un ambiente de angustia la rodeaba.

Hacía apenas un segundo –de acuerdo con nuestro mundo temporal– que se había realizado el tránsito, de manera que sólo ahora empezaba ella a conocer las modalidades, las características de su nuevo mundo. En torno suyo giraba una oscuridad absoluta, radical. ¿Hasta cuándo durarían esas tinieblas? ¿Tendría que acostumbrarse a ellas eternamente? Su angustia aumentó de concentración al saberse hundida en esa niebla espesa, impenetrable: ¿estaría en el limbo? Se estremeció. Recordó todo lo que había oído decir alguna vez sobre el limbo. Si en verdad estaba allí, a su lado flotaban otros espíritus puros de niños que murieron sin bautismo, que habían estado muriendo durante mil años. Trató de buscar en la sombra la vecindad de esos seres que debían ser mucho más puros, mucho más simples que ella. Aislados por completo del mundo físico, condenados a una vida sonámbula y eterna. Tal vez estaba «el niño» persiguiendo una salida para llegar hasta su cuerpo.

Pero no. ¿Por qué tendría que estar en el limbo? ¿Acaso había muerto? No. Simplemente fue un cambio de estado, un tránsito normal del mundo físico a un mundo más fácil, descomplicado, en el que habían sido eliminadas todas las dimensiones.

Ahora no tenía que sufrir esos insectos subcutáneos. Su belleza se había derrumbado. Ahora, en esa situación elemental, podía ser feliz. Aunque... –¡oh!– no completamente feliz porque ahora su más grande deseo, el deseo de comerse una naranja, se había hecho irrealizable. Era por lo único que hubiera querido estar todavía en su primera vida. Para poder satisfacer la urgencia de la acidez que persistía aun después del tránsito. Trató de orientarse a fin de llegar hasta la despensa y sentir, siquiera, la fresca y agria compañía de las naranjas. Fue entonces cuando descubrió una nueva modalidad de su mundo: estaba en todas partes de la casa, en el patio, en el techo, hasta en el propio naranjo de «el niño». Estaba en todo el mundo físico más allá. Y sin embargo no estaba en ninguna parte. De nuevo se intranquilizó. Había perdido el control sobre sí misma. Ahora estaba sometida a una voluntad superior, era un ser inútil, absurdo, inservible. Sin saber por qué, empezó a ponerse triste. Casi comenzó a sentir nostalgia por su belleza; por esa belleza que ella había desperdiciado tontamente.

Pero una idea suprema la reanimó. ¿No había oído decir acaso que los espíritus puros pueden penetrar a voluntad en cualquier cuerpo? Después de todo, ¿qué perdía con intentarlo? Trató de recordar cuál de los habitantes de la casa podría ser sometido a la prueba. Si lograba realizar su propósito quedaría satisfecha: podría comerse la naranja. Recordó. A esa hora la gente del servicio no acostumbraba estar allí. Su madre no había llegado todavía. Pero la necesidad de comerse una naranja, unida ahora a la curiosidad de verse encarnada en un cuerpo distinto al suyo, la obligaba a actuar cuanto antes. Pero no había allí nadie en quien encarnarse. Era una razón desoladora: no había nadie en la casa. Tendría que vivir eternamente aislada del mundo exterior, en su mundo adimensional, sin poder comerse la primera naranja. Y todo por una tontería. Hubiera sido mejor seguir soportando unos años más esa belleza hostil y no anularse para siempre, inutilizarse como una bestia vencida. Pero ya era demasiado tarde.

Iba a retirarse, decepcionada, a una región distante del universo, a una comarca donde pudiera olvidarse de todos sus pasados deseos terrenos. Pero algo la hizo desistir bruscamente. En su comarca desconocida se abrió la promesa de un futuro mejor. Sí, había alguien en la casa en quien podría reencarnarse: ¡en el gato! Vaciló luego. Era difícil resignarse a vivir dentro de un animal. Tendría una piel suave, blanca, y habría en sus músculos concentrada una gran energía para el salto. En la noche sentiría brillar sus ojos en la sombra como dos brasas verdes. Y tendría unos dientes blancos, agudos, para sonreírle a su madre desde su corazón felino con una ancha y buena sonrisa animal. ¡Pero no...! No podía ser. Se imaginó de pronto metida dentro del cuerpo del gato, recorriendo otra vez los pasadizos de la casa, manejando cuatro patas incómodas y aquella cola que se movería suelta, sin ritmo, ajena a su voluntad. ¿Cómo sería la vida desde esos ojos verdes y luminosos? En la noche se iría a maullarle al cielo para que no derramara su cemento enlunado sobre el rostro de «el niño» que estaría bocarriba bebiéndose el rocío. Tal vez en su situación de gato también sienta miedo. Y tal vez, al fin de todo, no podría comerse la naranja con esa boca carnívora. Un frío venido de allí mismo, nacido en la propia raíz de su espíritu, tembló en su recuerdo. No. No era posible encarnarse en el gato. Tenía miedo de sentir un día en su paladar, en su garganta, en todo su organismo cuadrúpedo, el deseo irrevocable de comerse un ratón. Probablemente cuando su espíritu empiece a poblar el cuerpo del gato ya no sentiría deseos de comerse una naranja, sino el repugnante y vivo deseo de comerse un ratón. Se estremeció al imaginarlo preso entre sus dientes después de la cacería. Lo sintió debatirse en sus últimos intentos de fuga, tratando de liberarse para llegar otra vez hasta su cueva. No. Todo menos eso. Era preferible seguir allí eternamente, en ese mundo lejano y misterioso de los espíritus puros.

Pero era difícil resignarse a vivir olvidada para siempre. ¿Por qué tenía que sentir deseos de comerse un ratón? ¿Quién primaría en esa síntesis de mujer y gato? ¿Primaría el instinto animal, primitivo, del cuerpo, o la voluntad pura de mujer? La respuesta fue clara, cristalina. Nada había que temer. Se encarnaría en el gato y se comería su deseada naranja. Además sería un ser extraño, un gato con inteligencia de mujer bella. Volvería a ser el centro de todas las atenciones... Fue entonces, por primera vez, cuando comprendió que por sobre todas sus virtudes estaba imperando su vanidad de mujer metafísica.

Como un insecto cuando pone en guardia sus antenas, así orientó ella su energía por toda la casa en busca del gato. A esa hora debía estar aún sobre la estufa soñando que despertará con un tallo de valeriana entre los dientes. Pero no estaba allí. Volvió a buscarlo, pero ya no encontró la estufa. La cocina no era la misma. Los rincones de la casa le eran extraños; ya no eran aquellos oscuros rincones llenos de telarañas. El gato no estaba en ninguna parte. Buscó por los tejados, en los árboles, en los canales, debajo de la cama, en la despensa. Todo lo encontró confundido. Donde creyó encontrar, otra vez, los retratos de sus antepasados, no encontró sino un frasco con arsénico. De allí en adelante encontró arsénico en toda la casa, pero el gato había desaparecido. La casa no era ya la misma de antes. ¿Qué había sido de sus cosas? ¿Por qué sus trece libros favoritos estaban cubiertos ahora de una espesa capa de arsénico? Recordó el naranjo del patio. Lo buscó, y trató de encontrar otra vez a «el niño» en su hueco de agua. Pero no estaba el naranjo en su sitio, y «el niño» no era ya sino un puño de arsénico con ceniza bajo una pesada plataforma de concreto. Ahora sí dormía definitivamente. Todo era distinto. Y la casa tenía un fuerte olor arsenical que golpeaba el olfato como desde el fondo de una droguería.

Sólo entonces comprendió ella que habían pasado ya tres mil años desde el día en que tuvo deseos de comerse la primera naranja.

[1948]

Amargura para tres sonámbulos

AHORA LA teníamos allí, abandonada en un rincón de la casa. Alguien nos dijo, antes que trajéramos sus cosas –su ropa olorosa a madera reciente, sus zapatos sin peso para el barro–, que no podía acostumbrarse a aquella vida lenta, sin sabores dulces, sin otro atractivo que esa dura soledad de cal y canto, siempre apretada a sus espaldas. Alguien nos dijo –y había pasado mucho tiempo antes que lo recordáramos– que ella también había tenido una infancia. Quizá no lo creímos, entonces. Pero ahora, viéndola sentada en el rincón, con los ojos asombrados, y un dedo puesto sobre los labios, tal vez aceptábamos que una vez tuvo una infancia, que alguna vez tuvo el tacto sensible a la frescura anticipada de la lluvia, y que soportó siempre de perfil a su cuerpo, una sombra inesperada.

Todo eso –y mucho más– lo habíamos creído aquella tarde en que nos dimos cuenta de que, por encima de su submundo tremendo, era completamente humana. Lo supimos cuando de pronto, como si adentro se hubiera roto un cristal, empezó a dar gritos angustiados; empezó a llamarnos a cada cual por su nombre, hablando entre lágrimas hasta cuando nos sentamos junto a ella; nos pusimos a cantar y a batir palmas, como si nuestra gritería pudiera soldar los cristales esparcidos. Sólo entonces pudimos creer que alguna vez tuvo una infancia. Fue como si sus gritos se parecieran en algo a una revelación; como si tuvieran mucho de árbol recordado y río profundo, cuando se incorporó, se inclinó un poco hacia adelante, y todavía sin cubrirse la cara con el delantal, todavía sin sonarse la nariz, y todavía con lágrimas, nos dijo: «No volveré a sonreír».

Salimos al patio, los tres, sin hablar, acaso creíamos llevar pensamientos comunes. Tal vez pensamos que no sería lo mejor encender las luces de la casa. Ella deseaba estar sola –quizás–, sentada en el rincón sombrío, tejiéndose la trenza final, que parecía ser lo único que sobreviviría de su tránsito hacia la bestia.

Afuera, en el patio, sumergidos en el profundo vaho de los insectos, nos sentamos a pensar en ella. Lo habíamos hecho otras veces. Podíamos haber dicho que estábamos haciendo lo que habíamos hecho todos los días de nuestras vidas.

Sin embargo, aquella noche era distinto: ella había dicho que no volvería a sonreír, y nosotros, que tanto la conocíamos, teníamos la certidumbre de que la pesadilla se había vuelto verdad. Sentados en un triángulo, la imaginábamos allá adentro, abstracta, incapacitada, hasta para escuchar los innumerables relojes que medían el ritmo, marcado y minucioso, en que se iba convirtiendo en polvo: «Si por lo menos tuviéramos valor para desear su muerte», pensábamos a coro. Pero la queríamos así: fea y glacial, como una mezquina contribución a nuestros ocultos defectos.

Éramos adultos desde antes, desde mucho tiempo atrás. Ella era, sin embargo, la mayor de la casa. Esa misma noche había podido estar allí, sentada con nosotros, sintiendo el templado pulso de las estrellas, rodeada de hijos sanos. Habría sido la señora respetable de la casa si hubiera sido la esposa de un buen burgués o concubina de un hombre puntual. Pero se acostumbró a vivir en una sola dimensión, como la línea recta, acaso porque sus vicios o sus virtudes no pudieran conocerse de perfil. Desde varios años atrás ya lo sabíamos todo. Ni siquiera nos sorprendimos una mañana, después de levantados, cuando la encontramos boca abajo en el patio, mordiendo la tierra en una dura actitud estática. Entonces sonrió, volvió a mirarnos; había caído desde la ventana del segundo piso hasta la dura arcilla del patio, y había quedado allí, tiesa y concreta, de bruces al barro húmedo. Pero después supimos que lo único que conservaba intacto era el miedo a las distancias, el natural espanto frente al vacío. La levantamos por los hombros. No estaba dura como nos pareció al principio. Al contrario, tenía los órganos sueltos, desasidos de la voluntad, como un muerto tibio que no hubiera empezado a endurecerse.

Tenía los ojos abiertos, sucia la boca de esa tierra que debía saberle ya a sedimento sepulcral, cuando la pusimos de cara al sol y fue como si la hubiéramos puesto frente a un espejo. Nos miró a todos con una apagada expresión sin sexo, que nos dio –teniéndola ya entre mis brazos– la medida de su ausencia. Alguien nos dijo que estaba muerta; y se quedó después sonriendo con esa sonrisa fría y quieta que tenía durante las noches cuando transitaba despierta por la casa. Dijo que no sabía cómo llegó hasta el patio. Dijo que había sentido mucho calor, que estuvo oyendo un grillo penetrante, agudo, que parecía –así lo dijo– dispuesto a tumbar la pared de su cuarto, y que ella se había puesto a recordar las oraciones del domingo, con la mejilla apretada al piso de cemento.

Sabíamos, sin embargo, que no podía recordar ninguna oración, como supimos después que había perdido la noción del tiempo cuando dijo que se había dormido sosteniendo por dentro la pared que el grillo estaba empujando desde afuera, y que estaba completamente dormida cuando alguien, cogiéndola por los hombros, apartó la pared y la puso a ella de cara al sol.

Aquella noche sabíamos, sentados en el patio, que no volvería a sonreír. Quizá nos dolió anticipadamente su seriedad inexpresiva, su oscuro y voluntarioso vivir arrinconado. Nos dolía hondamente, como nos dolía el día que la vimos sentarse en el rincón, adonde ahora estaba, y le oímos decir que no volvería a deambular por la casa. Al principio no pudimos creerla. La habíamos visto durante meses enteros transitando por los cuartos a cualquier hora, con la cabeza dura y los hombros caídos, sin detenerse, sin fatigarse nunca. De noche oíamos su rumor corporal, denso, moviéndose entre dos oscuridades, y quizá nos quedamos muchas veces despiertos en la cama, oyendo su sigiloso andar, siguiéndola con el oído por toda la casa. Una vez nos dijo que había visto el grillo dentro de la luna del espejo, hundido, sumergido en la sólida transparencia y que había atravesado la superficie de cristal para alcanzarlo. No supimos, en realidad, lo que quería decirnos, pero todos pudimos comprobar que tenía la ropa mojada, pegada al cuerpo, como si acabara de salir de un estanque. Sin pretender explicarnos el fenómeno, resolvimos acabar con los insectos de la casa: destruir los objetos que la obsesionaban.

Hicimos limpiar las paredes; ordenamos cortar los arbustos del patio, y fue como si hubiéramos limpiado de pequeñas basuras el silencio de la noche. Pero ya no la oíamos caminar, ni la oíamos hablar de grillos, hasta el día en que, después de la última comida, se quedó mirándonos, se sentó en el suelo de cemento, todavía sin dejar de mirarnos, y nos dijo: «Me quedaré aquí, sentada», y nos estremecimos, porque pudimos ver que había empezado a parecerse a algo que era ya casi completamente como la muerte.

De eso hacía ya mucho tiempo y hasta nos habíamos acostumbrado a verla allí, sentada, con la trenza siempre a medio tejer, como si se hubiera disuelto en su soledad y hubiera perdido, aunque se le estuviera viendo, la facultad natural de estar presente. Por eso ahora sabíamos que no volvería a sonreír; porque lo había dicho en la misma forma convencida y segura en que una vez nos dijo que no volvería a caminar. Era como si tuviéramos la certidumbre de que más tarde nos diría: «No volveré a ver» o quizá: «No volveré a oír», y supiéramos que era lo suficientemente humana para ir eliminando a voluntad sus funciones vitales, y que, espontáneamente, se iría acabando sentido a sentido, hasta el día en que la encontráramos recostada a la pared, como si se hubiera dormido por primera vez en su vida. Quizá faltaba mucho tiempo para eso, pero los tres, sentados en el patio, habríamos deseado aquella noche sentir su llanto afilado y repentino, de cristal roto, al menos para hacernos la ilusión de que habría nacido un (una) niña dentro de la casa. Para creer que había nacido nueva.

[1949]

Diálogo del espejo

EL HOMBRE de la estancia anterior, después de haber dormido largas horas como un santo, olvidado de las preocupaciones y desasosiegos de la madrugada reciente, despertó cuando el día era alto y el rumor de la ciudad invadía –total– el aire de la habitación entreabierta. Debió pensar –de no habitarlo otro estado de alma– en la espesa preocupación de la muerte, en su miedo redondo, en el pedazo de barro –arcilla de sí mismo– que tendría su hermano debajo de la lengua. Pero el sol regocijado que clarificaba el jardín le desvió la atención hacia otra vida más ordinaria, más terrenal y acaso menos verdadera que su tremenda existencia interior. Hacia su vida de hombre corriente, de animal cotidiano, que le hizo recordar –sin contar para ello con su sistema nervioso, con su hígado alterable– la irremediable imposibilidad de dormir como un burgués. Pensó –y había allí, por cierto, algo de matemática burguesa en el trabalenguas de cifras– en los rompecabezas financieros de la oficina.

Las ocho y doce. Definitivamente llegaré tarde. Paseó la yema de los dedos por la mejilla. La piel áspera, sembrada de troncos retoñados, le dejó la impresión del pelo duro por las antenas digitales. Después, con la palma de la mano entreabierta, se palpó el rostro distraído, cuidadosamente, con la serena tranquilidad del cirujano que conoce el núcleo del tumor, y de la superficie blanda fue surgiendo hacia adentro la dura sustancia de una verdad que, en ocasiones, le había blanqueado la angustia. Allí, bajo las yemas –y después de las yemas, hueso contra hueso–, su irrevocable condición anatómica había sepultado un orden de compuestos, un apretado universo de tejidos, de mundos menores, que lo venían soportando, levantando su armadura carnal hacia una altura menos duradera que la natural y última posición de sus huesos.

Sí. Contra la almohada, hundida la cabeza en la blanda materia, tumbando el cuerpo sobre el reposo de sus órganos, la vida tenía un sabor horizontal, un mejor acomodamiento a sus propios principios. Sabía que, con el esfuerzo mínimo de cerrar los párpados, esa larga, esa fatigante tarea que le aguardaba empezaría a resolverse en un clima descomplicado, sin compromisos con el tiempo ni con el espacio: sin necesidad de que, al realizarla, esa aventura química que constituía su cuerpo sufriera el más ligero menoscabo. Por lo contrario, así, con los párpados cerrados, había una economía total de recursos vitales, una ausencia absoluta de orgánicos desgastes. Su cuerpo, hundido en el agua de los sueños, podría moverse, vivir, evolucionar hacia otras formas existenciales en las que su mundo real tendría, para su necesidad íntima, una idéntica densidad de emociones –si no mayor– con las que la necesidad de vivir quedaría completamente satisfecha sin detrimento de su integridad física. Sería –entonces– mucho más fácil la tarea de convivir con los seres y las cosas, actuando, sin embargo, en igual forma que en el mundo real. Las tareas de rasurarse, de tomar el ómnibus, de resolver las ecuaciones de la oficina, serían simples y descomplicadas en su sueño, y le producirían, a la postre, la misma satisfacción interior.

Sí. Era mejor hacerlo en esa forma artificial, como lo estaba haciendo ya; buscando en la habitación iluminada el rumbo del espejo. Como lo hubiera seguido haciendo si, en aquel instante, una pesada máquina, brutal y absurda, no hubiera deshecho la tibia sustancia de su sueño incipiente. Ahora, regresando al mundo convencional, el problema revestía ciertamente mayores caracteres de gravedad. Sin embargo, la curiosa teoría que acababa de inspirarle su molicie, lo había desviado hacia una comarca de comprensión, y desde adentro de su hombre sintió el desplazamiento de la boca hacia los lados, en un gesto que debió ser una sonrisa involuntaria. Fastidiado, en el fondo continuaba sonriendo. «Tener que afeitarme cuando debo estar sobre los libros en veinte minutos. Baño ocho, rápidamente cinco, desayuno siete. Salchichas viejas desagradables. Almacén de Mabel, salsamentaria, tornillos, drogas, licores; eso es como una caja de qué se yo quién; se me olvidó la palabra. (El ómnibus se daña los martes y demora siete.) Pendora. No: Peldora. No es así. Total media hora. No hay tiempo. Se me olvidó la palabra, una caja donde hay de todo. Pedora. Empieza con pe.»

Con la bata puesta, ya frente al lavabo, un rostro somnoliento, desgreñado y sin afeitar, le echó una mirada aburrida desde el espejo. Un ligero sobresalto le subió, con un hilillo frío, al descubrir en aquella imagen a su propio hermano muerto cuando acababa de levantarse. El mismo rostro cansado, la misma mirada que no terminaba aún de despertar.

Un nuevo movimiento envió al espejo una cantidad de luz destinada a conducir un gesto agradable, pero el regreso simultáneo de aquella luz le trajo –contrariando sus propósitos– una mueca grotesca. Agua. El chorro caliente se ha abierto torrencial, exuberante, y la oleada de vapor blanco y espeso está interpuesta entre él y el cristal. Así –aprovechando la interrupción con un rápido movimiento– logra ponerse de acuerdo con su propio tiempo y con el tiempo interior del azogue.

Sobre la cinta de cuero se levantó llenando de cortantes orillas, de helados metales; y la nube –desvanecida ya– le mostró de nuevo la otra cara, turbia de complicaciones físicas, de leyes matemáticas, en las que la geometría intentaba una nueva manera de volumen, una forma concreta de la luz. Allí, frente a él, estaba el rostro, con pulso, con latidos de su propia presencia, transfigurado en un gesto, que era simultáneamente, una seriedad sonriente y burlona, asomada al otro cristal húmedo que había dejado la condensación del vapor.

Sonrió. (Sonrió.) Mostró –a sí mismo– la lengua. (Mostró –al de la realidad– la lengua.) El del espejo la tenía pastosa, amarilla: «Andas mal del estómago», diagnosticó (gesto sin palabras) con una mueca. Volvió a sonreír. (Volvió a sonreír.) Pero ahora él pudo observar que había algo de estúpido, de artificial y de falso en esa sonrisa que se le devolvía. Se alisó el cabello. (Se alisó el cabello) con la mano derecha (izquierda), para, inmediatamente volver la mirada avergonzado (y desaparecer). Extrañaba su propia conducta de pararse frente al espejo a hacer gestos como un cretino. Sin embargo, pensó que todo el mundo observaba frente al espejo idéntica conducta, y su indignación fue entonces mayor, ante la certeza de que, siendo todo el mundo cretino, él no estaba sino rindiéndole tributo a la vulgaridad. Ocho y diecisiete.

Sabía que era necesario apresurarse si no quería ser despedido de la agencia. De esa agencia que se había convertido, desde hacía algún tiempo, en el sitio de partida de sus propios funerales diarios.

El jabón, al contacto con la brocha, había levantado ya una blancura azul liviana que lo recuperaba de sus preocupaciones. Era el momento en que la pasta jabonosa se subía por el cuerpo, por la red de las arterias, y le facilitaba el funcionamiento de toda la maquinaria vital... Así, regresando a la normalidad, le pareció más cómodo buscar en el cerebro saponificado la palabra con que quería comparar el almacén de Mabel. Peldora. La cacharrería de Mabel. Paldora. La salsamentaria o droguería. O todo a la vez: Pendora.

Sobre la jabonería hervía la espuma suficiente. Pero siguió frotando la brocha, casi con pasión. El espectáculo pueril de las burbujas le daba una clara alegría de niño grande que se le trepaba al corazón, pesada y dura, como un licor barato. Un nuevo esfuerzo en persecución de la sílaba habría sido entonces suficiente para que la palabra reventara, madura y brutal; para que saliera a flote en aquella agua espesa, turbia, de su esquiva memoria. Pero esta vez, como las anteriores, las piececillas dispersas, desarmadas de un mismo sistema, no ajustarían con exactitud para lograr la totalidad orgánica, y él se dispuso a desistir para siempre de la palabra: ¡Pendora!

Y era ya tiempo de que desistiera de aquella búsqueda inútil, porque –ambos alzaron la vista y se encontraron en los ojos– su hermano gemelo, con la brocha espumeante, había empezado a cubrirse el mentón de fresca blancurazul dejando correr la mano izquierda –él lo imitó con la derecha– con suavidad y precisión, hasta cubrir la zona abrupta. Desvió la vista, y la geometría de las manecillas se le presentó empeñada en la solución de un nuevo teorema de angustia: ocho y dieciocho. Lo estaba haciendo muy lentamente. Así que, con el firme propósito de terminar pronto, afirmó la navaja de cuerno obediente a la movilidad del meñique.

Calculando que en tres minutos estaría terminado el trabajo, levantó el brazo derecho (izquierdo) hasta la altura de la oreja derecha (izquierda), haciendo de paso la observación de que nada debía resultar tan difícil como afeitarse en la forma en que lo estaba haciendo la imagen del espejo. Había derivado de allí toda una serie de cálculos complicadísimos con el propósito de averiguar la velocidad de la luz que, *casi* simultáneamente, realizaba el viaje de ida y regreso para reproducir cada movimiento. Pero el esteta que lo habitaba, tras una lucha aproximadamente igual a la raíz cuadrada de la velocidad que hubiera podido averiguar, venció al matemático, y el pensamiento del artista se fue hacia los movimientos de la hoja que verdeazulblanqueaba con los diferentes golpes de luz. Rápidamente –y el matemático y esteta estaban ahora en paz– bajó el filo por la mejilla derecha (izquierda) hasta el meridiano del labio, y observó con satisfacción que la mejilla izquierda de la imagen aparecía limpia entre sus bordes de espuma.

No acababa aún de sacudir la hoja cuando, de la cocina, empezó a llegar el humo cargado con un acre olor a carne guisada. Sintió el estremecimiento debajo de la lengua, y el torrente de saliva fácil, delgada, que le llenó la boca con el sabor enérgico de la manteca caliente. Riñones guisados. Por fin hubo un cambio en la condenada tienda de Mabel. Pendora. Tampoco. El ruido de la glándula entre la salsa le reventó en el oído, con un recuerdo de lluvia martillante, que era, en efecto, el mismo de la madrugada reciente. Por tanto, no debía olvidar los zapatones y el impermeable. Riñones en salsa. No hay duda.

De todos sus sentidos ninguno le merecía tanta desconfianza como el del olfato. Pero, aun por encima de sus cinco sentidos y aun cuando aquella fiesta no fuera más que un optimismo de su pituitaria, la necesidad de terminar cuanto antes era, en aquel momento, la más urgente necesidad de sus cinco sentidos. Con precisión y ligereza –el matemático y el artista se mostraron los dientes– subió la hoja de adelante (atrás) hacia atrás (adelante) hasta la comisura (derecha) izquierda, mientras con la mano izquierda (derecha) se alisaba la piel, facilitando así el paso de la orilla metálica, de adelante (atrás) hacia (adelante) atrás, y de arriba (arriba) hacia abajo, terminando –ambos jadeantes– el trabajo simultáneo.

Pero, ya al finalizar, y cuando daba los últimos toques a la mejilla izquierda con la mano derecha, alcanzó a ver su propio codo contra el espejo. Lo vio grande, extraño, desconocido, y observó con sobresalto que, por encima del codo, otros ojos igualmente grandes e igualmente desconocidos, buscaban desorbitados la dirección del acero. Alguien está tratando de ahorcar a mi hermano. Un brazo poderoso. ¡Sangre! Siempre sucede lo mismo cuando lo hago de prisa.

Buscó, en su rostro, el sitio correspondiente; pero su dedo quedó limpio y no denunció el tacto solución alguna de continuidad. Se sobresaltó. No había heridas en su piel, pero allá, en el espejo, el otro estaba sangrando ligeramente. Y en su interior volvió a ser verdad el fastidio de que se repitieran las inquietudes de la noche anterior. De que ahora, frente al espejo, fuera a tener otra vez la sensación, la conciencia del desdoblamiento. Pero allí estaba ya el mentón (redondo: caras iguales). Esos pelos en el hoyuelo necesitan una navaja en punta.

Creyó observar que una nube de desconcierto velaba el gesto apresurado de su imagen. ¿Sería posible que, debido a la gran rapidez con que se estaba rasurando —y el matemático se adueñó por entero de la situación—, la velocidad de la luz no alcance a cubrir la distancia para registrar todos los movimientos? ¿Podría él, en su premura, adelantarse a la imagen del espejo y terminar la tarea un movimiento antes que ella? ¿O sería posible —y el artista, tras una breve lucha, logró desalojar al matemático— que la imagen hubiera tomado vida propia y resuelto —por vivir en un tiempo descomplicado—, terminar con mayor lentitud que su sujeto externo?

Visiblemente preocupado abrió el grifo del agua caliente y sintió la subida del vapor tibio y espeso, mientras el chapoteo de su rostro entre el agua nueva le llenaba los oídos de un rumor gutural. Sobre la piel, la amable aspereza de la toalla recién lavada le hizo respirar una honda satisfacción de animal higiénico. ¡Pandora! Ésa es la palabra: Pandora.

Miró la toalla con sorpresa y cerró los ojos, desconcertado, mientras allá, en el espejo, un rostro igual al suyo lo contemplaba con unos grandes ojos estúpidos y el rostro cruzado por un hilo cárdeno.

Abrió los ojos y sonrió (sonrió). Ya nada le importaba. El almacén de Mabel es una caja de Pandora.

El olor caliente de los riñones en salsa le agasajó el olfato, ahora con mayor urgencia. Y sintió con satisfacción –con positiva satisfacción– que dentro de su alma un perro grande se había puesto a menear la cola.

[1949]

Ojos de perro azul

ENTONCES ME miró. Yo creía que me miraba por primera vez. Pero luego, cuando dio la vuelta por detrás del velador y yo seguía sintiendo sobre el hombro, a mis espaldas, su resbaladiza y oleosa mirada, comprendí que era yo quien la miraba por primera vez. Encendí un cigarrillo. Tragué el humo áspero y fuerte, antes de hacer girar el asiento, equilibrándolo sobre una de las patas posteriores. Después de eso la vi ahí, como había estado todas las noches, parada junto al velador, mirándome. Durante breves minutos estuvimos haciendo nada más que eso: mirarnos. Yo mirándola desde el asiento, haciendo equilibrio en una de sus patas posteriores. Ella de pie, con una mano larga y quieta sobre el velador, mirándome. Le veía los párpados iluminados como todas las noches. Fue entonces cuando recordé lo de siempre, cuando le dije: «Ojos de perro azul.» Ella me dijo, sin retirar la mano del velador: «Eso. Ya no lo olvidaremos nunca.» Salió de la órbita, suspirando: «Ojos de perro azul. He escrito eso por todas partes.»

La vi caminar hacia el tocador. La vi aparecer en la luna circular del espejo mirándome ahora al final de una ida y vuelta de luz matemática. La vi seguir mirándome con sus grandes ojos de ceniza encendida: mirándome mientras abría la cajita enchapada de nácar rosado. La vi empolvarse la nariz. Cuando acabó de hacerlo, cerró la cajita y volvió a ponerse en pie y caminó de nuevo hacia el velador, diciendo: «Temo que alguien sueñe con esta habitación y me revuelva mis cosas»; y tendió sobre la llama la misma mano larga y trémula que había estado calentando antes de sentarse al espejo. Y dijo: «No sientes el frío.» Y yo le dije: «A veces.» Y ella me dijo: «Debes sentirlo ahora.» Y entonces comprendí por qué no había podido estar solo en el asiento. Era el frío lo que me daba la certeza de mi soledad. «Ahora lo siento –dije–. Y es raro, porque la noche está quieta. Tal vez se me ha rodado la sábana.» Ella no respondió. Empezó otra vez a moverse hacia el espejo y volví a girar sobre el asiento para quedar de espaldas a ella. Sin verla, sabía lo que estaba haciendo. Sabía que estaba otra vez sentada frente al espejo, viendo mis espaldas, que habían tenido tiempo para llegar hasta el fondo del espejo y ser encontradas por la mirada de ella, que también había tenido el tiempo justo para llegar hasta el fondo y regresar –antes que la mano tuviera tiempo de iniciar la segunda vuelta– hasta los labios que estaban ahora untados de carmín, desde la primera vuelta de la mano frente al espejo. Yo veía, frente a mí, la pared lisa, que era como otro espejo ciego, donde yo no la veía a ella –sentada a mis espaldas–, pero imaginándola dónde estaría si en algún lugar de la pared hubiera sido puesto un espejo. «Te veo», le dije. Y vi en la pared como si ella hubiera levantado los ojos y me hubiera visto de espaldas en el asiento, al fondo del espejo, con la cara vuelta hacia la pared. Después la vi bajar los párpados, otra vez, y quedarse con los ojos quietos en su corpiño, sin hablar. Y yo volví a decirle: «Te veo.» Y ella volvió a levantar los ojos desde su corpiño. «Es imposible», dijo. Yo pregunté por qué. Y ella, con los ojos otra vez quietos en el corpiño: «Porque tienes la cara vuelta hacia la pared.» Entonces yo hice girar el asiento. Tenía el cigarrillo apretado en la boca. Cuando quedé frente al espejo ella estaba otra vez junto al velador. Ahora tenía las manos abiertas sobre la llama, como dos abiertas alas de gallina, asándose, y con el rostro sombreado por sus propios dedos. «Creo que me voy a enfriar –dijo–. Ésta debe ser una ciudad helada.» Volvió el rostro de perfil y su piel de cobre al rojo se volvió repentinamente triste. «Haz algo contra eso», dije. Y ella empezó a desvestirse, pieza por pieza, empezando por arriba; por el corpiño. Le dije: «Voy a voltearme contra la pared.» Ella dijo: «No. De todos modos me verás, como me viste cuando estabas de espaldas.» Y no había acabado de decirlo cuando ya estaba desvestida casi por completo, con la llama lamiéndole la larga piel de cobre. «Siempre había querido verte así, con el cuero de la barriga lleno de hondos agujeros, como si te hubieran hecho a palos.» Y antes que yo cayera en la cuenta de que mis palabras se habían vuelto torpes frente a su desnudez, ella se quedó inmóvil, calentándose en la órbita del velador, y dijo: «A veces creo que soy metálica.» Guardó silencio un instante. La posición de las manos sobre la llama varió levemente. Yo dije: «A veces, en otros sueños, he creído que no eres sino una estatuilla de bronce en el rincón de algún museo. Tal vez por eso sientes frío.» Y ella dijo: «A veces, cuando me duermo sobre el corazón, siento que el cuerpo se me vuelve hueco y la piel como una lámina. Entonces, cuando la sangre me golpea por dentro, es como si alguien me estuviera llamando con los nudillos en el vientre y siento mi propio sonido de cobre en la cama. Es como si fuera así como tú dices: de metal laminado.» Se acercó más al velador. «Me habría gustado oírte», dije. Y ella dijo: «Si alguna vez nos encontramos pon el oído en mis costillas, cuando me duerma sobre el lado izquierdo, y me oirás resonar. Siempre he deseado que lo hagas alguna vez.» La oí respirar hondo mientras hablaba. Y dijo que durante años no había hecho nada distinto de eso. Su vida estaba dedicada a encontrarme en la realidad, al través de esa frase identificadora: «Ojos de perro azul.» Y en la calle iba diciendo en voz alta, que era una manera de decirle a la única persona que habría podido entenderle:

«Yo soy la que llega a tus sueños todas las noches y te dice esto: ojos de perro azul.» Y dijo que iba a los restaurantes y les decía a los mozos, antes de ordenar el pedido: «Ojos de perro azul.» Pero los mozos le hacían una respetuosa reverencia, sin que hubieran recordado nunca haber dicho eso en sus sueños. Después escribía en las servilletas y rayaba con el cuchillo el barniz de las mesas: «Ojos de perro azul.» Y en los cristales empañados de los hoteles, de las estaciones, de todos los edificios públicos, escribía con el índice: «Ojos de perro azul.» Dijo que una vez llegó a una droguería y advirtió el mismo olor que había sentido en su habitación una noche, después de haber soñado conmigo. «Debe estar cerca», pensó, viendo el embaldosado limpio y nuevo de la droguería. Entonces se acercó al dependiente y le dijo: «Siempre sueño con un hombre que me dice: "Ojos de perro azul."» Y dijo que el vendedor le había mirado a los ojos y le dijo: «En realidad, señorita, usted tiene los ojos así.» Y ella le dijo: «Necesito encontrar al hombre que me dijo en sueños eso mismo.» Y el vendedor se echó a reír y se movió hacia el otro lado del mostrador. Ella siguió viendo el embaldosado limpio y sintiendo el olor. Y abrió la cartera y se arrodilló y escribió sobre el embaldosado, a grandes letras rojas, con la barrita de carmín para labios: «Ojos de perro azul.» El vendedor regresó de donde estaba. Le dijo: «Señorita, usted ha manchado el embaldosado.» Le entregó un trapo húmedo, diciendo: «Límpielo.» Y ella dijo, todavía junto al velador, que pasó toda la tarde a gatas, lavando el embaldosado y diciendo: «Ojos de perro azul», hasta cuando la gente se congregó en la puerta y dijo que estaba loca.

Ahora, cuando acabó de hablar, yo seguía en el rincón, sentado, haciendo equilibrio en la silla. «Yo trato de acordarme todos los días la frase con que debo encontrarte –dije–. Ahora creo que mañana no lo olvidaré. Sin embargo, siempre he dicho lo mismo y siempre he olvidado al despertar cuáles son las palabras con que puedo encontrarte.» Y ella dijo: «Tú mismo las inventaste desde el primer día.» Y yo le dije: «Las inventé porque te vi los ojos de ceniza. Pero nunca las recuerdo a la mañana siguiente.» Y ella, con los puños cerrados junto al velador, respiró hondo: «Si por lo menos pudiera recordar ahora en qué ciudad lo he estado escribiendo.»

Sus dientes apretados relumbraron sobre la llama. «Me gustaría tocarte ahora», dije. Ella levantó el rostro que había estado mirando la lumbre; levantó la mirada ardiendo, asándose también como ella, como sus manos; y yo sentí que me vio, en el rincón, donde seguía sentado, meciéndome en el asiento. «Nunca me habías dicho eso», dijo. «Ahora lo digo y es verdad», dije. Al otro lado del velador ella pidió un cigarrillo. La colilla había desaparecido de entre mis dedos. Había olvidado que estaba fumando. Dijo: «No sé por qué no puedo recordar dónde lo he escrito.» Y yo le dije: «Por lo mismo que yo no podré recordar mañana las palabras.» Y ella dijo, triste: «No. Es que a veces creo que eso también lo he soñado.» Me puse en pie y caminé hacia el velador. Ella estaba un poco más allá, y yo seguía caminando, con los cigarrillos y los fósforos en la mano, que no pasaría el velador. Le tendí el cigarrillo. Ella lo apretó entre los labios y se inclinó para alcanzar la llama, antes que yo tuviera tiempo de encender el fósforo. «En alguna ciudad del mundo, en todas las paredes, tienen que estar escritas esas palabras: "Ojos de perro azul" –dije–. Si mañana las recordara iría a buscarte.» Ella levantó otra vez la cabeza y tenía ya la brasa encendida en los labios. «Ojos de perro azul», suspiró, recordando, con el cigarrillo caído sobre la barba y un ojo a medio cerrar. Aspiró después el humo, con el cigarrillo entre los dedos, y exclamó: «Ya esto es otra cosa. Estoy entrando en calor.» Y lo dijo con la voz un poco tibia y huidiza, como si no lo hubiera dicho realmente sino como si lo hubiera escrito en un papel y hubiera acercado el papel a la llama mientras yo leía: «Estoy entrando —y ella hubiera seguido con el papelito entre el pulgar y el índice, dándole vueltas, mientras se iba consumiendo y yo acababa de leer—... en calor», antes que el papelito se consumiera por completo y cayera al suelo arrugado, disminuido, convertido en un liviano polvo de ceniza: «Así es mejor —dije—. A veces me da miedo verte así. Temblando junto al velador.»

Nos veíamos desde hacía varios años. A veces, cuando ya estábamos juntos, alguien dejaba caer afuera una cucharita y despertábamos. Poco a poco habíamos ido comprendiendo que nuestra amistad estaba subordinada a las cosas, a los acontecimientos más simples. Nuestros encuentros terminaban siempre así, con el caer de una cucharita en la madrugada.

Ahora, junto al velador, me estaba mirando. Yo recordaba que antes también me había mirado así, desde aquel remoto sueño en que hice girar el asiento sobre sus patas posteriores y quedé frente a una desconocida de ojos cenicientos. Fue en ese sueño en el que le pregunté por primera vez: «¿Quién es usted?» Y ella me dijo: «No lo recuerdo.» Yo le dije: «Pero creo que nos hemos visto antes.» Y ella dijo, indiferente: «Creo que alguna vez soñé con usted, con este mismo cuarto.» Y yo le dije: «Eso es. Ya empiezo a recordarlo.» Y ella dijo: «Qué curioso. Es cierto que nos hemos encontrado en otros sueños.»

Dio dos chupadas al cigarrillo. Yo estaba todavía parado frente al velador cuando me quedé mirándola de pronto. La miré de arriba abajo y todavía era de cobre; pero no ya de metal duro y frío, sino de cobre amarillo, blando, maleable. «Me gustaría tocarte», volví a decir. Y ella dijo: «Lo echarías todo a perder.» Yo dije: «Ahora no importa. Bastará con que demos vuelta a la almohada para que volvamos a encontrarnos.» Y tendí la mano por encima del velador. Ella no se movió. «Lo echarías todo a perder —volvió a decir, antes que yo pudiera tocarla—. Tal vez, si das la vuelta por detrás del velador, despertaríamos sobresaltados quién sabe en qué parte del mundo.» Pero yo insistí: «No importa.» Y ella dijo: «Si diéramos vuelta a la almohada, volveríamos a encontrarnos. Pero tú, cuando despiertes, lo habrás olvidado.» Empecé a moverme hacia el rincón. Ella quedó atrás, calentándose las manos sobre la llama. Y todavía no estaba yo junto al asiento cuando le oí decir a mis espaldas: «Cuando despierto a medianoche, me quedo dando vueltas en la cama, con los hilos de la almohada ardiéndome en la rodilla y repitiendo hasta el amanecer: "Ojos de perro azul".»

Entonces yo me quedé con la cara contra la pared. «Ya está amaneciendo –dije sin mirarla–. Cuando dieron las dos estaba despierto y de eso hace mucho rato.» Yo me dirigí hacia la puerta. Cuando tenía agarrada la manivela, oí otra vez su voz igual, invariable: «No abras esa puerta –dijo–. El corredor está lleno de sueños difíciles.» Y yo le dije: «¿Cómo lo sabes?» Y ella me dijo: «Porque hace un momento estuve allí y tuve que regresar cuando descubrí que estaba dormida sobre el corazón.» Yo tenía la puerta entreabierta. Moví un poco la hoja y un airecillo frío y tenue me trajo un fresco olor a tierra vegetal, a campo húmedo. Ella habló otra vez. Yo di la vuelta, moviendo todavía la hoja montada en goznes silenciosos, y le dije: «Creo que no hay ningún corredor aquí afuera. Siento el olor del campo.» Y ella, un poco lejana ya, me dijo: «Conozco esto más que tú. Lo que pasa es que allá afuera está una mujer soñando con el campo.» Se cruzó de brazos sobre la llama. Siguió hablando: «Es esa mujer que siempre ha deseado tener una casa en el campo y nunca ha podido salir de la ciudad.» Yo recordaba haber visto la mujer en algún sueño anterior, pero sabía, ya con la puerta entreabierta, que dentro de media hora debía bajar al desayuno. Y dije: «De todos modos, tengo que salir de aquí para despertar.»

Afuera el viento aleteó un instante, se quedó quieto después y se oyó la respiración de un durmiente que acababa de darse vuelta en la cama. El viento del campo se suspendió. Ya no hubo más olores. «Mañana te reconoceré por eso –dije–. Te reconoceré cuando vea en la calle una mujer que escriba en las paredes: "Ojos de perro azul."» Y ella, con una sonrisa triste –que era ya una sonrisa de entrega a lo imposible, a lo inalcanzable–, dijo: «Sin embargo no recordarás nada durante el día.» Y volvió a poner las manos sobre el velador, con el semblante oscurecido por una niebla amarga: «Eres el único hombre que, al despertar, no recuerda nada de lo que ha soñado.»

[1950]

La mujer que llegaba a las seis

LA PUERTA oscilante se abrió. A esa hora no había nadie en el restaurante de José. Acababan de dar las seis y el hombre sabía que sólo a las seis y media empezarían a llegar los parroquianos habituales. Tan conservadora y regular era su clientela, que no había acabado el reloj de dar la sexta campanada cuando una mujer entró, como todos los días a esa hora, y se sentó sin decir nada en la alta silla giratoria. Traía un cigarrillo sin encender, apretado entre los labios.

—Hola, reina —dijo José cuando la vio sentarse. Luego caminó hacia el otro extremo del mostrador, limpiando con un trapo seco la superficie vidriada. Siempre que entraba alguien al restaurante, José hacía lo mismo. Hasta con la mujer con quien había llegado a adquirir un grado de casi intimidad, el gordo y rubicundo mesonero representaba su diaria comedia de hombre diligente. Habló desde el otro extremo del mostrador.

—¿Qué quieres hoy? —dijo.

—Primero que todo quiero enseñarte a ser caballero —dijo la mujer. Estaba sentada al final de la hilera de sillas giratorias, de codos en el mostrador, con el cigarrillo apagado en los labios. Cuando habló, apretó la boca para que José advirtiera el cigarrillo sin encender.

–No me había dado cuenta –dijo José.

–Todavía no te has dado cuenta de nada –dijo la mujer.

El hombre dejó el trapo en el mostrador, caminó hacia los armarios oscuros y olorosos a alquitrán y a madera polvorienta, y regresó luego con los fósforos. La mujer se inclinó para alcanzar la lumbre que ardía entre las manos rústicas y velludas del hombre. José vio el abundante cabello de la mujer, empavonado de vaselina gruesa y barata. Vio su hombro descubierto, por encima del corpiño floreado. Vio el nacimiento del seno crepuscular, cuando la mujer levantó la cabeza, ya con la brasa entre los labios.

–Estás hermosa hoy, reina –dijo José.

–Déjate de tonterías –dijo la mujer–. No creas que eso me va a servir para pagarte.

–No quise decir eso, reina –dijo José–. Apuesto a que hoy te hizo daño el almuerzo.

La mujer tragó la primera bocanada de humo denso, se cruzó de brazos, todavía con los codos apoyados en el mostrador, y se quedó mirando hacia la calle, a través del amplio cristal del restaurante. Tenía una expresión melancólica. De una melancolía hastiada y vulgar.

–Te voy a preparar un buen bistec –dijo José.

–Todavía no tengo plata –dijo la mujer.

–Hace tres meses que no tienes plata y siempre te preparo algo bueno –dijo José.

–Hoy es distinto –dijo la mujer, sombríamente, todavía mirando hacia la calle.

–Todos los días son iguales –dijo José–. Todos los días el reloj marca las seis, entonces entras y dices que tienes un hambre de perro y entonces yo te preparo algo bueno. La única diferencia es ésa, que hoy no dices que tienes un hambre de perro, sino que el día es distinto.

–Y es verdad –dijo la mujer. Se volvió a mirar al hombre que estaba del otro lado del mostrador, registrando la nevera. Estuvo contemplándolo durante dos, tres segundos. Luego miró el reloj, arriba del armario. Eran las seis y tres minutos–. Es verdad, José. Hoy es distinto –dijo. Expulsó el humo y siguió hablando con palabras cortas, apasionadas–. Hoy no vine a las seis, por eso es distinto, José.

El hombre miró el reloj.

–Me corto el brazo si ese reloj se atrasa un minuto –dijo.

–No es eso, José. Es que hoy no vine a las seis –dijo la mujer–. Vine a las seis menos cuarto.

–Acaban de dar las seis, reina –dijo José–. Cuando tú entraste acababan de darlas.

–Tengo un cuarto de hora de estar aquí –dijo la mujer.

José se dirigió hacia donde ella estaba. Acercó a la mujer su enorme cara congestionada, mientras tiraba con el índice de uno de sus párpados.

–Sóplame aquí –dijo.

La mujer echó la cabeza hacia atrás. Estaba seria, fastidiada, blanda; embellecida por una nube de tristeza y cansancio.

–Déjate de tonterías, José. Tú sabes que hace más de seis meses que no bebo.

–Eso se lo vas a decir a otro –dijo–, a mí no. Te apuesto a que por lo menos se han tomado un litro entre dos.

–Me tomé dos tragos con un amigo –dijo la mujer.

–Ah; entonces ahora me explico –dijo José.

–Nada tienes que explicarte –dijo la mujer–. Tengo un cuarto de hora de estar aquí.

El hombre se encogió de hombros.

–Bueno, si así lo quieres, tienes un cuarto de hora de estar aquí –dijo–. Después de todo, a nadie le importa nada diez minutos más o diez minutos menos.

–Sí importan, José –dijo la mujer. Y estiró los brazos por encima del mostrador, sobre la superficie vidriada, con un aire de negligente abandono. Dijo–: Y no es que yo lo quiera: es que hace un cuarto de hora que estoy aquí –volvió a mirar el reloj y rectificó–: Qué digo, ya tengo veinte minutos.

–Está bien, reina –dijo el hombre–. Un día entero con su noche te regalaría yo para verte contenta.

Durante todo este tiempo José había estado moviéndose detrás del mostrador, removiendo objetos, quitando una cosa de un lugar para ponerla en otro. Estaba en su papel.

–Quiero verte contenta –repitió. Se detuvo bruscamente, volviéndose hacia donde estaba la mujer–. ¿Tú sabes que te quiero mucho?

La mujer lo miró con frialdad.

–¿Síííí...? Qué descubrimiento, José. ¿Crees que me quedaría contigo por un millón de pesos?

–No he querido decir eso, reina –dijo José–. Vuelvo a apostar a que te hizo daño el almuerzo.

–No te lo digo por eso –dijo la mujer. Y su voz se volvió menos indolente–. Es que ninguna mujer soportaría una carga como la tuya ni por un millón de pesos.

José se ruborizó. Le dio la espalda a la mujer y se puso a sacudir el polvo en las botellas del armario. Habló sin volver la cara.

–Estás insoportable hoy, reina. Creo que lo mejor es que te comas el bistec y te vayas a acostar.

–No tengo hambre –dijo la mujer. Se quedó mirando otra vez la calle, viendo los transeúntes turbios de la ciudad atardecida. Durante un instante hubo un silencio turbio en el restaurante. Una quietud interrumpida apenas por el trasteo de José en el armario. De pronto la mujer dejó de mirar hacia la calle y habló con la voz apagada, tierna, diferente.

–¿Es verdad que me quieres, Pepillo?

–Es verdad –dijo José, en seco, sin mirarla.

–¿A pesar de lo que te dije? –dijo la mujer.

–¿Qué me dijiste? –dijo José, todavía sin inflexiones en la voz, todavía sin mirarla.

–Lo del millón de pesos –dijo la mujer.

–Ya lo había olvidado –dijo José.

–Entonces, ¿me quieres? –dijo la mujer.

–Sí –dijo José.

Hubo una pausa. José siguió moviéndose con la cara vuelta hacia los armarios, todavía sin mirar a la mujer. Ella expulsó una nueva bocanada de humo, apoyó el busto contra el mostrador, y luego, con cautela y picardía, mordiéndose la lengua antes de decirlo, como si hablara en puntillas:

–¿Aunque no me acueste contigo? –dijo.

Y sólo entonces José volvió a mirarla.

–Te quiero tanto que no me acostaría contigo –dijo. Luego caminó hacia donde ella estaba. Se quedó mirándola de frente, los poderosos brazos apoyados en el mostrador, delante de ella; mirándola a los ojos, dijo–: Te quiero tanto que todas las tardes mataría al hombre que se va contigo.

En el primer instante la mujer pareció perpleja. Después miró al hombre con atención, con una ondulante expresión de compasión y burla. Después guardó un breve silencio, desconcertada. Y después rió estrepitosamente.

–Estás celoso, José. Qué rico, ¡estás celoso!

José volvió a sonrojarse con una timidez franca, casi desvergonzada, como le habría ocurrido a un niño a quien le hubieran revelado de golpe todos los secretos. Dijo:

–Esta tarde no entiendes nada, reina –y se limpió el sudor con el trapo. Dijo–: La mala vida te está embruteciendo.

Pero ahora la mujer había cambiado de expresión.

–Entonces no –dijo. Y volvió a mirarlo a los ojos, con un extraño esplendor en la mirada, a un tiempo acongojada y desafiante.

–Entonces, no estás celoso.

–En cierto modo, sí –dijo José–. Pero no es como tú dices.

Se aflojó el cuello y siguió limpiándose, secándose la garganta con el trapo.

–¿Entonces? –dijo la mujer.

–Lo que pasa es que te quiero tanto que no me gusta que hagas eso –dijo José.

–¿Qué? –dijo la mujer.

–Eso de irte con un hombre distinto todos los días –dijo José.

–¿Es verdad que lo matarías para que no se fuera conmigo? –dijo la mujer.

–Para que no se fuera, no –dijo José–; lo mataría porque *se fue* contigo.

–Es lo mismo –dijo la mujer.

La conversación había llegado a densidad excitante. La mujer hablaba en voz baja, suave, fascinada. Tenía la cara casi pegada al rostro saludable y pacífico del hombre, que permanecía inmóvil, como hechizado por el vapor de las palabras.

–Todo eso es verdad –dijo José.

–Entonces –dijo la mujer, y extendió la mano para acariciar el áspero brazo del hombre. Con la otra arrojó la colilla– ...entonces, ¿tú eres capaz de matar a un hombre?

–Por lo que te dije, sí –dijo José. Y su voz tomó una acentuación casi dramática.

La mujer se echó a reír convulsivamente, con una abierta intención de burla.

–Qué horror, José. Qué horror –dijo, todavía riendo–. José matando a un hombre. Quién hubiera dicho que detrás del señor gordo y santurrón, que nunca me cobra, que todos los días me prepara un bistec y que se distrae hablando conmigo hasta cuando encuentro un hombre, hay un asesino. ¡Qué horror, José! ¡Me das miedo!

José estaba confundido. Tal vez sintió un poco de indignación. Tal vez, cuando la mujer se echó a reír se sintió defraudado.

–Estás borracha, tonta –dijo–. Vete a dormir. Ni siquiera tendrás ganas de comer nada.

Pero la mujer ahora había dejado de reír y estaba otra vez seria, pensativa, apoyada en el mostrador. Vio alejarse al hombre. Lo vio abrir la nevera y cerrarla otra vez, sin extraer nada de ella. Lo vio moverse después hacia el extremo opuesto del mostrador. Lo vio frotar el vidrio reluciente, como al principio. Entonces la mujer habló de nuevo, con el tono enternecedor y suave de cuando dijo: «¿Es verdad que me quieres, Pepillo?»

–José –dijo.

El hombre no la miró.

–¡José!

–Vete a dormir... –dijo José–, y métete un baño antes de acostarte para que se te serene la borrachera.

–En serio, José –dijo la mujer–. No estoy borracha.

–Entonces te has vuelto bruta –dijo José.

–Ven acá, tengo que hablar contigo –dijo la mujer.

El hombre se acercó tambaleando entre la complacencia y la desconfianza.

–¡Acércate!

El hombre volvió a pararse frente a la mujer. Ella se inclinó hacia adelante, lo asió fuertemente por el cabello, pero con un gesto de evidente ternura.

—Repíteme lo que me dijiste al principio —dijo.

—¿Qué? —dijo José. Trataba de mirarla con la cabeza agachada, asido por el cabello.

—Que matarías a un hombre que se acostara conmigo —dijo la mujer.

—Mataría a un hombre que se hubiera acostado contigo, reina. Es verdad —dijo José.

La mujer lo soltó.

—¿Entonces me defenderías si yo lo matara? —dijo, afirmativamente, empujando con un movimiento de brutal coquetería la enorme cabeza de cerdo de José. El hombre no respondió nada; sonrió.

—Contéstame, José —dijo la mujer—. ¿Me defenderías si yo lo matara?

—Eso depende —dijo José—. Tú sabes que eso no es tan fácil como decirlo.

—A nadie le cree más la policía que a ti —dijo la mujer.

José sonrió, digno, satisfecho. La mujer se inclinó de nuevo hacia él, por encima del mostrador.

—Es verdad, José. Me atrevería a apostar que nunca has dicho una mentira —dijo.

—No se saca nada con eso —dijo José.

—Por lo mismo —dijo la mujer—. La policía lo sabe y te cree cualquier cosa sin preguntártelo dos veces.

José se puso a dar golpecitos en el mostrador, frente a ella, sin saber qué decir. La mujer miró nuevamente hacia la calle. Miró luego el reloj y modificó el tono de la voz, como si tuviera interés en concluir el diálogo antes que llegaran los primeros parroquianos.

—¿Por mí dirías una mentira, José? —dijo—. En serio.

Y entonces José se volvió a mirarla, bruscamente, a fondo, como si una idea tremenda se le hubiera agolpado dentro de la cabeza. Una idea que entró por un oído, giró por un momento, vaga, confusa, y salió luego por el otro, dejando apenas un cálido vestigio de pavor.

—¿En qué lío te has metido, reina? —dijo José. Se inclinó hacia adelante, los brazos otra vez cruzados sobre el mostrador. La mujer sintió el vaho fuerte y un poco amoniacal de su respiración, que se hacía difícil por la presión que ejercía el mostrador contra el estómago del hombre.

—Esto sí es en serio, reina. ¿En qué lío te has metido? —dijo. La mujer hizo girar la cabeza hacia el otro lado.

—En nada —dijo—. Sólo estaba hablando por entretenerme. Luego volvió a mirarlo.

—¿Sabes que quizá no tengas que matar a nadie?

—Nunca he pensado matar a nadie —dijo José, desconcertado.

—No, hombre —dijo la mujer—. Digo que a nadie que se acueste conmigo.

—¡Ah! —dijo José—. Ahora sí que estás hablando claro. Siempre he creído que no tienes necesidad de andar en esa vida. Te apuesto a que si te dejas de eso te doy el bistec más grande de todos los días, sin cobrarte nada.

—Gracias, José —dijo la mujer—. Pero no es por eso. Es que *ya no podré* acostarme con nadie.

—Ya vuelves a enredar las cosas —dijo José. Empezaba a parecer impaciente.

—No enredo nada —dijo la mujer. Se estiró en el asiento y José vio sus senos aplanados y tristes debajo del corpiño.

—Mañana me voy y te prometo que no volveré a molestarte nunca. Te prometo que no volveré a acostarme con nadie.

—¿Y de dónde te salió esa fiebre? —dijo José.

–Lo resolví hace un rato –dijo la mujer–. Sólo hace un momento me di cuenta de que eso es una porquería.

José agarró otra vez el trapo y se puso a frotar el vidrio cerca de ella. Habló sin mirarla.

Dijo:

–Claro que como tú lo haces es una porquería. Hace tiempo que debiste darte cuenta.

–Hace tiempo me estaba dando cuenta –dijo la mujer–, pero sólo hace un rato acabé de convencerme. Les tengo asco a los hombres.

José sonrió. Levantó la cabeza para mirar, todavía sonriendo, pero la vio concentrada, perpleja, hablando, y con los hombros levantados; balanceándose en la silla giratoria, con una expresión taciturna, el rostro dorado por una prematura harina otoñal.

–¿No te parece que deben dejar tranquila a una mujer que mate a un hombre porque después de haber estado con él siente asco de ése y de todos los que han estado con ella?

–No hay para qué ir tan lejos –dijo José, conmovido, con un hilo de lástima en la voz.

–¿Y si la mujer le dice al hombre que le tiene asco cuando lo ve vistiéndose, porque se acuerda de que ha estado revolcándose con él toda la tarde y siente que ni el jabón ni el estropajo podrán quitarle su olor?

–Eso pasa, reina –dijo José, ahora un poco indiferente, frotando el mostrador–. No hay necesidad de matarlo. Simplemente dejarlo que se vaya.

Pero la mujer seguía hablando, y su voz era una corriente uniforme, suelta, apasionada.

–¿Y si cuando la mujer le dice que le tiene asco, el hombre deja de vestirse y corre otra vez para donde ella, a besarla otra vez, a...?

–Eso no lo hace ningún hombre decente –dijo José.

–¿Pero, y si lo hace? –dijo la mujer, con exasperante ansiedad–. ¿Si el hombre no es decente y lo hace y entonces la mujer siente que le tiene tanto asco que se puede morir, y sabe que la única manera de acabar con todo eso es dándole una cuchillada por debajo?

–Esto es una barbaridad –dijo José–. Por fortuna no hay hombre que haga lo que tú dices.

–Bueno –dijo la mujer, ahora completamente exasperada–. ¿Y si lo hace? Suponte que lo hace.

–De todos modos no es para tanto –dijo José. Seguía limpiando el mostrador, sin cambiar de lugar, ahora menos atento a la conversación.

La mujer golpeó el vidrio con los nudillos. Se volvió afirmativa, enfática.

–Eres un salvaje, José –dijo–. No entiendes nada –lo agarró con fuerza por la manga–. Anda, di que sí debía matarlo la mujer.

–Está bien –dijo José, con un sesgo conciliatorio–. Todo será como tú dices.

–¿Eso no es defensa propia? –dijo la mujer, sacudiéndole por la manga.

José le echó entonces una mirada tibia y complaciente.

–Casi, casi –dijo. Y le guiñó un ojo, en un gesto que era al mismo tiempo una comprensión cordial y un pavoroso compromiso de complicidad. Pero la mujer siguió seria; lo soltó.

–¿Echarías una mentira para defender a una mujer que haga eso? –dijo.

–Depende –dijo José.

–¿Depende de qué? –dijo la mujer.

–Depende de la mujer –dijo José.

–Suponte que es una mujer que quieres mucho –dijo la mujer–. No para estar con ella, ¿sabes?, sino como tú dices que la quieres mucho.

–Bueno, como tú quieras, reina –dijo José, laxo, fastidiado.

Otra vez se alejó. Había mirado el reloj. Había visto que iban a ser las seis y media. Había pensado que dentro de unos minutos el restaurante empezaría a llenarse de gente y tal vez por eso se puso a frotar el vidrio con mayor fuerza, mirando hacia la calle a través del cristal de la ventana. La mujer permanecía en la silla, silenciosa, concentrada, mirando con un aire de declinante tristeza los movimientos del hombre. Viéndolo, como podría ver a un hombre una lámpara que ha empezado a apagarse. De pronto, sin reaccionar, habló de nuevo, con la voz untuosa de mansedumbre.

–¡José!

El hombre la miró con una ternura densa y triste, como un buey maternal. No la miró para escucharla; apenas para verla, para saber que estaba ahí, esperando una mirada que no tenía por qué ser de protección o de solidaridad. Apenas una mirada de juguete.

–Te dije que mañana me voy y no me has dicho nada –dijo la mujer.

–Sí –dijo José–. Lo que no me has dicho es para dónde.

–Por ahí –dijo la mujer–. Para donde no haya hombres que quieran acostarse con una.

José volvió a sonreír.

–¿En serio te vas? –preguntó, como dándose cuenta de la vida, modificando repentinamente la expresión del rostro.

–Eso depende de ti –dijo la mujer–. Si sabes decir a qué hora vine, mañana me iré y nunca más me pondré en estas cosas. ¿Te gusta eso?

José hizo un gesto afirmativo con la cabeza, sonriente y concreto. La mujer se inclinó hacia donde él estaba.

–Si algún día vuelvo por aquí, me pondré celosa cuando encuentre otra mujer hablando contigo, a esta hora y en esta misma silla.

–Si vuelves por aquí debes traerme algo –dijo José.

–Te prometo buscar por todas partes el osito de cuerda, para traértelo –dijo la mujer.

José sonrió y pasó el trapo por el aire que se interponía entre él y la mujer, como si estuviera limpiando un cristal invisible. La mujer también sonrió, ahora con un gesto de cordialidad y coquetería. Luego, el hombre se alejó, frotando el vidrio hacia el otro extremo del mostrador.

–¿Qué? –dijo José, sin mirarla.

–¿Verdad que a cualquiera que te pregunte a qué hora vine le dirás que a las seis menos cuarto? –dijo la mujer.

–¿Para qué? –dijo José, todavía sin mirarla y ahora como si apenas la hubiera oído.

–Eso no importa –dijo la mujer–. La cosa es que lo hagas.

José vio entonces al primer parroquiano que penetró por la puerta oscilante y caminó hasta una mesa del rincón. Miró el reloj. Eran las seis y media en punto.

–Está bien, reina –dijo distraídamente–. Como tú quieras. Siempre hago las cosas como tú quieres.

–Bueno –dijo la mujer–. Entonces, prepárame el bistec.

El hombre se dirigió a la nevera, sacó un plato con carne y lo dejó en la mesa. Luego encendió la estufa.

–Te voy a preparar un buen bistec de despedida, reina –dijo.

–Gracias, Pepillo –dijo la mujer.

Se quedó pensativa como si de repente se hubiera sumergido en un submundo extraño, poblado de formas turbias, desconocidas. No oyó, del otro lado del mostrador, el ruido que hizo la carne fresca al caer en la manteca hirviente. No oyó, después, la crepitación seca y burbujeante cuando José dio vuelta al lomillo en el caldero y el olor suculento de la carne sazonada fue saturando, a espacios medidos, el aire del restaurante. Se quedó así, concentrada, reconcentrada, hasta cuando volvió a levantar la cabeza, pestañeando, como si regresara de una muerte momentánea. Entonces vio al hombre que estaba junto a la estufa, iluminado por el alegre fuego ascendente.

—Pepillo.

—¡Ah!

—¿En qué piensas? —dijo la mujer.

—Estaba pensando si podrás encontrar en alguna parte el osito de cuerda —dijo José.

—Claro que sí —dijo la mujer—. Pero lo que quiero que me digas es si me darás todo lo que te pidiera de despedida.

José la miró desde la estufa.

—¿Hasta cuándo te lo voy a decir? —dijo—. ¿Quieres algo más que el mejor bistec?

—Sí —dijo la mujer.

—¿Qué? —dijo José.

—Quiero otro cuarto de hora.

José echó el cuerpo hacia atrás para mirar el reloj. Miró luego al parroquiano que seguía silencioso, aguardando en el rincón, y finalmente a la carne, dorada en el caldero. Sólo entonces habló.

—En serio que no entiendo, reina —dijo.

—No seas tonto, José —dijo la mujer—. Acuérdate que estoy aquí desde las cinco y media.

[1950]

Nabo, el negro que hizo esperar a los ángeles

NABO estaba de bruces sobre la hierba muerta. Sentía el olor a establo orinado, estregándose en el cuerpo. Sentía en la piel gris y brillante el rescoldo tibio de los últimos caballos, pero no sentía la piel. Nabo no sentía nada. Era como si se hubiera quedado dormido con el último golpe de la herradura en la frente, y ahora no tuviera más que ese solo sentido. Un doble sentido que le indicaba a la vez el olor a establo húmedo y el innumerable cositeo de los insectos invisibles en la hierba. Abrió los párpados. Volvió a cerrarlos y permaneció quieto, después, estirado, duro, como había estado toda la tarde, sintiéndose crecer sin tiempo, hasta cuando alguien dijo a sus espaldas: «Anda, Nabo. Ya dormiste bastante.» Se volteó y no vio los caballos, pero la puerta estaba cerrada. Nabo debió imaginar que las bestias estaban en algún lugar de la oscuridad, a pesar de que no oía su impaciente cocear. Imaginaba que quien le hablaba lo hacía desde afuera de la caballeriza, porque la puerta estaba cerrada por dentro y la tranca corrida. Otra vez dijo la voz a sus espaldas: «Es cierto, Nabo, ya dormiste bastante. Tienes como tres días de estar durmiendo...» Sólo entonces Nabo abrió los ojos por completo y recordó: «Estoy aquí porque me pateó un caballo.»

No sabía en qué hora estaba viviendo. Ahora los días habían quedado atrás. Era como si alguien hubiera pasado una esponja húmeda sobre aquellos remotos sábados en la noche en que iba a la plaza del pueblo. Se olvidó de la camisa blanca. Se olvidó de que tenía un sombrero verde, de paja verde, y un pantalón oscuro. Se olvidó de que no tenía zapatos. Nabo iba a la plaza los sábados en la noche; se sentaba en un rincón, callado, pero no para oír la música sino para ver al negro. Todos los sábados lo veía. El negro usaba anteojos de carey amarrados a las orejas y tocaba el saxófono en uno de los atriles posteriores. Nabo veía al negro, pero el negro no veía a Nabo. Por lo menos, si alguien hubiera visto seguido que Nabo iba a la plaza los sábados por la noche para ver al negro y le hubiera preguntado –no ahora, porque no podría recordarlo– si el negro lo había visto alguna vez, Nabo habría dicho que no. Era lo único que hacía después de cepillar los caballos: ver al negro.

Un sábado, el negro no estuvo en su puesto de la banda. Nabo debió pensar al principio que no volvería a tocar en los conciertos populares, a pesar de que el atril estaba allí. Aunque precisamente por eso, porque el atril estaba allí, fue por lo que más tarde pensó que el negro volvería el sábado siguiente. Pero el sábado siguiente no volvió ni estaba el atril en su puesto.

Nabo se volteó sobre un costado y vio al hombre que le hablaba. Al principio no lo reconoció, borrado por la oscuridad de la caballeriza. El hombre estaba sentado en un saliente del entablado, hablando y dándose golpecitos en las rodillas. «Me pateó un caballo», volvió a decir Nabo, tratando de reconocer al hombre. «Es verdad –dijo el hombre–. Ahora los caballos no están aquí y te estamos esperando en el coro.» Nabo sacudió la cabeza. Todavía no había empezado a pensar. Pero ya creía haber visto al hombre en alguna parte. El hombre decía que a Nabo lo estaban esperando en el coro. Nabo no entendía, pero tampoco extrañaba que alguien le dijera eso, porque todos los días, mientras cepillaba los caballos, inventaba canciones para distraerlos. Después cantaba en la sala para distraer a la niña muda, con las mismas canciones de los caballos. Pero la niña estaba en otro mundo, en el mundo de la sala, sentada, con los ojos fijos en la pared. Si cuando cantaba alguien le hubiera dicho que lo llevaría a un coro, no se habría sorprendido. Ahora se sorprendía menos porque no entendía. Estaba fatigado, embotado, bruto. «Quiero saber dónde están los caballos», dijo. Y el hombre dijo: «Ya te dije que los caballos no están aquí; sólo nos interesaba traer una voz como la tuya.» Y quizá boca abajo sobre la hierba, Nabo oía, pero no podía diferenciar el dolor que había dejado la herradura en la frente, de las otras sensaciones desordenadas. Volvió la cabeza en la hierba y se quedó dormido.

Nabo fue todavía durante dos o tres semanas a la plaza, a pesar de que el negro ya no estaba en la banda. Tal vez alguien le habría respondido si Nabo hubiera preguntado qué había sucedido con el negro. Pero no lo preguntó, sino que siguió asistiendo a los conciertos hasta cuando otro hombre, con otro saxófono, vino a ocupar el puesto del negro. Entonces Nabo se convenció de que el negro no volvería más y resolvió no volver él mismo a la plaza. Cuando despertó creía haber dormido muy poco tiempo. Todavía le ardía en la nariz el olor a hierba húmeda. Todavía permanecía la oscuridad, delante de sus ojos, rodeándolo. Pero todavía el hombre estaba en el rincón. La voz oscura y pacífica del hombre que se golpeaba las rodillas, diciendo: «Te estamos esperando, Nabo. Tienes como dos años de estar durmiendo y no has querido levantarte.» Entonces Nabo volvió a cerrar los ojos. Los abrió luego. Se quedó mirando hacia el rincón y vio otra vez al hombre, desorientado, perplejo. Sólo entonces lo reconoció.

Si los de la casa hubiéramos sabido qué hacía Nabo en la plaza los sábados en la noche, habríamos pensado que cuando dejó de ir lo hizo porque ya tenía música en la casa. Esto fue cuando llevamos la ortofónica para distraer a la niña. Cuando se necesitaba una persona que le diera cuerda durante todo el día, pareció lo más natural que esa persona fuera Nabo. Podría hacerlo cuando no tuviera que atender los caballos. La niña permanecía sentada, oyendo los discos. A veces, cuando la música estaba sonando, la niña bajaba del asiento, sin dejar de mirar la pared, babeando, y se arrastraba hasta el comedor. Nabo levantaba la aguja y empezaba a cantar. Al principio, cuando llegó a la casa y le preguntamos qué sabía hacer, Nabo dijo que sabía cantar. Pero eso no le interesaba a nadie. Lo que se necesitaba era un muchacho que cepillara los caballos. Nabo se quedó, pero siguió cantando, como si lo hubiéramos aceptado para que cantara, y eso de cepillar los caballos no fuera sino una distracción que hacía más liviano el trabajo. Eso duró más de un año, hasta cuando los de la casa nos acostumbramos a la idea de que la niña no podría caminar, no reconocería a nadie, no dejaría de ser la niña muerta y sola que oía la ortofónica, mirando la pared fríamente, hasta cuando la levantábamos del asiento y la conducíamos al cuarto. Entonces dejó de dolernos; pero Nabo siguió fiel, puntual, dándole cuerda a la ortofónica. Eso fue por los días en que Nabo no había dejado de asistir a la plaza los sábados en la noche. Un día, cuando el muchacho estaba en la caballeriza, alguien dijo junto a la ortofónica: «Nabo.» Estábamos en el corredor, sin preocuparnos de lo que nadie hubiera podido decir. Pero cuando oímos por segunda vez «Nabo», levantamos la cabeza y preguntamos: «¿Quién está con la niña?» Y alguien dijo: «No he visto entrar a nadie.» Y otro dijo: «Estoy seguro de haber oído una voz que dijo: "Nabo."» Pero cuando fuimos a ver sólo encontramos a la niña en el suelo, recostada contra la pared.

Nabo regresó temprano y se acostó. Fue el sábado siguiente cuando no volvió a la plaza porque el negro ya había sido reemplazado, y tres semanas después, un lunes, la ortofónica empezó a sonar mientras Nabo se encontraba en la caballeriza. Nadie se preocupó al principio. Sólo después, cuando vimos venir al negrito, cantando y chorreando todavía el agua de los caballos, le dijimos: ¿«Por dónde saliste?» Él dijo: «Por la puerta. Estaba en la caballeriza desde el mediodía.» «La ortofónica está sonando. ¿No la oyes?», le dijimos. Y Nabo dijo que sí. Y nosotros le dijimos: «¿Quién le dio cuerda?» Y él encogiéndose de hombros: «La niña. Hace tiempo que es ella la que le da cuerda.»

Así estuvieron las cosas hasta el día en que lo encontramos de bruces en la hierba, encerrado en la caballeriza y con la orilla de la herradura incrustada en la frente. Cuando lo levantamos por los hombros, Nabo dijo: «Estoy aquí porque me pateó un caballo.» Pero nadie se interesó por lo que él pudiera decir. Nos interesaban los ojos fríos y muertos y la boca llena de espumarajos verdes. Pasó toda la noche llorando, ardido por la fiebre, delirando, hablando del peine que se perdió en los yerbales de la caballeriza. Esto fue el primer día. Al siguiente, cuando abrió los ojos, dijo: «Tengo sed», y le llevamos agua y se la bebió toda de un sorbo y pidió un poco más dos veces; le preguntamos cómo se sentía, y él dijo: «Me siento como si me hubiera pateado un caballo.» Y siguió hablando durante todo el día y toda la noche. Y finalmente se sentó en la cama, señaló hacia arriba, con el índice, y dijo que el galope de los caballos no lo había dejado dormir en toda la noche. Pero desde la noche anterior no tenía fiebre. Ya no deliraba, pero siguió hablando hasta cuando le introdujeron un pañuelo en la boca. Entonces Nabo empezó a cantar por detrás del pañuelo; a decir que oía, junto a la oreja, la respiración de los caballos, buscando el agua por encima de la puerta cerrada. Cuando le quitamos el pañuelo para que comiera algo, se volteó contra la pared y todos creímos que se había dormido, y hasta es posible que se hubiera dormido un poco. Pero cuando despertó ya no estaba en la cama. Tenía los pies atados y las manos atadas a un horcón del cuarto. Amarrado, Nabo empezó a cantar.

Cuando lo reconoció Nabo le dijo al hombre: «Yo lo he visto antes.» Y el hombre dijo: «Todos los sábados me veían en la plaza»; y Nabo dijo: «Es verdad, pero yo creía que yo lo veía a usted y usted no me veía.» Y el hombre dijo: «Nunca te vi, pero después, cuando dejé de ir, sentí como si alguien hubiera dejado de verme los sábados»; y Nabo dijo: «Usted no volvió más, pero yo seguí yendo durante tres o cuatro semanas.» Y el hombre, todavía sin moverse, dándose golpecitos en las rodillas: «Yo no podía volver a la plaza, a pesar de que era lo único que valía la pena.» Nabo trató de incorporarse, sacudió la cabeza en la hierba y siguió oyendo la fría voz obstinada, hasta cuando ya no tuvo tiempo ni siquiera para saber que otra vez se estaba quedando dormido. Siempre, desde cuando lo pateó el caballo, le sucedía eso. Y siempre oía la voz: «Te estamos esperando, Nabo. Ya no hay manera de medir el tiempo que llevas de estar dormido.»

Cuatro semanas después de que el negro no volvió a la banda, Nabo le estaba peinando la cola a uno de los caballos. Nunca lo había hecho. Simplemente los cepillaba y se ponía a cantar mientras tanto. Pero el miércoles había ido al mercado y había visto un peine y se había dicho: «Este peine para peinarle la cola a los caballos.» Entonces fue cuando sucedió lo del caballo que le dio la patada y lo dejó atolondrado para toda la vida, diez o quince años antes. Alguien dijo en la casa: «Era preferible que se hubiera muerto aquel día y no que siguiera así, rematado, hablando disparates para toda la vida.» Pero nadie había vuelto a verlo desde el día en que lo encerramos. Sólo sabíamos que estaba allí, encerrado en el cuarto, y que desde entonces la niña no había vuelto a mover la ortofónica. Pero en la casa apenas teníamos interés en saberlo. Lo habíamos encerrado como si fuera un caballo, como si la patada le hubiera comunicado la torpeza y se le hubiera incrustado en la frente toda la estupidez de los caballos: la animalidad. Y lo dejamos aislado en cuatro paredes, como si hubiéramos resuelto que se muriera de encierro porque no habíamos tenido la suficiente sangre fría para matarlo de otra manera. Así pasaron catorce años, hasta cuando uno de los niños creció y dijo que tenía deseos de verle la cara. Y abrió la puerta.

Nabo volvió a mirar al hombre: «Me pateó un caballo», dijo. Y el hombre dijo: «Hace siglos que estás diciendo eso y, mientras tanto, te estamos aguardando en el coro.» Nabo volvió a sacudir la cabeza, volvió a hundir la frente herida en la hierba y creyó recordar, de pronto, cómo habían sucedido las cosas. «Era la primera vez que le peinaba la cola a un caballo», dijo. Y el hombre dijo: «Nosotros lo quisimos así, para que vinieras a cantar en el coro.» Y Nabo dijo: «No he debido comprar el peine.» Y el hombre dijo: «De todos modos lo habrías encontrado. Nosotros habíamos resuelto que encontraras el peine y le peinaras la cola a los caballos.» Y Nabo dijo: «Nunca me había parado detrás.» Y el hombre, todavía tranquilo, todavía sin parecer impaciente: «Pero te paraste y el caballo te pateó. Era la única manera de que vinieras al coro», y la conversación, implacable, diaria, continuó hasta cuando alguien dijo en la casa: «Hacía como quince años que nadie abría esa puerta.» La niña –no había crecido. Había pasado de los treinta años y empezaba a entristecer en los párpados– estaba sentada, mirando la pared, cuando abrieron la puerta. Ella volteó el rostro, olfateando, hacia el otro lado. Y cuando cerraron la puerta, volvieron a decir: «Nabo está tranquilo. Ya no se mueve adentro. Un día de ésos se morirá y no lo sabremos sino por el olor.» Y alguien dijo: «Lo sabremos por la comida. Nunca ha dejado de comer. Está bien así, encerrado, sin que nadie lo moleste. Por el lado de atrás le entra buena luz.» Y las cosas se quedaron de ese modo; sólo que la niña siguió mirando hacia la puerta, olfateando el vaho caliente que se filtraba por la hendidura. Estuvo así hasta la madrugada, cuando oímos un ruido metálico en la sala y recordamos que era el mismo ruido que se oía quince años atrás, cuando Nabo le daba cuerda a la ortofónica. Nos levantamos, encendimos la lámpara y oímos los primeros compases de la canción olvidada; de la canción triste que se había muerto en los discos desde hacía tanto tiempo. El ruido siguió sonando cada vez más forzado, hasta cuando se oyó un golpe seco, en el instante en que llegamos a la sala y sentimos que todavía el disco seguía sonando y vimos a la niña en el rincón junto a la ortofónica, mirando la pared y con la manivela levantada, desprendida de la caja sonora. No nos movimos. La niña no se movió sino que siguió allí, quieta, endurecida, mirando la pared y con la manivela levantada. Nosotros no dijimos nada, sino que regresamos al cuarto, recordando que alguien nos había dicho alguna vez que la niña sabía darle cuerda a la ortofónica. Pensándolo nos quedamos sin dormir, oyendo la musiquita gastada del disco que seguía girando con el exceso de la cuerda rota.

El día anterior, cuando abrieron la puerta, olía adentro a desperdicios biológicos, a cuerpo muerto. El que había abierto gritó: «¡Nabo! ¡Nabo!» Pero nadie respondió desde adentro. Junto a la hendija estaba el plato vacío. Tres veces al día se introducía el plato por debajo de la puerta y tres veces el plato volvía a salir sin comida. Por eso sabíamos que Nabo estaba vivo. Pero nada más que por eso.

Ya no se movía adentro, ya no cantaba. Y debió ser después que cerraron la puerta cuando Nabo dijo al hombre: «No puedo ir al coro.» Y el hombre preguntó: «¿Por qué?» Y Nabo dijo: «Porque no tengo zapatos.» Y el hombre, levantando los pies, dijo: «Eso no importa. Aquí nadie usa zapatos.» Y Nabo vio la planta amarilla y dura de los pies descalzos que el hombre tenía levantados. «Hace una eternidad que estoy aquí», dijo el hombre. «Hace apenas un momento que me pateó el caballo —dijo Nabo—. Ahora me echaré un poco de agua en la cabeza y los llevaré a dar una vuelta.» Y el hombre dijo: «Ya los caballos no necesitan de ti. Ya no hay caballos. Eres tú quien debe venir con nosotros.» Y Nabo dijo: «Los caballos deberían estar aquí.» Se incorporó un poco, hundió las manos entre la hierba mientras el hombre decía: «Hace quince años que no tienen quien los cuide.» Pero Nabo rasguñaba el suelo debajo de la hierba, diciendo: «Todavía debe estar el peine por aquí.» Y el hombre decía: «La caballeriza la clausuraron hace quince años. Ahora está llena de escombros.» Y Nabo decía: «No hay escombros que se formen en una tarde. Hasta que no encuentre el peine no me moveré de aquí.»

Al día siguiente, después de que volvieron a asegurar la puerta, fue cuando volvieron a oírse los trabajosos movimientos interiores. Nadie se movió después. Nadie volvió a decir nada cuando se oyeron los primeros crujidos y la puerta empezó a ceder, presionada por una fuerza descomunal. Se oía, adentro, como el jadeo de una bestia acorralada. Finalmente se oyó el chasquido de los goznes oxidados al romperse, cuando Nabo volvió a sacudir la cabeza. «Mientras no encuentre el peine no iré al coro –dijo–. Debe estar por aquí.» Y escarbó la hierba, rompiéndola, arañando el suelo, hasta cuando el hombre dijo: «Está bien, Nabo. Si lo único que esperas para venir al coro es encontrar el peine, anda a buscarlo.» Se inclinó hacia adelante, oscurecido el rostro por una paciente soberbia. Apoyó las manos contra la talanquera, y dijo: «Anda, Nabo. Yo me encargaré de que nadie pueda detenerte.»

Y entonces la puerta cedió, y el enorme negro bestial, con la áspera cicatriz marcada en la frente –a pesar de que habían transcurrido quince años– salió atropellándose por encima de los muebles, tropezando con las cosas, levantados y amenazantes los puños, que aún tenían la cuerda con que lo amarraron quince años antes –cuando era un muchachito negro que cuidaba los caballos–; vociferando por los corredores, después de haber empujado con el hombro la puerta de una tempestad, pasó –antes de llegar al patio– junto a la niña, que permanecía sentada, todavía con la manivela de la ortofónica en la mano desde la noche anterior –ella al ver la negra fuerza desencadenada, recordó algo que en un tiempo debió ser palabra– y llegó al patio –antes de encontrar la caballeriza–, después de haberse llevado con el hombro el espejo de la sala, pero sin ver a la niña –ni junto a la ortofónica ni el espejo–, y se puso de cara al sol, con los ojos cerrados, ciego –cuando todavía no cesaba adentro el estrépito de los espejos rotos–, y corrió sin dirección, como un caballo vendado, buscando instintivamente la puerta de la caballeriza que quince años de encierro habían borrado de su memoria pero no de sus instintos –desde aquel remoto día en que le peinó la cola al caballo y quedó atolondrado para toda la vida–, y dejando atrás la catástrofe, la disolución, el caos, como un toro vendado en un cuarto lleno de lámparas, hasta cuando llegó al patio de atrás –todavía sin encontrar la caballeriza–, y escarbó el suelo con esa furiosa tempestuosidad con que se había llevado el espejo, pensando quizá que al escarbar la hierba se levantaría de nuevo el olor a orín de yegua, antes de llegar por completo a las puertas de la caballeriza –y ahora más fuerte él mismo que su propia fuerza turbulenta– y empujarla antes de tiempo y caer adentro, de bruces, agonizante quizá, pero todavía ofuscado por esa feroz animalidad que medio segundo antes no le permitió oír a la niña que levantó la manivela, cuando lo vio pasar, y recordó babeando, pero sin moverse de la silla, sin mover la boca sino haciendo girar la manivela de la ortofónica en el aire, recordó la única palabra que había aprendido a decir en su vida y la gritó desde la sala: «¡Nabo! ¡Nabo!»

[1951]

Alguien desordena estas rosas

COMO ES domingo y ha dejado de llover, pienso llevar un ramo de rosas a mi tumba. Rosas rojas y blancas, de las que ella cultiva para hacer altares y coronas. La mañana estuvo entristecida por este invierno taciturno y sobrecogedor que me ha puesto a recordar la colina donde la gente del pueblo abandona sus muertos. Es un sitio pelado, sin árboles, barrido apenas por las migajas providenciales que regresan después que el viento ha pasado. Ahora que dejó de llover y que el sol de mediodía debe haber endurecido el jabón de la cuesta, podría llegar hasta el túmulo en cuyo fondo reposa mi cuerpo de niño, ahora confundido, desmenuzado entre caracoles y raíces.

Ella está prosternada frente a sus santos. Permanece abstraída desde cuando dejé de moverme en la habitación, después de haber fracasado en el primer intento de llegar hasta el altar para coger las rosas más encendidas y frescas. Tal vez hoy hubiera podido hacerlo; pero la lamparita pestañeó, y ella, recobrada del éxtasis, levantó la cabeza y miró hacia el rincón donde está la silla. Debió pensar: «Es otra vez el viento», porque es verdad que algo crujió junto al altar y la habitación onduló un instante, como si hubiera sido removido el nivel de los recuerdos estancados en ella desde hace tanto tiempo. Entonces comprendí que debía aguardar una nueva ocasión para coger las rosas, porque ella continuaba despierta, mirando la silla, y habría podido sentir junto a su rostro el rumor de mis manos. Ahora debo esperar a que ella abandone la habitación, dentro de un momento, y vaya a la pieza vecina a dormir la siesta medida e invariable del domingo. Es posible que entonces pueda yo salir con las rosas para estar de regreso antes que ella vuelva a esta habitación y se quede mirando la silla.

El domingo pasado fue más difícil. Tuve que esperar casi dos horas a que ella cayera en el éxtasis. Parecía intranquila, preocupada, como si la hubiera atormentado la certidumbre de que súbitamente su soledad en la casa se había vuelto menos intensa. Dio varias vueltas por el cuarto con el ramo de rosas, antes de abandonarlo en el altar. Luego salió al pasadizo, viró adentro y se dirigió a la pieza vecina. Yo sabía que estaba buscando la lámpara. Y después, cuando volvió a pasar frente a la puerta y la vi en la claridad del corredor con el saquito oscuro y las medias rosadas, me pareció que era todavía igual a la niña que hace cuarenta años se inclinó sobre mi cama, en este mismo cuarto, y dijo: «Ahora que le han puesto los palillos, tiene los ojos abiertos y duros.» Era igual, como si no hubiera transcurrido el tiempo desde aquella remota tarde de agosto en que las mujeres la trajeron al cuarto y le mostraron el cadáver y le dijeron: «Llora. Era como un hermano tuyo», y ella se recostó contra la pared, llorando, obedeciendo, todavía ensopada por la lluvia.

Desde hace tres o cuatro domingos estoy tratando de llegar hasta las rosas, pero ella ha permanecido vigilante frente al altar; vigilando las rosas con una sobresaltada diligencia que no le había conocido en los veinte años que lleva de vivir en la casa. El domingo pasado, cuando salió a buscar la lámpara, logré componer un ramo con las mejores rosas. En ningún momento he estado más cerca de realizar mi deseo. Pero cuando me disponía a regresar a la silla oí de nuevo las pisadas en el pasadizo, ordené brevemente las rosas en el altar; y entonces la vi aparecer en el vano de la puerta con la lámpara en alto.

Tenía puesto el saquito oscuro y las medias rosadas, pero había en su rostro algo como la fosforescencia de una revelación. No parecía entonces la mujer que desde hace veinte años cultiva rosas en el huerto, sino la misma niña que en aquella tarde de agosto trajeron a la pieza vecina para que se cambiara de ropa y que regresaba ahora con una lámpara, gorda y envejecida, cuarenta años después.

Mis zapatos tienen todavía la dura costra de barro que se les formó aquella tarde, a pesar de que permanecieron secándose durante veinte años junto al fogón apagado. Un día fui a buscarlos. Esto fue después de que clausuraron las puertas, descolgaron del dintel el pan y el ramo de sábila, y se llevaron los muebles. Todos los muebles, menos la silla del rincón que me ha servido para estar durante todo este tiempo. Yo sabía que los zapatos habían sido puestos a secar y que ni siquiera se acordaron de ellos cuando abandonaron la casa. Por eso fui a buscarlos.

Ella volvió muchos años después. Había transcurrido tanto tiempo, que el olor a almizcle del cuarto se había confundido con el olor del polvo, con el seco y minúsculo tufo de los insectos. Yo estaba solo en la casa, sentado en el rincón, esperando. Y había aprendido a distinguir el rumor de la madera en descomposición, el aleteo del aire volviéndose viejo en las alcobas cerradas. Entonces fue cuando ella vino. Se había parado en la puerta con una maleta en la mano, un sombrero verde y el mismo saquito de algodón que no se ha quitado desde entonces. Era todavía una muchacha. No había empezado a engordar, ni los tobillos le abultaban bajo las medias, como ahora. Yo estaba cubierto de polvo y telaraña cuando ella abrió la puerta y en alguna parte de la habitación guardó silencio el grillo que había estado cantando durante veinte años. Pero a pesar de eso; a pesar de la telaraña y el polvo, del brusco arrepentimiento del grillo y de la nueva edad de la recién llegada, yo reconocí en ella a la niña que en aquella tormentosa tarde de agosto me acompañó a coger nidos en el establo. Así como estaba, parada en la puerta, con la maleta en la mano y el sombrero verde, parecía como si de pronto fuera a ponerse a gritar, a decir lo mismo que dijo cuando me encontraron boca arriba entre la hierba del establo, todavía aferrado al travesaño de la escalera rota. Cuando ella abrió la puerta por completo, los goznes crujieron y el polvillo del techo se derrumbó a golpes, como si alguien se hubiera puesto a martillar en el caballete, entonces ella vaciló en el marco de claridad, introduciendo después medio cuerpo en la habitación, y dijo con la voz de quien está llamando a una persona dormida: «¡Niño! ¡Niño!» Y yo permanecí quieto en la silla, rígido con los pies estirados.

Creía que sólo venía a ver el cuarto, pero siguió viviendo en la casa. Aireó la habitación y fue como si hubiera abierto la maleta y de ella hubiera salido su antiguo olor a almizcle. Los otros se llevaron los muebles y la ropa en los baúles. Ella sólo se había llevado los olores del cuarto; y veinte años después los trajo de nuevo, los colocó en su lugar y reconstruyó el altarcillo; igual que antes. Su sola presencia bastó para restaurar lo que la implacable laboriosidad del tiempo había destruido. Desde entonces come y duerme en la pieza de al lado, pero se pasa los días en ésta, conversando en silencio con los santos. Durante la tarde se sienta en el mecedor, junto a la puerta, y zurce la ropa mientras atiende a quienes vienen a comprarle flores. Ella se mece siempre mientras zurce la ropa. Y cuando viene alguien por un ramo de rosas, guarda la moneda en la esquina del pañuelo que se anuda a la cintura y dice invariablemente: «Cógelas de la derecha, que las de la izquierda son para los santos.»

Así ha estado en el mecedor durante veinte años, zurciendo sus cositas, meciéndose, mirando hacia la silla, como si por ahora no cuidara del niño que compartió con ella las tardes de la infancia, sino del nieto inválido que está aquí, sentado en el rincón desde cuando la abuela tenía cinco años.

Es posible que ahora, cuando vuelva a bajar la cabeza, pueda acercarme a las rosas. Si logro hacerlo iré hasta la colina, las pondré sobre el túmulo y regresaré a mi silla, a esperar el día en que ella no vuelva al cuarto y cesen los ruidos en las piezas de al lado.

Este día habrá una transformación en todo esto, porque yo tendré que salir otra vez de la casa para avisarle a alguien que la mujer de las rosas, la que vive sola en la casa arruinada, está necesitando cuatro hombres que la conduzcan a la colina. Entonces quedaré definitivamente solo en el cuarto. Pero en cambio ella estará satisfecha. Porque ese día sabrá que no era el viento invisible lo que todos los domingos llegaba a su altar y le desordenaba las rosas.

[1952]

La noche de los alcaravanes

ESTÁBAMOS sentados, los tres, en torno a la mesa, cuando alguien introdujo una moneda en la ranura y el Wurlitzer volvió a iniciar el disco de toda la noche. Lo demás no tuvimos tiempo de pensarlo. Sucedió antes de que recordáramos dónde nos encontrábamos; antes de que hubiéramos recobrado el sentido de la orientación. Uno de nosotros extendió la mano por encima del mostrador, rastreando (nosotros no veíamos la mano, la oíamos), tropezó con un vaso y se quedó quieto después, con las dos manos descansando sobre la dura superficie. Entonces los tres nos buscamos en la sombra y nos encontramos allí, en las coyunturas de los treinta dedos que se amontonaban sobre el mostrador. Uno dijo:

–Vamos.

Y nos pusimos en pie, como si nada hubiera sucedido. Todavía no habíamos tenido tiempo para desconcertarnos.

En el corredor, al pasar, oímos la música cercana, girando contra nosotros. Sentimos el olor a mujeres tristes, sentadas y esperando. Sentimos el prolongado vacío del corredor delante de nosotros, mientras caminábamos hacia la puerta, antes de que saliera a recibirnos el otro olor agrio de la mujer que se sentaba junto a la puerta. Nosotros dijimos:

–Nos vamos.

La mujer no respondió nada. Sentimos el crujido de un mecedor, cediendo hacia arriba, cuando ella se puso en pie. Sentimos las pisadas en la madera suelta y otra vez el retorno de la mujer, cuando volvieron a crujir los goznes y la puerta se ajustó a nuestras espaldas.

Nos dimos vuelta. Allí mismo, detrás, había un duro aire cortante de madrugada invisible, y una voz que decía:

—Apártense de ahí, voy a pasar con esto.

Nos echamos hacia atrás. Y la voz volvió a decir:

—Todavía están contra la puerta.

Y sólo entonces, cuando nos habíamos movido hacia todos lados y habíamos encontrado la voz por todas partes, dijimos:

—No podemos salir de aquí. Los alcaravanes nos sacaron los ojos.

Después oímos abrirse varias puertas. Uno de nosotros se soltó de las otras manos y lo oímos arrastrarse en la sombra, vacilando, tropezando con los objetos que nos rodeaban. Habló desde algún sitio de la oscuridad.

—Ya debemos estar cerca —dijo—. Por aquí hay un olor a baúles amontonados.

Sentimos otra vez el contacto de sus manos; nos recostamos contra la pared y otra voz pasó entonces pero en dirección contraria.

—Pueden ser ataúdes —dijo uno de nosotros.

El que se había arrastrado hasta el rincón y respiraba ahora a nuestro lado dijo:

—Son baúles. Desde pequeño aprendí a distinguir el olor de la ropa guardada.

Entonces nos movimos hacia allá. El suelo era blando y liso, como de tierra pisada. Alguien extendió una mano. Sentimos un contacto de piel larga y viva, pero ya no sentimos la pared del otro lado.

—Esto es una mujer —dijimos.

El otro, el que había hablado de los baúles, dijo:

—Creo que está durmiendo.

El cuerpo se sacudió bajo nuestras manos; tembló; lo sentimos escurrirse, pero no como si se hubiera puesto fuera de nuestro alcance, sino como si hubiera dejado de existir. Sin embargo, después de un instante en que permanecimos quietos, endurecidos, recostados hombro contra hombro, oímos su voz.

—¿Quién anda por ahí? —dijo.

—Somos nosotros —respondimos sin movernos.

Se oyó el movimiento en la cama; el crujir y el rastreo de los pies buscando las pantuflas en la oscuridad. Entonces imaginamos a la mujer sentada, mirándonos cuando todavía no acababa de despertar.

—¿Qué hacen aquí? —dijo.

Y nosotros dijimos:

—No lo sabemos. Los alcaravanes nos sacaron los ojos.

La voz dijo que había oído algo de eso. Que los periódicos habían dicho que tres hombres estaban tomando cerveza en un patio donde había cinco o seis alcaravanes. Siete alcaravanes. Uno de los hombres se puso a cantar como un alcaraván, imitándolos.

—Lo malo fue que dio una hora retrasada —dijo—. Fue entonces cuando los pájaros saltaron a la mesa y les sacaron los ojos.

Dijo que eso habían dicho los periódicos, pero que nadie les había creído. Nosotros dijimos:

—Si la gente fue allá debieron ver los alcaravanes.

Y la mujer dijo:

—Fueron. El patio estaba lleno de gente, al otro día, pero la mujer ya se había llevado los alcaravanes a otra parte.

Cuando nos dimos la vuelta, la mujer dejó de hablar. Allí estaba otra vez la pared. Con sólo dar vueltas encontrábamos la pared. En torno a nosotros, cercándonos, estaba siempre una pared. Uno volvió a soltarse de nuestras manos. Lo oímos rastrear otra vez, olfateando el suelo, diciendo:

—Ahora no sé por dónde andan los baúles. Creo que ya andamos por otra parte.

Y nosotros dijimos:

—Ven acá. Alguien está aquí, junto a nosotros.

Lo oímos acercarse. Lo sentimos levantarse a nuestro lado y otra vez nos golpeó su aliento tibio en el rostro.

—Estira las manos hacia allá –le dijimos–. Allí hay alguien que nos conoce.

Él debió extender la mano; debió moverse hacia donde le indicamos, porque un instante después regresó para decirnos:

—Creo que es un muchacho.

Y le dijimos:

—Está bien, pregúntale si nos conoce.

Él hizo la pregunta. Oímos la voz apática y simple del muchacho que decía:

—Sí los conozco. Son los tres hombres a quienes los alcaravanes les sacaron los ojos.

Entonces habló una voz adulta. Una voz de mujer que parecía estar detrás de una puerta cerrada, diciendo:

—Ya estás hablando solo.

Y la voz infantil dijo despreocupadamente:

—No. Es que aquí están otra vez los hombres a quienes los alcaravanes les sacaron los ojos.

Se oyó un ruido de goznes y luego la voz adulta, más cercana que la primera vez.

—Llévalos a su casa –dijo.

Y el muchacho dijo:

—No sé dónde viven.

Y la voz adulta dijo:

—No seas de mala índole. Todo el mundo sabe dónde viven desde la noche en que los alcaravanes les sacaron los ojos.

Luego siguió hablando en otro tono, como si se dirigiera a nosotros:

—Lo que pasa es que nadie ha querido creerlo y dicen que fue una falsa noticia de los periódicos para aumentar las ventas. Nadie ha visto los alcaravanes.

Y nosotros dijimos:

—Pero nadie me creería si los llevo por la calle.

Nosotros no nos movíamos; estábamos quietos, recostados contra la pared, oyéndola. Y la mujer dijo:

—Si éste quiere llevarlos es distinto. Después de todo, nadie daría importancia a lo que dijera un muchacho.

La voz infantil intervino:

—Si salgo a la calle con ellos y digo que son los hombres a quienes los alcaravanes les sacaron los ojos, los muchachos me tirarían piedras. Todo el mundo dice que eso no puede suceder.

Hubo un instante de silencio. Luego la puerta volvió a cerrarse, y el muchacho volvió a hablar:

—Además, ahora estoy leyendo a *Terry y los Piratas*.

Alguien nos dijo al oído:

—Voy a convencerlo.

Se arrastró hacia donde estaba la voz.

—Eso me gusta —dijo—. Por lo menos, dinos qué le pasó a Terry esta semana.

Está tratando de hacerse a su confianza, pensamos. Pero el muchacho dijo:

—Eso no me interesa. Lo único que me gusta son los colores.

—Terry estaba en un laberinto —dijimos.

Y el muchacho dijo:

–Eso fue el viernes. Hoy es domingo y lo que me interesa son los colores –y lo dijo con la voz fría, desapasionada, indiferente.

Cuando el otro regresó, dijimos:

–Llevamos como tres días de estar perdidos y no hemos descansado una sola vez.

Y uno dijo:

–Está bien. Vamos a descansar un rato, pero sin soltarnos de la mano.

Nos sentamos. Un invisible sol tibio empezó a calentarnos en los hombros. Pero ni siquiera la presencia del sol nos interesaba. La sentíamos ahí, en cualquier parte, habiendo perdido ya la noción de las distancias, de la hora, de las direcciones. Pasaron varias voces.

–Los alcaravanes nos sacaron los ojos –dijimos.

Y una de las voces dijo:

–Éstos tomaron en serio a los periódicos.

Las voces desaparecieron. Y seguimos sentados así, hombro contra hombro, esperando a que en aquel pasar de voces, en aquél de imágenes pasaran un olor o una voz conocidos. El sol siguió calentando sobre nuestras cabezas. Entonces alguien dijo:

–Vamos otra vez hacia la pared.

Y los otros, inmóviles, con la cabeza levantada hacia la claridad invisible:

–Todavía no. Esperemos siquiera a que el sol empiece a ardernos en la cara.

[1953]

Monólogo de Isabel
viendo llover en Macondo

EL INVIERNO se precipitó un domingo a la salida de misa. La
noche del sábado había sido sofocante. Pero aún en la mañana
del domingo no se pensaba que pudiera llover. Después de misa,
antes de que las mujeres tuviéramos tiempo de encontrar el broche
de las sombrillas, sopló un viento espeso y oscuro que barrió en una
amplia vuelta redonda el polvo y la dura yesca de mayo. Alguien
dijo junto a mí: «Es viento de agua.» Y yo lo sabía desde antes. Desde
cuando salimos al atrio y me sentí estremecida por la viscosa sensación en el vientre. Los hombres corrieron hacia las casas vecinas con
una mano en el sombrero y un pañuelo en la otra, protegiéndose
del viento y la polvareda. Entonces llovió y el cielo fue una sustancia
gelatinosa y gris que aleteó a una cuarta de nuestras cabezas.

Durante el resto de la mañana mi madrastra y yo estuvimos
sentadas junto al pasamano, alegres de que la lluvia revitalizara el
romero y el nardo sedientos en las macetas después de siete meses
de verano intenso, de polvo abrasante. Al mediodía cesó la reverberación de la tierra y un olor a suelo removido, a despierta y renovada
vegetación, se confundió con el fresco y saludable olor de la lluvia
con el romero. Mi padre dijo a la hora del almuerzo: «Cuando llueve
en mayo es señal de que habrá buenas aguas.» Sonriente, atravesada
por el hilo luminoso de la nueva estación, mi madrastra le dijo:

«Eso lo oíste en el sermón.» Y mi padre sonrió. Y almorzó con buen apetito y hasta tuvo una entretenida digestión junto al pasamano, silencioso, con los ojos cerrados pero sin dormir, como para creer que soñaba despierto.

Llovió durante toda la tarde en un solo tono. En la intensidad uniforme y apacible se oía caer el agua como cuando se viaja toda la tarde en un tren. Pero sin que lo advirtiéramos, la lluvia estaba penetrando demasiado hondo en nuestros sentidos. En la madrugada del lunes, cuando cerramos la puerta para evitar el vientecillo cortante y helado que soplaba del patio, nuestros sentidos habían sido colmados por la lluvia. Y en la mañana del lunes los había rebasado. Mi madrastra y yo volvimos a contemplar el jardín. La tierra áspera y parda de mayo se había convertido durante la noche en una sustancia oscura y pastosa, parecida al jabón ordinario. Un chorro de agua comenzaba a correr por entre las macetas. «Creo que en toda la noche han tenido agua de sobra», dijo mi madrastra. Y yo advertí que había dejado de sonreír y que su regocijo del día anterior se había transformado en una seriedad laxa y tediosa. «Creo que sí —dije—. Será mejor que los guajiros las pongan en el corredor mientras escampa.» Y así lo hicieron, mientras la lluvia crecía como un árbol inmenso sobre los árboles. Mi padre ocupó el mismo sitio en que estuvo la tarde del domingo, pero no habló de la lluvia. Dijo: «Debe ser que anoche dormí mal, porque me ha amanecido doliendo el espinazo.» Y estuvo allí, sentado contra el pasamano, con los pies en una silla y la cabeza vuelta hacia el jardín vacío. Sólo al atardecer, después que se negó a almorzar, dijo: «Es como si no fuera a escampar nunca.» Y yo me acordé de los meses de calor. Me acordé de agosto, de esas siestas largas y pasmadas en que nos echábamos a morir bajo el peso de la hora, con la ropa pegada al cuerpo por el sudor, oyendo afuera el zumbido insistente y sordo de la hora sin transcurso. Vi las paredes lavadas, las junturas de la madera ensanchadas por el agua. Vi el jardincillo, vacío por primera vez, y el jazminero contra el muro, fiel al recuerdo de mi madre. Vi a mi padre sentado en el mecedor, recostadas en una almohada las vértebras doloridas, y los ojos tristes, perdidos en el laberinto de la lluvia. Me acordé de las noches de agosto, en cuyo silencio maravillado no se oye nada más que el ruido milenario que hace la tierra girando en el eje oxidado y sin aceitar. Súbitamente me sentí sobrecogida por una agobiadora tristeza.

Llovió durante todo el lunes, como el domingo. Pero entonces parecía como si estuviera lloviendo de otro modo, porque algo distinto y amargo ocurría en mi corazón. Al atardecer dijo una voz junto a mi asiento: «Es aburridora esta lluvia.» Sin que me volviera a mirar, reconocí la voz de Martín. Sabía que él estaba hablando en el asiento del lado, con la misma expresión fría y pasmada que no había variado ni siquiera después de esa sombría madrugada de diciembre en que empezó a ser mi esposo. Habían transcurrido cinco meses desde entonces. Ahora yo iba a tener un hijo. Y Martín estaba allí, a mi lado, diciendo que le aburría la lluvia. «Aburridora no –dije–. Lo que me parece demasiado triste es el jardín vacío y esos pobres árboles que no pueden quitarse del patio.» Entonces me volví a mirarlo, y ya Martín no estaba allí. Era apenas una voz que me decía: «Por lo visto no piensa escampar nunca», y cuando miré hacia la voz sólo encontré la silla vacía.

El martes amaneció una vaca en el jardín. Parecía un promontorio de arcilla en su inmovilidad dura y rebelde, hundidas las pezuñas en el barro y la cabeza doblegada. Durante la mañana los guajiros trataron de ahuyentarla con palos y ladrillos. Pero la vaca permaneció imperturbable en el jardín, dura, inviolable, todavía las pezuñas hundidas en el barro y la enorme cabeza humillada por la lluvia. Los guajiros la acosaron hasta cuando la paciente tolerancia de mi padre vino en defensa suya: «Déjenla tranquila –dijo–. Ella se irá como vino.»

Al atardecer del martes el agua apretaba y dolía como una mortaja en el corazón. El fresco de la primera mañana empezó a convertirse en una humedad caliente y pastosa. La temperatura no era fría ni caliente; era una temperatura de escalofrío. Los pies sudaban dentro de los zapatos. No se sabía qué era más desagradable, si la piel al descubierto o el contacto de la ropa en la piel. En la casa había cesado toda actividad. Nos sentamos en el corredor, pero ya no contemplábamos la lluvia como el primer día. Ya no la sentíamos caer. Ya no veíamos sino el contorno de los árboles en la niebla, en un atardecer triste y desolado que dejaba en los labios el mismo sabor con que se despierta después de haber soñado con una persona desconocida. Yo sabía que era martes y me acordaba de las mellizas de San Jerónimo, de las niñas ciegas que todas las semanas vienen a la casa a decirnos canciones simples, entristecidas por el amargo y desamparado prodigio de sus voces. Por encima de la lluvia yo oía la cancioncilla de las mellizas ciegas y las imaginaba en su casa, acuclilladas, aguardando a que cesara la lluvia para salir a cantar. Aquel día no llegarían las mellizas de San Jerónimo, pensaba yo, ni la pordiosera estaría en el corredor después de la siesta, pidiendo, como todos los martes, la eterna ramita de toronjil.

Ese día perdimos el orden de las comidas. Mi madrastra sirvió a la hora de la siesta un plato de sopa simple y un pedazo de pan rancio. Pero en realidad no comíamos desde el atardecer del lunes y creo que desde entonces dejamos de pensar. Estábamos paralizados, narcotizados por la lluvia, entregados al derrumbamiento de la naturaleza en una actitud pacífica y resignada. Sólo la vaca se movió en la tarde. De pronto, un profundo rumor sacudió sus entrañas y las pezuñas se hundieron en el barro con mayor fuerza.

Luego permaneció inmóvil durante media hora, como si ya estuviera muerta, pero no pudiera caer porque se lo impedía la costumbre de estar viva, el hábito de estar en una misma posición bajo la lluvia, hasta cuando la costumbre fue más débil que el cuerpo. Entonces dobló las patas delanteras (levantadas todavía en un último esfuerzo agónico las ancas brillantes y oscuras), hundió el babeante hocico en el lodazal y se rindió por fin al peso de su propia materia en una silenciosa, gradual y digna ceremonia de total derrumbamiento. «Hasta ahí llegó», dijo alguien a mis espaldas. Y yo me volví a mirar y vi en el umbral a la pordiosera de los martes que venía a través de la tormenta a pedir la ramita de toronjil.

Tal vez el miércoles me habría acostumbrado a ese ambiente sobrecogedor si al llegar a la sala no hubiera encontrado la mesa recostada contra la pared, los muebles amontonados encima de ella, y del otro lado, en un parapeto improvisado durante la noche, los baúles y las cajas con los utensilios domésticos. El espectáculo me produjo una terrible sensación de vacío. Algo había sucedido durante la noche. La casa estaba en desorden; los guajiros sin camisa y descalzos, con los pantalones enrollados hasta las rodillas, transportaban los muebles al comedor. En la expresión de los hombres, en la misma diligencia con que trabajaban se advertía la crueldad de la frustrada rebeldía, de la forzosa y humillante inferioridad bajo la lluvia. Yo me movía sin dirección, sin voluntad. Me sentía convertida en una pradera desolada, sembrada de algas y líquenes, de hongos viscosos y blandos, fecundada por la repugnante flora de la humedad y las tinieblas. Yo estaba en la sala contemplando el desierto espectáculo de los muebles amontonados cuando oí la voz de mi madrastra en el cuarto advirtiéndome que podía contraer una pulmonía. Sólo entonces caí en la cuenta de que el agua me daba a los tobillos, de que la casa estaba inundada, cubierto el piso por una gruesa superficie de agua viscosa y muerta.

Al mediodía del miércoles no había acabado de amanecer. Y antes de las tres de la tarde, la noche había entrado de lleno, anticipada y enfermiza, con el mismo lento y monótono y despiadado ritmo de la lluvia en el patio. Fue un crepúsculo prematuro, suave y lúgubre, que creció en medio del silencio de los guajiros, que se acuclillaron en las sillas, contra las paredes, rendidos e impotentes ante el disturbio de la naturaleza. Entonces fue cuando empezaron a llegar noticias de la calle. Nadie las traía a la casa. Simplemente llegaban, precisas, individualizadas, como conducidas por el barro líquido que corría por las calles y arrastraba objetos domésticos, cosas y cosas, destrozos de una remota catástrofe, escombros y animales muertos. Hechos ocurridos el domingo, cuando todavía la lluvia era el anuncio de una estación providencial, tardaron dos días en conocerse en la casa. Y el miércoles llegaron las noticias, como empujadas por el propio dinamismo interior de la tormenta. Se supo entonces que la iglesia estaba inundada y se esperaba su derrumbamiento. Alguien que no tenía por qué saberlo, dijo esa noche: «El tren no puede pasar el puente desde el lunes. Parece que el río se llevó los rieles.» Y se supo que una mujer enferma había desaparecido de su lecho y había sido encontrada esa tarde flotando en el patio.

Aterrorizada, poseída por el espanto y el diluvio, me senté en el mecedor con las piernas encogidas y los ojos fijos en la oscuridad húmeda y llena de turbios presentimientos. Mi madrastra apareció en el vano de la puerta, con la lámpara en alto y la cabeza erguida. Parecía un fantasma familiar ante el cual yo no sentía sobresalto alguno porque yo misma participaba de su condición sobrenatural. Vino hasta donde yo estaba. Aún mantenía la cabeza erguida y la lámpara en alto, y chapaleaba en el agua del corredor. «Ahora tenemos que rezar», dijo. Y yo vi su rostro seco y agrietado, como si acabara de abandonar una sepultura o como si estuviera fabricada en una sustancia distinta de la humana. Estaba frente a mí, con el rosario en la mano, diciendo: «Ahora tenemos que rezar. El agua rompió las sepulturas y los pobrecitos muertos están flotando en el cementerio.»

Tal vez había dormido un poco esa noche cuando desperté sobresaltada por un olor agrio y penetrante como el de los cuerpos en descomposición. Sacudí con fuerza a Martín, que roncaba a mi lado. «¿No lo sientes?», le dije. Y él dijo: «¿Qué?» Y yo dije: «El olor. Deben ser los muertos que están flotando por las calles.» Yo me sentía aterrorizada por aquella idea, pero Martín se volteó contra la pared y dijo con la voz ronca y dormida: «Son cosas tuyas. Las mujeres embarazadas siempre están con imaginaciones.»

Al amanecer del jueves cesaron los olores, se perdió el sentido de las distancias. La noción del tiempo, trastornada desde el día anterior, desapareció por completo. Entonces no hubo jueves. Lo que debía serlo fue una cosa física y gelatinosa que habría podido apartarse con las manos para asomarse al viernes. Allí no había hombres ni mujeres. Mi madrastra, mi padre, los guajiros eran cuerpos adiposos e improbables que se movían en el tremedal del invierno. Mi padre me dijo: «No se mueva de aquí hasta cuando no le diga qué se hace», y su voz era lejana e indirecta y no parecía percibirse con los oídos sino con el tacto, que era el único sentido que permanecía en actividad.

Pero mi padre no volvió: se extravió en el tiempo. Así que cuando llegó la noche llamé a mi madrastra para decirle que me acompañara al dormitorio. Tuve un sueño pacífico, sereno, que se prolongó a lo largo de toda la noche. Al día siguiente la atmósfera seguía igual, sin color, sin olor, sin temperatura. Tan pronto como desperté salté a un asiento y permanecí inmóvil, porque algo me indicaba que todavía una zona de mi conciencia no había despertado por completo. Entonces oí el pito del tren. El pito prolongado y triste del tren fugándose de la tramontana. «Debe haber escampado en alguna parte», pensé, y una voz a mis espaldas pareció responder a mi pensamiento: «Dónde...», dijo. «¿Quién está ahí?», dije yo, mirando. Y vi a mi madrastra con un brazo largo y escuálido hacia la pared. «Soy yo», dijo. Y yo le dije: «¿Los oyes?» Y ella dijo que sí, que tal vez habría escampado en los alrededores y habían reparado las líneas. Luego me entregó una bandeja con el desayuno humeante. Aquello olía a salsa de ajo y a manteca hervida. Era un plato de sopa. Desconcertada, le pregunté a mi madrastra por la hora. Y ella, calmadamente, con una voz que sabía a postrada resignación, dijo: «Deben ser las dos y media, más o menos. El tren no lleva retraso después de todo.» Yo dije: «¡Las dos y media! ¡Cómo hice para dormir tanto!» Y ella dijo: «No has dormido mucho. A lo sumo serán las tres.» Y yo, temblando, sintiendo resbalar el plato entre mis manos: «Las dos y media del viernes...», dije. Y ella, monstruosamente tranquila: «Las dos y media del jueves, hija. *Todavía* las dos y media del jueves.»

No sé cuánto tiempo estuve hundida en aquel sonambulismo en que los sentidos perdieron su valor. Sólo sé que después de muchas horas incontables oí una voz en la pieza vecina. Una voz que decía: «Ahora puedes rodar la cama para ese lado.» Era una voz fatigada, pero no voz de enfermo, sino de convaleciente. Después oí el ruido de los ladrillos en el agua. Permanecí rígida antes de darme cuenta de que me encontraba en posición horizontal. Entonces sentí el vacío inmenso. Sentí el trepidante y violento silencio de la casa, la inmovilidad increíble que afectaba todas las cosas. Y súbitamente sentí el corazón convertido en una piedra helada. «Estoy muerta —pensé—. Dios. Estoy muerta.» Di un salto en la cama. Grité» «¡Ada, Ada!» La voz desabrida de Martín me respondió desde el otro lado: «No pueden oírte porque ya están afuera.» Sólo entonces me di cuenta de que había escampado y de que en torno a nosotros se extendía un silencio, una tranquilidad, una beatitud misteriosa y profunda, un estado perfecto que debía ser muy parecido a la muerte. Después se oyeron pisadas en el corredor. Se oyó una voz clara y completamente viva. Luego un vientecito fresco sacudió la hoja de la puerta, hizo crujir la cerradura, y un cuerpo sólido y momentáneo, como una fruta madura, cayó profundamente en la alberca del patio. Algo en el aire denunciaba la presencia de una persona invisible que sonreía en la oscuridad. «Dios mío –pensé entonces, confundida por el trastorno del tiempo–. Ahora no me sorprendería de que me llamaran para asistir a la misa del domingo pasado.»

[1955]

Los funerales
de la Mamá Grande

1962

AL
COCODRILO
SAGRADO

La siesta del martes

EL TREN salió del trepidante corredor de rocas bermejas, penetró en las plantaciones de banano, simétricas e interminables, y el aire se hizo húmedo y no se volvió a sentir la brisa del mar. Una humareda sofocante entró por la ventanilla del vagón. En el estrecho camino paralelo a la vía férrea había carretas de bueyes cargadas de racimos verdes. Al otro lado del camino, en intempestivos espacios sin sembrar, había oficinas con ventiladores eléctricos, campamentos de ladrillos rojos y residencias con sillas y mesitas blancas en las terrazas entre palmeras y rosales polvorientos. Eran las once de la mañana y aún no había empezado el calor.

—Es mejor que subas el vidrio —dijo la mujer—. El pelo se te va a llenar de carbón.

La niña trató de hacerlo pero la persiana estaba bloqueada por óxido.

Eran los únicos pasajeros en el escueto vagón de tercera clase. Como el humo de la locomotora siguió entrando por la ventanilla, la niña abandonó el puesto y puso en su lugar los únicos objetos que llevaban: una bolsa de material plástico con cosas de comer y un ramo de flores envuelto en papel de periódicos. Se sentó en el asiento opuesto, alejada de la ventanilla, de frente a su madre. Ambas guardaban un luto riguroso y pobre.

La niña tenía doce años y era la primera vez que viajaba. La mujer parecía demasiado vieja para ser su madre, a causa de las venas azules en los párpados y del cuerpo pequeño, blando y sin formas, en un traje cortado como una sotana. Viajaba con la columna vertebral firmemente apoyada contra el espaldar del asiento, sosteniendo en el regazo con ambas manos una cartera de charol desconchado. Tenía la serenidad escrupulosa de la gente acostumbrada a la pobreza.

A las doce había empezado el calor. El tren se detuvo diez minutos en una estación sin pueblo para abastecerse de agua. Afuera, en el misterioso silencio de las plantaciones, la sombra tenía un aspecto limpio. Pero el aire estancado dentro del vagón olía a cuero sin curtir. El tren no volvió a acelerar. Se detuvo en dos pueblos iguales, con casas de madera pintadas de colores vivos. La mujer inclinó la cabeza y se hundió en el sopor. La niña se quitó los zapatos. Después fue a los servicios sanitarios a poner en agua el ramo de flores muertas.

Cuando volvió al asiento la madre le esperaba para comer. Le dio un pedazo de queso, medio bollo de maíz y una galleta dulce, y sacó para ella de la bolsa de material plástico una ración igual. Mientras comían, el tren atravesó muy despacio un puente de hierro y pasó de largo por un pueblo igual a los anteriores, sólo que en éste había una multitud en la plaza. Una banda de músicos tocaba una pieza alegre bajo el sol aplastante. Al otro lado del pueblo, en una llanura cuarteada por la aridez, terminaban las plantaciones.

La mujer dejó de comer.

—Ponte los zapatos —dijo.

La niña miró hacia el exterior. No vio nada más que la llanura desierta por donde el tren empezaba a correr de nuevo, pero metió en la bolsa el último pedazo de galleta y se puso rápidamente los zapatos. La mujer le dio la peineta.

—Péinate —dijo.

El tren empezó a pitar mientras la niña se peinaba. La mujer se secó el sudor del cuello y se limpió la grasa de la cara con los dedos. Cuando la niña acabó de peinarse el tren pasó frente a las primeras casas de un pueblo más grande pero más triste que los anteriores.

–Si tienes ganas de hacer algo, hazlo ahora –dijo la mujer–. Después, aunque te estés muriendo de sed no tomes agua en ninguna parte. Sobre todo, no vayas a llorar.

La niña aprobó con la cabeza. Por la ventanilla entraba un viento ardiente y seco, mezclado con el pito de la locomotora y el estrépito de los viejos vagones. La mujer enrolló la bolsa con el resto de los alimentos y la metió en la cartera. Por un instante, la imagen total del pueblo, en el luminoso martes de agosto, resplandeció en la ventanilla. La niña envolvió las flores en los periódicos empapados, se apartó un poco más de la ventanilla y miró fijamente a su madre. Ella le devolvió una expresión apacible. El tren acabó de pitar y disminuyó la marcha. Un momento después se detuvo.

No había nadie en la estación. Del otro lado de la calle, en la acera sombreada por los almendros, sólo estaba abierto el salón de billar. El pueblo flotaba en el calor. La mujer y la niña descendieron del tren, atravesaron la estación abandonada cuyas baldosas empezaban a cuartearse por la presión de la hierba, y cruzaron la calle hasta la acera de sombra.

Eran casi las dos. A esa hora, agobiado por el sopor, el pueblo hacía la siesta. Los almacenes, las oficinas públicas, la escuela municipal, se cerraban desde las once y no volvían a abrirse hasta un poco antes de las cuatro, cuando pasaba el tren de regreso. Sólo permanecían abiertos el hotel frente a la estación, su cantina y su salón de billar, y la oficina del telégrafo a un lado de la plaza. Las casas, en su mayoría construidas sobre el modelo de la compañía bananera, tenían las puertas cerradas por dentro y las persianas bajas. En algunas hacía tanto calor que sus habitantes almorzaban en el patio. Otros recostaban un asiento a la sombra de los almendros y hacían la siesta sentados en plena calle.

Buscando siempre la protección de los almendros, la mujer y la niña penetraron en el pueblo sin perturbar la siesta. Fueron directamente a la casa cural. La mujer raspó con la uña la red metálica de la puerta, esperó un instante y volvió a llamar. En el interior zumbaba un ventilador eléctrico. No se oyeron los pasos. Se oyó apenas el leve crujido de una puerta y en seguida una voz cautelosa muy cerca de la red metálica: «¿Quién es?» La mujer trató de ver a través de la red metálica.

—Necesito al padre —dijo.

—Ahora está durmiendo.

—Es urgente —insistió la mujer.

Su voz tenía una tenacidad reposada.

La puerta se entreabrió sin ruido y apareció una mujer madura y regordeta, de cutis muy pálido y cabellos color hierro. Los ojos parecían demasiado pequeños detrás de los gruesos cristales de los lentes.

—Sigan —dijo, y acabó de abrir la puerta.

Entraron en una sala impregnada de un viejo olor de flores. La mujer de la casa las condujo hasta un escaño de madera y les hizo señas de que se sentaran. La niña lo hizo, pero su madre permaneció de pie, absorta, con la cartera apretada en las dos manos. No se percibía ningún ruido detrás del ventilador eléctrico.

La mujer de la casa apareció en la puerta del fondo.

—Dice que vuelvan después de las tres —dijo en voz muy baja—. Se acostó hace cinco minutos.

—El tren se va a las tres y media —dijo la mujer.

Fue una réplica breve y segura, pero la voz seguía siendo apacible, con muchos matices. La mujer de la casa sonrió por primera vez.

—Bueno —dijo.

Cuando la puerta del fondo volvió a cerrarse la mujer se sentó junto a su hija. La angosta sala de espera era pobre, ordenada y limpia. Al otro lado de una baranda de madera que dividía la habitación había una mesa de trabajo, sencilla, con un tapete de hule, y encima de la mesa una máquina de escribir primitiva junto a un vaso con flores. Detrás estaban los archivos parroquiales. Se notaba que era un despacho arreglado por una mujer soltera.

La puerta del fondo se abrió y esta vez apareció el sacerdote limpiando los lentes con un pañuelo. Sólo cuando se los puso pareció evidente que era hermano de la mujer que había abierto la puerta.

—¿Qué se le ofrece? —preguntó.

—Las llaves del cementerio —dijo la mujer.

La niña estaba sentada con las flores en el regazo y los pies cruzados bajo el escaño. El sacerdote la miró, después miró a la mujer y después, a través de la red metálica de la ventana, el cielo brillante y sin nubes.

—Con este calor —dijo—. Han podido esperar a que bajara el sol.

La mujer movió la cabeza en silencio. El sacerdote pasó del otro lado de la baranda, extrajo del armario un cuaderno forrado de hule, un plumero de palo y un tintero, y se sentó a la mesa. El pelo que le faltaba en la cabeza le sobraba en las manos.

—¿Qué tumba van a visitar? —preguntó.

—La de Carlos Centeno —dijo la mujer.

—¿Quién?

—Carlos Centeno —repitió la mujer.

El padre siguió sin entender.

—Es el ladrón que mataron aquí la semana pasada —dijo la mujer en el mismo tono—. Yo soy su madre.

El sacerdote la escrutó. Ella lo miró fijamente, con un dominio reposado, y el padre se ruborizó. Bajó la cabeza para escribir. A medida que llenaba la hoja pedía a la mujer los datos de su identidad, y ella respondía sin vacilación, con detalles precisos, como si estuviera leyendo. El padre empezó a sudar. La niña se desabotonó la trabilla del zapato izquierdo, se descalzó el talón y lo apoyó en el contrafuerte. Hizo lo mismo con el derecho.

Todo había empezado el lunes de la semana anterior, a las tres de la madrugada y a pocas cuadras de allí. La señora Rebeca, una viuda solitaria que vivía en una casa llena de cachivaches, sintió a través del rumor de la llovizna que alguien trataba de forzar desde afuera la puerta de la calle. Se levantó, buscó a tientas en el ropero un revólver arcaico que nadie había disparado desde los tiempos del coronel Aureliano Buendía, y fue a la sala sin encender las luces. Orientándose no tanto por el ruido de la cerradura como por un terror desarrollado en ella por 28 años de soledad, localizó en la imaginación no sólo el sitio donde estaba la puerta sino la altura exacta de la cerradura. Agarró el arma con las dos manos, cerró los ojos y apretó el gatillo. Era la primera vez en su vida que disparaba un revólver. Inmediatamente después de la detonación no sintió nada más que el murmullo de la llovizna en el techo de zinc. Después percibió un golpecito metálico en el andén de cemento y una voz muy baja, apacible, pero terriblemente fatigada: «Ay, mi madre.» El hombre que amaneció muerto frente a la casa, con la nariz despedazada, vestía una franela a rayas de colores, un pantalón ordinario con una soga en lugar de cinturón, y estaba descalzo. Nadie lo conocía en el pueblo.

—De manera que se llamaba Carlos Centeno —murmuró el padre cuando acabó de escribir.

—Centeno Ayala —dijo la mujer—. Era el único varón.

El sacerdote volvió al armario. Colgadas de un clavo en el interior de la puerta había dos llaves grandes y oxidadas, como la niña imaginaba y como imaginaba la madre cuando era niña y como debió imaginar el propio sacerdote alguna vez que eran las llaves de san Pedro. Las descolgó, las puso en el cuaderno abierto sobre la baranda y mostró con el índice un lugar en la página escrita, mirando a la mujer.

—Firme aquí.

La mujer garabateó su nombre, sosteniendo la cartera bajo la axila. La niña recogió las flores, se dirigió a la baranda arrastrando los zapatos y observó atentamente a su madre.

El párroco suspiró.

—¿Nunca trató de hacerlo entrar por el buen camino?

La mujer contestó cuando acabó de firmar.

—Era un hombre muy bueno.

El sacerdote miró alternativamente a la mujer y a la niña y comprobó con una especie de piadoso estupor que no estaban a punto de llorar.

La mujer continuó inalterable:

—Yo le decía que nunca robara nada que le hiciera falta a alguien para comer, y él me hacía caso. En cambio, antes, cuando boxeaba, pasaba hasta tres días en la cama postrado por los golpes.

—Se tuvo que sacar todos los dientes —intervino la niña.

—Así es —confirmó la mujer—. Cada bocado que comía en ese tiempo me sabía a los porrazos que le daban a mi hijo los sábados a la noche.

—La voluntad de Dios es inescrutable —dijo el padre.

Pero lo dijo sin mucha convicción, en parte porque la experiencia lo había vuelto un poco escéptico, y en parte por el calor. Les recomendó que se protegieran la cabeza para evitar la insolación. Les indicó bostezando y ya casi completamente dormido, cómo debían hacer para encontrar la tumba de Carlos Centeno. Al regreso no tenían que tocar. Debían meter la llave por debajo de la puerta y poner allí mismo, si tenían, una limosna para la Iglesia. La mujer escuchó las explicaciones con mucha atención, pero dio las gracias sin sonreír.

Desde antes de abrir la puerta de la calle el padre se dio cuenta de que había alguien mirando hacia adentro, las narices aplastadas contra la red metálica. Era un grupo de niños. Cuando la puerta se abrió por completo los niños se dispersaron. A esa hora, de ordinario, no había nadie en la calle. Ahora no sólo estaban los niños. Había grupos bajo los almendros. El padre examinó la calle distorsionada por la reverberación, y entonces comprendió. Suavemente volvió a cerrar la puerta.

—Esperen un minuto —dijo, sin mirar a la mujer.

Su hermana apareció en la puerta del fondo, con una chaqueta negra sobre la camisa de dormir y el cabello suelto en los hombros. Miró al padre en silencio.

—¿Qué fue? —preguntó él.

—La gente se ha dado cuenta —murmuró su hermana.

—Es mejor que salgan por la puerta del patio —dijo el padre.

—Es lo mismo —dijo su hermana—. Todo el mundo está en las ventanas.

La mujer parecía no haber comprendido hasta entonces. Trató de ver la calle a través de la red metálica. Luego le quitó el ramo de flores a la niña y empezó a moverse hacia la puerta. La niña la siguió.

—Esperen a que baje el sol —dijo el padre.

—Se van a derretir —dijo su hermana, inmóvil en el fondo de la sala—. Espérense y les presto una sombrilla.

—Gracias —replicó la mujer—. Así vamos bien.

Tomó a la niña de la mano y salió a la calle.

[1962]

Un día de éstos

EL LUNES amaneció tibio y sin lluvia. Don Aurelio Escovar, dentista sin título y buen madrugador, abrió su gabinete a las seis. Sacó de la vidriera una dentadura postiza montada aún en el molde de yeso y puso sobre la mesa un puñado de instrumentos que ordenó de mayor a menor, como en una exposición. Llevaba una camisa a rayas, sin cuello, cerrada arriba con un botón dorado, y los pantalones sostenidos con cargadores elásticos. Era rígido, enjuto, con una mirada que raras veces correspondía a la situación, como la mirada de los sordos.

Cuando tuvo las cosas dispuestas sobre la mesa, rodó la fresa hacia el sillón de resortes y se sentó a pulir la dentadura postiza. Parecía no pensar en lo que hacía, pero trabajaba con obstinación, pedaleando en la fresa incluso cuando no se servía de ella.

Después de las ocho hizo una pausa para mirar el cielo por la ventana y vio dos gallinazos pensativos que se secaban al sol en el caballete de la casa vecina. Siguió trabajando con la idea de que antes del almuerzo volvería a llover. La voz destemplada de su hijo de once años lo sacó de su abstracción.

–Papá.

–Qué.

–Dice el alcalde que si le sacas una muela.

–Dile que no estoy aquí.

Estaba puliendo un diente de oro. Lo retiró a la distancia del brazo y lo examinó con los ojos a medio cerrar. En la salita de espera volvió a gritar su hijo.

–Dice que sí estás porque te está oyendo.

El dentista siguió examinando el diente. Sólo cuando lo puso en la mesa con los trabajos terminados, dijo:

–Mejor.

Volvió a operar la fresa. De una cajita de cartón donde guardaba las cosas por hacer, sacó un puente de varias piezas y empezó a pulir el oro.

–Papá.

–Qué.

Aún no había cambiado de expresión.

–Dice que si no le sacas la muela te pega un tiro.

Sin apresurarse, con un movimiento extremadamente tranquilo, dejó de pedalear en la fresa, la retiró del sillón y abrió por completo la gaveta inferior de la mesa. Allí estaba el revólver.

–Bueno –dijo–. Dile que venga a pegármelo.

Hizo girar el sillón hasta quedar de frente a la puerta, la mano apoyada en el borde de la gaveta. El alcalde apareció en el umbral. Se había afeitado la mejilla izquierda, pero en la otra, hinchada y dolorida, tenía una barba de cinco días. El dentista vio en sus ojos marchitos muchas noches de desesperación. Cerró la gaveta con la punta de los dedos y dijo suavemente.

–Siéntese.

–Buenos días –dijo el alcalde.

–Buenos –dijo el dentista.

Mientras hervían los instrumentos, el alcalde apoyó el cráneo en el cabezal de la silla y se sintió mejor. Respiraba un olor glacial. Era un gabinete pobre: una vieja silla de madera, la fresa de pedal y una vidriera con pomos de loza. Frente a la silla, una ventana con un cancel de tela hasta la altura de un hombre. Cuando sintió que el dentista se acercaba, el alcalde afirmó los talones y abrió la boca.

Don Aurelio Escovar le movió la cara hacia la luz. Después de observar la muela dañada, ajustó la mandíbula con una cautelosa presión de los dedos.

—Tiene que ser sin anestesia —dijo.

—¿Por qué?

—Porque tiene un absceso.

El alcalde lo miró a los ojos.

—Está bien —dijo, y trató de sonreír. El dentista no le correspondió. Llevó a la mesa de trabajo la cacerola con los instrumentos hervidos y los sacó del agua con unas pinzas frías, todavía sin apresurarse. Después rodó la escupidera con la punta del zapato y fue a lavarse las manos en el aguamanil. Hizo todo sin mirar al alcalde. Pero el alcalde no lo perdió de vista.

Era una cordal inferior. El dentista abrió las piernas y apretó la muela con el gatillo caliente. El alcalde se aferró a las barras de la silla, descargó toda su fuerza en los pies y sintió un vacío helado en los riñones, pero no soltó un suspiro. El dentista sólo movió la muñeca. Sin rencor, más bien con una amarga ternura, dijo:

—Aquí nos paga veinte muertos, teniente.

El alcalde sintió un crujido de huesos en la mandíbula y sus ojos se llenaron de lágrimas. Pero no suspiró hasta que no sintió salir la muela. Entonces la vio a través de las lágrimas. Le pareció tan extraña a su dolor, que no pudo entender la tortura de sus cinco noches anteriores. Inclinado sobre la escupidera, sudoroso, jadeante, se desabotonó la guerrera y buscó a tientas el pañuelo en el bolsillo del pantalón. El dentista le dio un trapo limpio.

—Séquese las lágrimas —dijo.

El alcalde lo hizo. Estaba temblando. Mientras el dentista se lavaba las manos, vio el cielorraso desfondado y una telaraña polvorienta con huevos de araña e insectos muertos. El dentista regresó secándose las manos. «Acuéstese –dijo– y haga buches de agua de sal.» El alcalde se puso de pie, se despidió con un displicente saludo militar, y se dirigió a la puerta estirando las piernas, sin abotonarse la guerrera.

—Me pasa la cuenta –dijo.

—¿A usted o al municipio?

El alcalde no lo miró. Cerró la puerta, y dijo, a través de la red metálica.

—Es la misma vaina.

[1962]

En este pueblo no hay ladrones

DÁMASO regresó al cuarto con los primeros gallos. Ana, su mujer, encinta de seis meses, lo esperaba sentada en la cama, vestida y con zapatos. La lámpara de petróleo empezaba a extinguirse. Dámaso comprendió que su mujer no había dejado de esperarlo un segundo en toda la noche, y que aún en ese momento, viéndolo frente a ella, continuaba esperando. Le hizo un gesto tranquilizador al que ella no respondió. Fijó los ojos asustados en el bulto de tela roja que él llevaba en la mano, apretó los labios y se puso a temblar. Dámaso la asió por el corpiño con una violencia silenciosa. Exhalaba un tufo agrio.

Ana se dejó levantar casi en vilo. Luego descargó todo el peso del cuerpo hacia adelante, llorando contra la franela a rayas coloradas de su marido, y lo tuvo abrazado por los riñones hasta cuando logró dominar la crisis.

—Me dormí sentada —dijo—, de pronto abrieron la puerta y te empujaron dentro del cuarto, bañado en sangre.

Dámaso la separó sin decir nada. La volvió a sentar en la cama. Después le puso el envoltorio en el regazo y salió a orinar al patio. Entonces ella soltó los nudos y vio: eran tres bolas de billar, dos blancas y una roja, sin brillo, estropeadas por los golpes.

Cuando volvió al cuarto, Dámaso la encontró en una contemplación intrigada.

–¿Y esto para qué sirve? –preguntó Ana.

Él se encogió de hombros.

–Para jugar billar.

Volvió a hacer los nudos y guardó el envoltorio, con la ganzúa improvisada, la linterna de pilas y el cuchillo, en el fondo del baúl. Ana se acostó de cara a la pared sin quitarse la ropa. Dámaso se quitó sólo los pantalones. Estirado en la cama, fumando en la oscuridad, trató de identificar algún rastro de su aventura en los susurros dispersos de la madrugada, hasta que se dio cuenta de que su mujer estaba despierta.

–¿En qué piensas?

–En nada –dijo ella.

La voz, de ordinario matizada de registros baritonales, parecía más densa por el rencor. Dámaso dio una última chupada al cigarrillo y aplastó la colilla en el piso de tierra.

–No había nada más –suspiró–. Estuve adentro como una hora.

–Han debido pegarte un tiro –dijo ella.

Dámaso se estremeció. «Maldita sea», dijo, golpeando con los nudillos el marco de madera de la cama. Buscó a tientas, en el suelo, los cigarrillos y los fósforos.

–Tienes entrañas de burro –dijo Ana–. Has debido tener en cuenta que yo estaba aquí sin poder dormir, creyendo que te traían muerto cada vez que había un ruido en la calle –agregó con un suspiro–: Y todo eso para salir con tres bolas de billar.

–En la gaveta no había sino veinticinco centavos.

–Entonces no has debido traer nada.

–El problema era entrar –dijo Dámaso–. No podía venirme con las manos vacías.

–Hubieras cogido cualquier otra cosa.

–No había nada más –dijo Dámaso.

–En ninguna parte hay tantas cosas como en el salón de billar.

–Así parece –dijo Dámaso–. Pero después, cuando uno está allá dentro, se pone a mirar las cosas y a registrar por todos lados y se da cuenta de que no hay nada que sirva.

Ella hizo un largo silencio. Dámaso la imaginó con los ojos abiertos, tratando de encontrar algún objeto de valor en la oscuridad de la memoria.

–Tal vez –dijo.

Dámaso volvió a fumar. El alcohol lo abandonaba en ondas concéntricas y él asumía de nuevo el peso, el volumen y la responsabilidad de su cuerpo.

–Había un gato allá adentro –dijo–. Un enorme gato blanco.

Ana se volteó, apoyó el vientre abultado contra el vientre de su marido, y le metió la pierna entre las rodillas. Olía a cebolla.

–¿Estabas muy asustado?

–¿Yo?

–Tú –dijo Ana–. Dicen que los hombres también se asustan.

Él la sintió sonreír, y sonrió.

–Un poco –dijo–. No podía aguantar las ganas de orinar.

Se dejó besar sin corresponder. Luego, consciente de los riesgos pero sin arrepentimiento, como evocando los recuerdos de un viaje, le contó los pormenores de su aventura.

Ella habló después de un largo silencio.

–Fue una locura.

–Todo es cuestión de empezar –dijo Dámaso, cerrando los ojos–. Además, para ser la primera vez la cosa no salió tan mal.

El sol calentó tarde. Cuando Dámaso despertó, hacía rato que su mujer estaba levantada. Metió la cabeza en el chorro del patio y la tuvo allí varios minutos, hasta que acabó de despertar. El cuarto formaba parte de una galería de habitaciones iguales e independientes, con un patio común atravesado por alambres de secar ropa. Contra la pared posterior, separados del patio por un tabique de lata, Ana había instalado un anafe para cocinar y calentar las planchas, y una mesita para comer y planchar. Cuando vio acercarse a su marido puso a un lado la ropa planchada y quitó las planchas de hierro del anafe para calentar el café. Era mayor que él, de piel muy pálida, y sus movimientos tenían esa suave eficacia de la gente acostumbrada a la realidad.

Desde la niebla de su dolor de cabeza, Dámaso comprendió que su mujer quería decirle algo con la mirada. Hasta entonces no había puesto atención a las voces del patio.

—No han hablado de otra cosa en toda la mañana –murmuró Ana, sirviéndole el café–. Los hombres se fueron para allá desde hace rato.

Dámaso comprobó que los hombres y los niños habían desaparecido del patio. Mientras tomaba el café, siguió en silencio la conversación de las mujeres que colgaban la ropa al sol. Al final encendió un cigarrillo y salió de la cocina.

—Teresa –llamó.

Una muchacha con la ropa mojada, adherida al cuerpo, respondió al llamado.

—Ten cuidado –dijo Ana. La muchacha se acercó.

—¿Qué es lo que pasa? –preguntó Dámaso.

—Que se metieron en el salón de billar y cargaron con todo –dijo la muchacha.

Parecía minuciosamente informada. Explicó cómo desmantelaron el establecimiento, pieza por pieza, hasta llevarse la mesa del billar. Hablaba con tanta convicción que Dámaso no pudo creer que no fuera cierto.

—Mierda –dijo, de regreso a la cocina.

Ana se puso a cantar entre dientes. Dámaso recostó un asiento contra la pared del patio, procurando reprimir la ansiedad. Tres meses antes, cuando cumplió 20 años, el bigote lineal, cultivado no sólo con un secreto espíritu de sacrificio sino también con cierta ternura, puso un toque de madurez en su rostro petrificado por la viruela. Desde entonces se sintió adulto. Pero aquella mañana, con los recuerdos de la noche anterior flotando en la ciénaga de su dolor de cabeza, no encontraba por dónde empezar a vivir.

Cuando acabó de planchar, Ana repartió la ropa limpia en dos bultos iguales y se dispuso a salir a la calle.

—No te demores —dijo Dámaso.

—Como siempre.

La siguió hasta el cuarto.

—Ahí te dejo la camisa de cuadros —dijo Ana—. Es mejor que no te vuelvas a poner la franela —se enfrentó a los diáfanos ojos de gato de su marido—. No sabemos si alguien te vio.

Dámaso se secó en el pantalón el sudor de las manos.

—No me vio nadie.

—No sabemos —repitió Ana. Cargaba un bulto de ropa en cada brazo—. Además, es mejor que no salgas. Espera primero que yo dé una vueltecita por allá, como quien no quiere la cosa.

No se hablaba de nada distinto en el pueblo. Ana tuvo que escuchar varias veces, en versiones diferentes y contradictorias, los pormenores del mismo episodio. Cuando acabó de repartir la ropa, en vez de ir al mercado como todos los sábados, fue directamente a la plaza.

No encontró frente al salón de billar tanta gente como imaginaba. Algunos hombres conversaban a la sombra de los almendros. Los sirios habían guardado sus trapos de colores para almorzar, y los almacenes parecían cabecear bajo los toldos de lona. Un hombre dormía desparramado en un mecedor, con la boca y las piernas

LOS FUNERALES DE LA MAMÁ GRANDE

y los brazos abiertos, en la sala del hotel. Todo estaba paralizado en el calor de las doce.

Ana siguió de largo por el salón de billar, y al pasar por el solar baldío situado frente al puerto se encontró con la multitud. Entonces recordó algo que Dámaso le había contado, que todo el mundo sabía pero que sólo los clientes del establecimiento podían tener presente: la puerta posterior del salón de billar daba al solar baldío. Un momento después, protegiéndose el vientre con los brazos, se encontró confundida con la multitud, los ojos fijos en la puerta violada. El candado estaba intacto, pero una de las argollas había sido arrancada como una muela. Ana contempló por un momento los estragos de aquel trabajo solitario y modesto, y pensó en su marido con un sentimiento de piedad.

—¿Quién fue?

No se atrevió a mirar en torno suyo.

—No se sabe —le respondieron—. Dicen que fue un forastero.

—Tuvo que ser —dijo una mujer a sus espaldas—. En este pueblo no hay ladrones. Todo el mundo conoce a todo el mundo.

Ana volvió la cabeza.

—Así es —dijo sonriendo. Estaba empapada en sudor. A su lado había un hombre muy viejo con arrugas profundas en la nuca.

—¿Cargaron con todo? —preguntó ella.

—Doscientos pesos y las bolas de billar —dijo el viejo. La examinó con una atención fuera de lugar—. Dentro de poco habrá que dormir con los ojos abiertos.

Ana apartó la mirada.

—Así es —volvió a decir. Se puso un trapo en la cabeza, alejándose, sin poder sortear la impresión de que el viejo la seguía mirando.

Durante un cuarto de hora, la multitud bloqueada en el solar observó una conducta respetuosa, como si hubiera un muerto detrás de la puerta violada. Después se agitó, giró sobre sí misma, y desembocó en la plaza.

El propietario del salón de billar estaba en la puerta, con el alcalde y dos agentes de la policía. Bajo y redondo, los pantalones sostenidos por la sola presión del estómago y con unos anteojos como los que hacen los niños, parecía investido de una dignidad extenuante.

La multitud lo rodeó. Apoyada contra la pared, Ana escuchó sus informaciones hasta que la multitud empezó a dispersarse. Después regresó al cuarto, congestionada por la sofocación, en medio de una bulliciosa manifestación de vecinos.

Estirado en la cama, Dámaso se había preguntado muchas veces cómo hizo Ana la noche anterior para esperarlo sin fumar. Cuando la vio entrar, sonriente, quitándose de la cabeza el trapo empapado en sudor, aplastó el cigarrillo casi entero en el piso de tierra, en medio de un reguero de colillas, y esperó con mayor ansiedad.

—¿Entonces?

Ana se arrodilló frente a la cama.

—Que además de ladrón eres embustero —dijo.

—¿Por qué?

—Porque me dijiste que no había nada en la gaveta.

Dámaso frunció las cejas.

—No había nada.

—Había doscientos pesos —dijo Ana.

—Es mentira —replicó él, levantando la voz. Sentado en la cama recobró el tono confidencial—. Sólo había veinticinco centavos.

La convenció.

—Es un viejo bandido —dijo Dámaso, apretando los puños—. Se está buscando que le desbarate la cara.

Ana rió con franqueza.

–No seas bruto.

También él acabó por reír. Mientras se afeitaba, su mujer lo informó de lo que había logrado averiguar. La policía buscaba un forastero.

–Dicen que llegó el jueves y que anoche lo vieron dando vueltas por el puerto –dijo–. Dicen que no han podido encontrarlo por ninguna parte –Dámaso pensó en el forastero que no había visto nunca y por un instante sospechó de él con una convicción sincera.

–Puede ser que se haya ido –dijo Ana.

Como siempre, Dámaso necesitó tres horas para arreglarse. Primero fue la talla milimétrica del bigote. Después el baño en el chorro del patio. Ana siguió paso a paso, con un fervor que nada había quebrantado desde la noche en que lo vio por primera vez, el laborioso proceso de su peinado. Cuando lo vio mirándose al espejo para salir, con la camisa de cuadros rojos, Ana se encontró madura y desarreglada. Dámaso ejecutó frente a ella un paso de boxeo con la elasticidad de un profesional. Ella lo agarró por las muñecas.

–¿Tienes moneda?

–Soy rico –contestó Dámaso de buen humor–. Tengo los doscientos pesos.

Ana se volteó hacia la pared, sacó del seno un rollo de billetes, y le dio un peso a su marido, diciendo:

–Toma, Jorge Negrete.

Aquella noche, Dámaso estuvo en la plaza con el grupo de sus amigos. La gente que llegaba del campo con productos para vender en el mercado del domingo, colgaba toldos en medio de los puestos de frituras y las mesas de lotería, y desde la primera noche se les oía roncar. Los amigos de Dámaso no parecían más interesados por el robo del salón de billar que por la transmisión radial del campeonato de béisbol, que no podrían escuchar esa noche por estar cerrado el establecimiento. Hablando de béisbol, sin ponerse de acuerdo ni enterarse previamente del programa, entraron al cine.

Daban una película de Cantinflas. En la primera fila de la galería, Dámaso rió sin remordimientos. Se sentía convaleciente de sus emociones. Era una buena noche de junio, y en los instantes vacíos en que sólo se percibía la llovizna del proyector pesaba sobre el cine sin techo el silencio de las estrellas.

De pronto, las imágenes de la pantalla palidecieron y hubo un estrépito en el fondo de la platea. En la claridad repentina, Dámaso se sintió descubierto y señalado, y trató de correr. Pero en seguida vio al público de la platea, paralizado, y a un agente de la policía, el cinturón enrollado en la mano, que golpeaba rabiosamente a un hombre con la pesada hebilla de cobre. Era un negro monumental. Las mujeres empezaron a gritar, y el agente que golpeaba al negro empezó a gritar por encima de los gritos de las mujeres: «¡Ratero! ¡Ratero!» El negro se rodó por entre el reguero de sillas, perseguido por dos agentes que lo golpearon en los riñones hasta que pudieron trabarlo por la espalda. Luego el que lo había azotado le amarró los codos por detrás con la correa y los tres lo empujaron hacia la puerta. Las cosas sucedieron con tanta rapidez, que Dámaso sólo comprendió lo ocurrido cuando el negro pasó junto a él, con la camisa rota y la cara embadurnada de un amasijo de polvo, sudor y sangre, sollozando: «Asesinos, asesinos.» Después apagaron las luces y se reanudó la película.

Dámaso no volvió a reír. Vio retazos de una historia descosida, fumando sin pausas, hasta que se encendió la luz y los espectadores se miraron entre sí, como asustados de la realidad. «Que buena», exclamó alguien a su lado. Dámaso no lo miró.

–Cantinflas es muy bueno –dijo.

La corriente lo llevó hasta la puerta. Las vendedoras de comida, cargadas de trastos, regresaban a casa. Eran más de las once, pero había mucha gente en la calle esperando a que salieran del cine para informarse de la captura del negro.

Aquella noche Dámaso entró al cuarto con tanta cautela, que cuando Ana lo advirtió entre sueños fumaba el segundo cigarrillo, estirado en la cama.

—La comida está en el rescoldo —dijo ella.

—No tengo hambre —dijo Dámaso.

Ana suspiró.

—Soñé que Nora estaba haciendo muñecos de mantequilla —dijo, todavía sin despertar. De pronto cayó en la cuenta de que había dormido sin quererlo y se volvió hacia Dámaso, ofuscada, frotándose los ojos.

—Cogieron al forastero —dijo.

Dámaso se demoró para hablar.

—¿Quién dijo?

—Lo cogieron en el cine —dijo Ana—. Todo el mundo está por aquellos lados.

Contó una versión desfigurada de la captura. Dámaso no la rectificó.

—Pobre hombre —suspiró Ana.

—Pobre por qué —protestó Dámaso, excitado—. ¿Quisieras entonces que fuera yo el que estuviera en el cepo?

Ella lo conocía demasiado para replicar. Lo sintió fumar, respirando como un asmático, hasta que cantaron los primeros gallos. Después lo sintió levantado, trasegando por el cuarto en un trabajo oscuro que parecía más del tacto que de la vista. Después lo sintió raspar el suelo debajo de la cama por más de un cuarto de hora, y después lo sintió desvestirse en la oscuridad, tratando de no hacer ruido, sin saber que ella no había dejado de ayudarlo un instante al hacerle creer que estaba dormida. Algo se movió en lo más primitivo de sus instintos. Ana sabía entonces que Dámaso estuvo en el cine, y comprendió por qué acababa de enterrar las bolas de billar debajo de la cama.

El salón se abrió el lunes y fue invadido por una clientela exaltada. La mesa de billar había sido cubierta por un paño morado que le imprimió al establecimiento un carácter funerario. Pusieron un letrero en la pared: «*No hay servicio por falta de bolas.*» La gente entraba a leer el letrero como si fuera una novedad. Algunos permanecían un largo rato frente a él, releyéndolo con una devoción indescifrable.

Dámaso estuvo entre los primeros clientes. Había pasado una parte de su vida en los escaños destinados a los espectadores del billar, y allí estuvo desde que volvieron a abrirse las puertas. Fue algo tan difícil pero tan momentáneo como un pésame. Le dio una palmadita en el hombro al propietario, por encima del mostrador, y le dijo:

—Qué vaina, don Roque.

El propietario sacudió la cabeza con una sonrisita de aflicción, suspirando: «Ya ves.» Y siguió atendiendo la clientela, mientras Dámaso, instalado en uno de los taburetes del mostrador, contemplaba la mesa espectral bajo el sudario morado.

—Qué raro —dijo.

—Es verdad —confirmó un hombre en el taburete vecino—. Parece que estuviéramos en Semana Santa.

Cuando la mayoría de los clientes se fue a almorzar, Dámaso metió una moneda en el tocadiscos automático y seleccionó un corrido mexicano cuya colocación en el tablero conocía de memoria. Don Roque trasladaba mesitas y silletas al fondo del salón.

—¿Qué haces? —le preguntó Dámaso.

—Voy a poner barajas —contestó don Roque—. Hay que hacer algo mientras llegan las bolas.

Moviéndose casi a tientas, con una silla en cada brazo, parecía un viudo reciente.

—¿Cuándo llegan? —preguntó Dámaso.

—Antes de un mes, espero.

—Para entonces habrán aparecido las otras —dijo Dámaso.

Don Roque observó satisfecho la hilera de mesitas.

—No aparecerán —dijo, secándose la frente con la manga—. Tienen al negro sin comer desde el sábado y no ha querido decir dónde están.

Midió a Dámaso a través de los cristales empañados por el sudor.

—Estoy seguro que las echó al río.

Dámaso se mordisqueó los labios.

—¿Y los doscientos pesos?

—Tampoco —dijo don Roque—. Sólo le encontraron treinta.

Se miraron a los ojos. Dámaso no habría podido explicar su impresión de que aquella mirada establecía entre él y don Roque una relación de complicidad. Esa tarde, desde el lavadero, Ana lo vio llegar dando saltitos de boxeador. Lo siguió hasta el cuarto.

—Listo —dijo Dámaso—. El viejo está tan resignado que encargó bolas nuevas. Ahora es cuestión de esperar que nadie se acuerde.

—¿Y el negro?

—No es nada —dijo Dámaso, alzándose de hombros—. Si no le encuentran las bolas tienen que soltarlo.

Después de la comida, se sentaron a la puerta de la calle y estuvieron conversando con los vecinos hasta que se apagó el parlante del cine. A la hora de acostarse, Dámaso estaba excitado.

—Se me ha ocurrido el mejor negocio del mundo —dijo.

Ana comprendió que él había molido un mismo pensamiento desde el atardecer.

—Me voy de pueblo en pueblo —continuó Dámaso—. Me robo las bolas de billar en uno y las vendo en el otro. En todos los pueblos hay un salón de billar.

–Hasta que te peguen un tiro.

–Qué tiro ni qué tiro –dijo él–. Eso no se ve sino en las películas –plantado en la mitad del cuarto se ahogaba en su propio entusiasmo. Ana empezó a desvestirse, en apariencia indiferente, pero en realidad oyéndolo con una atención compasiva.

–Me voy a comprar una hilera de vestidos –dijo Dámaso, y señaló con el índice un ropero imaginario del tamaño de la pared–. Desde aquí hasta allí. Y además, cincuenta pares de zapatos.

–Dios te oiga –dijo Ana.

Dámaso fijó en ella una mirada seria.

–No te interesan mis cosas –dijo.

–Están muy lejos para mí –dijo Ana. Apagó la lámpara, se acostó contra la pared, y agregó con una amargura cierta–: Cuando tú tengas treinta años yo tendré cuarenta y siete.

–No seas boba –dijo Dámaso.

Se palpó los bolsillos en busca de los fósforos.

–Tú tampoco tendrás que aporrear más ropa –dijo, un poco desconcertado. Ana le dio fuego. Miró la llama hasta que el fósforo se extinguió, y tiró la ceniza. Estirado en la cama, Dámaso siguió hablando.

–¿Sabes de qué hacen las bolas de billar?

Ana no respondió.

–De colmillos de elefantes –prosiguió él–. Son tan difíciles de encontrar que se necesita un mes para que vengan. ¿Te das cuenta?

–Duérmete –lo interrumpió Ana–. Tengo que levantarme a las cinco.

Dámaso había vuelto a su estado natural. Pasaba la mañana en la cama, fumando, y después de la siesta empezaba a arreglarse para salir. Por la noche escuchaba en el salón de billar la transmisión radial del campeonato de béisbol. Tenía la virtud de olvidar sus proyectos con tanto entusiasmo como necesitaba para concebirlos.

—¿Tienes plata? —preguntó el sábado a su mujer.

—Once pesos —respondió ella. Y agregó suavemente—: Es la plata del cuarto.

—Te propongo un negocio.

—¿Qué?

—Préstamelos.

—Hay que pagar el cuarto.

—Se paga después.

Ana sacudió la cabeza. Dámaso la agarró por la muñeca y le impidió que se levantara de la mesa, donde acababan de desayunar.

—Es por pocos días —dijo acariciándole el brazo con una ternura distraída—. Cuando venda las bolas tendremos plata para todo.

Ana no cedió. Esa noche, en el cine, Dámaso no le quitó la mano del hombro ni siquiera cuando conversó con sus amigos en el intermedio. Vieron la película a retazos. Al final, Dámaso estaba impaciente.

—Entonces tendré que robarme la plata —dijo.

Ana se encogió de hombros.

—Le daré un garrotazo al primero que encuentre —dijo Dámaso empujándola por entre la multitud que abandonaba el cine—. Así me llevarán a la cárcel por asesino.

Ana sonrió en su interior. Pero continuó inflexible. A la mañana siguiente, después de una noche tormentosa, Dámaso se vistió con una urgencia ostensible y amenazante. Pasó junto a su mujer, gruñendo:

—No vuelvo más nunca.

Ana no pudo reprimir un ligero temblor.

—Feliz viaje —gritó.

Después del portazo empezó para Dámaso un domingo vacío e interminable. La vistosa cacharrería del mercado público y las mujeres vestidas de colores brillantes que salían con sus niños de la misa de ocho, ponían toques alegres en la plaza, pero el aire empezaba a endurecerse de calor.

Pasó el día en el salón de billar. Un grupo de hombres jugó a las cartas en la mañana y antes del almuerzo hubo una afluencia momentánea. Pero era evidente que el establecimiento había perdido su atractivo. Sólo al anochecer, cuando empezara la transmisión del béisbol, recobraría un poco de su antigua animación.

Después de que cerraron el salón, Dámaso se encontró sin rumbo en una plaza que parecía desangrarse. Descendió por la calle paralela al puerto, siguiendo el rastro de una música alegre y remota. Al final de la calle había una sala de baile enorme y escueta, adornada con guirnaldas de papel descolorido, y al fondo de la sala una banda de músicos sobre una tarima de madera. Adentro flotaba un sofocante olor a carmín de labios.

Dámaso se instaló en el mostrador. Cuando terminó la pieza, el muchacho que tocaba los platillos en la banda recogió monedas entre los hombres que habían bailado. Una muchacha abandonó su pareja en el centro del salón y se acercó a Dámaso.

—¿Qué hubo, Jorge Negrete?

Dámaso la sentó a su lado. El cantinero, empolvado y con un clavel en la oreja, preguntó en falsete:

—¿Qué toman?

La muchacha se dirigió a Dámaso.

—¿Qué tomamos?

—Nada.

—Es por cuenta mía.

—No es eso —dijo Dámaso—. Tengo hambre.

—Lástima —suspiró el cantinero—. Con esos ojos.

Pasaron al comedor en el fondo de la sala. Por la forma del cuerpo la muchacha parecía excesivamente joven, pero la costra de polvos y colorete y el barniz de los labios impedían conocer su verdadera edad. Después de comer, Dámaso la siguió al cuarto, al fondo de un patio oscuro donde se sentía la respiración de los animales dormidos. La cama estaba ocupada por un niño de pocos meses envuelto en trapos de colores. La muchacha puso los trapos en una caja de madera, acostó al niño dentro, y luego puso la caja en el suelo.

—Se lo van a comer los ratones —dijo Dámaso.

—No se lo comen —dijo ella.

Se cambió el traje rojo por otro más descotado con grandes flores amarillas.

—¿Quién es el papá? —preguntó Dámaso.

—No tengo la menor idea —dijo ella. Y después, desde la puerta—: Vuelvo en seguida.

La oyó cerrar el candado. Fumó varios cigarrillos, tendido boca arriba y con la ropa puesta. El lienzo de la cama vibraba al compás del mambo. No supo en qué momento se durmió. Al despertar, el cuarto parecía más grande en el vacío de la música.

La muchacha se estaba desvistiendo frente a la cama.

—¿Qué hora es?

—Como las cuatro —dijo ella—. ¿No ha llorado el niño?

—Creo que no —dijo Dámaso.

La muchacha se acostó muy cerca de él, escrutándolo con los ojos ligeramente desviados mientras le desabotonaba la camisa. Dámaso comprendió que ella había estado bebiendo en serio. Trató de apagar la lámpara.

—Déjala así —dijo ella—. Me encanta mirarte los ojos.

El cuarto se llenó de ruidos rurales desde el amanecer. El niño lloró. La muchacha lo llevó a la cama y le dio de mamar, cantando entre dientes una canción de tres notas, hasta que todos se durmieron. Dámaso no se dio cuenta de que la muchacha despertó hacia las siete, salió del cuarto y regresó sin el niño.

—Todo el mundo se va para el puerto —dijo.

Dámaso tuvo la sensación de no haber dormido más de una hora en toda la noche.

—¿A qué?

—A ver al negro que se robó las bolas —dijo ella—. Hoy se lo llevan.

Dámaso encendió su cigarrillo.

—Pobre hombre —suspiró la muchacha.

—Pobre por qué —dijo Dámaso—. Nadie lo obligó a ser ratero.

La muchacha pensó un momento con la cabeza apoyada en su pecho. Dijo en voz muy baja:

—No fue él.

—¿Quién dijo?

—Yo lo sé —dijo ella—. La noche que se metieron en el salón de billar el negro estaba con Gloria, y pasó todo el día siguiente en su cuarto hasta por la noche. Después vinieron diciendo que lo habían cogido en el cine.

—Gloria se lo puede decir a la policía.

—El negro se lo dijo —dijo ella—. El alcalde vino donde Gloria, volteó el cuarto al derecho y al revés, y dijo que la iba a llevar a la cárcel por cómplice. Al fin se arregló por veinte pesos.

Dámaso se levantó antes de las ocho.

—Quédate —le dijo la muchacha—. Voy a matar una gallina para el almuerzo.

Dámaso sacudió la peinilla en la palma de la mano antes de guardársela en el bolsillo posterior del pantalón.

—No puedo —dijo, atrayendo a la muchacha por las muñecas. Ella se había lavado la cara, y era en verdad muy joven, con unos ojos grandes y negros que le daban un aire desamparado. Lo abrazó por la cintura.

—Quédate —insistió.

—¿Para siempre?

Ella se ruborizó ligeramente, y lo separó.

–Embustero –dijo.

Ana se sentía agotada aquella mañana. Pero se contagió de la excitación del pueblo. Recogió más aprisa que de costumbre la ropa para lavar esa semana, y se fue al puerto a presenciar el embarque del negro. Una multitud impaciente esperaba frente a las lanchas listas para zarpar. Allí estaba Dámaso.

Ana lo hurgó con los índices por los riñones.

–¿Qué haces aquí? –preguntó Dámaso dando un salto.

–Vine a despedirte –dijo Ana.

Dámaso golpeó con los nudillos un poste del alumbrado público.

–Maldita sea –dijo.

Después de encender el cigarrillo arrojó al río la cajetilla vacía. Ana sacó otra del corpiño y se la metió en el bolsillo de la camisa. Dámaso sonrió por primera vez.

–Eres burra –dijo.

–Ja, ja –hizo Ana.

Poco después embarcaron al negro. Lo llevaron por el medio de la plaza, las muñecas amarradas a la espalda con una soga tirada por un agente de la policía. Otros dos agentes armados de fusiles caminaban a su lado. Estaba sin camisa, el labio inferior partido y una ceja hinchada, como un boxeador. Esquivaba las miradas de la multitud con una dignidad pasiva. En la puerta del salón de billar, donde se había concentrado la mayor cantidad de público para participar de los dos extremos del espectáculo, el propietario lo vio pasar moviendo la cabeza en silencio. El resto de la gente lo observó con una especie de fervor.

La lancha zarpó en seguida. El negro iba en el techo, amarrado de pies y manos a un tambor de petróleo. Cuando la lancha dio la vuelta en la mitad del río y pitó por última vez, la espalda del negro lanzó un destello.

—Pobre hombre —murmuró Ana.

—Criminales —dijo alguien cerca de ella—. Un ser humano no puede aguantar tanto sol.

Dámaso localizó la voz en una mujer extraordinariamente gorda, y empezó a moverse hacia la plaza.

—Hablas mucho —susurró al oído de Ana—. Lo único que falta es que te pongas a gritar el cuento.

Ella lo acompañó hasta la puerta del billar.

—Por lo menos anda a cambiarte —le dijo al abandonarlo—. Pareces un pordiosero.

La novedad había llevado al salón una clientela alborotada. Tratando de atender a todos, don Roque servía a varias mesas al mismo tiempo. Dámaso esperó a que pasara junto a él.

—¿Quiere que lo ayude?

Don Roque le puso enfrente media docena de botellas de cerveza con los vasos embocados en el cuello.

—Gracias, hijo.

Dámaso llevó las botellas a la mesa. Tomó varios pedidos, y siguió trayendo y llevando botellas, hasta que la clientela se fue a almorzar. Por la madrugada, cuando volvió al cuarto, Ana comprendió que había estado bebiendo. Le cogió de la mano y se la puso en el vientre de ella.

—Tienta aquí —le dijo—. ¿No sientes?

Dámaso no dio ninguna muestra de entusiasmo.

—Ya está vivo —dijo Ana—. Se pasa la noche dándome paraditas por dentro.

Pero él no reaccionó. Concentrado en sí mismo, salió al día siguiente muy temprano y no volvió hasta la medianoche. Así transcurrió la semana. En los escasos momentos que pasaba en la casa, fumando acostado, esquivaba la conversación. Ana extremó su solicitud. En cierta ocasión, al principio de su vida en común, él se había comportado de igual modo, y entonces ella no lo conocía tanto como para no intervenir. Acaballado sobre ella en la cama, Dámaso la había golpeado hasta hacerla sangrar.

Esta vez esperó. Por la noche ponía junto a la lámpara una cajetilla de cigarrillos, sabiendo que él era capaz de soportar el hambre y la sed, pero no la necesidad de fumar. Por fin, a mediados de julio, Dámaso regresó al cuarto al atardecer. Ana se inquietó, pensando que él debía estar muy aturdido cuando venía a buscarla a esa hora. Comieron sin hablar. Pero antes de acostarse, Dámaso estaba ofuscado y blando, y dijo espontáneamente:

—Me quiero ir.

—¿Para dónde?

—Para cualquier parte.

Ana examinó el cuarto. Las carátulas de revistas que ella misma había recortado y pegado en las paredes hasta empapelarlas por completo con litografías de actores de cine, estaban gastadas y sin color. Había perdido la cuenta de los hombres que paulatinamente, de tanto mirarlos desde la cama, se habían ido llevando esos colores.

—Estás aburrido conmigo –dijo.

—No es eso –dijo Dámaso–. Es este pueblo.

—Es un pueblo como todos.

—No se pueden vender las bolas –dijo Dámaso.

—Deja esas bolas tranquilas –dijo Ana–. Mientras Dios me dé fuerzas para aporrear ropa no tendrás que andar aventurando –y agregó suavemente después de una pausa–: No sé cómo se te ocurrió meterte en eso.

Dámaso terminó el cigarrillo antes de hablar.

—Era tan fácil que no me explico cómo no se le ocurrió a nadie —dijo.

—Por la plata —admitió Ana—. Pero nadie hubiera sido tan bruto de traerse las bolas.

—Fue sin pensarlo —dijo Dámaso—. Ya me venía cuando las vi detrás del mostrador, metidas en su cajita, y pensé que todo eso era mucho trabajo para venirme con las manos vacías.

—La mala hora —dijo Ana.

Dámaso experimentaba una sensación de alivio.

—Y mientras tanto no llegan las nuevas —dijo—. Mandaron decir que ahora son más caras y don Roque dice que así no es negocio —encendió otro cigarrillo, y mientras hablaba sentía que su corazón se iba desocupando de una materia oscura.

Contó que el propietario había decidido vender la mesa de billar. No valía mucho. El paño roto por las audacias de los aprendices había sido remendado con cuadros de diferentes colores y era necesario cambiarlo por completo. Mientras tanto, los clientes del salón, que habían envejecido en torno al billar, no tenían ahora más diversión que las transmisiones del campeonato de béisbol.

—Total —concluyó Dámaso—, que sin quererlo nos tiramos al pueblo.

—Sin ninguna gracia —dijo Ana.

—La semana entrante se acaba el campeonato —dijo Dámaso.

—Y eso no es lo peor. Lo peor es el negro.

Acostada en su hombro, como en los primeros tiempos, sabía en qué estaba pensando su marido. Esperó a que terminara el cigarrillo. Después, con voz cautelosa, dijo:

—Dámaso.

—¿Qué pasa?

—Devuélvelas.

Él encendió otro cigarrillo.

—Eso es lo que estoy pensando hace días —dijo—. Pero la vaina es que no encuentro cómo.

Así que decidieron abandonar las bolas en un lugar público. Ana pensó luego que eso resolvía el problema del salón de billar, pero dejaba pendiente el del negro. La policía habría podido interpretar el hallazgo de muchos modos sin absolverlo. No descartaba tampoco el riesgo de que las bolas fueran encontradas por alguien que en vez de devolverlas se quedara con ellas para negociarlas.

—Ya que se van a hacer las cosas —concluyó Ana—, es mejor hacerlas bien hechas.

Desenterraron las bolas. Ana las envolvió en periódicos, cuidando de que el envoltorio no revelara la forma del contenido, y las guardó en el baúl.

—Es cosa de esperar una ocasión —dijo.

Pero en espera de la ocasión transcurrieron dos semanas. La noche del 20 de agosto —dos meses después del asalto—, Dámaso encontró a don Roque sentado detrás del mostrador, sacudiéndose los zancudos con un abanico de palma. Su soledad parecía más intensa con la radio apagada.

—Te lo dije —exclamó don Roque con un cierto alborozo por el pronóstico cumplido—. Esto se fue al carajo.

Dámaso puso una moneda en el tocadiscos automático. El volumen de la música y el sistema de colores del aparato le parecieron una ruidosa prueba de su lealtad. Pero tuvo la impresión de que don Roque no lo advirtió. Entonces acercó un asiento y trató de consolarlo con argumentos ofuscados que el propietario trituraba sin emoción, al compás negligente de su abanico.

—No hay nada que hacer —decía—. El campeonato de béisbol no podía durar toda la vida.

—Pero pueden aparecer las bolas.

—No aparecerán.

—El negro no pudo habérselas comido.

—La policía buscó por todas partes —dijo don Roque con una certidumbre desesperante—. Las echó al río.

—Puede suceder un milagro.

—Déjate de ilusiones, hijo —replicó don Roque—. Las desgracias son como un caracol. ¿Tú crees en los milagros?

—A veces —dijo Dámaso.

Cuando abandonó el establecimiento aún no habían salido del cine. Los diálogos enormes y rotos del parlante resonaban en el pueblo apagado, y en las pocas casas que permanecían abiertas había algo de provisional. Dámaso erró un momento por los lados del cine. Después fue al salón de baile.

La banda tocaba por un solo cliente que bailaba con dos mujeres al tiempo. Las otras, juiciosamente sentadas contra la pared, parecían a la espera de una carta. Dámaso ocupó una mesa, hizo señal al cantinero de que le sirviera una cerveza, y la bebió en la botella con breves pausas para respirar, observando como a través de un vidrio al hombre que bailaba con las dos mujeres. Era más pequeño que ellas.

A la medianoche llegaron las mujeres que estaban en el cine, perseguidas por un grupo de hombres. La amiga de Dámaso, que hacía parte del grupo, abandonó a los otros y se sentó a su mesa.

Dámaso no la miró. Se había tomado media docena de cervezas y continuaba con la vista fija en el hombre que ahora bailaba con tres mujeres, pero sin ocuparse de ellas, divertido con las filigranas de sus propios pies. Parecía feliz, y era evidente que habría sido aún más feliz si además de las piernas y los brazos hubiera tenido una cola.

—No me gusta ese tipo —dijo Dámaso.

—Entonces no lo mires —dijo la muchacha.

Pidió un trago al cantinero. La pista comenzó a llenarse de parejas, pero el hombre de las tres mujeres siguió sintiéndose solo en el salón. En una vuelta se encontró con la mirada de Dámaso, imprimió mayor dinamismo a su baile, y le mostró en una sonrisa sus dientecillos de conejo. Dámaso sostuvo la mirada sin parpadear, hasta que el hombre se puso serio y le volvió la espalda.

—Se cree muy alegre —dijo Dámaso.

—Es muy alegre —dijo la muchacha—. Siempre que viene al pueblo coge la música por su cuenta, como todos los agentes viajeros.

Dámaso volvió hacia ella los ojos desviados.

—Entonces vete con él —dijo—. Donde comen tres comen cuatro.

Sin replicar, ella apartó la cara hacia la pista de baile, tomando el trago a sorbos lentos. El traje amarillo pálido acentuaba su timidez.

Bailaron la tanda siguiente. Al final, Dámaso estaba denso.

—Me estoy muriendo de hambre —dijo la muchacha, llevándolo por el brazo hacia el mostrador—. Tú también tienes que comer —el hombre alegre venía con las tres mujeres en sentido contrario.

—Oiga —le dijo Dámaso.

El hombre le sonrió sin detenerse. Dámaso se soltó del brazo de su compañera y le cerró el paso.

—No me gustan sus dientes.

El hombre palideció, pero seguía sonriendo.

—A mí tampoco —dijo.

Antes de que la muchacha pudiera impedirlo, Dámaso le descargó un puñetazo en la cara y el hombre cayó sentado en el centro de la pista. Ningún cliente intervino. Las tres mujeres abrazaron a Dámaso por la cintura, gritando, mientras su compañera lo empujaba hacia el fondo del salón. El hombre se incorporaba con la cara descompuesta por la impresión. Saltó como un mono en el centro de la pista y gritó:

—¡Que siga la música!

Hacia las dos, el salón estaba casi vacío, y las mujeres sin clientes empezaron a comer. Hacía calor. La muchacha llevó a la mesa un plato de arroz con fríjoles y carne frita, y comió todo con una cuchara. Dámaso la miraba con una especie de estupor. Ella tendió hacia él una cucharada de arroz.

—Abre la boca.

Dámaso apoyó el mentón en el pecho y sacudió la cabeza.

—Eso es para las mujeres —dijo—. Los machos no comemos.

Tuvo que apoyar las manos en la mesa para levantarse. Cuando recobró el equilibrio el cantinero estaba cruzado de brazos frente a él.

—Son nueve con ochenta —dijo—. Este convento no es del gobierno.

Dámaso lo apartó.

—No me gustan los maricas —dijo.

El cantinero lo agarró por la manga, pero a una señal de la muchacha lo dejó pasar, diciendo:

—Pues no sabes lo que te pierdes.

Dámaso salió dando tumbos. El brillo misterioso del río bajo la luna abrió una hendija de lucidez en su cerebro. Pero se cerró en seguida. Cuando vio la puerta de su cuarto, al otro lado del pueblo, Dámaso tuvo la certidumbre de haber dormido caminando. Sacudió la cabeza. De un modo confuso pero urgente se dio cuenta de que a partir de ese instante tenía que vigilar cada uno de sus movimientos. Empujó la puerta con cuidado para impedir que crujieran los goznes.

Ana lo sintió registrando el baúl. Se volteó contra la pared para evitar la luz de la lámpara, pero luego se dio cuenta de que su marido no se estaba desvistiendo. Un golpe de clarividencia la sentó en la cama. Dámaso estaba junto al baúl, con el envoltorio de las bolas y la linterna en la mano.

Se puso el índice en los labios.

Ana saltó de la cama. «Estás loco», susurró corriendo hacia la puerta. Rápidamente pasó la tranca. Dámaso se guardó la linterna en el bolsillo del pantalón junto con el cuchillito y la lima afilada, y avanzó hacia ella con el envoltorio apretado bajo el brazo. Ana apoyó la espalda contra la puerta.

–De aquí no sales mientras yo esté viva –murmuró.

Dámaso trató de apartarla.

–Quítate –dijo.

Ana se agarró con las dos manos al marco de la puerta. Se miraron a los ojos sin parpadear.

–Eres un burro –murmuró Ana–. Lo que Dios te dio en ojos te lo quitó en sesos.

Dámaso la agarró por el cabello, torció la muñeca y le hizo bajar la cabeza, diciendo con los dientes apretados:

–Te dije que te quitaras.

Ana lo miró de lado con el ojo torcido como el de un buey bajo el yugo. Por un momento se sintió invulnerable al dolor, y más fuerte que su marido, pero él siguió torciéndole el cabello hasta que se le atragantaron las lágrimas.

–Me vas a matar el muchacho en la barriga –dijo.

Dámaso la llevó casi en vilo hasta la cama. Al sentirse libre, ella le saltó por la espalda, lo trabó con las piernas y los brazos, y ambos cayeron en la cama. Habían empezado a perder fuerzas por la sofocación.

–Grito –susurró Ana contra su oído–. Si te mueves me pongo a gritar.

Dámaso bufó en una cólera sorda, golpeándole las rodillas con el envoltorio de las bolas. Ana lanzó un quejido y aflojó las piernas, pero volvió a abrazarse a su cintura para impedirle que llegara a la puerta. Entonces empezó a suplicar.

–Te prometo que yo misma las llevo mañana –decía–. Las pondré sin que nadie se dé cuenta.

Cada vez más cerca de la puerta, Dámaso le golpeaba las manos con las bolas. Ella lo soltaba por momentos mientras pasaba el dolor. Después lo abrazaba de nuevo y seguía suplicando.

–Puedo decir que fui yo –decía–. Así como estoy no pueden meterme en el cepo.

Dámaso se liberó.

–Te va a ver todo el pueblo –dijo Ana–. Eres tan bruto que no te das cuenta de que hay luna clara –volvió a abrazarlo antes de que acabara de quitar la tranca. Entonces, con los ojos cerrados, lo golpeó en el cuello y en la cara, casi gritando: «Animal, animal.» Dámaso trató de protegerse, y ella se abrazó a la tranca y se la arrebató de las manos. Le lanzó un golpe a la cabeza. Dámaso lo esquivo, y la tranca sonó en el hueso de su hombro como un cristal.

–Puta –gritó.

En ese momento no se preocupaba por no hacer ruido. La golpeó en la oreja con el revés del puño, y sintió el quejido profundo y el denso impacto del cuerpo contra la pared, pero no miró. Salió del cuarto sin cerrar la puerta.

Ana permaneció en el suelo, aturdida por el dolor, y esperó a que algo ocurriera en su vientre. Del otro lado de la pared la llamaron con una voz que parecía de una persona enterrada. Se mordió los labios para no llorar. Después se puso en pie y se vistió. No pensó –como no lo había pensado la primera vez– que Dámaso estaba aún frente al cuarto, diciéndose que el plan había fracasado, y en espera de que ella saliera dando gritos. Pero Ana cometió el mismo error por segunda vez: en lugar de perseguir a su marido, se puso los zapatos, ajustó la puerta y se sentó en la cama a esperar.

Sólo cuando se ajustó la puerta comprendió Dámaso que no podía retroceder. Un alboroto de perros lo persiguió hasta el final de la calle, pero después hubo un silencio espectral. Eludió los andenes, tratando de escapar a sus propios pasos, que sonaban grandes y ajenos en el pueblo dormido. No tuvo ninguna precaución mientras no estuvo en el solar baldío, frente a la puerta falsa del salón de billar.

Esta vez no tuvo que servirse de la linterna. La puerta sólo había sido reforzada en el sitio de la argolla violada. Habían sacado un pedazo de madera del tamaño y la forma de un ladrillo, lo habían reemplazado por madera nueva, y habían vuelto a poner la misma argolla. El resto era igual. Dámaso tiró del candado con la mano izquierda, metió el cabo de la lima en la raíz de la argolla que no había sido reforzada, y movió la lima varias veces como una barra de automóvil, con fuerza pero sin violencia, hasta cuando la madera cedió en una quejumbrosa explosión de migajas podridas. Antes de empujar la puerta levantó la hoja desnivelada para amortiguar el rozamiento en los ladrillos del piso. La entreabrió apenas. Por último se quitó los zapatos, los deslizó en el interior junto con el paquete de las bolas, y entró santiguándose en el salón anegado de luna.

En primer término había un callejón oscuro atiborrado de botellas y cajones vacíos. Más allá, bajo el chorro de luna de la claraboya vidriada, estaba la mesa de billar, y luego el revés de los armarios, y al final las mesitas y las sillas parapetadas contra el revés de la puerta principal. Todo era igual a la primera vez, salvo el chorro de luna y la nitidez del silencio. Dámaso, que hasta ese momento había tenido que sobreponerse a la tensión de los nervios, experimentó una rara fascinación.

Esta vez no se cuidó de los ladrillos sueltos. Ajustó la puerta con los zapatos, y después de atravesar el chorro de luna encendió la linterna para buscar la cajita de las bolas detrás del mostrador. Actuaba sin prevención. Moviendo la linterna de izquierda a derecha vio un montón de frascos polvorientos, un par de estribos con espuelas, una camisa enrollada y sucia de aceite de motor, y luego la cajita de las bolas en el mismo lugar en que la había dejado. Pero no detuvo el haz de luz hasta el final. Allí estaba el gato.

El animal lo miró sin misterio a través de la luz. Dámaso lo siguió enfocando hasta que recordó con un ligero escalofrío que nunca lo había visto en el salón durante el día. Movió la linterna hacia adelante, diciendo: «Zape», pero el animal permaneció impasible. Entonces hubo una especie de detonación silenciosa dentro de su cabeza y el gato desapareció por completo de su memoria. Cuando comprendió lo que estaba pasando, ya había soltado la linterna y apretaba el paquete de las bolas contra el pecho. El salón estaba iluminado.

—¡Epa!

Reconoció la voz de don Roque. Se enderezó lentamente, sintiendo un cansancio terrible en los riñones. Don Roque avanzaba desde el fondo del salón, en calzoncillos y con una barra de hierro en la mano, todavía ofuscado por la claridad. Había una hamaca colgada detrás de las botellas y los cajones vacíos, muy cerca de donde había pasado Dámaso al entrar. También eso era distinto a la primera vez.

Cuando estuvo a menos de diez metros, don Roque dio un saltito y se puso en guardia. Dámaso escondió la mano con el paquete. Don Roque frunció la nariz, avanzando la cabeza, para reconocerlo sin los anteojos.

—Muchacho —exclamó.

Dámaso sintió como si algo infinito hubiera por fin terminado. Don Roque bajó la barra y se acercó con la boca abierta. Sin lentes y sin la dentadura postiza parecía una mujer.

—¿Qué haces aquí?

—Nada —dijo Dámaso.

Cambió de posición con un imperceptible movimiento del cuerpo.

–¿Qué llevas ahí? –preguntó don Roque.

Dámaso retrocedió.

–Nada –dijo.

Don Roque se puso rojo y empezó a temblar.

–¿Qué llevas ahí? –gritó, dando un paso hacia adelante con la barra levantada. Dámaso le dio el paquete. Don Roque lo recibió con la mano izquierda, sin descuidar la guardia, y lo examinó con los dedos. Sólo entonces comprendió.

–No puede ser –dijo.

Estaba tan perplejo, que puso la barra sobre el mostrador y pareció olvidarse de Dámaso mientras abría el paquete. Contempló las bolas en silencio.

–Venía a ponerlas otra vez –dijo Dámaso.

–Por supuesto –dijo don Roque.

Dámaso estaba lívido. El alcohol lo había abandonado por completo, y sólo le quedaba un sedimento terroso en la lengua y una confusa sensación de soledad.

–Así que éste era el milagro –dijo don Roque, cerrando el paquete–. No puedo creer que seas tan bruto.

Cuando levantó la cabeza había cambiado de expresión.

–¿Y los doscientos pesos?

–No había nada en la gaveta –dijo Dámaso.

Don Roque lo miró pensativo, masticando en el vacío, y después sonrió.

–No había nada –repitió varias veces–. De manera que no había nada.

Volvió a agarrar la barra, diciendo:

–Pues ahora mismo le vamos a echar ese cuento al alcalde.

Dámaso se secó en los pantalones el sudor de las manos.

–Usted sabe que no había nada.

Don Roque siguió sonriendo.

–Había doscientos pesos –dijo–. Y ahora te los van a sacar del pellejo, no tanto por ratero como por bruto.

[1962]

La prodigiosa tarde de Baltazar

LA JAULA estaba terminada. Baltazar la colgó en el alero, por la fuerza de la costumbre, y cuando acabó de almorzar ya se decía por todos lados que era la jaula más bella del mundo. Tanta gente vino a verla, que se formó un tumulto frente a la casa, y Baltazar tuvo que descolgarla y cerrar la carpintería.

—Tienes que afeitarte —le dijo Úrsula, su mujer—. Pareces un capuchino.

—Es malo afeitarse después del almuerzo —dijo Baltazar.

Tenía una barba de dos semanas, un cabello corto, duro y rapado como las crines de un mulo, y una expresión general de muchacho asustado. Pero era una expresión falsa. En febrero había cumplido 30 años, vivía con Úrsula desde hacía cuatro, sin casarse y sin tener hijos, y la vida le había dado muchos motivos para estar alerta, pero ninguno para estar asustado. Ni siquiera sabía que para algunas personas, la jaula que acababa de hacer era la más bella del mundo. Para él, acostumbrado a hacer jaulas desde niño, aquél había sido apenas un trabajo más arduo que los otros.

—Entonces repósate un rato —dijo la mujer—. Con esa barba no puedes presentarte en ninguna parte.

Mientras reposaba tuvo que abandonar la hamaca varias veces para mostrar la jaula a los vecinos. Úrsula no le había prestado atención hasta entonces. Estaba disgustada porque su marido había descuidado el trabajo de la carpintería para dedicarse por entero a la jaula, y durante dos semanas había dormido mal, dando tumbos y hablando disparates, y no había vuelto a pensar en afeitarse. Pero el disgusto se disipó ante la jaula terminada. Cuando Baltazar despertó de la siesta, ella le había planchado los pantalones y una camisa, los había puesto en un asiento junto a la hamaca, y había llevado la jaula a la mesa del comedor. La contemplaba en silencio.

–¿Cuánto vas a cobrar? –preguntó.

–No sé –contestó Baltazar–. Voy a pedir treinta pesos para ver si me dan veinte.

–Pide cincuenta –dijo Úrsula–. Te has trasnochado mucho en estos quince días. Además, es bien grande. Creo que es la jaula más grande que he visto en mi vida.

Baltazar empezó a afeitarse.

–¿Crees que me darán los cincuenta pesos?

–Eso no es nada para don Chepe Montiel, y la jaula los vale –dijo Úrsula–. Debías pedir sesenta.

La casa yacía en una penumbra sofocante. Era la primera semana de abril y el calor parecía menos soportable por el pito de las chicharras. Cuando acabó de vestirse, Baltazar abrió la puerta del patio para refrescar la casa, y un grupo de niños entró en el comedor.

La noticia se había extendido. El doctor Octavio Giraldo, un médico viejo, contento de la vida pero cansado de la profesión, pensaba en la jaula de Baltazar mientras almorzaba con su esposa inválida. En la terraza interior donde ponían la mesa en los días de calor, había muchas macetas con flores y dos jaulas con canarios.

A su esposa le gustaban los pájaros, y le gustaban tanto que odiaba a los gatos porque eran capaces de comérselos. Pensando en ella, el doctor Giraldo fue esa tarde a visitar a un enfermo, y al regreso pasó por la casa de Baltazar a conocer la jaula.

Había mucha gente en el comedor. Puesta en exhibición sobre la mesa, la enorme cúpula de alambre con tres pisos interiores, con pasadizos y compartimientos especiales para comer y dormir, y trapecios en el espacio reservado al recreo de los pájaros, parecía el modelo reducido de una gigantesca fábrica de hielo. El médico la examinó cuidadosamente, sin tocarla, pensando que en efecto aquella jaula era superior a su propio prestigio, y mucho más bella de lo que había soñado jamás para su mujer.

—Esto es una aventura de la imaginación –dijo. Buscó a Baltazar en el grupo, y agregó, fijos en él sus ojos maternales–: Hubieras sido un extraordinario arquitecto.

Baltazar se ruborizó.

—Gracias –dijo.

—Es verdad –dijo el médico. Tenía una gordura lisa y tierna como la de una mujer que fue hermosa en su juventud, y unas manos delicadas. Su voz parecía la de un cura hablando en latín–. Ni siquiera será necesario ponerle pájaros –dijo, haciendo girar la jaula frente a los ojos del público, como si la estuviera vendiendo–. Bastará con colgarla entre los árboles para que cante sola –volvió a ponerla en la mesa, pensó un momento, mirando la jaula, y dijo:

—Bueno, pues me la llevo.

—Está vendida –dijo Úrsula.

—Es del hijo de don Chepe Montiel –dijo Baltazar–. La mandó a hacer expresamente.

El médico asumió una actitud respetable.

—¿Te dio el modelo?

—No –dijo Baltazar–. Dijo que quería una jaula grande, como ésa, para una pareja de turpiales.

El médico miró la jaula.

—Pero ésta no es para turpiales.

—Claro que sí, doctor –dijo Baltazar, acercándose a la mesa. Los niños lo rodearon–. Las medidas están bien calculadas –dijo, señalando con el índice los diferentes compartimientos. Luego golpeó la cúpula con los nudillos, y la jaula se llenó de acordes profundos.

–Es el alambre más resistente que se puede encontrar, y cada juntura está soldada por dentro y por fuera –dijo.

–Sirve hasta para un loro –intervino uno de los niños.

–Así es –dijo Baltazar.

El médico movió la cabeza.

–Bueno, pero no te dio el modelo –dijo–. No te hizo ningún encargo preciso, aparte de que fuera una jaula grande para turpiales. ¿No es así?

–Así es –dijo Baltazar.

–Entonces no hay problema –dijo el médico–. Una cosa es una jaula grande para turpiales y otra cosa es esta jaula. No hay pruebas de que sea ésta la que te mandaron hacer.

–Es esta misma –dijo Baltazar, ofuscado–. Por eso la hice.

El médico hizo un gesto de impaciencia.

–Podrías hacer otra –dijo Úrsula, mirando a su marido. Y después, hacia el médico–: Usted no tiene apuro.

–Se la prometí a mi mujer para esta tarde –dijo el médico.

–Lo siento mucho, doctor –dijo Baltazar–, pero no se puede vender una cosa que ya está vendida.

El médico se encogió de hombros. Secándose el sudor del cuello con un pañuelo, contempló la jaula en silencio, sin mover la mirada de un mismo punto indefinido, como se mira un barco que se va.

–¿Cuánto te dieron por ella?

Baltazar buscó a Úrsula sin responder.

–Sesenta pesos –dijo ella.

El médico siguió mirando la jaula.

–Es muy bonita –suspiró–. Sumamente bonita.

Luego, moviéndose hacia la puerta, empezó a abanicarse con

energía, sonriente, y el recuerdo de aquel episodio desapareció para siempre de su memoria.

—Montiel es muy rico —dijo.

En verdad, José Montiel no era tan rico como parecía, pero había sido capaz de todo por llegar a serlo. A pocas cuadras de allí, en una casa atiborrada de arneses donde nunca se había sentido un olor que no se pudiera vender, permanecía indiferente a la novedad de la jaula. Su esposa, torturada por la obsesión de la muerte, cerró puertas y ventanas después del almuerzo y yació dos horas con los ojos abiertos en la penumbra del cuarto, mientras José Montiel hacía la siesta. Así la sorprendió un alboroto de muchas voces. Entonces abrió la puerta de la sala y vio un tumulto frente a la casa, y a Baltazar con la jaula en medio del tumulto, vestido de blanco y acabado de afeitar, con esa expresión de decoroso candor con que los pobres llegan a la casa de los ricos.

—Qué cosa tan maravillosa —exclamó la esposa de José Montiel, con una expresión radiante, conduciendo a Baltazar hacia el interior—. No había visto nada igual en mi vida —dijo, y agregó, indignada con la multitud que se agolpaba en la puerta—: Pero llévesela para adentro que nos van a convertir la sala en una gallera.

Baltazar no era un extraño en la casa de José Montiel. En distintas ocasiones, por su eficacia y buen cumplimiento, había sido llamado para hacer trabajos de carpintería menor. Pero nunca se sintió bien entre los ricos. Solía pensar en ellos, en sus mujeres feas y conflictivas, en sus tremendas operaciones quirúrgicas, y experimentaba siempre un sentimiento de piedad. Cuando entraba en sus casas no podía moverse sin arrastrar los pies.

—¿Está Pepe? —preguntó.

Había puesto la jaula en la mesa del comedor.

—Está en la escuela —dijo la mujer de José Montiel—. Pero ya no debe demorar —y agregó—: Montiel se está bañando.

En realidad José Montiel no había tenido tiempo de bañarse. Se estaba dando una urgente fricción de alcohol alcanforado para salir a ver lo que pasaba. Era un hombre tan prevenido, que dormía sin ventilador eléctrico para vigilar durante el sueño los rumores de la casa.

—Ven a ver qué cosa tan maravillosa —gritó su mujer.

José Montiel —corpulento y peludo, la toalla colgada en la nuca— se asomó por la ventana del dormitorio.

—¿Qué es eso?

—La jaula de Pepe —dijo Baltazar.

La mujer lo miró perpleja.

—¿De quién?

—De Pepe —confirmó Baltazar. Y después, dirigiéndose a José Montiel—: Pepe me la mandó a hacer.

Nada ocurrió en aquel instante, pero Baltazar se sintió como si le hubieran abierto la puerta del baño. José Montiel salió en calzoncillos del dormitorio.

—Pepe —gritó.

—No ha llegado —murmuró su esposa, inmóvil.

Pepe apareció en el vano de la puerta. Tenía unos doce años y las mismas pestañas rizadas y el quieto patetismo de su madre.

—Ven acá —le dijo José Montiel—. ¿Tú mandaste a hacer esto?

El niño bajó la cabeza. Agarrándolo por el cabello, José Montiel lo obligó a mirarlo a los ojos.

—Contesta.

El niño se mordió los labios sin responder.

—Montiel —susurró la esposa.

José Montiel soltó al niño y se volvió hacia Baltazar con una expresión exaltada.

—Lo siento mucho, Baltazar —dijo—. Pero has debido consultarlo conmigo antes de proceder. Sólo a ti se te ocurre contratar con un menor –a medida que hablaba, su rostro fue recobrando la serenidad. Levantó la jaula sin mirarla y se la dio a Baltazar–. Llévatela en seguida y trata de vendérsela a quien puedas –dijo–. Sobre todo, te ruego que no me discutas –le dio una palmadita en la espalda, y explicó–: El médico me ha prohibido coger rabia.

El niño había permanecido inmóvil, sin parpadear, hasta que Baltazar lo miró perplejo con la jaula en la mano. Entonces emitió un sonido gutural, como el ronquido de un perro, y se lanzó al suelo dando gritos.

José Montiel lo miraba impasible, mientras la madre trataba de apaciguarlo.

–No lo levantes –dijo–. Déjalo que se rompa la cabeza contra el suelo y después le echas sal y limón para que rabie con gusto.

El niño chillaba sin lágrimas, mientras su madre lo sostenía por las muñecas.

–Déjalo –insistió José Montiel.

Baltazar observó al niño como hubiera observado la agonía de un animal contagioso. Eran casi las cuatro.

A esa hora, en su casa, Úrsula cantaba una canción muy antigua, mientras cortaba rebanadas de cebolla.

–Pepe –dijo Baltazar.

Se acercó al niño, sonriendo, y le tendió la jaula. El niño se incorporó de un salto, abrazó la jaula, que era casi tan grande como él, y se quedó mirando a Baltazar a través del tejido metálico, sin saber qué decir. No había derramado una lágrima.

–Baltazar –dijo Montiel, suavemente–. Ya te dije que te la lleves.

–Devuélvela –ordenó la mujer al niño.

–Quédate con ella –dijo Baltazar. Y luego, a José Montiel–: Al fin y al cabo, para eso la hice.

José Montiel lo persiguió hasta la sala.

—No seas tonto, Baltazar —decía, cerrándole el paso—. Llévate tu trasto para la casa y no hagas más tonterías. No pienso pagarte ni un centavo.

—No importa —dijo Baltazar—. La hice expresamente para regalársela a Pepe. No pensaba cobrar nada.

Cuando Baltazar se abrió paso a través de los curiosos que bloqueaban la puerta, José Montiel daba gritos en el centro de la sala. Estaba muy pálido y sus ojos empezaban a enrojecer.

—Estúpido —gritaba—. Llévate tu cacharro. Lo último que faltaba es que un cualquiera venga a dar órdenes en mi casa. ¡Carajo!

En el salón de billar recibieron a Baltazar con una ovación. Hasta ese momento, pensaba que había hecho una jaula mejor que las otras, que había tenido que regalársela al hijo de José Montiel para que no siguiera llorando, y que ninguna de esas cosas tenía nada de particular.

Pero luego se dio cuenta de que todo eso tenía una cierta importancia para muchas personas, y se sintió un poco excitado.

—De manera que te dieron cincuenta pesos por la jaula.

—Sesenta —dijo Baltazar.

—Hay que hacer una raya en el cielo —dijo alguien—. Eres el único que ha logrado sacarle ese montón de plata a don Chepe Montiel. Esto hay que celebrarlo.

Le ofrecieron una cerveza, y Baltazar correspondió con una tanda para todos. Como era la primera vez que bebía, al anochecer estaba completamente borracho, y hablaba de un fabuloso proyecto de mil jaulas de a sesenta pesos, y después de un millón de jaulas hasta completar sesenta millones de pesos.

—Hay que hacer muchas cosas para vendérselas a los ricos antes que se mueran —decía, ciego de la borrachera—. Todos están enfermos y se van a morir. Cómo estarán de jodidos que ya ni siquiera pueden coger rabia.

Durante dos horas el tocadiscos automático estuvo por su cuenta tocando sin parar. Todos brindaron por la salud de Baltazar, por su suerte y su fortuna, y por la muerte de los ricos, pero a la hora de la comida lo dejaron solo en el salón.

Úrsula lo había esperado hasta las ocho, con un plato de carne frita cubierto de rebanadas de cebolla. Alguien le dijo que su marido estaba en el salón de billar, loco de felicidad, brindando cerveza a todo el mundo, pero no lo creyó porque Baltazar no se había emborrachado jamás. Cuando se acostó, casi a la medianoche, Baltazar estaba en un salón iluminado, donde había mesitas de cuatro puestos con sillas alrededor, y una pista de baile al aire libre, por donde se paseaban los alcaravanes. Tenía la cara embadurnada de colorete, y como no podía dar un paso más, pensaba que quería acostarse con dos mujeres en la misma cama. Había gastado tanto, que tuvo que dejar el reloj como garantía, con el compromiso de pagar al día siguiente. Un momento después, despatarrado por la calle, se dio cuenta de que le estaban quitando los zapatos, pero no quiso abandonar el sueño más feliz de su vida. Las mujeres que pasaron para la misa de cinco no se atrevieron a mirarlo, creyendo que estaba muerto.

[1962]

La viuda de Montiel

CUANDO murió don José Montiel, todo el mundo se sintió
vengado, menos su viuda; pero se necesitaron varias horas
para que todo el mundo creyera que en verdad había muerto.
Muchos lo seguían poniendo en duda después de ver el cadáver en
cámara ardiente, embutido con almohadas y sábanas de lino dentro
de una caja amarilla y abombada como un melón. Estaba muy bien
afeitado, vestido de blanco y con botas de charol, y tenía tan buen
semblante que nunca pareció tan vivo como entonces. Era el mismo
don Chepe Montiel de los domingos, oyendo misa de ocho, sólo
que en lugar de la fusta tenía un crucifijo entre las manos. Fue
preciso que atornillaran la tapa del ataúd y que lo emparedaran
en el aparatoso mausoleo familiar, para que el pueblo entero se
convenciera de que no se estaba haciendo el muerto.

Después del entierro, lo único que a todos pareció increíble,
menos a su viuda, fue que José Montiel hubiera muerto de muerte natural. Mientras todo el mundo esperaba que lo acribillaran
por la espalda en una emboscada, su viuda estaba segura de verlo
morir de viejo en su cama, confesado y sin agonía, como un santo
moderno. Se equivocó apenas en algunos detalles. José Montiel
murió en su hamaca, un miércoles a las dos de la tarde, a con-
secuencia de la rabieta que el médico le había prohibido. Pero su

esposa esperaba también que todo el pueblo asistiera al entierro y que la casa fuera pequeña para recibir tantas flores. Sin embargo, sólo asistieron sus copartidarios y las congregaciones religiosas, y no se recibieron más coronas que las de la administración municipal. Su hijo –desde su puesto consular de Alemania– y sus dos hijas, desde París, mandaron telegramas de tres páginas. Se veía que los habían redactado de pie, con la tinta multitudinaria de la oficina de correos, y que habían roto muchos formularios antes de encontrar 20 dólares de palabras. Ninguno prometía regresar. Aquella noche, a los 62 años, mientras lloraba contra la almohada en que recostó la cabeza el hombre que la había hecho feliz, la viuda de Montiel conoció por primera vez el sabor de un resentimiento. «Me encerraré para siempre», pensaba. «Para mí, es como si me hubieran metido en el mismo cajón de José Montiel. No quiero saber nada más de este mundo.» Era sincera.

Aquella mujer frágil, lacerada por la superstición, casada a los 20 años por voluntad de sus padres con el único pretendiente que le permitieron ver a menos de 10 metros de distancia, no había estado nunca en contacto directo con la realidad. Tres días después de que sacaron de la casa el cadáver del marido, comprendió a través de las lágrimas que debía reaccionar, pero no pudo encontrar el rumbo de su nueva vida. Era necesario empezar por el principio.

Entre los innumerables secretos que José Montiel se había llevado a la tumba, se fue enredada la combinación de la caja fuerte. El alcalde se ocupó del problema. Hizo poner la caja en el patio, apoyada al paredón, y dos agentes de la policía dispararon sus fusiles contra la cerradura. Durante toda una mañana, la viuda oyó desde el dormitorio las descargas cerradas y sucesivas ordenadas a gritos por el alcalde. «Esto era lo último que faltaba», pensó. «Cinco años rogando a Dios que se acaben los tiros, y ahora tengo que agradecer que disparen dentro de mi casa.» Aquel día hizo un esfuerzo de concentración, llamando a la muerte, pero nadie le respondió. Empezaba a dormirse cuando una tremenda explosión sacudió los cimientos de la casa. Habían tenido que dinamitar la caja fuerte.

La viuda de Montiel lanzó un suspiro. Octubre se eternizaba con sus lluvias pantanosas y ella se sentía perdida, navegando sin rumbo en la desordenada y fabulosa hacienda de José Montiel. El señor Carmichael, antiguo y diligente servidor de la familia, se había encargado de la administración. Cuando por fin se enfrentó al hecho concreto de que su marido había muerto, la viuda de Montiel salió del dormitorio para ocuparse de la casa. La despojó de todo ornamento, hizo forrar los muebles en colores luctuosos, y puso lazos fúnebres en los retratos del muerto que colgaban de las paredes. En dos meses de encierro había adquirido la costumbre de morderse las uñas. Un día —los ojos enrojecidos e hinchados de tanto llorar— se dio cuenta de que el señor Carmichael entraba a la casa con el paraguas abierto.

—Cierre ese paraguas, señor Carmichael —le dijo—. Después de todas las desgracias que tenemos, sólo nos faltaba que usted entrara a la casa con el paraguas abierto.

El señor Carmichael puso el paraguas en el rincón. Era un negro viejo, de piel lustrosa, vestido de blanco y con pequeñas aberturas hechas a navaja en los zapatos para aliviar la presión de los callos.

—Es sólo mientras se seca.

Por primera vez desde que murió su esposo, la viuda abrió la ventana.

—Tantas desgracias, y además este invierno —murmuró, mordiéndose las uñas—. Parece que no va a escampar nunca.

—No escampará ni hoy ni mañana —dijo el administrador—. Anoche no me dejaron dormir los callos.

Ella confiaba en las predicciones atmosféricas de los callos del señor Carmichael. Contempló la placita desolada, las casas silenciosas cuyas puertas no se abrieron para ver el entierro de José Montiel, y entonces se sintió desesperada con sus uñas, con sus tierras sin límites, y con los infinitos compromisos que heredó de su esposo y que nunca lograría comprender.

—El mundo está mal hecho —sollozó.

Quienes la visitaron por esos días tuvieron motivos para pensar que había perdido el juicio. Pero nunca fue más lúcida que entonces. Desde antes de que empezara la matanza política ella pasaba las lúgubres mañanas de octubre frente a la ventana de su cuarto, compadeciendo a los muertos y pensando que si Dios no hubiera descansado el domingo habría tenido tiempo de terminar el mundo.

—Ha debido aprovechar ese día para que no le quedaran tantas cosas mal hechas —decía—. Al fin y al cabo, le quedaba toda la eternidad para descansar.

La única diferencia, después de la muerte de su esposo, era que entonces tenía un motivo concreto para concebir pensamientos sombríos.

Así, mientras la viuda de Montiel se consumía en la desesperación, el señor Carmichael trataba de impedir el naufragio. Las cosas no marchaban bien. Libre de la amenaza de José Montiel, que monopolizaba el comercio local por el terror, el pueblo tomaba represalias. En espera de clientes que no llegaron, la leche se cortó en los cántaros amontonados en el patio, y se fermentó la miel en sus cueros, y el queso engordó gusanos en los oscuros armarios del depósito. En su mausoleo adornado con bombillas eléctricas y arcángeles en imitación de mármol, José Montiel pagaba seis años de asesinatos y tropelías. Nadie en la historia del país se había enriquecido tanto en tan poco tiempo. Cuando llegó al pueblo el primer alcalde de la dictadura, José Montiel era un discreto partidario de todos los regímenes, que se había pasado la mitad de la vida en calzoncillos sentado a la puerta de su piladora de arroz. En un tiempo disfrutó de una cierta reputación de afortunado y buen creyente, porque prometió en voz alta regalar al templo un San José de tamaño natural si se ganaba la lotería, y dos semanas después se ganó seis fracciones y cumplió su promesa. La primera vez que se le vio usar zapatos fue cuando llegó el nuevo alcalde, un sargento de la policía, zurdo y montaraz, que tenía órdenes expresas de liquidar la oposición. José Montiel empezó por ser su informador confidencial. Aquel comerciante modesto cuyo tranquilo humor de hombre gordo no despertaba la menor inquietud, discriminó a sus adversarios políticos en ricos y pobres. A los pobres los acribilló la policía en la plaza pública. A los ricos les dieron un plazo de 24 horas para abandonar el pueblo. Planificando la masacre, José Montiel se encerraba días enteros con el alcalde en su oficina sofocante, mientras su esposa se compadecía de los muertos. Cuando el alcalde abandonaba la oficina, ella le cerraba el paso a su marido.

—Ese hombre es un criminal —le decía—. Aprovecha tus influencias en el gobierno para que se lleven a esa bestia que no va a dejar un ser humano en el pueblo.

Y José Montiel, tan atareado en esos días, la apartaba sin mirarla, diciendo: «No seas pendeja.» En realidad, su negocio no era la muerte de los pobres sino la expulsión de los ricos. Después de que el alcalde les perforaba las puertas a tiros y les ponía el plazo para abandonar el pueblo, José Montiel les compraba sus tierras y ganados por un precio que él mismo se encargaba de fijar.

—No seas tonto —le decía su mujer—. Te arruinarás ayudándolos para que no se mueran de hambre en otra parte, y ellos no te lo agradecerán nunca.

Y José Montiel, que ya ni siquiera tenía tiempo de sonreír, la apartaba de su camino, diciendo:

—Vete para tu cocina y no me friegues tanto.

A ese ritmo, en menos de un año estaba liquidada la oposición, y José Montiel era el hombre más rico y poderoso del pueblo. Mandó a sus hijas para París, consiguió a su hijo un puesto consular en Alemania, y se dedicó a consolidar su imperio. Pero no alcanzó a disfrutar seis años de su desaforada riqueza.

Después de que se cumplió el primer aniversario de su muerte, la viuda no oyó crujir la escalera sino bajo el peso de una mala noticia. Alguien llegaba siempre al atardecer. «Otra vez los bandoleros», decían. «Ayer cargaron con un lote de 50 novillos.» Inmóvil en el mecedor, mordiéndose las uñas, la viuda de Montiel sólo se alimentaba de su resentimiento.

—Yo te lo decía, José Montiel —decía, hablando sola—. Éste es un pueblo desagradecido. Aún estás caliente en tu tumba y ya todo el mundo nos volteó la espalda.

Nadie volvió a la casa. El único ser humano que vio en aquellos meses interminables en que no dejó de llover, fue el perseverante señor Carmichael, que nunca entró a la casa con el paraguas cerrado. Las cosas no marchaban mejor. El señor Carmichael había escrito varias cartas al hijo de José Montiel. Le sugería la conveniencia de que viniera a ponerse al frente de los negocios, y hasta se permitió hacer algunas consideraciones personales sobre la salud de la viuda. Siempre recibió respuestas evasivas. Por último, el hijo de José Montiel contestó francamente que no se atrevía a regresar por temor de que le dieran un tiro. Entonces el señor Carmichael subió al dormitorio de la viuda y se vio precisado a confesarle que se estaba quedando en la ruina.

—Mejor —dijo ella—. Estoy hasta la coronilla de quesos y de moscas. Si usted quiere, llévese lo que le haga falta y déjeme morir tranquila.

Su único contacto con el mundo, a partir de entonces, fueron las cartas que escribía a sus hijas a fines de cada mes. «Éste es un pueblo maldito», les decía. «Quédense allá para siempre y no se preocupen por mí. Yo soy feliz sabiendo que ustedes son felices.» Sus hijas se turnaban para contestarle. Sus cartas eran siempre alegres, y se veía que habían sido escritas en lugares tibios y bien iluminados y que les muchachas se veían repetidas en muchos espejos cuando se detenían a pensar. Tampoco ellas querían volver. «Esto es la civilización», decían. «Allá, en cambio, no es un buen medio para nosotras. Es imposible vivir en un país tan salvaje donde asesinan a la gente por cuestiones políticas.» Leyendo las cartas, la viuda de Montiel se sentía mejor y aprobaba cada frase con la cabeza.

En cierta ocasión, sus hijas le hablaron de los mercados de carne de París. Le decían que mataban unos cerdos rosados y los colgaban enteros en la puerta adornados con coronas y guirnaldas de flores. Al final, una letra diferente a la de sus hijas había agregado: «Imagínate, que el clavel más grande y más bonito se lo ponen al cerdo en el culo.» Leyendo aquella frase, por primera vez en dos años, la viuda de Montiel sonrió. Subió a su dormitorio sin apagar las luces de la casa, y antes de acostarse volteó el ventilador eléctrico contra la pared. Después extrajo de la gaveta de la mesa de noche unas tijeras, un cilindro de esparadrapo y el rosario, y se vendó la uña del pulgar derecho, irritada por los mordiscos. Luego empezó a rezar, pero al segundo misterio cambió el rosario a la mano izquierda, pues no sentía las cuentas a través del esparadrapo. Por un momento oyó la trepidación de los truenos remotos. Luego se quedó dormida con la cabeza doblada en el pecho. La mano con el rosario rodó por su costado, y entonces vio a la Mamá Grande en el patio con una sábana blanca y un peine en el regazo, destripando piojos con los pulgares. Le preguntó:

–¿Cuándo me voy a morir?

La Mamá Grande levantó la cabeza.

–Cuando te empiece el cansancio del brazo.

[1962]

Un día después del sábado

LA INQUIETUD empezó en julio, cuando la señora Rebeca, una viuda amargada que vivía en una inmensa casa de dos corredores y nueve alcobas, descubrió que sus alambreras estaban rotas como si hubieran sido apedreadas desde la calle. El primer descubrimiento lo hizo en su dormitorio y pensó que debía hablar de eso con Argénida, su sirviente y confidente desde que murió su esposo. Después, removiendo cachivaches (pues desde hacía tiempo la señora Rebeca no hacía nada distinto que remover cachivaches) advirtió que no sólo las alambreras de su dormitorio, sino todas las de la casa estaban deterioradas. La viuda tenía un sentido académico de la autoridad, heredado tal vez de su bisabuelo paterno, un criollo que en la guerra de Independencia peleó al lado de los realistas e hizo después un penoso viaje a España con el propósito exclusivo de visitar el palacio que construyó Carlos III en San Ildefonso. De manera que cuando descubrió el estado de las otras alambreras, no pensó ya en hablar con Argénida sino que se puso el sombrero de paja con minúsculas flores de terciopelo y se dirigió a la alcaldía a dar cuenta del atentado. Pero al llegar allí, vio que el mismo alcalde, sin camisa, peludo y con una solidez que a ella le pareció bestial, se ocupaba de reparar las alambradas municipales, deterioradas como las suyas.

La señora Rebeca irrumpió en la sórdida y revuelta oficina y lo primero que vio fue un montón de pájaros muertos sobre el escritorio. Pero estaba ofuscada, en parte por el calor y en parte por la indignación que le produjo la ruina de las alambreras. De manera que no tuvo tiempo de estremecerse ante el inusitado espectáculo de los pájaros muertos sobre el escritorio. Ni siquiera le escandalizó la evidencia de la autoridad degradada a lo alto de una escalera, reparando las redes metálicas de la ventana con un rollo de alambre y un destornillador. Ella no pensaba ahora en otra dignidad que en la suya propia, escarnecida en sus alambreras, y su ofuscación le impidió incluso relacionar las ventanas de su casa con las de la alcaldía. Se plantó con discreta solemnidad a dos pasos de la puerta, en el interior de la oficina, y apoyada en el largo y guarnecido mango de su sombrilla, dijo:

—Necesito poner una queja.

Desde el tope de la escalera, el alcalde volvió el rostro congestionado por el calor. No manifestó emoción alguna ante la presencia insólita de la viuda en su despacho. Con sombría negligencia siguió desprendiendo la red estropeada y preguntó desde arriba:

—¿Qué es la cosa?

—Que los muchachos del vecindario rompieron las alambreras.

Entonces el alcalde volvió a mirarla. La examinó laboriosamente desde las primorosas florecillas de terciopelo hasta los zapatos color de plata antigua, y fue como si la hubiera visto por la primera vez en su vida. Descendió parsimoniosamente, sin dejar de mirarla, y cuando pisó tierra firme apoyó una mano en la cintura y movió el destornillador hasta el escritorio. Dijo:

—No son los muchachos, señora. Son los pájaros.

Y entonces fue cuando ella relacionó los pájaros muertos sobre el escritorio con el hombre subido a la escalera y con las estropeadas redes de sus alcobas. Se estremeció, al imaginar que todos los dormitorios de su casa estaban llenos de pájaros muertos.

–Los pájaros –exclamó.

–Los pájaros –confirmó el alcalde–. Es extraño que no se haya dado cuenta si hace tres días que estamos con este problema de los pájaros rompiendo ventanas para morirse dentro de las casas.

Cuando abandonó la alcaldía, la señora Rebeca se sentía avergonzada. Y un poco resentida con Argénida que arrastraba hasta su casa todos los rumores del pueblo y que sin embargo no le había hablado de los pájaros. Desplegó la sombrilla, deslumbrada por el brillo de un agosto inminente, y mientras caminaba por la calle abrasante y desierta, tuvo la impresión de que las alcobas de todas las casas exhalaban un fuerte y penetrante tufo de pájaros muertos.

Esto era en los últimos días de julio, y nunca en la vida del pueblo había hecho tanto calor. Pero sus habitantes no se dieron cuenta de eso, impresionados por la mortandad de los pájaros. Aunque el extraño fenómeno no había influido seriamente en las actividades del pueblo, la mayoría estaba pendiente de él a principios de agosto. Una mayoría en la que no se contaba su reverencia, Antonio Isabel del Santísimo Sacramento del Altar Castañeda y Montero, el manso pastor de la parroquia que a los noventa y cuatro años de edad aseguraba haber visto al diablo en tres ocasiones, y que sin embargo sólo había visto dos pájaros muertos sin atribuirles la menor importancia. El primero lo encontró un martes en la sacristía, después de la misa, y pensó que había llegado hasta ese lugar arrastrado por algún gato del vecindario. El otro lo encontró el miércoles en el corredor de la casa cural y lo empujó con la punta de la bota hasta la calle, pensando: «No debían existir los gatos.»

Pero el viernes, al llegar a la estación del ferrocarril, encontró un tercer pájaro muerto en el escaño que eligió para sentarse. Fue como un relámpago en su interior, cuando agarró el cadáver por las patitas, lo alzó hasta el nivel de sus ojos, lo volteó, lo examinó, y pensó sobresaltado: «Caramba, es el tercero que encuentro en esta semana.» Desde ese instante empezó a darse cuenta de lo que estaba ocurriendo en el pueblo, pero de una manera muy imprecisa, pues el padre Antonio Isabel, en parte por la edad y en parte también porque aseguraba haber visto al diablo en tres ocasiones (cosa que al pueblo le parecía un tanto dislocada), era considerado por sus feligreses como un buen hombre, pacífico y servicial, pero que andaba habitualmente por las nebulosas. Pues se dio cuenta de que algo ocurría a los pájaros, pero incluso entonces no creyó que aquello fuera tan importante como para que mereciera un sermón. Él fue el primero que sintió el olor. Lo sintió en la noche del viernes, cuando despertó alarmado, interrumpido su liviano sueño por una tufarada nauseabunda, pero no supo si atribuirlo a una pesadilla o a un nuevo y original recurso satánico para perturbar su sueño. Olfateó a su alrededor y se dio vuelta en la cama, pensando que aquella experiencia podría servirle para un sermón. Podría ser, pensó, un dramático sermón sobre la habilidad de Satán para filtrarse en el corazón humano por cualquiera de los cinco sentidos.

Cuando se paseaba por el atrio al día siguiente antes de la misa, oyó hablar por primera vez de los pájaros muertos. Estaba pensando en el sermón, en Satanás y en los pecados que pueden cometerse por el sentido del olfato, cuando oyó decir que el mal olor nocturno era de los pájaros recolectados durante la semana; y se formó en la cabeza un confuso revoltijo de prevenciones evangélicas, de malos olores y de pájaros muertos. De manera que el domingo tuvo que improvisar sobre la caridad una parrafada que él mismo no entendió muy a las claras, y se olvidó para siempre de las relaciones entre el diablo y los cinco sentidos.

Sin embargo, en algún sitio muy remoto de su pensamiento debieron de quedar agazapadas aquellas experiencias. Eso le ocurría siempre, no sólo en el seminario hacía ya más de 70 años, sino de manera muy particular después de que cumplió los 90. En el seminario, una tarde muy clara en que caía un fuerte aguacero sin tormenta, él leía un trozo de Sófocles en su idioma original. Cuando acabó de llover miró a través de la ventana el campo fatigado, la tarde lavada y nueva, y se olvidó enteramente del teatro griego y de los clásicos que él no diferenciaba sino que llamaba, de manera general, «los ancianitos de antes». Una tarde sin lluvia, acaso treinta, cuarenta años después, atravesaba la plaza empedrada de un pueblo, al que había ido de visita, y sin proponérselo recitó la estrofa de Sófocles que leía en el seminario. Esa misma semana, conversó largamente sobre «los ancianitos de antes» con el vicario apostólico, un anciano locuaz e impresionable, aficionado a unos complejos acertijos para eruditos que él debía haber inventado y que se popularizaron años después con el nombre de crucigramas.

Aquella entrevista le permitió recoger de un golpe todo su viejo y entrañable amor por los clásicos griegos. En la Navidad de ese año recibió una carta. Y de no haber sido porque ya para esa época había adquirido el sólido prestigio de ser exageradamente imaginativo, intrépido para la interpretación y un poco disparatado en sus sermones, en esa ocasión lo habrían hecho obispo.

Pero se enterró en el pueblo, desde mucho antes de la guerra del 85, y en la época en que los pájaros venían a morir en los dormitorios hacía años que habían pedido su reemplazo por un sacerdote más joven, especialmente cuando dijo haber visto al diablo. Desde entonces comenzaron a no tenerlo en cuenta, cosa que él no advirtió de una manera muy clara a pesar de que todavía podía descifrar los menudos caracteres de su breviario sin necesidad de anteojos.

Siempre había sido un hombre de costumbres regulares. Pequeño, insignificante, de huesos pronunciados y sólidos y ademanes reposados y una voz sedante para la conversación pero demasiado sedante para el púlpito. Permanecía hasta la hora del almuerzo echando globos en su alcoba, tirado a la bartola en una silla de lona y sin otras prendas de vestir que unos largos pantaloncillos de sarga con las bocapiernas amarradas a los tobillos.

No hacía nada, salvo decir la misa. Dos veces a la semana se sentaba en el confesionario, pero hacía años que no se confesaba nadie. Él creía sencillamente que sus feligreses estaban perdiendo la fe a causa de las costumbres modernas, de ahí que hubiera considerado como un acontecimiento muy oportuno haber visto al diablo en tres ocasiones, aunque sabía que la gente daba muy poco crédito a sus palabras a pesar de que tenía conciencia de no ser muy convincente cuando hablaba de esas experiencias. Para él mismo no habría sido una sorpresa descubrir que estaba muerto, no sólo a lo largo de los últimos cinco años, sino también en esos momentos extraordinarios en que encontró los dos primeros pájaros. Cuando encontró el tercero, sin embargo, se asomó un poco a la vida, de manera que en los últimos días estuvo pensando con apreciable frecuencia en el pájaro muerto sobre el escaño de la estación.

Vivía a diez pasos del templo, en una casa pequeña, sin alambreras, con un corredor hacia la calle y dos cuartos que le servían de despacho y dormitorio. Consideraba, tal vez en sus momentos de menor lucidez, que es posible lograr la felicidad en la tierra cuando no hace mucho calor, y esa idea le producía un poco de desconcierto. Le gustaba extraviarse por vericuetos metafísicos. Era eso lo que hacía cuando se sentaba en el corredor todas las mañanas, con la puerta entreabierta, cerrados los ojos y los músculos distendidos. Sin embargo, él mismo no cayó en la cuenta de que se había vuelto tan sutil en sus pensamientos, que hacía por lo menos tres años que en sus momentos de meditación ya no pensaba en nada.

A las doce en punto, un muchacho atravesaba el corredor con un portacomidas de cuatro secciones que contenía lo mismo todos los días : sopa de hueso con un pedazo de yuca, arroz blanco, carne guisada sin cebolla, plátano frito o bollo de maíz y un poco de lentejas que el padre Antonio Isabel del Santísimo Sacramento del Altar no había probado jamás.

El muchacho ponía el portacomidas junto a la silla donde yacía el sacerdote, pero éste no abría los ojos mientras no escuchaba otra vez las pisadas en el corredor. Por eso en el pueblo creían que el padre dormía la siesta antes del almuerzo (cosa que parecía igualmente dislocada) cuando la verdad era que ni siquiera de noche dormía normalmente.

Para esa época sus hábitos se habían descomplicado hasta el primitivismo. Almorzaba sin moverse de su silla de lona, sin sacar los alimentos del portacomidas, sin usar los platos ni el tenedor ni el cuchillo, sino apenas la misma cuchara con que se tomaba la sopa. Después se levantaba, se echaba un poco de agua en la cabeza, se ponía la sotana blanca y averaguada con grandes remiendos cuadrados, y se dirigía a la estación del ferrocarril, precisamente a la hora en que el resto del pueblo se acostaba a dormir la siesta. Desde hacía varios meses recorría ese trayecto murmurando la oración que él mismo inventó la última vez que se le apareció el diablo.

Un sábado –nueve días después de que empezaron a caer pájaros muertos– el padre Antonio Isabel del Santísimo Sacramento del Altar se dirigía a la estación cuando cayó un pájaro agonizante a sus pies, precisamente frente a la casa de la señora Rebeca. Un resplandor de lucidez estalló en su cabeza y se dio cuenta de que aquel pájaro, a diferencia de los otros, podía ser salvado. Lo tomó en sus manos y llamó a la puerta de la señora Rebeca, en el instante en que ella se desabrochaba el corpiño para dormir la siesta.

En su alcoba, la viuda oyó los golpes e instintivamente desvió la vista hacia las alambreras. No había penetrado ningún pájaro a esa alcoba desde hacía dos días. Pero la red continuaba desflecada. Había considerado un gasto inútil hacerla reparar mientras no cesara aquella invasión de pájaros que la mantenía con los nervios irritados. Por encima del zumbido del ventilador eléctrico oyó los golpes a la puerta y recordó con impaciencia que Argénida hacía la siesta en la última alcoba del corredor. Ni siquiera se le ocurrió preguntarse quién podía importunarla a esas horas. Volvió a abotonarse el corpiño, traspuso la puerta alambrada, caminó derecho y afectada a lo largo del corredor, atravesó la sala recargada de muebles y objetos decorativos, y antes de abrir la puerta vio a través de la red metálica que allí estaba el padre Antonio Isabel, taciturno, con los ojos apagados y un pájaro en las manos (antes de que ella abriera la puerta) diciendo: «Si le echamos un poco de agua y después lo metemos debajo de una totuma, estoy seguro de que se pondrá bien.» Y al abrir la puerta, la señora Rebeca sintió que desfallecía de terror.

No permaneció allí más de cinco minutos. La señora Rebeca creía que era ella quien había abreviado el incidente. Pero en realidad había sido el padre. Si la ciudad hubiera reflexionado en ese instante, se habría dado cuenta de que el sacerdote, en los 30 años que llevaba de vivir en el pueblo, no había permanecido nunca más de cinco minutos en su casa. Le parecía que en la profusa utilería de la sala se manifestaba claramente el espíritu concupiscente de la dueña, a pesar de su parentesco con el obispo, muy remoto, pero reconocido. Además, había una leyenda (o una historia) sobre la familia de la señora Rebeca, que seguramente, pensaba el padre, no había llegado hasta el palacio episcopal, con todo y que el coronel Aureliano Buendía, primo hermano de la viuda a quien ella consideraba un descastado, aseguró alguna vez que el obispo no había visitado el pueblo en el nuevo siglo por eludir la visita a su parienta. De cualquier modo, fuera aquello historia o leyenda, la verdad era que el padre Antonio Isabel del Santísimo Sacramento del Altar no se sentía bien en esa casa, cuyo único habitante no había dado muestras de piedad y sólo se confesaba una vez al año, pero respondiendo con evasivas cuando él trataba de concretarla acerca de la oscura muerte de su esposo. Si ahora había estado allí, aguardando a que ella trajera un vaso de agua para bañar un pájaro agonizante, era por determinación de una circunstancia que él no hubiera provocado jamás.

Mientras regresaba la viuda, el sacerdote, sentado en un suntuoso mecedor de madera labrada, sentía la extraña humedad de esa casa que no había vuelto a sosegarse desde cuando sonó un pistoletazo, hacía más de cuarenta años, y José Arcadio Buendía, hermano del coronel, cayó de bruces entre un ruido de hebillas y espuelas sobre las polainas aún calientes que se acababa de quitar.

Cuando la señora Rebeca irrumpió de nuevo en la sala, vio al padre Antonio Isabel, sentado en el mecedor y con ese aire de nebulosidad que a ella le producía terror.

—La vida de un animal —dijo el padre— es tan grata a Nuestro Señor como la de un hombre.

Al decirlo, no se acordó de José Arcadio Buendía. Tampoco lo recordó la viuda. Pero ella estaba acostumbrada a no dar crédito a las palabras del padre, desde cuando habló en el púlpito de las tres veces en que se le apareció el diablo. Sin prestarle atención tomó el pájaro entre las manos, lo sumergió en el vaso y lo sacudió después. El padre observó que había impiedad y negligencia en su manera de actuar, una absoluta falta de consideración por la vida del animal.

—No le gustan los pájaros —dijo, de manera suave pero afirmativa.

La viuda levantó los párpados en un gesto de impaciencia y hostilidad.

–Aunque me hubieran gustado alguna vez –dijo– los aborrecería ahora que les ha dado por morirse dentro de las casas.

–Han muerto muchos –dijo él, implacable. Habría podido pensarse que había mucho de astucia en la uniformidad de su voz.

–Todos –dijo la viuda. Y agregó, mientras exprimía el animal con repugnancia y lo colocaba debajo de una totuma–: Y eso no me importaría, si no me hubieran roto las alambreras.

Y a él le pareció que nunca había conocido tanta dureza de corazón. Un instante después, teniéndole en su propia mano, el sacerdote se dio cuenta de que aquel cuerpo minúsculo e indefenso había dejado de latir. Entonces se olvidó de todo: de la humedad de la casa, de la concupiscencia, del insoportable olor a pólvora en el cadáver de José Arcadio Buendía, y se dio cuenta de la prodigiosa verdad que lo rodeaba desde el principio de la semana. Allí mismo, mientras la viuda lo veía abandonar la casa con el pájaro muerto entre las manos y una expresión amenazante, él asistió a la maravillosa revelación de que sobre el pueblo estaba cayendo una lluvia de pájaros muertos y de que él, el ministro de Dios, el predestinado que había conocido la felicidad cuando no hacía calor, había olvidado enteramente el Apocalipsis.

Ese día fue a la estación, como siempre, pero no se dio cuenta cabal de sus actos. Sabía confusamente que algo estaba ocurriendo en el mundo, pero se sentía embotado, bruto, indigno del instante. Sentado en el escaño de la estación trataba de recordar si había lluvia de pájaros muertos en el Apocalipsis, pero lo había olvidado por completo. De pronto pensó que el retraso en casa de la señora Rebeca le había hecho perder el tren y estiró la cabeza por encima de los vidrios polvorientos y rotos y vio en el reloj de la administración que aún faltaban doce minutos para la una. Cuando regresó al escaño sintió que se asfixiaba. En ese momento se acordó de que era sábado. Movió por un instante su abanico de palma trenzada, perdido en sus oscuras nebulosas interiores. Y después se desesperó de los botones de su sotana y de los botones de sus botas y de sus largos y ajustados pantaloncillos de sarga y se dio cuenta, alarmado, de que nunca en su vida había sentido tanto calor.

Sin moverse del escaño se desabotonó el cuello de la sotana, extrajo de la manga el pañuelo y se enjugó el rostro congestionado, pensando en un instante de iluminado patetismo que tal vez estaba asistiendo a la elaboración de un terremoto. Había leído eso en alguna parte. Sin embargo, el cielo estaba despejado; un cielo transparente y azul del que misteriosamente habían desaparecido todos los pájaros. Él se dio cuenta del color y de la transparencia, pero momentáneamente se olvidó de los pájaros muertos. Ahora pensaba en otra cosa, en la posibilidad de que se desatara una tormenta. Sin embargo, el cielo estaba diáfano y tranquilo, como si fuera el cielo de otro pueblo remoto y diferente, donde nunca había sentido calor, y como si no fueran los suyos sino otros los ojos que estuvieran contemplándolo. Después miró hacia el norte, por encima de los techos de palma y zinc oxidado, y vio la lenta, la silenciosa, la equilibrada mancha de gallinazos sobre el muladar.

Por alguna razón misteriosa sintió que en ese instante revivían en él las emociones que experimentó un domingo en el seminario, poco antes de recibir las órdenes menores. El rector lo había autorizado para hacer uso de su biblioteca particular y él permanecía durante horas y horas (especialmente los domingos) sumergido en la lectura de unos libros amarillos, olorosos a madera envejecida, y con anotaciones en latín hechas con los garabatos minúsculos y erizados del rector. Un domingo, después de que había leído durante todo el día, entró el rector a la habitación y se apresuró, azorado, a recoger una tarjeta que evidentemente se había caído de entre las páginas del libro que él leía. Presenció la ofuscación de su superior con discreta indiferencia, pero alcanzó a leer la tarjeta. Sólo había una frase, escrita a tinta morada con letra nítida y recta: *«Madame Ivette est morte cette nuit.»* Más de medio siglo después, viendo una mancha de gallinazos sobre un pueblo olvidado, se acordó de la expresión taciturna del rector, sentado frente a él, malva al crepúsculo y con la respiración imperceptiblemente alterada.

Impresionado por aquella asociación, no sintió entonces calor sino precisamente todo lo contrario, un mordisco de hielo en las ingles y la planta de los pies. Sintió pavor, sin saber cuál era la causa precisa de ese pavor, enredado en una maraña de ideas confusas, entre las que era imposible diferenciar una sensación nauseabunda y la pezuña de Satanás atascada en el barro y un tropel de pájaros muertos cayendo sobre el mundo, mientras él, Antonio Isabel del Santísimo Sacramento del Altar, permanecía indiferente a ese acontecimiento. Entonces se irguió, levantó una mano asombrada como para iniciar un saludo que se perdió en el vacío, y exclamó aterrorizado: «El Judío Errante.»

En ese momento pitó el tren. Por primera vez en muchos años él no lo oyó. Lo vio entrar en la estación, envuelto en una densa humareda, y oyó la granizada de cisco contra las láminas de zinc oxidado. Pero eso fue como un sueño remoto e indescifrable, del cual no despertó por completo hasta esa tarde, un poco después de las cuatro, cuando dio los últimos toques al formidable sermón que pronunciaría el domingo. Ocho horas después, fueron a buscarlo para que administrara la extremaunción a una mujer.

De manera que el padre no supo quién llegó esa tarde en el tren. Durante mucho tiempo había visto pasar los cuatro vagones desvencijados y descoloridos, y no recordaba que alguien hubiera descendido de ellos para quedarse, al menos en los últimos años. Antes era distinto, cuando podía estar una tarde entera viendo pasar un tren cargado de banano; ciento cuarenta vagones cargados de frutas, pasando sin parar, hasta cuando pasaba, ya entrada la noche, el último vagón con un hombre colgando una lámpara verde. Entonces veía el pueblo al otro lado de la línea –ya encendidas las luces– y le parecía que, con sólo verlo pasar, el tren lo había llevado a otro pueblo. Tal vez de ahí vino su costumbre de asistir todos los días a la estación, incluso después de que ametrallaron a los trabajadores y se acabaron las plantaciones de bananos y con ellas los trenes de ciento cuarenta vagones, y quedó apenas ese tren amarillo y polvoriento que no traía ni se llevaba a nadie.

Pero ese sábado llegó alguien. Cuando el padre Antonio Isabel del Santísimo Sacramento del Altar se alejó de la estación, un muchacho apacible, con nada de particular aparte de su hambre, lo vio desde la ventana del último vagón en el preciso instante en que se acordó de que no comía desde el día anterior. Pensó: «Si hay un cura debe haber un hotel.» Y descendió del vagón y atravesó la calle abrasada por el metálico sol de agosto y penetró en la fresca penumbra de una casa situada frente a la estación donde sonaba el disco gastado de un gramófono. El olfato, agudizado por el hambre de dos días, le indicó que ése era el hotel. Y ahí penetró, sin ver la tablilla: Hotel Macondo; un letrero que él no había de leer en su vida.

La propietaria estaba encinta con más de cinco meses. Tenía color de mostaza y la apariencia de ser idéntica a su madre cuando su madre estaba encinta de ella. Él pidió «un almuerzo lo más rápido que pueda» y ella, sin tratar de apresurarse, le sirvió un plato de sopa con un hueso pelado y picadillo de plátano verde. En ese instante pitó el tren. Envuelto en el vapor cálido y saludable de la sopa, él calculó la distancia que lo separaba de la estación e inmediatamente después se sintió invadido por esa confusa sensación de pánico que produce la pérdida de un tren.

Trató de correr. Llegó hasta la puerta, angustiado, pero aún no había dado un paso fuera del umbral cuando se dio cuenta de que no tenía tiempo de alcanzar el tren. Cuando volvió a la mesa se había olvidado de su hambre; vio, junto al gramófono, una muchacha que lo miraba sin piedad, con una horrible expresión de perro meneando la cola. Por primera vez en todo el día se quitó entonces el sombrero que le había regalado su madre dos meses antes, y lo aprisionó entre las rodillas mientras acababa de comer. Cuando se levantó de la mesa no parecía preocupado por la pérdida del tren ni por la perspectiva de pasar un fin de semana en un pueblo cuyo nombre no se ocuparía de averiguar. Se sentó en un rincón de la sala, con los huesos de la espalda apoyados en una silla dura y recta, y permaneció allí largo rato, sin escuchar los discos hasta que la muchacha que los seleccionaba dijo:

—En el corredor hay más fresco.

Él se sintió mal. Le costaba trabajo iniciarse con los desconocidos. Le angustiaba mirar a la gente a la cara y cuando no le quedaba otro recurso que hablar, las palabras le salían diferentes a como las pensaba. «Sí», respondió. Y sintió un ligero escalofrío. Trató de mecerse, olvidado de que no estaba en una mecedora.

—Los que vienen aquí ruedan una silla para el corredor que es más fresco —dijo la muchacha. Y él, oyéndola, se dio cuenta con angustia de que ella tenía deseos de conversar. Se arriesgó a mirarla, en el instante en que le daba cuerda al gramófono. Parecía estar sentada allí desde hacía meses, años quizás, y no manifestaba el menor interés en moverse de ese lugar. Le daba cuerda al gramófono, pero su vida estaba fija en él. Estaba sonriendo.

—Gracias —dijo él, tratando de levantarse, de dar soltura y espontaneidad a sus movimientos. La muchacha no dejó de mirarlo. Dijo:

—También dejan el sombrero en el percherito.

Esta vez sintió una brasa en las orejas. Se estremeció pensando en aquella manera de sugerir las cosas. Se sentía incómodo, acorralado, y otra vez sintió el pánico por la pérdida del tren. Pero en ese instante penetró en la sala la propietaria.

—¿Qué hace? —preguntó.

—Está rodando la silla para el corredor, como lo hacen todos —dijo la muchacha.

Él creyó advertir un acento de burla en sus palabras.

—No se preocupe —dijo la propietaria—. Yo le traeré un taburete.

La muchacha se rió y él se sintió desconcertado. Hacía calor. Un calor seco y plano, y estaba sudando. La propietaria rodó hasta el corredor un taburete de madera con fondos de cuero. Se disponía a seguirla cuando la muchacha volvió a hablar.

—Lo malo es que lo van a asustar los pájaros —dijo.

Él alcanzó a ver la mirada dura cuando la propietaria volvió los ojos hacia la muchacha. Fue una mirada rápida pero intensa.

—Lo que debes hacer es callarte —dijo, y se volvió sonriente hacia él. Entonces se sintió menos solo y tuvo deseos de hablar.

—¿Qué es lo que dice? —preguntó.

—Que a esta hora caen pájaros muertos en el corredor —dijo la muchacha.

—Son cosas de ella —dijo la propietaria. Se inclinó a arreglar un ramo de flores artificiales en la mesita de centro. Había un temblor nervioso en sus dedos.

—Cosas mías, no —dijo la muchacha—. Tú misma barriste dos antier.

La propietaria la miró exasperada. Tenía una expresión lastimosa y evidentes deseos de explicarlo todo, hasta cuando no quedara el menor rastro de duda.

—Lo que ocurre, señor, es que antier los muchachos dejaron dos pájaros muertos en el corredor para molestarla, y después le dijeron que estaban cayendo pájaros muertos del cielo. Ella se traga todo lo que le dicen.

Él sonrió. Le parecía muy divertida aquella explicación; se frotó las manos y se volvió a mirar a la muchacha que lo contemplaba angustiada. El gramófono había dejado de sonar. La propietaria se retiró a la otra pieza y cuando él se dirigía al corredor la muchacha insistió en voz baja:

–Yo los he visto caer. Créamelo, Todo el mundo los ha visto.

Y él creyó comprender entonces su apego al gramófono y la exasperación de la propietaria.

–Sí –dijo compasivamente. Y después, moviéndose hacia el corredor–: Yo también los he visto.

Hacía menos calor afuera, a la sombra de los almendros. Recostó el taburete contra el marco de la puerta, echó la cabeza hacia atrás y pensó en su madre; su madre postrada en el mecedor, espantando las gallinas con un largo palo de escoba, mientras sentía que por primera vez él no estaba en la casa.

La semana anterior habría podido pensar que su vida era una cuerda lisa y recta, tendida desde la lluviosa madrugada de la última guerra civil en que vino al mundo entre las cuatro paredes de barro y cañabrava de una escuela rural, hasta esa mañana de junio en que cumplió 22 años y su madre llegó hasta su chinchorro para regalarle un sombrero con una tarjeta: «A mi querido hijo, en su día.» En ocasiones se sacudía la herrumbre de la ociosidad y sentía nostalgia de la escuela, del pizarrón y del mapa de un país superpoblado por los excrementos de las moscas, y de la larga fila de jarros colgados en la pared debajo del nombre de cada niño. Allí no hacía calor. Era un pueblo verde y plácido con unas gallinas de largas patas cenicientas que atravesaban el salón de clases para echarse a poner debajo del tinajero. Su madre era entonces una mujer triste y hermética. Se sentaba al atardecer a recibir el viento acabado de filtrar en los cafetales, y decía: «Manaure es el pueblo más bello del mundo»; y luego, volviéndose hacia él, viéndolo crecer sordamente en el chinchorro: «Cuando estés grande te darás cuenta de eso.» Pero no se dio cuenta de nada. No se dio cuenta a los 15 años, siendo ya demasiado grande para su edad, rebosante de esa salud insolente y atolondrada que da la ociosidad. Hasta cuando cumplió los 20 años su vida no fue nada esencialmente distinta de unos cambios de posición en el chinchorro. Pero para esa época su madre, obligada por el reumatismo, abandonó la escuela que había atendido durante 18 años, de manera que se fueron a vivir a una casa de dos cuartos con un patio enorme, donde criaron gallinas de patas cenicientas como las que atravesaban el salón de clases.

El cuidado de las gallinas fue su primer contacto con la realidad. Y había sido el único hasta el mes de julio, en que su madre pensó en la jubilación y consideró que ya el hijo tenía suficiente sagacidad para gestionarla. Él colaboró de manera eficaz en la preparación de los documentos, y hasta tuvo el tacto necesario para convencer al párroco de que alterara en seis años la partida de bautismo de su madre, que aún no tenía edad para la jubilación. El jueves recibió las últimas instrucciones escrupulosamente pormenorizadas por la experiencia pedagógica de su madre, e inició el viaje hasta la ciudad con doce pesos, una muda de ropa, el legajo de documentos y una idea enteramente rudimentaria de la palabra «jubilación», que él interpretaba en bruto como una determinada cantidad de dinero que debía entregarle el gobierno para poner una cría de cerdos.

Adormilado en el corredor del hotel, entorpecido por el bochorno, no se había detenido a pensar en la gravedad de su situación. Suponía que el percance quedaría resuelto al día siguiente con el regreso del tren, de suerte que ahora su única preocupación era esperar el domingo para reanudar el viaje y no acordarse jamás de ese pueblo donde hacía un calor insoportable. Un poco antes de las cuatro cayó en un sueño incómodo y pegajoso, pensando, mientras dormía, que era una lástima no haber traído el chinchorro. Entonces fue cuando se dio cuenta de que había olvidado en el tren el envoltorio de la ropa y los documentos de la jubilación. Despertó abruptamente, sobresaltado, pensando en su madre y otra vez acorralado por el pánico.

Cuando rodó el asiento hasta la sala se habían encendido las luces del pueblo. No conocía el alumbrado eléctrico, de manera que experimentó una fuerte impresión al ver las bombillas pobres y manchadas del hotel. Luego recordó que su madre le había hablado de eso y siguió rodando el asiento hasta el comedor, tratando de evitar los moscardones que se estrellaban como proyectiles en los espejos. Comió sin apetito, ofuscado por la clara evidencia de su situación, por el calor intenso, por la amargura de aquella soledad que padecía por primera vez en su vida. Después de las nueve fue conducido al fondo de la casa, a un cuarto de madera empapelado con periódicos y revistas. A la medianoche se hallaba sumergido en un sueño pantanoso y febril, mientras a cinco cuadras de allí el padre Antonio Isabel del Santísimo Sacramento del Altar, tendido boca arriba en su catre, pensaba que las experiencias de esa noche reforzaban el sermón que tenía preparado para las siete de la mañana. El padre reposaba con sus largos y ajustados pantaloncillos de sarga, entre el denso rumor de los zancudos. Un poco antes de las doce había atravesado el pueblo para administrar la extremaunción a una mujer y se sentía exaltado y nervioso, de manera que puso los elementos sacramentales junto al catre y se acostó a repasar el sermón. Permaneció así varias horas, tendido boca arriba en el catre hasta cuando oyó el horario remoto de un alcaraván en la madrugada. Entonces trató de levantarse, se incorporó penosamente y pisó la campanilla y se fue de bruces contra el suelo áspero y sólido de la habitación.

Apenas se dio cuenta de sí mismo cuando experimentó la sensación tenebrante que le subió por el costado. En ese momento tuvo conciencia de su peso total: juntos el peso de su cuerpo, de sus culpas y de su edad. Sintió contra la mejilla la solidez del suelo pedregoso que tantas veces, al preparar sus sermones, le había servido para formarse una idea precisa del camino que conduce al infierno. «Cristo», murmuró asustado, pensando: «Seguro que nunca más podré ponerme en pie.»

No supo cuánto tiempo permaneció postrado en el suelo, sin pensar en nada, sin acordarse siquiera de implorar una buena muerte. Fue como si, en realidad, hubiera estado muerto por un instante. Pero cuando recobró el conocimiento ya no sentía dolor ni espanto. Vio la raya lívida debajo de la puerta; oyó, remoto y triste, el clamor de los gallos, y se dio cuenta de que estaba vivo y de que recordaba perfectamente las palabras del sermón.

Cuando descorrió la tranca de la puerta estaba amaneciendo. Había dejado de sentir dolor y hasta le parecía que el golpe lo había descargado de su ancianidad. Toda la bondad, los extravíos y los padecimientos del pueblo penetraron hasta su corazón cuando tragó la primera bocanada de aquel aire que era una humedad azul llena de gallos. Luego miró en torno suyo, como para reconciliarse con la soledad, y vio a la tranquila penumbra del amanecer, uno dos, tres pájaros muertos en el corredor.

Durante nueve minutos contempló los tres cadáveres, pensando, de acuerdo con el sermón previsto, que aquella muerte colectiva de los pájaros necesitaba una expiación. Luego caminó hasta el otro extremo del corredor, recogió los tres pájaros muertos y regresó a la tinaja y la destapó y uno tras otro echó los pájaros en el agua verde y dormida sin conocer exactamente el objetivo de aquella acción. «Tres y tres hacen media docena en una semana», pensó, y un prodigioso relámpago de lucidez le indicó que había empezado a padecer el gran día de su vida.

A las siete había empezado el calor. En el hotel, el único comensal aguardaba el desayuno. La muchacha del gramófono no se había levantado aún. La propietaria se acercó y en ese instante parecía como si estuvieran sonando dentro de su vientre abultado las siete campanadas del reloj.

—Siempre fue que lo dejó el tren —dijo con un acento de tardía conmiseración. Y luego trajo el desayuno: café con leche, un huevo frito y tajadas de plátano verde.

Él trató de comer, pero no sentía hambre. Se sentía alarmado de que hubiera empezado el calor. Sudaba a chorros. Se asfixiaba. Había dormido mal, con la ropa puesta, y ahora tenía un poco de fiebre. Sentía otra vez el pánico y se acordaba de su madre, en el instante en que la propietaria se acercó a recoger los platos, radiante dentro de su traje nuevo de grandes flores verdes. El traje de la propietaria le hizo recordar que era domingo.

—¿Hay misa? —le preguntó.

—Sí hay —dijo la mujer—. Pero es como si no hubiera porque no va casi nadie. Es que no han querido mandar un padre nuevo.

—¿Y qué pasa con el de ahora?

—Que tiene como cien años y está medio chiflado —dijo la mujer, y permaneció inmóvil, pensativa, con todos los platos en una mano.

Luego dijo:

—El otro día juró en el púlpito que había visto al diablo y desde entonces casi nadie volvió a la misa.

De manera que fue a la iglesia, en parte por su desesperación y en parte por la curiosidad de conocer a una persona de cien años. Advirtió que era un pueblo muerto, con calles interminables y polvorientas y sombrías casas de madera con techos de zinc, que parecían deshabitadas. Eso era el pueblo en domingo: calles sin hierba, casas con alambreras y un cielo profundo y maravilloso sobre un calor asfixiante. Pensó que no había ahí ninguna señal que permitiera distinguir el domingo de otro día cualquiera, y mientras caminaba por la calle desierta se acordó de su madre: «Todas las calles de todos los pueblos conducen inexorablemente a la iglesia o al cementerio.» En este instante desembocó en una pequeña plaza empedrada con un edificio de cal con una torre y un gallo de madera en la cúspide y un reloj parado en las cuatro y diez.

Sin apresurarse atravesó la plaza, subió por los tres escalones del atrio e inmediatamente sintió el olor del envejecido sudor humano revuelto con el olor del incienso, y penetró en la tibia penumbra de la iglesia casi vacía.

El padre Antonio Isabel del Santísimo Sacramento del Altar acababa de subir al púlpito. Iba a iniciar el sermón cuando vio entrar a un muchacho con el sombrero puesto. Lo vio examinar con sus grandes ojos serenos y transparentes el templo casi vacío. Lo vio sentarse en el último escaño, la cabeza ladeada y las manos sobre las rodillas. Se dio cuenta de que era un forastero. Tenía más de 20 años de estar en el pueblo y habría podido reconocer a cualquiera de sus habitantes por el olor. Por eso sabía que el muchacho que acababa de llegar era un forastero. En una mirada breve e intensa observó que era un ser taciturno y un poco triste y que tenía la ropa sucia y arrugada. «Es como si tuviera mucho tiempo de estar durmiendo con ella», pensó, con un sentimiento que era una mescolanza de repugnancia y piedad. Pero después, viéndolo en el escaño, sintió que su alma desbordaba gratitud y se dispuso a pronunciar para él el gran sermón de su vida. «Cristo –pensaba mientras tanto–, permite que recuerde el sombrero para que no tenga que echarlo del templo.» Y comenzó el sermón.

Al principio habló sin darse cuenta de sus palabras. Ni siquiera se escuchaba a sí mismo. Oía apenas la melodía indefinida y suelta que fluía de un manantial dormido en su alma desde el principio del mundo. Tenía la confusa certidumbre de que las palabras estaban brotando precisas, oportunas, exactas, en el orden y la ocasión previstos.

Sentía que un vapor caliente le presionaba las entrañas. Pero sabía también que su espíritu estaba limpio de vanidad y que la sensación de placer que le embargaba los sentidos no era soberbia, ni rebeldía, ni vanidad, sino el puro regocijo de su espíritu en Nuestro Señor.

En su alcoba, la señora Rebeca se sentía desfallecer, comprendiendo que dentro de un momento el calor se volvería imposible. Si no se hubiera sentido arraigada al pueblo por un oscuro temor a la novedad, habría metido sus cachivaches en un baúl con naftalina y se hubiera ido a rodar por el mundo, como lo hizo su bisabuelo, según le habían contado. Pero íntimamente sabía que estaba destinada a morir en el pueblo, entre aquellos interminables corredores y las nueve alcobas cuyas alambreras, pensaba, haría reemplazar por vidrios erizados, cuando cesara el calor. De manera que se quedaría allí, decidió (y ésa era una decisión que tomaba siempre que ordenaba la ropa en el armario), y decidió también escribirle a «mi ilustrísimo primo» para que mandara un padre joven y poder asistir de nuevo a la iglesia con su sombrero de minúsculas flores de terciopelo y oír otra vez una misa ordenada y sermones sensatos y edificantes. «Mañana es lunes», pensó, empezando a pensar de una vez en el encabezamiento de la carta para el obispo (encabezamiento que el coronel Buendía habría calificado de frívolo e irrespetuoso) cuando Argénida abrió bruscamente la puerta alambrada y exclamó:

—Señora, dicen que el padre se volvió loco en el púlpito.

La viuda volvió hacia la puerta un rostro otoñal y amargo, enteramente suyo.

—Hace por lo menos cinco años que está loco —dijo. Y siguió aplicada a la clasificación de su ropa, diciendo—: Debe ser que volvió a ver al diablo.

—Ahora no fue el diablo —dijo Argénida.

–¿Y entonces a quién? –preguntó la señora Rebeca, estirada, indiferente.

–Ahora dice que vio al Judío Errante.

La viuda sintió que se le crispaba la piel. Un tropel de revueltas ideas entre las cuales no podía diferenciar sus alambreras rotas, el calor, los pájaros muertos y la peste, pasó por su cabeza al escuchar esas palabras que no recordaba desde las tardes de su infancia remota: «El Judío Errante.» Y entonces comenzó a moverse, lívida, helada, hacia donde Argénida la contemplaba con la boca abierta.

–Es verdad –dijo, con una voz que se le subió de las entrañas–. Ahora me explico por qué se están muriendo los pájaros.

Impulsada por el terror, se tocó con una negra mantilla bordada y atravesó como una exhalación el largo corredor y la sala recargada de objetos decorativos y la puerta de la calle y las dos cuadras que la separaban de la iglesia, en donde el padre Antonio Isabel del Santísimo Sacramento del Altar, transfigurado, decía: «...Os juro que lo vi. Os juro que se atravesó en mi camino esta madrugada, cuando regresaba de administrar los santos óleos a la mujer de Jonás, el carpintero. Os juro que tenía el rostro embetunado con la maldición del Señor y que dejaba a su paso una huella de ceniza ardiente.»

La palabra quedó trunca, flotando en el aire. Se dio cuenta de que no podía contener el temblor de las manos, de que todo su cuerpo temblaba y que por su columna vertebral descendía lentamente un hilo de sudor helado. Se sentía mal, sintiendo el temblor y sintiendo la sed y una fuerte torcedura en las tripas y un rumor que resonó como la profunda nota de un órgano en sus entrañas. Entonces se dio cuenta de la verdad.

Vio que había gente en la iglesia y que por la nave central avanzaba la señora Rebeca, patética, espectacular, con los brazos abiertos y el rostro amargo y frío vuelto hacia las alturas. Confusamente comprendió lo que estaba ocurriendo y hasta tuvo la lucidez suficiente para comprender que habría sido vanidad creer que estaba patrocinando un milagro. Humildemente apoyó las manos temblorosas en el borde de madera y reanudó el discurso.

–Entonces caminó hacia mí –dijo. Y esta vez escuchó su propia voz convincente, apasionada–. Caminó hacia mí y tenía los ojos de esmeralda y la áspera pelambre y el olor de un macho cabrío. Y yo levanté la mano para recriminarlo en el nombre de Nuestro Señor, y le dije: «Detente. Nunca ha sido el domingo buen día para sacrificar un cordero.»

Cuando terminó había empezado el calor. Ese calor intenso, sólido y abrasante de aquel agosto inolvidable. Pero el padre Antonio Isabel ya no se daba cuenta del calor. Sabía que ahí, a sus espaldas, estaba el pueblo otra vez postrado, sobrecogido por el sermón, pero ni siquiera se alegraba de eso. Ni siquiera se alegraba con la perspectiva inmediata de que el vino le aliviara la garganta estragada. Se sentía incómodo y desadaptado. Se sentía aturdido y no pudo concentrarse en el momento supremo del sacrificio. Desde hacía algún tiempo le ocurría lo mismo, pero ahora fue una distracción diferente porque su pensamiento estaba colmado por una inquietud definida. Por primera vez en su vida conoció entonces la soberbia. Y tal como lo había imaginado y definido en sus sermones, sintió que la soberbia era un apremio igual a la sed. Cerró con energía el tabernáculo, y dijo:

–Pitágoras.

El acólito, un niño de cabeza rapada y lustrosa, ahijado del padre Antonio Isabel y a quien éste había puesto nombre, se acercó al altar.

–Recoge la limosna –dijo el sacerdote.

El niño pestañeó, dio una vuelta completa y luego dijo con una voz casi imperceptible:

–No sé dónde está el platillo.

Era cierto. Hacía meses que no se recogía la limosna.

–Entonces busca una bolsa grande en la sacristía y recoge lo más que puedas –dijo el padre.

–¿Y qué digo? –dijo el muchacho.

El padre contempló pensativo el cráneo pelado y azul, las articulaciones pronunciadas. Ahora fue él quien pestañeó:

–Di que es para desterrar al Judío Errante –dijo y sintió que al decirlo soportaba un gran peso en su corazón. Por un instante no escuchó nada más que el chisporroteo de los cirios en el templo silencioso, y su propia respiración excitada y difícil. Luego, poniendo la mano en el hombro del acólito que lo miraba con los redondos ojos espantados, dijo:

–Después coges la plata y se la llevas al muchacho que estaba solo al principio, y le dices que ahí le manda el padre para que se compre un sombrero nuevo.

[1962]

Rosas artificiales

OVIÉNDOSE a tientas en la penumbra del amanecer, Mina se puso el vestido sin mangas que la noche anterior había colgado junto a la cama, y revolvió el baúl en busca de las mangas postizas. Las buscó después en los clavos de las paredes y detrás de las puertas, procurando no hacer ruido para no despertar a la abuela ciega que dormía en el mismo cuarto. Pero cuando se acostumbró a la oscuridad, se dio cuenta de que la abuela se había levantado y fue a la cocina a preguntarle por las mangas.

–Están en el baño –dijo la ciega–. Las lavé ayer tarde.

Allí estaban, colgadas de un alambre con dos prendedores de madera. Todavía estaban húmedas. Mina volvió a la cocina y extendió las mangas sobre las piedras de la hornilla. Frente a ella, la ciega revolvía el café, fijas las pupilas muertas en el reborde de ladrillos del corredor, donde había una hilera de tiestos con hierbas medicinales.

–No vuelvas a coger mis cosas –dijo Mina–. En estos días no se puede contar con el sol.

La ciega movió el rostro hacia la voz.

–Se me había olvidado que era el primer viernes –dijo.

Después de comprobar con una aspiración profunda que ya estaba el café, retiró la olla del fogón.

–Pon un papel debajo, porque esas piedras están sucias –dijo.

Mina restregó el índice contra las piedras de la hornilla. Estaban sucias, pero de una costra de hollín apelmazado que no ensuciaría las mangas si no se frotaban contra las piedras.

–Si se ensucian tú eres la responsable –dijo.

La ciega se había servido una taza de café.

–Tienes rabia –dijo, rodando un asiento hacia el corredor–. Es sacrilegio comulgar cuando se tiene rabia –se sentó a tomar el café frente a las rosas del patio. Cuando sonó el tercer toque para misa, Mina retiró las mangas de la hornilla, y todavía estaban húmedas. Pero se las puso. El padre Ángel no le daría la comunión con un vestido de hombros descubiertos. No se lavó la cara. Se quitó con una toalla los restos del colorete, recogió en el cuarto el libro de oraciones y la mantilla, y salió a la calle. Un cuarto de hora después estaba de regreso.

–Vas a llegar después del evangelio –dijo la ciega, sentada frente a las rosas del patio.

Mina pasó directamente hacia el excusado.

–No puedo ir a misa –dijo–. Las mangas están mojadas y toda mi ropa sin planchar –se sintió perseguida por una mirada clarividente.

–Primer viernes y no vas a misa –dijo la ciega.

De vuelta del excusado, Mina se sirvió una taza de café y se sentó contra el quicio de cal, junto a la ciega. Pero no pudo tomar el café.

–Tú tienes la culpa –murmuró, con un rencor sordo, sintiendo que se ahogaba en lágrimas.

–Estás llorando –exclamó la ciega.

Puso el tarro de regar junto a las macetas de orégano y salió al patio, repitiendo:

–Estás llorando.

Mina puso la taza en el suelo antes de incorporarse.

–Lloro de rabia –dijo. Y agregó al pasar junto a la abuela–: Tienes que confesarte, porque me hiciste perder la comunión del primer viernes.

La ciega permaneció inmóvil esperando que Mina cerrara la puerta del dormitorio. Luego caminó hacia el extremo del corredor. Se inclinó, tanteando, hasta encontrar en el suelo la taza intacta. Mientras vertía el café en la olla de barro, siguió diciendo:

–Dios sabe que tengo la conciencia tranquila.

La madre de Mina salió del dormitorio.

–¿Con quién hablas? –preguntó.

–Con nadie –dijo la ciega–. Ya te he dicho que me estoy volviendo loca.

Encerrada en su cuarto, Mina se desabotonó el corpiño y sacó tres llavecitas que llevaba prendidas con un alfiler de nodriza. Con una de las llaves abrió la gaveta inferior del armario y extrajo un baúl de madera en miniatura. Lo abrió con la otra llave. Adentro había un paquete de cartas en papeles de color, atadas con una cinta elástica. Se las guardó en el corpiño, puso el baulito en su puesto y volvió a cerrar la gaveta con llave. Después fue al excusado y echó las cartas en el fondo.

–Te hacía en misa –le dijo la madre.

–No pudo ir –intervino la ciega–. Se me olvidó que era el primer viernes y lavé las mangas ayer tarde.

–Todavía están húmedas –murmuró Mina.

–Ha tenido que trabajar mucho en estos días –dijo la ciega.

–Son ciento cincuenta docenas de rosas que tengo que entregar en la Pascua –dijo Mina.

El sol calentó temprano. Antes de las siete Mina instaló en la sala su taller de rosas artificiales: una cesta llena de pétalos y alambres, un cajón de papel elástico, dos pares de tijeras, un rollo de hilo y un frasco de goma. Un momento después llegó Trinidad, con su caja de cartón bajo el brazo, a preguntarle por qué no había ido a misa.

—No tenía mangas —dijo Mina.

—Cualquiera hubiera podido prestártelas —dijo Trinidad.

Rodó una silla para sentarse junto al canasto de pétalos.

—Se me hizo tarde —dijo Mina.

Terminó una rosa. Después acercó el canasto para rizar pétalos con las tijeras. Trinidad puso la caja de cartón en el suelo e intervino en la labor.

Mina observó la caja.

—¿Compraste zapatos? —preguntó.

—Son ratones muertos —dijo Trinidad.

Como Trinidad era experta en el rizado de pétalos, Mina se dedicó a fabricar tallos de alambre forrados en papel verde. Trabajaron en silencio sin advertir el sol que avanzaba en la sala decorada con cuadros idílicos y fotografías familiares. Cuando terminó los tallos, Mina volvió hacia Trinidad un rostro que parecía acabado en algo inmaterial. Trinidad rizaba con admirable pulcritud, moviendo apenas la punta de los dedos, las piernas muy juntas. Mina observó sus zapatos masculinos. Trinidad eludió la mirada, sin levantar la cabeza, apenas arrastrando los pies hacia atrás e interrumpió el trabajo.

—¿Qué pasó?

Mina se inclinó hacia ella.

—Que se fue —dijo.

Trinidad soltó las tijeras en el regazo.

—No.

—Se fue —repitió Mina.

Trinidad la miró sin parpadear. Una arruga vertical dividió sus cejas encontradas.

—¿Y ahora? —preguntó.

Mina respondió sin temblor en la voz.

—Ahora, nada.

Trinidad se despidió antes de las diez.

Liberada del peso de su intimidad, Mina la retuvo un momento, para echar los ratones muertos en el excusado. La ciega estaba podando el rosal.

—A que no sabes qué llevo en esta caja —le dijo Mina al pasar.

Hizo sonar los ratones.

La ciega puso atención.

—Muévela otra vez —dijo.

Mina repitió el movimiento, pero la ciega no pudo identificar los objetos, después de escuchar por tercera vez con el índice apoyado en el lóbulo de la oreja.

—Son los ratones que cayeron anoche en las trampas de la iglesia —dijo Mina.

Al regreso pasó junto a la ciega sin hablar. Pero la ciega la siguió. Cuando llegó a la sala, Mina estaba sola junto a la ventana cerrada, terminando las rosas artificiales.

—Mina —dijo la ciega—. Si quieres ser feliz, no te confieses con extraños.

Mina la miró sin hablar. La ciega ocupó la silla frente a ella e intentó intervenir en el trabajo. Pero Mina se lo impidió.

—Estás nerviosa —dijo la ciega.

—Por tu culpa —dijo Mina.

—¿Por qué no fuiste a misa? —preguntó la ciega.

—Tú lo sabes mejor que nadie.

—Si hubiera sido por las mangas no te hubieras tomado el trabajo de salir de la casa —dijo la ciega—. En el camino te esperaba alguien que te ocasionó una contrariedad.

Mina pasó las manos frente a los ojos de la abuela, como limpiando un cristal invisible.

—Eres adivina —dijo.

—Has ido al excusado dos veces esta mañana —dijo la ciega—. Nunca vas más de una vez.

Mina siguió haciendo rosas.

—¿Serías capaz de mostrarme lo que guardas en la gaveta del armario? —preguntó la ciega.

Sin apresurarse, Mina clavó la rosa en el marco de la ventana, se sacó las tres llavecitas del corpiño y se las puso a la ciega en la mano. Ella misma le cerró los dedos.

—Anda a verlo con tus propios ojos —dijo.

La ciega examinó las llavecitas con las puntas de los dedos.

—Mis ojos no puede ver en el fondo del excusado.

Mina levantó la cabeza y entonces experimentó una sensación diferente: sintió que la ciega sabía que la estaba mirando.

—Tírate al fondo del excusado si te interesan tanto mis cosas —dijo.

La ciega evadió la interrupción.

—Siempre escribes en la cama hasta la madrugada —dijo.

—Tú misma apagas la luz —dijo Mina.

—Y en seguida tú enciendes la linterna de mano —dijo la ciega—. Por tu respiración podría decirte entonces lo que estás escribiendo.

Mina hizo un esfuerzo para no alterarse.

—Bueno —dijo sin levantar la cabeza—. Y suponiendo que así sea: ¿Qué tiene eso de particular?

—Nada —respondió la ciega—. Sólo que te hizo perder la comunión del primer viernes.

Mina recogió con las dos manos el rollo de hilo, las tijeras, y un puñado de tallos y rosas sin terminar. Puso todo dentro de la canasta y encaró a la ciega.

—¿Quieres entonces que te diga qué fui a hacer al excusado?

–preguntó. Las dos permanecieron en suspenso, hasta cuando Mina respondió a su propia pregunta–: Fui a cagar.

La ciega tiró en el canasto las tres llavecitas.

–Sería una buena excusa –murmuró, dirigiéndose a la cocina–. Me habrías convencido si no fuera la primera vez en tu vida que te oigo decir una vulgaridad.

La madre de Mina venía por el corredor en sentido contrario, cargada de ramos espinosos.

–¿Qué es lo que pasa? –preguntó.

–Que estoy loca –dijo la ciega–. Pero por lo visto no piensan mandarme para el manicomio mientras no empiece a tirar piedras.

[1962]

Los funerales de la Mamá Grande

Esta es, incrédulos del mundo entero, la verídica historia de la Mamá Grande, soberana absoluta del reino de Macondo, que vivió en función de dominio durante 92 años y murió en olor de santidad un martes de septiembre pasado, y a cuyos funerales vino el Sumo Pontífice.

Ahora que la nación sacudida en sus entrañas ha recobrado el equilibrio; ahora que los gaiteros de San Jacinto, los contrabandistas de la Guajira, los arroceros del Sinú, las prostitutas de Guacamayal, los hechiceros de la Sierpe y los bananeros de Aracataca han colgado sus toldos para restablecerse de la extenuante vigilia, y que han recuperado la serenidad y vuelto a tomar posesión de sus estados el presidente de la República y sus ministros y todos aquéllos que representaron al poder público y a las potencias sobrenaturales en la más espléndida ocasión funeraria que registren los anales históricos; ahora que el Sumo Pontífice ha subido a los cielos en cuerpo y alma, y que es imposible transitar en Macondo a causa de las botellas vacías, las colillas de cigarrillos, los huesos roídos, las latas y trapos y excrementos que dejó la muchedumbre que vino al entierro, ahora es la hora de recostar un taburete a la puerta de la calle y empezar a contar desde el principio los pormenores de esta conmoción nacional, antes de que tengan tiempo de llegar los historiadores.

Hace catorce semanas, después de interminables noches de cataplasmas, sinapismos y ventosas, demolida por la delirante agonía, la Mamá Grande ordenó que la sentaran en su viejo mecedor de bejuco para expresar su última voluntad. Era el único requisito que le hacía falta para morir. Aquella mañana, por intermedio del padre Antonio Isabel, había arreglado los negocios de su alma, y sólo le faltaba arreglar los de sus arcas con los nueve sobrinos, sus herederos universales, que velaban en torno al lecho. El párroco, hablando solo y a punto de cumplir cien años, permanecía en el cuarto. Se habían necesitado diez hombres para subirlo hasta la alcoba de la Mamá Grande, y se había decidido que allí permaneciera para no tener que bajarlo y volverlo a subir en el minuto final.

Nicanor, el sobrino mayor, titánico y montaraz, vestido de caqui, botas con espuelas y un revólver calibre 38, cañón largo, ajustado bajo la camisa, fue en busca del notario. La enorme mansión de dos plantas, olorosa a melaza y a orégano, con sus oscuros aposentos atiborrados de arcones y cachivaches de cuatro generaciones convertidas en polvo, se había paralizado desde la semana anterior a la expectativa de aquel momento. En el profundo corredor central, con garfios en las paredes donde en otro tiempo se colgaron cerdos desollados y se desangraban venados en los soñolientos domingos de agosto, los peones dormían amontonados sobre sacos de sal y útiles de labranza, esperando la orden de ensillar las bestias para divulgar la mala noticia en el ámbito de la hacienda desmedida. El resto de la familia estaba en la sala. Las mujeres lívidas, desangradas por la herencia y la vigilia, guardaban un luto cerrado que era una suma de incontables lutos superpuestos. La rigidez matriarcal de la Mamá Grande había cercado su fortuna y su apellido con una alambrada sacramental, dentro de la cual los tíos se casaban con las hijas de las sobrinas, y los primos con las tías, y los hermanos con las cuñadas, hasta formar una intrincada maraña de consanguinidad que convirtió la procreación en un círculo vicioso. Sólo Magdalena, la menor de las sobrinas, logró escapar al cerco; aterrorizada por las alucinaciones se hizo exorcizar por el padre Antonio Isabel, se rapó la cabeza y renunció a las glorias y vanidades del mundo en el noviciado de la prefectura apostólica. Al margen de la familia oficial, y en el ejercicio del derecho de pernada, los varones habían fecundado hatos, veredas y caseríos con toda una descendencia bastarda, que circulaba entre la servidumbre sin apellidos a título de ahijados, dependientes, favoritos y protegidos de la Mamá Grande.

La inminencia de la muerte removió la extenuante expectativa. La voz de la moribunda, acostumbrada al homenaje y a la obediencia, no fue más sonora que un bajo de órgano en la pieza cerrada, pero resonó en los más apartados rincones de la hacienda. Nadie era indiferente a esa muerte. Durante el presente siglo, la Mamá Grande había sido el centro de gravedad de Macondo, como sus hermanos, sus padres y los padres de sus padres lo fueron en el pasado, en una hegemonía que colmaba dos siglos. La aldea se fundó alrededor de su apellido. Nadie conocía el origen, ni los límites, ni el valor real del patrimonio, pero todo el mundo se había acostumbrado a creer que la Mamá Grande era dueña de las aguas corrientes y estancadas, llovidas y por llover, y de los caminos vecinales, los postes del telégrafo, los años bisiestos y el calor, y que tenía además un derecho heredado sobre vidas y haciendas. Cuando se sentaba a tomar el fresco de la tarde en el balcón de su casa, con todo el peso de sus vísceras y su autoridad aplastado en su viejo mecedor de bejuco, parecía en verdad infinitamente rica y poderosa, la matrona más rica y poderosa del mundo.

A nadie se le había ocurrido pensar que la Mamá Grande fuera mortal, salvo a los miembros de su tribu, y a ella misma, aguijoneada por las premoniciones seniles del padre Antonio Isabel. Pero ella confiaba en que viviría más de 100 años, como su abuela materna, que en la guerra de 1875 se enfrentó a una patrulla del coronel Aureliano Buendía, atrincherada en la cocina de la hacienda. Sólo en abril de este año comprendió la Mamá Grande que Dios no le concedería el privilegio de liquidar personalmente, en franca refriega, a una horda de masones federalistas.

En la primera semana de dolores el médico de la familia la entretuvo con cataplasmas de mostaza y calcetines de lana. Era un médico hereditario, laureado en Montpellier, contrario por convicción filosófica a los progresos de su ciencia, a quien la Mamá Grande había concedido la prebenda de que se impidiera en Macondo el establecimiento de otros médicos. En un tiempo recorría el pueblo a caballo, visitando los lúgubres enfermos del atardecer, y la naturaleza le concedió el privilegio de ser padre de numerosos hijos ajenos. Pero la artritis le anquilosó en un chinchorro, y terminó por atender a sus pacientes sin visitarlos, por medio de suposiciones, correveidiles y recados. Requerido por la Mamá Grande atravesó la plaza en pijama, apoyado en dos bastones, y se instaló en la alcoba de la enferma. Sólo cuando comprendió que la Mamá Grande agonizaba, hizo llevar un arca con pomos de porcelana marcados en latín y durante tres semanas embadurnó a la moribunda por dentro y por fuera con toda suerte de emplastos académicos, julepes magníficos y supositorios magistrales. Después le aplicó sapos ahumados en el sitio del dolor y sanguijuelas en los riñones, hasta la madrugada de ese día en que tuvo que enfrentarse a la disyuntiva de hacerla sangrar por el barbero o exorcizar por el padre Antonio Isabel. Nicanor mandó a buscar al párroco. Sus diez hombres mejores lo llevaron desde la casa cural hasta el dormitorio de la Mamá Grande, sentado en su crujiente mecedor de mimbre bajo el mohoso palio de las grandes ocasiones. La campanilla del viático en el tibio amanecer de septiembre fue la primera notificación a los habitantes de Macondo. Cuando salió el sol, la placita frente a la casa de la Mamá Grande parecía una feria rural.

Era como el recuerdo de otra época. Hasta cuando cumplió los 70, la Mamá Grande celebró su cumpleaños con las ferias más prolongadas y tumultuosas de que se tenga memoria. Se ponían damajuanas de aguardiente a disposición del pueblo, se sacrificaban reses en la plaza pública, y una banda de músicos instalada sobre una mesa tocaba sin tregua durante tres días. Bajo los almendros polvorientos donde la primera semana del siglo acamparon las legiones del coronel Aureliano Buendía, se ponían ventas de masato, bollos, morcillas, chicharrones, empanadas, butifarras, caribañolas, pandeyuca, almojábanas, buñuelos, arepuelas, hojaldres, longanizas, mondongos, cocadas, guarapo, entre todo género de menudencias, chucherías, baratijas y cacharros, y peleas de gallos y juegos de lotería. En medio de la confusión de la muchedumbre alborotada, se vendían estampas y escapularios con la imagen de la Mamá Grande.

Las festividades comenzaban la antevíspera y terminaban el día del cumpleaños, con un estruendo de fuegos artificiales y un baile familiar en la casa de la Mamá Grande. Los selectos invitados y los miembros legítimos de la familia, generosamente servidos por la bastardía, bailaban al compás de la vieja pianola equipada con rollos de moda. La Mamá Grande presidía la fiesta desde el fondo del salón, en una poltrona con almohadas de lino, impartiendo discretas instrucciones con su diestra adornada de anillos en todos los dedos. A veces en complicidad con los enamorados, pero casi siempre aconsejada por su propia inspiración, aquella noche concertaba los matrimonios del año entrante. Para clausurar el jubileo, la Mamá Grande salía al balcón adornado con diademas y faroles de papel, y arrojaba monedas a la muchedumbre.

Aquella tradición se había interrumpido, en parte por los duelos sucesivos de la familia, y en parte por la incertidumbre política de los últimos tiempos. Las nuevas generaciones no asistieron sino de oídas a aquellas manifestaciones de esplendor. No alcanzaron a ver a la Mamá Grande en la misa, abanicada por algún miembro de la autoridad civil, disfrutando del privilegio de no arrodillarse ni en el instante de la elevación para no estropear su saya de volantes holandeses y sus almidonados pollerines de holán. Los ancianos recordaban como una alucinación de la juventud los doscientos metros de esteras que se tendieron desde la casa solariega hasta el altar mayor, la tarde en que María del Rosario Castañeda y Montero asistió a los funerales de su padre y regresó por la calle esterada investida de su nueva y radiante dignidad, a los 22 años convertida en la Mamá Grande. Aquella visión medieval pertenecía entonces no sólo al pasado de la familia sino al pasado de la nación. Cada vez más imprecisa y remota, visible apenas en su balcón sofocado entonces por los geranios en las tardes de calor, la Mamá Grande se esfumaba en su propia leyenda. Su autoridad se ejercía a través de Nicanor. Existía la promesa tácita, formulada por la tradición, de que el día en que la Mamá Grande lacrara su testamento, los herederos decretarían tres noches de jolgorios públicos. Pero se sabía asimismo que ella había decidido no expresar su voluntad última hasta pocas horas antes de morir, y nadie pensaba seriamente en la posibilidad de que la Mamá Grande fuera mortal. Sólo esa madrugada, despertados por los cencerros del viático, los habitantes de Macondo se convencieron de que la Mamá Grande no sólo era mortal, sino que se estaba muriendo.

Su hora era llegada, en su cama de lienzo, embadurnada de áloes hasta las orejas, bajo la marquesina de polvorienta espumilla, apenas se adivinaba la vida en la tenue respiración de sus tetas matriarcales. La Mamá Grande, que hasta los cincuenta años rechazó a los más apasionados pretendientes, y que fue dotada por la naturaleza para amamantar ella sola a toda su especie, agonizaba virgen y sin hijos. En el momento de la extremaunción, el padre Antonio Isabel tuvo que pedir ayuda para aplicarle los óleos en la palma de las manos, pues desde el principio de su agonía la Mamá Grande tenía los puños cerrados. De nada valió el concurso de las sobrinas. En el forcejeo, por primera vez en una semana, la moribunda apretó contra su pecho la mano constelada de piedras preciosas y fijó en las sobrinas su mirada sin color, diciendo: «Salteadoras.» Luego vio al padre Antonio Isabel en indumentaria litúrgica y al monaguillo con los instrumentos sacramentales, y murmuró con una convicción apacible: «Me estoy muriendo.» Entonces se quitó el anillo con el diamante mayor y se lo dio a Magdalena, la novicia, a quien correspondía por ser la heredera menor. Aquél era el final de una tradición: Magdalena había renunciado a su herencia en favor de la Iglesia.

Al amanecer, la Mamá Grande pidió que la dejaran a solas con Nicanor para impartir sus últimas instrucciones. Durante media hora, con perfecto dominio de sus facultades, se informó de la marcha de los negocios. Hizo formulaciones especiales sobre el destino de su cadáver, y se ocupó por último de las velaciones. «Tienes que estar con los ojos abiertos», dijo. «Guarda bajo llave todas las cosas de valor, pues mucha gente no viene a los velorios sino a robar.» Un momento después, a solas con el párroco, hizo una confesión dispendiosa, sincera y detallada, y comulgó más tarde en presencia de los sobrinos. Entonces fue cuando pidió que la sentaran en el mecedor de bejuco para expresar su última voluntad.

Nicanor había preparado, en veinticuatro folios escritos con letra muy clara, una escrupulosa relación de sus bienes. Respirando apaciblemente, con el médico y el padre Antonio Isabel por testigos, la Mamá Grande dictó al notario la lista de sus propiedades, fuente suprema y única de su grandeza y autoridad. Reducido a sus proporciones reales, el patrimonio físico se reducía a tres encomiendas adjudicadas por cédula real durante la Colonia, y que con el transcurso del tiempo, en virtud de intrincados matrimonios de conveniencia, se habían acumulado bajo el dominio de la Mamá Grande. En ese territorio ocioso, sin límites definidos, que abarcaba cinco municipios y en el cual no se sembró nunca un solo grano por cuenta de los propietarios, vivían a título de arrendatarias 352 familias. Todos los años, en vísperas de su onomástico, la Mamá Grande ejercía el único acto de dominio que había impedido el regreso de las tierras al Estado: el cobro de los arrendamientos. Sentada en el corredor interior de su casa, ella recibía personalmente el pago del derecho de habitar en sus tierras, como durante más de un siglo lo recibieron sus antepasados de los antepasados de los arrendatarios. Pasados los tres días de la recolección, el patio estaba atiborrado de cerdos, pavos y gallinas, y de los diezmos y primicias sobre los frutos de la tierra que se depositaban allí en calidad de regalo. En realidad, ésa era la única cosecha que jamás recogió la familia de un territorio muerto desde sus orígenes, calculado a primera vista en 100.000 hectáreas. Pero las circunstancias históricas habían dispuesto que dentro de esos límites crecieran y prosperaran las seis poblaciones del distrito de Macondo, incluso la cabecera del municipio, de manera que todo el que habitara una casa no tenía más derecho de propiedad del que le correspondía sobre los materiales, pues la tierra pertenecía a la Mamá Grande y a ella se pagaba el alquiler, como tenía que pagarlo el gobierno por el uso que los ciudadanos hacían de las calles.

En los alrededores de los caseríos merodeaba un número nunca contado y menos atendido de animales herrados en los cuartos traseros con la forma de un candado. Ese hierro hereditario que más por el desorden que por la cantidad se había hecho familiar en remotos departamentos donde llegaban en verano, muertas de sed, las reses desperdigadas, era uno de los más sólidos soportes de la leyenda. Por razones que nadie se había detenido a explicar, las extensas caballerizas de la casa se habían vaciado progresivamente desde la última guerra civil, y en los últimos tiempos se habían instalado en ellas trapiches de caña, corrales de ordeño, y una piladora de arroz.

Aparte de lo enumerado, se hacía constar en el testamento la existencia de tres vasijas de morrocotas enterradas en algún lugar de la casa durante la guerra de Independencia, que no habían sido halladas en periódicas y laboriosas excavaciones. Con el derecho de continuar la explotación de la tierra arrendada y a percibir los diezmos y primicias y toda clase de dádivas extraordinarias, los herederos recibían un plano levantado de generación en generación, y por cada generación perfeccionado, que facilitaba el hallazgo del tesoro enterrado.

La Mamá Grande necesitó tres horas para enumerar sus asuntos terrenales. En la sofocación de la alcoba, la voz de la moribunda parecía dignificar en su sitio cada cosa numerada. Cuando estampó su firma balbuciente, y debajo estamparon la suya los testigos, un temblor secreto sacudió el corazón de las muchedumbres que empezaban a concentrarse frente a la casa, a la sombra de los almendros polvorientos.

Sólo faltaba entonces la enumeración minuciosa de los bienes morales. Haciendo un esfuerzo supremo –el mismo que hicieron sus antepasados antes de morir para asegurar el predominio de su especie– la Mamá Grande se irguió sobre sus nalgas monumentales, y con voz dominante y sincera, abandonada a su memoria, dictó al notario la lista de su patrimonio invisible:

La riqueza del subsuelo, las aguas territoriales, los colores de la bandera, la soberanía nacional, los partidos tradicionales, los derechos del hombre, las libertades ciudadanas, el primer magistrado, la segunda instancia, el tercer debate, las cartas de recomendación, las constancias históricas, las elecciones libres, las reinas de belleza, los discursos trascendentales, las grandiosas manifestaciones, las distinguidas señoritas, los correctos caballeros, los pundonorosos militares, su señoría ilustrísima, la corte suprema de justicia, los artículos de prohibida importación, las damas liberales, el problema de la carne, la pureza del lenguaje, los ejemplos para el mundo, el orden jurídico, la prensa libre pero responsable, la Atenas sudamericana, la opinión pública, las elecciones democráticas, la moral cristiana, la escasez de divisas, el derecho de asilo, el peligro comunista, la nave del Estado, la carestía de la vida, las tradiciones republicanas, las clases desfavorecidas, los mensajes de adhesión.

No alcanzó a terminar. La laboriosa enumeración tronchó su último vahaje. Ahogándose en el mare mágnum de fórmulas abstractas que durante dos siglos constituyeron la justificación moral del poderío de la familia, la Mamá Grande emitió un sonoro eructo y expiró.

Los habitantes de la capital remota y sombría vieron esa tarde el retrato de una mujer de veinte años en la primera página de las ediciones extraordinarias, y pensaron que era una nueva reina de belleza. La Mamá Grande vivía otra vez la momentánea juventud de su fotografía, ampliada a cuatro columnas y con retoques urgentes, su abundante cabellera recogida a lo alto del cráneo con un peine de marfil, y una diadema sobre la gola de encajes. Aquella imagen, captada por un fotógrafo ambulante que pasó por Macondo a principios de siglo y archivada por los periódicos durante muchos años en la división de personajes desconocidos, estaba destinada a perdurar en la memoria de las generaciones futuras. En los autobuses decrépitos, en los ascensores de los ministerios, en los lúgubres salones de té forrados de pálidas colgaduras, se susurró con veneración y respeto de la autoridad muerta en su distrito de calor y malaria, cuyo nombre se ignoraba en el resto del país hacía pocas horas, antes de ser consagrado por la palabra impresa. Una llovizna menuda cubría de recelo y de verdín a los transeúntes. Las campanas de todas las iglesias tocaban a muerto. El presidente de la República, sorprendido por la noticia cuando se dirigía al acto de graduación de los nuevos cadetes, sugirió al ministro de la Guerra, en una nota escrita de su puño y letra en el revés del telegrama, que concluyera su discurso con un minuto de silencio en homenaje a la Mamá Grande.

El orden social había sido rozado por la muerte. El propio presidente de la República, a quien los sentimientos urbanos llegaban como a través de un filtro de purificación, alcanzó a percibir desde su automóvil en una visión instantánea pero hasta un cierto punto brutal, la silenciosa consternación de la ciudad. Sólo permanecían abiertos algunos cafetines de mala muerte, y la catedral metropolitana, dispuesta para nueve días de honras fúnebres. En el Capitolio Nacional, donde los mendigos envueltos en papeles dormían al amparo de columnas dóricas y taciturnas estatuas de presidentes muertos, las luces del Congreso estaban encendidas. Cuando el primer mandatario entró a su despacho, conmovido por la visión de la capital enlutada, sus ministros lo esperaban vestidos de tafetán funerario, de pie, más solemnes y pálidos que de costumbre.

Los acontecimientos de aquella noche y las siguientes serían más tarde definidos como una lección histórica. No sólo por el espíritu cristiano que inspiró a los más elevados personeros del poder público, sino por la abnegación con que se conciliaron intereses disímiles y criterios contrapuestos, en el propósito común de enterrar un cadáver ilustre. Durante muchos años la Mamá Grande había garantizado la paz social y la concordia política de su imperio, en virtud de los tres baúles de cédulas electorales falsas que formaban parte de su patrimonio secreto. Los varones de la servidumbre, sus protegidos y arrendatarios, mayores y menores de edad, ejercitaban no sólo su propio derecho de sufragio, sino también el de los electores muertos en un siglo. Ella era la prioridad del poder tradicional sobre la autoridad transitoria, el predominio de la clase sobre la plebe, la trascendencia de la sabiduría divina sobre la improvisación mortal. En tiempos pacíficos, su voluntad hegemónica acordaba y desacordaba canonjías, prebendas y sinecuras, y velaba por el bienestar de los asociados así tuviera para lograrlo que recurrir a la trapisonda o al fraude electoral. En tiempos tormentosos, la Mamá Grande contribuyó en secreto para armar a sus partidarios, y socorrió en público a sus víctimas. Aquel celo patriótico la acreditaba para los más altos honores.

El presidente de la República no había tenido necesidad de recurrir a sus consejeros para medir el peso de su responsabilidad. Entre la sala de audiencias de Palacio y el patiecito adoquinado que sirvió de cochera a los virreyes, mediaba un jardín interior de cipreses oscuros donde un fraile portugués se ahorcó por amor en las postrimerías de la Colonia. A pesar de su ruidoso aparato de oficiales condecorados, el presidente no podía reprimir un ligero temblor de incertidumbre cuando pasaba por ese lugar después del crepúsculo. Pero aquella noche, el estremecimiento tuvo la fuerza de una premonición. Entonces adquirió plena conciencia de su destino histórico, y decretó nueve días de duelo nacional, y honores póstumos a la Mamá Grande en la categoría de heroína muerta por la patria en el campo de batalla. Como lo expresó en la dramática alocución que aquella madrugada dirigió a sus compatriotas a través de la cadena nacional de radio y televisión, el primer magistrado de la nación confiaba en que los funerales de la Mamá Grande constituyeran un nuevo ejemplo para el mundo.

Tan altos propósitos debían tropezar sin embargo con graves inconvenientes. La estructura jurídica del país, construida por remotos ascendientes de la Mamá Grande, no estaba preparada para acontecimientos como los que empezaban a producirse. Sabios doctores de la ley, probados alquimistas del derecho ahondaron en hermenéuticas y silogismos, en busca de la fórmula que permitiera al presidente de la República asistir a los funerales. Se vivieron días de sobresalto en las altas esferas de la política, el clero y las finanzas. En el vasto hemiciclo del Congreso, enrarecido por un siglo de legislación abstracta, entre óleos de próceres nacionales y bustos de pensadores griegos, la evocación de la Mamá Grande alcanzó proporciones insospechables, mientras su cadáver se llenaba de burbujas en el duro septiembre de Macondo. Por primera vez se habló de ella y se la concibió sin su mecedor de bejuco, sus sopores a las dos de la tarde y sus cataplasmas de mostaza, y se la vio pura y sin edad, destilada por la leyenda.

Horas interminables se llenaron de palabras, palabras, palabras que repercutían en el ámbito de la República, aprestigiadas por los altavoces de la letra impresa. Hasta que alguien dotado de sentido de la realidad en aquella asamblea de jurisconsultos asépticos, interrumpió el blablablá histórico para recordar que el cadáver de la Mamá Grande esperaba la decisión a 40 grados a la sombra. Nadie se inmutó frente a aquella irrupción del sentido común en la atmósfera pura de la ley escrita. Se impartieron órdenes para que fuera embalsamado el cadáver, mientras se encontraban fórmulas, se conciliaban pareceres o se hacían enmiendas constitucionales que permitieran al presidente de la República asistir al entierro.

Tanto se había parlado, que los parloteos traspusieron las fronteras, traspasaron el océano y atravesaron como un presentimiento por las habitaciones pontificias de Castelgandolfo. Repuesto de la modorra del ferragosto reciente, el Sumo Pontífice estaba en la ventana, viendo en el lago sumergirse los buzos que buscaban la cabeza de la doncella decapitada. En las últimas semanas los periódicos de la tarde no se habían ocupado de otra cosa, y el Sumo Pontífice no podía ser indiferente a un enigma planteado a tan corta distancia de su residencia de verano. Pero aquella tarde, en una sustitución imprevista, los periódicos cambiaron las fotografías de las posibles víctimas, por la de una sola mujer de veinte años, señalada con una blonda de luto. «La Mamá Grande», exclamó el Sumo Pontífice, reconociendo al instante el borroso daguerrotipo que muchos años antes le había sido ofrendado con ocasión de su ascenso a la silla de San Pedro. «La Mamá Grande», exclamaron a coro en sus habitaciones privadas los miembros del Colegio Cardenalicio, y por tercera vez en veinte siglos hubo una hora de desconciertos, sofoquines y correndillas en el imperio sin límites de la cristiandad, hasta que el Sumo Pontífice estuvo instalado en su larga góndola negra, rumbo a los fantásticos y remotos funerales de la Mamá Grande.

Detrás quedaron los luminosos sembrados de melocotones, la Via Apia Antica con tibias actrices de cine dorándose en las terrazas sin todavía tener noticias de la conmoción, y después el sombrío promontorio de Castelsantangelo en el horizonte del Tíber. Al crepúsculo, los profundos dobles de la basílica de San Pedro se entreveraron con los bronces cuarteados de Macondo. Desde su toldo sofocante, a través de los caños intrincados y las ciénagas sigilosas que marcaban el límite del Imperio Romano y los hatos de la Mamá Grande, el Sumo Pontífice oyó toda la noche la bullaranga de los monos alborotados por el paso de las muchedumbres. En su itinerario nocturno la canoa pontificia se había ido llenando de costales de yuca, racimos de plátanos verdes y huacales de gallinas, y de hombres y mujeres que abandonaban sus ocupaciones habituales para tentar fortuna con cosas de vender en los funerales de la Mamá Grande. Su Santidad padeció esa noche, por primera vez en la historia de la Iglesia, la fiebre de la vigilia y el tormento de los zancudos. Pero el prodigioso amanecer sobre los dominios de la Gran Vieja, la visión primigenia del reino de la balsamina y de la iguana, borraron de su memoria los padecimientos del viaje y lo compensaron del sacrificio.

Nicanor había sido despertado por tres golpes en la puerta que anunciaban el arribo inminente de Su Santidad. La muerte había tomado posesión de la casa. Inspirados por sucesivas y apremiantes alocuciones presidenciales, por las febriles controversias de los parlamentarios que habían perdido la voz y continuaban entendiéndose por medio de signos convencionales, hombres y congregaciones de todo el mundo se desentendieron de sus asuntos y colmaron con su presencia los oscuros corredores, los atiborrados pasadizos, las asfixiantes buhardas, y quienes llegaron con retardo se treparon y acomodaron del mejor modo en barbacanas, palenques, atalayas, maderámenes y matacanes. En el salón central, momificándose en espera de las grandes decisiones, yacía el cadáver de la Mamá Grande, bajo un estremecido promontorio de telegramas. Extenuados por las lágrimas, los nueve sobrinos velaban el cuerpo en un éxtasis de vigilancia recíproca.

Aún debió el universo prolongar el acecho durante muchos días. En el salón del concejo municipal, acondicionado con cuatro taburetes de cuero, una tinaja de agua filtrada y una hamaca de lampazo, el Sumo Pontífice padeció un insomnio sudoroso, entreteniéndose con la lectura de memoriales y disposiciones administrativas en las dilatadas noches sofocantes. Durante el día, repartía caramelos italianos a los niños que se acercaban a verlo por la ventana, y almorzaba bajo la pérgola de astromelias con el padre Antonio Isabel, y ocasionalmente con Nicanor. Así vivió semanas interminables y meses alargados por la expectativa y el calor, hasta que Pastor Pastrana se plantó con su redoblante en el centro de la plaza y leyó el bando de la decisión. Se declaraba turbado el orden público, tarrataplán, y el presidente de la República, tarrataplán, disponía de las facultades extraordinarias, tarrataplán, que le permitían asistir a los funerales de la Mamá Grande, tarrataplán, rataplán, plan, plan.

El gran día era venido. En las calles congestionadas de ruletas, fritangas y mesas de lotería, y hombres con culebras enrolladas en el cuello que pregonaban el bálsamo definitivo para curar la erisipela y asegurar la vida eterna; en la placita abigarrada donde las muchedumbres habían colgado sus toldos y desenrollado sus petates, apuestos ballesteros despejaron el paso a la autoridad. Allí estaban, en espera del momento supremo, las lavanderas del San Jorge, los pescadores de perla del Cabo de la Vela, los atarrayeros de Ciénaga, los camaroneros de Tasajera, los brujos de la Mojana, los salineros de Manaure, los acordeoneros de Valledupar, los chalanes de Ayapel, los papayeros de San Pelayo, los mamadores de gallo de La Cueva, los improvisadores de las sabanas de Bolívar, los camajanes de Rebolo, los bogas del Magdalena, los tinterillos de Mompox, además de los que se enumeran al principio de esta crónica, y muchos otros. Hasta los veteranos del coronel Aureliano Buendía –el duque de Marlborough a la cabeza, con su atuendo de pieles y uñas y dientes de tigre– se sobrepusieron a su rencor centenario por la Mamá Grande y los de su especie, y vinieron a los funerales, para solicitar del presidente de la República el pago de las pensiones de guerra que esperaban desde hacía sesenta años.

Poco antes de las once, la muchedumbre delirante que se asfixiaba al sol, contenida por una élite imperturbable de guerreros uniformados de dormanes guarnecidos y espumosos morriones, lanzó un poderoso rugido de júbilo. Dignos, solemnes en sus sacolevas y chisteras, el presidente de la República y sus ministros, las comisiones del parlamento, la corte suprema de justicia, el consejo de Estado, los partidos tradicionales y el clero, y los representantes de la banca, el comercio y la industria, hicieron su aparición por la esquina de la telegrafía. Calvo y rechoncho, el anciano y enfermo presidente de la República desfiló frente a los ojos atónitos de las muchedumbres que lo habían investido sin conocerlo y que sólo ahora podían dar un testimonio verídico de su existencia. Entre los arzobispos extenuados por la gravedad de su ministerio y los militares de robusto tórax acorazado de insignias, el primer magistrado de la nación transpiraba el hálito inconfundible del poder.

En segundo término, en un sereno transcurso de crespones luctuosos, desfilaban las reinas nacionales de todas las cosas habidas y por haber. Por primera vez desprovistas del esplendor terrenal, allí pasaron, precedidas de la reina universal, la reina del mango de hilacha, la reina de la auyama verde, la reina del guineo manzano, la reina de la yuca harinosa, la reina de la guayaba perulera, la reina del coco de agua, la reina del fríjol de cabecita negra, la reina de 426 kilómetros de sartales de huevos de iguana, y todas las que se omiten por no hacer interminables estas crónicas.

En su féretro con vueltas de púrpura, separada de la realidad por ocho torniquetes de cobre, la Mamá Grande estaba entonces demasiado embebida en su eternidad de formaldehído para darse cuenta de la magnitud de su grandeza. Todo el esplendor con que ella había soñado en el balcón de su casa durante las vigilias del calor, se cumplió con aquellas cuarenta y ocho gloriosas en que todos los símbolos de la época rindieron homenaje a su memoria. El propio Sumo Pontífice, a quien ella imaginó en sus delirios suspendido en una carroza resplandeciente sobre los jardines del Vaticano, se sobrepuso al calor con un abanico de palma trenzada y honró con su dignidad suprema los funerales más grandes del mundo.

Obnubilado por el espectáculo del poder, el populacho no determinó el ávido aleteo que ocurrió en el caballete de la casa cuando se impuso el acuerdo en la disputa de los ilustres, y se sacó el catafalco a la calle en hombros de los más ilustres. Nadie vio la vigilante sombra de gallinazos que siguió al cortejo por las ardientes callecitas de Macondo, ni reparó que al paso de los ilustres éstas se iban cubriendo de un pestilente rastro de desperdicios. Nadie advirtió que los sobrinos, ahijados, sirvientes y protegidos de la Mamá Grande cerraron las puertas tan pronto como sacaron el cadáver, y desmontaron las puertas, desenclavaron las tablas y desenterraron los cimientos para repartirse la casa. Lo único que para nadie pasó inadvertido en el fragor de aquel entierro, fue el estruendoso suspiro de descanso que exhalaron las muchedumbres cuando se cumplieron los catorce días de plegarias, exaltaciones y ditirambos, y la tumba fue sellada con una plataforma de plomo. Algunos de los allí presentes dispusieron de la suficiente clarividencia para comprender que estaban asistiendo al nacimiento de una nueva época. Ahora podía el Sumo Pontífice subir al cielo en cuerpo y alma, cumplida su misión en la tierra, y podía el presidente de la República sentarse a gobernar según su buen criterio, y podían las reinas de todo lo habido y por haber casarse y ser felices y engendrar y parir muchos hijos, y podían las muchedumbres colgar sus toldos según su leal modo de saber y entender en los desmesurados dominios de la Mamá Grande, porque la única que podía oponerse a ello y tenía suficiente poder para hacerlo había empezado a pudrirse bajo una plataforma de plomo. Sólo faltaba entonces que alguien recostara un taburete en la puerta para contar esta historia, lección y escarmiento de las generaciones futuras, y que ninguno de los incrédulos del mundo se quedara sin conocer la noticia de la Mamá Grande, que mañana miércoles vendrán los barrenderos y barrerán la basura de sus funerales, por todos los siglos de los siglos.

[1962]

La increíble y triste historia de la cándida Eréndira y de su abuela desalmada

1972

Un señor muy viejo con unas alas enormes

AL TERCER día de lluvia habían matado tantos cangrejos dentro de la casa, que Pelayo tuvo que atravesar su patio anegado para tirarlos en el mar, pues el niño recién nacido había pasado la noche con calenturas y se pensaba que era a causa de la pestilencia. El mundo estaba triste desde el martes. El cielo y el mar eran una misma cosa de ceniza, y las arenas de la playa, que en marzo fulguraban como polvo de lumbre, se habían convertido en un caldo de lodo y mariscos podridos. La luz era tan mansa al mediodía, que cuando Pelayo regresaba a la casa después de haber tirado los cangrejos, le costó trabajo ver qué era lo que se movía y se quejaba en el fondo del patio. Tuvo que acercarse mucho para descubrir que era un hombre viejo, que estaba tumbado boca abajo en el lodazal, y a pesar de sus grandes esfuerzos no podía levantarse, porque se lo impedían sus enormes alas.

Asustado por aquella pesadilla, Pelayo corrió en busca de Elisenda, su mujer, que estaba poniéndole compresas al niño enfermo, y la llevó hasta el fondo del patio. Ambos observaron el cuerpo caído con un callado estupor. Estaba vestido como un trapero. Le quedaban apenas unas hilachas descoloridas en el cráneo pelado y muy pocos dientes en la boca, y su lastimosa condición de bisabuelo ensopado lo había desprovisto de toda grandeza. Sus alas de gallinazo grande, sucias y medio desplumadas, estaban encalladas para siempre en el lodazal. Tanto lo observaron, y con tanta atención, que Pelayo y Elisenda se sobrepusieron muy pronto del asombro y acabaron por encontrarlo familiar. Entonces se atrevieron a hablarle, y él les contestó en un dialecto incomprensible pero con una voz de navegante. Fue así como pasaron por alto el inconveniente de las alas, y concluyeron con muy buen juicio que era un náufrago solitario de alguna nave extranjera abatida por el temporal. Sin embargo, llamaron para que lo viera a una vecina que sabía todas las cosas de la vida y la muerte, y a ella le bastó con una mirada para sacarlos del error.

—Es un ángel —les dijo—. Seguro que venía por el niño, pero el pobre está tan viejo que lo ha tumbado la lluvia.

Al día siguiente todo el mundo sabía que en casa de Pelayo tenían cautivo un ángel de carne y hueso. Contra el criterio de la vecina sabia, para quien los ángeles de estos tiempos eran sobrevivientes fugitivos de una conspiración celestial, no habían tenido corazón para matarlo a palos. Pelayo estuvo vigilándolo toda la tarde desde la cocina, armado con su garrote de alguacil, y antes de acostarse lo sacó a rastras del lodazal y lo encerró con las gallinas en el gallinero alambrado. A medianoche, cuando terminó la lluvia, Pelayo y Elisenda seguían matando cangrejos. Poco después el niño despertó sin fiebre y con deseos de comer. Entonces se sintieron magnánimos y decidieron poner al ángel en una balsa con agua dulce y provisiones para tres días, y abandonarlo a su suerte en altamar. Pero cuando salieron al patio con las primeras luces, encontraron a todo el vecindario frente al gallinero, retozando con el ángel sin la menor devoción y echándole cosas de comer por los huecos de las alambradas, como si no fuera una criatura sobrenatural sino un animal de circo.

El padre Gonzaga llegó antes de las siete alarmado por la desproporción de la noticia. A esa hora ya habían acudido curiosos menos frívolos que los del amanecer, y habían hecho toda clase de conjeturas sobre el porvenir del cautivo. Los más simples pensaban que sería nombrado alcalde del mundo. Otros, de espíritu más áspero, suponían que sería ascendido a general de cinco estrellas para que ganara todas las guerras. Algunos visionarios esperaban que fuera conservado como semental para implantar en la tierra una estirpe de hombres alados y sabios que se hicieran cargo del universo. Pero el padre Gonzaga, antes de ser cura, había sido leñador macizo. Asomado a las alambradas repasó en un instante su catecismo, y todavía pidió que le abrieran la puerta para examinar de cerca aquel varón de lástima que más bien parecía una enorme gallina decrépita entre las gallinas absortas. Estaba echado en un rincón, secándose al sol las alas extendidas, entre las cáscaras de frutas y las sobras de desayunos que le habían tirado los madrugadores. Ajeno a las impertinencias del mundo, apenas si levantó sus ojos de anticuario y murmuró algo en su dialecto cuando el padre Gonzaga entró en el gallinero y le dio los buenos días en latín. El párroco tuvo la primera sospecha de su impostura al comprobar que no entendía la lengua de Dios ni sabía saludar a sus ministros. Luego observó que visto de cerca resultaba demasiado humano: tenía un insoportable olor de intemperie, el revés de las alas sembrado de algas parasitarias y las plumas mayores maltratadas por vientos terrestres, y nada de su naturaleza miserable estaba de acuerdo con la egregia dignidad de los ángeles. Entonces abandonó el gallinero, y con un breve sermón previno a los curiosos contra los riesgos de la ingenuidad. Les recordó que el demonio tenía la mala costumbre de recurrir a artificios de carnaval para confundir a los incautos. Argumentó que si las alas no eran el elemento esencial para determinar las diferencias entre un gavilán y un aeroplano, mucho menos podían serlo para reconocer a los ángeles. Sin embargo, prometió escribir una carta a su obispo, para que éste escribiera otra a su primado y para que éste escribiera otra al Sumo Pontífice, de modo que el veredicto final viniera de los tribunales más altos.

Su prudencia cayó en corazones estériles. La noticia del ángel cautivo se divulgó con tanta rapidez, que al cabo de pocas horas había en el patio un alboroto de mercado, y tuvieron que llevar la tropa con bayonetas para espantar el tumulto que ya estaba a punto de tumbar la casa. Elisenda, con el espinazo torcido de tanto barrer basura de feria, tuvo entonces la buena idea de tapiar el patio y cobrar cinco centavos por la entrada para ver al ángel.

Vinieron curiosos hasta de la Martinica. Vino una feria ambulante con un acróbata volador, que pasó zumbando varias veces por encima de la muchedumbre, pero nadie le hizo caso porque sus alas no eran de ángel sino de murciélago sideral. Vinieron en busca de salud los enfermos más desdichados del Caribe: una pobre mujer que desde niña estaba contando los latidos de su corazón y ya no le alcanzaban los números; un jamaiquino que no podía dormir porque lo atormentaba el ruido de las estrellas, un sonámbulo que se levantaba de noche a deshacer dormido las cosas que había hecho despierto, y muchos otros de menor gravedad. En medio de aquel desorden de naufragio que hacía temblar la tierra, Pelayo y Elisenda estaban felices de cansancio, porque en menos de una semana atiborraron de plata los dormitorios, y todavía la fila de peregrinos que esperaban turno para entrar llegaba hasta el otro lado del horizonte.

El ángel era el único que no participaba de su propio acontecimiento. El tiempo se le iba en buscar acomodo en su nido prestado, aturdido por el calor de infierno de las lámparas de aceite y las velas de sacrificio que le arrimaban a las alambradas. Al principio trataron de que comiera cristales de alcanfor, que, de acuerdo con la sabiduría de la vecina sabia, era el alimento específico de los ángeles. Pero él los despreciaba, como despreció sin probarlos los almuerzos papales que le llevaban los penitentes, y nunca se supo si fue por ángel o por viejo que terminó comiendo nada más que papillas de berenjena. Su única virtud sobrenatural parecía ser la paciencia. Sobre todo en los primeros tiempos, cuando lo picoteaban las gallinas en busca de los parásitos estelares que proliferaban en sus alas, y los baldados le arrancaban plumas para tocarse con ellas sus defectos, y hasta los más piadosos le tiraban piedras tratando de que se levantara para verlo de cuerpo entero. La única vez que consiguieron alterarlo fue cuando le abrasaron el costado con un hierro de marcar novillos, porque llevaba tantas horas de estar inmóvil que lo creyeron muerto. Despertó sobresaltado, despotricando en lengua hermética y con los ojos en lágrimas, y dio un par de aletazos que provocaron un remolino de estiércol de gallinero y polvo lunar, y un ventarrón de pánico que no parecía de este mundo. Aunque muchos creyeron que su reacción no había sido de rabia sino de dolor, desde entonces se cuidaron de no molestarlo, porque la mayoría entendió que su pasividad no era la de un héroe en uso de buen retiro sino la de un cataclismo en reposo.

El padre Gonzaga se enfrentó a la frivolidad de la muchedumbre con fórmulas de inspiración doméstica, mientras le llegaba un juicio terminante sobre la naturaleza del cautivo. Pero el correo de Roma había perdido la noción de la urgencia. El tiempo se les iba en averiguar si el convicto tenía ombligo, si su dialecto tenía algo que ver con el arameo, si podía caber muchas veces en la punta de un alfiler, o si no sería simplemente un noruego con alas. Aquellas cartas de parsimonia habrían ido y venido hasta el fin de los siglos, si un acontecimiento providencial no hubiera puesto término a las tribulaciones del párroco.

Sucedió que por esos días, entre muchas otras atracciones de las ferias errantes del Caribe, llevaron al pueblo el espectáculo triste de la mujer que se había convertido en araña por desobedecer a sus padres. La entrada para verla no sólo costaba menos que la entrada para ver al ángel, sino que permitían hacerle toda clase de preguntas sobre su absurda condición, y examinarla al derecho y al revés, de modo que nadie pusiera en duda la verdad del horror. Era una tarántula espantosa del tamaño de un carnero y con la cabeza de una doncella triste. Pero lo más desgarrador no era su figura de disparate, sino la sincera aflicción con que contaba los pormenores de su desgracia: siendo casi una niña se había escapado de la casa de sus padres para ir a un baile, y cuando regresaba por el bosque después de haber bailado toda la noche sin permiso, un trueno pavoroso abrió el cielo en dos mitades, y por aquella grieta salió el relámpago de azufre que la convirtió en araña. Su único alimento eran las bolitas de carne molida que las almas caritativas quisieran echarle en la boca. Semejante espectáculo, cargado de tanta verdad humana y de tan temible escarmiento, tenía que derrotar sin proponérselo al de un ángel despectivo que apenas si se dignaba mirar a los mortales. Además los escasos milagros que se le atribuían al ángel revelaban un cierto desorden mental, como el del ciego que no recobró la visión pero le salieron tres dientes nuevos, y el del paralítico que no pudo andar pero estuvo a punto de ganarse la lotería, y el del leproso a quien le nacieron girasoles en las heridas. Aquellos milagros de consolación que más bien parecían entretenimientos de burla, habían quebrantado ya la reputación del ángel cuando la mujer convertida en araña terminó de aniquilarla. Fue así como el padre Gonzaga se curó para siempre del insomnio, y el patio de Pelayo volvió a quedar tan solitario como en los tiempos en que llovió tres días y los cangrejos caminaban por los dormitorios.

Los dueños de la casa no tuvieron nada que lamentar. Con el dinero recaudado construyeron una mansión de dos plantas, con balcones y jardines, y con sardineles muy altos para que no se metieran los cangrejos del invierno, y con barras de hierro en las ventanas para que no se metieran los ángeles. Pelayo estableció además un criadero de conejos muy cerca del pueblo y renunció para siempre a su mal empleo de alguacil, y Elisenda se compró unas zapatillas satinadas de tacones altos y muchos vestidos de seda tornasol, de los que usaban las señoras más codiciadas en los domingos de aquellos tiempos. El gallinero fue lo único que no mereció atención. Si alguna vez lo lavaron con creolina y quemaron las lágrimas de mirra en su interior, no fue por hacerle honor al ángel, sino por conjurar la pestilencia de muladar que ya andaba como un fantasma por todas partes y estaba volviendo vieja la casa nueva. Al principio, cuando el niño aprendió a caminar, se cuidaron de que no estuviera muy cerca del gallinero. Pero luego se fueron olvidando del temor y acostumbrándose a la peste, y antes de que el niño mudara los dientes se había metido a jugar dentro del gallinero, cuyas alambradas podridas se caían a pedazos. El ángel no fue menos displicente con él que con el resto de los mortales, pero soportaba las infamias más ingeniosas con una mansedumbre de perro sin ilusiones. Ambos contrajeron la varicela al mismo tiempo. El médico que atendió al niño no resistió a la tentación de auscultar al ángel, y le encontró tantos soplos en el corazón y tantos ruidos en los riñones, que no le pareció posible que estuviera vivo. Lo que más le asombró, sin embargo, fue la lógica de sus alas. Resultaban tan naturales en aquel organismo completamente humano, que no podía entender por qué no las tenían también los otros hombres.

Cuando el niño fue a la escuela, hacía mucho tiempo que el sol y la lluvia habían desbaratado el gallinero. El ángel andaba arrastrándose por acá y por allá como un moribundo sin dueño. Lo sacaban a escobazos de un dormitorio y un momento después lo encontraban en la cocina. Parecía estar en tantos lugares al mismo tiempo, que llegaron a pensar que se desdoblaba, que se repetía a sí mismo por toda la casa, y la exasperada Elisenda gritaba fuera de quicio que era una desgracia vivir en aquel infierno lleno de ángeles. Apenas si podía comer, sus ojos de anticuario se le habían vuelto tan turbios que andaba tropezando con los horcones, y ya no le quedaban sino las cánulas peladas de las últimas plumas. Pelayo le echó encima una manta y le hizo la caridad de dejarlo dormir en el cobertizo, y sólo entonces advirtieron que pasaba la noche con calenturas delirantes en trabalenguas de noruego viejo. Fue ésa una de las pocas veces en que se alarmaron, porque pensaban que se iba a morir, y ni siquiera la vecina sabia había podido decirles qué se hacía con los ángeles muertos.

Sin embargo, no sólo sobrevivió a su peor invierno, sino que pareció mejor con los primeros soles. Se quedó inmóvil muchos días en el rincón más apartado del patio, donde nadie lo viera, y a principios de diciembre empezaron a nacerle en las alas unas plumas grandes y duras, plumas de pajarraco viejo, que más bien parecían un nuevo percance de la decrepitud. Pero él debía conocer la razón de esos cambios, porque se cuidaba muy bien de que nadie los notara, y de que nadie oyera las canciones de navegantes que a veces cantaba bajo las estrellas. Una mañana, Elisenda estaba cortando rebanadas de cebolla para el almuerzo, cuando un viento que parecía de alta mar se metió en la cocina. Entonces de asomó por la ventana, y sorprendió al ángel en las primeras tentativas de vuelo. Eran tan torpes, que abrió con las uñas un surco de arado en las hortalizas y estuvo a punto de desbaratar el cobertizo con aquellos aletazos indignos que resbalaban en la luz y no encontraban asidero en el aire. Pero logró ganar altura. Elisenda exhaló un suspiro de descanso, por ella y por él, cuando lo vio pasar por encima de las últimas casas, sustentándose de cualquier modo con un azaroso aleteo de buitre senil. Siguió viéndolo hasta cuando acabó de cortar la cebolla, y siguió viéndolo hasta cuando ya no era posible que lo pudiera ver, porque entonces ya no era un estorbo en su vida, sino un punto imaginario en el horizonte del mar.

[1968]

El mar del tiempo perdido

Hacia el final de enero el mar se iba volviendo áspero, empezaba a vaciar sobre el pueblo una basura espesa, y pocas semanas después todo estaba contaminado de su humor insoportable. Desde entonces el mundo no valía la pena, al menos hasta el otro diciembre, y nadie se quedaba despierto después de las ocho. Pero el año en que vino el señor Herbert el mar no se alteró, ni siquiera en febrero. Al contrario, se hizo cada vez más liso y fosforescente, y en las primeras noches de marzo exhaló una fragancia de rosas.

Tobías la sintió. Tenía la sangre dulce para los cangrejos y se pasaba la mayor parte de la noche espantándolos de la cama, hasta que volteaba la brisa y conseguía dormir. En sus largos insomnios había aprendido a distinguir todo cambio del aire. De modo que cuando sintió un olor de rosas no tuvo que abrir la puerta para saber que era un olor del mar.

Se levantó tarde. Clotilde estaba prendiendo fuego en el patio. La brisa era fresca y todas las estrellas estaban en su puesto, pero costaba trabajo contarlas hasta el horizonte a causa de las luces del mar. Después de tomar café, Tobías sintió un rastro de la noche en el paladar.

—Anoche —recordó— sucedió algo muy raro.

Clotilde, por supuesto, no lo había sentido. Dormía de un modo tan pesado que ni siquiera recordaba los sueños.

—Era un olor de rosas —dijo Tobías—, y estoy seguro que venía del mar.

—No sé a qué huelen las rosas —dijo Clotilde.

Tal vez fuera cierto. El pueblo era árido, con un suelo duro, cuarteado por el salitre, y sólo de vez en cuando alguien traía de otra parte un ramo de flores para tirarlo al mar en el sitio donde se echaban los muertos.

—Es el mismo olor que tenía el ahogado de Guacamayal —dijo Tobías.

—Bueno —sonrió Clotilde—, pues si era un buen olor, puedes estar seguro que no venía de este mar.

Era, en efecto, un mar cruel. En ciertas épocas, mientras las redes no arrastraban sino basura en suspensión, las calles del pueblo quedaban llenas de pescados muertos cuando se retiraba la marea. La dinamita sólo sacaba a flote los restos de antiguos naufragios.

Las escasas mujeres que quedaban en el pueblo, como Clotilde, se cocinaban en el rencor. Y como ella, la esposa del viejo Jacob, que aquella mañana se levantó más temprano que de costumbre, puso la casa en orden, y llegó al desayuno con una expresión de adversidad.

—Mi última voluntad —dijo a su esposo— es que me entierren viva.

Lo dijo como si estuviera en su lecho de agonizante, pero estaba sentada al extremo de la mesa, en un comedor con grandes ventanas por donde entraba a chorros y se metía por toda la casa la claridad de marzo. Frente a ella, apacentando su hambre reposada, estaba el viejo Jacob, un hombre que la quería tanto y desde hacía tanto tiempo, que ya no podía concebir ningún sufrimiento que no tuviera origen en su mujer.

LA INCREÍBLE Y TRISTE HISTORIA DE LA CÁNDIDA ERÉNDIRA...

—Quiero morirme con la seguridad de que me pondrán bajo tierra, como a la gente decente —prosiguió ella—. Y la única manera de saberlo es yéndome a otra parte a rogar la caridad de que me entierren viva.

—No tienes que rogárselo a nadie —dijo con mucha calma el viejo Jacob—. He de llevarte yo mismo.

—Entonces nos vamos —dijo ella—, porque voy a morirme muy pronto.

El viejo Jacob la examinó a fondo. Sólo sus ojos permanecían jóvenes. Los huesos se le habían hecho nudos en las articulaciones y tenía el mismo aspecto de tierra arrasada que al fin y al cabo había tenido siempre.

—Estás mejor que nunca —le dijo.

—Anoche —suspiró ella— sentí un olor de rosas.

—No te preocupes —la tranquilizó el viejo Jacob—. Ésas son cosas que nos suceden a los pobres.

—Nada de eso —dijo ella—. Siempre he rogado que se me anuncie la muerte con la debida anticipación, para morirme lejos de este mar. Un olor de rosas, en este pueblo, no puede ser sino un aviso de Dios.

Al viejo Jacob no se le ocurrió nada más que pedirle un poco de tiempo para arreglar las cosas. Había oído decir que la gente no se muere cuando debe, sino cuando quiere, y estaba seriamente preocupado por la premonición de su mujer. Hasta se preguntó si llegado el momento tendría valor para enterrarla viva.

A las nueve abrió el local donde hubo antes una tienda. Puso en la puerta dos sillas y una mesita con el tablero de damas, y estuvo toda la mañana jugando con adversarios ocasionales. Desde su puesto veía el pueblo en ruinas, las casas desportilladas con rastros de antiguos colores carcomidos por el sol, y un pedazo de mar al final de la calle.

Antes del almuerzo, como siempre, jugó con don Máximo Gómez. El viejo Jacob no podía imaginar un adversario más humano que un hombre que había sobrevivido intacto a dos guerras civiles y sólo había dejado un ojo en la tercera. Después de perder adrede una partida, lo retuvo para otra.

—Dígame una cosa, don Máximo —le preguntó entonces—: ¿Usted sería capaz de enterrar viva a su esposa?

—Seguro —dijo don Máximo Gómez—. Créame usted que no me temblaría la mano.

El viejo Jacob hizo un silencio asombrado. Luego, habiéndose dejado despojar de sus mejores fichas, suspiró:

—Es que según parece, Petra se va a morir.

Don Máximo Gómez no se inmutó. «En ese caso —dijo— no tiene necesidad de enterrarla viva.» Comió dos fichas y coronó una dama. Después fijó en su adversario un ojo humedecido por un agua triste.

—¿Qué le pasa?

—Anoche —explicó el viejo Jacob— sintió un olor de rosas.

—Entonces se va a morir medio pueblo —dijo don Máximo Gómez—. Esta mañana no se oyó hablar de otra cosa.

El viejo Jacob tuvo que hacer un grande esfuerzo para perder de nuevo sin ofenderlo. Guardó la mesa y las sillas, cerró la tienda, y anduvo por todas partes en busca de alguien que hubiera sentido el olor. Al final, sólo Tobías estaba seguro. De modo que le pidió el favor de pasar por su casa, como haciéndose el encontradizo, y de contarle todo a su mujer.

Tobías cumplió. A las cuatro, arreglado como para hacer una visita, apareció en el corredor donde la esposa había pasado la tarde componiéndole al viejo Jacob su ropa de viudo.

Hizo una entrada tan sigilosa que la mujer se sobresaltó.

—Dios Santo —exclamó—, creí que era el arcángel Gabriel.

—Pues fíjese que no —dijo Tobías—. Soy yo, y vengo a contarle una cosa.

Ella se acomodó los lentes y volvió al trabajo.

—Ya sé qué es —dijo.

—A que no —dijo Tobías.

—Que anoche sentiste un olor de rosas.

—¿Cómo lo supo? —preguntó Tobías, desolado.

—A mi edad —dijo la mujer— se tiene tanto tiempo para pensar, que uno termina por volverse adivino.

El viejo Jacob, que tenía la oreja puesta contra el tabique de la trastienda, se enderezó avergonzado.

—Cómo te parece, mujer —gritó a través del tabique. Dio la vuelta y apareció en el comedor—. Entonces no era lo que tú creías.

—Son mentiras de este muchacho —dijo ella sin levantar la cabeza—. No sintió nada.

—Fue como a las once —dijo Tobías—, y yo estaba espantando cangrejos.

La mujer terminó de remendar un cuello.

—Mentiras —insistió—. Todo el mundo sabe que eres un embustero —cortó el hilo con los dientes y miró a Tobías por encima de los anteojos—. Lo que no entiendo es que te hayas tomado el trabajo de untarte vaselina en el pelo, y de lustrar los zapatos, nada más que para venir a faltarme al respeto.

Desde entonces empezó Tobías a vigilar el mar. Colgaba la hamaca en el corredor del patio y se pasaba la noche esperando, asombrado de las cosas que ocurren en el mundo mientras la gente duerme. Durante muchas noches oyó el garrapateo desesperado de los cangrejos tratando de subirse por los horcones, hasta que pasaron tantas noches que se cansaron de insistir. Conoció el modo de dormir de Clotilde. Descubrió cómo sus ronquidos de flauta se fueron haciendo más agudos a medida que aumentaba el calor, hasta convertirse en una sola nota lánguida en el sopor de julio.

Al principio Tobías vigiló el mar como lo hacen quienes lo

conocen bien, con la mirada fija en un solo punto del horizonte. Lo vio cambiar de color. Lo vio apagarse y volverse espumoso y sucio, y lanzar sus eructos cargados de desperdicios cuando las grandes lluvias revolvieron su digestión tormentosa. Poco a poco fue aprendiendo a vigilarlo como lo hacen quienes lo conocen mejor, sin mirarlo siquiera pero sin poder olvidarlo ni siquiera en el sueño.

En agosto murió la esposa del viejo Jacob. Amaneció muerta en la cama y tuvieron que echarla como a todo el mundo en un mar sin flores. Tobías siguió esperando. Había esperado tanto, que aquello se convirtió en su manera de ser. Una noche, mientras dormitaba en la hamaca, se dio cuenta de que algo había cambiado en el aire. Fue una ráfaga intermitente, como en los tiempos en que el barco japonés vació a la entrada del puerto un cargamento de cebollas podridas. Luego el olor se consolidó y no volvió a moverse hasta el amanecer. Sólo cuando tuvo la impresión de que podía agarrarlo con las manos para mostrarlo, Tobías saltó de la hamaca y entró en el cuarto de Clotilde. La sacudió varias veces.

–Ahí está –le dijo.

Clotilde tuvo que apartar el olor con los dedos como una telaraña para poder incorporarse. Luego volvió a derrumbarse en el lienzo templado.

–Maldito sea –dijo.

Tobías dio un salto hasta la puerta, salió a la mitad de la calle y empezó a gritar. Gritó con todas sus fuerzas, respiró hondo y volvió a gritar, y luego hizo un silencio y respiró más hondo, y todavía el olor estaba en el mar. Pero nadie respondió. Entonces se fue golpeando de casa en casa, inclusive en las casas de nadie, hasta que su alboroto se enredó con el de los perros y despertó a todo el mundo.

Muchos no lo sintieron. Pero otros, y en especial los viejos, bajaron a gozarlo en la playa. Era una fragancia compacta que no dejaba resquicio para ningún olor del pasado. Algunos, agotados de tanto sentir, regresaron a casa. La mayoría se quedó a terminar el sueño en la playa. Al amanecer el olor era tan puro que daba lástima respirar.

Tobías durmió casi todo el día. Clotilde lo alcanzó en la siesta y pasaron la tarde retozando en la cama sin cerrar la puerta del patio. Hicieron primero como las lombrices, después como los conejos y por último como las tortugas, hasta que el mundo se puso triste y volvió a oscurecer. Todavía quedaban rastros de rosas en el aire. A veces llegaba hasta el cuarto una onda de música.

–Es donde Catarino –dijo Clotilde–. Debe haber venido alguien.

Habían venido tres hombres y una mujer. Catarino pensó que más tarde podían venir otros y trató de componer la ortofónica. Como no pudo, le pidió el favor a Pancho Aparecido, que hacía toda clase de cosas porque nunca tenía nada que hacer y además tenía una caja de herramientas y unas manos inteligentes.

La tienda de Catarino era una apartada casa de madera frente al mar. Tenía un salón grande con asientos y mesitas, y varios cuartos al fondo. Mientras observaban el trabajo de Pancho Aparecido, los tres hombres y la mujer bebían en silencio sentados en el mostrador, y bostezaban por turnos.

La ortofónica funcionó bien después de muchas pruebas.

Al oír la música, remota pero definida, la gente dejó de conversar. Se miraron unos a otros y por un momento no tuvieron nada que decir, porque sólo entonces se dieron cuenta de cuánto habían envejecido desde la última vez en que oyeron música.

Tobías encontró a todo el mundo despierto después de las nueve. Estaban sentados a la puerta, escuchando los viejos discos de Catarino, en la misma actitud de fatalismo pueril con que se contempla un eclipse. Cada disco les recordaba a alguien que había muerto, el sabor que tenían los alimentos después de una larga enfermedad, o algo que debían hacer al día siguiente, muchos años antes, y que nunca hicieron por olvido.

La música se acabó hacia las once. Muchos se acostaron, creyendo que iba a llover, porque había una nube oscura sobre el mar. Pero la nube bajó, estuvo flotando un rato en la superficie, y luego se hundió en el agua. Arriba sólo quedaron las estrellas. Poco después, la brisa del pueblo fue hasta el centro del mar y trajo de regreso una fragancia de rosas.

–Ya se lo dije, Jacob –exclamó don Máximo Gómez–. Aquí lo tenemos otra vez. Estoy seguro de que ahora lo sentiremos todas las noches.

–Ni Dios lo quiera –dijo el viejo Jacob–. Este olor es la única cosa en la vida que me ha llegado demasiado tarde.

Habían jugado a las damas en la tienda vacía sin prestar atención a los discos. Sus recuerdos eran tan antiguos, que no existían discos suficientemente viejos para removerlos.

–Yo, por mi parte, no creo mucho en nada de esto –dijo don Máximo Gómez–. Después de tantos años comiendo tierra, con tantas mujeres deseando un patiecito donde sembrar sus flores, no es raro que uno termine por sentir estas cosas, y hasta por creer que son ciertas.

–Pero lo estamos sintiendo con nuestras propias narices –dijo el viejo Jacob.

–No importa –dijo don Máximo Gómez–. Durante la guerra, cuando ya la revolución estaba perdida, habíamos deseado tanto un general, que vimos aparecer al duque de Marlborough, en carne y hueso. Yo lo vi con mis propios ojos, Jacob.

Eran más de las doce. Cuando quedó solo, el viejo Jacob cerró la tienda y llevó la luz al dormitorio. A través de la ventana, recordaba en la fosforescencia del mar, veía la roca desde donde botaban los muertos.

–Petra –llamó en voz baja.

Ella no pudo oírlo. En aquel momento navegaba casi a flor de agua en un mediodía radiante del golfo de Bengala. Había levantado la cabeza para ver a través del agua, como en una vidriera iluminada, un trasatlántico enorme. Pero no podía ver a su esposo, que en ese instante empezaba a oír de nuevo la ortofónica de Catarino, al otro lado del mundo.

–Date cuenta –dijo el viejo Jacob–. Hace apenas seis meses te creyeron loca, y ahora ellos mismos hacen fiesta con el olor que te causó la muerte.

Apagó la luz y se metió en la cama. Lloró despacio, con el llantito sin gracia de los viejos, pero muy pronto se quedó dormido.

–Me largaría de este pueblo si pudiera –sollozó entre sueños–. Me iría al puro carajo si por lo menos tuviera veinte pesos juntos.

Desde aquella noche, y por varias semanas, el olor permaneció en el mar. Impregnó la madera de las casas, los alimentos y el agua de beber, y ya no hubo dónde estar sin sentirlo. Muchos se asustaron de encontrarlo en el vapor de su propia cagada. Los hombres y la mujer que vinieron a la tienda de Catarino se fueron un viernes, pero regresaron al sábado con un tumulto. El domingo vinieron más. Hormiguearon por todas partes, buscando qué comer y dónde dormir, hasta que no se pudo caminar por la calle.

Vinieron más. Las mujeres que se habían ido cuando se murió el pueblo, volvieron a la tienda de Catarino. Estaban más gordas y más pintadas, y trajeron discos de moda que no le recordaban nada a nadie. Vinieron algunos de los antiguos habitantes del pueblo. Habían ido a pudrirse de plata en otra parte, y regresaban hablando de su fortuna, pero con la misma ropa que se llevaron puesta. Vinieron músicas y tómbolas, mesas de lotería, adivinas y pistoleros y hombres con una culebra enrollada en el cuello que vendían el elixir de la vida eterna. Siguieron viniendo durante varias semanas, aún después de que cayeron las primeras lluvias y el mar se volvió turbio y desapareció el olor.

Entre los últimos llegó un cura. Andaba por todas partes comiendo pan mojado en un tazón de café con leche, y poco a poco iba prohibiendo todo lo que le había precedido: los juegos de lotería, la música nueva y el modo de bailarla, y hasta la reciente costumbre de dormir en la playa. Una tarde, en casa de Melchor, pronunció un sermón sobre el olor del mar.

—Dad gracias al cielo, hijos míos —dijo—, porque éste es el olor de Dios.

Alguien lo interrumpió.

—Cómo puede saberlo, padre, si todavía no lo ha sentido.

—Las Sagradas Escrituras —dijo él— son explícitas respecto a este olor. Estamos en un pueblo elegido.

Tobías andaba como un sonámbulo, de un lado a otro, en medio de la fiesta. Llevó a Clotilde a conocer el dinero. Imaginaron que jugaban sumas enormes en la ruleta, y luego hicieron las cuentas y se sintieron inmensamente ricos con la plata que hubieran podido ganar. Pero una noche, no sólo ellos, sino la muchedumbre que ocupaba el pueblo, vieron mucho más dinero junto del que hubiera podido caberles en la imaginación.

Ésa fue la noche en que vino el señor Herbert. Apareció de pronto, puso una mesa en la mitad de la calle, y encima de la mesa dos grandes baúles llenos de billetes hasta los bordes. Había tanto dinero, que al principio nadie lo advirtió, porque no podían creer que fuera cierto. Pero como el señor Herbert se puso a tocar una campanilla, la gente terminó por creerle, y se acercó a escuchar.

—Soy el hombre más rico de la tierra —dijo—. Tengo tanto dinero que ya no encuentro dónde meterlo. Y como además tengo un corazón tan grande que ya no me cabe dentro del pecho, he tomado la determinación de recorrer el mundo resolviendo los problemas del género humano.

Era grande y colorado. Hablaba alto y sin pausas, y movía al mismo tiempo unas manos tibias y lánguidas que siempre parecían acabadas de afeitar. Habló durante un cuarto de hora, y descansó. Luego volvió a sacudir la campanilla y empezó a hablar de nuevo. A mitad del discurso, alguien agitó un sombrero entre la muchedumbre y lo interrumpió:

—Bueno, mister, no hable tanto y empiece a repartir la plata.

—Así no —replicó el señor Herbert—. Repartir el dinero, sin ton ni son, además de ser un método injusto, no tendría ningún sentido.

Localizó con la vista al que lo había interrumpido y le indicó que se acercara. La multitud le abrió paso.

—En cambio —prosiguió el señor Herbert—, este impaciente amigo nos va a permitir ahora que expliquemos el más equitativo sistema de distribución de la riqueza.

Extendió una mano y lo ayudó a subir.

—¿Cómo te llamas?

—Patricio.

—Muy bien, Patricio —dijo el señor Herbert—. Como todo el mundo, tú tienes desde hace tiempo un problema que no puedes resolver.

Patricio se quitó el sombrero y confirmó con la cabeza.

—¿Cuál es?

—Pues mi problema es ése —dijo Patricio—: que no tengo plata.

—¿Y cuánto necesitas?

—Cuarenta y ocho pesos.

El señor Herbert lanzó una exclamación de triunfo. «Cuarenta y ocho pesos», repitió. La multitud lo acompañó en un aplauso.

—Muy bien, Patricio —prosiguió el señor Herbert—. Ahora dinos una cosa: ¿qué sabes hacer?

–Muchas cosas.

–Decídete por una –dijo el señor Herbert–. La que hagas mejor.

–Bueno –dijo Patricio–. Sé hacer como los pájaros.

Otra vez aplaudiendo, el señor Herbert se dirigió a la multitud.

–Entonces, señoras y señores, nuestro amigo Patricio, que imita extraordinariamente bien a los pájaros, va a imitar a cuarenta y ocho pájaros diferentes, y a resolver en esa forma el gran problema de su vida.

En medio del silencio asombrado de la multitud, Patricio hizo entonces como los pájaros. A veces silbando, a veces con la garganta, hizo como todos los pájaros conocidos, y completó la cifra con otros que nadie logró identificar. Al final, el señor Herbert pidió un aplauso y le entregó cuarenta y ocho pesos.

–Y ahora –dijo– vayan pasando uno por uno. Hasta mañana a esta misma hora estoy aquí para resolver problemas.

El viejo Jacob estuvo enterado del revuelo por los comentarios de la gente que pasaba frente a su casa. A cada nueva noticia el corazón se le iba poniendo grande, cada vez más grande, hasta que lo sintió reventar.

–¿Qué opina usted de este gringo? –preguntó.

Don Máximo Gómez se encogió de hombros.

–Debe ser un filántropo.

–Si yo supiera hacer algo –dijo el viejo Jacob– ahora podría resolver mi problemita. Es cosa de poca monta: veinte pesos.

–Usted juega muy bien a las damas –dijo don Máximo Gómez.

El viejo Jacob no pareció prestarle atención. Pero cuando quedó solo, envolvió el tablero y la caja de fichas en un periódico y se fue a desafiar al señor Herbert. Esperó su turno hasta la medianoche. Por último, el señor Herbert hizo cargar los baúles, y se despidió hasta la mañana siguiente.

No fue a acostarse. Apareció en la tienda de Catarino, con los hombres que llevaban los baúles, y hasta allá lo persiguió la multitud con sus problemas. Poco a poco los fue resolviendo, y resolvió tantos que por fin sólo quedaron en la tienda las mujeres y algunos hombres con sus problemas resueltos. Y al fondo del salón, una mujer solitaria que se abanicaba muy despacio con un cartón de propaganda.

—Y tú —le gritó el señor Herbert—, ¿cuál es tu problema?

La mujer dejó de abanicarse.

—A mí no me meta en su fiesta, mister —gritó a través del salón—. Yo no tengo problemas de ninguna clase, y soy puta porque me sale de los cojones.

El señor Herbert se encogió de hombros. Siguió bebiendo cerveza helada, junto a los baúles abiertos, en espera de otros problemas. Sudaba. Poco después, una mujer se separó del grupo que la acompañaba en la mesa, y le habló en voz muy baja. Tenía un problema de quinientos pesos.

—¿A cómo estás? —le preguntó el señor Herbert.

—A cinco.

—Imagínate —dijo el señor Herbert—. Son cien hombres.

—No importa —dijo ella—. Si consigo toda esa plata junta, éstos serán los últimos cien hombres de mi vida.

La examinó. Era muy joven, de huesos frágiles, pero sus ojos expresaban una decisión simple.

—Está bien —dijo el señor Herbert—. Vete para el cuarto, que allá te los voy mandando, cada uno con sus cinco pesos.

Salió a la puerta de la calle y agitó la campanilla. A las siete de la mañana, Tobías encontró abierta la tienda de Catarino. Todo estaba apagado. Medio dormido, e hinchado de cerveza, el señor Herbert controlaba el ingreso de hombres al cuarto de la muchacha.

Tobías también entró. La muchacha lo conocía y se sorprendió de verlo en su cuarto.

–¿Tú también?

–Me dijeron que entrara –dijo Tobías–. Me dieron cinco pesos y me dijeron: no te demores.

Ella quitó de la cama la sábana empapada y le pidió a Tobías que la tuviera de un lado. Pesaba como un lienzo. La exprimieron, torciéndola por los extremos, hasta que recobró su peso natural. Voltearon el colchón, y el sudor salía del otro lado. Tobías hizo las cosas de cualquier modo. Antes de salir puso los cinco pesos en el montón de billetes que iba creciendo junto a la cama.

–Manda toda la gente que puedas –le recomendó el señor Herbert–, a ver si salimos de esto antes del mediodía.

La muchacha entreabrió la puerta y pidió una cerveza helada. Había varios hombres esperando.

–¿Cuántos faltan? –preguntó.

–Sesenta y tres –contestó el señor Herbert.

El viejo Jacob pasó todo el día persiguiéndolo con el tablero. Al anochecer alcanzó su turno, planteó su problema, y el señor Herbert aceptó. Pusieron dos sillas y la mesita sobre la mesa grande, en plena calle, y el viejo Jacob abrió la partida. Fue la última jugada que logró premeditar. Perdió.

–Cuarenta pesos –dijo el señor Herbert, y le dio dos fichas de ventaja.

Volvió a ganar. Sus manos apenas tocaban las fichas. Jugó vendado, adivinando la posición del adversario, y siempre ganó. La multitud se cansó de verlos. Cuando el viejo Jacob decidió rendirse, estaba debiendo cinco mil setecientos cuarenta y dos pesos con veintitrés centavos.

No se alteró. Apuntó la cifra en un papel que se guardó en el bolsillo. Luego dobló el tablero, metió las fichas en la caja, y envolvió todo en el periódico.

–Haga de mí lo que quiera –dijo–, pero déjeme estas cosas. Le prometo que pasaré jugando el resto de mi vida hasta reunirle esta plata.

El señor Herbert miró el reloj.

—Lo siento en el alma —dijo—. El plazo vence dentro de veinte minutos —esperó hasta convencerse de que el adversario no encontraba la solución—. ¿No tiene nada más?

—El honor.

—Quiero decir —explicó el señor Herbert— algo que cambie de color cuando se le pase por encima una brocha sucia de pintura.

—La casa —dijo el viejo Jacob como si descifrara una adivinanza—. No vale nada, pero es una casa.

Fue así como el señor Herbert se quedó con la casa del viejo Jacob. Se quedó, además, con las casas y propiedades de otros que tampoco pudieron cumplir, pero ordenó una semana de músicas, cohetes y maromeros y él mismo dirigió la fiesta.

Fue una semana memorable. El señor Herbert habló del maravilloso destino del pueblo, y hasta dibujó la ciudad del futuro, con inmensos edificios de vidrio y pistas de baile en las azoteas. La mostró a la multitud. Miraron asombrados, tratando de encontrarse en los transeúntes de colores pintados por el señor Herbert, pero estaban tan bien vestidos que no lograron reconocerse. Les dolió el corazón de tanto usarlo. Se rieron de las ganas de llorar que sentían en octubre, y vivieron en las nebulosas de la esperanza, hasta que el señor Herbert sacudió la campanilla y proclamó el término de la fiesta.

Sólo entonces descansó.

—Se va a morir con esa vida que lleva —dijo el viejo Jacob.

—Tengo tanto dinero —dijo el señor Herbert— que no hay ninguna razón para que me muera.

Se derrumbó en la cama. Durmió días y días, roncando como un león, y pasaron tantos días que la gente se cansó de esperarlo.

Tuvieron que desenterrar cangrejos para comer. Los nuevos discos de Catarino se volvieron tan viejos, que ya nadie pudo escucharlos sin lágrimas, y hubo que cerrar la tienda.

Mucho tiempo después de que el señor Herbert empezó a dormir, el padre llamó a la puerta del viejo Jacob. La casa estaba cerrada por dentro. A medida que la respiración del dormido había ido gastándose el aire, las cosas habían ido perdiendo su peso, y algunas empezaban a flotar.

—Quiero hablar con él —dijo el padre.

—Hay que esperar —dijo el viejo Jacob.

—No dispongo de mucho tiempo.

—Siéntese, padre, y espere —insistió el viejo Jacob—. Y mientras tanto, hágame el favor de hablar conmigo. Hace mucho que no sé nada del mundo.

—La gente está en desbandada —dijo el padre—. Dentro de poco, el pueblo será el mismo de antes. Eso es lo único nuevo.

—Volverán —dijo el viejo Jacob— cuando el mar vuelva a oler a rosas.

—Pero mientras tanto, hay que sostener con algo la ilusión de los que se quedan —dijo el padre—. Es urgente empezar la construcción del templo.

—Por eso ha venido a buscar a mister Herbert —dijo el viejo Jacob.

—Eso es —dijo el padre—. Los gringos son muy caritativos.

—Entonces espere, padre —dijo el viejo Jacob—. Puede que despierte.

Jugaron a las damas. Fue una partida larga y difícil, de muchos días, pero el señor Herbert no despertó.

El padre se dejó confundir por la desesperación. Anduvo por todas partes, con un platillo de cobre, pidiendo limosnas para construir el templo, pero fue muy poco lo que consiguió. De tanto suplicar se fue haciendo cada vez más diáfano, sus huesos empezaron a llenarse de ruidos, y un domingo se elevó a dos cuartas sobre el nivel del suelo, pero nadie lo supo. Entonces puso la ropa en una maleta, y en otra el dinero recogido, y se despidió para siempre.

–No volverá el olor –dijo a quienes trataron de disuadirlo–. Hay que afrontar la evidencia de que el pueblo ha caído en pecado mortal.

Cuando el señor Herbert despertó, el pueblo era el mismo de antes. La lluvia había fermentado la basura que dejó la muchedumbre en las calles, y el suelo era otra vez árido y duro como un ladrillo.

–He dormido mucho –bostezó el señor Herbert.

–Siglos –dijo el viejo Jacob.

–Estoy muerto de hambre.

–Todo el mundo está así –dijo el viejo Jacob–. No tiene otro remedio que ir a la playa a desenterrar cangrejos.

Tobías lo encontró escarbando en la arena, con la boca llena de espuma, y se asombró de que los ricos con hambre se parecieran tanto a los pobres. El señor Herbert no encontró suficientes cangrejos. Al atardecer, invitó a Tobías a buscar algo que comer en el fondo del mar.

–Oiga –lo previno Tobías–. Sólo los muertos saben lo que hay allá adentro.

–También lo saben los científicos –dijo el señor Herbert–. Más abajo del mar de los naufragios hay tortugas de carne exquisita. Desvístase y vámonos.

Fueron. Nadaron primero en línea recta, y luego hacia abajo, muy hondo, hasta donde se acabó la luz del sol, y luego la del mar, y las cosas eran sólo visibles por su propia luz. Pasaron frente a un pueblo sumergido, con hombres y mujeres de a caballo, que giraban en torno al quiosco de la música. Era un día espléndido y había flores de colores vivos en las terrazas.

–Se hundió un domingo, como a las once de la mañana –dijo el señor Herbert–. Debió ser un cataclismo.

Tobías se desvió hacia el pueblo, pero el señor Herbert le hizo señas de seguirlo hasta el fondo.

–Allí hay rosas –dijo Tobías–. Quiero que Clotilde las conozca.

–Otro día vuelves con calma –dijo el señor Herbert–. Ahora estoy muerto de hambre.

Descendía como un pulpo, con brazadas largas y sigilosas. Tobías, que hacía esfuerzos por no perderlo de vista, pensó que aquél debía ser el modo de nadar de los ricos. Poco a poco fueron dejando el mar de las catástrofes comunes y entraron en el mar de los muertos.

Había tantos, que Tobías no creyó haber visto nunca tanta gente en el mundo. Flotaban inmóviles, bocarriba, a diferentes niveles, y todos tenían la expresión de los seres olvidados.

–Son muertos muy antiguos –dijo el señor Herbert–. Han necesitado siglos para alcanzar este estado de reposo.

Más abajo, en aguas de muertos recientes, el señor Herbert se detuvo. Tobías lo alcanzó en el instante en que pasaba frente a ellos una mujer muy joven. Flotaba de costado, con los ojos abiertos, perseguida por una corriente de flores.

El señor Herbert se puso el índice en la boca y permaneció así hasta que pasaron la últimas flores.

–Es la mujer más hermosa que he visto en mi vida –dijo.

–Es la esposa del viejo Jacob –dijo Tobías–. Está como cincuenta años más joven, pero es ella. Seguro.

–Ha viajado mucho –dijo el señor Herbert–. Lleva detrás la flora de todos los mares del mundo.

Llegaron al fondo. El señor Herbert dio varias vueltas sobre el suelo que parecía de pizarra labrada. Tobías lo siguió. Sólo cuando se acostumbró a la penumbra de la profundidad, descubrió que allí estaban las tortugas. Había millares, aplanadas en el fondo, y tan inmóviles que parecían petrificadas.

–Están vivas –dijo el señor Herbert–, pero duermen desde hace millones de años.

Volteó una. Con un impulso suave la empujó hacia arriba, y el animal dormido se le escapó de las manos y siguió subiendo a la deriva. Tobías la dejó pasar. Entonces miró hacia la superficie y vio todo el mar al revés.

–Parece un sueño –dijo.

–Por tu propio bien –le dijo el señor Herbert– no se lo cuentes a nadie. Imagínate el desorden que habría en el mundo si la gente se enterara de estas cosas.

Era casi media noche cuando volvieron al pueblo. Despertaron a Clotilde para que calentara el agua. El señor Herbert degolló la tortuga, pero entre los tres tuvieron que perseguir y matar otra vez el corazón, que salió dando saltos por el patio cuando la descuartizaron. Comieron hasta no poder respirar.

–Bueno, Tobías –dijo entonces el señor Herbert–, hay que afrontar la realidad.

–Por supuesto.

–Y la realidad –prosiguió el señor Herbert– es que ese olor no volverá nunca.

–Volverá.

–No volverá –intervino Clotilde–, entre otras cosas porque no ha venido nunca. Fuiste tú el que embulló a todo el mundo.

–Tú misma lo sentiste –dijo Tobías.

–Aquella noche estaba medio atarantada –dijo Clotilde–. Pero ahora no estoy segura de nada que tenga que ver con este mar.

–De modo que me voy –dijo el señor Herbert. Y agregó, dirigiéndose a ambos–: También ustedes debían irse. Hay muchas cosas que hacer en el mundo para que se queden pasando hambre en este pueblo.

Se fue. Tobías permaneció en el patio, contando las estrellas hasta el horizonte, y descubrió que había tres más desde el diciembre anterior. Clotilde lo llamó al cuarto, pero él no le puso atención.

–Ven para acá, bruto –insistió Clotilde–. Hace siglos que no hacemos como los conejitos.

Tobías esperó un largo rato. Cuando por fin entró, ella había vuelto a dormirse. La despertó a medias, pero estaba tan cansado, que ambos confundieron las cosas y en últimas sólo pudieron hacer como las lombrices.

–Estás embobado –dijo Clotilde de mal humor–. Trata de pensar en otra cosa.

–Estoy pensando en otra cosa.

Ella quiso saber qué era, y él decidió contarle a condición de que no lo repitiera. Clotilde lo prometió.

–En el fondo del mar –dijo Tobías– hay un pueblo de casitas blancas con millones de flores en las terrazas.

Clotilde se llevó las manos a la cabeza.

–Ay, Tobías –exclamó–. Ay Tobías, por el amor de Dios, no vayas a empezar ahora otra vez con estas cosas.

Tobías no volvió a hablar. Se rodó hasta la orilla de la cama y trató de dormir. No pudo hacerlo hasta el amanecer, cuando cambió la brisa y lo dejaron tranquilo los cangrejos.

[1961]

El ahogado más hermoso del mundo

LOS PRIMEROS niños que vieron el promontorio oscuro y sigiloso que se acercaba por el mar, se hicieron la ilusión de que
era un barco enemigo. Después vieron que no llevaba banderas ni -
arboladura, y pensaron que fuera una ballena. Pero cuando quedó
varado en la playa le quitaron los matorrales de sargazos, los
filamentos de medusas y los restos de cardúmenes y naufragios que
llevaba encima, y sólo entonces descubrieron que era un ahogado.

Habían jugado con él toda la tarde, enterrándolo y desente-
rrándolo en la arena, cuando alguien los vio por casualidad y dio la
voz de alarma en el pueblo. Los hombres que lo cargaron hasta la
casa más próxima notaron que pesaba más que todos los muertos
conocidos, casi tanto como un caballo, y se dijeron que tal vez había
estado demasiado tiempo a la deriva y el agua se le había metido
dentro de los huesos. Cuando lo tendieron en el suelo vieron que
había sido mucho más grande que todos los hombres, pues apenas
si cabía en la casa, pero pensaron que tal vez la facultad de seguir
creciendo después de la muerte estaba en la naturaleza de ciertos
ahogados. Tenía el olor del mar, y sólo la forma permitía suponer
que era el cadáver de un ser humano, porque su piel estaba revesti-
da de una coraza de rémora y de lodo.

No tuvieron que limpiarle la cara para saber que era un muerto ajeno. El pueblo tenía apenas unas veinte casas de tablas, con patios de piedras sin flores, desperdigadas en el extremo de un cabo desértico. La tierra era tan escasa, que las madres andaban siempre con el temor de que el viento se llevara a los niños, y a los pocos muertos que les iban causando los años tenían que tirarlos en los acantilados. Pero el mar era manso y pródigo, y todos los hombres cabían en siete botes. Así que cuando se encontraron el ahogado les bastó con mirarse los unos a los otros para darse cuenta de que estaban completos.

Aquella noche no salieron a trabajar en el mar. Mientras los hombres averiguaban si no faltaba alguien en los pueblos vecinos, las mujeres se quedaron cuidando al ahogado. Le quitaron el lodo con tapones de esparto, le desenredaron del cabello los abrojos submarinos y le rasparon la rémora con fierros de desescamar pescados. A medida que lo hacían, notaron que su vegetación era de océanos remotos y de aguas profundas, y que sus ropas estaban en piltrafas, como si hubiera navegado por entre laberintos de corales. Notaron también que sobrellevaba la muerte con altivez, pues no tenía el semblante solitario de los otros ahogados del mar, ni tampoco la catadura sórdida y menesterosa de los ahogados fluviales. Pero solamente cuando acabaron de limpiarlo tuvieron conciencia de la clase de hombre que era, y entonces se quedaron sin aliento. No sólo era el más alto, el más fuerte, el más viril y el mejor armado que habían visto jamás, sino que todavía cuando lo estaban viendo no les cabía en la imaginación.

No encontraron en el pueblo una cama bastante grande para tenderlo ni una mesa bastante sólida para velarlo. No le vinieron los pantalones de fiesta de los hombres más altos, ni las camisas dominicales de los más corpulentos, ni los zapatos del mejor plantado. Fascinados por su desproporción y su hermosura, las mujeres decidieron entonces hacerle unos pantalones con un buen pedazo de vela cangreja, y una camisa de bramante de novia, para que pudiera continuar su muerte con dignidad. Mientras cosían sentadas en círculo, contemplando el cadáver entre puntada y puntada, les parecía que el viento no había sido nunca tan tenaz ni el Caribe había estado nunca tan ansioso como aquella noche, y suponían que esos cambios tenían algo que ver con el muerto. Pensaban que si aquel hombre magnífico hubiera vivido en el pueblo, su casa habría tenido las puertas más anchas, el techo más alto y el piso más firme, y el bastidor de su cama habría sido de cuadernas maestras con pernos de hierro, y su mujer habría sido la más feliz. Pensaban que habría tenido tanta autoridad que hubiera sacado los peces del mar con sólo llamarlos por sus nombres, y habría puesto tanto empeño en el trabajo que hubiera hecho brotar manantiales de entre las piedras más áridas y hubiera podido sembrar flores en los acantilados. Lo compararon en secreto con sus propios hombres, pensando que no serían capaces de hacer en toda una vida lo que aquél era capaz de hacer en una noche, y terminaron por repudiarlos en el fondo de sus corazones como los seres más escuálidos y mezquinos de la tierra. Andaban extraviadas por estos dédalos de fantasía, cuando la más vieja de las mujeres, que por ser la más vieja había contemplado al ahogado con menos pasión que compasión, suspiró:

—Tiene cara de llamarse Esteban.

Era verdad. A la mayoría le bastó con mirarlo otra vez para comprender que no podía tener otro nombre. Las más porfiadas, que eran las más jóvenes, se mantuvieron con la ilusión de que al ponerle la ropa, tendido entre flores y con unos zapatos de charol, pudiera llamarse Lautaro. Pero fue una ilusión vana. El lienzo resultó escaso, los pantalones mal cortados y peor cosidos le quedaron estrechos, y las fuerzas ocultas de su corazón hacían saltar los botones de la camisa. Después de la medianoche se adelgazaron los silbidos del viento y el mar cayó en el sopor del miércoles. El silencio acabó con las últimas dudas: era Esteban. Las mujeres que lo habían vestido, las que lo habían peinado, las que le habían cortado las uñas y raspado la barba no pudieron reprimir un estremecimiento de compasión cuando tuvieron que resignarse a dejarlo tirado por los suelos. Fue entonces cuando comprendieron cuánto debió haber sido de infeliz con aquel cuerpo descomunal, si hasta después de muerto le estorbaba. Lo vieron condenado en vida a pasar de medio lado por las puertas, a descalabrarse con los travesaños, a permanecer de pie en las visitas sin saber qué hacer con sus tiernas y rosadas manos de buey de mar, mientras la dueña de la casa buscaba la silla más resistente y le suplicaba muerta de miedo siéntese aquí Esteban, hágame el favor, y él recostado contra las paredes, sonriendo, no se preocupe señora, así estoy bien, con los talones en carne viva y las espaldas escaldadas de tanto repetir lo mismo en todas las visitas, no se preocupe señora, así estoy bien, sólo para no pasar por la vergüenza de desbaratar la silla, y acaso sin haber sabido nunca que quienes le decían no te vayas Esteban, espérate siquiera hasta que hierva el café, eran los mismos que después susurraban ya se fue el bobo grande, qué bueno, ya se fue el tonto hermoso. Esto pensaban las mujeres frente al cadáver un poco antes del amanecer. Más tarde, cuando le taparon la cara con un pañuelo para que no le molestara la luz, lo vieron tan muerto para siempre, tan indefenso, tan parecido a sus hombres, que se les abrieron las primeras grietas de lágrimas en el corazón. Fue una de las más jóvenes la que empezó a sollozar. Las otras, alentándose entre sí, pasaron de los suspiros a los lamentos, y mientras más sollozaban más deseos sentían de llorar, porque el ahogado se les iba volviendo cada vez más Esteban, hasta que lo lloraron tanto que fue el hombre más desvalido de la tierra, el más manso y el más servicial, el pobre Esteban. Así que cuando los hombres volvieron con la noticia de que el ahogado no era tampoco de los pueblos vecinos, ellas sintieron un vacío de júbilo entre las lágrimas.

—¡Bendito sea Dios —suspiraron—: es nuestro!

Los hombres creyeron que aquellos aspavientos no eran más que frivolidades de mujer. Cansados de las tortuosas averiguaciones de la noche, lo único que querían era quitarse de una vez el estorbo del intruso antes de que prendiera el sol bravo de aquel día árido y sin viento. Improvisaron unas angarillas con restos de trinquetes y botavaras, y las amarraron con carlingas de altura, para que resistieran el peso del cuerpo hasta los acantilados. Quisieron encadenarle a los tobillos un ancla de buque mercante para que fondeara sin tropiezos en los mares más profundos donde los peces son ciegos y los buzos se mueren de nostalgia, de manera que las malas corrientes no fueran a devolverlo a la orilla, como había sucedido con otros cuerpos. Pero mientras más se apresuraban, más cosas se les ocurrían a las mujeres para perder el tiempo. Andaban como gallinas asustadas picoteando amuletos de mar en los arcones, unas estorbando aquí porque querían ponerle al ahogado los escapularios del buen viento, otras estorbando allá para abrocharle una pulsera de orientación, y al cabo de tanto quítate de ahí mujer, ponte donde no estorbes, mira que casi me haces caer sobre el difunto, a los hombres se les subieron al hígado las suspicacias y empezaron a rezongar que con qué objeto tanta ferretería de altar mayor para un forastero, si por muchos estoperoles y calderetas que llevara encima se lo iban a masticar los tiburones, pero ellas seguían tripotando sus reliquias de pacotilla, llevando y trayendo, tropezando, mientras se les iba en suspiros lo que no se les iba en lágrimas, así que los hombres terminaron por despotricar que de cuándo acá semejante alboroto por un muerto al garete, un ahogado de nadie, un fiambre de mierda. Una de las mujeres, mortificada por tanta insolencia, le quitó entonces al cadáver el pañuelo de la cara, y también los hombres se quedaron sin aliento.

Era Esteban. No hubo que repetirlo para que lo reconocieran.

Si les hubieran dicho sir Walter Raleigh, quizás hasta ellos se habrían impresionado con su acento de gringo, con su guacamaya en el hombro, con su arcabuz de matar caníbales, pero Esteban solamente podía ser uno en el mundo, y allí estaba tirado como un sábalo, sin botines, con unos pantalones de sietemesino y esas uñas rocallosas que sólo podían cortarse a cuchillo. Bastó con que le quitaran el pañuelo de la cara para darse cuenta de que estaba avergonzado, de que no tenía la culpa de ser tan grande, ni tan pesado ni tan hermoso, y si hubiera sabido que aquello iba a suceder habría buscado un lugar más discreto para ahogarse, en serio, me hubiera amarrado yo mismo un áncora de galeón en el cuello y hubiera trastabillado como quien no quiere la cosa por los acantilados, para no andar ahora estorbando con este muerto de miércoles, como ustedes dicen, para no molestar a nadie con esta porquería de fiambre que no tiene nada que ver conmigo. Había tanta verdad en su modo de estar, que hasta los hombres más suspicaces, los que sentían amargas las minuciosas noches del mar temiendo que sus mujeres se cansaran de soñar con ellos para soñar con los ahogados, hasta ésos, y otros más duros, se estremecieron en los tuétanos con la sinceridad de Esteban.

Fue así como le hicieron los funerales más espléndidos que podían concebirse para un ahogado expósito. Algunas mujeres que habían ido a buscar flores en los pueblos vecinos regresaron con otras que no creían lo que les contaban, y éstas se fueron por más flores cuando vieron al muerto, y llevaron más y más, hasta que hubo tantas flores y tanta gente que apenas si se podía caminar. A última hora les dolió devolverlo huérfano a las aguas, y le eligieron un padre y una madre entre los mejores, y otros se le hicieron hermanos, tíos y primos, así que a través de él todos los habitantes del pueblo terminaron por ser parientes entre sí. Algunos marineros que oyeron el llanto a la distancia perdieron la certeza del rumbo, y se supo de uno que se hizo amarrar al palo mayor, recordando antiguas fábulas de sirenas. Mientras se disputaban el privilegio de llevarlo en hombros por la pendiente escarpada de los acantilados, hombres y mujeres tuvieron conciencia por primera vez de la desolación de sus calles, la aridez de sus patios, la estrechez de sus sueños, frente al esplendor y la hermosura de su ahogado. Lo soltaron sin ancla, para que volviera si quería, y cuando lo quisiera, y todos retuvieron el aliento durante la fracción de siglos que demoró la caída del cuerpo hasta el abismo. No tuvieron necesidad de mirarse los unos a los otros para darse cuenta de que ya no estaban completos, ni volverían a estarlo jamás. Pero también sabían que todo sería diferente desde entonces, que sus casas iban a tener las puertas más anchas, los techos más altos, los pisos más firmes, para que el recuerdo de Esteban pudiera andar por todas partes sin tropezar con los travesaños, y que nadie se atreviera a susurrar en el futuro ya murió el bobo grande, qué lástima, ya murió el tonto hermoso, porque ellos iban a pintar las fachadas de colores alegres para eternizar la memoria de Esteban, y se iban a romper el espinazo excavando manantiales en las piedras y sembrando flores en los acantilados, para que en los amaneceres de los años venturos los pasajeros de los grandes barcos despertaran sofocados por un olor de jardines en altamar, y el capitán tuviera que bajar de su alcázar con su uniforme de gala, con su astrolabio, su estrella polar y su ristra de medallas de guerra, y señalando el promontorio de rosas en el horizonte del Caribe dijera en catorce idiomas, miren allá, donde el viento es ahora tan manso que se queda a dormir debajo de las camas, allá, donde el sol brilla tanto que no saben hacia dónde girar los girasoles, sí, allá, es el pueblo de Esteban.

[1968]

Muerte constante más allá del amor

AL SENADOR Onésimo Sánchez le faltaban seis meses y once días para morirse cuando encontró a la mujer de su vida. La conoció en el Rosal del Virrey, un pueblecito ilusorio que de noche era una dársena furtiva para los buques de altura de los contrabandistas, y en cambio a pleno sol parecía el recodo más inútil del desierto, frente a un mar árido y sin rumbos, y tan apartado de todo que nadie hubiera sospechado que allí viviera alguien capaz de torcer el destino de nadie. Hasta su nombre parecía una burla, pues la única rosa que se vio en aquel pueblo la llevó el propio senador Onésimo Sánchez la misma tarde en que conoció a Laura Farina.

Fue una escala ineludible en la campaña electoral de cada cuatro años. Por la mañana habían llegado los furgones de la farándula. Después llegaron los camiones con los indios de alquiler que llevaban por los pueblos para completar las multitudes de los actos públicos. Poco antes de las once, con la música y los cohetes y los camperos de la comitiva, llegó el automóvil ministerial del color del refresco de fresa. El senador Onésimo Sánchez estaba plácido y sin tiempo dentro del coche refrigerado, pero tan pronto como abrió la puerta lo estremeció un aliento de fuego y su camisa de seda natural quedó empapada de una sopa lívida, y se sintió muchos años más viejo y más solo que nunca. En la vida real acababa de cumplir 42, se había graduado con honores de ingeniero metalúrgico en Gotinga, y era un lector perseverante aunque sin mucha fortuna de los clásicos latinos mal traducidos. Estaba casado con una alemana radiante con quien tenía cinco hijos, y todos eran felices en su casa, y él había sido el más feliz de todos hasta que le anunciaron, tres meses antes, que estaría muerto para siempre en la próxima Navidad.

Mientras se terminaban los preparativos de la manifestación pública, el senador logró quedarse solo una hora en la casa que le habían reservado para descansar. Antes de acostarse puso en el agua de beber una rosa natural que había conservado viva a través del desierto, almorzó con los cereales de régimen que llevaba consigo para eludir las repetidas fritangas de chivo que le esperaban en el resto del día, y se tomó varias píldoras analgésicas antes de la hora prevista, de modo que el alivio le llegara primero que el dolor. Luego puso el ventilador eléctrico muy cerca del chinchorro y se tendió desnudo durante quince minutos en la penumbra de la rosa, haciendo un grande esfuerzo de distracción mental para no pensar en la muerte mientras dormitaba. Aparte de los médicos, nadie sabía que estaba sentenciado a un término fijo, pues había decidido padecer a solas su secreto, sin ningún cambio de vida, y no por soberbia sino por pudor.

Se sentía con un dominio completo de su albedrío cuando volvió a aparecer en público a las tres de la tarde, reposado y limpio, con un pantalón de lino crudo y una camisa de flores pintadas, y con el alma entretenida por las píldoras para el dolor. Sin embargo, la erosión de la muerte era mucho más pérfida de lo que él suponía, pues al subir a la tribuna sintió un raro desprecio por quienes se disputaron la suerte de estrecharle la mano, y no se compadeció como en otros tiempos de las recuas de indios descalzos que apenas si podían resistir las brasas de caliche de la placita estéril. Acalló los aplausos con una orden de la mano, casi con rabia, y empezó a hablar sin gestos, con los ojos fijos en el mar que suspiraba de calor. Su voz pausada y honda tenía la calidad del agua en reposo, pero el discurso aprendido de memoria y tantas veces machacado no se le había ocurrido por decir la verdad sino por oposición a una sentencia fatalista del libro cuarto de los recuerdos de Marco Aurelio.

—Estamos aquí para derrotar la naturaleza —empezó, contra todas sus convicciones—. Ya no seremos más los expósitos de la patria, los huérfanos de Dios en el reino de la sed y la intemperie, los exiliados en nuestra propia tierra. Seremos otros, señoras y señores, seremos grandes y felices.

Eran las fórmulas de su circo. Mientras hablaba, sus ayudantes echaban al aire puñados de pajaritas de papel, y los falsos animales cobraban vida, revoloteaban sobre la tribuna de tablas, y se iban por el mar. Al mismo tiempo, otros sacaban de los furgones unos árboles de teatro con hojas de fieltro y los sembraban a espaldas de la multitud en el suelo de salitre. Por último armaron una fachada de cartón con casas fingidas de ladrillos rojos y ventanas de vidrio, y taparon con ella los ranchos miserables de la vida real.

El senador prolongó el discurso, con dos citas en latín, para darle tiempo a la farsa. Prometió las máquinas de llover, los criaderos portátiles de animales de mesa, los aceites de la felicidad que harían crecer legumbres en el caliche y colgajos de trinitarias en las ventanas. Cuando vio que su mundo de ficción estaba terminado, lo señaló con el dedo.

—Así seremos, señoras y señores —gritó—. Miren. Así seremos.

El público se volvió. Un trasatlántico de papel pintado pasaba por detrás de las casas, y era más alto que las casas más altas de la ciudad de artificio. Sólo el propio senador observó que a fuerza de ser armado y desarmado, y traído de un lugar para el otro, también el pueblo de cartón superpuesto estaba carcomido por la intemperie, y era casi tan pobre y polvoriento y triste como el Rosal del Virrey.

Nelson Farina no fue a saludar al senador por primera vez en doce años. Escuchó el discurso desde su hamaca, entre los retazos de la siesta, bajo la enramada fresca de una casa de tablas sin cepillar que se había construido con las mismas manos de boticario con que descuartizó a su primera mujer. Se había fugado del penal de Cayena y apareció en el Rosal del Virrey en un buque cargado de guacamayas inocentes, con una negra hermosa y blasfema que se encontró en Paramaribo, y con quien tuvo una hija. La mujer murió de muerte natural poco tiempo después, y no tuvo la suerte de la otra cuyos pedazos sustentaron su propio huerto de coliflores, sino que la enterraron entera y con su nombre de holandesa en el cementerio local. La hija había heredado su color y sus tamaños, y los ojos amarillos y atónitos del padre, y éste tenía razones para suponer que estaba criando a la mujer más bella del mundo.

Desde que conoció al senador Onésimo Sánchez en la primera campaña electoral, Nelson Farina había suplicado su ayuda para obtener una falsa cédula de identidad que lo pusiera a salvo de la justicia. El senador, amable pero firme, se la había negado. Nelson Farina no se rindió durante varios años, y cada vez que encontró una ocasión reiteró la solicitud con un recurso distinto. Pero siempre recibió la misma respuesta, de modo que esta vez se quedó en el chinchorro, condenado a pudrirse vivo en aquella ardiente guarida de bucaneros. Cuando oyó los aplausos finales estiró la cabeza, y por encima de las estacas del cercado vio el revés de la farsa: los puntales de los edificios, las armazones de los árboles, los ilusionistas escondidos que empujaban el trasatlántico. Escupió su rencor.

—*Merde* —dijo—, *c'est le Blacaman de la politique.*

Después del discurso, como de costumbre, el senador hizo una caminata por las calles del pueblo, entre la música y los cohetes, y asediado por la gente del pueblo que le contaba sus penas. El senador los escuchaba de buen talante, y siempre encontraba una forma de consolar a todos sin hacerles favores difíciles. Una mujer encaramada en el techo de una casa, entre sus seis hijos menores, consiguió hacerse oír por encima de la bulla y los truenos de pólvora.

—Yo no pido mucho, senador —dijo—, no más que un burro para traer agua desde el Pozo del Ahorcado.

El senador se fijó en los seis niños escuálidos.

—¿Qué se hizo tu marido? —preguntó.

—Se fue a buscar destino en la isla de Aruba —contestó la mujer de buen humor—, y lo que se encontró fue una forastera de las que se ponen diamantes en los dientes.

La respuesta provocó un estruendo de carcajadas.

—Está bien —decidió el senador—, tendrás tu burro.

Poco después, un ayudante suyo llevó a casa de la mujer un burro de carga, en cuyos lomos habían escrito con pintura eterna una consigna electoral para que nadie olvidara que era un regalo del senador.

En el breve trayecto de la calle hizo otros gestos menores, y además le dio una cucharada a un enfermo que se había hecho sacar la cama a la puerta de la casa para verlo pasar. En la última esquina, por entre las estacas del patio, vio a Nelson Farina en el chinchorro y le pareció ceniciento y mustio, pero lo saludó sin afecto:

—Cómo está.

Nelson Farina se revolvió en el chinchorro y lo dejó ensopado en el ámbar triste de su mirada.

—*Moi, vous savez* —dijo.

Su hija salió al patio al oír el saludo. Llevaba una bata guajira ordinaria y gastada, y tenía la cabeza guarnecida de moños de colores y la cara pintada para el sol, pero aun en aquel estado de desidia era posible suponer que no había otra más bella en el mundo. El senador se quedó sin aliento.

–¡Carajo –suspiró asombrado– las vainas que se le ocurren a Dios!

Esa noche, Nelson Farina vistió a la hija con sus ropas mejores y se la mandó al senador. Dos guardias armados de rifles, que cabeceaban de calor en la casa prestada, le ordenaron esperar en la única silla del vestíbulo.

El senador estaba en la habitación contigua reunido con los principales del Rosal del Virrey, a quienes había convocado para cantarles las verdades que ocultaba en los discursos. Eran tan parecidos a los que asistían siempre en todos los pueblos del desierto, que el propio senador sentía el hartazgo de la misma sesión todas las noches. Tenía la camisa ensopada en sudor y trataba de secársela sobre el cuerpo con la brisa caliente del ventilador eléctrico que zumbaba como un moscardón en el sopor del cuarto.

–Nosotros por supuesto, no comemos pajaritos de papel –dijo–. Ustedes y yo sabemos que el día en que haya árboles y flores en este cagadero de chivos, el día en que haya sábalos en vez de gusarapos en los pozos, ese día ni ustedes ni yo tenemos nada que hacer aquí. ¿Voy bien?

Nadie contestó. Mientras hablaba, el senador había arrancado un cromo del calendario y había hecho con las manos una mariposa de papel. La puso en la corriente del ventilador, sin ningún propósito, y la mariposa revoloteó dentro del cuarto y salió después por la puerta entreabierta. El senador siguió hablando con un dominio sustentado en la complicidad de la muerte.

–Entonces –dijo– no tengo que repetirles lo que ya saben de sobra: que mi reelección es mejor negocio para ustedes que para mí, porque yo estoy hasta aquí de aguas podridas y sudor de indios, y en cambio ustedes viven de eso.

Laura Farina vio salir la mariposa de papel. Sólo ella la vio, porque la guardia del vestíbulo se había dormido en los escaños con los fusiles abrazados. Al cabo de varias vueltas la enorme mariposa litografiada se desplegó por completo, se aplastó contra el muro, y se quedó pegada. Laura Farina trató de arrancarla con las uñas. Uno de los guardias, que despertó con los aplausos en la habitación contigua, advirtió su tentativa inútil.

—No se puede arrancar —dijo entre sueños—. Está pintada en la pared.

Laura Farina volvió a sentarse cuando empezaron a salir los hombres de la reunión. El senador permaneció en la puerta del cuarto, con la mano en el picaporte, y sólo descubrió a Laura Farina cuando el vestíbulo quedó desocupado.

—¿Qué haces aquí?

—*C'est de la part de mon père* —dijo ella.

El senador comprendió. Escudriñó a la guardia soñolienta, escudriñó luego a Laura Farina cuya belleza inverosímil era más imperiosa que su dolor, y entonces resolvió que la muerte decidiera por él.

—Entra —le dijo.

Laura Farina se quedó maravillada en la puerta de la habitación: miles de billetes de banco flotaban en el aire, aleteando como la mariposa. Pero el senador apagó el ventilador, y los billetes se quedaron sin aire, y se posaron sobre las cosas del cuarto.

—Ya ves —sonrió—, hasta la mierda vuela.

Laura Farina se sentó como en un taburete de escolar. Tenía la piel lisa y tensa, con el mismo color y la misma densidad solar del petróleo crudo, y sus cabellos eran de crines de potranca y sus ojos inmensos eran más claros que la luz. El senador siguió el hilo de su mirada y encontró al final la rosa percudida por el salitre.

—Es una rosa —dijo.

—Sí —dijo ella con un rastro de perplejidad—, las conocí en Riohacha.

El senador se sentó en un catre de campaña, hablando de las rosas, mientras se desabotonaba la camisa. Sobre el costado, donde él suponía que estaba el corazón dentro del pecho, tenía el tatuaje corsario de un corazón flechado. Tiró en el suelo la camisa mojada y le pidió a Laura Farina que lo ayudara a quitarse las botas.

Ella se arrodilló frente al catre. El senador la siguió escrutando, pensativo, y mientras le zafaba los cordones se preguntó de cuál de los dos sería la mala suerte de aquel encuentro.

—Eres una criatura —dijo.

—No crea —dijo ella—. Voy a cumplir 19 en abril.

El senador se interesó.

—Qué día.

—El once —dijo ella.

El senador se sintió mejor. «Somos Aries», dijo. Y agregó sonriendo:

—Es el signo de la soledad.

Laura Farina no le puso atención pues no sabía qué hacer con las botas. El senador, por su parte, no sabía qué hacer con Laura Farina, porque no estaba acostumbrado a los amores imprevistos, y además era consciente de que aquél tenía origen en la indignidad. Sólo por ganar tiempo para pensar aprisionó a Laura Farina con las rodillas, la abrazó por la cintura y se tendió de espaldas en el catre. Entonces comprendió que ella estaba desnuda debajo del vestido, porque el cuerpo exhaló una fragancia oscura de animal de monte, pero tenía el corazón asustado y la piel aturdida por un sudor glacial.

—Nadie nos quiere —suspiró él.

Laura Farina quiso decir algo, pero el aire sólo le alcanzaba para respirar. La acostó a su lado para ayudarla, apagó la luz, y el aposento quedó en la penumbra de la rosa. Ella se abandonó a la misericordia de su destino. El senador la acarició despacio, la buscó con la mano sin tocarla apenas, pero donde esperaba encontrarla tropezó con un estorbo de hierro.

—¿Qué tienes ahí?

—Un candado —dijo ella.

—¡Qué disparate! —dijo el senador, furioso, y preguntó lo que sabía de sobra—: ¿Dónde está la llave?

Laura Farina respiró aliviada.

—La tiene mi papá —contestó—. Me dijo que le dijera a usted que la mande a buscar con un propio y que le mande con él un compromiso escrito de que le va a arreglar su situación.

El senador se puso tenso. «Cabrón franchute», murmuró indignado. Luego cerró los ojos para relajarse, y se encontró consigo mismo en la oscuridad. «Recuerda —recordó— que seas tú o sea otro cualquiera, estaréis muertos dentro de un tiempo muy breve, y que poco después no quedará de vosotros ni siquiera el nombre.» Esperó a que pasara el escalofrío.

—Dime una cosa —preguntó entonces—: ¿Qué has oído decir de mí?

—¿La verdad de verdad?

—La verdad de verdad.

—Bueno —se atrevió Laura Farina—, dicen que usted es peor que los otros, porque es distinto.

El senador no se alteró. Hizo un silencio largo, con los ojos cerrados, y cuando volvió a abrirlos parecía de regreso de sus instintos más recónditos.

—Qué carajo —decidió—, dile al cabrón de tu padre que le voy a arreglar su asunto.

—Si quiere yo misma voy por la llave —dijo Laura Farina.

El senador la retuvo.

—Olvídate de la llave —dijo— y duérmete un rato conmigo. Es bueno estar con alguien cuando uno está solo.

Entonces ella lo acostó en su hombro con los ojos fijos en la rosa. El senador la abrazó por la cintura, escondió la cara en su axila de animal de monte y sucumbió al terror. Seis meses y once días después había de morir en esa misma posición, pervertido y repudiado por el escándalo público de Laura Farina, y llorando de rabia de morirse sin ella.

[1970]

El último viaje del buque fantasma

A HORA VAN a ver quién soy yo, se dijo, con su nuevo vozarrón de hombre, muchos años después de que viera por primera vez el trasatlántico inmenso, sin luces y sin ruidos, que una noche pasó frente al pueblo como un gran palacio deshabitado, más largo que todo el pueblo y mucho más alto que la torre de su iglesia, y siguió navegando en tinieblas hacia la ciudad colonial fortificada contra los bucaneros al otro lado de la bahía, con su antiguo puerto negrero y el faro giratorio cuyas lúgubres aspas de luz, cada quince segundos, transfiguraban el pueblo en un campamento lunar de casas fosforescentes y calles de desiertos volcánicos, y aunque él era entonces un niño sin vozarrón de hombre pero con permiso de su madre para escuchar hasta muy tarde en la playa las arpas nocturnas del viento, aún podía recordar como si lo estuviera viendo que el trasatlántico desaparecía cuando la luz del faro le daba en el flanco y volvía a aparecer cuando la luz acababa de pasar, de modo que era un buque intermitente que iba apareciendo y desapareciendo hacia la entrada de la bahía, buscando con tanteos de sonámbulo las boyas que señalaban el canal del puerto, hasta que algo debió fallar en sus agujas de orientación, porque derivó hacia los escollos, tropezó, saltó en pedazos y se hundió sin un solo ruido, aunque semejante encontronazo con los arrecifes era para producir un fragor de hierros y una explosión de máquinas que helaran de pavor a los dragones más dormidos en la selva prehistórica que empezaba en las últimas calles de la ciudad y terminaba en el otro lado del mundo, así que él mismo creyó que era un sueño, sobre todo al día siguiente, cuando vio el acuario radiante de la bahía, el desorden de colores de las barracas de los negros en las colinas del puerto, las goletas de los contrabandistas de las Guayanas recibiendo su cargamento de loros inocentes con el buche lleno de diamantes, pensó me dormí contando las estrellas y soñé con ese barco enorme, claro, quedó tan convencido que no se lo contó a nadie ni volvió a acordarse de la visión hasta la misma noche del marzo siguiente, cuando andaba buscando celajes de delfines en el mar y lo que encontró fue el trasatlántico ilusorio, sombrío, intermitente, con el mismo destino equivocado de la primera vez, sólo que él estaba entonces tan seguro de estar despierto que corrió a contárselo a su madre, y ella pasó tres semanas gimiendo de desilusión porque se te está pudriendo el seso de tanto andar al revés, durmiendo de día y aventurando de noche como la gente de mala vida, y como tuvo que ir a la ciudad por esos días en busca de algo cómodo en qué sentarse a pensar en el marido muerto, pues a su mecedor se le habían gastado las balanzas en once años de viudez, aprovechó la ocasión para pedirle al hombre del bote que se fuera por los arrecifes de modo que el hijo pudiera ver lo que en efecto vio en la vidriera del mar, los amores de las mantarrayas en primaveras de esponjas, los pargos rosados y las corvinas azules zambulléndose en los pozos de aguas más tiernas que había dentro de las aguas, y hasta las cabelleras errantes de los ahogados de algún naufragio colonial, pero ni rastros de trasatlánticos hundidos ni qué niño muerto, y sin embargo, él siguió tan emperrado que su madre prometió acompañarlo en la vigilia del marzo próximo, seguro, sin saber que ya lo único seguro que había en su porvenir era una poltrona de los tiempos de Francis Drake que compró en un remate de turcos, en la cual se sentó a descansar aquella misma noche, suspirando, mi pobre Holofernes, si vieras lo bien que se piensa en ti sobre estos forros de terciopelo y con estos brocados de catafalco de reina, pero mientras más evocaba al marido muerto más le borboritaba y se le volvía de chocolate la sangre en el corazón, como si en vez de estar sentada estuviera corriendo, empapada de escalofríos y con la respiración llena de tierra, hasta que él volvió en la madrugada y la encontró muerta en la poltrona, todavía caliente pero ya medio podrida como los picados de culebra, lo mismo que les ocurrió después a otras cuatro señoras, antes de que tiraran en el mar la poltrona asesina, muy lejos, donde no le hiciera mal a nadie, pues la habían usado tanto a través de los siglos que se le había gastado la facultad de producir descanso, de modo que él tuvo que acostumbrarse a su miserable rutina de huérfano, señalado por todos como el hijo de la viuda que llevó al pueblo el trono de la desgracia, viviendo no tanto de la caridad pública como del pescado que se robaba en los botes, mientras la voz se le iba volviendo de bramante y sin acordarse más de sus visiones de antaño hasta otra noche de marzo en que miró por casualidad hacia el mar, y de pronto, madre mía, ahí está, la descomunal ballena de amianto, la bestia berraca, vengan a verlo, gritaba enloquecido, vengan a verlo, promoviendo tal alboroto de ladridos de perros y pánicos de mujer, que hasta los hombres más viejos se acordaron de los espantos de sus bisabuelos y se metieron debajo de la cama creyendo que había vuelto William Dampier, pero los que se echaron a la calle no se tomaron el trabajo de ver el aparato inverosímil que en aquel instante volvía a perder el oriente y se desbarataba en el desastre anual, sino que lo contramataron a golpes y lo dejaron tan mal torcido que entonces fue cuando él se dijo, babeando de rabia, ahora van a ver quién soy yo, pero se cuidó de no compartir con nadie su determinación sino que pasó el año entero con la idea fija, ahora van a ver quién soy yo, esperando que fuera otra vez la víspera de las apariciones para hacer lo que hizo, ya está, se robó un bote, atravesó la bahía y pasó la tarde esperando su hora grande en los vericuetos del puerto negrero, entre la salmuera humana del Caribe, pero tan absorto en su aventura que no se detuvo como siempre frente a las tiendas de los hindúes a ver los mandarines de marfil tallados en el colmillo entero del elefante, ni se burló de los negros holandeses en sus velocípedos ortopédicos, ni se asustó como otras veces con los malayos de piel de cobra que le habían dado la vuelta al mundo cautivados por la quimera de una fonda secreta donde vendían filetes de brasileras al carbón, porque no se dio cuenta de nada mientras la noche no se le vino encima con todo el peso de las estrellas y la selva exhaló una fragancia dulce de gardenias y salamandras podridas, y ya estaba él remando en el bote robado hacia la entrada de la bahía, con la lámpara apagada para no alborotar a los policías del resguardo, idealizado cada quince segundos por el aletazo verde del faro y otra vez vuelto humano por la oscuridad, sabiendo que andaba cerca de las boyas que señalaban el canal del puerto no sólo porque viera cada vez más intenso su fulgor opresivo sino porque la respiración del agua se iba volviendo triste, y así remaba tan ensimismado que no supo de dónde le llegó de pronto un pavoroso aliento de tiburón ni por qué la noche se hizo densa como si las estrellas se hubieran muerto de repente, y era que el trasatlántico estaba allí con todo su tamaño inconcebible, madre, más grande que cualquier otra cosa grande en el mundo y más oscuro que cualquier otra cosa oscura de la tierra o del agua, trescientas mil toneladas de olor de tiburón pasando tan cerca del bote que él podía ver las costuras del precipicio de acero, sin una sola luz en los infinitos ojos de buey, sin un suspiro en las máquinas, sin un alma, y llevando consigo su propio ámbito de silencio, su propio cielo vacío, su propio aire muerto, su tiempo parado, su mar errante en el que flotaba un mundo entero de animales

ahogados, y de pronto todo aquello desapareció con el lamparazo
del faro y por un instante volvió a ser el Caribe diáfano, la noche de
marzo, el aire cotidiano de los pelícanos, de modo que él se quedó
solo entre las boyas, sin saber qué hacer, preguntándose asombrado
si de veras no estaría soñando despierto, no sólo ahora sino también
las otras veces, pero apenas acababa de preguntárselo cuando un
soplo de misterio fue apagando las boyas desde la primera hasta la
última, así que cuando pasó la claridad del faro el trasatlántico volvió a aparecer y ya tenía las brújulas extraviadas, acaso sin saber siquiera en qué lugar de la mar océana se encontraba, buscando a
tientas el canal invisible pero en realidad derivando hacia los escollos, hasta que él tuvo la revelación abrumadora de que aquel percance de las boyas era la última clave del encantamiento, y encendió
la lámpara del bote, una mínima lucecita roja que no tenía por qué
alarmar a nadie en los minaretes del resguardo, pero que debió ser
para el piloto como un sol oriental, porque gracias a ella el
trasatlántico corrigió su horizonte y entró por la puerta grande del
canal en una maniobra de resurrección feliz, y entonces todas sus
luces se encendieron al mismo tiempo, las calderas volvieron a
resollar, se prendieron las estrellas en su cielo y los cadáveres de los
animales se fueron al fondo, y había un estrépito de platos y una fragancia de salsa de laurel en las cocinas, y se oía el bombardino de la
orquesta en las cubiertas de luna y el tumtum de las arterias de los
enamorados de altamar en la penumbra de los camarotes, pero él
llevaba todavía tanta rabia atrasada que no se dejó aturdir por la
emoción ni amedrentar por el prodigio, sino que se dijo con más
decisión que nunca que ahora van a ver quién soy yo, carajo, ahora
lo van a ver, y en vez de hacerse a un lado para que no lo embistiera
aquella máquina colosal empezó a remar delante de ella, porque ahora sí van a saber quién soy yo, y siguió orientando el buque con la
lámpara hasta que estuvo tan seguro de su obediencia que lo obligó a

descorregir de nuevo el rumbo de los muelles, lo sacó del canal invisible y se lo llevó de cabestro como si fuera un cordero de mar hacia las luces del pueblo dormido, un barco vivo e invulnerable a los haces del faro que ahora no lo invisibilizaban sino que lo volvían de aluminio cada quince segundos, y allá empezaban a definirse las cruces de la iglesia, la miseria de las casas, la ilusión, y todavía el trasatlántico iba detrás de él, siguiéndolo con todo lo que llevaba dentro, su capitán dormido del lado del corazón, los toros de lidia en la nieve de sus despensas, el enfermo solitario en su hospital, el agua huérfana de sus cisternas, el piloto irredento que debió confundir los farallones con los muelles porque en aquel instante reventó el bramido descomunal de la sirena, una vez, y él quedó ensopado por el aguacero de vapor que le cayó encima, otra vez, y el bote ajeno estuvo a punto de zozobrar, y otra vez, pero ya era demasiado tarde, porque ahí estaban los caracoles de la orilla, las piedras de la calle, las puertas de los incrédulos, el pueblo entero iluminado por las mismas luces del trasatlántico despavorido, y él apenas tuvo tiempo de apartarse para darle paso al cataclismo, gritando en medio de la conmoción, ahí lo tienen, cabrones, un segundo antes de que el tremendo casco de acero descuartizara la tierra y se oyera el estropicio nítido de las noventa mil quinientas copas de champaña que se rompieron una tras otra desde la proa hasta la popa, y entonces se hizo la luz, y ya no fue más la madrugada de marzo sino el mediodía de un miércoles radiante, y él pudo darse el gusto de ver a los incrédulos contemplando con la boca abierta el trasatlántico más grande de este mundo y del otro encallado frente a la iglesia, más blanco que todo, veinte veces más alto que la torre y como noventa y siete veces más largo que el pueblo, con el nombre grabado en letras de hierro, *halalcsillag*, y todavía chorreando por sus flancos las aguas antiguas y lánguidas de los mares de la muerte.

[1968]

Blacamán el bueno, vendedor de milagros

DESDE EL primer domingo que lo vi me pareció una mula de monosabio, con sus tirantes de terciopelo pespunteados con filamentos de oro, sus sortijas con pedrerías de colores en todos los dedos y su trenza de cascabeles, trepado sobre una mesa en el puerto de Santa María del Darién, entre los frascos de específicos y las yerbas de consuelo que él mismo preparaba y vendía a grito herido por los pueblos del Caribe, sólo que entonces no estaba tratando de vender nada a aquella cochambre de indios, sino pidiendo que le llevaran una culebra de verdad para demostrar en carne propia un contraveneno de su invención, el único indeleble, señoras y señores, contra las picaduras de serpientes, tarántulas y escolopendras, y toda clase de mamíferos ponzoñosos. Alguien que parecía muy impresionado por su determinación consiguió nadie supo dónde y le llevó dentro de un frasco una mapaná de las peores, de esas que empiezan por envenenar la respiración, y él la destapó con tantas ganas que todos creímos que se la iba a comer, pero no bien se sintió libre el animal saltó fuera del frasco y le dio un tijeretazo en el cuello que ahí mismo lo dejó sin aire para la oratoria, y apenas tuvo tiempo de tomarse el antídoto cuando el dispensario de pacotilla se desbarrumbó sobre la muchedumbre y él quedó revolcándose en el suelo con el enorme cuerpo desbaratado como si no tuviera nada por dentro, pero sin dejarse de reír con todos sus dientes de oro. Cómo sería el estrépito, que un acorazado del Norte que estaba en el muelle desde hacía como veinte años en visita de buena voluntad declaró la cuarentena para que no se subiera a bordo el veneno de la culebra, y la gente que estaba santificando el domingo de ramos se salió de la misa con sus palmas benditas, pues nadie quería perderse la función del emponzoñado que ya empezaba a inflarse con el aire de la muerte, y estaba dos veces más gordo de lo que había sido, echando espuma de hiel por la boca y resollando por los poros, pero todavía riéndose con tanta vida que los cascabeles le cascabeleaban por todo el cuerpo. La hinchazón le reventó los cordones de las polainas y las costuras de la ropa, los dedos se le amorcillaron por la presión de las sortijas, se puso del color del venado en salmuera y le salieron por la culata unos requiebros de postrimerías, así que todo el que había visto un picado de culebra sabía que se estaba pudriendo antes de morir y que iba a quedar tan desmigajado que tendrían que recogerlo con una pala para echarlo dentro de un saco, pero también pensaban que hasta en su estado de aserrín iba a seguirse riendo. Aquello era tan increíble que los infantes de Marina se encaramaron en los puentes del barco para tomarle retratos en colores con aparatos de larga distancia, pero las mujeres que se habían salido de misa les descompusieron las intenciones, pues taparon al moribundo con una manta y le pusieron encima las palmas benditas, unas porque no les gustaba que la infantería profanara el cuerpo con máquinas de adventistas, otras porque les daba miedo seguir viendo aquel idólatra que era capaz de morirse muerto de risa, y otras por si acaso conseguían con eso que por lo menos el alma se le desenvenenara. Todo el mundo lo daba por muerto, cuando se apartó los ramos de una brazada, todavía medio atarantado y todo desconvalecido por el mal rato, pero enderezó la mesa sin ayuda de nadie, se volvió a subir como un cangrejo, y ya estaba otra vez gritando que aquel contraveneno era sencillamente la mano de Dios en un frasquito, como todos lo habíamos visto con nuestros propios ojos, aunque sólo costaba dos cuartillos porque él no lo había inventado como negocio, sino por el bien de la humanidad, y a ver quién dijo uno, señoras y señores, no más que por favor no se me amontonen que para todos hay.

Por supuesto que se amontonaron, y que hicieron bien, porque al final no hubo para todos. Hasta el almirante del acorazado se llevó un frasquito, convencido por él de que también era bueno para los plomos envenenados de los anarquistas, y los tripulantes no se conformaron con tomarle subido en la mesa los retratos en colores que no pudieron tomarle muerto, sino que le hicieron firmar autógrafos hasta que los calambres le torcieron el brazo. Era casi de noche y sólo quedábamos en el puerto los más perplejos, cuando él buscó con la mirada a alguno que tuviera cara de bobo para que lo ayudara a guardar los frascos, y por supuesto se fijó en mí. Aquélla fue como la mirada del destino, no sólo del mío, sino también del suyo, pues de eso hace más de un siglo y ambos nos acordamos todavía como si hubiera sido el domingo pasado. El caso es que estábamos metiendo su botica de circo en aquel baúl con vueltas de púrpura que más bien parecía el sepulcro de un erudito, cuando él debió verme por dentro alguna luz que no me había visto antes porque me preguntó de mala índole quién eres tú, y yo le contesté que era el único huérfano de padre y madre a quien todavía no se le había muerto el papá, y él soltó unas carcajadas más estrepitosas que las del veneno y me preguntó después qué haces en la vida, y yo le contesté que no hacía nada más que estar vivo porque todo lo demás no valía la pena, y todavía llorando de risa me preguntó cuál es la ciencia que más quisieras conocer en el mundo, y ésa fue la única vez en que le contesté sin burlas la verdad, que quería ser adivino, y entonces no se volvió a reír, sino que me dijo como pensando de viva voz que para eso me faltaba poco, pues ya tenía lo más fácil de aprender, que era mi cara de bobo. Esa misma noche habló con mi padre, y por un real y dos cuartillos y una baraja de pronosticar adulterios, me compró para siempre.

Así era Blacamán, el malo, porque el bueno soy yo. Era capaz de convencer a un astrónomo de que el mes de febrero no era más que un rebaño de elefantes invisibles, pero cuando se le volteaba la suerte se volvía bruto del corazón. En sus tiempos de gloria había sido embalsamador de virreyes, y dicen que les componía una cara de tanta autoridad que durante muchos años seguían gobernando mejor que cuando estaban vivos, y que nadie se atrevía a enterrarlos mientras él no volviera a ponerles su semblante de muertos, pero el prestigio se le descalabró con la invención de un ajedrez de nunca acabar que volvió loco a un capellán y provocó dos suicidios ilustres, y así fue decayendo de intérprete de sueños en hipnotizador de cumpleaños, de sacador de muelas por sugestión en curandero de feria, de modo que por la época en que nos conocimos ya lo miraban de medio lado hasta los filibusteros. Andábamos a la deriva con nuestro tenderete de chanchullos, y la vida era una eterna zozobra tratando de vender los supositorios de evasión que volvían transparentes a los contrabandistas, las gotas furtivas que las esposas bautizadas echaban en la sopa para infundir el temor de Dios en los maridos holandeses, y todo lo que ustedes quieran comprar por su propia voluntad, señoras y señores, porque esto no es una orden, sino un consejo, y al fin y al cabo, tampoco la felicidad es una obligación. Sin embargo, por mucho que nos muriéramos de risa de sus ocurrencias, la verdad es que a duras penas nos alcanzaba para comer, y su última esperanza se fundaba en mi vocación de adivino. Me encerraba en el baúl sepulcral disfrazado de japonés, y amarrado con cadenas de estribor para que tratara de adivinar lo que pudiera, mientras él destripaba la gramática buscando el mejor modo de convencer al mundo de su nueva ciencia, y aquí tienen, señoras y señores, a esta criatura atormentada por las luciérnagas de Ezequiel, y usted que se ha quedado ahí con esa cara de incrédulo vamos a ver si se atreve a preguntarle cuándo se va a morir, pero nunca conseguí adivinar ni la fecha en que estábamos, así que él me desahució como adivino porque el sopor de la digestión te trastorna la glándula de los presagios, y después de descalabrarme de un trancazo para componerse la buena suerte resolvió llevarme donde mi padre para que le devolviera la plata. Sin embargo, en esos tiempos le dio por encontrar aplicaciones prácticas para la electricidad del sufrimiento, y se puso a fabricar una máquina de coser que funcionara conectada mediante ventosas con la parte del cuerpo en que se tuviera un dolor. Como yo pasaba la noche quejándome de las palizas que él me daba para conjurar la desgracia, tuvo que quedarse conmigo como probador de su invento, y así el regreso se nos fue demorando y se le fue componiendo el humor, hasta que la máquina funcionó tan bien que no sólo cosía mejor que una novicia, sino que además bordaba pájaros y astromelias según la posición y la intensidad del dolor. En esas estábamos, convencidos de nuestra victoria sobre la mala suerte, cuando nos alcanzó la noticia de que el comandante del acorazado había querido repetir en Filadelfia la prueba del contraveneno, y se convirtió en mermelada de almirante en presencia de su estado mayor.

No se volvió a reír en mucho tiempo. Nos fugamos por desfiladeros de indios, y mientras más perdidos nos encontrábamos más claras nos llegaban las voces de que los infantes de marina habían invadido la nación con el pretexto de exterminar la fiebre amarilla y andaban descabezando a cuanto cacharrero inveterado o eventual encontraran a su paso, y no sólo a los nativos por precaución, sino también a los chinos por distracción, a los negros por costumbre y a los hindúes por encantadores de serpientes, y después arrasaron con la fauna y la flora y con lo que pudieron del reino mineral, porque sus especialistas en nuestros asuntos les habían enseñado que la gente del Caribe tenía la virtud de cambiar de naturaleza para embolatar a los gringos. Yo no entendía de dónde les había salido aquella rabia ni por qué nosotros teníamos tanto miedo, hasta que nos hallamos a salvo en los vientos eternos de la Guajira, y sólo allí tuvo ánimos para confesarme que su contraveneno no era más que ruibarbo con trementina pero que le había pagado dos cuartillos a un calanchín para que le llevara aquella mapaná sin ponzoña. Nos quedamos en las ruinas de una misión colonial, engañados con la esperanza de que pasaran los contrabandistas, que eran hombres de fiar y los únicos capaces de aventurarse bajo el sol mercurial de aquellos yermos de salitre. Al principio comíamos salamandras ahumadas con flores de escombros, y aún nos quedaba espíritu para reírnos cuando tratamos de comernos sus polainas hervidas, pero al final nos comimos hasta las telarañas de agua de los aljibes, y sólo entonces nos dimos cuenta de la falta que nos hacía el mundo. Como yo no conocía en aquel tiempo ningún recurso contra la muerte, simplemente me acosté a esperarla donde me doliera menos, mientras él deliraba con el recuerdo de una mujer tan tierna que podía pasar suspirando a través de las paredes, pero también aquel recuerdo inventado era un artificio de su ingenio para burlar a la muerte con lástimas de amor. Sin embargo, a la hora en que debíamos habernos muerto se me acercó más vivo que nunca y estuvo la noche entera vigilándome la agonía, pensando con tanta fuerza que todavía no he logrado saber si lo que silbaba entre los escombros era el viento o su pensamiento, y antes del amanecer me dijo con la misma voz y la misma determinación de otra época que ahora conocía la verdad, y era que yo le había vuelto a torcer la suerte, de modo que amárrate bien los pantalones porque lo mismo que me la torciste me la vas a enderezar.

Ahí fue donde se echó a perder el poco cariño que le tenía. Me quitó los últimos trapos de encima, me enrolló en alambre de púas, me restregó piedras de salitre en las mataduras, me puso en salmuera en mis propias aguas y me colgó por los tobillos para macerarme al sol, y todavía gritaba que aquella mortificación no era bastante para apaciguar a sus perseguidores. Por último me echó a pudrir en mis propias miserias dentro del calabozo de penitencia donde los misioneros coloniales regeneraban a los herejes, y con la perfidia de ventrílocuo que todavía le sobraba se puso a imitar las voces de los animales de comer, el rumor de las remolachas maduras y el ruido de los manantiales, para torturarme con la ilusión de que me estaba muriendo de indigencia en el paraíso. Cuando por fin lo abastecieron los contrabandistas, bajaba al calabozo para darme de comer cualquier cosa que no me dejara morir, pero luego me hacía pagar la caridad arrancándome las uñas con tenazas y rebajándome los dientes con piedras de moler, y mi único consuelo era el deseo de que la vida me diera tiempo y fortuna para desquitarme de tanta infamia con otros martirios peores. Yo mismo me asombraba de que pudiera resistir la peste de mi propia putrefacción, y todavía me echaba encima las sobras de sus almuerzos y tiraba por los rincones pedazos de lagartos y gavilanes podridos para que el aire del calabozo se acabara de envenenar. No sé cuánto tiempo había pasado, cuando me llevó el cadáver de un conejo para mostrarme que prefería echarlo a pudrir en vez de dármelo a comer, y hasta allí me alcanzó la paciencia y solamente me quedó el rencor, de modo que agarré el cuerpo del conejo por las orejas y lo mandé contra la pared con la ilusión de que era él y no el animal el que se iba a reventar, y entonces fue cuando sucedió, como en un sueño, que el conejo no sólo resucitó con un chillido de espanto, sino que regresó a mis manos caminando por el aire.

Así fue como empezó mi vida grande. Desde entonces ando por

el mundo desfiebrando a los palúdicos por dos pesos, visionando a los ciegos por cuatro con cincuenta, desaguando a los hidrópicos por dieciocho, completando a los mutilados por veinte pesos si lo son de nacimiento, por veintidós si lo son por accidentes o peloteras, por veinticinco si lo son por causa de guerras, terremotos, desembarcos de infantes o cualquier otro género de calamidades públicas, atendiendo a los enfermos comunes al por mayor mediante arreglo especial, a los locos según su tema, a los niños por mitad de precio y a los bobos por gratitud, y a ver quién se atreve a decir que no soy un filántropo, damas y caballeros, y ahora sí, señor comandante de la vigésima flota, ordene a sus muchachos que quiten las barricadas para que pase la humanidad doliente, los lazarinos a la izquierda, los epilépticos a la derecha, los tullidos donde no estorben y allá detrás los menos urgentes, no más que por favor no se me apelotonen que después no respondo si se les confunden las enfermedades y queden curados de lo que no es, y que siga la música hasta que hierva el cobre y los cohetes hasta que se quemen los ángeles y el aguardiente hasta matar la idea, y vengan las maritornes y los maromeros, los matarifes y los fotógrafos, y todo eso por cuenta mía, damas y caballeros, que aquí se acabó la mala fama de los Blacamanes y se armó el despelote universal. Así los voy adormeciendo, con técnicas de diputado, por si acaso me falla el criterio y algunos se me quedan peor de lo que estaban. Lo único que no hago es resucitar a los muertos, porque apenas abren los ojos contramatan de rabia al perturbador de su estado, y a fin de cuentas los que no se suicidan se vuelven a morir de desilusión. Al principio me perseguía un séquito de sabios para investigar la legalidad de mi industria, y cuando estuvieron convencidos me amenazaron con el infierno de Simón el Mago y me recomendaron una vida de penitencia para que llegara a ser santo, pero yo les contesté sin menosprecio de su autoridad que era precisamente por ahí por donde había empezado.

La verdad es que yo no gano nada con ser santo después de muerto, yo lo que soy es un artista, y lo único que quiero es estar vivo para seguir a pura flor de burro con este carricoche convertible de seis cilindros que le compré al cónsul de los infantes, con este chofer trinitario que era barítono de la ópera de los piratas en Nueva Orleans, con mis camisas de gusano legítimo, mis lociones de oriente, mis dientes de topacio, mi sombrero de tartarita y mis botines de dos colores, durmiendo sin despertador, bailando con las reinas de la belleza y dejándolas como alucinadas con mi retórica de diccionario, y sin que me tiemble la pajarilla si un miércoles de ceniza se me marchitan las facultades, que para seguir con esta vida de ministro me basta con mi cara de bobo y me sobra con el tropel de tiendas que tengo desde aquí hasta más allá del crepúsculo, donde los mismos turistas que nos andaban cobrando al almirante trastabillan ahora por los retratos con mi rúbrica, los almanaques con mis versos de amor, mis medallas de perfil, mis pulgadas de ropa, y todo eso sin la gloriosa conduerma de estar todo el día y toda la noche esculpido en mármol ecuestre y cagado de golondrinas como los padres de la patria.

Lástima que Blacamán el malo no pueda repetir esta historia para que vean que no tiene nada de invención. La última vez que alguien lo vio en este mundo había perdido hasta los estoperoles de su antiguo esplendor, y tenía el alma desmantelada y los huesos en desorden por el rigor del desierto, pero todavía le sobró un buen par de cascabeles para reaparecer aquel domingo en el puerto de Santa María del Darién con el eterno baúl sepulcral, sólo que entonces no estaba tratando de vender ningún contraveneno, sino pidiendo con la voz agrietada por la emoción que los infantes de marina lo fusilaran en espectáculo público para demostrar en carne propia las facultades resucitadoras de esta criatura sobrenatural, señoras y señores, y aunque a ustedes les sobra derecho para no creerme después de haber padecido durante tanto tiempo mis malas mañas de embustero y falsificador, les juro por los huesos de mi madre que esta prueba de hoy no es nada del otro mundo, sino la humilde verdad, y por si les quedara alguna duda fíjense bien que ahora no me estoy riendo como antes, sino aguantando las ganas de llorar. Cómo sería de convincente, que se desabotonó la camisa con los ojos ahogados de lágrimas y se daba palmadas de mulo en el corazón para indicar el mejor sitio de la muerte, y sin embargo los infantes de marina no se atrevieron a disparar por temor de que las muchedumbres dominicales les conocieran el desprestigio. Alguien que quizá no olvidaba las blacabunderías de otra época consiguió nadie supo dónde y le llevó dentro de una lata una raíces de barbasco que habrían alcanzado para sacar a flote a todas las corvinas del Caribe, y él las destapó con tantas ganas como si de verdad se las fuera a comer, y en efecto se las comió, señoras y señores, no más que por favor no se me conmuevan ni vayan a rezar por mi descanso, que esta muerte no es más que una visita. Aquella vez fue tan honrado que no incurrió en estertores de ópera, sino que se bajó de la mesa como un cangrejo, buscó en el suelo a través de las primeras dudas el lugar más digno para acostarse, y desde allí me miró como a una madre y exhaló el último suspiro entre sus propios brazos, todavía aguantando sus lágrimas de hombre y torcido al derecho y al revés por el tétano de la eternidad. Fue ésa la única vez, por supuesto, en que me fracasó la ciencia. Lo metí en aquel baúl de tamaño premonitorio donde cupo de cuerpo entero, le hice cantar una misa de tinieblas que me costó cincuenta doblones de a cuatro porque el oficiante estaba vestido de oro y había además tres obispos sentados, le mandé a edificar un mausoleo de emperador sobre una colina expuesta a los mejores tiempos del mar, con una capilla para él solo y una lápida de hierro donde quedó escrito con mayúsculas góticas que aquí yace Blacamán el muerto, mal llamado el malo, burlador de los infantes y víctima de la ciencia, y cuando estas honras me bastaron para hacerle justicia por sus virtudes empecé a desquitarme de sus infamias, y entonces lo resucité dentro del sepulcro blindado, y allí lo dejé revolcándose en el horror. Eso fue mucho antes de que a Santa María del Darién se la tragara la marabunta, pero el mausoleo sigue intacto en la colina, a la sombra de los dragones que suben a dormir en los vientos atlánticos, y cada vez que paso por estos rumbos le llevo un automóvil cargado de rosas y el corazón me duele de lástima por sus virtudes, pero después pongo el oído en la lápida para sentirlo llorar entre los escombros del baúl desbaratado y si acaso se ha vuelto a morir lo vuelvo a resucitar, pues la gracia del escarmiento es que siga viviendo en la sepultura mientras yo esté vivo, es decir, para siempre.

[1968]

La increíble y triste historia de la cándida Eréndira y de su abuela desalmada

ERÉNDIRA ESTABA bañando a la abuela cuando empezó el viento de su desgracia. La enorme mansión de argamasa lunar, extraviada en la soledad del desierto, se estremeció hasta los estribos con la primera embestida. Pero Eréndira y la abuela estaban hechas a los riesgos de aquella naturaleza desatinada, y apenas si notaron el calibre del viento en el baño adornado de pavorreales repetidos y mosaicos pueriles de termas romanas.

La abuela, desnuda y grande, parecía una hermosa ballena blanca en la alberca de mármol. La nieta había cumplido apenas los catorce años, y era lánguida y de huesos tiernos, y demasiado mansa para su edad. Con una parsimonia que tenía algo de rigor sagrado le hacía abluciones a la abuela con un agua en la que había hervido plantas depurativas y hojas de buen olor, y éstas se quedaban pegadas en las espaldas suculentas, en los cabellos metálicos y sueltos, en el hombro potente tatuado sin piedad con un escarnio de marineros.

—Anoche soñé que estaba esperando una carta —dijo la abuela.

Eréndira, que nunca hablaba si no era por motivos ineludibles, preguntó:

—¿Qué día era en el sueño?

—Jueves.

–Entonces era una carta con malas noticias –dijo Eréndira– pero no llegará nunca.

Cuando acabó de bañarla, llevó a la abuela a su dormitorio. Era tan gorda que sólo podía caminar apoyada en el hombro de la nieta, o con un báculo que parecía de obispo, pero aun en sus diligencias más difíciles se notaba el dominio de una grandeza anticuada. En la alcoba compuesta con un criterio excesivo y un poco demente, como toda la casa, Eréndira necesitó dos horas más para arreglar a la abuela. Le desenredó el cabello hebra por hebra, se lo perfumó y se lo peinó, le puso un vestido de flores ecuatoriales, le empolvó la cara con harina de talco, le pintó los labios con carmín, las mejillas con colorete, los párpados con almizcle y las uñas con esmalte de nácar, y cuando la tuvo emperifollada como una muñeca más grande que el tamaño humano la llevó a un jardín artificial de flores sofocantes como las del vestido, la sentó en una poltrona que tenía el fundamento y la alcurnia de un trono, y la dejó escuchando los discos fugaces del gramófono de bocina.

Mientras la abuela navegaba por las ciénagas del pasado, Eréndira se ocupó de barrer la casa, que era oscura y abigarrada, con muebles frenéticos y estatuas de césares inventados, y arañas de lágrimas y ángeles de alabastro, y un piano con barniz de oro, y numerosos relojes de formas y medidas imprevisibles. Tenía en el patio una cisterna para almacenar durante muchos años el agua llevada a lomo de indio desde manantiales remotos, y en una argolla de la cisterna había un avestruz raquítico, el único animal de plumas que pudo sobrevivir al tormento de aquel clima malvado. Estaba lejos de todo, en el alma del desierto, junto a una ranchería de calles miserables y ardientes, donde los chivos se suicidaban de desolación cuando soplaba el viento de la desgracia.

Aquel refugio incomprensible había sido construido por el marido de la abuela, un contrabandista legendario que se llamaba

Amadís, con quien ella tuvo un hijo que también se llamaba Amadís, y que fue el padre de Eréndira. Nadie conoció los orígenes ni los motivos de esa familia. La versión más conocida en lengua de indios era que Amadís, el padre, había rescatado a su hermosa mujer de un prostíbulo de las Antillas, donde mató a un hombre a cuchilladas, y la traspuso para siempre en la impunidad del desierto. Cuando los Amadises murieron, el uno de fiebres melancólicas, y el otro acribillado en un pleito de rivales, la mujer enterró los cadáveres en el patio, despachó a las catorce sirvientas descalzas, y siguió apacentando sus sueños de grandeza en la penumbra de la casa furtiva, gracias al sacrificio de la nieta bastarda que había criado desde el nacimiento.

Sólo para dar cuerda y concertar a los relojes Eréndira necesitaba seis horas. El día en que empezó su desgracia no tuvo que hacerlo, pues los relojes tenían cuerda hasta la mañana siguiente, pero en cambio debió bañar y sobrevestir a la abuela, fregar los pisos, cocinar el almuerzo y bruñir la cristalería. Hacia las once, cuando le cambió el agua al cubo del avestruz y regó los yerbajos desérticos de las tumbas contiguas de los Amadises, tuvo que contrariar el coraje del viento que se había vuelto insoportable, pero no sintió el mal presagio de que aquél fuera el viento de su desgracia. A las doce estaba puliendo las últimas copas de champaña, cuando percibió un olor de caldo tierno, y tuvo que hacer un milagro para llegar corriendo hasta la cocina sin dejar a su paso un desastre de vidrios de Venecia.

Apenas si alcanzó a quitar la olla que empezaba a derramarse en la hornilla. Luego puso al fuego un guiso que ya tenía preparado, y aprovechó la ocasión para sentarse a descansar en un banco de la cocina. Cerró los ojos, los abrió después con una expresión sin cansancio, y empezó a echar la sopa en la sopera. Trabajaba dormida.

La abuela se había sentado sola en el extremo de una mesa de banquete con candelabros de plata y servicios para doce personas. Hizo sonar la campanilla, y casi al instante acudió Eréndira con la sopera humeante. En el momento en que le servía la sopa, la abuela advirtió sus modales de sonámbula, y le pasó la mano frente a los ojos como limpiando un cristal invisible. La niña no vio la mano. La abuela la siguió con la mirada, y cuando Eréndira le dio la espalda para volver a la cocina, le gritó:

—Eréndira.

Despertada de golpe, la niña dejó caer la sopera en la alfombra.

—No es nada, hija —le dijo la abuela con una ternura cierta—. Te volviste a dormir caminando.

—Es la costumbre del cuerpo —se excusó Eréndira.

Recogió la sopera, todavía aturdida por el sueño, y trató de limpiar la mancha de la alfombra.

—Déjala así —la disuadió la abuela—, esta tarde la lavas.

De modo que además de los oficios naturales de la tarde, Eréndira tuvo que lavar la alfombra del comedor, y aprovechó que estaba en el fregadero para lavar también la ropa del lunes, mientras el viento daba vueltas alrededor de la casa buscando un hueco para meterse. Tuvo tanto que hacer, que la noche se le vino encima sin que se diera cuenta, y cuando repuso la alfombra del comedor era la hora de acostarse.

La abuela había chapuceado el piano toda la tarde, cantando en falsete para sí misma las canciones de su época, y aún le quedaban en los párpados los lamparones del almizcle con lágrimas. Pero cuando se tendió en la cama con el camisón de muselina se había restablecido de la amargura de los buenos recuerdos.

—Aprovecha mañana para lavar la alfombra de la sala —le dijo a Eréndira—, que no ha visto el sol desde los tiempos del ruido.

—Sí, abuela —contestó la niña.

Cogió un abanico de plumas y empezó a abanicar a la matrona implacable que le recitaba el código del orden nocturno mientras se hundía en el sueño.

—Plancha toda la ropa antes de acostarte para que duermas con la conciencia tranquila.

—Sí, abuela.

—Revisa bien los roperos, que en las noches de viento tienen más hambre las polillas.

—Sí, abuela.

—Con el tiempo que te sobre sacas las flores al patio para que respiren.

—Sí, abuela.

—Y le pones su alimento al avestruz.

Se había dormido, pero siguió dando órdenes, pues de ella había heredado la nieta la virtud de continuar viviendo en el sueño. Eréndira salió del cuarto sin hacer ruido e hizo los últimos oficios de la noche, contestando siempre a los mandatos de la abuela dormida.

—Le das de beber a las tumbas.

—Sí, abuela.

—Antes de acostarte fíjate que todo quede en perfecto orden, pues las cosas sufren mucho cuando no se les pone a dormir en su puesto.

—Sí, abuela.

—Y si vienen los Amadises avísales que no entren —dijo la abuela—, que las gavillas de Porfirio Galán los están esperando para matarlos.

Eréndira no le contestó más, pues sabía que empezaba a extraviarse en el delirio, pero no se saltó una orden. Cuando acabó de revisar las fallebas de las ventanas y apagó las últimas luces, cogió un candelabro del comedor y se fue alumbrando el paso hasta su dormitorio, mientras las pausas del viento se llenaban con la respiración apacible y enorme de la abuela dormida.

Su cuarto era también lujoso, aunque no tanto como el de la abuela, y estaba atiborrado de las muñecas de trapo y los animales de cuerda de su infancia reciente. Vencida por los oficios bárbaros de la jornada, Eréndira no tuvo ánimos para desvestirse, sino que puso el candelabro en la mesa de noche y se tumbó en la cama. Poco después, el viento de su desgracia se metió en el dormitorio como una manada de perros y volcó el candelabro contra las cortinas.

•

Al amanecer, cuando por fin se acabó el viento, empezaron a caer una gotas de lluvia gruesas y separadas que apagaron las últimas brasas y endurecieron las cenizas humeantes de la mansión. La gente del pueblo, indios en su mayoría, trataba de rescatar los restos del desastre: el cadáver carbonizado del avestruz, el bastidor del piano dorado, el torso de una estatua. La abuela contemplaba con un abatimiento impenetrable los residuos de su fortuna. Eréndira, sentada entre las dos tumbas de los Amadises, había terminado de llorar. Cuando la abuela se convenció de que quedaban muy pocas cosas intactas entre los escombros, miró a la nieta con una lástima sincera.

—Mi pobre niña —suspiró—. No te alcanzará la vida para pagarme este percance.

Empezó a pagárselo ese mismo día, bajo el estruendo de la lluvia, cuando la llevó con el tendero del pueblo, un viudo escuálido y prematuro que era muy conocido en el desierto porque pagaba a buen precio la virginidad. Ante la expectativa impávida de la abuela el viudo examinó a Eréndira con una austeridad científica: consideró la fuerza de sus muslos, el tamaño de sus senos, el diámetro de sus caderas. No dijo una palabra mientras no tuvo un cálculo de su valor.

–Todavía está muy biche –dijo entonces–, tiene teticas de perra.

Después la hizo subir en una balanza para probar con cifras su dictamen. Eréndira pesaba 42 kilos.

–No vale más de cien pesos –dijo el viudo.

La abuela se escandalizó.

–¡Cien pesos por una criatura completamente nueva! –casi gritó–. No, hombre, eso es mucho faltarle al respeto a la virtud.

–Hasta ciento cincuenta –dijo el viudo.

–La niña me ha hecho un daño de más de un millón de pesos –dijo la abuela–. A este paso le harían falta como doscientos años para pagarme.

–Por fortuna –dijo el viudo– lo único bueno que tiene es la edad.

La tormenta amenazaba con desquiciar la casa, y había tantas goteras en el techo que casi llovía adentro como fuera. La abuela se sintió sola en un mundo de desastre.

–Suba siquiera hasta trescientos –dijo.

–Doscientos cincuenta.

Al final se pusieron de acuerdo por doscientos veinte pesos en efectivo y algunas cosas de comer. La abuela le indicó entonces a Eréndira que se fuera con el viudo, y éste la condujo de la mano hacia la trastienda, como si la llevara para la escuela.

–Aquí te espero –dijo la abuela.

–Sí, abuela –dijo Eréndira.

La trastienda era una especie de cobertizo con cuatro pilares de ladrillos, un techo de palmas podridas, y una barda de adobe de un metro de altura por donde se metían en la casa los disturbios de la intemperie. Puestas en el borde de adobes había macetas de cactos y otras plantas de aridez. Colgada entre dos pilares, agitándose como la vela suelta de un balandro al garete, había una hamaca sin color. Por encima del silbido de la tormenta y los ramalazos del agua se oían gritos lejanos, aullidos de animales remotos, voces de naufragio.

Cuando Eréndira y el viudo entraron en el cobertizo tuvieron que sostenerse para que no los tumbara un golpe de lluvia que los dejó ensopados. Sus voces no se oían y sus movimientos se habían vuelto distintos por el fragor de la borrasca. A la primera tentativa del viudo, Eréndira gritó algo inaudible y trató de escapar. El viudo le contestó sin voz, le torció el brazo por la muñeca y la arrastró hacia la hamaca. Ella le resistió con un arañazo en la cara y volvió a gritar en silencio, y él le respondió con una bofetada solemne que la levantó del suelo y la hizo flotar un instante en el aire con el largo cabello de medusa ondulando en el vacío, la abrazó por la cintura antes de que volviera a pisar la tierra, la derribó dentro de la hamaca con un golpe brutal, y la inmovilizó con las rodillas. Eréndira sucumbió entonces al terror, perdió el sentido, y se quedó como fascinada con las franjas de luna de un pescado que pasó navegando en el aire de la tormenta, mientras el viudo la desnudaba desgarrándole la ropa con zarpazos espaciados, como arrancando hierba, desbaratándosela en largas tiras de colores que ondulaban como serpentinas y se iban con el viento.

Cuando no hubo en el pueblo ningún otro hombre que pudiera pagar algo por el amor de Eréndira, la abuela se la llevó en un camión de carga hacia los rumbos del contrabando. Hicieron el viaje en la plataforma descubierta, entre bultos de arroz y latas de manteca, y los saldos del incendio: la cabecera de la cama virreinal, un ángel de guerra, el trono chamuscado, y otros chécheres inservibles. En un baúl con dos cruces pintadas a brocha gorda se llevaron los huesos de los Amadises.

La abuela se protegía del sol eterno con un paraguas descosido y respiraba mal por la tortura del sudor y el polvo, pero aún en aquel estado de infortunio conservaba el dominio de su dignidad.

Detrás de la pila de latas y sacos de arroz, Eréndira pagó el viaje y el transporte de los muebles haciendo amores de a veinte pesos con el carguero del camión. Al principio su sistema de defensa fue el mismo con que se había opuesto a la agresión del viudo. Pero el método del carguero fue distinto, lento y sabio, y terminó por amansarla con la ternura. De modo que cuando llegaron al primer pueblo, al cabo de una jornada mortal, Eréndira y el carguero se reposaban del buen amor detrás del parapeto de la carga. El conductor del camión le gritó a la abuela:

—De aquí en adelante ya todo es mundo.

La abuela observó con incredulidad las calles miserables y solitarias de un pueblo un poco más grande, pero tan triste como el que habían abandonado.

—No se nota —dijo.

—Es territorio de misiones —dijo el conductor.

—A mí no me interesa la caridad sino el contrabando —dijo la abuela.

Pendiente del diálogo detrás de la carga, Eréndira hurgaba con el dedo un saco de arroz. De pronto encontró un hilo, tiró de él, sacó un largo collar de perlas legítimas. Lo contempló asustada, teniéndolo entre los dedos como una culebra muerta, mientras el conductor le replicaba a la abuela:

—No sueñe despierta, señora. Los contrabandistas no existen.

—¡Cómo no —dijo la abuela—, dígamelo a mí!

—Búsquelos y verá —se burló el conductor de buen humor—. Todo el mundo habla de ellos, pero nadie los ve.

El carguero se dio cuenta de que Eréndira había sacado el collar, se apresuró a quitárselo y lo metió otra vez en el saco de arroz. La abuela, que había decidido quedarse a pesar de la pobreza del pueblo, llamó entonces a la nieta para que la ayudara a bajar del camión.

Eréndira se despidió del cargador con un beso apresurado, pero espontáneo y cierto.

La abuela esperó sentada en el trono, en medio de la calle, hasta que acabaron de bajar la carga. Lo último fue el baúl con los restos de los Amadises.

—Esto pesa como un muerto —rió el conductor.

—Son dos —dijo la abuela—. Así que trátelos con el debido respeto.

—Apuesto que son estatuas de marfil —rió el conductor.

Puso el baúl con los huesos de cualquier modo entre los muebles chamuscados, y extendió la mano abierta frente a la abuela.

—Cincuenta pesos —dijo.

La abuela señaló al carguero.

—Ya su esclavo se pagó por la derecha.

El conductor miró sorprendido al ayudante, y éste le hizo una señal afirmativa. Volvió a la cabina del camión, donde viajaba una mujer enlutada con un niño en brazos que lloraba de calor. El carguero, muy seguro de sí mismo, le dijo entonces a la abuela:

—Eréndira se va conmigo, si usted no ordena otra cosa. Es con buenas intenciones.

La niña intervino asustada.

—¡Yo no he dicho nada!

—Lo digo yo que fui el de la idea —dijo el carguero.

La abuela lo examinó de cuerpo entero, sin disminuirlo, sino tratando de calcular el verdadero tamaño de sus agallas.

—Por mí no hay inconveniente —le dijo— si me pagas lo que perdí por su descuido. Son ochocientos sesenta y dos mil trescientos quince pesos, menos cuatrocientos veinte que ya me ha pagado, o sea ochocientos sesenta y un mil ochocientos noventa y cinco.

El camión arrancó.

–Créame que le daría ese montón de plata si lo tuviera –dijo con seriedad el carguero–. La niña los vale.

A la abuela le sentó bien la decisión del muchacho.

–Pues vuelve cuando lo tengas, hijo –le replicó en un tono simpático–, pero ahora vete, que si volvemos a sacar las cuentas todavía me estás debiendo diez pesos.

El carguero saltó en la plataforma del camión que se alejaba. Desde allí le dijo adiós a Eréndira con la mano, pero ella estaba todavía tan asustada que no le correspondió.

En el mismo solar baldío donde las dejó el camión, Eréndira y la abuela improvisaron un tenderete para vivir, con láminas de zinc y restos de alfombras asiáticas. Pusieron dos esteras en el suelo y durmieron tan bien como en la mansión, hasta que el sol abrió huecos en el techo y les ardió en la cara.

Al contrario de siempre, fue la abuela quien se ocupó aquella mañana de arreglar a Eréndira. Le pintó la cara con un estilo de belleza sepulcral que había estado de moda en su juventud, y la remató con unas pestañas postizas y un lazo de organza que parecía una mariposa en la cabeza.

–Te ves horrorosa –admitió– pero así es mejor: los hombres son muy brutos en asuntos de mujeres.

Ambas reconocieron, mucho antes de verlas, los pasos de dos mulas en la yesca del desierto. A una orden de la abuela, Eréndira se acostó en el petate como lo habría hecho una aprendiza de teatro en el momento en que iba a abrirse el telón. Apoyada en el báculo episcopal, la abuela abandonó el tenderete y se sentó en el trono a esperar el paso de las mulas.

Se acercaba el hombre del correo. No tenía más de veinte años, aunque estaba envejecido por el oficio, y llevaba un vestido de caqui, polainas, casco de corcho, y una pistola de militar en el cinturón de cartucheras. Montaba una buena mula, y llevaba otra de cabestro, menos entera, sobre la cual se amontonaban los sacos de lienzo del correo.

Al pasar frente a la abuela la saludó con la mano y siguió de largo. Pero ella le hizo una señal para que echara una mirada dentro del tenderete. El hombre se detuvo, y vio a Eréndira acostada en la estera con sus afeites póstumos y un traje de cenefas moradas.

—¿Te gusta? —preguntó la abuela.

El hombre del correo no comprendió hasta entonces lo que le estaban proponiendo.

—En ayunas no está mal —sonrió.

—Cincuenta pesos —dijo la abuela.

—¡Hombre, lo tendrá de oro! —dijo él—. Eso es lo que me cuesta la comida de un mes.

—No seas estreñido —dijo la abuela—. El correo aéreo tiene mejor sueldo que un cura.

—Yo soy el correo nacional —dijo el hombre—. El correo aéreo es ése que anda en un camioncito.

—De todos modos el amor es tan importante como la comida —dijo la abuela.

—Pero no alimenta.

La abuela comprendió que a un hombre que vivía de las esperanzas ajenas le sobraba demasiado tiempo para regatear.

—¿Cuánto tienes? —le preguntó.

El correo desmontó, sacó del bolsillo unos billetes masticados y se los mostró a la abuela. Ella los cogió todos juntos con una mano rapaz como si fueran una pelota.

—Te lo rebajo —dijo— pero con una condición: haces correr la voz por todas partes.

—Hasta el otro lado del mundo —dijo el hombre del correo—. Para eso sirvo.

Eréndira, que no había podido parpadear, se quitó entonces

las pestañas postizas y se hizo a un lado en la estera para dejarle espacio al novio casual. Tan pronto como él entró en el tenderete, la abuela cerró la entrada con un tirón enérgico de la cortina corrediza.

Fue un trato eficaz. Cautivados por las voces del correo, vinieron hombres desde muy lejos a conocer la novedad de Eréndira. Detrás de los hombres vinieron mesas de lotería y puestos de comida, y detrás de todos vino un fotógrafo en bicicleta que instaló frente al campamento una cámara de caballete con manga de luto, y un telón de fondo con un lago de cisnes inválidos.

La abuela, abanicándose en el trono, parecía ajena a su propia feria. Lo único que le interesaba era el orden en la fila de clientes que esperaban turno, y la exactitud del dinero que pagaban por adelantado para entrar con Eréndira. Al principio había sido tan severa que hasta llegó a rechazar un buen cliente porque le hicieron falta cinco pesos. Pero con el paso de los meses fue asimilando las lecciones de la realidad, y terminó por admitir que completaran el pago con medallas de santos, reliquias de familia, anillos matrimoniales, y todo cuanto fuera capaz de demostrar, mordiéndolo, que era oro de buena ley aunque no brillara.

Al cabo de una larga estancia en aquel primer pueblo, la abuela tuvo suficiente dinero para comprar un burro, y se internó en el desierto en busca de otros lugares más propicios para cobrarse la deuda. Viajaba en unas angarillas que habían improvisado sobre el burro, y se protegía del sol inmóvil con el paraguas desvarillado que Eréndira sostenía sobre su cabeza. Detrás de ellas caminaban cuatro indios de carga con los pedazos del campamento: los petates de dormir, el trono restaurado, el ángel de alabastro y el baúl con los restos de los Amadises.

El fotógrafo perseguía la caravana en su bicicleta, pero sin darle alcance, como si fuera para otra fiesta.

Habían transcurrido seis meses desde el incendio cuando la abuela pudo tener una visión entera del negocio.

—Si las cosas siguen así —le dijo a Eréndira— me habrás pagado la deuda dentro de ocho años, siete meses y once días.

Volvió a repasar sus cálculos con los ojos cerrados, rumiando los granos que sacaba de una faltriquera de jareta donde tenía también el dinero, y precisó:

—Claro que todo esto es sin contar el sueldo y la comida de los indios, y otros gastos menores.

Eréndira, que caminaba al paso del burro agobiada por el calor y el polvo, no hizo ningún reproche a las cuentas de la abuela, pero tuvo que reprimirse para no llorar.

—Tengo vidrio molido en los huesos —dijo.

—Trata de dormir.

—Sí, abuela.

Cerró los ojos, respiró a fondo una bocanada de aire abrasante, y siguió caminando dormida.

·

Una camioneta cargada de jaulas apareció espantando chivos entre la polvareda del horizonte, y el alboroto de los pájaros fue un chorro de agua fresca en el sopor dominical de San Miguel del Desierto. Al volante iba un corpulento granjero holandés con el pellejo astillado por la intemperie, y unos bigotes color de ardilla que había heredado de algún bisabuelo. Su hijo Ulises, que viajaba en el otro asiento, era un adolescente dorado, de ojos marítimos y solitarios, y con la identidad de un ángel furtivo. Al holandés le llamó la atención una tienda de campaña frente a la cual esperaban turno todos los soldados de la guarnición local. Estaban sentados en el suelo, bebiendo de una misma botella que se pasaban de boca en boca, y tenían ramas de almendros en la cabeza como si estuvieran emboscados para un combate. El holandés preguntó en su lengua:

—¿Qué diablos venderán ahí?

—Una mujer —le contestó su hijo con toda naturalidad—. Se llama Eréndira.

—¿Cómo lo sabes?

—Todo el mundo lo sabe en el desierto —contestó Ulises.

El holandés descendió en el hotelito del pueblo. Ulises se demoró en la camioneta, abrió con dedos ágiles una cartera de negocios que su padre había dejado en el asiento, sacó un mazo de billetes, se metió varios en los bolsillos, y volvió a dejar todo como estaba. Esa noche, mientras su padre dormía, se salió por la ventana del hotel y se fue a hacer la cola frente a la carpa de Eréndira.

La fiesta estaba en su esplendor. Los reclutas borrachos bailaban solos para no desperdiciar la música gratis, y el fotógrafo tomaba retratos nocturnos con papeles de magnesio. Mientras controlaba el negocio, la abuela contaba billetes en el regazo, los repartía en gavillas iguales y los ordenaba dentro de un cesto. No había entonces más de doce soldados, pero la fila de la tarde había crecido con clientes civiles. Ulises era el último.

El turno le correspondía a un soldado de ámbito lúgubre. La abuela no sólo le cerró el paso, sino que esquivó el contacto con su dinero.

—No hijo —le dijo—, tú no entras ni por todo el oro del moro. Eres pavoso.

El soldado, que no era de aquellas tierras, se sorprendió.

—¿Qué es eso?

—Que contagias la mala sombra —dijo la abuela—. No hay más que verte la cara.

Lo apartó con la mano, pero sin tocarlo, y le dio paso al soldado siguiente.

—Entra tú, dragoneante —le dijo de buen humor—. Y no te demores, que la patria te necesita.

El soldado entró, pero volvió a salir inmediatamente, porque Eréndira quería hablar con la abuela. Ella se colgó del brazo el cesto de dinero y entró en la tienda de campaña, cuyo espacio era estrecho, pero ordenado y limpio. Al fondo, en una cama de lienzo, Eréndira no podía reprimir el temblor del cuerpo, y estaba maltratada y sucia de sudor de soldados.

—Abuela —sollozó—, me estoy muriendo.

La abuela le tocó la frente, y al comprobar que no tenía fiebre, trató de consolarla.

—Ya no faltan más de diez militares —dijo.

Eréndira rompió a llorar con unos chillidos de animal azorado. La abuela supo entonces que había traspuesto los límites del horror, y acariciándole la cabeza la ayudó a calmarse.

—Lo que pasa es que estás débil —le dijo—. Anda, no llores más, báñate con agua de salvia para que se te componga la sangre.

Salió de la tienda cuando Eréndira empezó a serenarse, y le devolvió el dinero al soldado que esperaba. «Se acabó por hoy —le dijo—. Vuelve mañana y te doy el primer turno.» Luego gritó a los de la fila:

—Se acabó, muchachos. Hasta mañana a las nueve.

Soldados y civiles rompieron filas con gritos de protesta. La abuela se les enfrentó de buen talante pero blandiendo en serio el báculo devastador.

—¡Desconsiderados! ¡Mampolones! —gritaba—. Qué se creen, que esa criatura es de fierro. Ya quisiera yo verlos en su situación. ¡Pervertidos! ¡Apátridas de mierda!

Los hombres le replicaban con insultos más gruesos, pero ella terminó por dominar la revuelta y se mantuvo en guardia con el báculo hasta que se llevaron las mesas de fritanga y desmontaron los puestos de lotería. Se disponía a volver a la tienda cuando vio a Ulises de cuerpo entero, solo, en el espacio vacío y oscuro donde antes estuvo la fila de hombres. Tenía un aura irreal y parecía visible en la penumbra por el fulgor propio de su belleza.

—Y tú —le dijo la abuela—, ¿dónde dejaste las alas?

—El que las tenía era mi abuelo —contestó Ulises con su naturalidad—, pero nadie lo cree.

La abuela volvió a examinarlo con una atención hechizada. «Pues yo sí lo creo —dijo—. Tráelas puestas mañana.» Entró en la tienda y dejó a Ulises ardiendo en su sitio.

Eréndira se sintió mejor después del baño. Se había puesto una combinación corta y bordada, y se estaba secando el pelo para acostarse, pero aún hacía esfuerzos por reprimir las lágrimas. La abuela dormía.

Por detrás de la cama de Eréndira, muy despacio, Ulises asomó la cabeza. Ella vio los ojos ansiosos y diáfanos, pero antes de decir nada se frotó la cara con la toalla para probarse que no era una ilusión. Cuando Ulises parpadeó por primera vez, Eréndira le preguntó en voz muy baja:

—Quién tú eres.

Ulises se mostró hasta los hombros. «Me llamo Ulises», dijo. Le enseñó los billetes robados y agregó:

—Traigo la plata.

Eréndira puso las manos sobre la cama, acercó su cara a la de Ulises, y siguió hablando con él como en un juego de escuela primaria.

—Tenías que ponerte en la fila —le dijo.

—Esperé toda la noche —dijo Ulises.

—Pues ahora tienes que esperarte hasta mañana —dijo Eréndira—. Me siento como si me hubieran dado trancazos en los riñones.

En ese instante la abuela empezó a hablar dormida.

—Va a hacer veinte años que llovió la última vez —dijo—. Fue una tormenta tan terrible que la lluvia vino revuelta con agua del mar, y la casa amaneció llena de pescados y caracoles, y tu abuelo Amadís, que en paz descanse, vio una mantarraya luminosa navegando por el aire.

Ulises se volvió a esconder detrás de la cama. Eréndira hizo un sonrisa divertida.

—Tate sosiego —le dijo—. Siempre se vuelve como loca cuando está dormida, pero no la despierta ni un temblor de tierra.

Ulises se asomó de nuevo. Eréndira lo contempló con una sonrisa traviesa y hasta un poco cariñosa, y quitó de la estera la sábana usada.

—Ven —le dijo—, ayúdame a cambiar la sábana.

Entonces Ulises salió de detrás de la cama y cogió la sábana por un extremo. Como era una sábana mucho más grande que la estera se necesitaban varios tiempos para doblarla. Al final de cada doblez Ulises estaba más cerca de Eréndira.

—Estaba loco por verte —dijo de pronto—. Todo el mundo dice que eres muy bella, y es verdad.

—Pero me voy a morir —dijo Eréndira.

—Mi mamá dice que los que se mueren en el desierto no van al cielo sino al mar —dijo Ulises.

Eréndira puso aparte la sábana sucia y cubrió la estera con otra limpia y aplanchada.

—No conozco el mar —dijo.

—Es como el desierto, pero con agua —dijo Ulises.

—Entonces no se puede caminar.

—Mi papá conoció un hombre que sí podía —dijo Ulises— pero hace mucho tiempo.

Eréndira estaba encantada pero quería dormir.

—Si vienes mañana bien temprano te pones en el primer puesto —dijo.

–Me voy con mi papá por la madrugada –dijo Ulises.

–¿Y no vuelven a pasar por aquí?

–Quién sabe cuándo –dijo Ulises–. Ahora pasamos por casualidad porque nos perdimos en el camino de la frontera.

Eréndira miró pensativa a la abuela dormida.

–Bueno –decidió–, dame la plata.

Ulises se la dio. Eréndira se acostó en la cama, pero él se quedó trémulo en su sitio: en el instante decisivo su determinación había flaqueado. Eréndira lo cogió de la mano para que se diera prisa, y sólo entonces advirtió su tribulación. Ella conocía ese miedo.

–¿Es la primera vez? –le preguntó.

Ulises no contestó, pero hizo una sonrisa desolada. Eréndira se volvió distinta.

–Respira despacio –le dijo–. Así es siempre al principio, y después ni te das cuenta.

Lo acostó a su lado, y mientras le quitaba la ropa lo fue apaciguando con recursos maternos.

–¿Cómo es que te llamas?

–Ulises.

–Es nombre de gringo –dijo Eréndira.

–No, de navegante.

Eréndira le descubrió el pecho, le dio besitos huérfanos, lo olfateó.

–Pareces todo de oro –dijo– pero hueles a flores.

–Debe ser a naranjas –dijo Ulises.

Ya más tranquilo, hizo una sonrisa de complicidad.

–Andamos con muchos pájaros para despistar –agregó–, pero lo que llevamos a la frontera es un contrabando de naranjas.

–Las naranjas no son contrabando –dijo Eréndira.

–Éstas sí –dijo Ulises–. Cada una cuesta cincuenta mil pesos.

Eréndira se rió por primera vez en mucho tiempo.

—Lo que más me gusta de ti —dijo— es la seriedad con que inventas disparates.

Se había vuelto espontánea y locuaz, como si la inocencia de Ulises le hubiera cambiado no sólo el humor, sino también la índole. La abuela, a tan escasa distancia de la fatalidad, siguió hablando dormida.

—Por estos tiempos, a principios de marzo, te trajeron a la casa —dijo—. Parecías una lagartija envuelta en algodones. Amadís, tu padre, que era joven y guapo, estaba tan contento aquella tarde que mandó a buscar como veinte carretas cargadas de flores, y llegó gritando y tirando flores por la calle, hasta que todo el pueblo quedó dorado de flores como el mar.

Deliró varias horas, a grandes voces, y con una pasión obstinada. Pero Ulises no la oyó, porque Eréndira lo había querido tanto, y con tanta verdad, que lo volvió a querer por la mitad de su precio mientras la abuela deliraba, y lo siguió queriendo sin dinero hasta el amanecer.

.

Un grupo de misioneros con los crucifijos en alto se había plantado hombro contra hombro en medio del desierto. Un viento tan bravo como el de la desgracia sacudía sus hábitos de cañamazo y sus barbas cerriles, y apenas les permitía tenerse en pie. Detrás de ellos estaba la casa de la misión, un promontorio colonial con un campanario minúsculo sobre los muros ásperos y encalados.

El misionero más joven, que comandaba el grupo, señaló con el índice un grieta natural en el suelo de arcilla vidriada.

—No pasen esa raya —gritó.

Los cuatro cargadores indios que transportaban a la abuela en un palanquín de tablas se detuvieron al oír el grito. Aunque iba mal sentada en el piso del palanquín y tenía el ánimo entorpecido por el polvo y el sudor del desierto, la abuela se mantenía en su altivez. Eréndira iba a pie. Detrás del palanquín había una fila de ocho indios de carga, y en último término el fotógrafo en la bicicleta.

—El desierto no es de nadie —dijo la abuela.

—Es de Dios —dijo el misionero—, y estáis violando sus santas leyes con vuestro tráfico inmundo.

La abuela reconoció entonces la forma y la dicción peninsulares del misionero, y eludió el encuentro frontal para no descalabrarse contra su intransigencia. Volvió a ser ella misma.

—No entiendo tus misterios, hijo.

El misionero señaló a Eréndira.

—Esa criatura es menor de edad.

—Pero es mi nieta.

—Tanto peor —replicó el misionero—. Ponla bajo nuestra custodia, por las buenas, o tendremos que recurrir a otros métodos.

La abuela no esperaba que llegaran a tanto.

—Está bien, aríjuna —cedió asustada—. Pero tarde o temprano pasaré, ya lo verás.

Tres días después del encuentro con los misioneros, la abuela y Eréndira dormían en un pueblo próximo al convento, cuando unos cuerpos sigilosos, mudos, reptando como patrullas de asalto, se deslizaron en la tienda de campaña. Eran seis novicias indias, fuertes y jóvenes, con los hábitos de lienzo crudo que parecían fosforescentes en las ráfagas de luna. Sin hacer un solo ruido cubrieron a Eréndira con un toldo de mosquitero, la levantaron sin despertarla, y se la llevaron envuelta como un pescado grande y frágil capturado en una red lunar.

No hubo un recurso que la abuela no intentara para rescatar a la nieta de la tutela de los misioneros. Sólo cuando le fallaron todos, desde los más derechos hasta los más torcidos, recurrió a la autoridad civil, que era ejercida por un militar. Lo encontró en el patio de su casa, con el torso desnudo, disparando con un rifle de guerra contra una nube oscura y solitaria en el cielo ardiente. Trataba de perforarla para que lloviera, y sus disparos eran encarnizados e inútiles pero hizo las pausas necesarias para escuchar a la abuela.

—Yo no puedo hacer nada —le explicó, cuando acabó de oírla—, los padrecitos, de acuerdo con el Concordato, tienen derecho a quedarse con la niña hasta que sea mayor de edad. O hasta que se case.

—¿Y entonces para qué lo tienen a usted de alcalde? —preguntó la abuela.

—Para que haga llover —dijo el alcalde.

Luego, viendo que la nube se había puesto fuera de su alcance, interrumpió sus deberes oficiales y se ocupó por completo de la abuela.

—Lo que usted necesita es una persona de mucho peso que responda por usted —le dijo—. Alguien que garantice su moralidad y sus buenas costumbres con una carta firmada. ¿No conoce al senador Onésimo Sánchez?

Sentada bajo el sol puro en un taburete demasiado estrecho para sus nalgas siderales, la abuela contestó con una rabia solemne:

—Soy una pobre mujer sola en la inmensidad del desierto.

El alcalde, con el ojo derecho torcido por el calor, la contempló con lástima.

—Entonces no pierda más el tiempo, señora —dijo—. Se la llevó el carajo.

No se la llevó, por supuesto. Plantó la tienda frente al convento de la misión y se sentó a pensar, como un guerrero solitario que mantuviera en estado de sitio a una ciudad fortificada. El fotógrafo ambulante, que la conocía muy bien, cargó sus bártulos en la parrilla de la bicicleta y se dispuso a marcharse solo cuando la vio a pleno sol, y con los ojos fijos en el convento.

–Vamos a ver quién se cansa primero –dijo la abuela–, ellos o yo.

–Ellos están ahí hace 300 años, y todavía aguantan –dijo el fotógrafo–. Yo me voy.

Sólo entonces vio la abuela la bicicleta cargada.

–¿Para dónde vas?

–Para donde me lleve el viento –dijo el fotógrafo, y se fue–. El mundo es grande.

La abuela suspiró.

–No tanto como tú crees, desmerecido.

Pero no movió la cabeza a pesar del rencor, para no apartar la vista del convento. No la apartó durante muchos días de calor mineral, durante muchas noches de vientos perdidos, durante el tiempo de la meditación en que nadie salió del convento. Los indios construyeron un cobertizo de palma junto a la tienda, y allí colgaron sus chinchorros, pero la abuela velaba hasta muy tarde, cabeceando en el trono, y rumiando los cereales crudos de su faltriquera con la desidia invencible de un buey acostado.

Una noche pasó muy cerca de ella una fila de camiones tapados, lentos, cuyas únicas luces eran unas guirnaldas de focos de colores que les daban un tamaño espectral de altares sonámbulos. La abuela los reconoció de inmediato, porque eran iguales a los camiones de los Amadises. El último del convoy se retrasó, se detuvo, y un hombre bajó de la cabina a arreglar algo en la plataforma de carga. Parecía una réplica de los Amadises, con una gorra de ala algo volteada, botas altas, dos cananas cruzadas en el pecho, un fusil militar y dos pistolas. Vencida por una tentación irresistible, la abuela llamó al hombre.

–¿No sabes quién soy? –le preguntó.

El hombre la alumbró sin piedad con una linterna de pilas. Contempló un instante el rostro estragado por la vigilia, los ojos apagados de cansancio, el cabello marchito de la mujer que aún a su edad, en su mal estado y con aquella luz cruda en la cara, hubiera podido decir que había sido la más bella del mundo.

Cuando la examinó bastante para estar seguro de no haberla visto nunca, apagó la linterna.

–Lo único que sé con toda seguridad –dijo– es que usted no es la Virgen de los Remedios.

–Todo lo contrario –dijo la abuela con una voz dulce–. Soy la Dama.

El hombre puso la mano en la pistola por puro instinto.

–¡Cuál dama!

–La de Amadís el grande.

–Entonces no es de este mundo –dijo él tenso–. ¿Qué es lo que quiere?

–Que me ayuden a rescatar a mi nieta, nieta de Amadís el grande, hija de nuestro Amadís, que está presa en ese convento.

El hombre su sobrepuso al temor.

–Se equivocó de puerta –dijo–. Si cree que somos capaces de atravesarnos en las cosas de Dios, usted no es la que dice que es, ni conoció siquiera a los Amadises, ni tiene la más puta idea de lo que es el matute.

Esa madrugada la abuela durmió menos que las anteriores. La pasó rumiando, envuelta en una manta de lana, mientras el tiempo de la noche le equivocaba la memoria, y los delirios reprimidos pugnaban por salir aunque estuviera despierta, y tenía que apretarse el corazón con la mano para que no la sofocara el recuerdo de una casa de mar con grandes flores coloradas donde había sido feliz. Así se mantuvo hasta que sonó la campana del convento, y se encendieron las primeras luces en las ventanas y el desierto se saturó del olor a pan caliente de los maitines. Sólo entonces se abandonó al cansancio, engañada por la ilusión de que Eréndira se había levantado y estaba buscando el modo de escaparse para volver con ella.

Eréndira, en cambio, no perdió ni una noche de sueño desde que la llevaron al convento. Le habían cortado el cabello con unas tijeras de podar hasta dejarle la cabeza como un cepillo, le pusieron el rudo balandrán de lienzo de las reclusas y le entregaron un balde de agua de cal y una escoba para que encalara los peldaños de las escaleras cada vez que alguien las pisara. Era un oficio de mula, porque había un subir y bajar incesante de misioneros embarrados y novicias de carga, pero Eréndira lo sintió como un domingo de todos los días después de la galera mortal de la cama. Además, no era ella la única agotada al anochecer, pues aquel convento no estaba consagrado a la lucha contra el demonio sino contra el desierto. Eréndira había visto a las novicias indígenas desbravando las vacas a pescozones para ordeñarlas en los establos, saltando días enteros sobre las tablas para exprimir los quesos, asistiendo a las cabras en un mal parto. Las había visto sudar como estibadores curtidos sacando el agua del aljibe, irrigando a pulso un huerto temerario que otras novicias habían labrado con azadones para plantar legumbres en el pedernal del desierto. Había visto el infierno terrestre de los hornos de pan y los cuartos de plancha. Había visto a una monja persiguiendo a un cerdo por el patio, la vio resbalar con el cerdo cimarrón agarrado por las orejas y revolcarse en un barrizal sin soltarlo, hasta que dos novicias con delantales de cuero la ayudaron a someterlo, y una de ellas lo degolló con un cuchillo de matarife y todas quedaron empapadas de sangre y de lodo. Había visto en el pabellón apartado del hospital a las monjas tísicas con sus camisones de muertas, que esperaban la última orden de Dios bordando sábanas matrimoniales en las terrazas, mientras los hombres de la misión predicaban en el desierto. Eréndira vivía en su penumbra, descubriendo otras formas de belleza y de horror que nunca había imaginado en el mundo estrecho de la cama, pero ni las novicias más montaraces ni las más persuasivas habían logrado que dijera una palabra desde que la llevaron al convento. Una mañana, cuando estaba aguando la cal en el balde, oyó una música de cuerdas que parecía una luz más diáfana en la luz del desierto. Cautivada por el milagro, se asomó a un salón inmenso y vacío de paredes desnudas y ventanas grandes por donde entraba a golpes y se quedaba estancada la claridad deslumbrante de junio, y en el centro del salón vio a una monja muy bella que no había visto antes, tocando un oratorio de Pascua en el clavicémbalo. Eréndira escuchó la música sin parpadear, con el alma en un hilo, hasta que sonó la campana para comer. Después del almuerzo, mientras blanqueaba la escalera con la brocha de esparto, esperó a que todas las novicias acabaran de subir y bajar, se quedó sola, donde nadie pudiera oírla, y entonces habló por primera vez desde que entró en el convento.

–Soy feliz –dijo.

De modo que a la abuela se le acabaron las esperanzas de que Eréndira escapara para volver con ella, pero mantuvo su asedio de granito, sin tomar ninguna determinación, hasta el domingo de Pentecostés. Por esa época los misioneros rastrillaban el desierto persiguiendo concubinas encinta para casarlas. Iban hasta las rancherías más olvidadas en un camioncito decrépito, con cuatro hombres de tropa bien armados y un arcón de géneros de pacotilla. Lo más difícil de aquella cacería de indios era convencer a las mujeres, que se defendían de la gracia divina con el argumento verídico de que los hombres se sentían con derecho a exigirles a las esposas legítimas un trabajo más rudo que a las concubinas, mientras ellos dormían despernancados en los chinchorros. Había que seducirlas con recursos de engaño, disolviéndoles la voluntad de Dios en el jarabe de su propio idioma para que la sintieran menos áspera, pero hasta las más retrecheras terminaban convencidas por unos aretes de oropel. A los hombres, en cambio, una vez obtenida la aceptación de la mujer, los sacaban a culatazos de los chinchorros y se los llevaban amarrados en la plataforma de carga, para casarlos a la fuerza.

Durante varios días la abuela vio pasar hacia el convento el camioncito cargado de indias encinta, pero no reconoció su oportunidad. La reconoció el propio domingo de Pentecostés, cuando oyó los cohetes y los repiques de las campanas, y vio la muchedumbre miserable y alegre que pasaba para la fiesta, y vio que entre las muchedumbres había mujeres encinta con velos y coronas de novia, llevando del brazo a los maridos de casualidad para volverlos legítimos en la boda colectiva.

Entre los últimos del desfile pasó un muchacho de corazón inocente, de pelo indio cortado como una totuma y vestido de andrajos, que llevaba en la mano un cirio pascual con un lazo de seda. La abuela lo llamó.

—Dime una cosa, hijo —le preguntó con su voz más tersa—. ¿Qué vas a hacer tú en esa cumbiamba?

El muchacho se sentía intimidado con el cirio, y le costaba trabajo cerrar la boca por sus dientes de burro.

—Es que los padrecitos me van a hacer la primera comunión —dijo.

—¿Cuánto te pagaron?

—Cinco pesos.

La abuela sacó de la faltriquera un rollo de billetes que el muchacho miró asombrado.

—Yo te voy a dar veinte —dijo la abuela—. Pero no para que hagas la primera comunión, sino para que te cases.

—¿Y eso con quién?

—Con mi nieta.

Así que Eréndira se casó en el patio del convento, con el balandrán de reclusa y una mantilla de encaje que le regalaron las novicias, y sin saber al menos cómo se llamaba el esposo que le había comprado su abuela. Soportó con una esperanza incierta el tormento de las rodillas en el suelo de caliche, la peste de pellejo de chivo de las doscientas novias embarazadas, el castigo de la epístola de san Pablo martillada en latín bajo la canícula inmóvil, porque los misioneros no encontraron recursos para oponerse a la artimaña de la boda imprevista, pero le habían prometido una última tentativa para mantenerla en el convento. Sin embargo, al término de la ceremonia, y en presencia del Prefecto Apostólico, del alcalde militar que disparaba contra las nubes, de su esposo reciente y de su abuela impasible, Eréndira se encontró de nuevo bajo el hechizo que la había dominado desde su nacimiento. Cuando le preguntaron cuál era su voluntad libre, verdadera y definitiva, no tuvo ni un suspiro de vacilación.

–Me quiero ir –dijo. Y aclaró, señalando al esposo–: Pero no me voy a ir con él sino con mi abuela.

.

Ulises había perdido la tarde tratando de robarse una naranja en la plantación de su padre, pues éste no le quitó la vista de encima mientras podaban los árboles enfermos, y su madre lo vigilaba desde la casa. De modo que renunció a su propósito, al menos por aquel día, y se quedó de mala gana ayudando a su padre hasta que terminaron de podar los últimos naranjos.

La extensa plantación era callada y oculta, y la casa de madera con techo de latón tenía mallas de cobre en las ventanas y una terraza grande montada sobre pilotes, con plantas primitivas de flores intensas. La madre de Ulises estaba en la terraza, tumbada en un mecedor vienés y con hojas ahumadas en las sienes para aliviar el dolor de cabeza, y su mirada de india pura seguía los movimientos del hijo como un haz de luz invisible hasta los lugares más esquivos del naranjal. Era muy bella, mucho más joven que el marido, y no sólo continuaba vestida con el camisón de la tribu, sino que conocía los secretos más antiguos de su sangre.

Cuando Ulises volvió a la casa con los hierros de podar, su madre le pidió la medicina de las cuatro, que estaba en una mesita cercana.

Tan pronto como él los tocó, el vaso y el frasco cambiaron de color. Luego tocó por simple travesura una jarra de cristal que estaba en la mesa con otros vasos, y también la jarra se volvió azul. Su madre lo observó mientras tomaba la medicina, y cuando estuvo segura de que no era un delirio de su dolor le preguntó en lengua guajira:

—¿Desde cuándo te sucede?

—Desde que vinimos del desierto —dijo Ulises, también en guajiro—. Es sólo con las cosas de vidrio.

Para demostrarlo, tocó uno tras otro los vasos que estaban en la mesa, y todos cambiaron de colores diferentes.

—Esas cosas sólo suceden por amor —dijo la madre— ¿Quién es?

Ulises no contestó. Su padre, que no sabía la lengua guajira, pasaba en ese momento por la terraza con un racimo de naranjas.

—¿De qué hablan? —le preguntó a Ulises en holandés.

—De nada especial —contestó Ulises.

La madre de Ulises no sabía el holandés. Cuando su marido entró en la casa, le preguntó al hijo en guajiro:

—¿Qué te dijo?

—Nada especial —dijo Ulises.

Perdió de vista a su padre cuando entró en la casa, pero lo volvió a ver por una ventana dentro de la oficina. La madre esperó hasta quedarse a solas con Ulises, y entonces insistió:

—Dime quién es.

–No es nadie –dijo Ulises.

Contestó sin atención, porque estaba pendiente de los movimientos de su padre dentro de la oficina. Lo había visto poner las naranjas sobre la caja de caudales para componer la clave de la combinación. Pero mientras él vigilaba a su padre, su madre lo vigilaba a él.

–Hace mucho tiempo que no comes pan –observó ella.

–No me gusta.

El rostro de la madre adquirió de pronto una vivacidad insólita. «Mentira –dijo–. Es porque estás mal de amor, y los que están así no pueden comer pan.» Su voz, como sus ojos, había pasado de la súplica a la amenaza.

–Más vale que me digas quién es –dijo–, o te doy a la fuerza unos baños de purificación.

En la oficina, el holandés abrió la caja de caudales, puso dentro las naranjas, y volvió a cerrar la puerta blindada. Ulises se apartó entonces de la ventana y le replicó a su madre con impaciencia.

–Ya te dije que no es nadie –dijo–. Si no me crees, pregúntaselo a mi papá.

El holandés apareció en la puerta de la oficina encendiendo la pipa de navegante, y con su Biblia descosida bajo el brazo. La mujer le preguntó en castellano:

–¿A quién conocieron en el desierto?

–A nadie –le contestó su marido, un poco en las nubes–. Si no me crees, pregúntaselo a Ulises.

Se sentó en el fondo del corredor a chupar la pipa hasta que se le agotó la carga. Después abrió la Biblia al azar y recitó fragmentos salteados durante casi dos horas en un holandés fluido y altisonante.

A medianoche, Ulises seguía pensando con tanta intensidad que no podía dormir. Se revolvió en el chinchorro una hora más, tratando de dominar el dolor de los recuerdos, hasta que el propio dolor le dio la fuerza que le hacía falta para decidir. Entonces se puso los pantalones de vaquero, la camisa de cuadros escoceses y las botas de montar, y saltó por la ventana y se fugó de la casa en la camioneta cargada de pájaros. Al pasar por la plantación arrancó las tres naranjas maduras que no había podido robarse en la tarde.

Viajó por el desierto el resto de la noche, y al amanecer preguntó por pueblos y rancherías cuál era el rumbo de Eréndira, pero nadie le daba razón. Por fin le informaron que andaba detrás de la comitiva electoral del senador Onésimo Sánchez, y que éste debía de estar aquel día en la Nueva Castilla. No lo encontró allí, sino en el pueblo siguiente, y ya Eréndira no andaba con él, pues la abuela había conseguido que el senador avalara su moralidad con una carta de su puño y letra, y se iba abriendo con ella las puertas mejor trancadas del desierto. Al tercer día se encontró con el hombre del correo nacional, y éste le indicó la dirección que buscaba.

–Van para el mar –le dijo–. Y apúrate, que la intención de la jodida vieja es pasarse para la isla de Aruba.

En ese rumbo, Ulises divisó al cabo de media jornada la carpa amplia y percudida que la abuela le había comprado a un circo en derrota. El fotógrafo errante había vuelto con ella, convencido de que en efecto el mundo no era tan grande como pensaba, y tenía instalados cerca de la carpa sus telones idílicos. Una banda de chupacobres cautivaba a los clientes de Eréndira con un vals taciturno.

Ulises esperó su turno para entrar, y lo primero que le llamó la atención fue el orden y la limpieza en el interior de la carpa. La cama de la abuela había recuperado su esplendor virreinal, la estatua del ángel estaba en su lugar junto al baúl funerario de los Amadises, y había además una bañera de peltre con patas de león. Acostada en su nuevo lecho de marquesina, Eréndira estaba desnuda y plácida, e irradiaba un fulgor infantil bajo la luz filtrada de la carpa. Dormía con los ojos abiertos. Ulises se detuvo junto a ella, con las naranjas en la mano, y advirtió que lo estaba mirando sin verlo. Entonces pasó la mano frente a sus ojos y la llamó con el nombre que había inventado para pensar en ella:

—Arídnere.

Eréndira despertó. Se sintió desnuda frente a Ulises, hizo un chillido sordo y se cubrió con la sábana hasta la cabeza.

—No me mires —dijo—. Estoy horrible.

—Estás toda color de naranja —dijo Ulises. Puso las frutas a la altura de sus ojos para que ella comparara—. Mira.

Eréndira se descubrió los ojos y comprobó que en efecto las naranjas tenían su color.

—Ahora no quiero que te quedes —dijo.

—Sólo entré para mostrarte esto —dijo Ulises—. Fíjate.

Rompió una naranja con las uñas, la partió con las dos manos, y le mostró a Eréndira el interior: clavado en el corazón de la fruta había un diamante legítimo.

—Éstas son las naranjas que llevamos a la frontera —dijo.

—¡Pero son naranjas vivas! —exclamó Eréndira.

—Claro —sonrió Ulises—. Las siembra mi papá.

Eréndira no lo podía creer. Se descubrió la cara, cogió el diamante con los dedos y lo contempló asombrada.

—Con tres así le damos la vuelta al mundo —dijo Ulises.

Eréndira le devolvió el diamante con un aire de desaliento. Ulises insistió.

—Además, tengo una camioneta —dijo—. Y además… ¡Mira!

Se sacó de debajo de la camisa una pistola arcaica.

—No puedo irme antes de diez años —dijo Eréndira.

—Te irás —dijo Ulises—. Esta noche, cuando se duerma la ballena blanca, yo estaré ahí fuera, cantando como la lechuza.

Hizo una imitación tan real del canto de la lechuza, que los ojos de Eréndira sonrieron por primera vez.

—Es mi abuela —dijo.

—¿La lechuza?

—La ballena.

Ambos se rieron del equívoco, pero Eréndira retomó el hilo.

—Nadie puede irse para ninguna parte sin permiso de su abuela.

—No hay que decirle nada.

—De todos modos lo sabrá —dijo Eréndira—: ella sueña las cosas.

—Cuando empiece a soñar que te vas, ya estaremos del otro lado de la frontera. Pasaremos como los contrabandistas... —dijo Ulises.

Empuñando la pistola con un dominio de atarbán de cine imitó el sonido de los disparos para embullar a Eréndira con su audacia. Ella no dijo ni que sí ni que no, pero sus ojos suspiraron, y despidió a Ulises con un beso. Ulises, conmovido, murmuró:

—Mañana veremos pasar los buques.

Aquella noche, poco después de las siete, Eréndira estaba peinando a la abuela cuando volvió a soplar el viento de su desgracia. Al abrigo de la carpa estaban los indios cargadores y el director de la charanga esperando el pago de su sueldo. La abuela acabó de contar los billetes de un arcón que tenía a su alcance, y después de consultar un cuaderno de cuentas le pagó al mayor de los indios.

—Aquí tienes —le dijo—: veinte pesos la semana, menos ocho de la comida, menos tres del agua, menos cincuenta centavos a buena cuenta de las camisas nuevas, son ocho con cincuenta. Cuéntalos bien.

El indio mayor contó el dinero, y todos se retiraron con una reverencia.

—Gracias, blanca.

El siguiente era el director de los músicos. La abuela consultó el cuaderno de cuentas, y se dirigió al fotógrafo, que estaba tratando de remendar el fuelle de la cámara con pegotes de gutapercha.

–En qué quedamos –le dijo–, ¿pagas o no pagas la cuarta parte de la música?

El fotógrafo ni siquiera levantó la cabeza para contestar.

–La música no sale en los retratos.

–Pero despierta en la gente las ganas de retratarse –replicó la abuela.

–Al contrario –dijo el fotógrafo–, les recuerda a los muertos, y luego salen en los retratos con los ojos cerrados.

El director de la charanga intervino.

–Lo que hace cerrar los ojos no es la música –dijo–, son los relámpagos de retratar de noche.

–Es la música –insistió el fotógrafo.

La abuela le puso término a la disputa. «No seas truñuño –le dijo al fotógrafo–. Fíjate lo bien que le va al senador Onésimo Sánchez, y es gracias a los músicos que lleva.» Luego, de un modo duro, concluyó:

–De modo que pagas la parte que te corresponde, o sigues solo con tu destino. No es justo que esa pobre criatura lleve encima todo el peso de los gastos.

–Sigo solo mi destino –dijo el fotógrafo–. Al fin y al cabo, yo lo que soy es un artista.

La abuela se encogió de hombros y se ocupó del músico. Le entregó un mazo de billetes, de acuerdo con la cifra escrita en el cuaderno.

–Doscientas cincuenta y cuatro piezas –le dijo– a cincuenta centavos cada una, más treinta y dos en domingos y días feriados, a sesenta centavos cada una, son ciento cincuenta y seis con veinte.

El músico no recibió el dinero.

–Son ciento ochenta y dos con cuarenta –dijo–. Los valses son más caros.

–¿Y eso por qué?

—Porque son más tristes —dijo el músico.

La abuela lo obligó a que cogiera el dinero.

—Pues esta semana nos tocas dos piezas alegres por cada vals que te debo, y quedamos en paz.

El músico no entendió la lógica de la abuela, pero aceptó las cuentas mientras desenredaba el enredo. En ese instante, el viento despavorido estuvo a punto de desarraigar la carpa, y en el silencio que dejó a su paso se escuchó en el exterior, nítido y lúgubre, el canto de la lechuza.

Eréndira no supo qué hacer para disimular su turbación. Cerró el arca del dinero y la escondió debajo de la cama, pero la abuela le conoció el temor en la mano cuando le entregó la llave. «No te asustes —le dijo—. Siempre hay lechuzas en las noches de viento.» Sin embargo, no dio muestras de igual convicción cuando vio salir al fotógrafo con la cámara a cuestas.

—Si quieres, quédate hasta mañana —le dijo—, la muerte anda suelta esta noche.

También el fotógrafo percibió el canto de la lechuza pero no cambió de parecer.

—Quédate, hijo —insistió la abuela— aunque sea por el cariño que te tengo.

—Pero no pago la música —dijo el fotógrafo.

—Ah, no —dijo la abuela—. Eso no.

—¿Ya ve? —dijo el fotógrafo—. Usted no quiere a nadie.

La abuela palideció de rabia.

—Entonces lárgate —dijo—. ¡Malnacido!

Se sentía tan ultrajada, que siguió despotricando contra él mientras Eréndira la ayudaba a acostarse. «Hijo de mala madre —rezongaba—. Qué sabrá ese bastardo del corazón ajeno.» Eréndira no le puso atención, pues la lechuza la solicitaba con un apremio tenaz en las pausas del viento, y estaba atormentada por la incertidumbre. La abuela acabó de acostarse con el mismo ritual que era de rigor en la mansión antigua, y mientras la nieta la abanicaba se sobrepuso al rencor y volvió a respirar sus aires estériles.

—Tienes que madrugar —dijo entonces—, para que me hiervas la infusión del baño antes de que llegue la gente.

—Sí, abuela.

—Con el tiempo que te sobre, lava la muda sucia de los indios, y así tendremos algo más que descontarles la semana entrante.

—Sí, abuela —dijo Eréndira.

—Y duerme despacio para que no te canses, que mañana es jueves, el día más largo de la semana.

—Sí, abuela.

—Y le pones su alimento a la avestruz.

—Sí, abuela —dijo Eréndira.

Dejó el abanico en la cabecera de la cama y encendió dos velas de altar frente al arcón de sus muertos. La abuela, ya dormida, le dio la orden atrasada.

—No se te olvide prender las velas de los Amadises.

—Sí, abuela.

Eréndira sabía entonces que no despertaría, porque había empezado a delirar. Oyó los ladridos del viento alrededor de la carpa, pero tampoco esa vez había reconocido el soplo de su desgracia. Se asomó a la noche hasta que volvió a cantar la lechuza, y su instinto de libertad prevaleció por fin contra el hechizo de la abuela.

No había dado cinco pasos fuera de la carpa cuando encontró al fotógrafo que estaba amarrando sus aparejos en la parrilla de la bicicleta. Su sonrisa cómplice la tranquilizó.

—Yo no sé nada —dijo el fotógrafo—, no he visto nada ni pago la música.

Se despidió con una bendición universal. Eréndira corrió entonces hacia el desierto, decidida para siempre, y se perdió en las tinieblas del viento donde cantaba la lechuza.

Esa vez la abuela recurrió de inmediato a la autoridad civil. El comandante del retén local saltó del chinchorro a las seis de la mañana, cuando ella le puso ante los ojos la carta del senador. El padre de Ulises esperaba en la puerta.

—Cómo carajo quiere que la lea —gritó el comandante— si no sé leer.

—Es una carta de recomendación del senador Onésimo Sánchez —dijo la abuela.

Sin más preguntas, el comandante descolgó un rifle que tenía cerca del chinchorro y empezó a gritar órdenes a sus agentes.

Cinco minutos después estaban todos dentro de una camioneta militar, volando hacia la frontera, con un viento contrario que borraba las huellas de los fugitivos. En el asiento delantero, junto al conductor, viajaba el comandante. Detrás estaba el holandés con la abuela, y en cada estribo iba un agente armado.

Muy cerca del pueblo detuvieron una caravana de camiones cubiertos con lona impermeable. Varios hombres que viajaban ocultos en la plataforma de carga levantaron la lona y apuntaron a la camioneta con ametralladoras y rifles de guerra. El comandante le preguntó al conductor del primer camión a qué distancia había encontrado una camioneta de granja cargada de pájaros.

El conductor arrancó antes de contestar.

—Nosotros no somos chivatos —dijo indignado—, somos contrabandistas.

El comandante vio pasar muy cerca de sus ojos los cañones ahumados de las ametralladoras, alzó los brazos y sonrió.

—Por lo menos —les gritó— tengan la vergüenza de no circular a pleno sol.

El último camión llevaba un letrero en la defensa posterior: *Pienso en ti, Eréndira.*

El viento se iba haciendo más árido a medida que avanzaban hacia el norte, y el sol era más bravo con el viento, y costaba trabajo respirar por el calor y el polvo dentro de la camioneta cerrada.

La abuela fue la primera que divisó al fotógrafo: pedaleaba en el mismo sentido en que ellos volaban, sin más amparo contra la insolación que un pañuelo amarrado en la cabeza.

–Ahí está –lo señaló–; ése fue el cómplice. Malnacido.

El comandante le ordenó a uno de los agentes del estribo que se hiciera cargo del fotógrafo.

–Agárralo y nos esperas aquí –le dijo–. Ya volvemos.

El agente saltó del estribo y le dio al fotógrafo dos voces de alto. El fotógrafo no lo oyó por el viento contrario. Cuando la camioneta se le adelantó, la abuela le hizo un gesto enigmático, pero él lo confundió con un saludo, sonrió y le dijo adiós con la mano. No oyó el disparo. Dio una voltereta en el aire y cayó muerto sobre la bicicleta con la cabeza destrozada por una bala de rifle que nunca supo de dónde le vino.

Antes del mediodía empezaron a ver las plumas. Pasaban en el viento, y eran plumas de pájaros nuevos, y el holandés las conoció porque eran las de sus pájaros desplumados por el viento. El conductor corrigió el rumbo, hundió a fondo el pedal, y antes de media hora divisaron la camioneta en el horizonte.

Cuando Ulises vio aparecer un carro militar en el espejo retrovisor, hizo un esfuerzo por aumentar la distancia, pero el motor no daba para más. Habían viajado sin dormir y estaban estragados de cansancio y de sed. Eréndira, que dormitaba en el hombro de Ulises, despertó asustada. Vio la camioneta que estaba a punto de alcanzarlos y con una determinación cándida cogió la pistola de la guantera.

–No sirve –dijo Ulises–. Era de Francis Drake.

La martilló varias veces y la tiró por la ventana. La patrulla militar se le adelantó a la destartalada camioneta cargada de pájaros desplumados por el viento, hizo una curva forzada, y le cerró el camino.

.

Las conocí por esa época, que fue la de más grande esplendor, aunque no había de escudriñar los pormenores de su vida sino muchos años después, cuando Rafael Escalona reveló en una canción el desenlace terrible del drama y me pareció que era bueno para contarlo. Yo andaba vendiendo enciclopedias y libros de medicina por la provincia de Riohacha. Álvaro Cepeda Samudio, que andaba también por esos rumbos vendiendo máquinas de cerveza helada, me llevó en su camioneta por los pueblos del desierto con la intención de hablarme de no sé qué cosa, y hablamos tanto de nada y tomamos tanta cerveza que sin saber cuándo ni por dónde atravesamos el desierto entero y llegamos hasta la frontera. Allí estaba la carpa del amor errante, bajo los lienzos de letreros colgados: *Eréndira es mejor. Vaya y vuelva. Eréndira lo espera. Esto no es vida sin Eréndira*. La fila interminable y ondulante, compuesta por hombres de razas y condiciones diversas, parecía una serpiente de vértebras humanas que dormitaba a través de solares y plazas, por entre bazares abigarrados y mercados ruidosos, y se salía de las calles de aquella ciudad fragorosa de traficantes de paso. Cada calle era un garito público, cada casa una cantina, cada puerta un refugio de prófugos. Las numerosas músicas indescifrables y los pregones gritados formaban un solo estruendo de pánico en el calor alucinante.

Entre la muchedumbre de apátridas y vividores estaba Blacamán, el bueno, trepado en una mesa, pidiendo una culebra de verdad para probar en carne propia un antídoto de su invención. Estaba la mujer que se había convertido en araña por desobedecer a sus padres, que por cincuenta centavos se dejaba tocar para que vieran que no había engaño y contestaba las preguntas que quisieran hacerle sobre su desventura. Estaba un enviado de la vida eterna que anunciaba la venida inminente del pavoroso murciélago sideral, cuyo ardiente resuello de azufre había de trastornar el orden de la naturaleza, y haría salir a flote los misterios del mar.

El único remanso de sosiego era el barrio de tolerancia, a donde sólo llegaban los rescoldos del fragor urbano. Mujeres venidas de los cuatro cuadrantes de la rosa náutica bostezaban de tedio en los abandonados salones de baile. Habían hecho la siesta sentadas, sin que nadie las despertara para quererlas, y seguían esperando al murciélago sideral bajo los ventiladores de aspas atornillados en el cielo raso. De pronto, una de ellas se levantó, y fue a una galería de trinitarias que daba sobre la calle. Por allí pasaba la fila de los pretendientes de Eréndira.

—A ver —les gritó la mujer—. ¿Qué tiene ésa que no tenemos nosotras?

—Una carta de un senador —gritó alguien.

Atraídas por los gritos y las carcajadas, otras mujeres salieron a la galería.

—Hace días que esa cola está así —dijo una de ellas—. Imagínate, a cincuenta pesos cada uno.

La que había salido primero decidió:

—Pues yo me voy a ver qué es lo que tiene de oro esa sietemesina.

—Yo también —dijo otra—. Será mejor que estar aquí calentando gratis el asiento.

En el camino se incorporaron otras, y cuando llegaron a la tienda de Eréndira habían integrado una comparsa bulliciosa. Entraron sin anunciarse, espantaron a golpes de almohadas al hombre que encontraron gastándose lo mejor que podía el dinero que había pagado, y cargaron la cama de Eréndira y la sacaron en andas a la calle.

—Esto es un atropello —gritaba la abuela—. ¡Cáfila de desleales! ¡Montoneras! —y luego, contra los hombres de la fila—: Y ustedes, pollerones, dónde tienen las criadillas que permiten este abuso contra una pobre criatura indefensa. ¡Maricas!

Siguió gritando hasta donde le daba la voz, repartiendo tramojazos de báculo contra quienes se pusieran a su alcance, pero su cólera era inaudible entre los gritos y las rechiflas de la muchedumbre.

Eréndira no pudo escapar del escarnio porque se lo impidió la cadena de perro con que la abuela la encadenaba de un travesaño de la cama desde que trató de fugarse. Pero no le hicieron ningún daño. La mostraron en su altar de marquesina por las calles de más estrépito, como el paso alegórico de la penitente encadenada, y al final la pusieron en cámara ardiente en el centro de la plaza mayor. Eréndira estaba enroscada, con la cara escondida pero sin llorar, y así permaneció en el sol terrible de la plaza, mordiendo de vergüenza y de rabia la cadena de perro de su mal destino, hasta que alguien le hizo la caridad de taparla con una camisa.

Ésa fue la única vez que las vi, pero supe que habían permanecido en aquella ciudad fronteriza bajo el amparo de la fuerza pública hasta que reventaron las arcas de la abuela, y que entonces abandonaron el desierto hacia el rumbo del mar. Nunca se vio tanta opulencia junta por aquellos reinos de pobres. Era un desfile de carretas tiradas por bueyes, sobre las cuales se amontonaban algunas réplicas de pacotilla de la parafernalia extinguida con el desastre de la mansión, y no sólo los bustos imperiales y los relojes raros, sino también un piano de ocasión y una vitrola de manigueta con los discos de la nostalgia. Una recua de indios se ocupaba de la carga, y una banda de músicos anunciaba en los pueblos su llegada triunfal.

La abuela viajaba en un palanquín con guirnaldas de papel, rumiando los cereales de la faltriquera, a la sombra de un palio de iglesia. Su tamaño monumental había aumentado, porque usaba debajo de la blusa un chaleco de lona de velero, en el cual se metía los lingotes de oro como se meten las balas en un cinturón de cartucheras. Eréndira estaba junto a ella, vestida de géneros vistosos y con estoperoles colgados, pero todavía con la cadena de perro en el tobillo.

—No te puedes quejar —le había dicho la abuela al salir de la ciudad fronteriza—. Tienes ropas de reina, una cama de lujo, una banda de música propia, y catorce indios a tu servicio. ¿No te parece espléndido?

—Sí, abuela.

—Cuando yo te falte —prosiguió la abuela—, no quedarás a merced de los hombres, porque tendrás tu casa propia en una ciudad de importancia. Serás libre y feliz.

Era una visión nueva e imprevista del porvenir. En cambio no había vuelto a hablar de la deuda de origen, cuyos pormenores se retorcían y cuyos plazos aumentaban a medida que se hacían más intrincadas las cuentas del negocio. Sin embargo, Eréndira no emitió un suspiro que permitiera vislumbrar su pensamiento. Se sometió en silencio al tormento de la cama en los charcos de salitre, en el sopor de los pueblos lacustres, en el cráter lunar de las minas de talco, mientras la abuela le cantaba la visión del futuro como si la estuviera descifrando en las barajas.

Una tarde, al final de un desfiladero opresivo, percibieron un viento de laureles antiguos, y escucharon piltrafas de diálogos de Jamaica, y sintieron unas ansias de vida, y un nudo en el corazón, y era que habían llegado al mar.

—Ahí lo tienes —dijo la abuela, respirando la luz de vidrio del Caribe al cabo de media vida de destierro—. ¿No te gusta?

—Sí, abuela.

Allí plantaron la carpa. La abuela pasó la noche hablando sin soñar, y a veces confundía sus nostalgias con la clarividencia del porvenir. Durmió hasta más tarde que de costumbre y despertó sosegada por el rumor del mar. Sin embargo, cuando Eréndira la estaba bañando volvió a hacerle pronósticos sobre el futuro, y era una clarividencia tan febril que parecía un delirio de vigilia.

—Serás una dueña señorial —le dijo—. Una dama de alcurnia, venerada por tus protegidas, y complacida y honrada por las más altas autoridades. Los capitanes de los buques te mandarán postales desde todos los puertos del mundo.

Eréndira no la escuchaba. El agua tibia perfumada de orégano chorreaba en la bañera por una canal alimentada desde el exterior. Eréndira la recogía con una totuma, impenetrable, sin respirar siquiera, y se la echaba a la abuela con una mano mientras la jabonaba con la otra.

—El prestigio de tu casa volará de boca en boca desde el cordón de las Antillas hasta los reinos de Holanda —decía la abuela—. Y ha de ser más importante que la casa presidencial, porque en ella se discutirán los asuntos del gobierno y se arreglará el destino de la nación.

De pronto, el agua se extinguió en la canal. Eréndira salió de la carpa para averiguar qué pasaba, y vio que el indio encargado de echar el agua en la canal estaba cortando leña en la cocina.

—Se acabó —dijo el indio—. Hay que enfriar más agua.

Eréndira fue hasta la hornilla donde había otra olla grande con hojas aromáticas hervidas. Se envolvió las manos en un trapo, y comprobó que podía levantar la olla sin ayuda del indio.

—Vete —le dijo—. Yo echo el agua.

Esperó hasta que el indio saliera de la cocina. Entonces quitó del fuego la olla hirviente, la levantó con mucho trabajo hasta la altura de la canal, y ya iba a echar el agua mortífera cuando la abuela gritó en el interior de la carpa.

—¡Eréndira!

Fue como si la hubiera visto. La nieta, asustada por el grito, se arrepintió en el instante final.

—Ya voy, abuela —dijo—. Estoy enfriando el agua.

Aquella noche estuvo cavilando hasta muy tarde, mientras la abuela cantaba dormida con el chaleco de oro. Eréndira la contempló desde su cama con unos ojos intensos que parecían de gato en la penumbra. Luego se acostó como un ahogado, con los brazos en el pecho y los ojos abiertos, y llamó con toda la fuerza de su voz interior:

—Ulises.

Ulises despertó de golpe en la casa del naranjal. Había oído la voz de Eréndira con tanta claridad, que la buscó en las sombras del cuarto. Al cabo de un instante de reflexión, hizo un rollo con sus ropas y sus zapatos, y abandonó el dormitorio. Había atravesado la terraza cuando lo sorprendió la voz de su padre:

—¿Para dónde vas?

Ulises lo vio iluminado de azul por la luna.

—Para el mundo —contestó.

—Esta vez no te lo voy a impedir —dijo el holandés—. Pero te advierto una cosa: a dondequiera que vayas te perseguirá la maldición de tu padre.

—Así sea —dijo Ulises.

Sorprendido, y hasta un poco orgulloso por la resolución del hijo, el holandés lo siguió por el naranjal enlunado con una mirada que poco a poco empezaba a sonreír. Su mujer estaba a sus espaldas con su modo de estar de india hermosa. El holandés habló cuando Ulises cerró el portal.

—Ya volverá —dijo— apaleado por la vida, más pronto de lo que tú crees.

—Eres muy bruto —suspiró ella—. No volverá nunca.

En esa ocasión, Ulises no tuvo que preguntarle a nadie por el rumbo de Eréndira. Atravesó el desierto escondido en camiones de paso, robando para comer y para dormir, y robando muchas veces por el puro placer del riesgo, hasta que encontró la carpa en otro pueblo de mar, desde el cual se veían los edificios de vidrio de una ciudad iluminada, y donde resonaban los adioses nocturnos de los buques que zarpaban para la isla de Aruba. Eréndira estaba dormida, encadenada al travesaño, y en la misma posición de ahogado a la deriva en que lo había llamado. Ulises permaneció contemplándola un largo rato sin despertarla, pero la contempló con tanta intensidad que Eréndira despertó. Entonces se besaron en la oscuridad, se acariciaron sin prisa, se desnudaron hasta la fatiga, con una ternura callada y una dicha recóndita que se parecieron más que nunca al amor.

En el otro extremo de la carpa, la abuela dormida dio una vuelta monumental y empezó a delirar.

—Eso fue por los tiempos en que llegó el barco griego —dijo—. Era una tripulación de locos que hacían felices a las mujeres y no les pagaban con dinero sino con esponjas, unas esponjas vivas que después andaban caminando por dentro de las casas, gimiendo como enfermos de hospital y haciendo llorar a los niños para beberse las lágrimas.

Se incorporó con un movimiento subterráneo, y se sentó en la cama.

—Entonces fue cuando llegó él, Dios mío —gritó—, más fuerte, más grande y mucho más hombre que Amadís.

Ulises, que hasta entonces no había prestado atención al delirio, trató de esconderse cuando vio a la abuela sentada en la cama. Eréndira lo tranquilizó.

—Tate quieto –le dijo–. Siempre que llega a esa parte se sienta en la cama, pero no despierta.

Ulises se acostó en su hombro.

—Yo estaba esa noche cantando con los marineros y pensé que era un temblor de tierra –continuó la abuela–. Todos debieron pensar lo mismo, porque huyeron dando gritos, muertos de risa, y sólo quedó él bajo el cobertizo de astromelias. Recuerdo como si hubiera sido ayer que yo estaba cantando la canción que todos cantaban en aquellos tiempos. Hasta los loros en los patios cantaban.

Sin son ni ton, como sólo es posible cantar en los sueños, cantó las líneas de su amargura:

> *Señor, Señor, devuélveme mi antigua inocencia*
> *para gozar su amor otra vez desde el principio.*

Sólo entonces se interesó Ulises en la nostalgia de la abuela.

—Ahí estaba él –decía– con una guacamaya en el hombro y un trabuco de matar caníbales como llegó cuatarral a las Guayanas, y yo sentí su aliento de muerte cuando se plantó en frente de mí, y me dijo: le he dado mil veces la vuelta al mundo y he visto a todas las mujeres de todas las naciones, así que tengo autoridad para decirte que eres la más altiva y la más servicial, la más hermosa de la tierra.

Se acostó de nuevo y sollozó en la almohada. Ulises y Eréndira permanecieron un largo rato en silencio, mecidos en la penumbra por la respiración descomunal de la anciana dormida. De pronto, Eréndira preguntó sin un quebranto mínimo en la voz:

—¿Te atreverías a matarla?

Tomado por sorpresa, Ulises no supo qué contestar.

—Quién sabe –dijo–. ¿Tú te atreves?

—Yo no puedo –dijo Eréndira–, porque es mi abuela.

Entonces Ulises observó otra vez el enorme cuerpo dormido, como midiendo su cantidad de vida, y decidió:

–Por ti soy capaz de todo.

Ulises compró una libra de veneno para ratas, la revolvió con nata de leche y mermelada de frambuesa, y vertió aquella crema mortal dentro de un pastel al que le había sacado su relleno de origen. Después le puso encima una crema más densa, componiéndolo con una cuchara hasta que no quedó ningún rastro de la maniobra siniestra, y completó el engaño con setenta y dos velitas rosadas.

La abuela se incorporó en el trono blandiendo el báculo amenazador cuando lo vio entrar en la carpa con el pastel de fiesta.

–Descarado –gritó–. ¡Cómo te atreves a poner los pies en esta casa!

Ulises se escondió detrás de su cara de ángel.

–Vengo a pedirle perdón –dijo–, hoy día de su cumpleaños.

Desarmada por su mentira certera, la abuela hizo poner la mesa como para una cena de bodas. Sentó a Ulises a su diestra, mientras Eréndira les servía, y después de apagar las velas con un soplo arrasador cortó el pastel en partes iguales. Le sirvió a Ulises.

–Un hombre que sabe hacerse perdonar tiene ganada la mitad del cielo –dijo–. Te dejo el primer pedazo que es el de la felicidad.

–No me gusta el dulce –dijo él–. Que le aproveche.

La abuela le ofreció a Eréndira otra pedazo de pastel. Ella se lo llevó a la cocina y lo tiró en la caja de la basura.

La abuela se comió sola todo el resto. Se metía los pedazos enteros en la boca y se los tragaba sin masticar, gimiendo de gozo, y mirando a Ulises desde el limbo de su placer. Cuando no hubo más en su plato se comió también el que Ulises había despreciado. Mientras masticaba el último trozo, recogía con los dedos y se metía en la boca las migajas del mantel.

Había comido arsénico como para exterminar una generación

de ratas. Sin embargo, tocó el piano y cantó hasta la medianoche, se acostó feliz, y consiguió un sueño natural. El único signo nuevo fue un rastro pedregoso en su respiración.

Eréndira y Ulises la vigilaron desde la otra cama, y sólo esperaban su estertor final. Pero la voz fue tan viva como siempre cuando empezó a delirar.

—¡Me volvió loca, Dios mío, me volvió loca! —gritó—. Yo ponía dos trancas en el dormitorio para que no entrara, ponía el tocador y la mesa contra la puerta y las sillas sobre la mesa, y bastaba con que él diera un golpecito con el anillo para que los parapetos se desbarataran, las sillas se bajaban solas de la mesa, la mesa y el tocador se apartaban solos, las trancas se salían solas de las argollas.

Eréndira y Ulises la contemplaban con un asombro creciente, a medida que el delirio se volvía más profundo y dramático, y la voz más íntima.

—Yo sentía que me iba a morir, empapada en sudor de miedo, suplicando por dentro que la puerta se abriera sin abrirse, que él entrara sin entrar, que no se fuera nunca pero que tampoco volviera jamás, para no tener que matarlo.

Siguió recapitulando su drama durante varias horas, hasta en sus detalles mas ínfimos, como si lo hubiera vuelto a vivir en el sueño. Poco antes del amanecer se revolvió en la cama con un movimiento de acomodación sísmica y la voz se le quebró con la inminencia de los sollozos.

—Yo lo previne, y se rió —gritaba—, lo volví a prevenir y volvió a reírse, hasta que abrió los ojos aterrados, diciendo, ¡ay reina! ¡ay reina!, y la voz no le salió por la boca, sino por la cuchillada de la garganta.

Ulises, espantado con la tremenda evocación de la abuela, se agarró de la mano de Eréndira.

—¡Vieja asesina! —exclamó.

Eréndira no le prestó atención, porque en ese instante empezó a despuntar el alba. Los relojes dieron las cinco.

—¡Vete! —dijo Eréndira—. Ya va a despertar.

—Está más viva que un elefante —exclamó Ulises—. ¡No puede ser!

Eréndira lo atravesó con una mirada mortal.

—Lo que pasa —dijo— es que tú no sirves ni para matar a nadie.

Ulises se impresionó tanto con la crudeza del reproche, que se evadió de la carpa. Eréndira continuó observando a la abuela dormida, con su odio secreto, con la rabia de la frustración, a medida que se alzaba el amanecer y se iba despertando el aire de los pájaros. Entonces la abuela abrió los ojos y la miró con una sonrisa plácida.

—Dios te salve, hija.

El único cambio notable fue un principio de desorden en las normas cotidianas. Era miércoles, pero la abuela quiso un traje de domingo, decidió que Eréndira no recibiera ningún cliente antes de las once, y le pidió que le pintara las uñas de color granate y le hiciera un peinado de pontifical.

—Nunca había tenido tantas ganas de retratarme —exclamó.

Eréndira empezó a peinarla, pero al pasar el peine de desenredar se quedó entre los dientes un mazo de cabellos. Se lo mostró asustada a la abuela. Ella lo examinó, trató de arrancarse otro mechón con los dedos, y otro arbusto de pelos se le quedó en la mano. Lo tiró al suelo y probó otra vez, y se arrancó un mechón más grande. Entonces empezó a arrancarse el cabello con las dos manos, muerta de risa, arrojando los puñados en el aire con un júbilo incomprensible, hasta que la cabeza le quedó como un coco pelado.

Eréndira no volvió a tener noticias de Ulises hasta dos semanas más tarde, cuando percibió fuera de la carpa el reclamo de la lechuza. La abuela había empezado a tocar el piano, y estaba tan absorta en su nostalgia que no se daba cuenta de la realidad. Tenía en la cabeza una peluca de plumas radiantes.

Eréndira acudió al llamado y sólo entonces descubrió la mecha de detonante que salía de la caja del piano y se prolongaba por entre la maleza y se perdía en la oscuridad. Corrió hacia donde estaba Ulises, se escondió junto a él entre los arbustos, y ambos vieron con el corazón oprimido la llamita azul que se fue por la mecha del detonante, atravesó el espacio oscuro y penetró en la carpa.

—Tápate los oídos —dijo Ulises.

Ambos lo hicieron, sin que hiciera falta, porque no hubo explosión. La tienda se iluminó por dentro con una deflagración radiante, estalló en silencio, y desapareció en una tromba de humo de pólvora mojada. Cuando Eréndira se atrevió a entrar, creyendo que la abuela estaba muerta, la encontró con la peluca chamuscada y la camisa en piltrafas, pero más viva que nunca, tratando de sofocar el fuego con una manta.

Ulises se escabulló al amparo de la gritería de los indios que no sabían qué hacer, confundidos por las órdenes contradictorias de la abuela. Cuando lograron por fin dominar las llamas y disipar el humo, se encontraron con una visión de naufragio.

—Parece cosa del maligno —dijo la abuela—. Los pianos no estallan por casualidad.

Hizo toda clase de conjeturas para establecer las causas del nuevo desastre, pero las evasivas de Eréndira, y su actitud impávida, acabaron de confundirla. No encontró una mínima fisura en la conducta de la nieta, ni se acordó de la existencia de Ulises. Estuvo despierta hasta la madrugada, hilando suposiciones y haciendo cálculos de las pérdidas. Durmió poco y mal. A la mañana siguiente, cuando Eréndira le quitó el chaleco de las barras de oro le encontró ampollas de fuego en los hombros, y el pecho en carne viva. «Con razón que dormí dando vueltas —dijo, mientras Eréndira le echaba claras de huevo en las quemaduras–. Y además, tuve un sueño raro.» Hizo un esfuerzo de concentración, para evocar la imagen, hasta que la tuvo tan nítida en la memoria como en el sueño.

–Era un pavorreal en una hamaca blanca –dijo.

Eréndira se sorprendió, pero rehízo de inmediato su expresión cotidiana.

–Es un buen anuncio –mintió–. Los pavorreales de los sueños son animales de larga vida.

–Dios te oiga –dijo la abuela–, porque estamos otra vez como al principio. Hay que empezar de nuevo.

Eréndira no se alteró. Salió de la carpa con el platón de las compresas, y dejó a la abuela con el torso embebido de claras de huevo, y el cráneo embadurnado de mostaza. Estaba echando más claras de huevo en el platón, bajo el cobertizo de palmas que servía de cocina, cuando vio aparecer los ojos de Ulises por detrás del fogón como lo vio la primera vez detrás de su cama. No se sorprendió, sino que le dijo con una voz de cansancio:

–Lo único que has conseguido es aumentarme la deuda.

Los ojos de Ulises se turbaron de ansiedad. Permaneció inmóvil, mirando a Eréndira en silencio, viéndola partir los huevos con una expresión fija, de absoluto desprecio, como si él no existiera. Al cabo de un momento, los ojos se movieron, revisaron las cosas de la cocina, las ollas colgadas, las ristras de achiote, los platos, el cuchillo de destazar. Ulises se incorporó, siempre sin decir nada, y entró bajo el cobertizo y descolgó el cuchillo.

Eréndira no se volvió a mirarlo, pero en el momento en que Ulises abandonaba el cobertizo, le dijo en voz muy baja:

–Ten cuidado, que ya tuvo un aviso de la muerte. Soñó con un pavorreal en una hamaca blanca.

La abuela vio entrar a Ulises con el cuchillo, y haciendo un supremo esfuerzo se incorporó sin ayuda del báculo y levantó los brazos.

—¡Muchacho! —gritó—. Te volviste loco.

Ulises le saltó encima y le dio una cuchillada certera en el pecho desnudo. La abuela lanzó un gemido, se le echó encima y trató de estrangularlo con sus potentes brazos de oso.

—Hijo de puta —gruñó—. Demasiado tarde me doy cuenta que tienes cara de ángel traidor.

No pudo decir nada más porque Ulises logró liberar la mano con el cuchillo y le asestó una segunda cuchillada en el costado. La abuela soltó un gemido recóndito y abrazó con más fuerza al agresor. Ulises asestó un tercer golpe, sin piedad, y un chorro de sangre expulsada a alta presión le salpicó la cara: era una sangre oleosa, brillante y verde, igual que la miel de menta.

Eréndira apareció en la entrada con el platón en la mano, y observó la lucha con una impavidez criminal.

Grande, monolítica, gruñendo de dolor y de rabia, la abuela se aferró al cuerpo de Ulises. Sus brazos, sus piernas, hasta su cráneo pelado estaban verdes de sangre. La enorme respiración de fuelle, trastornada por los primeros estertores, ocupaba todo el ámbito. Ulises logró liberar otra vez el brazo armado, abrió un tajo en el vientre y una explosión de sangre lo empapó de verde hasta los pies. La abuela trató de alcanzar el aire que ya le hacía falta para vivir, y se derrumbó de bruces. Ulises se soltó de los brazos exhaustos y sin darse un instante de tregua le asestó al vasto cuerpo caído la cuchillada final.

Eréndira puso entonces el platón en una mesa, se inclinó sobre la abuela, escudriñándola sin tocarla, y cuando se convenció de que estaba muerta su rostro adquirió de golpe toda la madurez de persona mayor que no le habían dado sus veinte años de infortunio. Con movimientos rápidos y precisos, cogió el chaleco de oro y salió de la carpa.

Ulises permaneció sentado junto al cadáver, agotado por la lucha, y cuanto más trataba de limpiarse la cara más se le embadurnaba de aquella materia verde y viva que parecía fluir de sus dedos. Sólo cuando vio salir a Eréndira con el chaleco de oro tomó conciencia de su estado.

La llamó a gritos, pero no recibió ninguna respuesta. Se arrastró hasta la entrada de la carpa, y vio que Eréndira empezaba a correr por la orilla del mar en dirección opuesta a la de la ciudad. Entonces hizo un último esfuerzo para perseguirla, llamándola con unos gritos desgarrados que ya no eran de amante sino de hijo, pero lo venció el terrible agotamiento de haber matado a una mujer sin ayuda de nadie. Los indios de la abuela lo alcanzaron tirado bocabajo en la playa, llorando de soledad y de miedo.

Eréndira no lo había oído. Iba corriendo contra el viento, más veloz que un venado, y ninguna voz de este mundo la podía detener. Pasó corriendo sin volver la cabeza por el vapor ardiente de los charcos de salitre, por los cráteres de talco, por el sopor de los palafitos, hasta que se acabaron las ciencias naturales del mar y empezó el desierto, pero todavía siguió corriendo con el chaleco del oro más allá de los vientos áridos y los atardeceres de nunca acabar, y jamás se volvió a tener la menor noticia de ella ni se encontró el vestigio más ínfimo de su desgracia.

[1972]

Doce cuentos peregrinos

1992

PRÓLOGO

Por qué doce, por qué cuentos
y por qué peregrinos

LOS DOCE cuentos de este libro fueron escritos en el curso de los últimos dieciocho años. Antes de su forma actual, cinco de ellos fueron notas periodísticas y guiones de cine, y uno fue un serial de televisión. Otro lo conté hace quince años en una entrevista grabada, y el amigo a quien se lo conté lo transcribió y lo publicó, y ahora lo he vuelto a escribir a partir de esa versión. Ha sido una rara experiencia creativa que merece ser explicada, aunque sea para que los niños que quieren ser escritores cuando sean grandes sepan desde ahora qué insaciable y abrasivo es el vicio de escribir.

La primera idea se me ocurrió a principios de la década de los setenta, a propósito de un sueño esclarecedor que tuve después de cinco años de vivir en Barcelona. Soñé que asistía a mi propio entierro, a pie, caminando entre un grupo de amigos vestidos de luto solemne, pero con un ánimo de fiesta. Todos parecíamos dichosos de estar juntos. Y yo más que nadie, por aquella grata oportunidad que me daba la muerte para estar con mis amigos de América Latina, los más antiguos, los más queridos, los que no veía desde hacía más tiempo. Al final de la ceremonia, cuando empezaron a irse, yo intenté acompañarlos, pero uno de ellos me hizo ver con una severidad terminante que para mí se había acabado la fiesta.

«Eres el único que no puede irse», me dijo. Sólo entonces comprendí que morir es no estar nunca más con los amigos.

No sé por qué, aquel sueño ejemplar lo interpreté como una toma de conciencia de mi identidad, y pensé que era un buen punto de partida para escribir sobre las cosas extrañas que les suceden a los latinoamericanos en Europa. Fue un hallazgo alentador, pues había terminado poco antes *El otoño del patriarca*, que fue mi trabajo más arduo y azaroso, y no encontraba por dónde seguir.

Durante unos dos años tomé notas de los temas que se me iban ocurriendo sin decidir todavía qué hacer con ellos. Como no tenía en casa una libreta de apuntes la noche en que resolví empezar, mis hijos me prestaron un cuaderno de escuela. Ellos mismos lo llevaban en sus morrales de libros en nuestros viajes frecuentes por temor de que se perdiera. Llegué a tener sesenta y cuatro temas anotados con tantos pormenores, que sólo me faltaba escribirlos.

Fue en México, a mi regreso de Barcelona, en 1974, donde se me hizo claro que este libro no debía ser una novela, como me pareció al principio, sino una colección de cuentos cortos, basados en hechos periodísticos pero redimidos de su condición mortal por las astucias de la poesía. Hasta entonces había escrito tres libros de cuentos. Sin embargo, ninguno de los tres estaba concebido y resuelto como un todo, sino que cada cuento era una pieza autónoma y ocasional. De modo que la escritura de los sesenta y cuatro podía ser una aventura fascinante si lograba escribirlos todos con un mismo trazo, y con una unidad interna de tono y de estilo que los hiciera inseparables en la memoria del lector.

Los dos primeros –*El rastro de tu sangre en la nieve* y *El verano feliz de la señora Forbes*– los escribí en 1976, y los publiqué en seguida en suplementos literarios de varios países. No me tomé ni un día de reposo, pero a mitad del tercer cuento que era por cierto el de mis funerales, sentí que estaba cansándome más que si fuera una novela. Lo mismo me ocurrió con el cuarto. Tanto, que no tuve aliento para terminarlos. Ahora sé por qué: el esfuerzo de escribir un cuento corto es tan intenso como empezar una novela. Pues en el primer párrafo de una novela hay que definir todo: estructura, tono, estilo, ritmo, longitud, y a veces hasta el carácter de algún personaje. Lo demás es el placer de escribir, el más íntimo y solitario que pueda imaginarse, y si uno no se queda corrigiendo el libro por el resto de la vida es porque el mismo rigor de fierro que hace falta para empezarlo se impone para terminarlo. El cuento, en cambio, no tiene principio ni fin: fragua o no fragua. Y si no fragua, la experiencia propia y la ajena enseñan que en la mayoría de las veces es más saludable empezarlo de nuevo por otro camino, o tirarlo a la basura. Alguien que no recuerdo lo dijo bien con una frase de consolación: «Un buen escritor se aprecia mejor por lo que rompe que por lo que publica.» Es cierto que no rompí los borradores y las notas, pero hice algo peor: los eché al olvido.

Recuerdo haber tenido el cuaderno sobre mi escritorio de México, náufrago en una borrasca de papeles, hasta 1978. Un día, buscando otra cosa, caí en la cuenta de que lo había perdido de vista desde hacía tiempo. No me importó. Pero cuando me convencí de que en realidad no estaba en la mesa sufrí un ataque de pánico. No quedó en la casa un rincón sin registrar a fondo. Removimos los muebles, desmontamos la biblioteca para estar seguros de que no se había caído detrás de los libros, y sometimos al servicio y a los amigos a inquisiciones imperdonables. Ni rastro. La única explicación posible –¿o plausible?– es que en algunos de los tantos exterminios de papeles que hago con frecuencia se fue el cuaderno para el cajón de la basura.

Mi propia reacción me sorprendió: los temas que había olvidado durante casi cuatro años se me convirtieron en un asunto de honor. Tratando de recuperarlos a cualquier precio, en un trabajo tan arduo como escribirlos, logré reconstruir las notas de treinta. Como el mismo esfuerzo de recordarlos me sirvió de purga, fui eliminando sin corazón los que me parecieron insalvables, y quedaron dieciocho. Esta vez me animaba la determinación de seguir escribiéndolos sin pausa, pero pronto me di cuenta de que les había perdido el entusiasmo. Sin embargo, al contrario de lo que siempre les había aconsejado a los escritores nuevos, no los eché a la basura sino que volví a archivarlos. Por si acaso.

Cuando empecé *Crónica de una muerte anunciada*, en 1979, comprobé que en las pausas entre dos libros perdía el hábito de escribir y cada vez me resultaba más difícil empezar de nuevo. Por eso, entre octubre de 1980 y marzo de 1984, me impuse la tarea de escribir una nota semanal en periódicos de diversos países, como disciplina para mantener el brazo caliente. Entonces se me ocurrió que mi conflicto con los apuntes del cuaderno seguía siendo un problema de géneros literarios, y que en realidad no debían ser cuentos sino notas de prensa. Sólo que después de publicar cinco notas tomadas del cuaderno, volví a cambiar de opinión: eran mejores para el cine. Fue así como se hicieron cinco películas y un serial de televisión.

Lo que nunca preví fue que el trabajo de prensa y de cine me cambiaría ciertas ideas sobre los cuentos, hasta el punto de que al escribirlos ahora en su forma final he tenido que cuidarme de separar con pinzas mis propias ideas de las que me aportaron los directores durante la escritura de los guiones. Además, la colaboración simultánea con cinco creadores diversos me sugirió otro método para escribir los cuentos: empezaba uno cuando tenía el tiempo libre, lo abandonaba cuando me sentía cansado, o cuando surgía algún proyecto imprevisto, y luego empezaba otro. En poco más de un año, seis de los dieciocho temas se fueron al cesto de los papeles, y entre ellos el de mis funerales, pues nunca logré que fuera una parranda como la del sueño. Los cuentos restantes, en cambio, parecieron tomar aliento para una larga vida.

Ellos son los doce de este libro. En septiembre pasado estaban listos para imprimir después de otros dos años de trabajo intermitente. Y así hubiera terminado su incesante peregrinaje de ida y vuelta al cajón de la basura, de no haber sido porque a última hora me mordió una duda final. Puesto que las distintas ciudades de Europa donde ocurren los cuentos las había descrito de memoria y a distancia, quise comprobar la fidelidad de mis recuerdos casi veinte años después, y emprendí un rápido viaje de reconocimiento a Barcelona, Ginebra, Roma y París.

Ninguna de ellas tenía ya nada que ver con mis recuerdos. Todas, como toda la Europa actual, estaban enrarecidas por una inversión asombrosa: los recuerdos reales me parecían fantasmas de la memoria, mientras los recuerdos falsos eran tan convincentes que habían suplantado a la realidad. De modo que me era imposible distinguir la línea divisoria entre la desilusión y la nostalgia. Fue la solución final. Pues por fin había encontrado lo que más me hacía falta para terminar el libro, y que sólo podía dármelo el transcurso de los años: una perspectiva en el tiempo.

A mi regreso de aquel viaje venturoso reescribí todos los cuentos otra vez desde el principio en ocho meses febriles en los que no necesité preguntarme dónde terminaba la vida y dónde empezaba la imaginación, porque me ayudaba la sospecha de que quizás no fuera cierto nada de lo vivido veinte años antes en Europa. La escritura se me hizo entonces tan fluida que a ratos me sentía escribiendo por el puro placer de narrar, que es quizás el estado humano que más se parece a la levitación. Además, trabajando todos los cuentos a la vez y saltando de uno a otro con plena libertad, conseguí una visión panorámica que me salvó del cansancio de los comienzos sucesivos, y me ayudó a cazar redundancias ociosas y contradicciones mortales. Creo haber logrado así el libro de cuentos más próximo al que siempre quise escribir.

Aquí está, listo para ser llevado a la mesa después de tanto andar del timbo al tambo peleando para sobrevivir a las perversidades de la incertidumbre. Todos los cuentos, salvo los dos primeros, fueron terminados al mismo tiempo, y cada uno lleva la fecha en que lo empecé. El orden en que están en esta edición es el que tenían en el cuaderno de notas.

Siempre he creído que toda versión de un cuento es mejor que la anterior. ¿Cómo saber entonces cuál debe ser la última? Es un secreto del oficio que no obedece a las leyes de la inteligencia sino a la magia de los instintos, como sabe la cocinera cuándo está la sopa. De todos modos, por las dudas, no volveré a leerlos, como nunca he vuelto a leer ninguno de mis libros por temor de arrepentirme. El que los lea sabrá qué hacer con ellos. Por fortuna, para estos doce cuentos peregrinos terminar en el cesto de los papeles debe ser como el alivio de volver a casa.

GABRIEL GARCÍA MÁRQUEZ
Cartagena de Indias, abril, 1992

DOCE CUENTOS PEREGRINOS

Buen viaje, señor presidente

ESTABA sentado en el escaño de madera bajo las hojas amarillas del parque solitario, contemplando los cisnes polvorientos con las dos manos apoyadas en el pomo de plata del bastón, y pensando en la muerte. Cuando vino a Ginebra por primera vez el lago era sereno y diáfano, y había gaviotas mansas que se acercaban a comer en las manos, y mujeres de alquiler que parecían fantasmas de las seis de la tarde, con volantes de organdí y sombrillas de seda. Ahora la única mujer posible, hasta donde alcanzaba la vista, era una vendedora de flores en el muelle desierto. Le costaba creer que el tiempo hubiera podido hacer semejantes estragos no sólo en su vida sino también en el mundo.

Era un desconocido más en la ciudad de los desconocidos ilustres. Llevaba el vestido azul oscuro con rayas blancas, el chaleco de brocado y el sombrero duro de los magistrados en retiro. Tenía un bigote altivo de mosquetero, el cabello azulado y abundante con ondulaciones románticas, las manos de arpista con la sortija de viudo en el anular izquierdo, y los ojos alegres. Lo único que delataba el estado de su salud era el cansancio de la piel. Y aun así, a los setenta y tres años, seguía siendo de una elegancia principal. Aquella mañana, sin embargo, se sentía a salvo de toda vanidad. Los años de la gloria y el poder habían quedado atrás sin remedio, y ahora sólo permanecían los de la muerte.

Había vuelto a Ginebra después de dos guerras mundiales, en busca de una respuesta terminante para un dolor que los médicos de la Martinica no lograron identificar. Había previsto no más de quince días, pero iban ya seis semanas de exámenes agotadores y resultados inciertos, y todavía no se vislumbraba el final. Buscaban el dolor en el hígado, en el riñón, en el páncreas, en la próstata, donde menos estaba. Hasta aquel jueves indeseable, en que el médico menos notorio de los muchos que lo habían visto lo citó a las nueve de la mañana en el pabellón de neurología.

La oficina parecía una celda de monjes, y el médico era pequeño y lúgubre, y tenía la mano derecha escayolada por una fractura del pulgar. Cuando apagó la luz, apareció en la pantalla la radiografía iluminada de una espina dorsal que él no reconoció como suya hasta que el médico señaló con un puntero, debajo de la cintura, la unión de dos vértebras.

—Su dolor está aquí —le dijo.

Para él no era tan fácil. Su dolor era improbable y escurridizo, y a veces parecía estar en el costillar derecho y a veces en el bajo vientre, y a menudo lo sorprendía con una punzada instantánea en la ingle. El médico lo escuchó en suspenso y con el puntero inmóvil en la pantalla. «Por eso nos despistó durante tanto tiempo —dijo—. Pero ahora sabemos que está aquí.» Luego se puso el índice en la sien, y precisó:

—Aunque en estricto rigor, señor presidente, todo dolor está aquí.

Su estilo clínico era tan dramático, que la sentencia final pareció benévola: el presidente tenía que someterse a una operación arriesgada e inevitable. Éste le preguntó cuál era el margen de riesgo, y el viejo doctor lo envolvió en una luz de incertidumbre.

—No podríamos decirlo con certeza —le dijo.

Hasta hacía poco, precisó, los riesgos de accidentes fatales eran grandes, y más aún los de distintas parálisis de diversos grados. Pero con los avances médicos de las dos guerras esos temores eran cosas del pasado.

—Váyase tranquilo —concluyó—. Prepare bien sus cosas, y avísenos. Pero eso sí, no olvide que cuanto antes será mejor.

No era una buena mañana para digerir esa mala noticia, y menos a la intemperie. Había salido muy temprano del hotel, sin abrigo, porque vio un sol radiante por la ventana, y se había ido con sus pasos contados desde el Chemin du Beau Soleil, donde estaba el hospital, hasta el refugio de enamorados furtivos del Parque Inglés. Llevaba allí más de una hora, siempre pensando en la muerte, cuando empezó el otoño. El lago se encrespó como un océano embravecido, y un viento de desorden espantó a las gaviotas y arrasó con las últimas hojas. El presidente se levantó y, en vez de comprársela a la florista, arrancó una margarita de los canteros públicos y se la puso en el ojal de la solapa. La florista lo sorprendió.

—Esas flores no son de Dios, señor —le dijo, disgustada—. Son del ayuntamiento.

Él no le puso atención. Se alejó con trancos ligeros, empuñando el bastón por el centro de la caña, y a veces haciéndolo girar con un donaire un tanto libertino. En el puente del Mont Blanc estaban quitando a toda prisa las banderas de la Confederación enloquecidas por la ventolera, y el surtidor esbelto coronado de espuma se apagó antes de tiempo. El presidente no reconoció su cafetería de siempre sobre el muelle, porque habían quitado el toldo verde de la marquesina y las terrazas floridas del verano acababan de cerrarse. En el salón, las lámparas estaban encendidas a pleno día, y el cuarteto de cuerdas tocaba un Mozart premonitorio. El presidente cogió en el mostrador un periódico de la pila reservada para los clientes, colgó el sombrero y el bastón en la percha, se puso los lentes con armadura de oro para leer en la mesa más apartada, y sólo entonces tomó conciencia de que había llegado el otoño. Empezó a leer por la página internacional, donde encontraba muy de vez en cuando alguna noticia de las Américas, y siguió leyendo de atrás hacia adelante hasta que la mesera le llevó su botella diaria de agua de Evian. Hacía más de treinta años que había renunciado al hábito del café por imposición de sus médicos. Pero había dicho: «Si alguna vez tuviera la certidumbre de que voy a morir, volvería a tomarlo.» Quizás la hora había llegado.

–Tráigame también un café –ordenó en un francés perfecto. Y precisó sin reparar en el doble sentido–: A la italiana, como para levantar a un muerto.

Se lo tomó sin azúcar, a sorbos lentos, y después puso la taza bocabajo en el plato para que el sedimento del café, después de tantos años, tuviera tiempo de escribir su destino. El sabor recuperado lo redimió por un instante de su mal pensamiento. Un instante después, como parte del mismo sortilegio, sintió que alguien lo miraba. Entonces pasó la página con un gesto casual, miró por encima de los lentes, y vio al hombre pálido y sin afeitar, con una gorra deportiva y una chaqueta de cordero volteado, que apartó la mirada al instante para no tropezar con la suya.

Su cara le era familiar. Se habían cruzado varias veces en el vestíbulo del hospital, lo había vuelto a ver cualquier día en una motoneta por la Promenade du Lac mientras él contemplaba los cisnes, pero nunca se sintió reconocido. No descartó, sin embargo, que fuera otra de las tantas fantasías persecutorias del exilio.

Terminó el periódico sin prisa, flotando en los chelos suntuosos de Brahms, hasta que el dolor fue más fuerte que la analgesia de la música. Entonces miró el relojito de oro que llevaba colgado de una leontina en el bolsillo del chaleco, y se tomó las dos tabletas calmantes del mediodía con el último trago del agua de Evian. Antes de quitarse los lentes descifró su destino en el asiento del café, y sintió un estremecimiento glacial: allí estaba la incertidumbre.

Por último pagó la cuenta con una propina estítica, cogió el bastón y el sombrero en la percha, y salió a la calle sin mirar al hombre que lo miraba. Se alejó con su andar festivo, bordeando los canteros de flores despedazadas por el viento, y se creyó liberado del hechizo. Pero de pronto sintió los pasos detrás de los suyos, se detuvo al doblar la esquina, y dio media vuelta. El hombre que lo seguía tuvo que pararse en seco para no tropezar con él, y lo miró sobrecogido, a menos de dos palmos de sus ojos.

—Señor presidente –murmuró.

—Dígale a los que le pagan que no se hagan ilusiones –dijo el presidente, sin perder la sonrisa ni el encanto de la voz–. Mi salud es perfecta.

—Nadie lo sabe mejor que yo –dijo el hombre, abrumado por la carga de dignidad que le cayó encima–. Trabajo en el hospital.

La dicción y la cadencia, y aun su timidez, eran las de un caribe crudo.

—No me dirá que es médico –le dijo el presidente

—Qué más quisiera yo, señor –dijo el hombre–. Soy chofer de ambulancia.

—Lo siento –dijo el presidente, convencido de su error–. Es un trabajo duro.

—No tanto como el suyo, señor.

Él lo miró sin reservas, se apoyó en el bastón con las dos manos, y le preguntó con un interés real:

—¿De dónde es usted?

—Del Caribe.

—De eso ya me di cuenta –dijo el presidente–. ¿Pero de qué país?

—Del mismo que usted, señor –dijo el hombre, y le tendió la mano–: Mi nombre es Homero Rey.

El presidente lo interrumpió sorprendido, sin soltarle la mano.

—Caray –le dijo–: ¡Qué buen nombre!

Homero se relajó.

—Y es más todavía —dijo—: Homero Rey de la Casa.

Una cuchillada invernal los sorprendió indefensos en mitad de la calle. El presidente se estremeció hasta los huesos y comprendió que no podría caminar sin abrigo las dos cuadras que le faltaban hasta la fonda de pobres donde solía comer.

—¿Ya almorzó? —le preguntó a Homero.

—Nunca almuerzo —dijo Homero—. Como una sola vez por la noche en mi casa.

—Haga una excepción por hoy —le dijo él con todos sus encantos a flor de piel—. Lo invito a almorzar.

Lo tomó del brazo y lo condujo hasta el restaurante de enfrente, con el nombre dorado en la marquesina de lona: *Le Boeuf Couronné*. El interior era estrecho y cálido, y no parecía haber un sitio libre. Homero Rey, sorprendido de que nadie reconociera al presidente, siguió hasta el fondo del salón para pedir ayuda.

—¿Es presidente en ejercicio? —le preguntó el patrón.

—No —dijo Homero—. Derrocado.

El patrón soltó una sonrisa de aprobación.

—Para esos —dijo— tengo siempre una mesa especial.

Los condujo a un lugar apartado en el fondo del salón donde podían charlar a gusto. El presidente se lo agradeció.

—No todos reconocen como usted la dignidad del exilio —dijo.

La especialidad de la casa eran las costillas de buey al carbón. El presidente y su invitado miraron en torno, y vieron en las otras mesas los grandes trozos asados con un borde de grasa tierna. «Es una carne magnífica —murmuró el presidente—. Pero la tengo prohibida.» Fijó en Homero una mirada traviesa, y cambió de tono.

—En realidad, tengo prohibido todo.

—También tiene prohibido el café —dijo Homero—, y sin embargo lo toma.

–¿Se dio cuenta? –dijo el presidente–. Pero hoy fue sólo una excepción en un día excepcional.

La excepción de aquel día no fue sólo con el café. También ordenó una costilla de buey al carbón y una ensalada de legumbres frescas sin más aderezos que un chorro de aceite de olivas. Su invitado pidió lo mismo, más media garrafa de vino tinto.

Mientras esperaban la carne, Homero sacó del bolsillo de la chaqueta una billetera sin dinero y con muchos papeles, y le mostró al presidente una foto descolorida. Él se reconoció en mangas de camisa, con varias libras menos y el cabello y el bigote de un color negro intenso, en medio de un tumulto de jóvenes que se habían empinado para sobresalir. De una sola mirada reconoció el lugar, reconoció los emblemas de una campaña electoral aborrecible, reconoció la fecha ingrata. «¡Qué barbaridad! –murmuró–. Siempre he dicho que uno envejece más rápido en los retratos que en la vida real.» Y devolvió la foto con el gesto de un acto final.

–Lo recuerdo muy bien –dijo–. Fue hace miles de años en la gallera de San Cristóbal de las Casas.

–Es mi pueblo –dijo Homero, y se señaló a sí mismo en el grupo–: Éste soy yo.

El presidente lo reconoció.

–¡Era una criatura!

–Casi –dijo Homero–. Estuve con usted en toda la campaña del sur como dirigente de las brigadas universitarias.

El presidente se anticipó al reproche.

–Yo, por supuesto, ni siquiera me fijaba en usted –dijo.

–Al contrario, era muy gentil con nosotros –dijo Homero–. Pero éramos tantos que no es posible que se acuerde.

–¿Y luego?

–¿Quién lo puede saber más que usted? –dijo Homero–. Después del golpe militar, lo que es un milagro es que los dos estemos aquí, listos para comernos medio buey. No muchos tuvieron la misma suerte.

En ese momento les llevaron los platos. El presidente se puso la servilleta en el cuello, como un babero de niño, y no fue insensible a la callada sorpresa del invitado. «Si no hiciera esto perdería una corbata en cada comida», dijo. Antes de empezar probó la sazón de la carne, la aprobó con un gesto complacido, y volvió al tema.

—Lo que no me explico —dijo— es por qué no se me había acercado antes en vez de seguirme como un sabueso.

Entonces Homero le contó que lo había reconocido desde que lo vio entrar en el hospital por una puerta reservada para casos muy especiales. Era pleno verano, y él llevaba el traje completo de lino blanco de las Antillas, con zapatos combinados en blanco y negro, la margarita en el ojal, y la hermosa cabellera alborotada por el viento. Homero averiguó que estaba solo en Ginebra, sin ayuda de nadie, pues conocía de memoria la ciudad donde había terminado sus estudios de leyes. La dirección del hospital, a solicitud suya, tomó las determinaciones internas para asegurar el incógnito absoluto. Esa misma noche, Homero se concertó con su mujer para hacer contacto con él. Sin embargo, lo había seguido durante cinco semanas buscando una ocasión propicia, y quizás no habría sido capaz de saludarlo si él no lo hubiera enfrentado.

—Me alegro que lo haya hecho —dijo el presidente—, aunque la verdad es que no me molesta para nada estar solo.

—No es justo.

—¿Por qué? —preguntó el presidente con sinceridad—. La mayor victoria de mi vida ha sido lograr que me olviden.

—Nos acordamos de usted más de lo que usted se imagina —dijo Homero sin disimular su emoción—. Es una alegría verlo así, sano y joven.

—Sin embargo —dijo él sin dramatismo—, todo indica que moriré muy pronto.

–Sus probabilidades de salir bien son muy altas –dijo Homero.

El presidente dio un salto de sorpresa, pero no perdió la gracia.

–¡Ah caray! –exclamó–. ¿Es que en la bella Suiza se abolió el sigilo médico?

–En ningún hospital del mundo hay secretos para un chofer de ambulancias –dijo Homero.

–Pues lo que yo sé lo he sabido hace apenas dos horas y por boca del único que debía saberlo.

–En todo caso, usted no moriría en vano –dijo Homero–. Alguien lo pondrá en el lugar que le corresponde como un gran ejemplo de dignidad.

El presidente fingió un asombro cómico.

–Gracias por prevenirme –dijo.

Comía como hacía todo: despacio y con una gran pulcritud. Mientras tanto miraba a Homero directo a los ojos, de modo que éste tenía la impresión de ver lo que él pensaba. Al cabo de una larga conversación de evocaciones nostálgicas, hizo una sonrisa maligna.

–Había decidido no preocuparme por mi cadáver –dijo–, pero ahora veo que debo tomar ciertas precauciones de novela policiaca para que nadie lo encuentre.

–Será inútil –bromeó Homero a su vez–. En el hospital no hay misterios que duren más de una hora.

Cuando terminaron con el café, el presidente leyó el fondo de su taza, y volvió a estremecerse: el mensaje era el mismo. Sin embargo, su expresión no se alteró. Pagó la cuenta en efectivo, pero antes verificó la suma varias veces, contó varias veces el dinero con un cuidado excesivo, y dejó una propina que sólo mereció un gruñido del mesero.

–Ha sido un placer –concluyó, al despedirse de Homero–. No tengo fecha para la operación, y ni siquiera he decidido si voy a someterme o no. Pero si todo sale bien volveremos a vernos.

—¿Y por qué no antes? —dijo Homero—. Lázara, mi mujer, es cocinera de ricos. Nadie prepara el arroz con camarones mejor que ella, y nos gustaría tenerlo en casa una noche de éstas.

—Tengo prohibidos los mariscos, pero los comeré con mucho gusto —dijo él—. Dígame cuándo.

—El jueves es mi día libre —dijo Homero.

—Perfecto —dijo el presidente—. El jueves a las siete de la noche estoy en su casa. Será un placer.

—Yo pasaré a recogerlo —dijo Homero—. Hotelerie Dames, 14 rue de l'Industrie. Detrás de la estación. ¿Es correcto?

—Correcto —dijo el presidente, y se levantó más encantador que nunca—. Por lo visto, sabe hasta el numero que calzo.

—Claro, señor —dijo Homero, divertido—: cuarenta y uno.

Lo que Homero Rey no le contó al presidente, pero se lo siguió contando durante años a todo el que quiso oírlo, fue que su propósito inicial no era tan inocente. Como otros choferes de ambulancia, tenía arreglos con empresas funerarias y compañías de seguros para vender servicios dentro del mismo hospital, sobre todo a pacientes extranjeros de escasos recursos. Eran ganancias mínimas, y además había que repartirlas con otros empleados que se pasaban de mano en mano los informes secretos sobre los enfermos graves. Pero era un buen consuelo para un desterrado sin porvenir que subsistía a duras penas con su mujer y sus dos hijos con un sueldo ridículo.

Lázara Davis, su mujer, fue más realista. Era una mulata fina de San Juan de Puerto Rico, menuda y maciza, del color del caramelo en reposo y con unos ojos de perra brava que le iban muy bien a su modo de ser. Se habían conocido en los servicios de caridad del hospital, donde ella trabajaba como ayudante de todo después que un rentista de su país, que la había llevado como niñera, la dejó al garete en Ginebra. Se habían casado por el rito católico, aunque ella era princesa yoruba, y vivían en una sala y dos dormitorios en el octavo piso sin ascensor de un edificio de emigrantes africanos. Tenían una niña de nueve años, Bárbara, y un niño de siete, Lázaro, con algunos índices menores de retraso mental.

Lázara Davis era inteligente y de mal carácter, pero de entrañas tiernas. Se consideraba a sí misma como una Tauro pura, y tenía una fe ciega en sus augurios astrales. Sin embargo, nunca pudo cumplir el sueño de ganarse la vida como astróloga de millonarios. En cambio, aportaba a la casa recursos ocasionales, y a veces importantes, preparando cenas para señoras ricas que se lucían con sus invitados haciéndoles creer que eran ellas las que cocinaban los excitantes platos antillanos. Homero, por su parte, era tímido de solemnidad, y no daba para más de lo poco que hacía, pero Lázara no concebía la vida sin él por la inocencia de su corazón y el calibre de su arma. Les había ido bien, pero los años venían cada vez más duros y los niños crecían. Por los tiempos en que llegó el presidente habían empezado a picotear sus ahorros de cinco años. De modo que cuando Homero Rey lo descubrió entre los enfermos incógnitos del hospital, se les fue la mano en las ilusiones.

No sabían a ciencia cierta qué le iban a pedir, ni con qué derecho. En el primer momento habían pensado venderle el funeral completo, incluidos el embalsamamiento y la repatriación. Pero poco a poco se fueron dando cuenta de que la muerte no parecía tan inminente como al principio. El día del almuerzo estaban ya aturdidos por las dudas.

La verdad es que Homero no había sido dirigente de brigadas universitarias, ni nada parecido, y la única vez que participó en la campaña electoral fue cuando tomaron la foto que habían logrado encontrar por milagro traspapelada en el ropero. Pero su fervor era cierto. Era cierto también que había tenido que huir del país por su participación en la resistencia callejera contra el golpe militar, aunque la única razón para seguir viviendo en Ginebra después de tantos años era su pobreza de espíritu. Así que una mentira de más o de menos no debía ser un obstáculo para ganarse el favor del presidente.

La primera sorpresa de ambos fue que el desterrado ilustre viviera en un hotel de cuarta categoría en el barrio triste de la Grotte, entre emigrantes asiáticos y mariposas de la noche, y que comiera solo en fondas de pobres, cuando Ginebra estaba llena de residencias dignas para políticos en desgracia. Homero lo había visto repetir día tras día los actos de aquel día. Lo había acompañado de vista, y a veces a una distancia menos que prudente, en sus paseos nocturnos por entre los muros lúgubres y los colgajos de campánulas amarillas de la ciudad vieja. Lo había visto absorto durante horas frente a la estatua de Calvino. Había subido tras él paso a paso la escalinata de piedra, sofocado por el perfume ardiente de los jazmines, para contemplar los lentos atardeceres del verano desde la cima del Bourg-le-Four. Una noche lo vio bajo la primera llovizna, sin abrigo ni paraguas, haciendo la cola con los estudiantes para un concierto de Rubinstein. «No sé cómo no le ha dado una pulmonía», le dijo después a su mujer. El sábado anterior, cuando el tiempo empezó a cambiar, lo había visto comprando un abrigo de otoño con un cuello de visones falsos, pero no en las tiendas luminosas de la rue du Rhône, donde compraban los emires fugitivos, sino en el Mercado de las Pulgas.

—¡Entonces no hay nada qué hacer! —exclamó Lázara cuando Homero se lo contó—. Es un avaro de mierda, capaz de hacerse enterrar por la beneficencia en la fosa común. Nunca le sacaremos nada.

—A lo mejor es pobre de verdad —dijo Homero—, después de tantos años sin empleo.

—Ay, negro, una cosa es ser Piscis con ascendente Piscis y otra cosa es ser pendejo —dijo Lázara—. Todo el mundo sabe que se alzó con el oro del gobierno y que es el exiliado más rico de la Martinica.

Homero, que era diez años mayor, había crecido impresionado con la noticia de que el presidente estudió en Ginebra, trabajando como obrero de la construcción. En cambio Lázara se había criado entre los escándalos de la prensa enemiga, magnificados en una casa de enemigos, donde fue niñera desde niña. Así que la noche en que Homero llegó ahogándose de júbilo porque había almorzado con el presidente, a ella no le valió el argumento de que lo había invitado a un restaurante caro. Le molestó que Homero no le hubiera pedido nada de lo mucho que habían soñado, desde becas para los niños hasta un empleo mejor en el hospital. Le pareció una confirmación de sus sospechas la decisión de que le echaran el cadáver a los buitres en vez de gastarse sus francos en un entierro digno y una repatriación gloriosa. Pero lo que rebosó el vaso fue la noticia que Homero se reservó para el final, de que había invitado al presidente a comer arroz de camarones el jueves en la noche.

—No más eso nos faltaba —gritó Lázara—, que se nos muera aquí, envenenado con camarones de lata, y tengamos que enterrarlo con los ahorros de los niños.

Lo que al final determinó su conducta fue el peso de su lealtad conyugal. Tuvo que pedir prestado a una vecina tres juegos de cubiertos de alpaca y una ensaladera de cristal, a otra una cafetera eléctrica, a otra un mantel bordado y una vajilla china para el café. Cambió las cortinas viejas por las nuevas, que sólo usaban en los días de fiesta, y les quitó el forro a los muebles. Pasó un día entero fregando los pisos, sacudiendo el polvo, cambiando las cosas de lugar, hasta que logró lo contrario de lo que más les hubiera convenido, que era conmover al invitado con el decoro de la pobreza.

El jueves en la noche, después que se repuso del ahogo de los ocho pisos, el presidente apareció en la puerta con el nuevo abrigo viejo y el sombrero melón de otro tiempo, y con una sola rosa para Lázara. Ella se impresionó con su hermosura viril y sus maneras de príncipe, pero más allá de todo eso lo vio como esperaba verlo: falso y rapaz. Le pareció impertinente, porque ella había cocinado con las ventanas abiertas para evitar que el vapor de los camarones impregnara la casa, y lo primero que hizo él al entrar fue aspirar a fondo, como en un éxtasis súbito, y exclamó con los ojos cerrados y los brazos abiertos: «¡Ah, el olor de nuestro mar!» Le pareció más tacaño que nunca por llevarle una sola rosa, robada sin duda en los jardines públicos. Le pareció insolente, por el desdén con que miró los recortes de periódicos sobre sus glorias presidenciales, y los gallardetes y banderines de la campaña, que Homero había clavado con tanto candor en la pared de la sala. Le pareció duro de corazón, porque no saludó siquiera a Bárbara y a Lázaro, que le tenían un regalo hecho por ellos, y en el curso de la cena se refirió a dos cosas que no podía soportar: los perros y los niños. Lo odió. Sin embargo, su sentido caribe de la hospitalidad se impuso sobre sus prejuicios. Se había puesto la bata africana de sus noches de fiesta y sus collares y pulseras de santería, y no hizo durante la cena un solo gesto ni dijo una palabra de sobra. Fue más que irreprochable: perfecta.

La verdad era que el arroz de camarones no estaba entre las virtudes de su cocina, pero lo hizo con los mejores deseos, y le quedó muy bien. El presidente se sirvió dos veces sin medirse en los elogios, y le encantaron las tajadas fritas de plátano maduro y la ensalada de aguacate, aunque no compartió las nostalgias. Lázara se conformó con escuchar hasta los postres, cuando Homero se atascó sin que viniera a cuento en el callejón sin salida de la existencia de Dios.

—Yo sí creo que existe —dijo el presidente—, pero que no tiene nada que ver con los seres humanos. Anda en cosas mucho más grandes.

—Yo sólo creo en los astros —dijo Lázara, y escrutó la reacción del presidente—. ¿Qué día nació usted?

—Once de marzo.

—Tenía que ser —dijo Lázara, con un sobresalto triunfal, y preguntó de buen tono—: ¿No serán demasiado dos Piscis en una misma mesa?

Los hombres seguían hablando de Dios cuando ella se fue a la cocina a preparar el café. Había recogido los trastos de la comida y ansiaba con toda su alma que la noche terminara bien. De regreso a la sala con el café le salió al encuentro una frase suelta del presidente que la dejó atónita:

—No lo dude, mi querido amigo: lo peor que pudo pasarle a nuestro pobre país es que yo fuera presidente.

Homero vio a Lázara en la puerta con las tazas chinas y la cafetera prestada, y creyó que se iba a desmayar. También el presidente se fijó en ella. «No me mire así, señora —le dijo de buen tono—. Estoy hablando con el corazón.» Y luego, volviéndose a Homero, terminó:

—Menos mal que estoy pagando cara mi insensatez.

Lázara sirvió el café, apagó la lámpara cenital de la mesa cuya luz inclemente estorbaba para conversar, y la sala quedó en una penumbra íntima. Por primera vez se interesó en el invitado, cuya gracia no alcanzaba a disimular su tristeza. La curiosidad de Lázara aumentó cuando él terminó el café y puso la taza bocabajo en el plato para que reposara el asiento.

El presidente les contó en la sobremesa que había escogido la isla de Martinica para su destierro, por la amistad con el poeta Aimé Césaire, que por aquel entonces acababa de publicar su *Cahier d'un retour au pays natal*, y le prestó ayuda para iniciar una nueva vida. Con lo que les quedaba de la herencia de la esposa compraron una casa de maderas nobles en las colinas de Fort de France, con alambreras en las ventanas y una terraza de mar llena de flores primitivas, donde era un gozo dormir con el alboroto de los grillos y la brisa de melaza y ron de caña de los trapiches. Se quedó allí con la esposa, catorce años mayor que él y enferma desde su parto único, atrincherado contra el destino en la relectura viciosa de sus clásicos latinos, en latín, y con la convicción de que aquél era el acto final de su vida. Durante años tuvo que resistir las tentaciones de toda clase de aventuras que le proponían sus partidarios derrotados.

—Pero nunca volví a abrir una carta —dijo—. Nunca, desde que descubrí que hasta las más urgentes eran menos urgentes una semana después, y que a los dos meses no se acordaba de ellas ni el que las había escrito.

Miró a Lázara a media luz cuando encendió un cigarrillo, y se lo quitó con un movimiento ávido de los dedos. Le dio una chupada profunda, y retuvo el humo en la garganta. Lázara, sorprendida, cogió la cajetilla y los fósforos para encender otro, pero él le devolvió el cigarrillo encendido. «Fuma usted con tanto gusto que no pude resistir la tentación», le dijo él. Pero tuvo que soltar el humo porque sufrió un principio de tos.

—Abandoné el vicio hace muchos años, pero él no me abandonó a mí por completo —dijo—. Algunas veces ha logrado vencerme. Como ahora.

La tos le dio dos sacudidas más. Volvió el dolor. El presidente miró la hora en el relojito de bolsillo, y tomó las dos tabletas de la noche. Luego escrutó el fondo de la taza: no había cambiado nada, pero esta vez no se estremeció.

—Algunos de mis antiguos partidarios han sido presidentes después que yo —dijo.

—Sáyago —dijo Homero.

—Sáyago y otros —dijo él—. Todos como yo: usurpando un honor que no merecíamos con un oficio que no sabíamos hacer. Algunos persiguen sólo el poder, pero la mayoría busca todavía menos: el empleo.

Lázara se encrespó.

—¿Usted sabe lo que dicen de usted? —le preguntó. Homero, alarmado, intervino:

–Son mentiras.

–Son mentiras y no lo son –dijo el presidente con una calma celestial–. Tratándose de un presidente, las peores ignominias pueden ser las dos cosas al mismo tiempo: verdad y mentira.

Había vivido en la Martinica todos los días del exilio, sin más contactos con el exterior que las pocas noticias del periódico oficial, sosteniéndose con clases de español y latín en un liceo oficial y con las traducciones que a veces le encargaba Aimé Césaire. El calor era insoportable en agosto, y él se quedaba en la hamaca hasta el mediodía, leyendo al arrullo del ventilador de aspas del dormitorio. Su mujer se ocupaba de los pájaros que criaba en libertad, aun en las horas de más calor, protegiéndose del sol con un sombrero de paja de alas grandes, adornado de frutillas artificiales y flores de organdí. Pero cuando bajaba el calor era bueno tomar el fresco en la terraza, él con la vista fija en el mar hasta que se hundía en las tinieblas, y ella en su mecedor de mimbre, con el sombrero roto y las sortijas de fantasía en todos los dedos, viendo pasar los buques del mundo. «Ese va para Puerto Santo», decía ella. «Ese casi no puede andar con la carga de guineos de Puerto Santo», decía. Pues no le parecía posible que pasara un buque que no fuera de su tierra. Él se hacía el sordo, aunque al final ella logró olvidar mejor que él, porque se quedó sin memoria. Permanecían así hasta que terminaban los crepúsculos fragorosos, y tenían que refugiarse en la casa derrotados por los zancudos. Uno de esos tantos agostos, mientras leía el periódico en la terraza, el presidente dio un salto de asombro.

–¡Ah, caray! –dijo–. ¡He muerto en Estoril!

Su esposa, levitando en el sopor, se espantó con la noticia. Eran seis líneas en la página quinta del periódico que se imprimía a la vuelta de la esquina, en el cual se publicaban sus traducciones ocasionales, y cuyo director pasaba a visitarlo de vez en cuando. Y ahora decía que había muerto en Estoril de Lisboa, balneario y guarida de la decadencia europea, donde nunca había estado, y tal vez el único lugar del mundo donde no hubiera querido morir. La esposa murió de veras un año después, atormentada por el último recuerdo que le quedaba para aquel instante: el del único hijo, que había participado en el derrocamiento de su padre, y fue fusilado más tarde por sus propios cómplices.

El presidente suspiró. «Así somos, y nada podrá redimirnos –dijo–. Un continente concebido por las heces del mundo entero sin un instante de amor: hijos de raptos, de violaciones, de tratos infames, de engaños, de enemigos con enemigos.» Se enfrentó a los ojos africanos de Lázara, que lo escudriñaban sin piedad, y trató de amansarla con su labia de viejo maestro.

–La palabra mestizaje significa mezclar las lágrimas con la sangre que corre. ¿Qué puede esperarse de semejante brebaje?

Lázara lo clavó en su sitio con un silencio de muerte. Pero logró sobreponerse, poco antes de la medianoche, y lo despidió con un beso formal. El presidente se opuso a que Homero lo acompañara al hotel, pero no pudo impedir que lo ayudara a conseguir un taxi. De regreso a casa, Homero encontró a su mujer descompuesta de furia.

–Ése es el presidente mejor tumbado del mundo –dijo ella–. Un tremendo hijo de puta.

A pesar de los esfuerzos que hizo Homero por tranquilizarla, pasaron en vela una noche terrible. Lázara reconocía que era uno de los hombres más bellos que había visto, con un poder de seducción devastadora y una virilidad de semental. «Así como está, viejo y jodido, debe ser todavía un tigre en la cama», dijo. Pero creía que esos dones de Dios los había malbaratado al servicio de la simulación. No podía soportar sus alardes de haber sido el peor presidente de su país. Ni sus ínfulas de asceta, si estaba convencida de que era dueño de la mitad de los ingenios de la Martinica. Ni la hipocresía de su desdén por el poder, si era evidente que lo daría todo por volver un minuto a la presidencia para hacerles morder el polvo a sus enemigos.

–Y todo eso –concluyó–, sólo por tenernos rendidos a sus pies.

–¿Qué puede ganar con eso? –dijo Homero.

–Nada –dijo ella–. Lo que pasa es que la coquetería es un vicio que no se sacia con nada.

Era tanta su furia, que Homero no pudo soportarla en la cama, y se fue a terminar la noche envuelto con una manta en el diván de la sala. Lázara se levantó también en la madrugada, desnuda de cuerpo entero, como solía dormir y estar en casa, y hablando consigo misma en un monólogo de una sola cuerda. En un momento borró de la memoria de la humanidad todo rastro de la cena indeseable. Devolvió al amanecer las cosas prestadas, cambió las cortinas nuevas por las viejas y puso los muebles en su lugar, hasta que la casa volvió a ser tan pobre y decente como había sido hasta la noche anterior. Por último arrancó los recortes de prensa, los retratos, los banderines y gallardetes de la campaña abominable, y tiró todo en el cajón de la basura con un grito final.

–¡Al carajo!

Una semana después de la cena, Homero encontró al presidente esperándolo a la salida del hospital, con la súplica de que lo acompañara a su hotel. Subieron los tres pisos empinados hasta una mansarda con una sola claraboya que daba a un cielo de ceniza, y atravesada por una cuerda con ropa puesta a secar. Había además una cama matrimonial que ocupaba la mitad del espacio, una silla simple, un aguamanil y un bidé portátil, y un ropero de pobres con el espejo nublado. El presidente notó la impresión de Homero.

–Es el mismo cubil donde viví mis años de estudiante –le dijo, como excusándose–. Lo reservé desde Fort de France.

Sacó de una bolsa de terciopelo y desplegó sobre la cama el saldo final de sus recursos: varias pulseras de oro con distintos adornos de piedras preciosas, un collar de perlas de tres vueltas y otros dos de oro y piedras preciosas; tres cadenas de oro con medallas de santos y un par de aretes de oro con esmeraldas, otro con diamantes y otro con rubíes; dos relicarios y un guardapelos, once sortijas con toda clase de monturas preciosas y una diadema de brillantes que pudo haber sido de una reina. Luego sacó de un estuche distinto tres pares de mancuernas de plata y dos de oro con sus correspondientes pisacorbatas, y un reloj de bolsillo enchapado en oro blanco. Por último sacó de una caja de zapatos sus seis condecoraciones: dos de oro, una de plata, y el resto, chatarra pura.

—Es todo lo que me queda en la vida —dijo.

No tenía más alternativas que venderlo todo para completar los gastos médicos, y deseaba que Homero le hiciera el favor con el mayor sigilo. Sin embargo Homero no se sintió capaz de complacerlo mientras no tuviera las facturas en regla.

El presidente le explicó que eran las prendas de su esposa heredadas de una abuela colonial que a su vez había heredado un paquete de acciones en minas de oro en Colombia. El reloj, las mancornas y los pisacorbatas eran suyos. Las condecoraciones, por supuesto, no fueron antes de nadie.

—No creo que alguien tenga facturas de cosas así —dijo.

Homero fue inflexible.

—En ese caso —reflexionó el presidente—, no me quedará más remedio que dar la cara.

Empezó a recoger las joyas con una calma calculada. «Le ruego que me perdone, mi querido Homero, pero es que no hay peor pobreza que la de un presidente pobre —le dijo—. Hasta sobrevivir parece indigno.» En ese instante, Homero lo vio con el corazón, y le rindió sus armas.

Aquella noche, Lázara regresó tarde a casa. Desde la puerta vio las joyas radiantes bajo la luz mercurial del comedor, y fue como si hubiera visto un alacrán en su cama.

—No seas bruto, negro —dijo, asustada—. ¿Por qué están aquí esas cosas?

La explicación de Homero la inquietó todavía más. Se sentó a examinar las joyas, una por una, con una meticulosidad de orfebre. A un cierto momento suspiró: «Debe ser una fortuna.» Por último se quedó mirando a Homero sin encontrar una salida para su ofuscación.

—Carajo —dijo—. ¿Cómo hace uno para saber si todo lo que ese hombre dice es verdad?

—¿Y por qué no? —dijo Homero—. Acabo de ver que él mismo lava su ropa, y la seca en el cuarto igual que nosotros, colgada en un alambre.

—Por tacaño —dijo Lázara.

—O por pobre —dijo Homero.

Lázara volvió a examinar las joyas, pero ahora con menos atención, porque también ella estaba vencida. Así que la mañana siguiente se vistió con lo mejor que tenía, se aderezó con las joyas que le parecieron más caras, se puso cuantas sortijas pudo en cada dedo, hasta en el pulgar, y cuantas pulseras pudo ponerse en cada brazo, y se fue a venderlas. «A ver quién le pide facturas a Lázara Davis», dijo al salir, pavoneándose de risa. Escogió la joyería exacta, con más ínfulas que prestigio, donde sabía que se vendía y se compraba sin demasiadas preguntas, y entró aterrorizada pero pisando firme.

Un vendedor vestido de etiqueta, enjuto y pálido, le hizo una venia teatral al besarle la mano, y se puso a sus órdenes. El interior era más claro que el día, por los espejos y las luces intensas, y la tienda entera parecía de diamante. Lázara, sin mirar apenas al empleado por temor de que se le notara la farsa, siguió hasta el fondo.

El empleado la invitó a sentarse ante uno de los tres escritorios Luis XV que servían de mostradores individuales, y extendió encima un pañuelo inmaculado. Luego se sentó frente a Lázara, y esperó.

−¿En qué puedo servirle?

Ella se quitó las sortijas, las pulseras, los collares, los aretes, todo lo que llevaba a la vista, y fue poniéndolos sobre el escritorio en un orden de ajedrez. Lo único que quería, dijo, era conocer su verdadero valor.

El joyero se puso el monóculo en el ojo izquierdo, y empezó a examinar las alhajas con un silencio clínico. Al cabo de un largo rato, sin interrumpir el examen, preguntó:

−¿De dónde es usted?

Lázara no había previsto esa pregunta.

−Ay, mi señor −suspiró−. De muy lejos.

−Me lo imagino −dijo él.

Volvió al silencio, mientras Lázara lo escudriñaba sin misericordia con sus terribles ojos de oro. El joyero le consagró una atención especial a la diadema de diamantes, y la puso aparte de las otras joyas. Lázara suspiró.

−Es usted un Virgo perfecto −dijo.

El joyero no interrumpió el examen.

−¿Cómo lo sabe?

−Por el modo de ser −dijo Lázara.

Él no hizo ningún comentario hasta que terminó, y se dirigió a ella con la misma parsimonia del principio.

−¿De dónde viene todo esto?

−Herencia de una abuela −dijo Lázara con voz tensa−. Murió el año pasado en Paramaribo a los noventa y siete años.

El joyero la miró entonces a los ojos. «Lo siento mucho −le dijo−. Pero el único valor de estas cosas es lo que pese el oro.» Cogió la diadema con la punta de los dedos y la hizo brillar bajo la luz deslumbrante.

−Salvo ésta −dijo−. Es muy antigua, egipcia tal vez, y sería invaluable si no fuera por el mal estado de los brillantes. Pero de todos modos tiene un cierto valor histórico.

En cambio, las piedras de las otras alhajas, las amatistas, las esmeraldas, los rubíes, los ópalos, todas, sin excepción, eran falsas. «Sin duda las originales fueron buenas», dijo el joyero, mientras recogía las prendas para devolverlas. «Pero de tanto pasar de una generación a otra se han ido quedando en el camino las piedras legítimas, reemplazadas por culos de botella.»

Lázara sintió una náusea verde, respiró hondo y dominó el pánico. El vendedor la consoló:

—Ocurre a menudo, señora.

—Ya lo sé —dijo Lázara, aliviada—. Por eso quiero salir de ellas.

Entonces sintió que estaba más allá de la farsa, y volvió a ser ella misma. Sin más vueltas sacó del bolso las mancuernas, el reloj de bolsillo, los pisacorbatas, las condecoraciones de oro y plata, y el resto de baratijas personales del presidente, y puso todo sobre la mesa.

—¿También esto? —preguntó el joyero.

—Todo —dijo Lázara.

Los francos suizos con que le pagaron eran tan nuevos que temió mancharse los dedos con la tinta fresca. Los recibió sin contarlos, y el joyero la despidió en la puerta con la misma ceremonia del saludo. Ya de salida, sosteniendo la puerta de cristal para cederle el paso, la demoró un instante.

—Y una última cosa, señora —le dijo—: soy Acuario.

A la prima noche Homero y Lázara llevaron el dinero al hotel. Hechas otra vez las cuentas, faltaba un poco más. De modo que el presidente se quitó y fue poniendo sobre la cama el anillo matrimonial, el reloj con la leontina y las mancuernas y el pisacorbatas que estaba usando.

Lázara le devolvió el anillo.

—Esto no —le dijo—. Un recuerdo así no se puede vender.

El presidente lo admitió y volvió a ponerse el anillo. Lázara le devolvió así mismo el reloj del chaleco. «Esto tampoco», dijo. El presidente no estuvo de acuerdo pero ella lo puso en su lugar.

—¿A quién se le ocurre vender relojes en Suiza?

—Ya vendimos uno —dijo el presidente.

—Sí, pero no por el reloj sino por el oro.

—También éste es de oro —dijo el presidente.

—Sí —dijo Lázara—. Pero usted puede hasta quedarse sin operar, pero no sin saber qué hora es.

Tampoco le aceptó la montura de oro de los lentes, aunque él tenía otro par de carey. Sopesó las prendas que tenía en la mano, y puso término a las dudas.

—Además —dijo— con esto alcanza.

Antes de salir, descolgó la ropa mojada, sin consultárselo, y se la llevó para secarla y plancharla en la casa. Se fueron en la motoneta, Homero conduciendo y Lázara en la parrilla, abrazada a su cintura. Las luces públicas acababan de encenderse en la tarde malva. El viento había arrancado las últimas hojas, y los árboles parecían fósiles desplumados. Un remolcador descendía por el Ródano con un radio a todo volumen que iba dejando por las calles un reguero de música. Georges Brassens cantaba: *Mon amour tiens bien la barre, le temps va passer par là, et le temps est un barbare dans le genre d'Attila, par là où son cheval passe l'amour ne repousse pas.* Homero y Lázara corrían en silencio embriagados por la canción y el olor memorable de los jacintos. Al cabo de un rato, ella pareció despertar de un largo sueño.

—Carajo —dijo.

—¿Qué?

—El pobre viejo —dijo Lázara—. ¡Qué vida de mierda!

.

El viernes siguiente, 7 de octubre, el presidente fue operado en una sesión de cinco horas que por el momento dejó las cosas tan oscuras como estaban. En rigor, el único consuelo era saber que estaba vivo. Al cabo de diez días lo pasaron a un cuarto compartido con otros enfermos, y pudieron visitarlo. Era otro: desorientado y macilento, y con un cabello ralo que se le desprendía con el solo roce de la almohada. De su antigua prestancia sólo le quedaba la fluidez de las manos. Su primer intento de caminar con dos bastones ortopédicos fue descorazonador. Lázara se quedaba a dormir a su lado para ahorrarle el gasto de una enfermera nocturna. Uno de los enfermos del cuarto pasó la primera noche gritando por el pánico de la muerte. Aquellas veladas interminables acabaron con las últimas reticencias de Lázara.

A los cuatro meses de haber llegado a Ginebra, le dieron de alta. Homero, administrador meticuloso de sus fondos exiguos, pagó las cuentas del hospital y se lo llevó en su ambulancia con otros empleados que ayudaron a subirlo al octavo piso. Se instaló en la alcoba de los niños, a quienes nunca acabó de reconocer, y poco a poco volvió a la realidad. Se empeñó en los ejercicios de rehabilitación con un rigor militar, y volvió a caminar con su solo bastón. Pero aun vestido con la buena ropa de antaño estaba muy lejos de ser él mismo, tanto por su aspecto como por el modo de ser. Temeroso del invierno que se anunciaba muy severo, y que en realidad fue el más crudo de lo que iba del siglo, decidió regresar en un barco que zarpaba de Marsella el 13 de diciembre, contra el criterio de los médicos que querían vigilarlo un poco más. A última hora el dinero no alcanzó para tanto, y Lázara quiso completarlo a escondidas de su marido con un rasguño más en los ahorros de los hijos, pero también allí encontró menos de lo que suponía. Entonces Homero le confesó que lo había cogido a escondidas de ella para completar la cuenta del hospital.

–Bueno –se resignó Lázara–. Digamos que era el hijo mayor.

El 11 de diciembre lo embarcaron en el tren de Marsella bajo una fuerte tormenta de nieve, y sólo cuando volvieron a casa encontraron una carta de despedida en la mesa de noche de los niños. Allí mismo dejó su anillo de bodas para Bárbara, junto con el de la esposa muerta, que nunca trató de vender, y el reloj de leontina para Lázaro. Como era domingo, algunos vecinos caribes que descubrieron el secreto habían acudido a la estación de Cornavin con un conjunto de arpas de Veracruz. El presidente estaba sin aliento, con el abrigo de perdulario y una larga bufanda de colores que había sido de Lázara, pero aún así permaneció en el pescante del último vagón despidiéndose con el sombrero bajo el azote del vendaval. El tren empezaba a acelerar cuando Homero cayó en la cuenta de que se había quedado con el bastón. Corrió hasta el extremo del andén y lo lanzó con bastante fuerza para que el presidente lo atrapara en el aire, pero cayó entre las ruedas y quedó destrozado. Fue un instante de terror. Lo último que vio Lázara fue la mano trémula estirada para atrapar el bastón que nunca alcanzó, y el guardián del tren que logró agarrar por la bufanda al anciano cubierto de nieve, y lo salvó en el vacío. Lázara corrió despavorida al encuentro del marido tratando de reír detrás de las lágrimas.

—Dios mío —le gritó—, ese hombre no se muere con nada.

Llegó sano y salvo, según anunció en su extenso telegrama de gratitud. No se volvió a saber nada de él en más de un año. Por fin llegó una carta de seis hojas manuscritas en la que ya era imposible reconocerlo. El dolor había vuelto, tan intenso y puntual como antes, pero él decidió no hacerle caso y dedicarse a vivir la vida como viniera. El poeta Aimé Césaire le había regalado otro bastón con incrustaciones de nácar, pero había resuelto no usarlo. Hacía seis meses que comía carne con regularidad, y toda clase de mariscos, y era capaz de beberse hasta veinte tazas diarias de café cerrero. Pero ya no leía el fondo de la taza porque sus pronósticos le resultaban al revés. El día que cumplió los setenta y cinco años se había tomado unas copitas del exquisito ron de la Martinica, que le sentaron muy bien, y volvió a fumar. No se sentía mejor, por supuesto, pero tampoco peor. Sin embargo, el motivo real de la carta era comunicarles que se sentía tentado de volver a su país para ponerse al frente de un movimiento renovador, por una causa justa y una patria digna, aunque sólo fuera por la gloria mezquina de no morirse de viejo en su cama. En ese sentido, concluía la carta, el viaje a Ginebra había sido providencial.

[1979]

La santa

VEINTIDÓS años después volví a ver a Margarito Duarte. Apareció de pronto en una de las callecitas secretas del Trastévere, y me costó trabajo reconocerlo a primera vista por su castellano difícil y su buen talante de romano antiguo. Tenía el cabello blanco y escaso, y no le quedaban rastros de la conducta lúgubre y las ropas funerarias de letrado andino con que había venido a Roma por primera vez, pero en el curso de la conversación fui rescatándolo poco a poco de las perfidias de sus años y volví a verlo como era: sigiloso, imprevisible, y de una tenacidad de picapedrero. Antes de la segunda taza de café en uno de nuestros bares de otros tiempos, me atreví a hacerle la pregunta que me carcomía por dentro.

—¿Qué pasó con la santa?

—Ahí está la santa —me contestó—. Esperando.

Sólo el tenor Rafael Ribero Silva y yo podíamos entender la tremenda carga humana de su respuesta. Conocíamos tanto su drama, que durante años pensé que Margarito Duarte era el personaje en busca de autor que los novelistas esperamos durante toda una vida, y si nunca dejé que me encontrara fue porque el final de su historia me parecía inimaginable.

Había venido a Roma en aquella primavera radiante en que Pío XII padecía una crisis de hipo que ni las buenas ni las malas artes de médicos y hechiceros habían logrado remediar. Salía por primera vez de su escarpada aldea del Tolima, en los Andes colombianos, y se le notaba hasta en el modo de dormir. Se presentó una mañana en nuestro consulado con la maleta de pino lustrado que por la forma y el tamaño parecía el estuche de un violonchelo, y le planteó al cónsul el motivo sorprendente de su viaje. El cónsul llamó entonces por teléfono al tenor Rafael Ribero Silva, su compatriota, para que le consiguiera un cuarto en la pensión donde ambos vivíamos. Así lo conocí.

Margarito Duarte no había pasado de la escuela primaria, pero su vocación por las bellas letras le había permitido una formación más amplia con la lectura apasionada de cuanto material impreso encontraba a su alcance. A los dieciocho años, siendo el escribano del municipio, se casó con una bella muchacha que murió poco después en el parto de la primera hija. Ésta, más bella aún que la madre, murió de una fiebre esencial a los siete años. Pero la verdadera historia de Margarito Duarte había empezado seis meses antes de su llegada a Roma, cuando hubo que mudar el cementerio de su pueblo para construir una represa. Como todos los habitantes de la región, Margarito desenterró los huesos de sus muertos para llevarlos al cementerio nuevo. La esposa era polvo. En la tumba contigua, por el contrario, la niña seguía intacta después de once años. Tanto, que cuando destaparon la caja se sintió el vaho de las rosas frescas con que la habían enterrado. Lo más asombroso, sin embargo, era que el cuerpo carecía de peso.

Centenares de curiosos atraídos por el clamor del milagro desbordaron la aldea. No había duda. La incorruptibilidad del cuerpo era un síntoma inequívoco de la santidad, y hasta el obispo de la diócesis estuvo de acuerdo en que semejante prodigio debía someterse al veredicto del Vaticano. De modo que se hizo una colecta pública para que Margarito Duarte viajara a Roma, a batallar por una causa que ya no era sólo suya ni del ámbito estrecho de su aldea, sino un asunto de la nación.

Mientras nos contaba su historia en la pensión del apacible barrio de Parioli, Margarito Duarte quitó el candado y abrió la tapa del baúl primoroso. Fue así como el tenor Ribero Silva y yo participamos del milagro. No parecía una momia marchita como las que se ven en tantos museos del mundo, sino una niña vestida de novia que siguiera dormida al cabo de una larga estancia bajo la tierra. La piel era tersa y tibia, y los ojos abiertos eran diáfanos, y causaban la impresión insoportable de que nos veían desde la muerte. El raso y los azahares falsos de la corona no habían resistido al rigor del tiempo con tan buena salud como la piel, pero las rosas que le habían puesto en las manos permanecían vivas. El peso del estuche de pino, en efecto, siguió siendo igual cuando sacamos el cuerpo.

Margarito Duarte empezó sus gestiones al día siguiente de la llegada. Al principio con una ayuda diplomática más compasiva que eficaz, y luego con cuantas artimañas se le ocurrieron para sortear los incontables obstáculos del Vaticano. Fue siempre muy reservado sobre sus diligencias, pero se sabía que eran numerosas e inútiles. Hacía contacto con cuantas congregaciones religiosas y fundaciones humanitarias encontraba a su paso, donde lo escuchaban con atención pero sin asombro, y le prometían gestiones inmediatas que nunca culminaron. La verdad es que la época no era la más propicia. Todo lo que tuviera que ver con la Santa Sede había sido postergado hasta que el Papa superara la crisis de hipo, resistente no sólo a los más refinados recursos de la medicina académica, sino a toda clase de remedios mágicos que le mandaban del mundo entero.

Por fin, en el mes de julio, Pío XII se repuso y fue a sus vacaciones de verano en Castelgandolfo. Margarito llevó la santa a la primera audiencia semanal con la esperanza de mostrársela. El Papa apareció en el patio interior, en un balcón tan bajo que Margarito pudo ver sus uñas bien pulidas y alcanzó a percibir su hálito de lavanda. Pero no circuló por entre los turistas que llegaban de todo el mundo para verlo, como Margarito esperaba, sino que pronunció el mismo discurso en seis idiomas y terminó con la bendición general.

Al cabo de tantos aplazamientos, Margarito decidió afrontar las cosas en persona, y llevó a la secretaría de Estado una carta manuscrita de casi sesenta folios, de la cual no obtuvo respuesta. Él lo había previsto, pues el funcionario que la recibió con los formalismos de rigor apenas si se dignó darle una mirada oficial a la niña muerta, y los empleados que pasaban cerca la miraban sin ningún interés. Uno de ellos le contó que el año anterior habían recibido más de ochocientas cartas que solicitaban la santificación de cadáveres intactos en distintos lugares del mundo. Margarito pidió por último que se comprobara la ingravidez del cuerpo. El funcionario la comprobó, pero se negó a admitirla.

—Debe ser un caso de sugestión colectiva —dijo.

En sus escasas horas libres y en los áridos domingos del verano, Margarito permanecía en su cuarto, encarnizado en la lectura de cualquier libro que le pareciera de interés para su causa. A fines de cada mes, por iniciativa propia, escribía en un cuaderno escolar una relación minuciosa de sus gastos con su caligrafía preciosista de amanuense mayor, para rendir cuentas estrictas y oportunas a los contribuyentes de su pueblo. Antes de terminar el año conocía los dédalos de Roma como si hubiera nacido en ellos, hablaba un italiano fácil y de tan pocas palabras como su castellano andino, y sabía tanto como el que más sobre procesos de canonización. Pero pasó mucho más tiempo antes de que cambiara su vestido fúnebre, y el chaleco y el sombrero de magistrado que en la Roma de la época eran propios de algunas sociedades secretas con fines inconfesables. Salía desde muy temprano con el estuche de la santa, y a veces regresaba tarde en la noche, exhausto y triste, pero siempre con un rescoldo de luz que le infundía alientos nuevos para el día siguiente.

—Los santos viven en su tiempo propio —decía.

Yo estaba en Roma por primera vez, estudiando en el Centro

Experimental de Cine, y viví su calvario con una intensidad inolvidable. La pensión donde vivíamos era en realidad un apartamento moderno a pocos pasos de la Villa Borghese, cuya dueña ocupaba dos alcobas y alquilaba cuatro a estudiantes extranjeros. La llamábamos María Bella, y era guapa y temperamental en la plenitud de su otoño, y siempre fiel a la norma sagrada de que cada quien es rey absoluto dentro de su cuarto. En realidad, la que llevaba el peso de la vida cotidiana era su hermana mayor, la tía Antonieta, un ángel sin alas que le trabajaba por horas durante el día, y andaba por todos lados con su balde y su escoba de jerga lustrando más allá de lo posible los mármoles del piso. Fue ella quien nos enseñó a comer los pajaritos cantores que cazaba Bartolino, su esposo, por un mal hábito que le quedó de la guerra, y quien terminaría por llevarse a Margarito a vivir en su casa cuando los recursos no le alcanzaron para los precios de María Bella.

Nada menos adecuado para el modo de ser de Margarito que aquella casa sin ley. Cada hora nos reservaba una novedad, hasta en la madrugada, cuando nos despertaba el rugido pavoroso del león en el zoológico de la Villa Borghese. El tenor Ribero Silva se había ganado el privilegio de que los romanos no se resintieran con sus ensayos tempraneros. Se levantaba a las seis, se daba su baño medicinal de agua helada y se arreglaba la barba y las cejas de Mefistófeles, y sólo cuando ya estaba listo con la bata de cuadros escoceses, la bufanda de seda china y su agua de colonia personal, se entregaba en cuerpo y alma a sus ejercicios de canto. Abría de par en par la ventana del cuarto, aun con las estrellas del invierno, y empezaba por calentar la voz con fraseos progresivos de grandes arias de amor, hasta que se soltaba a cantarla a plena voz. La expectativa diaria era que cuando daba el do de pecho le contestaba el león de la Villa Borghese con un rugido de temblor de tierra.

—Eres san Marcos reencarnado, *figlio mio* —exclamaba la tía Antonieta asombrada de veras—. Sólo él podía hablar con los leones.

Una mañana no fue el león el que le dio la réplica. El tenor inició el dueto de amor del Otello: *Già nella notte densa s'estingue ogni clamor*. De pronto, desde el fondo del patio, nos llegó la respuesta en una hermosa voz de soprano. El tenor prosiguió, y las dos voces cantaron el trozo completo, para solaz del vecindario que abrió las ventanas para santificar sus casas con el torrente de aquel amor irresistible. El tenor estuvo a punto de desmayarse cuando supo que su Desdémona invisible era nadie menos que la gran Maria Caniglia.

Tengo la impresión de que fue aquel episodio el que le dio un motivo válido a Margarito Duarte para integrarse a la vida de la casa. A partir de entonces se sentó con todos en la mesa común y no en la cocina, como al principio, donde la tía Antonieta lo complacía casi a diario con su guiso maestro de pajaritos cantores. María Bella nos leía de sobremesa los periódicos del día para acostumbrarnos a la fonética italiana, y completaba las noticias con una arbitrariedad y una gracia que nos alegraban la vida. Uno de esos días contó, a propósito de la santa, que en la ciudad de Palermo había un enorme museo con los cadáveres incorruptos de hombres, mujeres y niños, e inclusive de varios obispos, desenterrados de un mismo cementerio de los padres capuchinos. La noticia inquietó tanto a Margarito, que no tuvo un instante de paz hasta que fuimos a Palermo. Pero le bastó una mirada de paso por las abrumadoras galerías de momias sin gloria para formarse un juicio de consolación.

—No son el mismo caso —dijo—. A éstos se les nota en seguida que están muertos.

Después del almuerzo Roma sucumbía en el sopor de agosto. El sol de mediodía se quedaba inmóvil en el centro del cielo, y en el silencio de las dos de la tarde sólo se oía el rumor del agua, que es la voz natural de Roma. Pero hacia las siete de la noche las ventanas se abrían de golpe para convocar el aire fresco que empezaba a moverse, y una muchedumbre jubilosa se echaba a las calles sin ningún propósito distinto que el de vivir, en medio de los petardos de las motocicletas, los gritos de los vendedores de sandía y las canciones de amor entre las flores de las terrazas.

El tenor y yo no hacíamos la siesta. Íbamos en su vespa, él conduciendo y yo en la parrilla, y les llevábamos helados y chocolates a las putitas de verano que mariposeaban bajo los laureles centenarios de la Villa Borghese, en busca de turistas desvelados a pleno sol. Eran bellas, pobres y cariñosas, como la mayoría de las italianas de aquel tiempo, vestidas de organza azul, de popelina rosada, de lino verde, y se protegían del sol con las sombrillas apolilladas por las lluvias de la guerra reciente. Era un placer humano estar con ellas, porque saltaban por encima de las leyes del oficio y se daban el lujo de perder un buen cliente para irse con nosotros a tomar un café bien conversado en el bar de la esquina, o a pasear en las carrozas de alquiler por los senderos del parque, o a dolernos de los reyes destronados y sus amantes trágicas que cabalgaban al atardecer en el *galoppatoio*. Más de una vez les servíamos de intérpretes con algún gringo descarriado.

No fue por ellas que llevamos a Margarito Duarte a la Villa Borghese, sino para que conociera el león. Vivía en libertad en un islote desértico circundado por un foso profundo, y tan pronto como nos divisó en la otra orilla empezó a rugir con un desasosiego que sorprendió a su guardián. Los visitantes del parque acudieron sorprendidos. El tenor trató de identificarse con su do de pecho matinal, pero el león no le prestó atención. Parecía rugir hacia todos nosotros sin distinción, pero el vigilante se dio cuenta al instante de que sólo rugía por Margarito. Así fue: para donde él se moviera se movía el león, y tan pronto como se escondía dejaba de rugir. El vigilante, que era doctor en letras clásicas de la universidad de Siena, pensó que Margarito debió estar ese día con otros leones que lo habían contaminado de su olor. Aparte de esa explicación, que era inválida, no se le ocurrió otra.

—En todo caso —dijo— no son rugidos de guerra sino de compasión.

Sin embargo, lo que impresionó al tenor Ribero Silva no fue aquel episodio sobrenatural, sino la conmoción de Margarito cuando se detuvieron a conversar con las muchachas del parque. Lo comentó en la mesa, y unos por picardía, y otros por comprensión, estuvimos de acuerdo en que sería una buena obra ayudar a Margarito a resolver su soledad. Conmovida por la debilidad de nuestros corazones, María Bella se apretó la pechuga de madraza bíblica con sus manos empedradas de anillos de fantasía.

—Yo lo haría por caridad —dijo—, si no fuera porque nunca he podido con los hombres que usan chaleco.

Fue así como el tenor pasó por la Villa Borghese a las dos de la tarde, y se llevó en ancas de su vespa a la mariposita que le pareció más propicia para darle una hora de buena compañía a Margarito Duarte. La hizo desnudarse en su alcoba, la bañó con jabón de olor, la secó, la perfumó con su agua de colonia personal, y la empolvó de cuerpo entero con su talco alcanforado para después de afeitarse. Por último le pagó el tiempo que ya llevaban y una hora más, y le indicó letra por letra lo que debía hacer.

La bella desnuda atravesó en puntillas la casa en penumbras, como un sueño de la siesta, y dio dos golpecitos tiernos en la alcoba del fondo. Margarito Duarte, descalzo y sin camisa, abrió la puerta.

—*Buona sera giovanotto* —le dijo ella, con voz y modos de colegiala—. *Mi manda il tenore.*

Margarito asimiló el golpe con una gran dignidad. Acabó de abrir la puerta para darle paso, y ella se tendió en la cama mientras él se ponía a toda prisa la camisa y los zapatos para atenderla con el debido respeto. Luego se sentó a su lado en una silla, e inició la conversación. Sorprendida, la muchacha le dijo que se diera prisa, pues sólo disponían de una hora. Él no se dio por enterado.

La muchacha dijo después que de todos modos habría estado el tiempo que él hubiera querido sin cobrarle ni un céntimo, porque no podía haber en el mundo un hombre mejor comportado. Sin saber qué hacer mientras tanto, escudriñó el cuarto con la mirada, y descubrió el estuche de madera sobre la chimenea. Preguntó si era un saxofón. Margarito no le contestó, sino que entreabrió la persiana para que entrara un poco de luz, llevó el estuche a la cama y levantó la tapa. La muchacha trató de decir algo, pero se le desencajó la mandíbula. O como nos dijo después: *Mi si gelò il culo*. Escapó despavorida, pero se equivocó de sentido en el corredor, y se encontró con la tía Antonieta que iba a poner una bombilla nueva en la lámpara de mi cuarto. Fue tal el susto de ambas, que la muchacha no se atrevió a salir del cuarto del tenor hasta muy entrada la noche.

La tía Antonieta no supo nunca qué pasó. Entró en mi cuarto tan asustada, que no conseguía atornillar la bombilla en la lámpara por el temblor de las manos. Le pregunté qué le sucedía. «Es que en esta casa espantan —me dijo—. Y ahora a pleno día.»

Me contó con una gran convicción que, durante la guerra, un oficial alemán degolló a su amante en el cuarto que ocupaba el tenor. Muchas veces, mientras andaba en sus oficios, la tía Antonieta había visto la aparición de la bella asesinada recogiendo sus pasos por los corredores.

—Acabo de verla caminando en pelota por el corredor —dijo—. Era idéntica.

La ciudad recobró su rutina en otoño. Las terrazas floridas del verano se cerraron con los primeros vientos, y el tenor y yo volvimos a la vieja tractoría del Trastévere donde solíamos cenar con los alumnos de canto del conde Carlo Calcagni, y algunos compañeros míos de la escuela de cine. Entre estos últimos, el más asiduo era Lakis, un griego inteligente y simpático, cuyo único tropiezo eran sus discursos adormecedores sobre la injusticia social. Por fortuna, los tenores y las sopranos lograban casi siempre derrotarlo con trozos de ópera cantados a toda voz, que sin embargo no molestaban a nadie aun después de la medianoche. Al contrario, algunos trasnochadores de paso se sumaban al coro, y en el vecindario se abrían ventanas para aplaudir.

Una noche, mientras cantábamos, Margarito entró en puntillas para no interrumpirnos. Llevaba el estuche de pino que no había tenido tiempo de dejar en la pensión después de mostrarle la santa al párroco de San Juan de Letrán, cuya influencia ante la Sagrada Congregación del Rito era de dominio público. Alcancé a ver de soslayo que lo puso debajo de una mesa apartada, y se sentó mientras terminábamos de cantar. Como siempre ocurría al filo de la medianoche, reunimos varias mesas cuando la tractoría empezó a desocuparse, y quedamos juntos los que cantaban, los que hablábamos de cine, y los amigos de todos. Y entre ellos, Margarito Duarte, que ya era conocido allí como el colombiano silencioso y triste del cual nadie sabía nada. Lakis, intrigado, le preguntó si tocaba el violonchelo. Yo me sobrecogí con lo que me pareció una indiscreción difícil de sortear. El tenor, tan incómodo como yo, no logró remendar la situación. Margarito fue el único que tomó la pregunta con toda naturalidad.

—No es un violonchelo —dijo—. Es la santa.

Puso la caja sobre la mesa, abrió el candado y levantó la tapa. Una ráfaga de estupor estremeció el restaurante. Los otros clientes, los meseros, y por último la gente de la cocina con sus delantales ensangrentados, se congregaron atónitos a contemplar el prodigio. Algunos se persignaron. Una de las cocineras se arrodilló con las manos juntas, presa de un temblor de fiebre, y rezó en silencio.

Sin embargo, pasada la conmoción inicial, nos enredamos en una discusión a gritos sobre la insuficiencia de la santidad en nuestros tiempos. Lakis, por supuesto, fue el más radical. Lo único que quedó en claro al final fue su idea de hacer una película crítica con el tema de la santa.

–Estoy seguro –dijo– que el viejo Cesare no dejaría escapar este tema.

Se refería a Cesare Zavattini, nuestro maestro de argumento y guión, uno de los grandes de la historia del cine y el único que mantenía con nosotros una relación personal al margen de la escuela. Trataba de enseñarnos no sólo el oficio, sino una manera distinta de ver la vida. Era una máquina de pensar argumentos. Le salían a borbotones, casi contra su voluntad. Y con tanta prisa, que siempre le hacía falta la ayuda de alguien para pensarlos en voz alta y atraparlos al vuelo. Sólo que al terminarlos se le caían los ánimos. «Lástima que haya que filmarlo», decía. Pues pensaba que en la pantalla perdería mucho de su magia original. Conservaba las ideas en tarjetas ordenadas por temas y prendidas con alfileres en los muros, y tenía tantas que ocupaban una alcoba de su casa.

El sábado siguiente fuimos a verlo con Margarito Duarte. Era tan goloso de la vida, que lo encontramos en la puerta de su casa de la calle Angela Merici, ardiendo de ansiedad por la idea que le habíamos anunciado por teléfono. Ni siquiera nos saludó con la amabilidad de costumbre, sino que llevó a Margarito a una mesa preparada, y él mismo abrió el estuche. Entonces ocurrió lo que menos imaginábamos. En vez de enloquecerse, como era previsible, sufrió una especie de parálisis mental.

–*Ammazza!* –murmuró espantado.

Miró a la santa en silencio por dos o tres minutos, cerró la caja él mismo, y sin decir nada condujo a Margarito hacia la puerta, como a un niño que diera sus primeros pasos. Lo despidió con unas palmaditas en la espalda. «Gracias, hijo, muchas gracias –le dijo–. Y que Dios te acompañe en tu lucha.» Cuando cerró la puerta se volvió hacia nosotros, y nos dio su veredicto.

–No sirve para el cine –dijo–. Nadie lo creería.

Esa lección sorprendente nos acompañó en el tranvía de regreso. Si él lo decía, no había ni que pensarlo: la historia no servía.

Sin embargo, María Bella nos recibió con el recado urgente de que Zavattini nos esperaba esa misma noche, pero sin Margarito.

Lo encontramos en uno de sus momentos estelares. Lakis había llevado a dos o tres condiscípulos, pero él ni siquiera pareció verlos cuando abrió la puerta.

—Ya lo tengo —gritó—. La película será un cañonazo si Margarito hace el milagro de resucitar a la niña.

—¿En la película o en la vida? —le pregunté.

Él reprimió la contrariedad. «No seas tonto», me dijo. Pero en seguida le vimos en los ojos el destello de una idea irresistible. «A no ser que sea capaz de resucitarla en la vida real», dijo, y reflexionó en serio:

—Debería probar.

Fue sólo una tentación instantánea, antes de retomar el hilo. Empezó a pasearse por la casa, como un loco feliz, gesticulando a manotadas y recitando la película a grandes voces. Lo escuchábamos deslumbrados, con la impresión de estar viendo las imágenes como pájaros fosforescentes que se le escapaban en tropel y volaban enloquecidos por toda la casa.

—Una noche —dijo— cuando ya han muerto como veinte papas que no lo recibieron, Margarito entra en su casa, cansado y viejo, abre la caja, le acaricia la cara a la muertita, y le dice con toda la ternura del mundo: «Por el amor de tu padre, hijita: levántate y anda.»

Nos miró a todos, y remató con un gesto triunfal:

—¡Y la niña se levanta!

Algo esperaba de nosotros. Pero estábamos tan perplejos, que no encontrábamos qué decir. Salvo Lakis, el griego, que levantó el dedo, como en la escuela, para pedir la palabra.

—Mi problema es que no lo creo —dijo, y ante nuestra sorpresa, se dirigió directo a Zavattini—: Perdóneme, maestro, pero no lo creo.

Entonces fue Zavattini el que se quedó atónito.

—¿Y por qué no?

–Qué sé yo –dijo Lakis, angustiado–. Es que no puede ser.

–*Ammazza!* –gritó entonces el maestro, con un estruendo que debió oírse en el barrio entero–. Eso es lo que más me jode de los estalinistas: que no creen en la realidad.

En los quince años siguientes, según él mismo me contó, Margarito llevó la santa a Castelgandolfo por si se daba la ocasión de mostrarla. En una audiencia de unos doscientos peregrinos de América Latina alcanzó a contar su historia, entre empujones y codazos, al benévolo Juan XXIII. Pero no pudo mostrarle a la niña porque debió dejarla a la entrada, junto con los morrales de otros peregrinos, en previsión de un atentado. El Papa lo escuchó con tanta atención como le fue posible entre la muchedumbre, y le dio en la mejilla una palmadita de aliento.

–*Bravo, figlio mio* –le dijo–. Dios premiará tu perseverancia.

Sin embargo, cuando de veras se sintió en vísperas de realizar su sueño fue durante el reinado fugaz del sonriente Albino Luciani. Un pariente de éste, impresionado por la historia de Margarito, le prometió su mediación. Nadie le hizo caso. Pero dos días después, mientras almorzaban, alguien llamó a la pensión con un mensaje rápido y simple para Margarito: no debía moverse de Roma, pues antes del jueves sería llamado del Vaticano para una audiencia privada.

Nunca se supo si fue una broma. Margarito creía que no, y se mantuvo alerta. No salió de la casa. Si tenía que ir al baño lo anunciaba en voz alta: «Voy al baño.» María Bella, siempre graciosa en los primeros albores de la vejez, soltaba su carcajada de mujer libre.

–Ya lo sabemos, Margarito –gritaba–, por si te llama el Papa.

La semana siguiente, dos días antes del telefonema anunciado, Margarito se derrumbó ante el titular del periódico que deslizaron por debajo de la puerta: *Morto il Papa*. Por un instante lo sostuvo en vilo la ilusión de que era un periódico atrasado que habían llevado por equivocación, pues no era fácil creer que se muriera un Papa cada mes. Pero así fue: el sonriente Albino Luciani, elegido treinta y tres días antes, había amanecido muerto en su cama.

Volví a Roma veintidós años después de conocer a Margarito Duarte, y tal vez no hubiera pensado en él si no lo hubiera encontrado por casualidad. Yo estaba demasiado oprimido por los estragos del tiempo para pensar en nadie. Caía sin cesar una llovizna boba como de caldo tibio, la luz de diamante de otros tiempos se había vuelto turbia, y los lugares que habían sido míos y sustentaban mis nostalgias eran otros y ajenos. La casa donde estuvo la pensión seguía siendo la misma, pero nadie dio razón de María Bella. Nadie contestaba en seis números de teléfonos que el tenor Ribero Silva me había mandado a través de los años. En un almuerzo con la nueva gente de cine evoqué la memoria de mi maestro, y un silencio súbito aleteó sobre la mesa por un instante, hasta que alguien se atrevió a decir:

—*Zavattini? Mai sentito.*

Así era: nadie había oído hablar de él. Los árboles de la Villa Borghese estaban desgreñados bajo la lluvia, el *galoppatoio* de las princesas tristes había sido devorado por una maleza sin flores, y las bellas de antaño habían sido sustituidas por atletas andróginos travestidos de manolas. El único sobreviviente de una fauna extinguida era el viejo león, sarnoso y acatarrado, en su isla de aguas marchitas. Nadie cantaba ni se moría de amor en las tractorías plastificadas de la Plaza de España. Pues la Roma de nuestras nostalgias era ya otra Roma antigua dentro de la antigua Roma de los Césares. De pronto, una voz que podía venir del más allá me paró en seco en una callecita del Trastévere:

—Hola, poeta.

Era él, viejo y cansado. Habían muerto cinco papas, la Roma eterna mostraba los primeros síntomas de la decrepitud, y él seguía esperando. «He esperado tanto que ya no puede faltar mucho más», me dijo al despedirse, después de casi cuatro horas de añoranzas. «Puede ser cosa de meses.» Se fue arrastrando los pies por el medio de la calle, con sus botas de guerra y su gorra descolorida de romano viejo, sin preocuparse de los charcos de lluvia donde la luz empezaba a pudrirse. Entonces no tuve ya ninguna duda, si es que alguna vez la tuve, de que el santo era él. Sin darse cuenta, a través del cuerpo incorrupto de su hija, llevaba ya veintidós años luchando en vida por la causa legítima de su propia canonización.

[1981]

El avión de la bella durmiente

E RA BELLA, elástica, con una piel tierna del color del pan y los
ojos de almendras verdes, y tenía el cabello liso y negro y largo
hasta la espalda, y un aura de antigüedad que lo mismo podía ser
de Indonesia que de los Andes. Estaba vestida con un gusto sutil:
chaqueta de lince, blusa de seda natural con flores muy tenues,
pantalones de lino crudo, y unos zapatos lineales del color de las
buganvilias. «Ésta es la mujer más bella que he visto en mi vida»,
pensé, cuando la vi pasar con sus sigilosos trancos de leona, mientras yo hacía la cola para abordar el avión de Nueva York en el aeropuerto Charles de Gaulle de París. Fue una aparición sobrenatural
que existió sólo un instante y desapareció en la muchedumbre del
vestíbulo.

Eran las nueve de la mañana. Estaba nevando desde la noche
anterior, y el tránsito era más denso que de costumbre en las
calles de la ciudad, y más lento aún en la autopista, y había camiones de carga alineados a la orilla, y automóviles humeantes en la
nieve. En el vestíbulo del aeropuerto, en cambio, la vida seguía en
primavera.

Yo estaba en la fila de registro detrás de una anciana holandesa
que demoró casi una hora discutiendo el peso de sus once maletas.
Empezaba a aburrirme cuando vi la aparición instantánea que me

dejó sin aliento, así que no supe cómo terminó el altercado, hasta que la empleada me bajó de las nubes con un reproche por mi distracción. A modo de disculpa le pregunté si creía en los amores a primera vista. «Claro que sí –me dijo–. Los imposibles son los otros.» Siguió con la vista fija en la pantalla de la computadora, y me preguntó qué asiento prefería: fumar o no fumar.

–Me da lo mismo –le dije con toda intención–, siempre que no sea al lado de las once maletas.

Ella lo agradeció con una sonrisa comercial sin apartar la vista de la pantalla fosforescente.

–Escoja un número –me dijo–: tres, cuatro o siete.

–Cuatro.

Su sonrisa tuvo un destello triunfal.

–En quince años que llevo aquí –dijo–, es el primero que no escoge el siete.

Marcó en la tarjeta de embarque el número del asiento y me la entregó con el resto de mis papeles, mirándome por primera vez con unos ojos color de uva que me sirvieron de consuelo mientras volvía a ver la bella. Sólo entonces me advirtió que el aeropuerto acababa de cerrarse y todos los vuelos estaban diferidos.

–¿Hasta cuándo?

–Hasta que Dios quiera –dijo con su sonrisa–. La radio anunció esta mañana que será la nevada más grande del año.

Se equivocó: fue la más grande del siglo. Pero en la sala de espera de la primera clase la primavera era tan real que había rosas vivas en los floreros y hasta la música enlatada parecía tan sublime y sedante como lo pretendían sus creadores. De pronto se me ocurrió que aquél era un refugio adecuado para la bella, y la busqué en los otros salones, estremecido por mi propia audacia. Pero la mayoría eran hombres de la vida real que leían periódicos en inglés mientras sus mujeres pensaban en otros, contemplando los aviones muertos en la nieve a través de las vidrieras panorámicas, contemplando las fábricas glaciales, los vastos sementeros de Roissy devastados por los leones. Después del mediodía no había un espacio disponible, y el calor se había vuelto tan insoportable que escapé para respirar.

Afuera encontré un espectáculo sobrecogedor. Gentes de toda ley habían desbordado las salas de espera, y estaban acampadas en los corredores sofocantes, y aun en las escaleras, tendidas por los suelos con sus animales y sus niños, y sus enseres de viaje. Pues también la comunicación con la ciudad estaba interrumpida, y el palacio de plástico transparente parecía una inmensa cápsula espacial varada en la tormenta. No pude evitar la idea de que también la bella debía estar en algún lugar en medio de aquellas hordas mansas, y esa fantasía me infundió nuevos ánimos para esperar.

A la hora del almuerzo habíamos asumido nuestra conciencia de náufragos. Las colas se hicieron interminables frente a los siete restaurantes, las cafeterías, los bares atestados, y en menos de tres horas tuvieron que cerrarlos porque no había nada qué comer ni beber. Los niños, que por un momento parecían ser todos los del mundo, se pusieron a llorar al mismo tiempo, y empezó a levantarse de la muchedumbre un olor de rebaño. Era el tiempo de los instintos. Lo único que alcancé a comer en medio de la rebatiña fueron los dos últimos vasos de helado de crema en una tienda infantil. Me los tomé poco a poco en el mostrador, mientras los camareros ponían las sillas sobre las mesas a medida que se desocupaban, y viéndome a mí mismo en el espejo del fondo, con el último vasito de cartón y la última cucharita de cartón, y pensando en la bella.

El vuelo de Nueva York, previsto para las once de la mañana, salió a las ocho de la noche. Cuando por fin logré embarcar, los pasajeros de la primera clase estaban ya en su sitio, y una azafata me condujo al mío. Me quedé sin aliento. En la poltrona vecina, junto a la ventanilla, la bella estaba tomando posesión de su espacio con el dominio de los viajeros expertos. «Si alguna vez escribiera esto, nadie me lo creería», pensé. Y apenas si intenté en mi media lengua un saludo indeciso que ella no percibió.

Se instaló como para vivir muchos años, poniendo cada cosa en su sitio y en su orden, hasta que el lugar quedó tan bien dispuesto como la casa ideal donde todo estaba al alcance de la mano. Mientras lo hacía, el sobrecargo nos llevó la champaña de bienvenida. Cogí una copa para ofrecérsela a ella, pero me arrepentí a tiempo. Pues sólo quiso un vaso de agua, y le pidió al sobrecargo, primero en un francés inaccesible y luego en un inglés apenas más fácil, que no la despertara por ningún motivo durante el vuelo. Su voz grave y tibia arrastraba una tristeza oriental.

Cuando le llevaron el agua, abrió sobre las rodillas un cofre de tocador con esquinas de cobre, como los baúles de las abuelas, y sacó dos pastillas doradas de un estuche donde llevaba otras de colores diversos. Hacía todo de un modo metódico y parsimonioso, como si no hubiera nada que no estuviera previsto para ella desde su nacimiento. Por último bajó la cortina de la ventana, extendió la poltrona al máximo, se cubrió con la manta hasta la cintura sin quitarse los zapatos, se puso el antifaz de dormir, se acostó de medio lado en la poltrona, de espaldas a mí, y durmió sin una sola pausa, sin un suspiro, sin un cambio mínimo de posición, durante las ocho horas eternas y los doce minutos de sobra que duró el vuelo a Nueva York.

Fue un viaje intenso. Siempre he creído que no hay nada más hermoso en la naturaleza que una mujer hermosa, de modo que me fue imposible escapar ni un instante al hechizo de aquella criatura de fábula que dormía a mi lado. El sobrecargo había desaparecido tan pronto como despegamos, y fue reemplazado por una azafata cartesiana que trató de despertar a la bella para darle el estuche de tocador y los auriculares para la música. Le repetí la advertencia que ella le había hecho al sobrecargo, pero la azafata insistió para oír de ella misma que tampoco quería cenar. Tuvo que confirmárselo el sobrecargo, y aun así me reprendió porque la bella no se hubiera colgado en el cuello el cartoncito con la orden de no despertarla.

Hice una cena solitaria, diciéndome en silencio todo lo que le hubiera dicho a ella si hubiera estado despierta. Su sueño era tan estable, que en cierto momento tuve la inquietud de que las pastillas que se había tomado no fueran para dormir sino para morir. Antes de cada trago, levantaba la copa y brindaba.

—A tu salud, bella.

Terminada la cena apagaron las luces, dieron la película para nadie, y los dos quedamos solos en la penumbra del mundo. La tormenta más grande del siglo había pasado, y la noche del Atlántico era inmensa y límpida, y el avión parecía inmóvil entre las estrellas. Entonces la contemplé palmo a palmo durante varias horas, y la única señal de vida que pude percibir fueron las sombras de los sueños que pasaban por su frente como las nubes en el agua. Tenía en el cuello una cadena tan fina que era casi invisible sobre su piel de oro, las orejas perfectas sin puntadas para los aretes, las uñas rosadas de la buena salud, y un anillo liso en la mano izquierda. Como no parecía tener más de veinte años, me consolé con la idea de que no fuera un anillo de bodas sino el de un noviazgo efímero. «Saber que duermes tú, cierta, segura, cauce fiel de abandono, línea pura, tan cerca de mis brazos maniatados», pensé, repitiendo en la cresta de espumas de champaña el soneto magistral de Gerardo Diego. Luego extendí la poltrona a la altura de la suya, y quedamos acostados más cerca que en una cama matrimonial. El clima de su respiración era el mismo de la voz, y su piel exhalaba un hálito tenue que sólo podía ser el olor propio de su belleza. Me parecía increíble: en la primavera anterior había leído una hermosa novela de Yasunari Kawabata sobre los ancianos burgueses de Kyoto que pagaban sumas enormes para pasar la noche contemplando a las muchachas más bellas de la ciudad, desnudas y narcotizadas, mientras ellos agonizaban de amor en la misma cama. No podían despertarlas, ni tocarlas, y ni siquiera lo intentaban, porque la esencia del placer era verlas dormir. Aquella noche, velando el sueño de la bella, no sólo entendí aquel refinamiento senil, sino que lo viví a plenitud. «Quién iba a creerlo –me dije, con el amor propio exacerbado por la champaña–: Yo, anciano japonés a estas alturas.»

Creo que dormí varias horas, vencido por la champaña y los fogonazos mudos de la película, y desperté con la cabeza agrietada. Fui al baño. Dos lugares detrás del mío yacía la anciana de las once maletas despatarrada de mala manera en la poltrona. Parecía un muerto olvidado en el campo de batalla. En el suelo, a mitad del pasillo, estaban sus lentes de leer con el collar de cuentas de colores, y por un instante disfruté de la dicha mezquina de no recogerlos.

Después de desahogarme de los excesos de champaña me sorprendí a mí mismo en el espejo, indigno y feo, y me asombré de que fueran tan terribles los estragos del amor. De pronto el avión se fue a pique, se enderezó como pudo, y prosiguió volando al galope. La orden de volver al asiento se encendió. Salí en estampida, con la ilusión de que sólo las turbulencias de Dios despertaran a la bella, y que tuviera que refugiarse en mis brazos huyendo del terror. En la prisa estuve a punto de pisar los lentes de la holandesa, y me hubiera alegrado. Pero volví sobre mis pasos, los recogí, y se los puse en el regazo, agradecido de pronto de que no hubiera escogido antes que yo el asiento número cuatro.

El sueño de la bella era invencible. Cuando el avión se estabilizó, tuve que resistir la tentación de sacudirla con cualquier pretexto, porque lo único que deseaba en aquella última hora de vuelo era verla despierta, aunque fuera enfurecida, para que yo pudiera recobrar mi libertad, y tal vez mi juventud. Pero no fui capaz. «Carajo –me dije, con un gran desprecio–. ¡Por qué no nací Tauro!» Despertó sin ayuda en el instante en que se encendieron los anuncios del aterrizaje, y estaba tan bella y lozana como si hubiera dormido en un rosal. Sólo entonces caí en la cuenta de que los vecinos de asiento en los aviones, igual que los matrimonios viejos, no se dan los buenos días al despertar. Tampoco ella. Se quitó el antifaz, abrió los ojos radiantes, enderezó la poltrona, tiró a un lado la manta, se sacudió las crines que se peinaban solas con su propio peso, volvió a ponerse el cofre en las rodillas, y se hizo un maquillaje rápido y superfluo, que le alcanzó justo para no mirarme hasta que la puerta se abrió. Entonces se puso la chaqueta de lince, pasó casi por encima de mí con una disculpa convencional en castellano puro de las Américas, y se fue sin despedirse siquiera, sin agradecerme al menos lo mucho que hice por nuestra noche feliz, y desapareció hasta el sol de hoy en la amazonia de Nueva York.

[1982]

Me alquilo para soñar

ALAS NUEVE de la mañana, mientras desayunábamos en la terraza del Habana Riviera, un tremendo golpe de mar a pleno sol levantó en vilo varios automóviles que pasaban por la avenida del malecón, o que estaban estacionados en la acera, y uno quedó incrustado en un flanco del hotel. Fue como una explosión de dinamita que sembró el pánico en los veinte pisos del edificio y convirtió en polvo el vitral del vestíbulo. Los numerosos turistas que se encontraban en la sala de espera fueron lanzados por los aires junto con los muebles, y algunos quedaron heridos por la granizada de vidrio. Tuvo que ser un maretazo colosal, pues entre la muralla del malecón y el hotel hay una amplia avenida de ida y vuelta, así que la ola saltó por encima de ella y todavía le quedó bastante fuerza para desmigajar el vitral.

Los alegres voluntarios cubanos, con la ayuda de los bomberos, recogieron los destrozos en menos de seis horas, clausuraron la puerta del mar y habilitaron otra, y todo volvió a estar en orden. Por la mañana no se había ocupado nadie del automóvil incrustado en el muro, pues se pensaba que era uno de los estacionados en la acera. Pero cuando la grúa lo sacó de la tronera descubrieron el cadáver de una mujer amarrada en el asiento del conductor con el cinturón de seguridad. El golpe fue tan brutal que no le quedó un hueso entero. Tenía el rostro desbaratado, los botines descosidos y la ropa en piltrafas, y un anillo de oro en forma de serpiente con ojos de esmeraldas. La policía estableció que era el ama de llaves de los nuevos embajadores de Portugal. En efecto, había llegado con ellos a La Habana quince días antes, y había salido esa mañana para el mercado manejando un automóvil nuevo. Su nombre no me dijo nada cuando leí la noticia en los periódicos, pero en cambio quedé intrigado por el anillo en forma de serpiente y ojos de esmeraldas. No pude averiguar, sin embargo, en qué dedo lo usaba.

Era un dato decisivo, porque temí que fuera una mujer inolvidable cuyo nombre verdadero no supe jamás, que usaba un anillo igual en el índice derecho, lo cual era más insólito aún en aquel tiempo. La había conocido treinta y cuatro años antes en Viena, comiendo salchichas con papas hervidas y bebiendo cerveza de barril en una taberna de estudiantes latinos. Yo había llegado de Roma esa mañana, y aún recuerdo mi impresión inmediata por su espléndida pechuga de soprano, sus lánguidas colas de zorros en el cuello del abrigo y aquel anillo egipcio en forma de serpiente. Me pareció que era la única austriaca en el largo mesón de madera, por el castellano primario que hablaba sin respirar con un acento de quincallería. Pero no, había nacido en Colombia y se había ido a Austria entre las dos guerras, casi niña, a estudiar música y canto. En aquel momento andaba por los treinta años mal llevados, pues nunca debió ser bella y había empezado a envejecer antes de tiempo. Pero en cambio era un ser humano encantador. Y también uno de los más temibles.

Viena era todavía una antigua ciudad imperial, cuya posición geográfica entre los dos mundos irreconciliables que dejó la Segunda Guerra había acabado de convertirla en un paraíso del mercado negro y el espionaje mundial. No hubiera podido imaginarme un ámbito más adecuado para aquella compatriota fugitiva que seguía comiendo en la taberna estudiantil de la esquina sólo por fidelidad a su origen, pues tenía recursos de sobra para comprarla de contado con todos sus comensales dentro. Nunca dijo su verdadero nombre, pues siempre la conocimos con el trabalenguas germánico que le inventaron los estudiantes latinos de Viena: frau Frida. Apenas me la habían presentado cuando incurrí en la impertinencia feliz de preguntarle cómo había hecho para implantarse de tal modo en aquel mundo tan distante y distinto de sus riscos de vientos del Quindío, y ella me contestó con un golpe:

—Me alquilo para soñar.

En realidad, era su único oficio. Había sido la tercera de los once hijos de un próspero tendero del antiguo Caldas, y desde que aprendió a hablar instauró en la casa la buena costumbre de contar los sueños en ayunas, que es la hora en que se conservan más puras sus virtudes premonitorias. A los siete años soñó que uno de sus hermanos era arrastrado por un torrente. La madre, por pura superstición religiosa, le prohibió al niño lo que más le gustaba, que era bañarse en la quebrada. Pero frau Frida tenía ya un sistema propio de vaticinios.

—Lo que ese sueño significa —dijo— no es que se vaya a ahogar, sino que no debe comer dulces.

La sola interpretación parecía una infamia, cuando era para un niño de cinco años que no podía vivir sin sus golosinas dominicales. La madre, ya convencida de las virtudes adivinatorias de la hija, hizo respetar la advertencia con mano dura. Pero al primer descuido suyo el niño se atragantó con una canica de caramelo que se estaba comiendo a escondidas, y no fue posible salvarlo.

Frau Frida no había pensado que aquella facultad pudiera ser un oficio, hasta que la vida la agarró por el cuello en los crueles inviernos de Viena. Entonces tocó para pedir empleo en la primera casa que le gustó para vivir, y cuando le preguntaron qué sabía hacer, ella sólo dijo la verdad: «Sueño.» Le bastó con una breve explicación a la dueña de casa para ser aceptada, con un sueldo apenas suficiente para los gastos menudos, pero con un buen cuarto y las tres comidas. Sobre todo el desayuno, que era el momento en que la familia se sentaba a conocer el destino inmediato de cada uno de sus miembros: el padre, que era un rentista refinado; la madre, una mujer alegre y apasionada de la música de cámara romántica, y dos niños de once y nueve años. Todos eran religiosos, y por lo mismo propensos a las supersticiones arcaicas, y recibieron encantados a frau Frida con el único compromiso de descifrar el destino diario de la familia a través de los sueños.

Lo hizo bien y por mucho tiempo, sobre todo en los años de la guerra, cuando la realidad fue más siniestra que las pesadillas. Sólo ella podía decidir a la hora del desayuno lo que cada quien debía hacer aquel día, y cómo debía hacerlo, hasta que sus pronósticos terminaron por ser la única autoridad en la casa. Su dominio sobre la familia fue absoluto: aun el suspiro más tenue era por orden suya. Por los días en que estuve en Viena acababa de morir el dueño de casa, y había tenido la elegancia de legarle a ella una parte de sus rentas, con la única condición de que siguiera soñando para la familia hasta el fin de sus sueños.

Estuve en Viena más de un mes, compartiendo las estrecheces de los estudiantes, mientras esperaba un dinero que nunca llegó. Las visitas imprevistas y generosas de frau Frida en la taberna eran entonces como fiestas en nuestro régimen de penurias. Una de esas noches, en la euforia de la cerveza, me habló al oído con una convicción que no permitía ninguna pérdida de tiempo.

—He venido sólo para decirte que anoche tuve un sueño contigo —me dijo—. Debes irte en seguida y no volver a Viena en los próximos cinco años.

Su convicción era tan real, que esa misma noche me embarcó en el último tren para Roma. Yo, por mi parte, quedé tan sugestionado, que desde entonces me he considerado sobreviviente de un desastre que nunca conocí. Todavía no he vuelto a Viena.

Antes del desastre de La Habana había visto a frau Frida en Barcelona, de una manera tan inesperada y casual que me pareció misteriosa. Fue el día en que Pablo Neruda pisó tierra española por primera vez desde la Guerra Civil, en la escala de un lento viaje por mar hacia Valparaíso. Pasó con nosotros una mañana de caza mayor en las librerías de viejo, y en *Porter* compró un libro antiguo, descuadernado y marchito, por el cual pagó lo que hubiera sido su sueldo de dos meses en el consulado de Rangún. Se movía por entre la gente como un elefante inválido, con un interés infantil en el mecanismo interno de cada cosa, pues el mundo le parecía un inmenso juguete de cuerda con el cual se inventaba la vida.

No he conocido a nadie más parecido a la idea que uno tiene de un papa renacentista: glotón y refinado. Aun contra su voluntad, siempre era él quien presidía la mesa. Matilde, su esposa, le ponía un babero que parecía más de peluquería que de comedor, pero era la única manera de impedir que se bañara en salsas. Aquel día en *Carvalleiras* fue ejemplar. Se comió tres langostas enteras descuartizándolas con una maestría de cirujano, y al mismo tiempo devoraba con la vista los platos de todos, e iba picando un poco de cada uno, con un deleite que contagiaba las ganas de comer: las almejas de Galicia, los percebes del Cantábrico, las cigalas de Alicante, las *espardenyas* de la Costa Brava. Mientras tanto, como los franceses, sólo hablaba de otras exquisiteces de cocina, y en especial de los mariscos prehistóricos de Chile que llevaba en el corazón. De pronto dejó de comer, afinó sus antenas de bogavante, y me dijo en voz muy baja:

—Hay alguien detrás de mí que no deja de mirarme.

Miré por encima de su hombro, y así era. A sus espaldas, tres mesas más allá, una mujer impávida con un anticuado sombrero de fieltro y una bufanda morada, masticaba despacio con los ojos fijos en él. La reconocí en el acto. Estaba envejecida y gorda, pero era ella, con el anillo de serpiente en el índice.

Viajaba desde Nápoles en el mismo barco que los Neruda,

pero no se habían visto a bordo. La invitamos a tomar el café en nuestra mesa, y la induje a hablar de sus sueños para sorprender al poeta. Él no le hizo caso, pues planteó desde el principio que no creía en adivinaciones de sueños.

–Sólo la poesía es clarividente –dijo.

Después del almuerzo, en el inevitable paseo por las Ramblas, me retrasé a propósito con frau Frida para refrescar nuestros recuerdos sin oídos ajenos. Me contó que había vendido sus propiedades de Austria, y vivía retirada en Porto, Portugal, en una casa que describió como un castillo falso sobre una colina desde donde se veía todo el océano hasta las Américas. Aunque no lo dijera, en su conversación quedaba claro que de sueño en sueño había terminado por apoderarse de la fortuna de sus inefables patrones de Viena. No me impresionó, sin embargo, porque siempre había pensado que sus sueños no eran más que una artimaña para vivir. Y se lo dije.

Ella soltó su carcajada irresistible. «Sigues tan atrevido como siempre», me dijo. Y no dijo más, porque el resto del grupo se había detenido a esperar que Neruda acabara de hablar en jerga chilena con los loros de la Rambla de los Pájaros. Cuando reanudamos la charla, frau Frida había cambiado de tema.

–A propósito –me dijo–: ya puedes volver a Viena.

Sólo entonces caí en la cuenta de que habían transcurrido trece años desde que nos conocimos.

–Aun si tus sueños son falsos, jamás volveré –le dije–. Por si acaso.

A las tres nos separamos de ella para acompañar a Neruda a su siesta sagrada. La hizo en nuestra casa, después de unos preparativos solemnes que de algún modo recordaban la ceremonia del té en el Japón. Había que abrir unas ventanas y cerrar otras para que hubiera el grado de calor exacto y una cierta clase de luz en cierta dirección, y un silencio absoluto. Neruda se durmió al instante, y despertó diez minutos después, como los niños, cuando menos pensábamos.

Apareció en la sala restaurado y con el monograma de la almohada impreso en la mejilla.

–Soñé con esa mujer que sueña –dijo.

Matilde quiso que le contara el sueño.

–Soñé que ella estaba soñando conmigo –dijo él.

–Eso es de Borges –le dije.

Él me miró desencantado.

–¿Ya está escrito?

–Si no está escrito lo va a escribir alguna vez –le dije–. Será uno de sus laberintos.

Tan pronto como subió a bordo, a las seis de la tarde, Neruda se despidió de nosotros, se sentó en una mesa apartada, y empezó a escribir versos fluidos con la pluma de tinta verde con que dibujaba flores y peces y pájaros en las dedicatorias de sus libros. A la primera advertencia del buque buscamos a frau Frida, y al fin la encontramos en la cubierta de turistas cuando ya nos íbamos sin despedirnos. También ella acababa de despertar de la siesta.

–Soñé con el poeta –nos dijo.

Asombrado, le pedí que me contara el sueño.

–Soñé que él estaba soñando conmigo –dijo, y mi cara de asombro la confundió–. ¿Qué quieres? A veces, entre tantos sueños, se nos cuela uno que no tiene nada que ver con la vida real.

No volví a verla ni a preguntarme por ella hasta que supe del anillo en forma de culebra de la mujer que murió en el naufragio del Hotel Riviera. Así que no resistí la tentación de hacerle preguntas al embajador portugués cuando coincidimos, meses después, en una recepción diplomática. El embajador me habló de ella con un gran entusiasmo y una enorme admiración. «No se imagina lo extraordinaria que era –me dijo–. Usted no habría resistido la tentación de escribir un cuento sobre ella.» Y prosiguió en el mismo tono, con detalles sorprendentes, pero sin una pista que me permitiera una conclusión final.

–En concreto –le precisé por fin–: ¿qué hacía?

–Nada –me dijo él, con un cierto desencanto–. Soñaba.

[1980]

«Sólo vine a hablar por teléfono»

U NA TARDE de lluvias primaverales, cuando viajaba sola hacia Barcelona conduciendo un automóvil alquilado, María de la Luz Cervantes sufrió una avería en el desierto de los Monegros. Era una mexicana de veintisiete años, bonita y seria, que años antes había tenido un cierto nombre como actriz de variedades. Estaba casada con un prestidigitador de salón, con quien iba a reunirse aquel día después de visitar a unos parientes en Zaragoza. Al cabo de una hora de señas desesperadas a los automóviles y camiones de carga que pasaban raudos en la tormenta, el conductor de un autobús destartalado se compadeció de ella. Le advirtió, eso sí, que no iba muy lejos.

–No importa –dijo María–. Lo único que necesito es un teléfono.

Era cierto, y sólo lo necesitaba para prevenir a su marido de que no llegaría antes de las siete de la noche. Parecía un pajarito ensopado, con un abrigo de estudiante y los zapatos de playa en abril, y estaba tan aturdida por el percance que olvidó llevarse las llaves del automóvil. Una mujer que viajaba junto al conductor, de aspecto militar pero de maneras dulces, le dio una toalla y una manta, y le hizo un sitio a su lado. Después de secarse a medias, María se sentó, se envolvió en la manta, y trató de encender un cigarrillo, pero los fósforos estaban mojados. La vecina de asiento le dio fuego y le pidió un cigarrillo de los pocos que quedaban secos. Mientras fumaban, María cedió a las ansias de desahogarse, y su voz resonó más que la lluvia y el traqueteo del autobús. La mujer la interrumpió con el índice en los labios.

—Están dormidas —murmuró.

María miró por encima del hombro, y vio que el autobús estaba ocupado por mujeres de edades inciertas y condiciones distintas, que dormían arropadas con mantas iguales a la suya. Contagiada de su placidez, María se enroscó en el asiento y se abandonó al rumor de la lluvia. Cuando despertó era de noche y el aguacero se había disuelto en un sereno helado. No tenía la menor idea de cuánto tiempo había dormido ni en qué lugar del mundo se encontraban. Su vecina de asiento tenía una actitud alerta.

—¿Dónde estamos? —le preguntó María.

—Hemos llegado —contestó la mujer.

El autobús estaba entrando en el patio empedrado de un edificio enorme y sombrío que parecía un viejo convento en un bosque de árboles colosales. Las pasajeras, alumbradas apenas por un farol del patio, permanecieron inmóviles hasta que la mujer de aspecto militar las hizo descender con un sistema de órdenes primarias, como en un parvulario. Todas eran mayores, y se movían con tal parsimonia en la penumbra del patio que parecían imágenes de un sueño. María, la última en descender, pensó que eran monjas. Lo pensó menos cuando vio a varias mujeres de uniforme que las recibieron en la puerta del autobús, y les cubrían la cabeza con las mantas para que no se mojaran, y las ponían en fila india, dirigiéndolas sin hablarles, con palmadas rítmicas y perentorias. Después de despedirse de su vecina de asiento María quiso devolverle la manta, pero ella le dijo que se cubriera la cabeza para atravesar el patio, y la devolviera en la portería.

—¿Habrá un teléfono? —le preguntó María.

–Por supuesto –dijo la mujer–. Ahí mismo le indican.

Le pidió a María otro cigarrillo, y ella le dio el resto del paquete mojado. «En el camino se secan», le dijo. La mujer le hizo un adiós con la mano desde el estribo, y casi le gritó: «Buena suerte.» El autobús arrancó sin darle tiempo de más.

María empezó a correr hacia la entrada del edificio. Una guardiana trató de detenerla con una palmada enérgica, pero tuvo que apelar a un grito imperioso: «¡Alto he dicho!» María miró por debajo de la manta, y vio unos ojos de hielo y un índice inapelable que le indicó la fila. Obedeció. Ya en el zaguán del edificio se separó del grupo y preguntó al portero dónde había un teléfono. Una de las guardianas la hizo volver a la fila con palmaditas en la espalda, mientras le decía con modos muy dulces:

–Por aquí, guapa, por aquí hay un teléfono.

María siguió con las otras mujeres por un corredor tenebroso, y al final entró en un dormitorio colectivo donde las guardianas recogieron las cobijas y empezaron a repartir las camas. Una mujer distinta, que a María le pareció más humana y de jerarquía más alta, recorrió la fila comparando una lista con los nombres que las recién llegadas tenían escritos en un cartón cosido en el corpiño. Cuando llegó frente a María se sorprendió de que no llevara su identificación.

–Es que yo sólo vine a hablar por teléfono –le dijo María.

Le explicó a toda prisa que su automóvil se había descompuesto en la carretera. El marido, que era mago de fiestas, estaba esperándola en Barcelona para cumplir tres compromisos hasta la medianoche, y quería avisarle que no estaría a tiempo para acompañarlo. Iban a ser las siete. Él debía salir de la casa dentro de diez minutos, y ella temía que cancelara todo por su demora. La guardiana pareció escucharla con atención.

–¿Cómo te llamas? –le preguntó.

María le dijo su nombre con un suspiro de alivio, pero la mujer no lo encontró después de repasar la lista varias veces. Se lo preguntó alarmada a una guardiana, y ésta, sin nada qué decir, se encogió de hombros.

—Es que yo sólo vine a hablar por teléfono —dijo María.

—De acuerdo, maja —le dijo la superiora, llevándola hacia su cama con una dulzura demasiado ostensible para ser real—, si te portas bien podrás hablar por teléfono con quien quieras. Pero ahora no, mañana.

Algo sucedió entonces en la mente de María que le hizo entender por qué las mujeres del autobús se movían como en el fondo de un acuario. En realidad, estaban apaciguadas con sedantes, y aquel palacio en sombras, con gruesos muros de cantería y escaleras heladas, era en realidad un hospital de enfermas mentales. Asustada, escapó corriendo del dormitorio, y antes de llegar al portón una guardiana gigantesca con un mameluco de mecánico la atrapó de un zarpazo y la inmovilizó en el suelo con una llave maestra. María la miró de través paralizada por el terror.

—Por el amor de Dios —dijo—. Le juro por mi madre muerta que sólo vine a hablar por teléfono.

Le bastó con verle la cara para saber que no había súplica posible ante aquella energúmena de mameluco a quien llamaban Herculina por su fuerza descomunal. Era la encargada de los casos difíciles, y dos reclusas habían muerto estranguladas con su brazo de oso polar adiestrado en el arte de matar por descuido. El primer caso se resolvió como un accidente comprobado. El segundo fue menos claro, y Herculina fue amonestada y advertida de que la próxima vez sería investigada a fondo. La versión corriente era que aquella oveja descarriada de una familia de apellidos grandes tenía una turbia carrera de accidentes dudosos en varios manicomios de España.

Para que María durmiera la primera noche, tuvieron que inyectarle un somnífero. Antes del amanecer, cuando la despertaron las ansias de fumar, estaba amarrada por las muñecas y los tobillos en las barras de la cama. Nadie acudió a sus gritos. Por la mañana, mientras el marido no encontraba en Barcelona ninguna pista de su paradero, tuvieron que llevarla a la enfermería, pues la encontraron sin sentido en un pantano de sus propias miserias.

No supo cuánto tiempo había pasado cuando volvió en sí. Pero entonces el mundo era un remanso de amor, y estaba frente a su cama un anciano monumental, con una andadura de plantígrado y una sonrisa sedante, que con dos pases maestros le devolvió la dicha de vivir. Era el director del sanatorio.

Antes de decirle nada, sin saludarlo siquiera, María le pidió un cigarrillo. Él se lo dio encendido, y le regaló el paquete casi lleno. María no pudo reprimir el llanto.

—Aprovecha ahora para llorar cuanto quieras —le dijo el médico, con una voz adormecedora—. No hay mejor remedio que las lágrimas.

María se desahogó sin pudor, como nunca logró hacerlo con sus amantes casuales en los tedios de después del amor. Mientras la oía, el médico la peinaba con los dedos, le arreglaba la almohada para que respirara mejor, la guiaba por el laberinto de su incertidumbre con una sabiduría y una dulzura que ella no había soñado jamás. Era, por la primera vez en su vida, el prodigio de ser comprendida por un hombre que la escuchaba con toda el alma sin esperar la recompensa de acostarse con ella. Al cabo de una hora larga, desahogada a fondo, le pidió autorización para hablarle por teléfono a su marido.

El médico se incorporó con toda la majestad de su rango. «Todavía no, reina», le dijo, dándole en la mejilla la palmadita más tierna que había sentido nunca. «Todo se hará a su tiempo.» Le hizo desde la puerta una bendición episcopal, y desapareció para siempre.

—Confía en mí —le dijo.

Esa misma tarde María fue inscrita en el asilo con un número de serie, y con un comentario superficial sobre el enigma de su procedencia y las dudas sobre su identidad. Al margen quedó una calificación escrita de puño y letra del director: *agitada*.

Tal como María lo había previsto, el marido salió de su modesto apartamento del barrio de Horta con media hora de retraso para cumplir los tres compromisos. Era la primera vez que ella no llegaba a tiempo en casi dos años de una unión libre bien concertada, y él entendió el retraso por la ferocidad de las lluvias que asolaron la provincia aquel fin de semana. Antes de salir dejó un mensaje clavado en la puerta con el itinerario de la noche.

En la primera fiesta, con todos los niños disfrazados de canguro, prescindió del truco estelar de los peces invisibles porque no podía hacerlo sin la ayuda de ella. El segundo compromiso era en casa de una anciana de noventa y tres años, en silla de ruedas, que se preciaba de haber celebrado cada uno de sus últimos treinta cumpleaños con un mago distinto. Él estaba tan contrariado con la demora de María, que no pudo concentrarse en las suertes más simples. El tercer compromiso era el de todas las noches en un café concierto de las Ramblas, donde actuó sin inspiración para un grupo de turistas franceses que no pudieron creer lo que veían porque se negaban a creer en la magia. Después de cada representación llamó por teléfono a su casa, y esperó sin ilusiones a que María contestara. En la última ya no pudo reprimir la inquietud de que algo malo había ocurrido.

De regreso a casa en la camioneta adaptada para las funciones públicas vio el esplendor de la primavera en las palmeras del Paseo de Gracia, y lo estremeció el pensamiento aciago de cómo podría ser la ciudad sin María. La última esperanza se desvaneció cuando encontró su recado todavía prendido en la puerta. Estaba tan contrariado, que se olvidó de darle la comida al gato.

Sólo ahora que lo escribo caigo en la cuenta de que nunca supe cómo se llamaba en realidad, porque en Barcelona sólo lo conocíamos con su nombre profesional: Saturno el Mago. Era un hombre de

carácter raro y con una torpeza social irredimible, pero el tacto y
la gracia que le hacían falta le sobraban a María. Era ella quien lo llevaba de la mano en esta comunidad de grandes misterios, donde a
nadie se le hubiera ocurrido llamar a nadie por teléfono después de la
medianoche para preguntar por su mujer. Saturno lo había hecho de
recién venido y no quería recordarlo. Así que esa noche se conformó
con llamar a Zaragoza, donde una abuela medio dormida le contestó
sin alarma que María había partido después del almuerzo. No durmió más de una hora al amanecer. Tuvo un sueño cenagoso en el
cual vio a María con un vestido de novia en piltrafas y salpicado de
sangre, y despertó con la certidumbre pavorosa de que había vuelto a
dejarlo solo, y ahora para siempre, en el vasto mundo sin ella.

Lo había hecho tres veces con tres hombres distintos, incluso
él, en los últimos cinco años. Lo había abandonado en Ciudad de
México a los seis meses de conocerse, cuando agonizaban de felicidad con un amor demente en un cuarto de servicio de la colonia
Anzures. Una mañana María no amaneció en la casa después de
una noche de abusos inconfesables. Dejó todo lo que era suyo, hasta el anillo de su matrimonio anterior, y una carta en la cual decía
que no era capaz de sobrevivir al tormento de aquel amor desatina-
do. Saturno pensó que había vuelto con su primer esposo, un con-
discípulo de la escuela secundaria con quien se casó a escondidas
siendo menor de edad, y al cual abandonó por otro al cabo de dos
años sin amor. Pero no: había vuelto a casa de sus padres, y allí fue
Saturno a buscarla a cualquier precio. Le rogó sin condiciones, le
prometió mucho más de lo que estaba resuelto a cumplir, pero tropezó con una determinación invencible. «Hay amores cortos y hay
amores largos», le dijo ella. Y concluyó sin misericordia: «Éste fue
corto.» Él se rindió ante su rigor. Sin embargo, una madrugada de
Todos los Santos, al volver a su cuarto de huérfano después de casi
un año de olvido, la encontró dormida en el sofá de la sala con la corona de azahares y la larga cola de espuma de las novias vírgenes.

María le contó la verdad. El nuevo novio, viudo, sin hijos, con la vida resuelta y la disposición de casarse para siempre por la Iglesia católica, la había dejado vestida y esperándolo en el altar. Sus padres decidieron hacer la fiesta de todos modos. Ella siguió el juego. Bailó, cantó con los mariachis, se pasó de tragos, y en un terrible estado de remordimientos tardíos se fue a la medianoche a buscar a Saturno.

No estaba en casa, pero encontró las llaves en la maceta de flores del corredor, donde las escondieron siempre. Esta vez fue ella quien se le rindió sin condiciones. «¿Y ahora hasta cuándo?», le preguntó él. Ella le contestó con un verso de Vinicius de Moraes: «El amor es eterno mientras dura.» Dos años después, seguía siendo eterno.

María pareció madurar. Renunció a sus sueños de actriz y se consagró a él, tanto en el oficio como en la cama. A fines del año anterior habían asistido a un congreso de magos en Perpignan, y de regreso conocieron a Barcelona. Les gustó tanto que llevaban ocho meses aquí, y les iba tan bien, que habían comprado un apartamento en el muy catalán barrio de Horta, ruidoso y sin portero, pero con espacio de sobra para cinco hijos. Había sido la felicidad posible, hasta el fin de semana en que ella alquiló un automóvil y se fue a visitar a sus parientes de Zaragoza con la promesa de volver a las siete de la noche del lunes. Al amanecer del jueves todavía no había dado señales de vida.

El lunes de la semana siguiente la compañía de seguros del automóvil alquilado llamó por teléfono a la casa para preguntar por María. «No sé nada –dijo Saturno–. Búsquenla en Zaragoza.» Colgó. Una semana después un policía civil fue a la casa con la noticia de que habían hallado el automóvil en los puros huesos, en un atajo cerca de Cádiz, a novecientos kilómetros del lugar en que María lo abandonó. El agente quería saber si ella tenía más detalles del robo. Saturno estaba dándole de comer al gato, y apenas si lo miró para decirle sin más vueltas que no perdieran el tiempo, pues su mujer se había fugado de la casa y él no sabía con quién ni para dónde. Era tal su convicción, que el agente se sintió incómodo y le pidió perdón por sus preguntas. El caso se declaró cerrado.

El recelo de que María pudiera irse otra vez había asaltado a Saturno por Pascua Florida en Cadaqués, adonde Rosa Regàs los había invitado a navegar a vela. Estábamos en el *Marítim*, el populoso y sórdido bar de la *gauche divine* en el crepúsculo del franquismo, alrededor de una de aquellas mesas de hierro con sillas de hierro donde sólo cabíamos seis a duras penas y nos sentábamos veinte. Después de agotar la segunda cajetilla de cigarrillos de la jornada, María se encontró sin fósforos. Un brazo escuálido de vellos viriles con una esclava de bronce romano se abrió paso entre el tumulto de la mesa, y le dio fuego. Ella lo agradeció sin mirar a quién, pero Saturno el Mago lo vio. Era un adolescente óseo y lampiño, de una palidez de muerto y una cola de caballo muy negra que le daba a la cintura. Los cristales del bar soportaban apenas la furia de la tramontana de primavera, pero él iba vestido con una especie de piyama callejero de algodón crudo, y unas abarcas de labrador.

No volvieron a verlo hasta fines del otoño, en un hostal de mariscos de La Barceloneta, con el mismo conjunto de zaraza ordinaria y una larga trenza en vez de la cola de caballo. Los saludó a ambos como a viejos amigos, y por el modo como besó a María, y por el modo como ella le correspondió, a Saturno lo fulminó la sospecha de que habían estado viéndose a escondidas. Días después encontró por casualidad un nombre nuevo y un número de teléfono escritos por María en el directorio doméstico, y la inclemente lucidez de los celos le reveló de quién eran. El prontuario social del intruso acabó de rematarlo: veintidós años, hijo único de ricos, decorador de vitrinas de moda, con una fama fácil de bisexual y un prestigio bien fundado como consolador de alquiler de señoras casadas. Pero logró sobreponerse hasta la noche en que María no volvió a casa. Entonces empezó a llamarlo por teléfono todos los días, primero cada dos o tres horas, desde las seis de la mañana hasta la madrugada siguiente, y después cada vez que encontraba un teléfono a la mano. El hecho de que nadie contestara aumentaba su martirio.

Al cuarto día le contestó una andaluza que sólo iba a hacer la limpieza. «El señorito se ha ido», le dijo, con suficiente vaguedad para enloquecerlo. Saturno no resistió la tentación de preguntarle si por casualidad no estaba ahí la señorita María.

—Aquí no vive ninguna María —le dijo la mujer—. El señorito es soltero.

—Ya lo sé —le dijo él—. No vive, pero a veces va. ¿O no?

La mujer se encabritó.

—¿Pero quién coño habla ahí?

Saturno colgó. La negativa de la mujer le pareció una confirmación más de lo que ya no era para él una sospecha sino una certidumbre ardiente. Perdió el control. En los días siguientes llamó por orden alfabético a todos los conocidos de Barcelona. Nadie le dio razón, pero cada llamada le agravó la desdicha, porque sus delirios de celos eran ya célebres entre los trasnochadores impenitentes de la *gauche divine*, y le contestaban con cualquier broma que lo hiciera sufrir. Sólo entonces comprendió hasta qué punto estaba solo en aquella ciudad hermosa, lunática e impenetrable, en la que nunca sería feliz. Por la madrugada, después de darle de comer al gato, se apretó el corazón para no morir, y tomó la determinación de olvidar a María.

A los dos meses, María no se había adaptado aún a la vida del sanatorio. Sobrevivía picoteando apenas la pitanza de cárcel con los cubiertos encadenados al mesón de madera bruta, y la vista fija en la litografía del general Francisco Franco que presidía el lúgubre comedor medieval. Al principio se resistía a las horas canónicas con su rutina bobalicona de maitines, laudes, vísperas, y a otros oficios de iglesia que ocupaban la mayor parte del tiempo. Se negaba a jugar a la pelota en el patio de recreo, y a trabajar en el taller de flores artificiales que un grupo de reclusas atendía con una diligencia frenética. Pero a partir de la tercera semana fue incorporándose poco a poco a la vida del claustro. A fin de cuentas, decían los médicos, así empezaban todas, y tarde o temprano terminaban por integrarse a la comunidad.

La falta de cigarrillos, resuelta en los primeros días por una guardiana que los vendía a precio de oro, volvió a atormentarla cuando se le agotó el poco dinero que llevaba. Se consoló después con los cigarros de papel periódico que algunas reclusas fabricaban con las colillas recogidas en la basura, pues la obsesión de fumar había llegado a ser tan intensa como la del teléfono. Las pesetas exiguas que se ganó más tarde fabricando flores artificiales le permitieron un alivio efímero.

Lo más duro era la soledad de las noches. Muchas reclusas permanecían despiertas en la penumbra, como ella, pero sin atreverse a nada, pues la guardiana nocturna velaba también en el portón cerrado con cadena y candado. Una noche, sin embargo, abrumada por la pesadumbre, María preguntó con voz suficiente para que la oyera su vecina de cama:

—¿Dónde estamos?

La voz grave y lúcida de la vecina le contestó:

—En los profundos infiernos.

—Dicen que ésta es tierra de moros —dijo otra voz distante que resonó en el ámbito del dormitorio—. Y debe ser cierto, porque en verano, cuando hay luna, se oyen los perros ladrándole a la mar.

Se oyó la cadena en las argollas como un ancla de galeón, y la puerta se abrió. La cancerbera, el único ser que parecía vivo en el silencio instantáneo, empezó a pasearse de un extremo al otro del dormitorio. María se sobrecogió, y sólo ella sabía por qué.

Desde su primera semana en el sanatorio, la vigilante nocturna le había propuesto sin rodeos que durmiera con ella en el cuarto de guardia. Empezó con un tono de negocio concreto: trueque de amor por cigarrillos, por chocolates, por lo que fuera. «Tendrás todo –le decía, trémula–. Serás la reina.» Ante el rechazo de María, la guardiana cambió de método. Le dejaba papelitos de amor debajo de la almohada, en los bolsillos de la bata, en los sitios menos pensados. Eran mensajes de un apremio desgarrador capaz de estremecer a las piedras. Hacía más de un mes que parecía resignada a la derrota, la noche en que se promovió el incidente en el dormitorio.

Cuando estuvo convencida de que todas las reclusas dormían, la guardiana se acercó a la cama de María, y murmuró en su oído toda clase de obscenidades tiernas, mientras le besaba la cara, el cuello tenso de terror, los brazos yertos, las piernas exhaustas. Por último, creyendo tal vez que la parálisis de María no era de miedo sino de complacencia, se atrevió a ir más lejos. María le soltó entonces un golpe con el revés de la mano que la mandó contra la cama vecina. La guardiana se incorporó furibunda en medio del escándalo de las reclusas alborotadas.

–Hija de puta –gritó–. Nos pudriremos juntas en este chiquero hasta que te vuelvas loca por mí.

El verano llegó sin anunciarse el primer domingo de junio, y hubo que tomar medidas de emergencia, porque las reclusas sofocadas empezaban a quitarse durante la misa los balandranes de estameña. María asistió divertida al espectáculo de las enfermas en pelota que las guardianas correteaban por las naves como gallinas ciegas. En medio de la confusión, trató de protegerse de los golpes perdidos, y sin saber cómo se encontró sola en una oficina abandonada, y con un teléfono que repicaba sin cesar con un timbre de súplica. María contestó sin pensarlo, y oyó una voz lejana y sonriente que se entretenía imitando el servicio telefónico de la hora:

–Son las cuarenta y cinco horas, noventa y dos minutos y ciento siete segundos.

–Maricón –dijo María.

Colgó divertida. Ya se iba, cuando cayó en la cuenta de que

estaba dejando escapar una ocasión irrepetible. Entonces marcó seis cifras, con tanta tensión y tanta prisa, que no estuvo segura de que fuera el número de su casa. Esperó con el corazón desbocado, oyó el timbre familiar con su tono ávido y triste, una vez, dos veces, tres veces, y oyó por fin la voz del hombre de su vida en la casa sin ella.

—¿Bueno?

Tuvo que esperar a que pasara la pelota de lágrimas que se le formó en la garganta.

—Conejo, vida mía —suspiró.

Las lágrimas la vencieron. Al otro lado de la línea hubo un breve silencio de espanto, y la voz enardecida por los celos escupió la palabra:

—¡Puta!

Y colgó en seco.

Esa noche, en un ataque frenético, María descolgó en el refectorio la litografía del generalísimo, la arrojó con todas sus fuerzas contra el vitral del jardín, y se derrumbó bañada en sangre. Aún le sobró rabia para enfrentarse a golpes con los guardianes que trataron de someterla, sin lograrlo, hasta que vio a Herculina plantada en el vano de la puerta, con los brazos cruzados, mirándola. Se rindió. No obstante, la arrastraron hasta el pabellón de las locas furiosas, la aniquilaron con una manguera de agua helada, y le inyectaron trementina en las piernas. Impedida para caminar por la inflamación provocada, María se dio cuenta de que no había nada en el mundo que no fuera capaz de hacer por escapar de aquel infierno. La semana siguiente, ya de regreso al dormitorio común, se levantó en puntillas y tocó en la celda de la guardiana nocturna.

El precio de María, exigido por ella de antemano, fue llevarle un mensaje a su marido. La guardiana aceptó, siempre que el trato se mantuviera en secreto absoluto. Y la apuntó con un índice inexorable.

—Si alguna vez se sabe, te mueres.

Así que Saturno el Mago fue al sanatorio de locas el sábado siguiente, con la camioneta de circo preparada para celebrar el regreso de María. El director en persona lo recibió en su oficina, tan limpia y ordenada como un barco de guerra, y le hizo un informe afectuoso sobre el estado de la esposa. Nadie sabía de dónde llegó, ni cómo ni cuándo, pues el primer dato de su ingreso era el registro oficial dictado por él cuando la entrevistó. Una investigación iniciada el mismo día no había concluido en nada. En todo caso, lo que más intrigaba al director era cómo supo Saturno el paradero de su esposa. Saturno protegió a la guardiana.

—Me lo informó la compañía de seguros del coche —dijo.

El director asintió complacido. «No sé cómo hacen los seguros para saberlo todo», dijo. Le dio una ojeada al expediente que tenía sobre su escritorio de asceta, y concluyó:

—Lo único cierto es la gravedad de su estado.

Estaba dispuesto a autorizarle una visita con las precauciones debidas si Saturno el Mago le prometía, por el bien de su esposa, ceñirse a la conducta que él le indicara. Sobre todo en la manera de tratarla, para evitar que recayera en sus arrebatos de furia cada vez más frecuentes y peligrosos.

—Es raro —dijo Saturno—. Siempre fue de genio fuerte, pero de mucho dominio.

El médico hizo un ademán de sabio. «Hay conductas que permanecen latentes durante muchos años, y un día estallan —dijo—. Con todo, es una suerte que haya caído aquí, porque somos especialistas en casos que requieren mano dura.» Al final hizo una advertencia sobre la rara obsesión de María por el teléfono.

—Sígale la corriente —dijo.

—Tranquilo, doctor —dijo Saturno con un aire alegre—. Es mi especialidad.

La sala de visitas, mezcla de cárcel y confesionario, era el antiguo locutorio del convento. La entrada de Saturno no fue la explosión de júbilo que ambos hubieran podido esperar. María estaba de pie en el centro del salón, junto a una mesita con dos sillas y un florero sin flores. Era evidente que estaba lista para irse, con su lamentable abrigo color de fresa y unos zapatos sórdidos que le habían dado de caridad. En un rincón, casi invisible, estaba Herculina con los brazos cruzados. María no se movió al ver entrar al esposo ni asomó emoción alguna en la cara todavía salpicada por los estragos del vitral. Se dieron un beso de rutina.

–¿Cómo te sientes? –le preguntó él.

–Feliz de que al fin hayas venido, conejo –dijo ella–. Esto ha sido la muerte.

No tuvieron tiempo de sentarse. Ahogándose en lágrimas, María le contó las miserias del claustro, la barbarie de las guardianas, la comida de perros, las noches interminables sin cerrar los ojos por el terror.

–Ya no sé cuántos días llevo aquí, o meses o años, pero sé que cada uno ha sido peor que el otro –dijo, y suspiró con el alma–: Creo que nunca volveré a ser la misma.

–Ahora todo eso pasó –dijo él, acariciándole con la yema de los dedos las cicatrices recientes de la cara–. Yo seguiré viniendo todos los sábados. Y más, si el director me lo permite. Ya verás que todo va a salir muy bien.

Ella fijó en los ojos de él sus ojos aterrados. Saturno intentó sus artes de salón. Le contó, en el tono pueril de las grandes mentiras, una versión dulcificada de los pronósticos del médico. «En síntesis –concluyó–, aún te faltan algunos días para estar recuperada por completo.» María entendió la verdad.

–¡Por Dios, conejo! –dijo, atónita–. ¡No me digas que tú también crees que estoy loca!

–¡Cómo se te ocurre! –dijo él, tratando de reír–. Lo que pasa es que será mucho más conveniente para todos que sigas por un tiempo aquí. En mejores condiciones, por supuesto.

–¡Pero si ya te dije que sólo vine a hablar por teléfono! –dijo María.

Él no supo cómo reaccionar ante la obsesión temible. Miró a Herculina. Ésta aprovechó la mirada para indicarle en su reloj de pulso que era tiempo de terminar la visita. María interceptó la señal, miró hacia atrás, y vio a Herculina en la tensión del asalto inminente. Entonces se aferró al cuello del marido gritando como una verdadera loca. Él se la quitó de encima con tanto amor como pudo, y la dejó a merced de Herculina, que le saltó por la espalda. Sin darle tiempo para reaccionar le aplicó una llave con la mano izquierda, le pasó el otro brazo de hierro alrededor del cuello, y le gritó a Saturno el Mago:

–¡Váyase!

Saturno huyó despavorido.

Sin embargo, el sábado siguiente, ya repuesto del espanto de la visita, volvió al sanatorio con el gato vestido igual que él: la malla roja y amarilla del gran Leotardo, el sombrero de copa y una capa de vuelta y media que parecía para volar. Entró con la camioneta de feria hasta el patio del claustro, y allí hizo una función prodigiosa de casi tres horas que las reclusas gozaron desde los balcones, con gritos discordantes y ovaciones inoportunas. Estaban todas, menos María, que no sólo se negó a recibir al marido, sino inclusive a verlo desde los balcones. Saturno se sintió herido de muerte.

–Es una reacción típica –lo consoló el director–. Ya pasará.

Pero no pasó nunca. Después de intentar muchas veces ver de nuevo a María, Saturno hizo lo imposible porque le recibiera una carta, pero fue inútil. Cuatro veces la devolvió cerrada y sin comentarios. Saturno desistió, pero siguió dejando en la portería del hospital las raciones de cigarrillos, sin saber siquiera si le llegaban a María, hasta que lo venció la realidad.

Nunca más se supo de él, salvo que volvió a casarse y regresó a su país. Antes de irse de Barcelona le dejó el gato medio muerto de hambre a una noviecita casual, que además se comprometió a seguir llevándole los cigarrillos a María. Pero también ella desapareció. Rosa Regàs recordaba haberla visto en el Corte Inglés, hace unos doce años, con la cabeza rapada y el balandrán anaranjado de alguna secta oriental, y encinta a más no poder. Ella le contó que había seguido llevándole los cigarrillos a María, siempre que pudo, y resolviéndole algunas urgencias imprevistas, hasta un día en que sólo encontró los escombros del hospital, demolido como un mal recuerdo de aquellos tiempos ingratos. María le pareció muy lúcida la última vez que la vio, un poco pasada de peso y contenta con la paz del claustro. Ese día le llevó también el gato, porque ya se le había acabado el dinero que Saturno le dejó para darle de comer.

[1978]

Espantos de agosto

LEGAMOS a Arezzo un poco antes del mediodía, y perdimos más de dos horas buscando el castillo renacentista que el escritor venezolano Miguel Otero Silva había comprado en aquel recodo idílico de la campiña toscana. Era un domingo de principios de agosto, ardiente y bullicioso, y no era fácil encontrar a alguien que supiera algo en las calles abarrotadas de turistas. Al cabo de muchas tentativas inútiles volvimos al automóvil, abandonamos la ciudad por un sendero de cipreses sin indicaciones viales, y una vieja pastora de gansos nos indicó con precisión dónde estaba el castillo. Antes de despedirse nos preguntó si pensábamos dormir allí, y le contestamos, como lo teníamos previsto, que sólo íbamos a almorzar.

—Menos mal —dijo ella— porque en esa casa espantan.

Mi esposa y yo, que no creemos en aparecidos del mediodía, nos burlamos de su credulidad. Pero nuestros dos hijos, de nueve y siete años, se pusieron dichosos con la idea de conocer un fantasma de cuerpo presente.

Miguel Otero Silva, que además de buen escritor era un anfitrión espléndido y un comedor refinado, nos esperaba con un almuerzo de nunca olvidar. Como se nos había hecho tarde no tuvimos tiempo de conocer el interior del castillo antes de sentarnos a la mesa, pero su aspecto desde fuera no tenía nada de pavoroso, y cualquier inquietud se disipaba con la visión completa de la ciudad desde la terraza florida donde estábamos almorzando. Era difícil creer que en aquella colina de casas encaramadas, donde apenas cabían noventa mil personas, hubieran nacido tantos hombres de genio perdurable. Sin embargo, Miguel Otero Silva nos dijo con su humor caribe que ninguno de tantos era el más insigne de Arezzo.

–El más grande –sentenció– fue Ludovico.

Así, sin apellidos: Ludovico, el gran señor de las artes y de la guerra, que había construido aquel castillo de su desgracia, y de quien Miguel nos habló durante todo el almuerzo. Nos habló de su poder inmenso, de su amor contrariado y de su muerte espantosa. Nos contó cómo fue que en un instante de locura del corazón había apuñalado a su dama en el lecho donde acababan de amarse, y luego azuzó contra sí mismo a sus feroces perros de guerra que lo despedazaron a dentelladas. Nos aseguró, muy en serio, que a partir de la medianoche el espectro de Ludovico deambulaba por la casa en tinieblas tratando de conseguir el sosiego en su purgatorio de amor.

El castillo, en realidad, era inmenso y sombrío. Pero a pleno día, con el estómago lleno y el corazón contento, el relato de Miguel no podía parecer sino una broma como tantas otras suyas para entretener a sus invitados. Los ochenta y dos cuartos que recorrimos sin asombro después de la siesta, habían padecido toda clase de mudanzas de sus dueños sucesivos. Miguel había restaurado por completo la planta baja y se había hecho construir un dormitorio moderno con suelos de mármol e instalaciones para sauna y cultura física, y la terraza de flores intensas donde habíamos almorzado. La segunda planta, que había sido la más usada en el curso de los siglos, era una sucesión de cuartos sin ningún carácter, con muebles de diferentes épocas abandonados a su suerte. Pero en la última se conservaba una habitación intacta por donde el tiempo se había olvidado de pasar. Era el dormitorio de Ludovico.

Fue un instante mágico. Allí estaba la cama de cortinas borda-
das con hilos de oro, y el sobrecama de prodigios de pasamanería
todavía acartonado por la sangre seca de la amante sacrificada. Estaba la chimenea con las cenizas heladas y el último leño convertido
en piedra, el armario con sus armas bien cebadas, y el retrato al
óleo del caballero pensativo en un marco de oro, pintado por alguno de los maestros florentinos que no tuvieron la fortuna de sobrevivir a su tiempo. Sin embargo, lo que más me impresionó fue el
olor de fresas recientes que permanecía estancado sin explicación
posible en el ámbito del dormitorio.

Los días del verano son largos y parsimoniosos en la Toscana,
y el horizonte se mantiene en su sitio hasta las nueve de la noche.
Cuando terminamos de conocer el castillo eran más de las cinco,
pero Miguel insistió en llevarnos a ver los frescos de Piero della
Francesca en la iglesia de San Francisco, luego nos tomamos un
café bien conversado bajo las pérgolas de la plaza, y cuando regresamos para recoger las maletas encontramos la cena servida. De
modo que nos quedamos a cenar.

Mientras lo hacíamos, bajo un cielo malva con una sola estrella,
los niños prendieron unas antorchas en la cocina, y se fueron a explo-
rar las tinieblas en los pisos altos. Desde la mesa oíamos sus galopes
de caballos cerreros por las escaleras, los lamentos de las puertas, los
gritos felices llamando a Ludovico en los cuartos tenebrosos. Fue a
ellos a quienes se les ocurrió la mala idea de quedarnos a dormir.
Miguel Otero Silva los apoyó encantado, y nosotros no tuvimos el
valor civil de decirles que no.

Al contrario de lo que yo temía, dormimos muy bien, mi esposa y yo en un dormitorio de la planta baja y mis hijos en el cuarto
contiguo. Ambos habían sido modernizados y no tenían nada de
tenebrosos. Mientras trataba de conseguir el sueño conté los doce
toques insomnes del reloj de péndulo de la sala, y me acordé de la
advertencia pavorosa de la pastora de gansos. Pero estábamos tan

427

cansados que nos dormimos muy pronto, en un sueño denso y continuo, y desperté después de las siete con un sol espléndido entre las enredaderas de la ventana. A mi lado, mi esposa navegaba en el mar apacible de los inocentes. «Qué tontería —me dije—, que alguien siga creyendo en fantasmas por estos tiempos.» Sólo entonces me estremeció el olor de fresas recién cortadas, y vi la chimenea con las cenizas frías y el último leño convertido en piedra, y el retrato del caballero triste que nos miraba desde tres siglos antes en el marco de oro. Pues no estábamos en la alcoba de la planta baja donde nos habíamos acostado la noche anterior, sino en el dormitorio de Ludovico, bajo la cornisa y las cortinas polvorientas y las sábanas empapadas de sangre todavía caliente de su cama maldita.

[1980]

María dos Prazeres

E L HOMBRE de la agencia funeraria llegó tan puntual, que
María dos Prazeres estaba todavía en bata de baño y con la
cabeza llena de tubos rizadores, y apenas si tuvo tiempo de ponerse
una rosa roja en la oreja para no parecer tan indeseable como se
sentía. Se lamentó aún más de su estado cuando abrió la puerta y vio
que no era un notario lúgubre, como ella suponía que debían ser los
comerciantes de la muerte, sino un joven tímido con una chaqueta a
cuadros y una corbata con pájaros de colores. No llevaba abrigo, a
pesar de la primavera incierta de Barcelona, cuya llovizna de vientos
sesgados la hacía casi siempre menos tolerable que el invierno. María
dos Prazeres, que había recibido a tantos hombres a cualquier hora,
se sintió avergonzada como muy pocas veces. Acababa de cumplir
setenta y seis años y estaba convencida de que se iba a morir antes de
Navidad, y aun así estuvo a punto de cerrar la puerta y pedirle al vendedor de entierros que esperara un instante mientras se vestía para
recibirlo de acuerdo con sus méritos. Pero luego pensó que se iba a
helar en el rellano oscuro, y lo hizo pasar adelante.

–Perdóneme esta facha de murciélago –dijo–, pero llevo más de
cincuenta años en Catalunya, y es la primera vez que alguien llega a
la hora anunciada.

Hablaba un catalán perfecto con una pureza un poco arcaica,

aunque todavía se le notaba la música de su portugués olvidado. A pesar de sus años y con sus bucles de alambre seguía siendo una mulata esbelta y vivaz, de cabello duro y ojos amarillos y encarnizados, y hacía ya mucho tiempo que había perdido la compasión por los hombres. El vendedor, deslumbrado aún por la claridad de la calle, no hizo ningún comentario sino que se limpió la suela de los zapatos en la esterilla de yute y le besó la mano con una reverencia.

—Eres un hombre como los de mis tiempos —dijo María dos Prazeres con una carcajada de granizo—. Siéntate.

Aunque era nuevo en el oficio, él lo conocía bastante bien para no esperar aquella recepción festiva a las ocho de la mañana, y menos de una anciana sin misericordia que a primera vista le pareció una loca fugitiva de las Américas. Así que permaneció a un paso de la puerta sin saber qué decir, mientras María dos Prazeres descorría las gruesas cortinas de peluche de las ventanas. El tenue resplandor de abril iluminó apenas el ámbito meticuloso de la sala que más bien parecía la vitrina de un anticuario. Eran cosas de uso cotidiano, ni una más ni una menos, y cada una parecía puesta en su espacio natural, y con un gusto tan certero que habría sido difícil encontrar otra casa mejor servida aun en una ciudad tan antigua y secreta como Barcelona.

—Perdóneme —dijo—. Me he equivocado de puerta.

—Ojalá —dijo ella—, pero la muerte no se equivoca.

El vendedor abrió sobre la mesa del comedor un gráfico con muchos pliegues como una carta de marear con parcelas de colores diversos y numerosas cruces y cifras en cada color. María dos Prazeres comprendió que era el plano completo del inmenso panteón de Montjuich, y se acordó con un horror muy antiguo del cementerio de Manaos bajo los aguaceros de octubre, donde chapaleaban los tapires entre túmulos sin nombres y mausoleos de aventureros con vitrales florentinos. Una mañana, siendo muy niña, el Amazonas desbordado amaneció convertido en una ciénaga nauseabunda, y ella había visto los ataúdes rotos flotando en el patio de su casa con pedazos de trapos y cabellos de muertos en las grietas. Aquel recuerdo era la causa de que hubiera elegido el cerro de Montjuich para descansar en paz, y no el pequeño cementerio de San Gervasio, tan cercano y familiar.

—Quiero un lugar donde nunca lleguen las aguas —dijo.

—Pues aquí es —dijo el vendedor, indicando el sitio en el mapa con un puntero extensible que llevaba en el bolsillo como una estilográfica de acero—. No hay mar que suba tanto.

Ella se orientó en el tablero de colores hasta encontrar la entrada principal, donde estaban las tres tumbas contiguas, idénticas y sin nombres donde yacían Buenaventura Durruti y otros dos dirigentes anarquistas muertos en la Guerra Civil. Todas las noches alguien escribía los nombres sobre las lápidas en blanco. Los escribían con lápiz, con pintura, con carbón, con creyón de cejas o esmalte de uñas, con todas sus letras y en el orden correcto, y todas las mañanas los celadores los borraban para que nadie supiera quién era quién bajo los mármoles mudos. María dos Prazeres había asistido al entierro de Durruti, el más triste y tumultuoso de cuantos hubo jamás en Barcelona, y quería reposar cerca de su tumba. Pero no había ninguna disponible en el vasto panteón sobrepoblado. De modo que se resignó a lo posible. «Con la condición —dijo— de que no me vayan a meter en una de esas gavetas de cinco años donde una queda como en el correo.» Luego, recordando de pronto el requisito esencial, concluyó:

—Y sobre todo, que me entierren acostada.

En efecto, como réplica a la ruidosa promoción de tumbas vendidas con cuotas anticipadas, circulaba el rumor de que se estaban haciendo enterramientos verticales para economizar espacio. El vendedor explicó, con la precisión de un discurso aprendido de memoria, y muchas veces repetido, que esa versión era un infundio perverso de las empresas funerarias tradicionales para desacreditar la novedosa promoción de las tumbas a plazos. Mientras lo explicaba llamaron a la puerta con tres golpecitos discretos, y él hizo una pausa incierta, pero María dos Prazeres le indicó que siguiera.

—No se preocupe —dijo en voz muy baja—. Es el Noi.

El vendedor retomó el hilo, y María dos Prazeres quedó satisfecha con la explicación. Sin embargo, antes de abrir la puerta quiso hacer una síntesis final de un pensamiento que había madurado en su corazón durante muchos años, y hasta en sus pormenores más íntimos, desde la legendaria creciente de Manaos.

—Lo que quiero decir —dijo— es que busco un lugar donde esté acostada bajo la tierra, sin riesgos de inundaciones y si es posible a la sombra de los árboles en verano, y donde no me vayan a sacar después de cierto tiempo para tirarme en la basura.

Abrió la puerta de la calle y entró un perrito de aguas empapado por la llovizna, y con un talante de perdulario que no tenía nada que ver con el resto de la casa. Regresaba del paseo matinal por el vecindario, y al entrar padeció un arrebato de alborozo. Saltó sobre la mesa ladrando sin sentido y estuvo a punto de estropear el plano del cementerio con las patas sucias de barro. Una sola mirada de la dueña bastó para moderar sus ímpetus.

—¡Noi! —le dijo sin gritar—. *¡Baixa d'ací!*

El animal se encogió, la miró asustado, y un par de lágrimas nítidas resbalaron por su hocico. Entonces María dos Prazeres volvió a ocuparse del vendedor, y lo encontró perplejo.

—*¡Collons!* —exclamó él—. ¡Ha llorado!

—Es que está alborotado por encontrar alguien aquí a esta hora —lo disculpó María dos Prazeres en voz baja—. En general, entra en la casa con más cuidado que los hombres. Salvo tú, como ya he visto.

—¡Pero ha llorado, coño! —repitió el vendedor, y en seguida cayó en la cuenta de su incorrección y se excusó ruborizado—: Usted perdone, pero es que esto no se ha visto ni en el cine.

—Todos los perros pueden hacerlo si los enseñan —dijo ella—.

Lo que pasa es que los dueños se pasan la vida educándolos con hábitos que los hacen sufrir, como comer en platos o hacer sus porquerías a sus horas y en el mismo sitio. Y en cambio no les enseñan las cosas naturales que les gustan, como reír y llorar. ¿Por dónde íbamos?

Faltaba muy poco. María dos Prazeres tuvo que resignarse también a los veranos sin árboles, porque los únicos que había en el cementerio tenían las sombras reservadas para los jerarcas del régimen. En cambio, las condiciones y las fórmulas del contrato eran superfluas, porque ella quería beneficiarse del descuento por el pago anticipado y en efectivo.

Sólo cuando habían terminado, y mientras guardaba otra vez los papeles en la cartera, el vendedor examinó la casa con una mirada consciente y lo estremeció el aliento mágico de su belleza. Volvió a mirar a María dos Prazeres como si fuera por primera vez.

—¿Puedo hacerle una pregunta indiscreta? —preguntó él.

Ella lo dirigió hacia la puerta.

—Por supuesto —le dijo—, siempre que no sea la edad.

—Tengo la manía de adivinar el oficio de la gente por las cosas que hay en su casa, y la verdad es que aquí no acierto —dijo él—. ¿Qué hace usted?

María dos Prazeres le contestó muerta de risa:

—Soy puta, hijo. ¿O es que ya no se me nota?

El vendedor enrojeció.

—Lo siento.

—Más debía sentirlo yo —dijo ella, tomándolo del brazo para impedir que se descalabrara contra la puerta—. ¡Y ten cuidado! No te rompas la crisma antes de dejarme bien enterrada.

Tan pronto como cerró la puerta cargó el perrito y empezó a mimarlo, y se sumó con su hermosa voz africana a los coros infantiles que en aquel momento empezaron a oírse en el parvulario vecino. Tres meses antes había tenido en sueños la revelación de que iba a morir, y desde entonces se sintió más ligada que nunca a aquella criatura de su soledad. Había previsto con tanto cuidado la repartición póstuma de sus cosas y el destino de su cuerpo, que en ese instante hubiera podido morirse sin estorbar a nadie. Se había retirado por voluntad propia con una fortuna atesorada piedra sobre piedra pero sin sacrificios demasiado amargos, y había escogido como refugio final el muy antiguo y noble pueblo de Gràcia, ya digerido por la expansión de la ciudad. Había comprado el entresuelo en ruinas, siempre oloroso a arenques ahumados, cuyas paredes carcomidas por el salitre conservaban todavía los impactos de algún combate sin gloria. No había portero, y en las escaleras húmedas y tenebrosas faltaban algunos peldaños, aunque todos los pisos estaban ocupados. María dos Prazeres hizo renovar el baño y la cocina, forró las paredes con colgaduras de colores alegres y puso vidrios biselados y cortinas de terciopelo en las ventanas. Por último llevó los muebles primorosos, las cosas de servicio y decoración y los arcones de sedas y brocados que los fascistas robaban de las residencias abandonadas por los republicanos en la estampida de la derrota, y que ella había ido comprando poco a poco, durante muchos años, a precios de ocasión y en remates secretos. El único vínculo que le quedó con el pasado fue su amistad con el conde de Cardona, que siguió visitándola el último viernes de cada mes para cenar con ella y hacer un lánguido amor de sobremesa. Pero aun aquella amistad de la juventud se mantuvo en reserva, pues el conde dejaba el automóvil con sus insignias heráldicas a una distancia más que prudente, y se llegaba hasta su entresuelo caminando por la sombra, tanto por proteger la honra de ella como la suya propia. María dos Prazeres no conocía a nadie en el edificio, salvo en la puerta de enfrente, donde vivía desde hacía poco una pareja muy joven con una niña de nueve años. Le parecía increíble, pero era cierto, que nunca se hubiera cruzado con nadie más en las escaleras.

Sin embargo, la repartición de su herencia le demostró que estaba más implantada de lo que ella misma suponía en aquella comunidad de catalanes crudos cuya honra nacional se fundaba en el pudor. Hasta las baratijas más insignificantes las había repartido entre la gente que estaba más cerca de su corazón, que era la que estaba más cerca de su casa. Al final no se sentía muy convencida de haber sido justa, pero en cambio estaba segura de no haberse olvidado de nadie que no lo mereciera. Fue un acto preparado con tanto rigor que el notario de la calle del Árbol, que se preciaba de haberlo visto todo, no podía darle crédito a sus ojos cuando la vio dictando de memoria a sus amanuenses la lista minuciosa de sus bienes, con el nombre preciso de cada cosa en catalán medieval, y la lista completa de los herederos con sus oficios y direcciones, y el lugar que ocupaban en su corazón.

Después de la visita del vendedor de entierros terminó por convertirse en uno más de los numerosos visitantes dominicales del cementerio. Al igual que sus vecinos de tumba sembró flores de cuatro estaciones en los canteros, regaba el césped recién nacido y lo igualaba con tijera de podar hasta dejarlo como las alfombras de la alcaldía, y se familiarizó tanto con el lugar que terminó por no entender cómo fue que al principio le pareció tan desolado.

En su primera visita, el corazón le había dado un salto cuando vio junto al portal las tres tumbas sin nombres, pero no se detuvo siquiera a mirarlas, porque a pocos pasos de ella estaba el vigilante insomne. Pero el tercer domingo aprovechó un descuido para cumplir uno más de sus grandes sueños, y con el carmín de labios escribió en la primera lápida lavada por la lluvia: *Durruti*. Desde entonces, siempre que pudo volvió a hacerlo, a veces en una tumba, en dos o en las tres, y siempre con el pulso firme y el corazón alborotado por la nostalgia.

Un domingo de fines de septiembre presenció el primer entierro en la colina. Tres semanas después, una tarde de vientos helados, enterraron a una joven recién casada en la tumba vecina de la suya. A fin de año, siete parcelas estaban ocupadas, pero el invierno efímero pasó sin alterarla. No sentía malestar alguno, y a medida que aumentaba el calor y entraba el ruido torrencial de la vida por las ventanas abiertas se encontraba con más ánimos para sobrevivir a los enigmas de sus sueños. El conde de Cardona, que pasaba en la montaña los meses de más calor, la encontró a su regreso más atractiva aún que en su sorprendente juventud de los cincuenta años.

Al cabo de muchas tentativas frustradas, María dos Prazeres consiguió que Noi distinguiera su tumba en la extensa colina de tumbas iguales. Luego se empeñó en enseñarlo a llorar sobre la sepultura vacía para que siguiera haciéndolo por costumbre después de su muerte. Lo llevó varias veces a pie desde su casa hasta el cementerio, indicándole puntos de referencia para que memorizara la ruta del autobús de las Ramblas, hasta que lo sintió bastante diestro para mandarlo solo.

El domingo del ensayo final, a las tres de la tarde, le quitó el chaleco de primavera, en parte porque el verano era inminente y en parte para que llamara menos la atención, y lo dejó a su albedrío. Lo vio alejarse por la acera de sombra con un trote ligero y el culito apretado y triste bajo la cola alborotada, y logró a duras penas reprimir los deseos de llorar, por ella y por él, y por tantos y tan amargos años de ilusiones comunes, hasta que lo vio doblar hacia el mar por la esquina de la Calle Mayor. Quince minutos más tarde subió en el autobús de las Ramblas en la vecina Plaza de Lesseps, tratando de verlo sin ser vista desde la ventana, y en efecto lo vio entre las parvadas de niños dominicales, lejano y serio, esperando el cambio del semáforo de peatones del Paseo de Gràcia.

—Dios mío —suspiró—. Qué solo se ve.

Tuvo que esperarlo casi dos horas bajo el sol brutal de Montjuich. Saludó a varios dolientes de otros domingos menos memorables, aunque apenas si los reconoció, pues había pasado tanto tiempo desde que los vio por primera vez, que ya no llevaban ropas de luto, ni lloraban, y ponían las flores sobre las tumbas sin pensar en sus muertos. Poco después, cuando se fueron todos, oyó un bramido lúgubre que espantó a las gaviotas, y vio en el mar inmenso un trasatlántico blanco con la bandera del Brasil, y deseó con toda su alma que le trajera una carta de alguien que hubiera muerto por ella en la cárcel de Pernambuco. Poco después de las cinco, con doce minutos de adelanto, apareció el Noi en la colina, babeando de fatiga y de calor, pero con unas ínfulas de niño triunfal. En aquel instante, María dos Prazeres superó el terror de no tener a nadie que llorara sobre su tumba.

Fue en el otoño siguiente cuando empezó a percibir signos aciagos que no lograba descifrar, pero que le aumentaron el peso del corazón. Volvió a tomar el café bajo las acacias doradas de la Plaza del Reloj con el abrigo de cuello de colas de zorros y el sombrero con adorno de flores artificiales que de tanto ser antiguo había vuelto a ponerse de moda. Agudizó el instinto. Tratando de explicarse su propia ansiedad escudriñó la cháchara de las vendedoras de pájaros de las Ramblas, los susurros de los hombres en los puestos de libros que por primera vez en muchos años no hablaban de fútbol, los hondos silencios de los lisiados de guerra que les echaban migajas de pan a las palomas, y en todas partes encontró señales inequívocas de la muerte. En Navidad se encendieron las luces de colores entre las acacias, y salían músicas y voces de júbilo por los balcones, y una muchedumbre de turistas ajenos a nuestro destino invadieron los cafés al aire libre, pero aun dentro de la fiesta se sentía la misma tensión reprimida que precedió a los tiempos en que los anarquistas se hicieron dueños de la calle. María dos Prazeres, que había vivido aquella época de grandes pasiones, no conseguía dominar la inquietud, y por primera vez fue despertada en mitad del sueño por zarpazos de pavor. Una noche, agentes de la seguridad del Estado asesinaron a tiros frente a su ventana a un estudiante que había escrito a brocha gorda en el muro: *Visca Catalunya lliure*.

–¡Dios mío –se dijo asombrada– es como si todo se estuviera muriendo conmigo!

Sólo había conocido una ansiedad semejante siendo muy niña en Manaos, un minuto antes del amanecer, cuando los ruidos numerosos de la noche cesaban de pronto, las aguas se detenían, el tiempo titubeaba, y la selva amazónica se sumergía en un silencio abismal que sólo podía ser igual al de la muerte. En medio de aquella tensión irresistible, el último viernes de abril, como siempre, el conde de Cardona fue a cenar en su casa.

La visita se había convertido en un rito. El conde llegaba puntual entre las siete y las nueve de la noche con una botella de champaña del país envuelta en el periódico de la tarde para que se notara menos, y una caja de trufas rellenas. María dos Prazeres le preparaba canelones gratinados y un pollo tierno en su jugo, que eran los platos favoritos de los catalanes de alcurnia de sus buenos tiempos, y una fuente surtida de frutas de la estación. Mientras ella hacía la cocina, el conde escuchaba en el gramófono fragmentos de óperas italianas en versiones históricas, tomando a sorbos lentos una copita de oporto que le duraba hasta el final de los discos.

Después de la cena, larga y bien conversada, hacían de memoria un amor sedentario que les dejaba a ambos un sedimento de desastre. Antes de irse, siempre azorado por la inminencia de la medianoche, el conde dejaba veinticinco pesetas debajo del cenicero del dormitorio. Ése era el precio de María dos Prazeres cuando él la conoció en un hotel de paso del Paralelo, y era lo único que el óxido del tiempo había dejado intacto.

Ninguno de los dos se había preguntado nunca en qué se fundaba esa amistad. María dos Prazeres le debía a él algunos favores fáciles. Él le daba consejos oportunos para el buen manejo de sus ahorros, le había enseñado a distinguir el valor real de sus reliquias, y el modo de tenerlas para que no se descubriera que eran cosas robadas. Pero sobre todo, fue él quien le indicó el camino de una vejez decente en el barrio de Gràcia, cuando en su burdel de toda la vida la declararon demasiado usada para los gustos modernos, y quisieron mandarla a una casa de jubiladas clandestinas que por cinco pesetas les enseñaban a hacer el amor a los niños. Ella le había contado al conde que su madre la vendió a los catorce años en el puerto de Manaos, y que el primer oficial de un barco turco la disfrutó sin piedad durante la travesía del Atlántico, y luego la dejó abandonada sin dinero, sin idioma y sin nombre, en la ciénaga de luces del Paralelo. Ambos eran conscientes de tener tan pocas cosas en común que nunca se sentían más solos que cuando estaban juntos, pero ninguno de los dos se había atrevido a lastimar los encantos de la costumbre. Necesitaron de una conmoción nacional para darse cuenta, ambos al mismo tiempo, de cuánto se habían odiado, y con cuánta ternura, durante tantos años.

Fue una deflagración. El conde de Cardona estaba escuchando el dueto de amor de *La Bohème*, cantado por Licia Albanese y Beniamino Gigli, cuando le llegó una ráfaga casual de las noticias de radio que María dos Prazeres escuchaba en la cocina. Se acercó en puntillas y también él escuchó. El general Francisco Franco, dictador eterno de España, había asumido la responsabilidad de decidir el destino final de tres separatistas vascos que acababan de ser condenados a muerte. El conde exhaló un suspiro de alivio.

—Entonces los fusilarán sin remedio —dijo—, porque el Caudillo es un hombre justo.

María dos Prazeres fijó en él sus ardientes ojos de cobra real, y vio sus pupilas sin pasión detrás de las antiparras de oro, los dientes de rapiña, las manos híbridas de animal acostumbrado a la humedad y las tinieblas. Tal como era.

—Pues ruégale a Dios que no —dijo—, porque con uno solo que fusilen yo te echaré veneno en la sopa.

El Conde se asustó.

—¿Y eso por qué?

–Porque yo también soy una puta justa.

El conde de Cardona no volvió jamás, y María dos Prazeres tuvo la certidumbre de que el último ciclo de su vida acababa de cerrarse. Hasta hacía poco, en efecto, le indignaba que le cedieran el asiento en los autobuses, que trataran de ayudarla a cruzar la calle, que la tomaran del brazo para subir las escaleras, pero había terminado no sólo por admitirlo sino inclusive por desearlo como una necesidad detestable. Entonces mandó a hacer una lápida de anarquista, sin nombre ni fechas, y empezó a dormir sin pasar los cerrojos de la puerta para que el Noi pudiera salir con la noticia si ella muriera durante el sueño.

Un domingo, al entrar en su casa de regreso del cementerio, se encontró en el rellano de la escalera con la niña que vivía en la puerta de enfrente. La acompañó varias cuadras, hablándole de todo con un candor de abuela, mientras la veía retozar con el Noi como viejos amigos. En la Plaza del Diamante, tal como lo tenía previsto, la invitó a un helado.

–¿Te gustan los perros? –le preguntó.

–Me encantan –dijo la niña.

Entonces María dos Prazeres le hizo la propuesta que tenía preparada desde hacía mucho tiempo.

–Si alguna vez me sucediera algo, hazte cargo del Noi –le dijo– con la única condición de que lo dejes libre los domingos sin preocuparte de nada. Él sabrá lo que hace.

La niña quedó feliz. María dos Prazeres, a su vez, regresó a casa con el júbilo de haber vivido un sueño madurado durante años en su corazón. Sin embargo, no fue por el cansancio de la vejez ni por la demora de la muerte que aquel sueño no se cumplió. Ni siquiera fue una decisión propia. La vida la había tomado por ella una tarde glacial de noviembre en que se precipitó una tormenta súbita cuando salía del cementerio. Había escrito los nombres en las tres lápidas y bajaba a pie hacia la estación de autobuses cuando quedó empapada por completo por las primeras ráfagas de lluvia. Apenas si tuvo tiempo de guarecerse en los portales de un barrio desierto que parecía de otra ciudad, con bodegas en ruinas y fábricas polvorientas, y enormes furgones de carga que hacían más pavoroso el estrépito de la tormenta. Mientras trataba de calentar con su cuerpo el perrito ensopado, María dos Prazeres veía pasar los autobuses repletos, veía pasar los taxis vacíos con la bandera apagada, pero nadie prestaba atención a sus señas de náufrago. De pronto, cuando ya parecía imposible hasta un milagro, un automóvil suntuoso de color del acero crepuscular pasó casi sin ruido por la calle inundada, se paró de golpe en la esquina y regresó en reversa hasta donde ella estaba. Los cristales descendieron por un soplo mágico, y el conductor se ofreció para llevarla.

—Voy muy lejos —dijo María dos Prazeres con sinceridad—. Pero me haría un gran favor si me acerca un poco.

—Dígame adónde va —insistió él.

—A Gràcia —dijo ella.

La puerta se abrió sin tocarla.

—Es mi rumbo —dijo él—. Suba.

En el interior oloroso a medicina refrigerada, la lluvia se convirtió en un percance irreal, la ciudad cambió de color, y ella se sintió en un mundo ajeno y feliz donde todo estaba resuelto de antemano. El conductor se abría paso a través del desorden del tránsito con una fluidez que tenía algo de magia. María dos Prazeres estaba intimidada, no sólo por su propia miseria sino también por la del perrito de lástima que dormía en su regazo.

—Esto es un trasatlántico —dijo, porque sintió que tenía que decir algo digno—. Nunca había visto nada igual, ni siquiera en sueños.

—En realidad, lo único malo que tiene es que no es mío —dijo él, en un catalán difícil, y después de una pausa agregó en castellano—: El sueldo de toda la vida no me alcanzaría para comprarlo.

—Me lo imagino —suspiró ella.

Lo examinó de soslayo, iluminado de verde por el resplandor del tablero de mandos, y vio que era casi un adolescente, con el cabello rizado y corto, y un perfil de bronce romano. Pensó que no era bello, pero que tenía un encanto distinto, que le sentaba muy bien la chaqueta de cuero barato gastada por el uso, y que su madre debía ser muy feliz cuando lo sentía volver a casa. Sólo por sus manos de labriego se podía creer que de veras no era el dueño del automóvil.

No volvieron a hablar en todo el trayecto, pero también María dos Prazeres se sintió examinada de soslayo varias veces, y una vez más se dolió de seguir viva a su edad. Se sintió fea y compadecida, con la pañoleta de cocina que se había puesto en la cabeza de cualquier modo cuando empezó a llover, y el deplorable abrigo de otoño que no se le había ocurrido cambiar por estar pensando en la muerte.

Cuando llegaron al barrio de Gràcia había empezado a escampar, era de noche y estaban encendidas las luces de la calle. María dos Prazeres le indicó a su conductor que la dejara en una esquina cercana, pero él insistió en llevarla hasta la puerta de la casa, y no sólo lo hizo sino que estacionó sobre el andén para que pudiera descender sin mojarse. Ella soltó el perrito, trató de salir del automóvil con tanta dignidad como el cuerpo se lo permitiera, y cuando se volvió para dar las gracias se encontró con una mirada de hombre que la dejó sin aliento. La sostuvo por un instante, sin entender muy bien quién esperaba qué, ni de quién, y entonces él le preguntó con una voz resuelta:

—¿Subo?

María dos Prazeres se sintió humillada.

—Le agradezco mucho el favor de traerme —dijo—, pero no le permito que se burle de mí.

—No tengo ningún motivo para burlarme de nadie —dijo él en castellano con una seriedad terminante—. Y mucho menos de una mujer como usted.

María dos Prazeres había conocido muchos hombres como ése, había salvado del suicidio a muchos otros más atrevidos que ése, pero nunca en su larga vida había tenido tanto miedo de decidir. Lo oyó insistir sin el menor indicio de cambio en la voz:

–¿Subo?

Ella se alejó sin cerrar la puerta del automóvil, y le contestó en castellano para estar segura de ser entendida.

–Haga lo que quiera.

Entró en el zaguán apenas iluminado por el resplandor oblicuo de la calle, y empezó a subir el primer tramo de la escalera con las rodillas trémulas, sofocada por un pavor que sólo hubiera creído posible en el momento de morir. Cuando se detuvo frente a la puerta del entresuelo, temblando de ansiedad por encontrar las llaves en el bolsillo, oyó los dos portazos sucesivos del automóvil en la calle. Noi, que se le había adelantado, trató de ladrar. «Cállate», le ordenó con un susurro agónico. Casi enseguida sintió los primeros pasos en los peldaños sueltos de la escalera y temió que se le fuera a reventar el corazón. En una fracción de segundo volvió a examinar por completo el sueño premonitorio que le había cambiado la vida durante tres años, y comprendió el error de su interpretación.

–Dios mío –se dijo asombrada–. ¡De modo que no era la muerte!

Encontró por fin la cerradura, oyendo los pasos contados en la oscuridad, oyendo la respiración creciente de alguien que se acercaba tan asustado como ella en la oscuridad, y entonces comprendió que había valido la pena esperar tantos y tantos años, y haber sufrido tanto en la oscuridad, aunque sólo hubiera sido para vivir aquel instante.

[1979]

443

Diecisiete ingleses envenenados

LO PRIMERO que notó la señora Prudencia Linero cuando llegó al puerto de Nápoles, fue que tenía el mismo olor del puerto de Riohacha. No se lo contó a nadie, por supuesto, pues nadie lo hubiera entendido en aquel trasatlántico senil atiborrado de italianos de Buenos Aires que volvían a la patria por primera vez después de la guerra, pero de todos modos se sintió menos sola, menos asustada y distante, a los setenta y dos años de su edad y a dieciocho días de mala mar de su gente y de su casa.

Desde el amanecer se habían visto las luces de tierra. Los pasajeros se levantaron más temprano que siempre, vestidos con ropas nuevas y con el corazón oprimido por la incertidumbre del desembarco, de modo que aquel último domingo de a bordo pareció ser el único de verdad en todo el viaje. La señora Prudencia Linero fue una de las muy pocas que asistieron a la misa. A diferencia de los días anteriores en que andaba por el barco vestida de medio luto, se había puesto para desembarcar una túnica parda de lienzo basto con el cordón de san Francisco en la cintura, y unas sandalias de cuero crudo que sólo por ser demasiado nuevas no parecían de peregrino. Era un pago adelantado: había prometido a Dios llevar ese hábito talar hasta la muerte si le concedía la gracia de viajar a Roma para ver al Sumo Pontífice, y ya daba la gracia por concedida. Al final de la misa encendió una vela al Espíritu Santo por el valor que le infundió para soportar los temporales del Caribe, y rezó una oración por cada uno de los nueve hijos y los catorce nietos que en aquel momento soñaban con ella en la noche de vientos de Riohacha.

Cuando subió a cubierta después del desayuno, la vida del barco había cambiado. Los equipajes estaban amontonados en la sala de baile, entre toda clase de objetos para turistas comprados por los italianos en los mercados de magia de las Antillas, y en el mostrador de la cantina había un macaco de Pernambuco dentro de una jaula de encajes de hierro. Era una mañana radiante de principios de agosto. Un domingo ejemplar de aquellos veranos de después de la guerra en que la luz se comportaba como una revelación de cada día, y el barco enorme se movía muy despacio, con resuellos de enfermo, por un estanque diáfano. La fortaleza tenebrosa de los duques de Anjou apenas si empezaba a vislumbrarse en el horizonte, pero los pasajeros asomados a la borda creían reconocer los sitios familiares, y los señalaban sin verlos a ciencia cierta, gritando de júbilo en dialectos meridionales. La señora Prudencia Linero, que había hecho tantos amigos viejos a bordo, que había cuidado niños mientras sus padres bailaban y hasta le había cosido un botón de la guerrera al primer oficial, los encontró de pronto ajenos y distintos. El espíritu social y el calor humano que le permitieron sobrevivir a las primeras nostalgias en el sopor del trópico, habían desaparecido. Los amores eternos de altamar terminaban a la vista del puerto. La señora Prudencia Linero, que no conocía la naturaleza voluble de los italianos, pensó que el mal no estaba en el corazón de los otros sino en el suyo, por ser ella la única que iba entre la muchedumbre que regresaba. Así deben ser todos los viajes, pensó, padeciendo por primera vez en su vida la punzada de ser forastera, mientras contemplaba desde la borda los vestigios de tantos mundos extinguidos en el fondo del agua. De pronto, una muchacha muy bella que estaba a su lado la asustó con un grito de horror.

–*Mamma mia* –dijo, señalando el fondo–. Miren ahí.

Era un ahogado. La señora Prudencia Linero lo vio flotando bocarriba entre dos aguas, y era un hombre maduro y calvo con una rara prestancia natural, y sus ojos abiertos y alegres tenían el mismo color del cielo al amanecer. Llevaba un traje de etiqueta con chaleco de brocado, botines de charol y una gardenia viva en la solapa. En la mano derecha tenía un paquetito cúbico envuelto en papel de regalo, y los dedos de hierro lívido estaban agarrotados en la cinta del lazo, que era lo único que encontró para agarrarse en el instante de morir.

–Debió caerse de una boda –dijo un oficial del barco–. Sucede mucho en verano por estas aguas.

Fue una visión instantánea, porque entonces estaban entrando en la bahía y otros motivos menos lúgubres distrajeron la atención de los pasajeros. Pero la señora Prudencia Linero siguió pensando en el ahogado, el pobrecito ahogado, cuya levita de faldones ondulaba en la estela del barco.

Tan pronto como entró en la bahía, un remolcador decrépito salió al encuentro del barco y se lo llevó de cabestro por entre los escombros de numerosas naves militares destruidas durante la guerra. El agua se iba convirtiendo en aceite a medida que el barco se abría paso por entre los escombros oxidados, y el calor se hizo aun más bravo que el de Riohacha a las dos de la tarde. Al otro lado del desfiladero, radiante en el sol de las once, apareció de pronto la ciudad completa de palacios quiméricos y viejas barracas de colores apelotonadas en las colinas. Del fondo removido se levantó entonces una tufarada insoportable que la señora Prudencia Linero reconoció como el aliento de cangrejos podridos del patio de su casa.

Mientras duró la maniobra los pasajeros reconocían a sus parientes con aspavientos de gozo en el tumulto del muelle. La mayoría eran matronas otoñales de pechugas flamantes, sofocadas dentro de los trajes de luto, con los niños más bellos y numerosos de la tierra, y maridos pequeños y diligentes, del género inmortal de los que leen el periódico después que sus esposas y se visten de escribanos estrictos a pesar del calor.

En medio de aquella algarabía de feria, un hombre muy viejo de aspecto inconsolable, con un sobretodo de mendigo, se sacaba a dos manos de los bolsillos puñados y puñados de pollitos tiernos. En un instante llenaron el muelle, piando enloquecidos por todas partes, y sólo por ser animales de magia había muchos que seguían corriendo vivos después de ser pisoteados por la muchedumbre ajena al prodigio. El mago había puesto su sombrero bocarriba en el piso, pero nadie le tiró desde la borda ni una moneda de caridad.

Fascinada por el espectáculo de maravilla que parecía ejecutado en su honor, pues sólo ella lo agradecía, la señora Prudencia Linero no se dio cuenta de en qué momento tendieron la pasarela, y una avalancha humana invadió el barco con los aullidos y el ímpetu de un abordaje de bucaneros. Aturdida por el júbilo y el tufo de cebollas rancias de tantas familias en verano, vapuleada por las cuadrillas de cargadores que se disputaban a golpes los equipajes, se sintió amenazada por la misma muerte sin gloria de los pollitos en el muelle. Entonces se sentó sobre su baúl de madera con esquinas de latón pintado, y permaneció impávida rezando un círculo vicioso de oraciones contra las tentaciones y peligros en tierras de infieles. Allí la encontró el primer oficial cuando pasó el cataclismo y no quedó nadie más que ella en el salón desmantelado.

—Nadie debe estar aquí a esta hora –le dijo el oficial con cierta amabilidad–. ¿Puedo ayudarla en algo?

—Tengo que esperar al cónsul–dijo ella.

Así era. Dos días antes de zarpar, su hijo mayor le había mandado un telegrama al cónsul en Nápoles, que era amigo suyo, para rogarle que la esperara en el puerto y la ayudara en los trámites para seguir a Roma. Le había mandado el nombre del barco y la hora de llegada, y le indicó además que podía reconocerla por el hábito de San Francisco que se pondría para desembarcar. Ella se mostró tan estricta en sus leyes, que el primer oficial le permitió esperar un rato más, a pesar de que iba a ser la hora en que almorzaba la tripulación y habían subido las sillas sobre las mesas y estaban lavando las cubiertas a baldazos. Varias veces tuvieron que mover el baúl para no mojarlo, pero ella cambiaba de lugar sin inmutarse, sin interrumpir las oraciones, hasta que la sacaron de las salas de recreo y terminó sentada a pleno sol entre los botes de salvamento. Allí volvió a encontrarla el primer oficial un poco antes de las dos de la tarde, ahogándose en sudor dentro de la escafandra de penitente, y rezando un rosario sin esperanzas, porque estaba aterrorizada y triste y soportaba a duras penas las ganas de llorar.

—Es inútil que siga rezando —dijo el oficial, sin la amabilidad de la primera vez–. Hasta Dios se va de vacaciones en agosto.

Le explicó que media Italia estaba en la playa por esa época, sobre todo los domingos. Era probable que el cónsul no estuviera de vacaciones, por la índole de su cargo, pero con seguridad no abriría la oficina hasta el lunes. Lo único razonable era ir a un hotel, descansar tranquila esa noche, y al día siguiente llamar por teléfono al consulado, cuyo número estaba sin duda en el directorio. De modo que la señora Prudencia Linero tuvo que conformarse con ese criterio, y el oficial la ayudó en los trámites de inmigración y aduana y del cambio de dinero, y la puso dentro de un taxi con la indicación azarosa de que la llevaran a un hotel decente.

El taxi decrépito con rezagos de carroza fúnebre avanzaba dando tumbos por las calles desiertas. La señora Prudencia Linero pensó por un instante que el conductor y ella eran los únicos seres vivos en una ciudad de fantasmas colgados en alambres en medio de la calle, pero también pensó que un hombre que hablaba tanto, y con tanta pasión, no podía tener tiempo para hacerle daño a una pobre mujer sola que había desafiado los riesgos del océano para ver al Papa.

Al final del laberinto de calles volvía a verse el mar. El taxi siguió dando tumbos a lo largo de una playa ardiente y solitaria donde había numerosos hoteles pequeños de colores intensos. Pero no se detuvo en ninguno de ellos sino que fue directo al menos vistoso, situado en un jardín público con grandes palmeras y bancos verdes. El chofer puso el baúl en la acera sombreada y, ante la incertidumbre de la señora Prudencia Linero, le aseguró que aquél era el hotel más decente de Nápoles.

Un maletero hermoso y amable se echó el baúl al hombro y se hizo cargo de ella. La condujo hasta el ascensor de redes metálicas improvisado en el hueco de la escalera, y empezó a cantar un aria de Puccini a plena voz y con una determinación alarmante. Era un vetusto edificio de nueve pisos restaurados, en cada uno de los cuales había un hotel diferente. La señora Prudencia Linero se sintió de pronto en un instante alucinado, metida en una jaula de gallinas que subía muy despacio por el centro de una escalera de mármoles estentóreos, y sorprendía a la gente dentro de las casas con sus dudas más íntimas, con sus calzoncillos rotos y sus eructos ácidos. En el tercer piso el ascensor se detuvo con un sobresalto, y entonces el maletero dejó de cantar, abrió la puerta de rombos plegadizos y le indicó a la señora Prudencia Linero, con una reverencia galante, que estaba en su casa.

Ella vio un adolescente lánguido detrás de un mostrador de madera con incrustaciones de vidrios de colores en el vestíbulo y plantas de sombra en macetas de cobre. Le gustó de inmediato, porque tenía los mismos bucles de serafín de su nieto menor. Le gustó el nombre del hotel con las letras grabadas en una placa de bronce, le gustó el olor de ácido fénico, le gustaron los helechos colgados, el silencio, las lises de oro del papel de las paredes. Después dio un paso fuera del ascensor, y el corazón se le encogió. Un grupo de turistas ingleses de pantalones cortos y sandalias de playa dormitaban en una larga fila de poltronas de espera. Eran diecisiete, y estaban sentados en un orden simétrico, como si fueran uno solo muchas veces repetido en una galería de espejos. La señora Prudencia Linero los vio sin distinguirlos, con un solo golpe de vista, y lo único que le impresionó fue la larga hilera de rodillas rosadas, que parecían presas de cerdo colgadas en los ganchos de una carnicería. No dio un paso más hacia el mostrador, sino que retrocedió sobrecogida y entró de nuevo en el ascensor.

—Vamos a otro piso —dijo.

—Éste es el único que tiene comedor, *signora* —dijo el cargador.

—No importa —dijo ella.

El cargador hizo un gesto de conformidad, cerró el ascensor, y cantó el pedazo que le faltaba de la canción hasta el hotel del quinto piso. Allí todo parecía menos estricto, y la dueña era una matrona primaveral que hablaba un castellano fácil, y nadie hacía la siesta en las poltronas del vestíbulo. No había comedor, en efecto, pero el hotel tenía un acuerdo con una fonda cercana para que sirviera a los clientes por un precio especial. De modo que la señora Prudencia Linero decidió que sí, que se quedaba por una noche, tan convencida por la elocuencia y la simpatía de la dueña como por el alivio de que no hubiera ningún inglés de rodillas rosadas durmiendo en el vestíbulo.

El dormitorio tenía las persianas cerradas a las dos de la tarde, y la penumbra conservaba la frescura y el silencio de una floresta recóndita, y era bueno para llorar. No bien se quedó sola, la señora Prudencia Linero pasó los dos cerrojos, y orinó por primera vez desde la mañana con un desagüe tenue y difícil que le permitió recobrar su identidad perdida durante el viaje. Después se quitó las sandalias y el cordón del hábito y se tendió del lado del corazón sobre la cama matrimonial demasiado ancha y demasiado sola para ella sola, y soltó el otro manantial de sus lágrimas atrasadas.

No sólo era la primera vez que salía de Riohacha, sino una de las pocas en que salió de su casa después de que sus hijos se casaron y se fueron y ella se quedó sola con dos indias descalzas cuidando del cuerpo sin alma de su esposo. Se le acabó la mitad de la vida en el dormitorio frente a los escombros del único hombre que había amado, y que permaneció en el letargo durante casi treinta años, tendido en la cama de sus amores juveniles sobre un colchón de cueros de chivo.

En el octubre pasado, el enfermo abrió los ojos en una ráfaga súbita de lucidez, reconoció a su gente y pidió que llamaran un fotógrafo. Llevaron al viejo del parque con el enorme aparato de fuelle y manga negra, y el platón de magnesio para las fotos domésticas. El mismo enfermo dirigió las fotos. «Una para Prudencia, por el amor y la felicidad que me dio en la vida», dijo. La tomaron con el primer fogonazo de magnesio. «Ahora otras dos para mis hijas adoradas, Prudencita y Natalia», dijo. Las tomaron. «Otras dos para mis hijos varones, ejemplos de la familia por su cariño y su buen juicio», dijo. Y así hasta que se acabó el papel y el fotógrafo tuvo que ir a su casa a reabastecerse. A las cuatro de la tarde, cuando ya no se podía respirar en el dormitorio por la humareda de magnesio y el tumulto de parientes, amigos y conocidos que acudieron a recibir sus copias del retrato, el inválido empezó a desvanecerse en la cama, y se fue despidiendo de todos con adioses de la mano, como borrándose del mundo en la baranda de un barco.

Su muerte no fue para la viuda el alivio que todos esperaban. Al contrario, quedó tan afligida, que sus hijos se reunieron para preguntarle cómo podrían consolarla, y ella les contestó que no quería nada más que ir a Roma a conocer al Papa.

—Me voy sola y con el hábito de san Francisco —les advirtió—. Es una manda.

Lo único grato que le quedó de aquellos años de vigilia fue el placer de llorar. En el barco, mientras tuvo que compartir el camarote con dos hermanas clarisas que se quedaron en Marsella, se demoraba en el baño para llorar sin ser vista. De modo que el cuarto del hotel de Nápoles fue el único lugar propicio que había encontrado para llorar a gusto desde que salió de Riohacha. Y habría llorado hasta el día siguiente cuando saliera el tren de Roma, de no haber sido porque la dueña le tocó la puerta a las siete para avisarle que si no llegaba a tiempo a la fonda se quedaría sin comer.

El empleado del hotel la acompañó. Una brisa fresca había empezado a soplar desde el mar, y todavía quedaban algunos bañistas en la playa bajo el sol pálido de las siete. La señora Prudencia Linero siguió al empleado por el vericueto de calles empinadas y estrechas que apenas empezaban a despertar de la siesta del domingo, y se encontró de pronto bajo una pérgola umbría, donde había mesas para comer con manteles de cuadritos rojos y frascos de encurtidos improvisados como floreros con flores de papel. Los únicos comensales a esa hora temprana eran los propios sirvientes, y un cura muy pobre que comía cebollas con pan en un rincón apartado. Al entrar, ella sintió la mirada de todos por el hábito pardo, pero no se alteró, pues era consciente de que el ridículo formaba parte de la penitencia. La mesera, en cambio, le suscitó un ápice de piedad, porque era rubia y bella y hablaba como si cantara, y ella pensó que debían estar muy mal en Italia después de la guerra si una muchacha como esa tenía que servir en una fonda. Pero se sintió bien en el ámbito floral del emparrado, y el aroma de guiso de laurel de la cocina le despertó el hambre aplazada por la zozobra del día. Por primera vez en mucho tiempo no tenía deseos de llorar.

Sin embargo, no pudo comer a gusto. En parte porque le costó trabajo entenderse con la mesera rubia, a pesar de que era simpática y paciente, y en parte porque la única carne que había para comer eran unos pajaritos cantores de los que criaban en jaulas en las casas de Riohacha. El cura, que comía en el rincón, y que terminó por servirles de intérprete, trató de hacerle entender que las emergencias de la guerra no habían terminado en Europa, y que debía apreciarse como un milagro que hubiera al menos pajaritos de monte para comer. Pero ella los rechazó.

–Para mí –dijo– sería como comerme un hijo.

Así que debió conformarse con una sopa de fideos, un plato de calabacines hervidos con unas tiras de tocino rancio, y un pedazo de pan que parecía de mármol. Mientras comía, el cura se acercó para suplicarle por caridad que lo invitara a tomarse una taza de café, y se sentó con ella. Era yugoslavo, pero había sido misionero en Bolivia, y hablaba un castellano difícil y expresivo. A la señora Prudencia Linero le pareció un hombre ordinario y sin el menor vestigio de indulgencia, y observó que tenía unas manos indignas con las uñas astilladas y sucias, y un aliento de cebollas tan persistente que más bien parecía un atributo del carácter. Pero después de todo estaba al servicio de Dios, y era un placer nuevo encontrar a alguien con quién entenderse estando tan lejos de casa.

Conversaron despacio, ajenos al denso rumor de establo que los iba cercando a medida que los comensales ocupaban las otras mesas. La señora Prudencia Linero tenía ya un juicio terminante sobre Italia: no le gustaba. Y no porque los hombres fueran un poco abusivos, que ya era mucho, ni porque se comieran a los pájaros, que ya era demasiado, sino por la mala índole de dejar a los ahogados a la deriva.

El cura, que además del café se había hecho llevar por cuenta de ella una copa de *grappa*, trató de hacerle ver su ligereza de juicio. Pues durante la guerra se había establecido un servicio muy eficaz para rescatar, identificar y sepultar en tierra sagrada a los numerosos ahogados que amanecían flotando en la bahía de Nápoles.

–Desde hace siglos –concluyó el cura– los italianos tomaron conciencia de que no hay más que una vida, y tratan de vivirla lo mejor que pueden. Eso los ha hecho calculadores y volubles, pero también los ha curado de la crueldad.

–Ni siquiera pararon el barco –dijo ella.

–Lo que hacen es avisar por radio a las autoridades del puerto

–dijo el cura–. Ya a esta hora deben haberlo recogido y enterrado en el nombre de Dios.

La discusión cambió el humor de ambos. La señora Prudencia Linero había acabado de comer, y sólo entonces cayó en la cuenta de que todas las mesas estaban ocupadas. En las más próximas, comiendo en silencio, había turistas casi desnudos, y entre ellos algunas parejas de enamorados que se besaban en vez de comer. En las mesas del fondo, cerca del mostrador, estaba la gente del barrio jugando a los dados y bebiendo un vino sin color. La señora Prudencia Linero comprendió que sólo tenía una razón para estar en aquel país indeseable.

–¿Usted cree que sea muy difícil ver al Papa? –preguntó.

El cura le contestó que nada era más fácil en verano. El Papa estaba de vacaciones en Castelgandolfo, y los miércoles en la tarde recibía en audiencia pública a peregrinos del mundo entero. La entrada era muy barata: veinte liras.

–¿Y cuánto cobra por confesarlo a uno? –preguntó ella.

–El Santo Padre no confiesa a nadie –dijo el cura, un poco escandalizado–, salvo a los reyes, por supuesto.

–No veo por qué va a negarle ese favor a una pobre mujer que viene de tan lejos –dijo ella.

–Hasta algunos reyes, con ser reyes, se han muerto esperando –dijo el cura–. Pero dígame: debe ser un pecado tremendo para que usted haya hecho sola semejante viaje sólo por confesárselo al Santo Padre.

La señora rudencia Linero lo pensó un instante, y el cura la vio sonreír por primera vez.

–¡Ave María Purísima! –dijo–. Me bastaría con verlo –y agregó con un suspiro que pareció salirle del alma–: ¡Ha sido el sueño de mi vida!

En realidad, seguía asustada y triste, y lo único que quería era irse de inmediato, no sólo de ese lugar sino de Italia. El cura debió pensar que aquella alucinada ya no daba para más, así que le deseó buena suerte y se fue a otra mesa a pedir por caridad que le pagaran un café.

Cuando salió de la fonda, la señora Prudencia Linero se encontró con la ciudad cambiada. La sorprendió la luz del sol a las nueve de la noche, y la asustó la muchedumbre estridente que había invadido las calles por el alivio de la brisa nueva. No se podía vivir con los petardos de tantas vespas enloquecidas. Las conducían hombres sin camisas que llevaban en ancas a sus bellas mujeres abrazadas a la cintura, y se abrían paso a saltos culebreando por entre los cerdos colgados y las mesas de sandías.

El ambiente era de fiesta, pero a la señora Prudencia Linero le pareció de catástrofe. Perdió el rumbo. Se encontró de pronto en una calle intempestiva con mujeres taciturnas sentadas a la puerta de sus casas iguales, y cuyas luces rojas e intermitentes le causaron un estremecimiento de pavor. Un hombre bien vestido, con un anillo de oro macizo y un diamante en la corbata la persiguió varias cuadras diciéndole algo en italiano, y luego en inglés y francés. Como no obtuvo respuesta, le mostró una tarjeta postal de un paquete que sacó del bolsillo, y ella sólo necesitó un golpe de vista para sentir que estaba atravesando el infierno.

Huyó despavorida, y al final de la calle volvió a encontrar el mar crepuscular con el mismo tufo de mariscos podridos del puerto de Riohacha, y el corazón le volvió a quedar en su puesto. Reconoció los hoteles de colores frente a la playa desierta, los taxis funerarios, el diamante de la primera estrella en el cielo inmenso. Al fondo de la bahía, solitario en el muelle, reconoció el barco en que había llegado, enorme y con las cubiertas iluminadas, y se dio cuenta de que ya no tenía nada que ver con su vida. Allí dobló a la izquierda, pero no pudo seguir, porque había una muchedumbre de curiosos mantenidos a raya por una patrulla de carabineros. Una fila de ambulancias esperaba con las puertas abiertas frente al edificio de su hotel.

Empinada por encima del hombro de los curiosos, la señora Prudencia Linero volvió a ver entonces a los turistas ingleses. Los estaban sacando en camillas, uno por uno, y todos estaban inmóviles y dignos, y seguían pareciendo uno solo varias veces repetido con el traje formal que se habían puesto para la cena: pantalón de franela, corbata de rayas diagonales, y la chaqueta oscura con el escudo del Trinity College bordado en el bolsillo del pecho. Los vecinos asomados a los balcones, y los curiosos bloqueados en la calle, los iban contando a coro, como en un estadio, a medida que los sacaban. Eran diecisiete. Los metieron en las ambulancias de dos en dos, y se los llevaron con un estruendo de sirenas de guerra.

Aturdida por tantos estupores, la señora Prudencia Linero subió en el ascensor abarrotado por los clientes de los otros hoteles que hablaban en idiomas herméticos. Se fueron quedando en todos los pisos, salvo en el tercero, que estaba abierto e iluminado, pero nadie estaba en el mostrador ni en las poltronas del vestíbulo, donde había visto las rodillas rosadas de los diecisiete ingleses dormidos. La dueña del quinto piso comentaba el desastre en una excitación sin control.

—Todos están muertos —le dijo a la señora Prudencia Linero en castellano—. Se envenenaron con la sopa de ostras de la cena. ¡Ostras en agosto, imagínese!

Le entregó la llave del cuarto, sin prestarle más atención, mientras decía a los otros clientes en su dialecto: «¡Como aquí no hay comedor, todo el que se acuesta a dormir amanece vivo!» Otra vez con el nudo de lágrimas en la garganta, la señora Prudencia Linero pasó los cerrojos de la habitación. Luego rodó contra la puerta la mesita de escribir y la poltrona, y puso por último el baúl como una barricada infranqueable contra el horror de aquel país donde ocurrían tantas cosas al mismo tiempo. Después se puso el camisón de viuda, se tendió bocarriba en la cama, y rezó diecisiete rosarios por el eterno descanso de las almas de los diecisiete ingleses envenenados.

[1980]

Tramontana

Lo vi una sola vez en *Boccacio*, el cabaret de moda en Barcelona, pocas horas antes de su mala muerte. Estaba acosado por una pandilla de jóvenes suecos que trataban de llevárselo a las dos de la madrugada para terminar la fiesta en Cadaqués. Eran once, y costaba trabajo distinguirlos, porque los hombres y las mujeres parecían iguales: bellos, de caderas estrechas y largas cabelleras doradas. Él no debía ser mayor de veinte años. Tenía la cabeza cubierta de rizos empavonados, el cutis cetrino y terso de los caribes acostumbrados por sus mamás a caminar por la sombra, y una mirada árabe como para trastornar a las suecas, y tal vez a varios de los suecos. Lo habían sentado en el mostrador como a un muñeco de ventrílocuo, y le cantaban canciones de moda acompañándose con las palmas, para convencerlo de que se fuera con ellos. Él, aterrorizado, les explicaba sus motivos. Alguien intervino a gritos para exigir que lo dejaran en paz, y uno de los suecos se le enfrentó muerto de risa.

—Es nuestro –gritó–. Nos lo encontramos en el cajón de la basura.

Yo había entrado poco antes con un grupo de amigos después del último concierto que dio David Oistrakh en el Palau de la Música, y se me erizó la piel con la incredulidad de los suecos. Pues los motivos del chico eran sagrados. Había vivido en Cadaqués hasta el verano anterior, donde lo contrataron para cantar canciones de las Antillas en una cantina de moda, hasta que lo derrotó la tramontana. Logró escapar al segundo día con la decisión de no volver nunca, con tramontana o sin ella, seguro de que si volvía alguna vez lo esperaba la muerte. Era una certidumbre caribe que no podía ser entendida por una banda de nórdicos racionalistas, enardecidos por el verano y por los duros vinos catalanes de aquel tiempo, que sembraban ideas desaforadas en el corazón.

Yo lo entendía como nadie. Cadaqués era uno de los pueblos más bellos de la Costa Brava, y también el mejor conservado. Esto se debía en parte a que la carretera de acceso era una cornisa estrecha y retorcida al borde de un abismo sin fondo, donde había que tener el alma muy bien puesta para conducir a más de cincuenta kilómetros por hora. Las casas de siempre eran blancas y bajas, con el estilo tradicional de las aldeas de pescadores del Mediterráneo. Las nuevas eran construidas por arquitectos de renombre que habían respetado la armonía original. En verano, cuando el calor parecía venir de los desiertos africanos de la acera de enfrente, Cadaqués se convertía en una Babel infernal, con turistas de toda Europa que durante tres meses les disputaban su paraíso a los nativos y a los forasteros que habían tenido la suerte de comprar una casa a buen precio cuando todavía era posible. Sin embargo, en primavera y otoño, que eran las épocas en que Cadaqués resultaba más deseable, nadie dejaba de pensar con temor en la tramontana, un viento de tierra inclemente y tenaz, que según piensan los nativos y algunos escritores escarmentados, lleva consigo los gérmenes de la locura.

Hace unos quince años yo era uno de sus visitantes asiduos, hasta que se atravesó la tramontana en nuestras vidas. La sentí antes de que llegara, un domingo a la hora de la siesta, con el presagio inexplicable de que algo iba a pasar. Se me bajó el ánimo, me sentí triste sin causa, y tuve la impresión de que mis hijos, entonces menores de diez años, me seguían por la casa con miradas hostiles.

El portero entró poco después con una caja de herramientas y unas sogas marinas para asegurar puertas y ventanas, y no se sorprendió de mi postración.

—Es la tramontana —me dijo—. Antes de una hora estará aquí.

Era un antiguo hombre de mar, muy viejo, que conservaba del oficio el chaquetón impermeable, la gorra y la cachimba, y la piel achicharrada por las sales del mundo. En sus horas libres jugaba a la petanca en la plaza con veteranos de varias guerras perdidas, y tomaba aperitivos con los turistas en las tabernas de la playa, pues tenía la virtud de hacerse entender en cualquier lengua con su catalán de artillero. Se preciaba de conocer todos los puertos del planeta, pero ninguna ciudad de tierra adentro. «Ni París de Francia con ser lo que es», decía. Pues no le daba crédito a ningún vehículo que no fuera de mar.

En los últimos años había envejecido de golpe, y no había vuelto a la calle. Pasaba la mayor parte del tiempo en su cubil de portero, solo en alma, como vivió siempre. Cocinaba su propia comida en una lata y un fogoncillo de alcohol, pero con eso le bastaba para deleitarnos a todos con las exquisiteces de la cocina gótica. Desde el amanecer se ocupaba de los inquilinos, piso por piso, y era uno de los hombres más serviciales que conocí nunca, con la generosidad involuntaria y la ternura áspera de los catalanes. Hablaba poco, pero su estilo era directo y certero. Cuando no tenía nada más que hacer pasaba horas llenando formularios de pronósticos para el fútbol que muy pocas veces hacía sellar.

Aquel día, mientras aseguraba puertas y ventanas en previsión del desastre, nos habló de la tramontana como si fuera una mujer abominable pero sin la cual su vida carecería de sentido. Me sorprendió que un hombre de mar rindiera semejante tributo a un viento de tierra.

—Es que éste es más antiguo —dijo.

Daba la impresión de que no tenía su año dividido en días y

meses, sino en el número de veces que venía la tramontana. «El año pasado, como tres días después de la segunda tramontana, tuve una crisis de cólicos», me dijo alguna vez. Quizás eso explicaba su creencia de que después de cada tramontana uno quedaba varios años más viejo. Era tal su obsesión, que nos infundió la ansiedad de conocerla como una visita mortal y apetecible.

No hubo que esperar mucho. Apenas salió el portero se escuchó un silbido que poco a poco se fue haciendo más agudo e intenso, y se disolvió en un estruendo de temblor de tierra. Entonces empezó el viento. Primero en ráfagas espaciadas cada vez más frecuentes, hasta que una se quedó inmóvil, sin una pausa, sin un alivio, con una intensidad y una sevicia que tenía algo de sobrenatural. Nuestro apartamento, al contrario de lo usual en el Caribe, estaba de frente a la montaña, debido quizás a ese raro gusto de los catalanes rancios que aman el mar pero sin verlo. De modo que el viento nos daba de frente y amenazaba con reventar las amarras de las ventanas.

Lo que más me llamó la atención era que el tiempo seguía siendo de una belleza irrepetible, con un sol de oro y el cielo impávido. Tanto, que decidí salir a la calle con los niños para ver el estado del mar. Ellos, al fin y al cabo, se habían criado entre los terremotos de México y los huracanes del Caribe, y un viento de más o de menos no nos pareció nada para inquietar a nadie. Pasamos en puntillas por el cubil del portero, y lo vimos estático frente a un plato de frijoles con chorizo, contemplando el viento por la ventana. No nos vio salir.

Logramos caminar mientras nos mantuvimos al socaire de la casa, pero al salir a la esquina desamparada tuvimos que abrazarnos a un poste para no ser arrastrados por la potencia del viento. Estuvimos así, admirando el mar inmóvil y diáfano en medio del cataclismo, hasta que el portero, ayudado por algunos vecinos, llegó a rescatarnos. Sólo entonces nos convencimos de que lo único racional era permanecer encerrados en casa hasta que Dios quisiera. Y nadie tenía entonces la menor idea de cuándo lo iba a querer.

Al cabo de dos días teníamos la impresión de que aquel viento pavoroso no era un fenómeno telúrico, sino un agravio personal que alguien estaba haciendo contra uno, y sólo contra uno. El portero nos visitaba varias veces al día, preocupado por nuestro estado de ánimo, y nos llevaba frutas de la estación y alfajores para los niños. Al almuerzo del martes nos regaló con la pieza maestra de la huerta catalana, preparada en su lata de cocina: conejo con caracoles. Fue una fiesta en medio del horror.

El miércoles, cuando no sucedió nada más que el viento, fue el día más largo de mi vida. Pero debió ser algo como la oscuridad del amanecer, porque después de la medianoche despertamos todos al mismo tiempo, abrumados por un silencio absoluto que sólo podía ser el de la muerte. No se movía una hoja de los árboles por el lado de la montaña. De modo que salimos a la calle cuando aún no había luz en el cuarto del portero, y gozamos del cielo de la madrugada con todas sus estrellas encendidas, y del mar fosforescente. A pesar de que eran menos de las cinco, muchos turistas gozaban del alivio en las piedras de la playa, y empezaban a aparejar los veleros después de tres días de penitencia.

Al salir no nos había llamado la atención que estuviera a oscuras el cuarto del portero. Pero cuando regresamos a casa el aire tenía ya la misma fosforescencia del mar, y aún seguía apagado su cubil. Extrañado, toqué dos veces, y en vista de que no respondía, empujé la puerta. Creo que los niños lo vieron primero que yo, y soltaron un grito de espanto. El viejo portero, con sus insignias de navegante distinguido prendidas en la solapa de su chaqueta de mar, estaba colgado del cuello en la viga central, balanceándose todavía por el último soplo de la tramontana.

En plena convalecencia, y con un sentimiento de nostalgia anticipada, nos fuimos del pueblo antes de lo previsto, con la determinación irrevocable de no volver jamás. Los turistas estaban otra vez en la calle, y había música en la plaza de los veteranos, que apenas si tenían ánimos para golpear los boliches de la petanca. A través de los cristales polvorientos del bar *Marítim* alcanzamos a ver algunos amigos sobrevivientes, que empezaban la vida otra vez en la primavera radiante de la tramontana. Pero ya todo aquello pertenecía al pasado.

Por eso, en la madrugada triste del *Boccacio*, nadie entendía como yo el terror de alguien que se negara a volver a Cadaqués porque estaba seguro de morir. Sin embargo, no hubo modo de disuadir a los suecos, que terminaron llevándose al chico por la fuerza con la pretensión europea de aplicarle una cura de burro a sus supercherías africanas. Lo metieron pataleando en una camioneta de borrachos, en medio de los aplausos y las rechiflas de la clientela dividida, y emprendieron a esa hora el largo viaje hacia Cadaqués.

La mañana siguiente me despertó el teléfono. Había olvidado cerrar las cortinas al regreso de la fiesta y no tenía la menor idea de la hora, pero la alcoba estaba rebozada por el esplendor del verano. La voz ansiosa en el teléfono, que no alcancé a reconocer de inmediato, acabó por despertarme.

–¿Te acuerdas del chico que se llevaron anoche para Cadaqués?

No tuve que oír más. Sólo que no fue como me lo había imaginado, sino aún más dramático. El chico, despavorido por la inminencia del regreso, aprovechó un descuido de los suecos venáticos y se lanzó al abismo desde la camioneta en marcha, tratando de escapar de una muerte ineluctable.

[1982]

El verano feliz de la señora Forbes

POR LA TARDE, de regreso a casa, encontramos una enorme serpiente de mar clavada por el cuello en el marco de la puerta, y era negra y fosforescente y parecía un maleficio de gitanos, con los ojos todavía vivos y los dientes de serrucho en las mandíbulas despernancadas. Yo andaba entonces por los nueve años, y sentí un terror tan intenso ante aquella aparición de delirio, que se me cerró la voz. Pero mi hermano, que era dos años menor que yo, soltó los tanques de oxígeno, las máscaras y las aletas de nadar y salió huyendo con un grito de espanto. La señora Forbes lo oyó desde la tortuosa escalera de piedras que trepaba por los arrecifes desde el embarcadero hasta la casa, y nos alcanzó, acezante y lívida, pero le bastó con ver al animal crucificado en la puerta para comprender la causa de nuestro horror. Ella solía decir que cuando dos niños están juntos ambos son culpables de lo que cada uno hace por separado, de modo que nos reprendió a ambos por los gritos de mi hermano, y nos siguió recriminando nuestra falta de dominio. Habló en alemán, y no en inglés, como lo establecía su contrato de institutriz, tal vez porque también ella estaba asustada y se resistía a admitirlo. Pero tan pronto como recobró el aliento volvió a su inglés pedregoso y a su obsesión pedagógica.

–Es una *morena helena* –nos dijo–, así llamada porque fue un animal sagrado para los griegos antiguos.

Oreste, el muchacho nativo que nos enseñaba a nadar en aguas profundas, apareció de pronto detrás de los arbustos de alcaparras. Llevaba la máscara de buzo en la frente, un pantalón de baño minúsculo y un cinturón de cuero con seis cuchillos, de formas y tamaños distintos, pues no concebía otra manera de cazar debajo del agua que peleando cuerpo a cuerpo con los animales. Tenía unos veinte años, pasaba más tiempo en los fondos marinos que en la tierra firme y él mismo parecía un animal de mar con el cuerpo siempre embadurnado de grasa de motor. Cuando lo vio por primera vez, la señora Forbes había dicho a mis padres que era imposible concebir un ser humano más hermoso. Sin embargo, su belleza no lo ponía a salvo del rigor: también él tuvo que soportar una reprimenda en italiano por haber colgado la murena en la puerta, sin otra explicación posible que la de asustar a los niños. Luego, la señora Forbes ordenó que la desclavara con el respeto debido a una criatura mítica y nos mandó a vestirnos para la cena.

Lo hicimos de inmediato y tratando de no cometer un solo error, porque al cabo de dos semanas bajo el régimen de la señora Forbes habíamos aprendido que nada era más difícil que vivir. Mientras nos duchábamos en el baño en penumbra, me di cuenta de que mi hermano seguía pensando en la murena. «Tenía ojos de gente», me dijo. Yo estaba de acuerdo, pero le hice creer lo contrario, y conseguí cambiar de tema hasta que terminé de bañarme. Pero cuando salí de la ducha me pidió que me quedara para acompañarlo.

–Todavía es de día –le dije.

Abrí las cortinas. Era pleno agosto, y a través de la ventana se veía la ardiente llanura lunar hasta el otro lado de la isla, y el sol parado en el cielo.

–No es por eso –dijo mi hermano–. Es que tengo miedo de tener miedo.

Sin embargo, cuando llegamos a la mesa parecía tranquilo, y había hecho las cosas con tanto esmero que mereció una felicitación especial de la señora Forbes, y dos puntos más en su buena cuenta de la semana. A mí, en cambio, me descontó dos puntos de los cinco que ya tenía ganados, porque a última hora me dejé arrastrar por la prisa y llegué al comedor con la respiración alterada. Cada cincuenta puntos nos daban derecho a una doble ración de postre, pero ninguno de los dos había logrado pasar de los quince puntos. Era una lástima, de veras, porque nunca volvimos a encontrar unos pudines más deliciosos que los de la señora Forbes.

Antes de empezar la cena rezábamos de pie frente a los platos vacíos. La señora Forbes no era católica, pero su contrato estipulaba que nos hiciera rezar seis veces al día, y había aprendido nuestras oraciones para cumplirlo. Luego nos sentábamos los tres, reprimiendo la respiración mientras ella comprobaba hasta el detalle más ínfimo de nuestra conducta, y sólo cuando todo parecía perfecto hacía sonar la campanita. Entonces entraba Fulvia Flamínea, la cocinera, con la eterna sopa de fideos de aquel verano aborrecible.

Al principio, cuando estábamos solos con nuestros padres, la comida era una fiesta. Fulvia Flamínea nos servía cacareando en torno a la mesa, con una vocación de desorden que alegraba la vida, y al final se sentaba con nosotros y terminaba comiendo un poco de los platos de todos. Pero desde que la señora Forbes se hizo cargo de nuestro destino nos servía en un silencio tan oscuro, que podíamos oír el borboriteo de la sopa hirviendo en la marmita. Cenábamos con la espina dorsal apoyada en el espaldar de la silla, masticando diez veces con un carrillo y diez veces con el otro, sin apartar la vista de la férrea y lánguida mujer otoñal, que recitaba de memoria una lección de urbanidad. Era igual que la misa del domingo, pero sin el consuelo de la gente cantando.

El día en que encontramos la murena colgada en la puerta, la señora Forbes nos habló de los deberes para con la patria. Fulvia

Flamínea, casi flotando en el aire enrarecido por la voz, nos sirvió después de la sopa un filete al carbón de una carne nevada con un olor exquisito. A mí, que desde entonces prefería el pescado a cualquier otra cosa de comer de la tierra o del cielo, aquel recuerdo de nuestra casa de Guacamayal me alivió el corazón. Pero mi hermano rechazó el plato sin probarlo.

–No me gusta –dijo.

La señora Forbes interrumpió la lección.

–No puedes saberlo –le dijo–, ni siquiera lo has probado.

Dirigió a la cocinera una mirada de alerta, pero ya era demasiado tarde.

–La murena es el pescado más fino del mundo, *figlio mio* –le dijo Fulvia Flamínea–. Pruébalo y verás.

La señora Forbes no se alteró. Nos contó, con su método inclemente, que la murena era un manjar de reyes en la antigüedad, y que los guerreros se disputaban su hiel porque infundía un coraje sobrenatural. Luego nos repitió, como tantas veces en tan poco tiempo, que el buen gusto no es una facultad congénita, pero que tampoco se enseña a ninguna edad, sino que se impone desde la infancia. De manera que no había ninguna razón válida para no comer. Yo, que había probado la murena antes de saber lo que era, me quedé para siempre con la contradicción: tenía un sabor terso, aunque un poco melancólico, pero la imagen de la serpiente clavada en el dintel era más apremiante que mi apetito. Mi hermano hizo un esfuerzo supremo con el primer bocado, pero no pudo soportarlo: vomitó.

–Vas al baño –le dijo la señora Forbes sin alterarse–, te lavas bien y vuelves a comer.

Sentí una gran angustia por él, pues sabía cuánto le costaba atravesar la casa entera con las primeras sombras y permanecer solo en el baño el tiempo necesario para lavarse. Pero volvió muy pronto, con otra camisa limpia, pálido y apenas sacudido por un temblor recóndito, y resistió muy bien el examen severo de su limpieza. Entonces la señora Forbes trinchó un pedazo de la murena, y dio la orden de seguir. Yo pasé un segundo bocado a duras penas. Mi hermano, en cambio, ni siquiera cogió los cubiertos.

—No lo voy a comer —dijo.

Su determinación era tan evidente, que la señora Forbes la esquivó.

—Está bien —dijo—, pero no comerás postre.

El alivio de mi hermano me infundió su valor. Crucé los cubiertos sobre el plato, tal como la señora Forbes nos enseñó que debía hacerse al terminar, y dije:

—Yo tampoco comeré postre.

—Ni verán la televisión —replicó ella.

—Ni veremos la televisión —dije.

La señora Forbes puso la servilleta sobre la mesa, y los tres nos levantamos para rezar. Luego nos mandó al dormitorio, con la advertencia de que debíamos dormirnos en el mismo tiempo que ella necesitaba para acabar de comer. Todos nuestros puntos buenos quedaron anulados, y sólo a partir de veinte volveríamos a disfrutar de sus pasteles de crema, sus tartas de vainilla, sus exquisitos bizcochos de ciruelas, como no habíamos de conocer otros en el resto de nuestras vidas.

Tarde o temprano teníamos que llegar a esa ruptura. Durante un año entero habíamos esperado con ansiedad aquel verano libre en la isla de Pantelaria, en el extremo meridional de Sicilia, y lo había sido en realidad durante el primer mes, en que nuestros padres estuvieron con nosotros. Todavía recuerdo como un sueño la llanura solar de rocas volcánicas, el mar eterno, la casa pintada de cal viva hasta los sardineles, desde cuyas ventanas se veían en las noches sin viento las aspas luminosas de los faros de África. Explorando con mi padre los fondos dormidos alrededor de la isla habíamos descubierto una ristra de torpedos amarillos, encallados desde la última guerra; habíamos rescatado un ánfora griega de casi un metro de altura, con guirnaldas petrificadas, en cuyo fondo yacían los rescoldos de un vino inmemorial y venenoso, y nos habíamos bañado en un remanso humeante, cuyas aguas eran tan densas que casi se podía caminar sobre ellas. Pero la revelación más deslumbrante para nosotros había sido Fulvia Flamínea. Parecía un obispo feliz, y siempre andaba con una ronda de gatos soñolientos que le estorbaban para caminar, pero ella decía que no los soportaba por amor, sino para impedir que se la comieran las ratas. De noche, mientras nuestros padres veían en la televisión los programas para adultos, Fulvia Flamínea nos llevaba con ella a su casa, a menos de cien metros de la nuestra, y nos enseñaba a distinguir las algarabías remotas, las canciones, las ráfagas de llanto de los vientos de Túnez. Su marido era un hombre demasiado joven para ella, que trabajaba durante el verano en los hoteles de turismo, al otro extremo de la isla, y sólo volvía a casa para dormir. Oreste vivía con sus padres un poco más lejos, y aparecía siempre por la noche con ristras de pescados y canastas de langostas acabadas de pescar, y las colgaba en la cocina para que el marido de Fulvia Flamínea las vendiera al día siguiente en los hoteles. Después se ponía otra vez la linterna de buzo en la frente y nos llevaba a cazar las ratas de monte, grandes como conejos, que acechaban los residuos de las cocinas. A veces volvíamos a casa cuando nuestros padres se habían acostado, y apenas si podíamos dormir con el estruendo de las ratas disputándose las sobras en los patios. Pero aun aquel estorbo era un ingrediente mágico de nuestro verano feliz.

La decisión de contratar una institutriz alemana sólo podía ocurrírsele a mi padre, que era un escritor del Caribe con más ínfulas que talento. Deslumbrado por las cenizas de las glorias de Europa, siempre pareció demasiado ansioso por hacerse perdonar su origen, tanto en los libros como en la vida real, y se había impuesto la fantasía de que no quedara en sus hijos ningún vestigio de su propio pasado. Mi madre siguió siendo siempre tan humilde como lo había sido de maestra errante en la alta Guajira, y nunca se imaginó que su marido pudiera concebir una idea que no fuera providencial. De modo que ninguno de los dos debió preguntarse con el corazón cómo iba a ser nuestra vida con una sargenta de Dortmund, empeñada en inculcarnos a la fuerza los hábitos más rancios de la sociedad europea, mientras ellos participaban con cuarenta escritores de moda en un crucero cultural de cinco semanas por las islas del mar Egeo.

La señora Forbes llegó el último sábado de julio en el barquito regular de Palermo, y desde que la vimos por primera vez nos dimos cuenta de que la fiesta había terminado. Llegó con unas botas de miliciano y un vestido de solapas cruzadas en aquel calor meridional, y con el pelo cortado como el de un hombre bajo el sombrero de fieltro. Olía a orines de mico. «Así huelen todos los europeos, sobre todo en verano», nos dijo mi padre. «Es el olor de la civilización.» Pero, a despecho de su atuendo marcial, la señora Forbes era una criatura escuálida, que tal vez nos habría suscitado una cierta compasión si hubiéramos sido mayores o si ella hubiera tenido algún vestigio de ternura. El mundo se volvió distinto. Las seis horas de mar, que desde el principio del verano habían sido un continuo ejercicio de imaginación, se convirtieron en una sola hora igual, muchas veces repetida. Cuando estábamos con nuestros padres disponíamos de todo el tiempo para nadar con Oreste, asombrados del arte y la audacia con que se enfrentaba a los pulpos en su propio ámbito turbio de tinta y de sangre, sin más armas que sus cuchillos de pelea. Después siguió llegando a las once en el botecito de motor fuera de borda, como lo hacía siempre, pero la señora Forbes no le permitía quedarse con nosotros ni un minuto más del indispensable para la clase de natación submarina. Nos prohibió volver de noche a la casa de Fulvia Flamínea, porque lo consideraba como una familiaridad excesiva con la servidumbre, y tuvimos que dedicar a la lectura analítica de Shakespeare el tiempo que antes disfrutábamos cazando ratas. Acostumbrados a robar mangos en los patios y a matar perros a ladrillazos en las calles ardientes de Guacamayal, para nosotros era imposible concebir un tormento más cruel que aquella vida de príncipes.

Sin embargo, muy pronto nos dimos cuenta de que la señora Forbes no era tan estricta consigo misma como lo era con nosotros, y ésa fue la primera grieta de su autoridad. Al principio se quedaba en la playa bajo el parasol de colores, vestida de guerra, leyendo baladas de Schiller mientras Oreste nos enseñaba a bucear, y luego nos daba clases teóricas de buen comportamiento en sociedad, horas tras horas, hasta la pausa del almuerzo.

Un día pidió a Oreste que la llevara en el botecito de motor a las tiendas de turistas de los hoteles, y regresó con un vestido de baño enterizo, negro y tornasolado, como un pellejo de foca, pero nunca se metió en el agua. Se asoleaba en la playa mientras nosotros nadábamos, y se secaba el sudor con la toalla, sin pasar por la regadera, de modo que a los tres días parecía una langosta en carne viva y el olor de su civilización se había vuelto irrespirable.

Sus noches eran de desahogo. Desde el principio de su mandato sentíamos que alguien caminaba por la oscuridad de la casa, braceando en la oscuridad, y mi hermano llegó a inquietarse con la idea de que fueran los ahogados errantes de que tanto nos había hablado Fulvia Flamínea. Muy pronto descubrimos que era la señora Forbes, que se pasaba la noche viviendo la vida real de mujer solitaria que ella misma se hubiera reprobado durante el día. Una madrugada la sorprendimos en la cocina, con el camisón de dormir de colegiala, preparando sus postres espléndidos, con todo el cuerpo embadurnado de harina hasta la cara y tomándose un vaso de oporto con un desorden mental que habría causado el escándalo de la otra señora Forbes. Ya para entonces sabíamos que después de acostarnos no se iba a su dormitorio, sino que bajaba a nadar a escondidas, o se quedaba hasta muy tarde en la sala, viendo sin sonido en la televisión las películas prohibidas para menores, mientras comía tartas enteras y se bebía hasta una botella del vino especial que mi padre guardaba con tanto celo para las ocasiones memorables. Contra sus propias prédicas de austeridad y compostura, se atragantaba sin sosiego, con una especie de pasión desmandada. Después la oíamos hablando sola en su cuarto, la oíamos recitando en su alemán melodioso fragmentos completos de *Die Jungfrau von Orleans*, la oíamos cantar, la oíamos sollozando en la cama hasta el amanecer, y luego aparecía en el desayuno con los ojos hinchados de lágrimas, cada vez más lúgubre y autoritaria. Ni mi hermano ni yo volvimos a ser tan desdichados como entonces, pero yo estaba dispuesto a soportarla hasta el final, pues sabía que de todos modos su razón había de prevalecer contra la nuestra. Mi hermano, en cambio, se le enfrentó con todo el ímpetu de su carácter, y el verano feliz se nos volvió infernal. El episodio de la murena fue el último límite. Aquella misma noche, mientras oíamos desde la cama el trajín incesante de la señora Forbes en la casa dormida, mi hermano soltó de golpe toda la carga del rencor que se le estaba pudriendo en el alma.

—La voy a matar —dijo.

Me sorprendió, no tanto por su decisión, como por la casualidad de que yo estuviera pensando lo mismo desde la cena. No obstante, traté de disuadirlo.

—Te cortarán la cabeza —le dije.

—En Sicilia no hay guillotina —dijo él—. Además, nadie va a saber quién fue.

Pensaba en el ánfora rescatada de las aguas, donde estaba todavía el sedimento del vino mortal. Mi padre lo guardaba porque quería hacerlo someter a un análisis más profundo para averiguar la naturaleza de su veneno, pues no podía ser el resultado del simple transcurso del tiempo. Usarlo contra la señora Forbes era algo tan fácil, que nadie iba a pensar que no fuera accidente o suicidio. De modo que al amanecer, cuando la sentimos caer extenuada por la fragorosa vigilia, echamos vino del ánfora en la botella del vino especial de mi padre. Según habíamos oído decir, aquella dosis era bastante para matar un caballo.

El desayuno lo tomábamos en la cocina a las nueve en punto, servido por la propia señora Forbes con los panecillos de dulce que Fulvia Flamínea dejaba muy temprano sobre la hornilla. Dos días después de la sustitución del vino, mientras desayunábamos, mi hermano me hizo caer en la cuenta con una mirada de desencanto que la botella envenenada estaba intacta en el aparador. Eso fue un viernes, y la botella siguió intacta durante el fin de semana. Pero la noche del martes, la señora Forbes se bebió la mitad mientras veía las películas libertinas de la televisión.

Sin embargo, llegó tan puntual como siempre al desayuno del miércoles. Tenía su cara habitual de mala noche, y los ojos estaban tan ansiosos como siempre detrás de los vidrios macizos, y se le volvieron aún más ansiosos cuando encontró en la canasta de los panecillos una carta con sellos de Alemania. La leyó mientras tomaba el café, como tantas veces nos había dicho que no se debía hacer, y en el curso de la lectura le pasaban por la cara las ráfagas de claridad que irradiaban las palabras escritas. Luego arrancó las estampillas del sobre y las puso en la canasta con los panecillos sobrantes para la colección del marido de Fulvia Flamínea. A pesar de su mala experiencia inicial, aquel día nos acompañó en la exploración de los fondos marinos, y estuvimos divagando por un mar de aguas delgadas hasta que se nos empezó a agotar el aire de los tanques y volvimos a casa sin tomar la lección de buenas costumbres. La señora Forbes no sólo estuvo de un ánimo floral durante todo el día, sino que a la hora de la cena parecía más viva que nunca. Mi hermano, por su parte, no podía soportar el desaliento. Tan pronto como recibimos la orden de empezar apartó el plato de sopa de fideos con un gesto provocador.

—Estoy hasta los cojones de esta agua de lombrices —dijo.

Fue como si hubiera tirado en la mesa una granada de guerra. La señora Forbes se puso pálida, sus labios se endurecieron hasta que empezó a disiparse el humo de la explosión, y los vidrios de sus lentes se empañaron de lágrimas. Luego se los quitó, los secó con la servilleta, y antes de levantarse la puso sobre la mesa con la amargura de una capitulación sin gloria.

—Hagan lo que les dé la gana —dijo—. Yo no existo.

Se encerró en su cuarto desde las siete. Pero antes de la medianoche, cuando ya nos suponía dormidos, la vimos pasar con el camisón de colegiala y llevando para el dormitorio medio pastel de chocolate y la botella con más de cuatro dedos del vino envenenado. Sentí un temblor de lástima.

—Pobre señora Forbes —dije.

Mi hermano no respiraba en paz.

—Pobres nosotros si no se muere esta noche —dijo.

Aquella madrugada volvió a hablar sola por un largo rato, declamó a Schiller a grandes voces, inspirada por una locura frenética, y culminó con un grito final que ocupó todo el ámbito de la casa. Luego suspiró muchas veces hasta el fondo del alma y sucumbió con un silbido triste y continuo como el de una barca a la deriva. Cuando despertamos, todavía agotados por la tensión de la vigilia, el sol se metía a cuchilladas por las persianas, pero la casa parecía sumergida en un estanque. Entonces caímos en la cuenta de que iban a ser las diez y no habíamos sido despertados por la rutina matinal de la señora Forbes. No oímos el desagüe del retrete a las ocho, ni el grifo del lavabo, ni el ruido de las persianas, ni las herraduras de las botas y los tres golpes mortales en la puerta con la palma de su mano de negrero. Mi hermano puso la oreja contra el muro, retuvo el aliento para percibir la mínima señal de vida en el cuarto contiguo, y al final exhaló un suspiro de liberación.

–¡Ya está! –dijo–. Lo único que se oye es el mar.

Preparamos nuestro desayuno poco antes de las once, y luego bajamos a la playa con dos cilindros para cada uno y otros dos de repuesto, antes de que Fulvia Flamínea llegara con su ronda de gatos a hacer la limpieza de la casa. Oreste estaba ya en el embarcadero destripando una dorada de seis libras que acababa de cazar. Le dijimos que habíamos esperado a la señora Forbes hasta las once, y en vista de que continuaba dormida decidimos bajar solos al mar. Le contamos además que la noche anterior había sufrido una crisis de llanto en la mesa, y tal vez había dormido mal y prefirió quedarse en la cama. A Oreste no le interesó demasiado la explicación, tal como nosotros lo esperábamos, y nos acompañó a merodear poco más de una hora por los fondos marinos. Después nos indicó que subiéramos a almorzar, y se fue en el botecito de motor a vender la dorada en los hoteles de los turistas. Desde la escalera de piedra le dijimos adiós con la mano, haciéndole creer que nos disponíamos a subir a la casa, hasta que desapareció en la vuelta de los acantilados. Entonces nos pusimos los tanques de oxígeno y seguimos nadando sin permiso de nadie.

El día estaba nublado y había un clamor de truenos oscuros en el horizonte, pero el mar era liso y diáfano y se bastaba de su propia luz. Nadamos en la superficie hasta la línea del faro de Pantelaria, doblamos luego unos cien metros a la derecha y nos sumergimos donde calculábamos que habíamos visto los torpedos de guerra en el principio del verano.

Allí estaban: eran seis, pintados de amarillo solar y con sus números de serie intactos, y acostados en el fondo volcánico en un orden perfecto que no podía ser casual. Luego seguimos girando alrededor del faro, en busca de la ciudad sumergida de que tanto y con tanto asombro nos había hablado Fulvia Flamínea, pero no pudimos encontrarla. Al cabo de dos horas, convencidos de que no había nuevos misterios por descubrir, salimos a la superficie con el último sorbo de oxígeno.

Se había precipitado una tormenta de verano mientras nadábamos, el mar estaba revuelto, y una muchedumbre de pájaros carniceros revoloteaba con chillldos feroces sobre el reguero de pescados moribundos en la playa. Pero la luz de la tarde parecía acabada de hacer, y la vida era buena sin la señora Forbes. Sin embargo, cuando acabamos de subir a duras penas por la escalera de los acantilados, vimos mucha gente en la casa y dos automóviles de la policía frente a la puerta, y entonces tuvimos conciencia por primera vez de lo que habíamos hecho. Mi hermano se puso trémulo y trató de regresar.

—Yo no entro —dijo.

Yo, en cambio, tuve la inspiración confusa de que con sólo ver el cadáver estaríamos a salvo de toda sospecha.

—Tate tranquilo —le dije—. Respira hondo, y piensa sólo una cosa: nosotros no sabemos nada.

Nadie nos puso atención. Dejamos los tanques, las máscaras y las aletas en el portal, y entramos por la galería lateral, donde estaban dos hombres fumando sentados en el suelo junto a una camilla de campaña. Entonces nos dimos cuenta de que había una ambulancia en la puerta posterior y varios militares armados de rifles. En la sala, las mujeres del vecindario rezaban en dialecto sentadas en las sillas que habían sido puestas contra la pared, y sus hombres estaban amontonados en el patio hablando de cualquier cosa que no tenía nada que ver con la muerte. Apreté con más fuerza la mano de mi hermano, que estaba dura y helada, y entramos en la casa por la puerta posterior. Nuestro dormitorio estaba abierto y en el mismo estado en que lo dejamos por la mañana. En el de la señora Forbes, que era el siguiente, había un carabinero armado controlando la entrada, pero la puerta estaba abierta. Nos asomamos al interior con el corazón oprimido, y apenas tuvimos tiempo de hacerlo cuando Fulvia Flamínea salió de la cocina como una ráfaga y cerró la puerta con un grito de espanto:

–¡Por el amor de Dios, *figlioli*, no la vean!

Ya era tarde. Nunca, en el resto de nuestras vidas, habíamos de olvidar lo que vimos en aquel instante fugaz. Dos hombres de civil estaban midiendo la distancia de la cama a la pared con una cinta métrica, mientras otro tomaba fotografías con una cámara de manta negra como las de los fotógrafos de los parques. La señora Forbes no estaba sobre la cama revuelta. Estaba tirada de medio lado en el suelo, desnuda en un charco de sangre seca que había teñido por completo el piso de la habitación, y tenía el cuerpo cribado a puñaladas. Eran veintisiete heridas de muerte, y por la cantidad y la sevicia se notaba que habían sido asestadas con la furia de un amor sin sosiego, y que la señora Forbes las había recibido con la misma pasión, sin gritar siquiera, sin llorar, recitando a Schiller con su hermosa voz de soldado, consciente de que era el precio inexorable de su verano feliz.

[1976]

La luz es como el agua

En navidad los niños volvieron a pedir un bote de remos.

—De acuerdo —dijo el papá—, lo compraremos cuando volvamos a Cartagena.

Totó, de nueve años, y Joel, de siete, estaban más decididos de lo que sus padres creían.

—No —dijeron a coro—. Nos hace falta ahora y aquí.

—Para empezar —dijo la madre—, aquí no hay más aguas navegables que la que sale de la ducha.

Tanto ella como el esposo tenían razón. En la casa de Cartagena de Indias había un patio con un muelle sobre la bahía, y un refugio para dos yates grandes. En cambio aquí en Madrid vivían apretujados en el piso quinto del número 47 del Paseo de la Castellana. Pero al final ni él ni ella pudieron negarse, porque les habían prometido un bote de remos con su sextante y su brújula si se ganaban el laurel del tercer año de primaria, y se lo habían ganado. Así que el papá compró todo sin decirle nada a su esposa, que era la más reacia a pagar deudas de juego. Era un precioso bote de aluminio con un hilo dorado en la línea de flotación.

—El bote está en el garaje —reveló el papá en el almuerzo—. El problema es que no hay cómo subirlo ni por el ascensor ni por la escalera, y en el garaje no hay más espacio disponible.

Sin embargo, la tarde del sábado siguiente los niños invitaron a sus condiscípulos para subir el bote por las escaleras, y lograron llevarlo hasta el cuarto de servicio.

—Felicitaciones —les dijo el papá—. ¿Y ahora qué?

—Ahora nada —dijeron los niños—. Lo único que queríamos era tener el bote en el cuarto, y ya está.

La noche del miércoles, como todos los miércoles, los padres se fueron al cine. Los niños, dueños y señores de la casa, cerraron puertas y ventanas, y rompieron la bombilla encendida de una lámpara de la sala. Un chorro de luz dorada y fresca como el agua empezó a salir de la bombilla rota, y lo dejaron correr hasta que el nivel llegó a cuatro palmos. Entonces cortaron la corriente, sacaron el bote, y navegaron a placer por entre las islas de la casa.

Esta aventura fabulosa fue el resultado de una ligereza mía cuando participaba en un seminario sobre la poesía de los utensilios domésticos. Totó me preguntó cómo era que la luz se encendía con sólo apretar un botón, y yo no tuve el valor de pensarlo dos veces.

—La luz es como el agua —le contesté—: uno abre el grifo, y sale.

De modo que siguieron navegando los miércoles en la noche, aprendiendo el manejo del sextante y la brújula, hasta que los padres regresaban del cine y los encontraban dormidos como ángeles de tierra firme. Meses después, ansiosos de ir más lejos, pidieron un equipo de pesca submarina. Con todo: máscaras, aletas, tanques y escopetas de aire comprimido.

—Está mal que tengan en el cuarto de servicio un bote de remos que no les sirve para nada —dijo el padre—. Pero está peor que quieran tener además equipos de buceo.

—¿Y si nos ganamos la gardenia de oro del primer semestre? —dijo Joel.

—No —dijo la madre, asustada—. Ya no más.

El padre le reprochó su intransigencia.

—Es que estos niños no se ganan ni un clavo por cumplir con

su deber –dijo ella–, pero por un capricho son capaces de ganarse hasta la silla del maestro.

Los padres no dijeron al fin ni que sí ni que no. Pero Totó y Joel, que habían sido los últimos en los dos años anteriores, se ganaron en julio las dos gardenias de oro y el reconocimiento público del rector. Esa misma tarde, sin que hubieran vuelto a pedirlos, encontraron en el dormitorio los equipos de buzos en su empaque original. De modo que el miércoles siguiente, mientras los padres veían *El último tango en París*, llenaron el apartamento hasta la altura de dos brazas, bucearon como tiburones mansos por debajo de los muebles y las camas, y rescataron del fondo de la luz las cosas que durante años se habían perdido en la oscuridad.

En la premiación final los hermanos fueron aclamados como ejemplo para la escuela, y les dieron diplomas de excelencia. Esta vez no tuvieron que pedir nada, porque los padres les preguntaron qué querían. Ellos fueron tan razonables, que sólo quisieron una fiesta en casa para agasajar a los compañeros de curso.

El papá, a solas con su mujer, estaba radiante.

–Es una prueba de madurez –dijo.

–Dios te oiga –dijo la madre.

El miércoles siguiente, mientras los padres veían *La batalla de Argel*, la gente que pasó por la Castellana vio una cascada de luz que caía de un viejo edificio escondido entre los árboles. Salía por los balcones, se derramaba a raudales por la fachada, y se encauzó por la gran avenida en un torrente dorado que iluminó la ciudad hasta el Guadarrama.

Llamados de urgencia, los bomberos forzaron la puerta del quinto piso, y encontraron la casa rebozada de luz hasta el techo. El sofá y los sillones forrados en piel de leopardo flotaban en la sala a distintos niveles, entre las botellas del bar y el piano de cola y su mantón de Manila que aleteaba a media agua como una mantarraya de oro. Los utensilios domésticos, en la plenitud de su poesía, volaban con sus propias alas por el cielo de la cocina. Los instrumentos de la banda de guerra, que los niños usaban para bailar, flotaban al garete entre los peces de colores liberados de la pecera de mamá, que eran los únicos que flotaban vivos y felices en la vasta ciénaga iluminada. En el cuarto de baño flotaban los cepillos de dientes de todos, los preservativos de papá, los pomos de cremas y la dentadura de repuesto de mamá, y el televisor de la alcoba principal flotaba de costado, todavía encendido en el último episodio de la película de medianoche prohibida para niños.

Al final del corredor, flotando entre dos aguas, Totó estaba sentado en la popa del bote, aferrado a los remos y con la máscara puesta, buscando el faro del puerto hasta donde le alcanzó el aire de los tanques, y Joel flotaba en la proa buscando todavía la altura de la estrella polar con el sextante, y flotaban por toda la casa sus treinta y siete compañeros de clase, eternizados en el instante de hacer pipí en la maceta de geranios, de cantar el himno de la escuela con la letra cambiada por versos de burla contra el rector, de beberse a escondidas un vaso de brandy de la botella de papá. Pues habían abierto tantas luces al mismo tiempo que la casa se había rebosado, y todo el cuarto año elemental de la escuela de San Julián el Hospitalario se había ahogado en el piso quinto del número 47 del Paseo de la Castellana. En Madrid de España, una ciudad remota de veranos ardientes y vientos helados, sin mar ni río, y cuyos aborígenes de tierra firme nunca fueron maestros en la ciencia de navegar en la luz.

[1978]

El rastro de tu sangre en la nieve

A L ANOCHECER, cuando llegaron a la frontera, Nena Daconte se dio cuenta de que el dedo con el anillo de bodas le seguía sangrando. El guardia civil con una manta de lana cruda sobre el tricornio de charol examinó los pasaportes a la luz de una linterna de carburo, haciendo un gran esfuerzo para que no lo derribara la presión del viento que soplaba de los Pirineos. Aunque eran dos pasaportes diplomáticos en regla, el guardia levantó la linterna para comprobar que los retratos se parecían a las caras. Nena Daconte era casi una niña, con unos ojos de pájaro feliz y una piel de melaza que todavía irradiaba la resolana del Caribe en el lúgubre anochecer de enero, y estaba arropada hasta el cuello con un abrigo de nucas de visón que no podía comprarse con el sueldo de un año de toda la guarnición fronteriza. Billy Sánchez de Ávila, su marido, que conducía el coche, era un año menor que ella, y casi tan bello, y llevaba una chaqueta de cuadros escoceses y una gorra de pelotero. Al contrario de su esposa, era alto y atlético y tenía las mandíbulas de hierro de los matones tímidos. Pero lo que revelaba mejor la condición de ambos era el automóvil platinado cuyo interior exhalaba un aliento de bestia viva, como no se había visto otro por aquella frontera de pobres. Los asientos posteriores iban atiborrados de maletas demasiado nuevas y muchas cajas de regalos todavía sin abrir. Ahí estaba, además, el saxofón tenor que había sido la pasión dominante en la vida de Nena Daconte antes de que sucumbiera al amor contrariado de su tierno pandillero de balneario.

Cuando el guardia le devolvió los pasaportes sellados, Billy Sánchez le preguntó dónde podían encontrar una farmacia para hacerle una cura en el dedo a su mujer, y el guardia le gritó contra el viento que preguntaran en Hendaya, del lado francés. Pero los guardias de Hendaya estaban sentados a la mesa en mangas de camisa, jugando barajas mientras comían pan mojado en tazones de vino dentro de una garita de cristal cálida y bien alumbrada, y les bastó con ver el tamaño y la clase del coche para indicarles por señas que se internaran en Francia. Billy Sánchez hizo sonar varias veces la bocina, pero los guardias no entendieron que los llamaban, sino que uno de ellos abrió el cristal y les gritó con más rabia que el viento:

—*Merde! Allez-vous-en!*

Entonces Nena Daconte salió del automóvil envuelta con el abrigo hasta las orejas, y le preguntó al guardia en un francés perfecto dónde había una farmacia. El guardia contestó por costumbre con la boca llena de pan que eso no era asunto suyo, y menos con semejante borrasca, y cerró la ventanilla.

Pero luego se fijó con atención en la muchacha que se chupaba el dedo herido envuelta en el destello de los visones naturales, y debió confundirla con una aparición mágica en aquella noche de espantos, porque al instante cambió de humor. Explicó que la ciudad más cercana era Biarritz, pero que en pleno invierno y con aquel viento de lobos tal vez no hubiera una farmacia abierta hasta Bayona, un poco más adelante.

—¿Es algo grave? —preguntó.

—Nada —sonrió Nena Daconte, mostrándole el dedo con la sortija de diamantes en cuya yema era apenas perceptible la herida de la rosa—. Es sólo un pinchazo.

Antes de Bayona volvió a nevar. No eran más de las siete, pero encontraron las calles desiertas y las casas cerradas por la furia de la borrasca, y al cabo de muchas vueltas sin encontrar una farmacia decidieron seguir adelante. Billy Sánchez se alegró con la decisión. Tenía una pasión insaciable por los automóviles raros y un papá con demasiados sentimientos de culpa y recursos de sobra para complacerlo, y nunca había conducido nada igual a aquel Bentley convertible de regalo de bodas. Era tanta su embriaguez en el volante que cuanto más andaba menos cansado se sentía. Estaba dispuesto a llegar esa noche a Burdeos, donde tenían reservada la suite nupcial del hotel Splendid, y no habría vientos contrarios ni bastante nieve en el cielo para impedirlo. Nena Daconte, en cambio, estaba agotada, sobre todo por el último tramo de la carretera desde Madrid, que era una cornisa de cabras azotada por el granizo. Así que después de Bayona se enrolló un pañuelo en el anular apretándolo bien para detener la sangre que seguía fluyendo, y se durmió a fondo. Billy Sánchez no lo advirtió sino al borde de la medianoche, después de que acabó de nevar y el viento se paró de pronto entre los pinos y el cielo de las landas se llenó de estrellas glaciales. Había pasado frente a las luces dormidas de Burdeos, pero sólo se detuvo para llenar el tanque en una estación de la carretera, pues aún le quedaban ánimos para llegar hasta París sin tomar aliento. Era tan feliz con su juguete grande de 25.000 libras esterlinas que ni siquiera se preguntó si lo sería también la criatura radiante que dormía a su lado con la venda del anular empapada de sangre, y cuyo sueño de adolescente, por primera vez, estaba atravesado por ráfagas de incertidumbre.

Se habían casado tres días antes, a diez mil kilómetros de allí, en Cartagena de Indias, con el asombro de los padres de él y la desilusión de los de ella, y la bendición personal del arzobispo primado. Nadie, salvo ellos mismos, entendía el fundamento real ni conoció el origen de ese amor imprevisible. Había empezado tres meses antes de la boda, un domingo de mar en que la pandilla de

Billy Sánchez se tomó por asalto los vestidores de mujeres de los balnearios de Marbella. Nena Daconte había cumplido apenas dieciocho años, acababa de regresar del internado de la Châtellenie, en Saint-Blaise, Suiza, hablando cuatro idiomas sin acento y con un dominio maestro del saxofón tenor, y aquél era su primer domingo de mar desde el regreso. Se había desnudado por completo para ponerse el traje de baño cuando empezó la estampida de pánico y los gritos de abordaje en las casetas vecinas, pero no entendió lo que ocurría hasta que la aldaba de su puerta saltó en astillas y vio parado frente a ella al bandolero más hermoso que se podía concebir. Lo único que llevaba puesto era un calzoncillo lineal de falsa piel de leopardo, y tenía el cuerpo apacible y elástico y el color dorado de la gente de mar. En el puño derecho, donde tenía una esclava metálica de gladiador romano, llevaba enrollada una cadena de hierro que le servía de arma mortal, y tenía colgada del cuello una medalla sin santo que palpitaba en silencio con el susto del corazón. Habían estado juntos en la escuela primaria y habían roto muchas piñatas en las fiestas de cumpleaños, pues ambos pertenecían a la estirpe provinciana que manejaba a su arbitrio el destino de la ciudad desde los tiempos de la Colonia, pero habían dejado de verse tantos años que no se reconocieron a primera vista. Nena Daconte permaneció de pie, inmóvil, sin hacer nada por ocultar su desnudez intensa. Billy Sánchez cumplió entonces con su rito pueril: se bajó el calzoncito de leopardo y le mostró su respetable animal erguido. Ella lo miró de frente y sin asombro.

—Los he visto más grandes y más firmes —dijo, dominando el terror—. De modo que piensa bien lo que vas a hacer, porque conmigo te tienes que comportar mejor que un negro.

En realidad, Nena Daconte no sólo era virgen, sino que nunca hasta entonces había visto un hombre desnudo, pero el desafío resultó eficaz. Lo único que se le ocurrió a Billy Sánchez fue tirar un puñetazo de rabia contra la pared con la cadena enrollada en la mano, y se astilló los huesos. Ella lo llevó en su coche al hospital, lo ayudó a sobrellevar la convalecencia, y al final aprendieron juntos a hacer el amor de la buena manera. Pasaron las tardes difíciles de junio en la terraza interior de la casa donde habían muerto seis generaciones de próceres de la familia de Nena Daconte, ella tocando canciones de moda en el saxofón, y él con la mano escayolada contemplándola desde el chinchorro con un estupor sin alivio. La casa tenía numerosas ventanas de cuerpo entero que daban al estanque de podredumbre de la bahía, y era una de las más grandes y antiguas del barrio de la Manga, y sin duda la más fea. Pero la terraza de baldosas ajedrezadas donde Nena Daconte tocaba el saxofón era un remanso en el calor de las cuatro, y daba a un patio de sombras grandes con palos de mango y matas de guineo, bajo los cuales había una tumba con una losa sin nombre, anterior a la casa y a la memoria de la familia. Aun los menos entendidos en música pensaban que el sonido del saxofón era anacrónico en una casa de tanta alcurnia. «Suena como un buque», había dicho la abuela de Nena Daconte cuando lo oyó por primera vez. Su madre había tratado en vano de que lo tocara de otro modo, y no como ella lo hacía por comodidad, con la falda recogida hasta los muslos y las rodillas separadas, y con una sensualidad que no le parecía esencial para la música. «No me importa qué instrumento toques –le decía–, con tal de que lo toques con las piernas cerradas.» Pero fueron esos aires de adioses de buques y ese encarnizamiento de amor los que le permitieron a Nena Daconte romper la cáscara amarga de Billy Sánchez. Debajo de la triste reputación de bruto que él tenía muy bien sustentada por la confluencia de dos apellidos ilustres, ella descubrió un huérfano asustado y tierno. Llegaron a conocerse tanto mientras se le soldaban los huesos de la mano, que él mismo se asombró de la fluidez con que ocurrió el amor cuando ella lo llevó a su cama de doncella una tarde de lluvias en que se quedaron solos en la casa. Todos los días a esa hora, durante casi dos semanas, retozaron desnudos bajo la mirada atónita de los retratos de guerreros civiles y abuelas insaciables que los habían precedido en el paraíso de aquella cama histórica. Aun en las pausas del amor permanecían desnudos con las ventanas abiertas respirando la brisa de escombros de barcos de la bahía, su olor a mierda, y oyendo en el silencio del saxofón los ruidos cotidianos del patio, la nota única del sapo bajo las matas de guineo, la gota de agua en la tumba de nadie, los pasos naturales de la vida que antes no habían tenido tiempo de conocer.

Cuando los padres de Nena Daconte regresaron a la casa, ellos habían progresado tanto en el amor que ya no les alcanzaba el mundo para otra cosa, y lo hacían a cualquier hora y en cualquier parte, tratando de inventarlo otra vez cada vez que lo hacían. Al principio lo hicieron como mejor podían en los carros deportivos con que el papá de Billy Sánchez trataba de apaciguar sus propias culpas. Después, cuando los coches se les volvieron demasiado fáciles, se metían por la noche en las casetas desiertas de Marbella donde el destino los había enfrentado por primera vez, y hasta se metieron disfrazados durante el carnaval de noviembre en los cuartos de alquiler del antiguo barrio de esclavos de Getsemaní, al amparo de las mamasantas que hasta hacía pocos meses tenían que padecer a Billy Sánchez con su pandilla de cadeneros. Nena Daconte se entregó a los amores furtivos con la misma devoción frenética que antes malgastaba en el saxofón, hasta el punto de que su bandolero domesticado terminó por entender lo que ella quiso decirle cuando le dijo que tenía que comportarse como un negro. Billy Sánchez le correspondió siempre y bien y con el mismo alborozo. Ya casados, cumplieron con el deber de amarse mientras las azafatas dormían en mitad del Atlántico, encerrados a duras penas y más muertos de risa que de placer en el retrete del avión. Sólo ellos sabían entonces, veinticuatro horas después de la boda, que Nena Daconte estaba encinta desde hacía dos meses.

De modo que cuando llegaron a Madrid se sentían muy lejos de ser dos amantes saciados, pero tenían bastantes reservas para comportarse como recién casados puros. Los padres de ambos lo habían previsto todo. Antes del desembarco, un funcionario de protocolo subió a la cabina de primera clase para llevarle a Nena Daconte el abrigo de visón blanco con franjas de un negro luminoso, que era el regalo de bodas de sus padres. A Billy Sánchez le llevó una chaqueta de cordero que era la novedad de aquel invierno, y las llaves sin marca de un coche de sorpresa que le esperaba en el aeropuerto.

La misión diplomática de su país lo recibió en el salón oficial. El embajador y su esposa no sólo eran amigos desde siempre de la familia de ambos, sino que él era el médico que había asistido al nacimiento de Nena Daconte, y la esperó con un ramo de rosas tan radiantes y frescas que hasta las gotas de rocío parecían artificiales. Ella los saludó a ambos con besos de burla, incómoda con su condición un poco prematura de recién casada, y luego recibió las rosas. Al cogerlas se pinchó el dedo con una espina del tallo, pero sorteó el percance con un recurso encantador.

—Lo hice adrede —dijo—, para que se fijaran en mi anillo.

En efecto, la misión diplomática en pleno admiró el esplendor del anillo, que debía costar una fortuna, no tanto por la clase de los diamantes como por su antigüedad bien conservada. Pero nadie advirtió que el dedo empezaba a sangrar. La atención de todos derivó después hacia el coche nuevo. El embajador había tenido el buen humor de llevarlo al aeropuerto y de hacerlo envolver en papel celofán con un enorme lazo dorado. Billy Sánchez no apreció su ingenio. Estaba tan ansioso por conocer el coche que desgarró la envoltura de un tirón y se quedó sin aliento. Era el Bentley convertible de ese año con tapicería de cuero legítimo. El cielo parecía un manto de ceniza, el Guadarrama mandaba un viento cortante y helado, y no se estaba bien a la intemperie, pero Billy Sánchez no tenía todavía la noción del frío. Mantuvo a la misión diplomática en el estacionamiento sin techo, inconsciente de que se estaban congelando por cortesía, hasta que terminó de reconocer el coche en sus detalles recónditos. Luego, el embajador se sentó a su lado para guiarlo hasta la residencia oficial donde estaba previsto un almuerzo. En el trayecto le fue indicando los lugares más conocidos de la ciudad, pero él sólo parecía atento a la magia del coche.

Era la primera vez que salía de su tierra. Había pasado por todos los colegios privados y públicos, repitiendo siempre el mismo curso, hasta que se quedó flotando en un limbo de desamor. La primera visión de una ciudad distinta de la suya, los bloques de casas cenicientas con las luces encendidas a pleno día, los árboles pelados, el mar distante, todo le iba aumentando un sentimiento de desamparo que se esforzaba por mantener al margen del corazón. Sin embargo, poco después cayó sin darse cuenta en la primera trampa del olvido. Se había precipitado una tormenta instantánea y silenciosa, la primera de la estación, y cuando salieron de la casa del embajador después del almuerzo, para emprender el viaje hacia Francia, encontraron la ciudad cubierta de una nieve radiante. Billy Sánchez se olvidó entonces del coche, y en presencia de todos, dando gritos de júbilo y echándose puñados de polvo de nieve en la cabeza, se revolcó en mitad de la calle con el abrigo puesto.

Nena Daconte se dio cuenta por primera vez de que el dedo estaba sangrando, cuando salieron de Madrid en una tarde que se había vuelto diáfana después de la tormenta. Se sorprendió, porque había acompañado con el saxofón a la esposa del embajador, a quien le gustaba cantar arias de ópera en italiano después de los almuerzos oficiales, y apenas si notó la molestia en el anular. Después, mientras le iba indicando a su marido las rutas más cortas hacia la frontera, se chupaba el dedo de un modo inconsciente cada vez que le sangraba, y sólo cuando llegaron a los Pirineos se le ocurrió buscar una farmacia. Luego sucumbió a los sueños atrasados de los últimos días, y cuando despertó de pronto con la impresión de pesadilla de que el coche andaba por el agua, no se acordó más durante un largo rato del pañuelo amarrado en el dedo. Vio en el reloj luminoso del tablero que eran más de las tres, hizo sus cálculos mentales, y sólo entonces comprendió que habían seguido de largo por Burdeos, y también por Angulema y Poitiers, y estaban pasando por el dique del Loira inundado por la creciente. El fulgor de la luna se filtraba a través de la neblina, y las siluetas de los castillos entre los pinos parecían de cuentos de hadas. Nena Daconte, que conocía la región de memoria, calculó que estaban ya a unas tres horas de París, y Billy Sánchez continuaba impávido en el volante.

—Eres un salvaje —le dijo—. Llevas más de once horas manejando sin comer nada.

Estaba todavía sostenido en vilo por la embriaguez del coche nuevo. A pesar de que en el avión había dormido poco y mal, se sentía despabilado y con fuerzas de sobra para llegar a París al amanecer.

—Todavía me dura el almuerzo de la embajada —dijo. Y agregó sin ninguna lógica—: Al fin y al cabo, en Cartagena están saliendo apenas del cine. Deben ser como las diez.

Con todo, Nena Daconte temía que él se durmiera conduciendo. Abrió una caja de entre tantos regalos que les habían hecho en Madrid y trató de meterle en la boca un pedazo de naranja azucarada. Pero él la esquivó.

—Los machos no comen dulces —dijo.

Poco antes de Orléans se desvaneció la bruma, y una luna muy grande iluminó las sementeras nevadas, pero el tráfico se hizo más difícil por la confluencia de los enormes camiones de legumbres y cisternas de vinos que se dirigían a París. Nena Daconte hubiera querido ayudar a su marido en el volante, pero ni siquiera se atrevió a insinuarlo, porque él le había advertido desde la primera vez en que salieron juntos que no hay humillación más grande para un hombre que dejarse conducir por su mujer. Se sentía lúcida después de casi cinco horas de buen sueño, y estaba además contenta de no haber parado en un hotel de la provincia de Francia, que conocía desde muy niña en numerosos viajes con sus padres. «No hay paisajes más bellos en el mundo —decía—, pero uno puede morirse de sed sin encontrar a nadie que le dé gratis un vaso de agua.» Tan convencida estaba que a última hora había metido un jabón y un rollo de papel higiénico en el maletín de mano, porque en los hoteles de Francia nunca había jabón, y el papel de los retretes eran los periódicos de la semana anterior cortados en cuadraditos y colgados de un gancho. Lo único que lamentaba en aquel momento era haber desperdiciado una noche entera sin amor. La réplica de su marido fue inmediata.

—Ahora mismo estaba pensando que debe ser del carajo tirar en la nieve —dijo—. Aquí mismo, si quieres.

Nena Daconte lo pensó en serio. Al borde de la carretera, la nieve bajo la luna tenía un aspecto mullido y cálido, pero a medida que se acercaban a los suburbios de París el tráfico era más intenso, y había núcleos de fábricas iluminadas y numerosos obreros en bicicleta. De no haber sido invierno, estarían ya en pleno día.

—Ya será mejor esperar hasta París —dijo Nena Daconte—. Bien calienticos y en una cama con sábanas limpias, como la gente casada.

—Es la primera vez que me fallas —dijo él.

—Claro —replicó ella—. Es la primera vez que somos casados.

Poco antes del amanecer se lavaron la cara y orinaron en una fonda del camino, y tomaron café con *croissants* calientes en el mostrador donde los camioneros desayunaban con vino tinto. Nena Daconte se había dado cuenta en el baño de que tenía manchas de sangre en la blusa y la falda, pero no intentó lavarlas. Tiró en la basura el pañuelo empapado, se cambió el anillo matrimonial para la mano izquierda y se lavó bien el dedo herido con agua y jabón. El pinchazo era casi invisible. Sin embargo, tan pronto como regresaron al coche volvió a sangrar, de modo que Nena Daconte dejó el brazo colgando fuera de la ventana, convencida de que el aire glacial de las sementeras tenía virtudes de cauterio. Fue otro recurso vano, pero todavía no se alarmó. «Si alguien nos quiere encontrar será muy fácil –dijo con su encanto natural–. Sólo tendrá que seguir el rastro de mi sangre en la nieve». Luego pensó mejor en lo que había dicho, y su rostro floreció en las primeras luces del amanecer.

–Imagínate –dijo–: un rastro de sangre en la nieve desde Madrid hasta París. ¿No te parece bello para una canción?

No tuvo tiempo de volver a pensar. En los suburbios de París, el dedo era un manantial incontenible, y ella sintió de veras que se le estaba yendo el alma por la herida. Había tratado de segar el flujo con el rollo de papel higiénico que llevaba en el maletín, pero más tardaba en vendarse el dedo que en arrojar por la ventana las tiras de papel ensangrentado. La ropa que llevaba puesta, el abrigo, los asientos del coche, se iban empapando poco a poco, pero de un modo irreparable. Billy Sánchez se asustó en serio e insistió en buscar una farmacia, pero ella sabía entonces que aquello no era asunto de boticarios.

–Estamos casi en la puerta de Orléans –dijo–. Sigue de frente, por la avenida del General Leclerc, que es la más ancha y con muchos árboles, y después yo te voy diciendo lo que haces.

Fue el trayecto más arduo de todo el viaje. La avenida del General Leclerc era un nudo infernal de automóviles pequeños y motocicletas, embotellados en ambos sentidos, y de los camiones enormes que trataban de llegar a los mercados centrales. Billy Sánchez se puso tan nervioso con el estruendo inútil de las bocinas que se insultó a gritos en lengua de cadeneros con varios conductores y hasta trató de bajarse del coche para pelearse con uno, pero Nena Daconte logró convencerlo de que los franceses eran la gente más grosera del mundo, pero no se golpeaban nunca. Fue una prueba más de su buen juicio, porque en aquel momento Nena Daconte estaba haciendo esfuerzos para no perder la conciencia.

Sólo para salir de la glorieta de Léon de Belfort necesitaron más de una hora. Los cafés y almacenes estaban iluminados como si fuera la medianoche, pues era un martes típico de los eneros de París, encapotados y sucios, y con una llovizna tenaz que no alcanzaba a concretarse en nieve. Pero la avenida Denfert-Rochereau estaba más despejada, y al cabo de unas pocas cuadras Nena Daconte le indicó a su marido que doblara a la derecha, y estacionó frente a la entrada de emergencia de un hospital enorme y sombrío.

Necesitó ayuda para salir del coche, pero no perdió la serenidad ni la lucidez. Mientras llegaba el médico de turno, acostada en la camilla rodante, contestó a la enfermera el cuestionario de rutina sobre su identidad y sus antecedentes de salud. Billy Sánchez le llevó el bolso y le apretó la mano izquierda donde entonces llevaba el anillo de bodas, y la sintió lánguida y fría, y sus labios habían perdido el color. Permaneció a su lado, con la mano en la suya, hasta que llegó el médico de turno y le hizo un examen rápido al anular herido. Era un hombre muy joven, con la piel del color del cobre antiguo y la cabeza pelada. Nena Daconte no le prestó atención, sino que dirigió a su marido una sonrisa lívida.

—No te asustes —le dijo, con su humor invencible—. Lo único que puede suceder es que este caníbal me corte la mano para comérsela.

El médico concluyó su examen, y entonces los sorprendió con un castellano muy correcto, aunque con un raro acento asiático.

—No, muchachos —dijo—. Este caníbal prefiere morirse de hambre antes que cortar una mano tan bella.

Ellos se ofuscaron, pero el médico los tranquilizó con un gesto amable. Luego ordenó que se llevaran la camilla, y Billy Sánchez quiso seguir con ella, cogido de la mano de su mujer. El médico lo detuvo por el brazo.

—Usted no —le dijo—. Va para cuidados intensivos.

Nena Daconte le volvió a sonreír al esposo, y le siguió diciendo adiós con la mano hasta que la camilla se perdió en el fondo del corredor. El médico se retrasó estudiando los datos que la enfermera había escrito en una tablilla. Billy Sánchez lo llamó.

–Doctor –le dijo–. Ella está encinta.

–¿Cuánto tiempo?

–Dos meses.

El médico no le dio la importancia que Billy Sánchez esperaba. «Hizo bien en decírmelo», dijo, y se fue detrás de la camilla. Billy Sánchez se quedó parado en la sala lúgubre olorosa a sudores de enfermos, se quedó sin saber qué hacer mirando el corredor vacío por donde se habían llevado a Nena Daconte, y luego se sentó en el escaño de madera donde había otras personas esperando. No supo cuánto tiempo estuvo ahí, pero cuando decidió salir del hospital era otra vez de noche y continuaba la llovizna, y él seguía sin saber ni siquiera qué hacer consigo mismo, abrumado por el peso del mundo.

Nena Daconte ingresó a las 9:30 del martes 7 de enero, según lo pude comprobar años después en los archivos del hospital. Aquella primera noche, Billy Sánchez durmió en el coche estacionado frente a la puerta de urgencias, y muy temprano, al día siguiente, se comió seis huevos cocidos y dos tazas de café con leche en la cafetería que encontró más cerca, pues no había hecho una comida completa desde Madrid. Después volvió a la sala de urgencias para ver a Nena Daconte, pero le hicieron entender que debía dirigirse a la entrada principal. Allí consiguieron, por fin, un asturiano del servicio que lo ayudó a entenderse con el portero, y éste comprobó que, en efecto, Nena Daconte estaba registrada en el hospital, pero que sólo se permitían visitas los martes, de nueve a cuatro. Es decir, seis días después. Trató de ver al médico que hablaba castellano, a quien describió como un negro con la cabeza pelada, pero nadie le dio razón con dos detalles tan simples.

Tranquilizado con las noticias de que Nena Daconte estaba en el registro, volvió al lugar donde había dejado el coche, y un agente del tránsito lo obligó a estacionar dos cuadras más adelante, en una calle muy estrecha y del lado de los números impares. En la acera de enfrente había un edificio restaurado con un letrero: Hotel Nicole. Tenía una sola estrella, y una sala de recibo muy pequeña donde no había más que un sofá y un viejo piano vertical, pero el propietario de voz aflautada podía entenderse con los clientes en cualquier idioma a condición de que tuvieran con qué pagar. Billy Sánchez se instaló con once maletas y nueve cajas de regalos en el único cuarto libre, que era una mansarda triangular en el noveno piso, adonde se llegaba sin aliento por una escalera en espiral que olía a espuma de coliflores hervidas. Las paredes estaban forradas de colgaduras tristes y por la única ventana no cabía nada más que la claridad turbia del patio interior. Había una cama para dos, un ropero grande, una silla simple, un bidé portátil y un aguamanil con su platón y su jarra, de modo que la única manera de estar dentro del cuarto era acostado en la cama. Todo era, peor que viejo, desventurado, pero también muy limpio, y con un rastro saludable de medicina reciente.

A Billy Sánchez no le habría alcanzado la vida para descifrar los enigmas de ese mundo fundado en el talento de la cicatería. Nunca entendió el misterio de la luz de la escalera que se apagaba antes de que él llegara a su piso, ni descubrió la manera de volver a encenderla. Necesitó media mañana para aprender que en el rellano de cada piso había un cuartito con un excusado de cadena, y ya había decidido usarlo en las tinieblas cuando descubrió por casualidad que la luz se encendía al pasar el cerrojo por dentro, para que nadie la dejara encendida por olvido. La ducha, que estaba en el extremo del corredor y que él se empeñaba en usar dos veces al día como en su tierra, se pagaba aparte y de contado, y el agua caliente, controlada desde la administración, se acababa a los tres minutos. Sin embargo, Billy Sánchez tuvo bastante claridad de juicio para comprender que aquel orden tan distinto del suyo era de todos modos mejor que la intemperie de enero, y se sentía además tan ofuscado y solo que no podía entender cómo pudo vivir alguna vez sin el amparo de Nena Daconte.

Tan pronto como subió al cuarto, la mañana del miércoles, se tiró bocabajo en la cama con el abrigo puesto, pensando en la criatura de prodigio que continuaba desangrándose en la acera de enfrente, y muy pronto sucumbía en un sueño tan natural que cuando despertó eran las cinco en el reloj, pero no pudo deducir si eran las cinco de la tarde o del amanecer, ni de qué día de la semana ni en qué ciudad de vidrios azotados por el viento y la lluvia. Esperó despierto en la cama, siempre pensando en Nena Daconte, hasta comprobar que en realidad amanecía. Entonces fue a desayunar a la misma cafetería del día anterior, y allí supo que era jueves. Las luces del hospital estaban encendidas y había dejado de llover, de modo que permaneció recostado en el tronco de un castaño frente a la entrada principal, por donde entraban y salían médicos y enfermeras de batas blancas, con la esperanza de encontrar al médico asiático que había recibido a Nena Daconte. No lo vio, ni tampoco esa tarde después del almuerzo, cuando tuvo que desistir de la espera porque se estaba congelando. A las siete se tomó otro café con leche y se comió dos huevos duros que él mismo cogió del aparador después de cuarenta y ocho horas de estar comiendo la misma cosa en el mismo lugar. Cuando volvió al hotel para acostarse encontró su coche solo en una acera y todos los demás en la acera de enfrente, y tenía puesta la notificación de una multa en el parabrisas. Al portero del hotel Nicole le costó trabajo explicarle que en los días impares del mes se podía estacionar en la acera de números impares, y al día siguiente, en la acera contraria. Tantas artimañas racionalistas resultaban incomprensibles para un Sánchez de Ávila de los más acendrados, que apenas dos años antes se había metido en un cine de barrio con el automóvil oficial del alcalde mayor, y había causado estragos de muerte ante los policías impávidos. Entendió menos todavía cuando el portero del hotel le aconsejó que pagara la multa, pero que no cambiara el coche de lugar a esa hora, porque tendría que cambiarlo otra vez a las doce de la noche. Aquella madrugada, por primera vez, no pensó sólo en Nena Daconte, sino que daba vueltas en la cama sin poder dormir, pensando en sus propias noches de pesadumbre en las cantinas de maricas del mercado público de Cartagena del Caribe. Se acordaba del sabor del pescado frito y el arroz de coco en las fondas del muelle donde atracaban las goletas de Aruba. Se acordó de su casa con las paredes cubiertas de trinitarias, donde serían apenas las siete de la noche de ayer, y vio a su padre con un pijama de seda leyendo el periódico en el fresco de la terraza.

Se acordó de su madre, de quien nunca se sabía dónde estaba a ninguna hora, su madre apetitosa y lenguaraz, con un traje de domingo y una rosa en la oreja desde el atardecer, ahogándose de calor por el estorbo de sus telas espléndidas. Una tarde, cuando él tenía siete años, había entrado de pronto en el cuarto de ella y la había sorprendido desnuda en la cama con uno de sus amantes casuales. Aquel percance, del que nunca habían hablado, estableció entre ellos una relación de complicidad que era más útil que el amor. Sin embargo, él no fue consciente de eso, ni de tantas cosas terribles de su soledad de hijo único, hasta esa noche en que se encontró dando vueltas en la cama de una mansarda triste de París, sin nadie a quien contarle su infortunio, y con una rabia feroz contra sí mismo porque no podía soportar las ganas de llorar.

Fue un insomnio provechoso. El viernes se levantó estropeado por la mala noche, pero resuelto a definir su vida. Se decidió por fin a violar la cerradura de su maleta para cambiarse de ropa, pues las llaves de todas estaban en el bolso de Nena Daconte, con la mayor parte del dinero y la libreta de teléfonos donde tal vez hubiera encontrado el número de algún conocido de París. En la cafetería de siempre se dio cuenta de que había aprendido a saludar en francés, y a pedir *sandwiches* de jamón y café con leche. También sabía que nunca le sería posible ordenar mantequilla ni huevos en ninguna forma, porque nunca los aprendería a decir, pero la mantequilla la servían siempre con el pan, y los huevos duros estaban a la vista en el aparador y se cogían sin pedirlos. Además, al cabo de tres días, el personal de servicio se había familiarizado con él, y le ayudaba a explicarse. De modo que el viernes al almuerzo, mientras trataba de poner la cabeza en su puesto, ordenó un filete de ternera con papas fritas y una botella de vino. Entonces se sintió tan bien que pidió otra botella, la bebió hasta la mitad, y atravesó la calle con la resolución firme de meterse en el hospital por la fuerza. No sabía dónde encontrar a Nena Daconte, pero en su mente estaba fija la imagen providencial del médico asiático, y estaba seguro de encontrarlo. No entró por la puerta principal, sino por la de urgencias, que le había parecido menos vigilada, pero no alcanzó a llegar más allá del corredor donde Nena Daconte le había dicho adiós con la mano. Un guardián con la bata salpicada de sangre le preguntó algo al pasar, y él no le prestó atención. El guardián lo siguió, repitiendo siempre la misma pregunta en francés, y por último lo agarró del brazo con tanta fuerza que lo detuvo en seco. Billy Sánchez trató de sacudírselo con un recurso de cadenero, y entonces el guardián se cagó en su madre en francés, le torció el brazo en la espalda con una llave maestra, y sin dejar de cagarse mil veces en su puta madre lo llevó casi en vilo hasta la puerta, rabiando de dolor, y lo tiró como un bulto de papas en mitad de la calle.

Aquella tarde, dolorido por el escarmiento, Billy Sánchez empezó a ser adulto. Decidió, como lo hubiera hecho Nena Daconte, acudir a su embajador. El portero del hotel, que a pesar de su catadura huraña era muy servicial, y además muy paciente con los idiomas, encontró el número y la dirección de la embajada en el directorio telefónico, y se los anotó en una tarjeta. Contestó una mujer muy amable, en cuya voz pausada y sin brillo reconoció Billy Sánchez de inmediato la dicción de los Andes. Empezó por anunciarse con su nombre completo, seguro de impresionar a la mujer con sus dos apellidos, pero la voz no se alteró en el teléfono. La oyó explicar de memoria la lección de que el señor embajador no estaba por el momento en su oficina y no le esperaban hasta el día siguiente, pero de todos modos no podía recibirlo sino con cita previa y sólo para un caso especial. Billy Sánchez comprendió entonces que tampoco por ese camino llegaría hasta Nena Daconte, y agradeció la información con la misma amabilidad con que se la habían dado. Luego tomó un taxi y se fue a la embajada.

Estaba en el número 22 de la calle del Elíseo, dentro de uno de los sectores más apacibles de París, pero lo único que le impresionó a Billy Sánchez, según él mismo me lo contó en Cartagena de Indias muchos años después, fue que el sol estaba tan claro como en el Caribe por la primera vez desde su llegada, y que la torre Eiffel sobresalía por encima de la ciudad en un cielo radiante. El funcionario que lo recibió en lugar del embajador parecía apenas restablecido de una enfermedad mortal, no sólo por el vestido de paño negro, el cuello opresivo y la corbata de luto, sino también por el sigilo de sus ademanes y la mansedumbre de la voz. Entendió la ansiedad de Billy Sánchez, pero le recordó, sin perder la dulzura, que estaban en un país civilizado cuyas normas estrictas se fundaban en los criterios más antiguos y sabios, al contrario de las Américas bárbaras, donde bastaba con sobornar al portero para entrar en los hospitales. «No, mi querido joven», le dijo. No había más remedio que someterse al imperio de la razón, y esperar hasta el martes.

—Al fin y al cabo, ya no faltan sino cuatro días –concluyó–. Mientras tanto, vaya al Louvre. Vale la pena.

Al salir, Billy Sánchez se encontró sin saber qué hacer en la plaza de la Concordia. Vio la torre Eiffel por encima de los tejados, y le pareció tan cercana que trató de llegar hasta ella caminando por los muelles. Pero muy pronto se dio cuenta de que estaba más lejos de lo que parecía, y que además cambiaba de lugar a medida que la buscaba. Así que se puso a pensar en Nena Daconte sentado en un banco de la orilla del Sena. Vio pasar los remolcadores por debajo de los puentes, y no le parecieron barcos, sino casas errantes de techos colorados y ventanas con tiestos de flores en el alféizar, y alambres con ropa puesta a secar en los planchones. Contempló durante un largo rato a un pescador inmóvil, con la caña inmóvil y el hilo inmóvil en la corriente, y se cansó de esperar a que algo se moviera, hasta que empezó a oscurecer, y decidió tomar un taxi para regresar al hotel. Sólo entonces cayó en la cuenta de que ignoraba el nombre y la dirección, y de que no tenía la menor idea del sector de París donde estaba el hospital.

Ofuscado por el pánico, entró en el primer café que encontró, pidió un coñac y trató de poner sus pensamientos en orden. Mientras pensaba, se vio repetido muchas veces y desde ángulos distintos en los espejos numerosos de las paredes, y se encontró asustado y solitario, y por primera vez desde su nacimiento pensó en la realidad de la muerte. Pero con la segunda copa se sintió mejor, y tuvo la idea providencial de volver a la embajada. Buscó la tarjeta en el bolsillo para recordar el nombre de la calle, y descubrió que en el dorso estaban impresos el nombre y la dirección del hotel. Quedó tan mal impresionado con aquella experiencia, que durante el fin de semana no volvió a salir del cuarto sino para comer y para cambiar el coche a la acera correspondiente. Durante tres días cayó sin pausa la misma llovizna sucia de la mañana en que llegaron. Billy Sánchez, que nunca había leído un libro completo, hubiera querido tener uno para no aburrirse tirado en la cama, pero los únicos que encontró en las maletas de su esposa eran en idiomas distintos del castellano. Así que siguió esperando el martes, contemplando los pavorreales repetidos en el papel de las paredes y sin dejar de pensar un solo instante en Nena Daconte. El lunes puso un poco de orden en el cuarto, pensando en lo que diría ella si lo encontraba en ese estado, y sólo entonces descubrió que el abrigo de visón estaba manchado de sangre seca. Pasó la tarde lavándolo con el jabón de olor que encontró en el maletín de mano, hasta que logró dejarlo otra vez como lo habían subido al avión en Madrid.

El martes amaneció turbio y helado, pero sin la llovizna, y Billy Sánchez se levantó desde las seis, y esperó en la puerta del hospital junto con una muchedumbre de parientes de enfermos cargados de paquetes de regalos y ramos de flores. Entró con el tropel, llevando en el brazo el abrigo de visón, sin preguntar nada y sin ninguna idea de dónde podía estar Nena Daconte, pero sostenido por la certidumbre de que había de encontrar al médico asiático. Pasó por un patio interior muy grande, con flores y pájaros silvestres, a cuyos lados estaban los pabellones de los enfermos: las mujeres, a la derecha, y los hombres, a la izquierda. Siguiendo a los visitantes entró en el pabellón de mujeres. Vio una larga hilera de enfermas sentadas en las camas con el camisón de trapo del hospital, iluminadas por las luces grandes de las ventanas, y hasta pensó que todo aquello era más alegre de lo que se podía imaginar desde fuera. Llegó hasta el extremo del corredor, y luego lo recorrió de nuevo en sentido inverso, hasta convencerse de que ninguna de las enfermas era Nena Daconte. Luego recorrió otra vez la galería exterior mirando por la ventana los pabellones masculinos, hasta que creyó reconocer al médico que buscaba.

Era él, en efecto. Estaba con otros médicos y varias enfermeras, examinando a un enfermo. Billy Sánchez entró en el pabellón, apartó a una de las enfermeras del grupo y se paró frente al médico asiático, que estaba inclinado sobre el enfermo. Lo llamó. El médico levantó sus ojos desolados, pensó un instante y entonces lo reconoció.

—Pero ¿dónde diablos se había metido usted? –dijo.

Billy Sánchez se quedó perplejo.

—En el hotel –dijo–. Aquí, a la vuelta.

Entonces lo supo. Nena Daconte había muerto desangrada a las 7.10 de la noche del jueves 9 de enero, después de setenta horas de esfuerzos inútiles de los especialistas mejor calificados de Francia. Hasta el último instante había estado lúcida y serena, y dio instrucciones para que buscaran a su marido en el hotel Plaza Athenée, donde tenían una habitación reservada, y dio los datos para que se pusieran en contacto con sus padres. La embajada había sido informada el viernes por un cable urgente de su cancillería, cuando ya los padres de Nena Daconte volaban hacia París. El embajador en persona se encargó de los trámites del embalsamamiento y los funerales, y permaneció en contacto con la prefectura de Policía de París para localizar a Billy Sánchez. Un llamado urgente con sus datos personales fue transmitido desde la noche del viernes hasta la tarde del domingo a través de la radio y la televisión, y durante esas cuarenta horas fue el hombre más buscado en Francia. Su retrato, encontrado en el bolso de Nena Daconte, estaba expuesto por todas partes. Tres Bentley convertibles del mismo modelo habían sido localizados, pero ninguno era el suyo.

Los padres de Nena Daconte habían llegado el sábado a mediodía, y velaron el cadáver en la capilla del hospital esperando hasta última hora encontrar a Billy Sánchez. También los padres de éste habían sido informados, y estuvieron listos para volar a París, pero al final desistieron por una confusión de telegramas. Los funerales tuvieron lugar el domingo a las dos de la tarde, a sólo doscientos metros del sórdido cuarto del hotel donde Billy Sánchez agonizaba de soledad por el amor de Nena Daconte. El funcionario que lo había atendido en la embajada me dijo años más tarde que él mismo recibió el telegrama de su cancillería una hora después de que Billy Sánchez salió de su oficina, y que estuvo buscándolo por los bares sigilosos del Faubourg St. Honoré. Me confesó que no le había puesto mucha atención cuando lo recibió, porque nunca se hubiera imaginado que aquel costeño aturdido por la novedad de París, y con un abrigo de cordero tan mal llevado, tuviera a su favor un origen tan ilustre. El mismo domingo por la noche, mientras él soportaba las ganas de llorar de rabia, los padres de Nena Daconte desistieron de la búsqueda y se llevaron el cuerpo embalsamado dentro del ataúd metálico, y quienes alcanzaron a verlo siguieron repitiendo durante muchos años que no habían visto nunca una mujer más hermosa, ni viva ni muerta. De modo que cuando Billy Sánchez entró por fin en el hospital, el martes en la mañana, ya se había consumado el entierro en el triste panteón de La Manga, a muy pocos metros de la casa donde ellos habían descifrado las primeras claves de la felicidad. El médico asiático que puso a Billy Sánchez al corriente de la tragedia quiso darle unas pastillas calmantes en la sala del hospital, pero él las rechazó. Se fue sin despedirse, sin nada que agradecer, pensando que lo único que necesitaba con urgencia era encontrar a alguien a quien romperle la madre a cadenazos para desquitarse de su desgracia. Cuando salió del hospital, ni siquiera se dio cuenta de que estaba cayendo del cielo una nieve sin rastros de sangre, cuyos copos tiernos y nítidos parecían plumitas de palomas, y que en las calles de París había un aire de fiesta, porque era la primera nevada grande en diez años.

[1976]